湖湘熔印

国网湖南电力职工文学作品集

国网湖南省电力有限公司工会 主编

2016—2020
（上卷）

中国水利水电出版社
www.waterpub.com.cn
·北京·

图书在版编目（CIP）数据

湖湘烙印：国网湖南电力职工文学作品集：2016—
2020 / 国网湖南省电力有限公司工会主编. -- 北京：
中国水利水电出版社，2021.6
ISBN 978-7-5170-9700-6

Ⅰ．①湖… Ⅱ．①国… Ⅲ．①中国文学－当代文学－
作品综合集 Ⅳ．①I217.1

中国版本图书馆CIP数据核字(2021)第127402号

书　名	**湖湘烙印——国网湖南电力职工文学作品集（2016—2020）（上卷）** HU XIANG LAOYIN——GUOWANG HUNAN DIANLI ZHIGONG WENXUE ZUOPINJI（2016—2020）（SHANG JUAN）	
作　者	国网湖南省电力有限公司工会　主编	
出版发行	中国水利水电出版社 （北京市海淀区玉渊潭南路1号D座　100038） 网址：www.waterpub.com.cn E-mail：sales@waterpub.com.cn 电话：(010) 68367658（营销中心）	
经　售	北京科水图书销售中心（零售） 电话：(010) 88383994、63202643、68545874 全国各地新华书店和相关出版物销售网点	
排　版	中国水利水电出版社微机排版中心	
印　刷	天津嘉恒印务有限公司	
规　格	170mm×240mm　16开本　40.5印张（总）　622千字（总）	
版　次	2021年6月第1版　2021年6月第1次印刷	
印　数	0001—1500册	
总　定　价	**148.00**元（上、下卷）	

《湖湘烙印——国网湖南电力职工文学作品集（2016—2020）》

编 委 会

主　　任　谭军武

副 主 任　曾新跃　王　彬　刘　琼　姜坤山

委　　员　李向楠　葛　伟

主　　编　刘　琼

执行主编　张海燕　罗勇智

参编人员　李　洪　葛　伟　邹　群　熊之焰

前言

　　坚定中国特色社会主义道路自信、理论自信、制度自信，说到底是要坚定文化自信。文化自信是更基本、更深沉、更持久的力量。

　　文运同国运紧密相连，文脉同国脉紧密相牵。在建设中国特色社会主义的道路上，国网湖南电力的文学家和文学爱好者从不缺席。党的十八大以来，围绕国家电网"为职工抒写，为电网放歌"这一主旋律，我们组织国网湖南电力职工先后进行了"职工文学创作重点选题"创作与推进、"庆祝新中国成立70周年职工文学创作征文与评奖"等一系列重大文学创作活动，在国网湖南电力广大职工中引起了强烈反响，为国网湖南电力职工文化建设奏响了一支支进行曲，吹响了一声声冲锋号。

　　这一部《湖湘烙印——国网湖南电力职工文学作品集（2016—2020）》，以2016年国网湖南省电力有限公司工会下达的"职工文学创作重点选题"为主，结合2019年"庆祝新中国成立70周年职工文学创作征文与评奖"活动，以及部分在国家电网和湖南省主题征文中获奖或在媒体公开发表的佳作等近300篇作品中精选出的39位作者的54篇作品，共约60万字，是"十三五"期间国网湖南电力职工文学创作成果的整体呈现，是国网湖南电力职工为中国共产党成立100周年献上的一瓣心香。

　　从这部作品集的创作题材来看，涵盖全球能源互联网与特高压建设、电网企业精准扶贫、社会责任与优质服务、劳动模范与先进典型、歌颂祖国与吟咏湖湘山水等，充分体现出国网旋律与湖湘特色。从作者单位分布来看，包括了11家市（州）供电公司、7家业务支撑机构等18个基层单位和省公司本部，具有广泛的覆盖面和代表性。从作者的年龄构成来看，以70后唱主角，60后、80后挑大梁，同时精选了少量40后、50后和90后有影响力和代表性的作者作品，年龄跨度达6个年代，是国网湖南电力"文学湘军"老、中、青创作队伍的一次空前的大会师、大检阅。从作品体裁来看，有小说（包括长篇、中篇、短篇小说）、诗歌（包括新诗、散文诗、古体诗词）、报告文学（包括长篇、中篇、短篇报告文学和文学评论）、散文（包括抒情散文、叙事散文），丰富多彩，琳琅满目。

尤其值得关注的是，入选这部作品集的作者绝大部分是一线职工，其创作态度是虔诚的，其艺术表现是质朴的，大道至简，其作品品质亦是上乘的。小说部分，曹旭东、刘绍英、魏艳等人的作品，均是近年来或在国家电网获奖，或在湖南省获奖的力作，具有相当的艺术高度和行业与地域影响力；诗歌部分，祝向东、方杰、张富遐、乔雪苞等人的作品，主题突出，旋律鲜明，文笔优美，屡屡斩获省部级奖项，是中国共产党延安文艺座谈会文艺创作"二为"方针在中国特色社会主义新时期的积极呈现；报告文学部分，李洪、程政、罗勇智、邹群等人的作品，深度发掘电网题材，激情讴歌时代主题，充分展现湖湘品格，旋律响亮，笔墨浓郁，每每读来，动人心弦；散文部分，张德鸣、李奕佳、刘珺瑶等一众80后、90后文学青年的作品，朝气蓬勃，清新流丽，他们正接过国网湖南电力老一辈"文学湘军"的火炬，高唱战歌砥砺前行。

湖湘之地，文化底蕴深厚，文化视野辽阔。岳麓书院、石鼓书院、濂溪书院等文明教化之殿堂遍及三湘四水；周敦颐、王夫之、曾国藩、沈从文等文化巨匠流芳千古、光耀中华。我们生长于斯，奋斗于斯，创作于斯，幸莫大焉。

由此次国网湖南电力"文学湘军"的集中"亮相"为始，我们希望并期待国网湖南电力职工文学创作队伍不断壮大，文学作品不断丰盛。

上　卷

前言

小　说

诗　歌

小说

不测风云

曹旭东

小　　鹏

"天气预报说大冰雪又要来了。"说话的人脸上闪过一丝阴云，仿佛一场新的灾难又要到来。

我坐在椅子上没有回答。整张报纸被我全部打开，"大冰雪再度来袭"的黑色大标题几乎遮住了我整个脸，记忆之门突然打开，如若一瓶五味粉倒进嘴里，酸、甜、苦、辣、咸顿时袭来。

那年我刚上高中，迷上了网络游戏，对读书没多大兴趣，眼看就混过高中。然而时光的按钮像是被一个顽皮的小孩乱点了一下，所有的人都没有想到不测风云会突如其来。我的人生从此改变。那场大冰雪后，我从此书不离手，不但读了大学，还读了研，读了博，接了爷爷和父亲的班，与电为伍。想到爷爷和父亲，泪水顺着眼眶不自觉地滚了出来，滴在报纸的黑色大标题上。

爷爷躺在医院的病床上，枯槁的黄脸上只有眼睛像两只光线微弱的小手电似的还有些生气。我将他的头部放得高些。他静静地望着窗外的雪和屋檐吊下的长长冰柱，嘴里说："今年的冰冻超过我见过的任何一年，你爸他们够呛啊！小鹏你就别打电话给他了，他是一班之长，这时候担子重啊。我这老骨头不中用了，关键时帮不上忙，但也别给他们添乱了。"

"爷爷，医生说要叫家属来，我给爸发了短信，他说他正忙。"这时我

3

听到隔壁病房里有个女人在哭，那哭声像波涛似的阵阵向我涌来，弄得我也想哭。

"我知道，你别再发了，看看外面的冰就知道了。你爸要回电话，就说爷爷没事，叫他千万注意安全。"

"可爷爷啊，医生说了要喊家属来啊。"我急得说话有些带哭腔了。隔壁病房那个女人的哭声越来越大，那声音听了让人心里发慌，像冰天雪地下的野猫在寻找温暖的家。

"你看看你，都快十六岁了，还像个孩子，我像你这么大都到冰天雪地的东北当兵了。你不就是家属吗？"爷爷说到这里，脸上有了些笑容，"有你陪在身边，爷爷就高兴了。"爷爷说着话，从白白的被单下伸出枯萎的手拉着我的手说："爷爷没事，爷爷不怕冰。那时爷爷跟你爸一样，也是外线班长。爷爷带着一帮年轻人，往海拔1900多米高的狮子山抬电杆。你往窗那边看。"爷爷坐直了些，头往上抬了抬，伸出发黄的食指指了指南边的窗说："你瞧，那座最高最高的山峰，就是狮子山。那山上的云特别低，低得好像只要跳一跳就能摘下一朵。云边上有雄鹰，鹰老围着云不停地飞翔着、飞翔着。小鹏啊，你知道那鹰为什么能飞那么高吗？"

"为什么？"我一时没反应过来。

"老鹰让小鹰从小就独自飞翔去捕猎食物。"爷爷说到鹰，好像突然感染了鹰的精神似的，眼睛变得炯炯有神，"你知道我为什么给你爸取名袁鹰吗？"我睁大眼睛看着爷爷，仿佛他嘴里会飞出一只鹰来。"就因为我希望你爸能像只鹰似的坚强勇敢。"爷爷说到爸，眼睛却定定地瞧着我。我假装没看见将眼睛转向走道。

我的眼前又出现了爸甩我那几耳光的情景，那几耳光把我同他本不浓厚的感情全给打没了，要不是爷爷，我是不会回这个家的。起因当然是为了我学习成绩下降，而下降的原因又是沉迷网络游戏，而沉迷游戏的缘故是因为妈。妈是不对，但我也不允许他这么对待妈。

"你以为你是谁？你不觉得你很封建很丑吗？你再天天到外面干，不也就是混了个小班长？"我对着他一边喊一边伸出根小指头。

"你这死崽，你说谁？老子辛辛苦苦在外面风里来雨里去，为了谁？

还不是为了这个家。你不学好，跟你娘一个德性!成天就知道在网上鬼混，还敢跟老子顶嘴，老子今天打死你。"他嘴里一边喷着口水，一边伸出右手在我脸上连甩几耳光。我用手挡了几下，但他劲儿大，我根本不是他对手。我一脚跳了开去，跺着脚喊:"姓袁的，你有本事把老子打死。"他听了又挥舞着拳头朝我冲来，嘴里一边咆哮着要我滚出去。"滚就滚，此处不留爷，自有留爷处。"我一边吼一边气冲冲地朝楼下冲。

爷爷说:"当年啊，山上并没有路，我们硬踩出一条路。那些电杆就是被我们喊着号子，光着膀子，一根根抬上去的。不容易啊。"爷爷停了停。隔壁的哭声好像停了。一股药水味传了过来。

"那条线路是连接矿山的，而那矿呢，是国家发展尖端军事的重要原料。停不得电啊，一停，地下水就淹井，淹设备，就要死人，损失可大了。"爷爷干枯的脸上显得一脸严肃。他说到这里，看了我一眼，用的是迤长的、探索的眼光。这眼光仿佛能毫无阻碍地穿透我的眼睛，直抵我身体最隐秘的深处，就像一台高清影像设备似的。片刻之间，我身体的所有部位暴露无遗。

"冬天来了，我们得守在山上，因为冰随时会威胁线路。山风呼呼地围着我们转，好像成群的狮子在朝我们吼叫。山上时常有小雨，山风一刮，晚上就结了寸把长的冰。我们得轮班去巡看线路的结冰厚度，冰厚了就会将电杆压倒，得及时用无线对话机向总部报告，然后安排融冰。但有些厚冰是融不下来的，就得将一根根竹竿扎起来，去敲打线路上的冰。那雪风可大了，呼呼地刮得人睁不开眼。我们在冰雪中不停地挥舞着竹竿。"爷爷一边说一边用手比画着，仿佛他此时不是躺在病床上，而是站在狮子山上手握竹竿在敲打着冰。

"一天晚上，我梦见被一群狼团团围住，醒来，浑身发抖，大雪把帐篷压垮了。我们连忙爬起搭帐篷。就这样，有人病了，发高烧，体温42度，连续几天都不退烧，吃了感冒药也没用，人烧得迷迷糊糊的，一身火烧火烫。吓人啊，山上没医没药的。怎么办?"爷爷说着停了停。

隔壁房那个女人的哭声又从走道上传了过来。走道可以传递许多东西，好的不好的……人是需要走道的，大大小小的走道，进进出出的走道。我看着走道，胡思乱想起来。

心电监护仪像个刚学跳舞的孩子似的跳得有些乱。据说这玩意儿能连通心脏，要是有一种仪器能看透人脑中想的事就好了。此时的爷爷到底在想什么呢？

"我们商量来商量去，决定分两组。一组留在山上继续观冰，我和另一个身强力壮的年轻人则抬着病人下山求医。那山路被冰冻得结结实实像玻璃镜面似的，加上山道本身就险陡。我们走着走着，脚下一滑，就摔在地上，连人带担架往下滑。滑到拐弯处不动了，就又爬起来抬着走。走着走着就又往下滑。山道险啊，一边是山，一边是悬崖峭壁。我们往下滑的时候还得小心控制好角度，一不留神就连人带担架滑下去了。我们就这么爬呀滚啊硬是把病人抬下山。那北方来的大个子医生操着北方普通话说：'再来晚点，人就没救了。'"爷爷说到这里，大嘴咧开来向窗口一歪，笑出一脸的骄傲。这情景多年后好像相框似的一直挂在我的心里。

爷爷的笑像雕塑似的定格在脸上。我觉得有些奇怪，再看看打着点滴的吊瓶也不往下滴水了。我喊道："医生！医生！"

冷　　冰

"喂，电业局冷局长吧。化工厂要大爆炸？是的，停电已造成化工厂30吨化学药品温度不断升高，现在是零下15度，预计6个小时后将上升到零下8度，将会引发大爆炸，威力将摧毁方圆10里的生命和设施。你们无论如何也要保证化工厂供电，否则我和市委、市政府都无法向民众交代。"

我好像从电话中听到"轰——"的一声大爆炸声，这声音盖过所有声音，这声音震得我头皮发麻。我看了看窗外树上的冰，树在冰的重压下像个背负重物的驼背老人，仿佛随时要轰然倒下。我急急地喊了声："护士！护士！这吊针不打了、不打了，请你帮我把它取掉。"旁边的人都用惊讶的眼神看着我，仿佛在看一个怪物。

"这个不行，你正在发烧，医生开的药必须要打完。否则出了事我们负不了责。"小护士可能是第一次遇到这种怪事，激动得脸有些红。

"没有什么否则了，出了事我自己负责。对不起，我态度不好，市里要出大事了，我必须得马上走。"

6个小时。我看了看手上的秒针，那细细的针正在嘀嗒嘀嗒不停旋转着。我突然一惊：这该死的秒针怎么转这么快？我感到心脏一阵阵发痛，仿佛这小小的秒针此时每转一下都在敲打着我的心脏似的。我连忙伸出右手从包里掏出粒黄色的药放进嘴里，然后对办公室主任说："快！快！通知在家的所有局领导和部门负责人开会。"

"张市长刚才来电话，6个小时后化工厂会因停电发生化学药品大爆炸，威力范围10里。检修、调度、运行等单位相互协同连夜组织抢修线路，现在是晚上9点，5个小时内无论如何也要接通化工厂线路。物资、后勤等部门连夜去找台大柴油发电机。"

"局长，这冰天雪地的外面什么都看不见啊！"人群中有人说。

"看不看得见我不管，你们自己想办法。现在是关键的时候，市委、市政府和市民只要结果。我带队抢修，书记坐镇指挥，乌局负责大型发电机。现在行动！"

车灯将黑夜辟出一条条光的通道，好像车外的雪排山倒海地向我们扑来。我感觉背后凉丝丝的。市长那声"大爆炸"，像雷鸣似的在耳边不停地回荡着，好像有人在对我不停地喊着"爆炸爆炸大爆炸"。我回头看了看，并没有人喊，只是线管所刘主任在向我汇报工作。

车行驶在桥上，突然就横冲直撞起来，好像一个喝醉酒的大汉不能控制自己的脚。"嘭"得一声，头碰在车板上，一阵钻心的痛使我从"爆炸"喊声中惊醒过来。我摸了摸头，一股液体沾在手上。我知道是头碰出血了，但没敢出声，急忙下车察看，车撞在桥栏上。"车还能开吗？"我问小个子司机。"能开。但得装防滑链条。"

链条装上了，车继续前进。我感觉头痛，用手按了按头，感觉舒服些。

"局长怎么啦？"小个子司机歪过头看了看我。

"碰一下。不要紧，路滑，小心开车。"

"要不要回去包扎一下？"刘主任问。

我摇了摇头说："现在摆在我们面前最大最大的事就是化工厂大爆炸，

没有其他。"

　　车厢里一时沉默。只有车子轮胎压过冰雪地面的沙沙声，给人一种前路茫茫的感觉。时间有时候要慢就慢得像蜗牛似的，快就快得像这灯光似的，我看着前面的车灯想。车在长长的斜坡上又左右摇摆起来，小个子司机几乎把全身力气都压在踩刹车上，摇摆了一阵，汽车终于像匹发狂的马玩累了似的停了下来。小个子司机使劲拉上手刹，转过头向坐在后排的刘主任说："主任麻烦你赶快下车捡两块石头塞住车轮。"我和刘主任几乎同时跳下车，待我们各自搬来石头塞在轮胎下时，几乎又同时在擦脸上的冷汗。车的前轮胎已经到了悬崖边上，幸好有块大石头抵挡了一下。

　　两次遇险，车无论如何也不能再开了。手电光下，山路成直角左右叉开，由砂石铺成的山路此时被雪盖得严严实实，仿佛路本身就没有存在过，天地间只有雪和冰存在。此时路两旁的杉树和松树纷纷在冰的重压下弯下了腰，不时会"哗"得响一声，一棵树被冰拦腰撕倒在冰雪上。在冰面前，树就像一个人跪在地上心悦诚服地给另一人叩头。

　　一阵寒风"呼"得一声从前方袭来，好像有人用冰狠狠地拍打在我身上，两只脚不听指挥地同时向后退了两步。我将脚叉开，将棉帽向下压了压，对旁边的刘主任说："记得叫后面的人都下车。"说完，左脚朝左前方迈去……

　　我不知道是哪只脚先失去平衡，只知道当我重重地摔在地上时还往前溜了很远。这冰怎么滑成这样，本来坚实的土地，被这冰一盖，竟变成了一个让人随时倾倒的冰场，而且这冰场显得无穷无尽。我知道雪落到地上，加上雨水一冻，就变成冰。这冰跟雪不一样，雪是从天上临时盖在地上的，它是散的、软的，你的鞋只要一踏上去，雪就像听话的孩子乖乖地散了。而冰不一样，冰已经与大地融合在一起，它已经成为大地的一部分。同样冰也成为电线的一部分，但电线同大地不一样，它承受不起这突然增加的重量，就好像这树一样，超负重了随时会"哗"得一声倒下。

　　是啊，大地有了冰，大地就不再是原来的大地，而这片土地又是我们以前经常行走，非常熟悉的。现在弄得好像站在这里的根本不是我，因为我没有那么笨，绝对不会这么轻易倒下。但现在的我的的确就这么倒下了，倒得这么干脆利落和可笑。

我不知道当年父母为什么给我起名叫冷冰，我只知道我是大寒节气生的。我的名字是不是预示我要经历一场与冰的生死搏斗呢？我真有些迷糊了。

"局长！局长！你怎么样？摔伤了没有？"我回过神来，身边已聚集了一群人和一群杂乱的手电光。这些光不断地扩大，变成一个大大的光团，而这光团将这雪白的大地照得光彩夺目。这时我突然意识到，面对寒冰，我不是一个人，我身后还有一群人，一群发着光和热的人。我感觉一股暖流从心中流向脚和手。我站起来，挽着那些认识和不认识的人的手，感觉力量突然增大，手脚变得有力。我们朝黑暗的冰走去，我一边走一边看表，脚步在冰上咔嚓咔嚓地往前走，好像我们不是在走路，而是走的时间，走的是嘀嗒嘀嗒的秒针。

袁　老

你说那鹰为何飞到那么高的山顶去呢？现在的年轻人恐怕不一定懂这个，但我们是懂的。这就是一种精神，我们凭着这种精神干出了多少不可思议的事啊。说这些小鹏能懂吗？按道理也该懂了。我在这个年纪就在部队摸爬滚打了。小鹏是小鹏，我是我，时代不一样了，但人应该一样啊。

唉，这些冰啊。怎么冻这么久呢？我这病，恐怕难过这一关了。有首歌叫"大约在冬季"，我早就预感到我的大限是在冬季。昨晚迷迷糊糊中好像有人在喊我跟他走，我说等一等，再等等，我的儿子袁鹰还没来呢。唉，都是这些冰啊。人在最后关头谁不想见见自己最亲的人呢？说不想那是假的，但我不让小鹏叫他也是真的。人的一生就是在矛盾中度过的。

儿子像我啊，干起工作来就忘记一切。我当初所以给他取名袁鹰，一来得知他生下来时我正看到一只老鹰和一只小鹰朝我飞来，二来也希望他像这山上的鹰一样成长。

其实我不是怕冷，当年在狮子山那么冷都过来了。但今非昔比了，那时年轻啊，就像山顶上的鹰似的，整天在山上飞来飞去。可如今老了，躺在这充满药水味的房间动不了啦，只能想想当年的时光。我这是怎么啦？

怎么那么怀旧了，怎么狮子山老在眼前晃来荡去了。

小鹏问当年那些电杆我们是怎么抬上去的。说不苦不累那是假的。红红的太阳底下，喊着震天的号子，踩着茅草和灌木丛，根本顾不上脚下是泥还是水，只觉得肩膀火烧火燎的痛，从左肩膀换到右肩膀再从右肩膀换到左肩膀，汗流下来迷糊了眼睛，就用脖子上的白毛巾擦一把，毛巾也很快湿了，分不清颜色了，全身上下没一块干的。

小鹏瞪大眼睛问爷爷你们干吗要抬那么重的电杆上山。好像我们吃了饭没事干似的，其实那意义可大了。没有电能行吗？我们常常站在狮子山上远远看着那些矿山，仿佛就听到机器轰鸣，棕色的矿石源源不断地运往北方，想想都光荣，想想都有劲。为了这些，我们一年有大半年时间得待在这本地最高的山上，忍受着风的狂暴，雪的轻狂，冰的淫威，但这一切都值。

每年到了这时候，我仿佛就闻到了冰的味道。先是暖风暖阳，弄得人感觉像是到了夏天。然后会突然过来一阵寒流，与暖流在这里相会，不，是搏斗，好像两个武林高手华山论剑一样，打斗了上百个回合难分高下，最后两大高手阴阳相聚相融合成一种新的更具威力的冰。这玩意儿可害惨我们的线路电杆了，就好像两大武林高手的功力全压在一个人身上似的。我们得帮它们化解啊，这些线路电杆就像自己刚生下的孩子一样，得时时小心看护。我们没有白天黑夜，其实越是夜晚就越危险，就好像这冰也爱上黑夜似的。没办法，不管外边风再大、雪再厚，我们也得起来。我们知道冰是不会在黑夜中睡觉的，是啊这冰为何不像人一样也在黑夜中睡觉呢？我有时会这么傻傻地想。当然，黑夜中不睡觉的除了冰还有其他的，但对于我们来说这冰就是最大的魔了。我们得时时察看它的厚度，这玩意儿就像黑夜中的精灵随时会增长，一不留神那些线路电杆就会被它折磨得倒塌。那损失就大了，那些矿山的声音就得停了，那些井下的矿工兄弟和他们的设施就危险了，想到这些我们就睡不着。真的，小鹏目前是不能理解的，但我相信他总有理解的一天。会的，这个我相信。就像当年我们盖狮子山的房子一样，有些事是急不来的。

是啊，当年山上的那间茅草房是我们盖起来的，花了整整半年时间。

山上风大，冰雪厚，帐篷是挡不住的。这个我们是吃了亏的。我们不得不满山遍野地找石头，抬石头，打石头。手打破了，血流在石头上红艳艳的，像山上的杜鹃花一样美。一块块的石头终于被我们垒成实实在在的石头房。那房子好啊，不管外面风雪再大，石头房都把它们结结实实地挡在外面。风啊，雪啊，冰啊，你们都在外面威风去吧，石头房仿佛在对它们说。

小鹏说爷爷你老说这些苦啊累啊的，就没有什么快乐的事吗？快乐当然是有的，怎么会没有呢？狮子山上除了纯净洁白的云和鹰外，还有水驴、野牛、山鸡、山羊，当然也有狗熊、野猪、山狼、猎豹，所以我们出门除了带上巡线的工具外还得带上对付它们的家伙。当然相遇的时候还是少的，大多是我们在远远地观看，不管什么动物见了人还是害怕的，除非你硬要去招惹它。现在的孩子只在动物园见过它们了。动物园的动物和山上的动物还是相差很大的，这种差别不是能从外表看出来的，就好像人的外表看起来都有鼻子、眼睛、嘴巴，但他们的内心世界呢，是相差很大的。山上的动物才是真正的动物，动物园的算什么呢，充其量只能算动物模型罢了。说这些小鹏能懂吗？相信他慢慢会明白的。

小鹰和小鹏的事我是清楚的，都有道理又都没道理。小鹏为了他妈伤心我是知道的，但也不能把气发在读书上啊，这年龄不读书多可惜。想当年我是想读家里穷读不起，虽然没有在学校读几年书，但这么多年来我一直喜欢书。特别是退休后，我是越来越喜欢佛经、老庄和孔子了，可惜读书少，好多道理不能理解透彻，要是时光能倒回去，能在老师指导下读读书多好啊。

袁　　鹰

小鹏给我发了一条短信说爸病了，我回信叫小鹏送医院。小鹏回说，医生要叫家属来。我听出这话的分量了，到底怎么啦？我得去看看，我无论如何得抽空去看看他。我这么想着，就将班里的工作一一安排了一遍，准备晚上去医院，正要动身，主任来电话，说有十万火急的任务：停电将造成化工厂大爆炸，集合所有人员马上动身。我本来想说点什么，听完最后两句，我将要说的话硬生生地收回来，就好像一根鱼刺卡在喉咙里上不上下不下一样难受。爸应该没事吧，我只能这么想。想想还是不放心，又在心里念了两句："南无阿弥陀佛，佛祖保佑，菩萨保佑，保佑我爸平平安安渡过这一关吧。"

汽车大灯下，街道显得毫无生气。昔日灯火通明的街道，如今只有稀稀拉拉的烛光，犹如隔世，仿佛又回到古老的街道，仿佛一切都在梦中。这一切的一切都让我有一种使命感，作为一个繁华灯火的守望者，平时看到这些红红黄黄的灯光有一种自豪感，此时面对这像萤火虫似的烛光，却有一种巨大的失落感。而这种失落又让我无可奈何，让我不知所措。汽车经过父亲住院的第一人民医院，我确实很想叫司机停一会儿，哪怕停上几分钟让我进去看一眼也好。我知道这在平时是很简单的事，是一件简单得不能再简单的事，然而现在却让我体念到了什么叫咫尺天涯。距离在当今已不是问题，飞机每小时可飞上千公里，科技已让地球变得很小。然而此时此刻，我与父亲的距离却显得很长很长，长到我连想都不敢想。短短的几十米却比几百公里还要长。我只有在心里默念，仿佛默念可以穿越一切。

"爸，对不起，真的对不起了。"面对父亲，其实我是很复杂的。我曾经在心里怨恨过父亲，怨恨他一年有大半年不回家，而且大多在山上，以致母亲突发重病没有及时送医早早离我而去。想到妈，我的泪水竟不住地涌了出来。我8岁多的时候失去了妈，是爷爷奶奶一手拉扯大的。为此，我曾经在心里无数次埋怨过父亲。直到自己上班后才体会到父亲的不容易。此时此刻我想这些做什么？我突然有一种异样的感觉，该不会成为永别吧？我在心里啐了一口，瞎想些什么呢？

想到父亲，突然又想起儿子小鹏。我因为母亲的事怨恨父亲，那么小鹏会不会也在因为他妈的事怨恨我呢？从他沉迷网络游戏看可能是的。我不是很关心他的学习吗？他可能就拿我关心的事与我对抗，但这是两回事啊，再说我和他妈的事难道责任在我吗？是的，我是脾气大了些，我坏就坏在这臭脾气上。我跟孩子他妈动手，又跟孩子动了手。唉，我这臭脾气啊。

雪不时偷偷溜进脖子，就像一个顽皮的小人在开着玩笑。我们在与冰滑溜溜的接触中前进，仿佛这人一下子变得轻飘飘的，像鸟儿一样要离开大地，偶尔脚底下出现一点坚实的土地，也无济于事，那种轻飘飘、滑溜溜的感觉仿佛是冰在嘲笑我们。

我想跟爸打个电话，但手机怎么都拨不通，我看了看，没有信号。

天阴沉沉的，不时下点小雨，银白的大地白茫茫的一片。就连高高的狮子山也披上了洁白的衣裳，我平时引以为豪的铁塔和电杆也一改往日的威风，好像被谁强行压上了沉沉的重担而不得不弯下了腰。我抬头看了看，倒吸了一口凉气，电线覆冰有如大腿般粗，必须得上塔除冰。我用木槌不停地敲击铁塔上的冰，冰仿佛不再是冰，而成为铁塔的一部分。我得用木槌砸出一条往上爬的路，每攀登一步，都先要系紧安全带，然后敲落铁塔脚钉及塔上的冰，才能继续攀登。我不停地敲，敲击的力量不停地反击我，我的右手很快又麻又疼。我看了看高高的铁塔，将木槌转到左手敲，很快左手也麻了。我又转成右手，就这样转来转去，终于登上了塔顶。寒风有如尖刀似的一下一下地向我刺来，我感觉脸发麻，手脚好像也不是我的了。我奋力举起木槌向冰敲去，一下，两下，也不知敲了多少下。感觉喉咙又干又渴，顺手在铁塔上抓了两块冰嚼了起来，再从工具袋中拿出馒头咽两口。我不知道有人吃过这种餐么？我回想起那年儿子过10岁生日，我和孩子他妈，还有他爷爷一起坐在美丽年华音乐餐厅共唱生日歌，品尝水果沙拉的情景，心里就甜丝丝的。我想这冰馒头必须得咽下去，否则我就没有气力来对付这冰了，那么像儿子他们这样的年轻人就不能坐在美丽年华音乐餐厅品尝水果沙拉了。

当我爬上第三座铁塔时，先是右脚发麻，我急忙将木槌转到左手，伸出右手来抓脚。我知道在离地20多米高的铁塔上脚抽筋意味着危险。而就在我的右手抓着右脚小腿时，我的右手竟也抽起筋来。完了完了，我闭上眼，对着灰灰的天空喊了一声：老天爷啊，你怎么这样对我？我这可是为了全市的几百万百姓啊。

过去轻易可上去的铁塔如今变得难于上青天。我想停下来休息会儿，但想到大爆炸，仿佛就有许多眼睛在盯着我瞧。我想此时要有个机器人多好啊，就可以不停地敲。想到机器人，我又联想到，假如谁发明一种线路快捷迅速融冰器该多好。唉！我忍不住长长地叹口气，怪就怪自己小时候读书不努力，如今空有想法难以实现。我又想起儿子小鹏来，他本来学习成绩还行，原本我是寄希望于他来完成我和我爸这两代人的理想。可如今他也迷上网络游戏，唉！那鬼东西害人啊。我想到自己的想法难以实现就在心里深深地叹了口气。

此时我又想起爸来。爸这一代人有一半时间差不多是在山上度过的，到了我们这一代没这么苦和累了，但又碰上这百年难遇的冰灾。是啊，冰灾不请自来，这个由不得你选择，你只能面对。这个跟下雨是不一样的，下雨你可以选择躲着，还可以撑伞，但这个冰灾你不能选择，你必须面对，就像战场上遇见强敌，你别想逃跑，你只要一想说不定枪弹就找上你。但愿老天保佑这天气尽快好起来吧，还有菩萨保佑爸能顺顺利利渡过这一关。转念一想我又觉得可笑，我怎么信起这个来，这天是谁也没办法的，这爸的病得相信医生和医疗技术的进步。

时间有时像奥运赛场上的百米决赛高手，你想拉也拉不住。这手和脚在关键时竟这么不争气。脚是常抽筋的，这我知道，但手没有抽过啊。我知道在高高的铁塔上手脚抽筋是十分危险的，但更要命的是时间。我用左手敲打着右手和右脚，从肩向脚敲，再从脚向上敲。唉，我的手和脚啊，关键时争点气吧。这不是为我一个人争气，这是为全市争气啊。我一边敲打，一边用左手使劲抓拧着右手和右脚。我慢慢感觉到痛了，我知道会好了，再反复使劲，嘴里一边喊着争气，加油，右手和右脚仿佛听懂了我的话，慢慢恢复了正常。

"咚咚咚……"我又像只啄木鸟似的不停地敲打着冰往上爬。

小　　鹏

其实游戏这玩意儿就跟魔鬼一样，不是你想甩就能甩得掉的。它最大的魔力就是死死地缠上你，让你欲罢不能，让你忘不了，让你兴奋，让你迷茫，让你忘掉一切。然而突然有两双眼睛盯上了我，一双是爷爷暗淡而期盼的眼睛，另一双是父亲尖锐而热烈的眼睛。这两双眼睛就像两对探照灯似的时时照着我，让我没有一点隐私，哪怕就是产生一点点想玩的欲望，两对探照灯都会立即自动启动强光，将我的欲望赶得远远的。我现在是不读书都不行了，两对探照灯时时刻刻盯着我，就连睡梦中都不放过。因此，我只要从睡梦中一醒来，第一时间就是找书。我的学习成绩又直线上升了，这让老师和同学们都很惊讶。当然我没有说有两对探照灯盯上了我，就是说出来，他们也不信，人有时真话也不能说。

我得争口气，当然这个气不光是我个人的，还有爷爷、父亲和许许多多认识的、不认识的人的。人有时候是由不得你选择的，特殊环境决定了你的特殊命运。好在我过去有些功底，有了爷爷和父亲帮我逐赶魔鬼，我又对那些数字感兴趣了。人的天性是什么？我不知道。但我知道魔鬼是天性的死敌。人生下来就要同种种的魔作斗争，魔走了天性就回来，魔来了天性就走了。

当然对我来说，魔的出现与一个人有关，她就是我的母亲，我最亲近的人。她的突然离去让我像丢了魂似的，这时魔乘机缠上了我。母亲为什么离我而去，我是似懂非懂。当时母亲跟我说了一番话，大意是她要去追求属于她的幸福，但是她的幸福到底是什么，母亲没有说，我也没有问。后来我知道母亲跟一个挖矿的老板走了，老板给她买了辆红色的宝马车。那车我放学时在路边见过一次，红红的，像血一样。当时母亲从车里探出头来叫我上车，我没有上。我感到有些恐慌，仿佛那车会吃人似的。母亲走了，从此再没回来。我像丢了魂似的，如果那天上了车，母亲会不会回来呢？这个我不知道。

母亲的突然离开，像一记铁锤重重地击中了我。我整天昏昏沉沉，别说上课读书，就连饭都不想吃。人生到底为了什么？幸福是什么？幸福是红色的宝马车吗？这些问题困住了我。母亲是那么决然地离我和父亲而去。之后，游戏成了我的亲密朋友，我和它一刻也不想分离，我仿佛从游戏中找到了答案，又仿佛越来越迷茫。

爷爷和父亲都是睁着眼走的。这些影像多年后一直跟随着我，好像成了我的影子。爷爷应该是在等父亲，这个我读得懂。尽管爷爷反复说不要影响父亲工作，但我知道老爷子骨子里是希望他唯一的儿子最后关头在他身边的，这是人之常情。但父亲呢？父亲是突然离去的，他当时在想些什么？我为这个问题想了好久，始终没有找到说服自己的答案。

母亲的突然离开曾经一度使父亲和我一样产生迷茫，这个父亲不说，但我看得出。是爷爷的一席话让父亲从迷茫中醒来，爷爷说："男子汉大丈夫不能为情所困，缘分这东西是不随你的意志变动的，是你的走不了，不是你的想留也留不住。俗话说强扭的瓜不甜，许多东西也许上天自有安排，何必为不是你的东西而跟自己过不去呢。"爷爷的这番话，我当时不很明白，但后来慢慢悟出老爷子简单的人生智慧了，而这种简单的智慧比许多大学者的哲学都实用。这点我后来慢慢明白了。

如今我也成为爷爷和父亲事业的继承者，而且实现了爷爷和父亲当年的愿望，我想爷爷和父亲的在天之灵应该安息了。想到这里，我脸上露出了满意的微笑。如果爷爷和父亲看到我实现了他们多年的理想，不知多么高兴呢。当然按照爷爷的简单智慧哲学，那么我的成功也应该是一切早有安排，只是顺其自然罢了。

冷　　冰

终于赶在爆炸前送上了电，我那仿佛一直用绳子悬挂着的心稍稍放了下来。但绳子一直挂在脖子上，心并没落下，因为杆塔和线路随时都有被不断增厚的冰再度撕裂的可能。这冰就像一群突然袭来的野狼，在你不经意的时候，给你来个突然袭击，面对凶猛的野狼群，我必须做好两手准备。

就在这时又有一件事让我心惊肉跳。我想当初爹娘给我取冷冰这个名字时是否有感应呢？为什么我的名字与这个原本与我不相干的城市挂在一起呢？一切都是巧合吗？还是一切皆有定数？我原本可以不来的，领导找我谈话时给了我两个单位选择，是我自己要来接受挑战。我原本就喜欢挑战，这个在我小时候就已显露出来，为此，我曾付出不少代价。那年秋天，红红的杨梅挂在树梢，杨梅的香甜像箭似的射向我，我和一起放学回家的小伙伴都垂涎三尺。我与小伙伴比谁爬得高摘得多，结果树枝断了，我从树上摔了下来。好在树不高，且又摔在草地上，但我的额头也划开一道口子，血与杨梅的红汁混在一起，分不出哪是血哪是杨梅汁。但我不怎么觉得痛，因为我胜了，我比另外三个小伙伴都爬得高摘得多。后来另外三个小伙伴读了初中都到南方打工去了，只有我坚持读完高中，并考上省城大学。

我的职工被抓。这个消息让我的心抖了一下，慌慌的，我用手使劲在胸口上按了几下。为什么被抓呢？说是破坏国家财产，这个罪不轻啊。但被抓的是守规矩、守纪律的好职工，说他们破坏国家财产打死我都不信。但市里某领导是这么说的，难道市领导还会错吗？这就像一个球一半是红的一半是黑的，让人一时半会儿判断不出到底是黑还是红。

线管所刘主任说是由于抢时间在移除环宇电力公司设备时没有经过他们领导同意，据说这个环宇电力公司和市里一些领导有这样那样的关系。这个问题比冰灾更让人头痛。冰灾虽然来势迅猛，但它在明处，是看得见，说得清的。而这个在暗处，看不见，说不清。明处的灾难可以跟领导和大家说得清道得明，但暗处的手，却是防不胜防。问题是你还不知如何去跟上级领导和大家说。那怎么办？我不能眼睁睁看着自己的职工为了工作而身陷囹圄啊。再说现在正处于抢险关键时期，这情绪传开，谁还敢去抗冰抢险呢？而且现在险情并没有排除，如果冰情再严重怎么办？我这真是左也不好，右也不是。我又想起读初中时与伙伴们一起钻山洞，山洞黑而长，钻到一半，小伙伴们都打道回府了，只有我一个人坚持往前爬。可爬着爬着前面的通道变窄了，而此时退后是不可能的，因为我们是架着梯子爬上来的，伙伴们临走时，我已叮嘱他们将梯子搬走。我试着喊了几个伙伴的名字，声音只在山洞里回响，相信就算声音传出去，那些伙伴也早走了，因为他们知道我的个性是不回头的。我只能头顶着坚硬的石头，下巴伏在又冷又湿的泥地上，石头擦着头皮，我将身子缩成一团。好在我身体小，这时小个子的优势充分发挥出来，我不顾一切地往前爬啊爬，终于见到了光。当时我的眼泪像瀑布似的涌了出来。此后许多年，我的梦里常出现爬山洞的情景。我也不知道经历过那么多事，为何这次钻山洞的经历总是隔段时间就在梦里重现。这也许是在暗示什么吧，我有时这么想。暗示什么呢？是不是暗示要出现困难呢？还是即将战胜困难？也许两者都有吧。

　　我给认识的领导一个个打电话。我从没这么求过人，但为了自己的职工，我不得不这样做。这像低头钻山洞一样，在这个问题上，我只能低头，而没有其他办法。我相信前面总有光的，这个是我低头的原因。有的领导知道这事根本不接电话，有的接了就说现在很忙以后再说。我打电话给张市长，但他的电话总是忙音。我感到很茫然，就像一个人在深山老林里迷路找不到方向一样。最后我想起一个人，这个人是我老乡，现在的市公安局局长，我们是在一次老乡聚会时认识的。这人身材彪悍，走起路来虎虎生风，两眼看人炯炯有神，好像有两道剑光在逼视着你，让人不寒而栗，一看就是搞公安工作的。我给他打电话，电话通了但没人接。我想这下完了，连这个有些实权的老乡也不接我电话了。就在我感到不知所措的时候，电话响了，是他打过来的。电话那头他挺客气，说刚才在开会讲话。听完我的述说，老乡说我知道你说的都是实情，但是这件事有些难办，主要是市里主要领导发了话，马上放人我不好交差。电话那头沉默了一下，我仿佛通过长长的电话线看到电话那头正在头脑中权衡，我耐心地等着。过了一会儿，声音又从电话线钻了过来："这样吧，我跟下边人说说，让他们优待你的人，关几天意思意思就出来。"我想了想也只能这样，就说："好，谢谢老乡，改天有空我请你。"

　　放下电话，我压在胸口的一块石头才稍稍放了下来，想起那天老乡聚会我本来是不打算去的，谁知关键时候还是老乡起了作用。我是学技术的，对官场这一套不大感兴趣，但有时由不得你。我又想起那句老话：人在江湖，身不由己。

袁　鹰

　　几个大盖帽突然出现，让我和同事们都莫明其妙。这不是抢险吗？不是为了确保不发生大爆炸吗？怎么大盖帽也来了，难道是来帮我们抢险的？好像他们帮不上忙吧。大盖帽到了身旁，走在前面的大个子一脸严肃地问："谁是这里的负责人？"我答："是我。"大个子说："请你跟我们到所里去一趟。"原来他们不是来抢险的，是来带人的。

"去做什么？"我问。

"有人告你们毁坏国家财产。"大个子说。

我和工友们听了都很激动。大个子听了我们的述说脸色和善了许多，他说："这个事我们也做不了主，我们只是奉命行事，请配合工作。"

我想想我是班长，这个事既不好让领导去，也不好让职工去，只能我这班长去了。

什么车都坐过，第一次坐上这警车总觉得怪怪的，好像有许多小虫子在身上爬一样坐立不安。说实话抢险虽然又苦又累，但是心里有一种神圣的感觉，但这算什么？我有些哭笑不得了。

坐在派出所的审讯室我还没说上几句话，大个子警官就出去接了个电话，回来脸就变得有些难看，像猪肝似的红红的。大个子警官沉默了一会儿，回头狠狠地向垃圾桶里吐了口痰。然后说："兄弟，今天这事有些对不住了，上头有些事我们也搞不明白，我们也有难处，这事还得为难你到里面待几天，请多理解。"

这算什么事？我有些激动了，大声说道："我到底犯了哪门子法呢？我们辛辛苦苦没日没夜地抢险难道错了，我们图什么？"

"你们抢险是没错，但是你们拆除别人的财产得经过别人同意嘛。"大个子说道。

"这不是化工厂因为停电要发生大爆炸我们才那么急吗？"

"这个你说得是在理，但现在是有理说不清了。我们也是执行者，也没办法，请你多多理解，理解万岁。"大个子平静而耐心地说。

"可谁理解我呢？"没有人回答。铁门哐的一声，好像给我回答似的，我被关进了另一世界。这一切仿佛像梦一样，我狠狠地在脸上拧了一把，痛，不是梦，这是现实。不分白天黑夜的抢险抢进牢房来了，为了消除大爆炸连父亲生病住院都没去看，而结果是竟然进了班房。这说起来是个笑话，听起来近乎荒诞，然而竟成现实，赤裸裸的现实。我昏昏沉沉地坐在地上，头脑一片空白，仿佛时间就此停滞不前，飞速的光阴好像被魔法大师变了魔术似的一下子从飞人变成了小脚老太太。

不知过了多久，铁门外的光线从暗淡变成亮晃晃的阳光。铁门再次被

"哐"的一声拉开，站在门口说话的人的声音从粗粝变成温和："你是袁鹰吧？"当对方听到我幽幽的回答后又说："你出来吧。"来人把我引到一间办公室说："所长，袁鹰来了。"所长见到我脸上堆满了笑，并站起来用一次性纸杯给我倒了杯茶。我双手接过纸杯，感觉阵阵暖意透过纸杯传递到手上。我喝了口茶，茶叶是狮子山上的云雾茶，味道很纯，茶水像狮子山上的山泉似的涌进心里，甜丝丝的。我的泪从心里涌了出来滴在茶杯里。茶叶像三月的花似的在我面前绽放。

所长等我喝了茶，然后平和地说："小袁，对不起让你到这里受苦了。我也是刚接到局长电话才了解你的情况。你这个事比较特殊，属特殊情况。"所长说特殊情况四个字时音调有意提高了许多，同时看了一眼站在边上的警员说："我想特殊情况只有特殊处理，里面号子你就不要去了。你就在外面待几天，但不能出去，出去给人看到影响不好。你可以在图书室看看书，在房间里看看电视。小何，你给小袁安排到我们工作人员值班的房间休息休息。"

我说："谢谢所长关照。""应该的应该的。"所长送我走到门口又补充一句，"对了，小袁，你有事可以到办公室同家人打个电话，报个平安。"打电话，听到这三个字我突然想起是该给父亲打电话了。于是我对小何说："哪儿有电话？这些天我父亲在医院住院我都没来得及看他。"小何将我带到他办公室。

电话嘀嘀地响着，我的心情也同这嘀嘀声一样焦虑。电话没人接，是不是出什么事了？我的心揪紧了，恨不得立即钻进电话线爬到医院去看个究竟。我对着电话发了一会呆，又重新按电话。这次电话里终于响起小鹏清脆的声音："爸，你在哪里？"我一时不知如何回答，忙岔开话题说："你爷爷怎么样了？"那边小鹏也没出声。过了一会响起了父亲苍老的声音："小鹰吧，你们怎么样了？"

"爸，还好。我们一直在忙抢险，想给你打个电话又没信号。"

"你们的事电视上都播了。你们现在抢险任务好重，要注意安全啰。"

"我知道。爸，你的病怎么样了？"

"还不是老毛病，没多大事，住几天就好了。你安心搞好工作。一定要注意安全，千万不能出事。我这里你不用挂念，少打电话，不要分心……"

放下电话，我松了口气。父亲病不重，另外父亲也没问我在哪里，否则真不知如何回答，既不能回答说在拘留所，又不好欺骗父亲。

袁　老

我知道我的期限快到了。我自己的身体我能感觉得到哪儿不对劲。接到鹰崽的电话，我当时真想说一句崽啊我想你，快回来吧。但我不能。电视上播了，五十年难遇的大灾难啊，此时此刻线路比我更需要他。那冰的厉害我是领教过的，像魔鬼似的黏附在线路上，将线路压弯了腰，非得将铁塔和电杆压得轰然倒地才罢休。这些冰啊，我在狮子山上跟它们斗了几十年，每次都是以我们胜利告终。但这次不同啊，从电视上看，这次它们来势汹汹，好像是纠集了所有的虾兵蟹将前来报复，这次鹰崽他们够呛啊。

其实对于鹰崽来说，我是亏欠他的。他从小就失去母爱，这都怨我，如果我在身边就不会发生那样的事了。想当初我临上山，鹰崽妈拉着我的手硬要送我下楼，我就觉得有些异样。她站在门前那棵玉兰花树下，才将背包给我。当时玉兰花正在阳光下绽放，弄得我都分不清到底是玉兰花香呢，还是鹰崽妈身上的香。那时我是真舍不得离开啊，但狮子山上的线路需要我去保护，因为冰随时都有可能偷袭它们。

她可从来没这样送过。这人啊是不是有个什么第六感在暗示？当时总觉得走得有些不踏实，可我没想到会突然出现意外。人啊人，没有后悔药吃，如今再想这些有什么用呢？好在鹰崽和我一样坚强，还接了我的班，这个是对我和他妈最大的安慰。我这个人是干一行爱一行，鹰崽这一点太像我。一年到头很少回家，这不好好的一个女人竟然跟人跑了。这人啊，会变，想我们当年是不会有这样的事，这多丢人，为了几个钱就跟人跑。可现在不管这个了，这个是不以我们的想法而转移的，因此我劝鹰崽顺其自然吧。我知道鹰崽那时很苦闷，烟一根接一根地抽，酒一杯接一杯地喝，这样下去不行啊。我说男子汉大丈夫遇事得拿得起放得下，不要婆婆妈妈的。不就是个女人跟人跑了吗？不是你的强留也没用，大丈夫何患无妻，到时找个更好的。可鹰崽也是个认死理的人，从此对别的女人都没兴趣。唉，我该说什么好呢？鹰崽随我啊，我当初不也是这样吗。那时鹰崽他妈突然走了，许多人给我介绍女人，我连见都不想见。要说没有欲望也是假的，当初在狮子山脚下遇到一个女人我就动了心，那身体散发出的气味就像狮子山上的空气一样清新纯正。可鹰崽看着她就躲，没办法啊，崽不认，我这做老子的有什么办法呢？我总不能强迫他认吧。后来我对她说："我已经对不起崽了，难道还要在他心灵上雪上加霜。"她是哭着走的，可我有什么办法呢？鹰崽和她都是我爱的人，我左右为难，总得对不起一个人，这是没办法的事。她现在可能也老了吧，想当年她可是像狮子山上的山泉一样有活力。说来我这一生，最快乐和最痛苦的时光都是在狮子山上度过的。当初失去鹰崽他妈我是整整大半年都没笑过，笑不出来啊，想着这么亲近的人就这么突然离你而去，这怎么都转不过神来。你想鹰崽的女人跟人走了，这个还好说些，因为她是自己要走的，而鹰崽她妈是突然被黑白无常带走的。这就让人想不通了，好好的一个人，黑白无常为什么找上门来？她实在是没做坏事啊，平时连鸡都不敢杀，可黑白无常为什么偏偏找上她呢？这个我一直没想明白。话又说回来，这人啊，来到这世上有许多事太难明白了。当然狮子山也给我带来不少快乐。那天，夕阳像只大金蛋似的挂在天边，天上的云彩也好像失了火似的不停地从我们头顶飘过。我望着这美景，好像时间从此停止流动，仿佛只要一跳就可抓住那片火红的云彩。我们像孩子似的不停地跑啊跳啊，就在我们跑累了跳累了回到石头屋时却发现了它，一只黑黑的小野猪。当时我们和它都惊呆了，一时谁都没有动静。这时我的同事小张反应过来顺手将门关了。小野猪见关了门仿佛知道大难临头，尖叫着在房间里乱窜乱叫。我们开心得狂笑起来，小张就说把这送上门来的小野猪宰了可供我们吃几餐好的。我说搞不得，这山上的动物都有灵性，我们可不能动杀机。我过去打开门，门外的景象真把我们吓了一大跳：一群野猪黑黑的一片站在我们面前，那阵势就像电影里古人打仗排兵布阵一样。小野猪见了，一窜就冲了出去，一群野猪号叫着拥着小野猪就这么慢慢地消失在天边的落日中。

袁　鹰

　　想起孩子他妈真是叫人心烦，不就是我在外面忙工作吗，竟然跟人跑了。不过究其原因一直是个谜，女人就是难以琢磨，我好歹也跟她在一起有十来年了，但对她真是越来越不懂了。她到底为什么呢？有人说是为了钱，她要那么多钱干什么，跟我在一起少了她吃还是少了她穿？这个我一直不明白。不过后来我也就麻木了，也就不去想了。可过了两年后她又突然打电话来说好后悔，不该离开我和儿子，说如今她病了，好想我和儿子。唉，我这人心软，就说那就回来吧。可她说已经回不去了，没脸回了。后来电话就挂了，以后再打就打不通了。大约又过了半年的一个晚上，我刚洗完澡准备睡觉，突然手机叮咚响了一声，是她发过来的短信。我急忙打开，一行字跳入眼前："融桂香女士于今晚十时因病去世。"我连忙打电话过去，无法接通，发短信问在哪里，也没人回答。一个活生生的人就这么永远消失了，这又让我陷入深深的烦恼中。当然这些我没给儿子说，他还小，给他留个念想。

　　这人啊有时思来想去就像做梦，梦醒了一切都是虚幻。你说孩子他妈吧，好好的却跟人跑了，然后才两年多人就没了。这到底是图什么呢？钱和生命到底有多大关系呢？也许她不跑，就不会生这病，人就会好好的。这人没了，钱又有什么用呢？当然想这些都是没用的，谁又能知道明天的结果呢。就因为明天太多的诱惑，想法也就多了，慢慢地就管不住自己了，这问题也就来了。

　　刚在拘留所休息两天，单位同事小王就来接我了，说冰又发威了，好多杆塔都倒了。

　　这消息让我惊讶。"这意味着我们前面的努力都前功尽弃了？"我说。

　　"这是没办法的事，这是天灾，不是我们人为能做到的，我们已经尽力了。"小王摊开两手说，"现在关键还是化工厂的难题，没有电力保证，6小时后温度从零下20度上升到零下8度就会发生大爆炸。现在必须要尽快找到大型柴油发电机，外面调来的发电机由于路上结冰也给堵住了，远水救不了近火啊！"小王哀叹着。

大型柴油发电机？我的大脑快速查找着这个词。记忆中好像在哪儿见过这玩意儿，可到底在哪见过呢？这平时不用不觉得，现在到了关键时候可是要命的玩意儿啊。我抓着头前后左右看了看拘留所附近的方位，哦，想起来了，就在这附近，有个工厂，当时没有接我们电前用的是柴油发电机，这个我有印象，因为当时是我到现场接电的，现在只有先找到这发电机给化工厂保电了。车子在附近转悠着，我不断地回忆，那是个春天，是个多雨的春天。我给联系人打电话，联系人是个女的，声音听上去很温馨，就像春天开花的声音一样甜美，但她说的地点我们转来转去就是找不到。对了，想起来了，好像是要从一个巷子里拐进去，对对，就是前面这个巷子。终于找到这个工厂了，但却没人。从铁门缝里依稀可以看到那台柴油发电机静静地躺在那里，好像专门在等待我们的到来，但问题是主人不在啊。我在手机里细细地找出她的电话拨过去，然而电话已打不通。

"这怎么办呢？时间就是生命，大爆炸如果发生，不知有多少生命和财产要炸飞。不行不行，无论如何也要先把发电机弄出来。"我说。

"但袁鹰你得吸取上次的教训啊，这么冒冒失失地闯到别人仓库搬东西那是犯法的，搞得不好不要又把你搞进去了。"同事小王脸上的表情有些严肃。

"这个我知道，我还不至于傻到连这个都不晓得。但问题是现在找不到人怎么办？难道眼睁睁看着大爆炸发生吗？"我不知不觉地有些激动起来，感觉脸发热发红了，"我不能眼睁睁看着发电机躺在那儿睡觉，而我们却坐等大爆炸发生，这个我做不到！我宁愿再进拘留所的臭牢房也要把发电机拖过去装上。"

我说完就带头用铁锤砸锁，铁门发出"哐啷哐啷"坚硬的回声，仿佛在说，你敢砸我，好，你等着。铁门在最后一声哐啷的吼叫声中终于不情愿地开了，门内的发电机却仿佛笑了，好像在说，你们终于来了，我又可派上用场了。我们七手八脚地将发电机装上车，此时的我却陷入沉思，我想我们还真不能就这么走了，否则尽管女老板有着花开的声音，也会发出刺耳的尖叫声，总得留下点什么吧？我这么想着眼睛就四下扫去，忽然看见大门左边墙角蟋蟀草旁有一块粉红的小石头。我灵机一动，捡起石头在铁门上写道："王女士好，因抗冰抢险情况危急，特借你发电机一用。"并留下我的工作单位和姓名电话。写完我将尖尖的粉石扔在蟋蟀草旁，拍拍手上的粉红色灰尘说："兄弟们走。"但这时大伙们却不动。小王走过来捡起蟋蟀草旁的小石头，也在铁门上我的名字旁边加上他的名字和电话。几个不大熟识的临时工也在旁边歪歪扭扭地写上他们的大名和电话。一时铁门被我们用石头写满了字。我看着这些粉红色的歪歪扭扭文字，突然一股暖流从心中涌出，眼前一片模糊。

冷　冰

"我是冷冰。什么？大型柴油发电机找到了？谁找到的？袁鹰？那个为了抢险被关进去的袁班长，他不是刚从拘留所出来吗？真神奇，这么多人没找到，一个为了工作受了这么大委屈的人却在关键时刻又立了大功，这种精神值得我们所有人学习。我们要好好宣传，要向市里、省里和国家给袁班长请功。"我很兴奋，也很幸运，我们单位有这么好的职工，还有什么困难不能攻克？这些天来我经历了一生中最难也是永远难忘的日日夜夜：灾难的突如其来让我意想不到，社会的复杂让我意想不到，然而职工的敬业更加超出我的想象。换了是我受了这么大的委屈也会发牢骚，也会骂娘，也会消沉，何况是一个普普通通的职工。我要向市里领导好好汇报，要请他们到我们的线路现场好好看看，看看我们的职工是怎么为了抗冰保电吃苦耐劳的，要让他们理解我们的职工，不能凭想象办事作决策。

说实话，我冷冰也是从基层一步一个脚印干出来的。线路工作的辛苦我体验过，但没有经历过这么严重的灾难和复杂的社会环境。记得那年涨大洪水，发生大面积停电，连京广线都停了。深夜一点多，我带队查线抢修，当时天很黑，路灯全停了，经过仙人桥时我顺着手电筒的光柱看过去，发现洪水已漫过了桥。桥上桥下翻腾着黄黄的浪花，各种红红白白的塑料袋、枝枝叶叶等不停地旋转着，发出吼叫，好像它们都是被洪水召唤而来呐喊助威的。它们不停地拍打着桥两边的不锈钢栏杆，仿佛要大吼一声把桥连同栏杆摧毁。

我当时心惊了一下，心想没见过涨这么大的水啊，过桥会不会有危险呢？这桥是过还是不过？是啊，这座桥，这座连接着这块土地和对岸土地的桥，这座对我们来说熟识得就跟自己手脚一样的桥，现在却漫起了水拍打着栏杆。可这个路段除了这座桥就没有别的桥了，如果过别的桥，得多走十多公里，如今京广铁路多停一分钟，造成的损失就多增一分。我对后面的人说，我先过去探探水，看情况你们再过。同来的职工说，班长这洪水够猛的，小心些。我鼓起勇气说，我水性好，应该没事的，说完就向桥走去。水越来越深，慢慢地漫过了膝，漫过了腰。我将手电光向桥那头照去，估摸桥已过了一半。是啊，这座过去两分钟就可走过的桥，如今在水的侵入下却变得漫长和危机四伏。我想也许只要往前走上几米就应该安全了吧。就在这时，一个巨浪"哗"得向我冲来，我来不及反应直接被冲入河中。我当时一下晕了，两只手不停地乱扑，也是不幸中的万幸，恰好一根木头被浪冲到面前，我一把抓住木头，顺着水流向下游漂去。也不知漂了多远，迷迷糊糊中被路旁冲倒的树枝挂住。我抓住树枝挣扎着爬上了岸。一确定自己到了安全地带，我突然感到全身疲软无力，恶心难受，好像肚内进了许多条泥鳅，在里面翻江倒海，我趴在地上一个劲地呕吐着黄水。这次洪灾让我对水也产生惧意，平时看上去多么温柔多么沉静多么美妙的水，一旦发起威来，力量竟如此巨大。

后来他们都以为我遭难了。第二天当我跌跌撞撞地走回家时，妻子正坐在床边一把鼻涕一把眼泪地哭，见了我仿佛像见到鬼似的，先是一愣，眼睛睁得大大的什么话也不说，接着就扑过来抱住我又哭又笑又捶又打的。

人们常说大难不死必有后福，这句话应在我身上了，我被评为市、省、全国劳模，从班长提为副主任、主任、副局长、局长。可如今又遇上大难了，但愿能顺利渡过这一关吧，我这样想。

袁　鹰

我们走在路上，突然就听到"轰"得一声巨响，像是从天上落下颗巨型炸弹，半边天都红了，周边的树木也燃起熊熊大火，铁塔像个无奈的巨人绝望地吼叫了一声后凄惨倒下。大爆炸的问题是暂时解决了，但是电网基本上倒了，钢铁架成的铁塔啊，就像扭麻花似的被冰扭倒了。活了这么多年，这回算是见识了大自然的威力。我们平时引以为傲的坚强的铁塔啊，在大自然的威力下两三天就全倒了。目前的当务之急是如何在春节前供上电，这个平时人们不在意的东西，一旦失去就知道它的重要了，没有电，一切现代的东西都不能用，人们又得回到过去。现在只能先找出一条损失最小的线路修复供电，我们得全部到山上去巡线，查找出这条线路。天仙岭山高路陡、地形复杂那条线路只有我去，这个嘛，一来我是班长，二来我熟悉那一带地形。

次日，天麻麻亮我就动身了。我带了一瓶水，在路上的包子店买了两个包子和两个馒头就上山了。清晨，雪光映照下的森林寒气逼人。我踏着雪白的冰，随着工作鞋咔嚓咔嚓的脚步声，沿着电杆的路线，一步一个脚印地向山上爬去。也许是鞋踏雪咔嚓咔嚓的脚步声太响，惊起林中的一只野兔，野兔睁着黑玻璃珠子似的眼睛盯着我这"怪物"看了一眼，然后飞快地闪进林子深处，它那长长的耳朵和黄色的毛皮，宛若一阵幻影，只有雪地清晰的小脚印显示这只动物曾经出现过。

将近中午，我巡视的杆塔已过三分之二，当我走到九十四号杆塔时，突然发现前面没路了。原来明明是有路的啊，如今却变成雪茫茫的一片。我试探着往前走，然而脚下一滑，就像个大雪球似地滚了下去，一直滚到抓住一棵小树才停了下来。我吓晕了，幸好抓住这棵树，否则这么一直滚下去，就是不死也难得上来。然而现在我也滚下七八米了，我得尽快爬上去，还得确保爬得安全，否则再滚下去就危险了。我从工具袋中取出活动扳手，一下一下地在坡上砸出一个个小雪坑，然后再用脚踩着雪坑一边往上爬一边砸，慢慢地终于爬了上来。此时我顾不得喘口气，我得赶快走。然而我围着九十四号杆塔转了一圈又一圈，却再也找不到那条路。没有办法，我只好沿着老路返回，但奇怪了，老路走着走着也不见了，我又回到了九十四号杆塔。这下我意识到麻烦来了，我在雪地上迷路了。"白茫茫的大地真干净。"我想起红楼梦中那句话来。问题是现在不是看风景和诗情画意的时候，现在是如何尽快走出去，否则天黑了就完了。此时口袋里的手机毫无作用，不但没信号，就连电也没了。怎么办？我已经转了五圈了，还是找不到路，难道我今天就这么困死在这雪山嘛？我还没来得及去向医院里的父亲问候一声呢。想到父亲，突然就想起父亲给我讲过的他在雪地里迷路的事，此时以前听的故事就成为我的救命工具了，这是我从来没想过的。我先调整好心态，这是父亲告诉我的，在山上迷路了首先不要慌，要放松心情，就像平常走路一样。我靠着电杆坐了一会，喝了两口水，吃了两口冰馒头，用纸巾擦了擦额头和脖子上的汗，感觉心跳慢慢平静下来。然后站起来，按照父亲说的寻找太阳的方向。然而此时太阳被云层挡住了，我只能运用父亲说的第二招。我将钱包里的建行卡拿出来，将工具袋中的小刀放在建行卡上，这样我就看出阴影了，也就知道太阳的方位，我来时是迎着太阳来的，此时只能朝着阴影的相反方向走。这时还得用上父亲说的第三招才保险。我将地上的雪抓成一个个圆圆的小球，一边走一边将雪球甩出去，察看着雪球滚落的速度：雪球滚落快的地方不能走，因为那也意味着危险所在。就这样我一边走一边甩一边看，终于找到那条长蛇般的弯弯山路了。沿着隐隐约约的山道走了一会儿，渐渐能远远地看到九十五号杆塔。此时我的心又慢慢放回胸腔里，我对着九十五号杆塔方向开心地喊了一声，九十五号，我来了。声音惊起一只缩在老树鸟巢里的大鸟，鸟扑打着雪花惊慌地往树林深去飞去。

冷　冰

　　望着不断倒塌的杆塔，我们都不知所措。

　　"地震、洪水，我都见识过的，但对电力线路造成这样大面积的破坏是前所未有的。"同来的省抗灾中心主任皱着眉头吐着热气说。

　　"是啊，是啊。如此大的灾难，我冷冰别说没见过，听也没听过啊。"我叹着气说，"过几天就是春节了，我们如何保证医院、供水、电视台供电及上百万市民春节前用上电，这是个大难题啊。"我看着凄惨的现场说。

　　"这场灾难我们市政府也没想到这么严重，现在关键是如何确保春节供电，现代社会没有电，城市就瘫痪了，电力部门责任重大啊。"张市长沉重地说，"还好，你们保证了化工厂没有发生大爆炸，这个我们市政府要感谢你们。"

"唉，为了保化工厂供电，我们的职工吃了苦受了累不说，还被关进去几天，可是受尽了委屈啊。"我说。

"有这事？"市长张大了嘴皱着眉说，"我们个别领导是有些官僚主义，坐在办公室瞎指挥。"市长又说："那位受委屈的职工现在怎么样了？"

"那是个好同志。"我说，"从拘留所出来的路上又立了大功，帮我们找到了大型柴油发电机，又一次化解了化工厂大爆炸危机。"

"这真是个好同志，在哪里？我想见见他。"市长扶了扶黑边眼镜说。

"刘主任，刘主任，袁鹰班长在哪里？叫他来一下，市长要见他。"我对着施工现场喊。

"局长，袁鹰巡线去了，估计快回了吧。"刘主任一边说一边低头看表，当他抬起头来时笑了，说："你看看，说曹操曹操就到，这不正好袁鹰来了。"说着对着一个干瘦的中年人喊："袁鹰、袁鹰，你过来一下，领导要见你。"

一位中年人朝我们走来，渐渐近了，我和市长都向他走去并不约而同地伸出了右手。

"走开！"袁鹰突然发声喊，朝着我们飞扑过来，一把将我们推开。我和市长被推得连连倒退几步，正在我们丈二和尚摸不着头脑的时候，只见旁边山坡上的一根水泥电杆倒了下来，"啪"得一声巨响正砸在袁鹰身上。

"啊！"我们不约而同地惊呼了一声，木呆呆地怔在了原地。

"袁鹰！"那边刘主任惊呼一声飞奔过来，我们才惊醒过来。"快！快！快救人！"我一边喊一边用手招呼着，人们一下子围了过来，齐声喊"一二三"将电杆抬到边上。"袁鹰！袁鹰！袁鹰！"人们呼喊着，"快叫救护车送医院。"看着救护车呼啸而来又呼啸而去，一切仿佛在梦中。我这才从惊恐中醒来，大意啊，我们只注意那高高的铁塔了，没想到这旁边山坡上的低压电杆也会突然倒下。

小　鹏

我下楼去给爷爷买苹果、香蕉。看到医院门口人来人往，救护车闪着警示灯呜呜呜地响个不停，穿粉红色衣服的护士进进出出。只见一个脸上有些皱纹的护士在那里指挥说："快快快，别的医院都停电了，生孩子的孕妇和其他医院的新生儿和危重病人都会转到这边来，每个病房和走道上都赶快加床。"护士们在那里来来往往穿梭着、忙碌着，不时有孕妇、病人从救护车上抬下来，整个医院仿佛变成了战地医院。

我想，电啊电，这个平时在我看来平常得不能再平常的东西一旦失去才发现是多么重要，没有电，医院也不能治病救人，这么说，过去我轻视了父亲和爷爷从事的职业。其实许多事一时是很难想得通的，妈妈突然跟有钱人走了，这固然有妈的错，但爸就没错吗？他老在外面忙，出差，一年到头很少回家。妈说他这么忙又挣不了几个钱，说谁谁谁大老板一年轻轻松松就挣了六百万，谁谁谁又一年搞了两三千万。钱啊钱，我以后一定要做大老板多挣钱，像老爸、爷爷这样一年到头在山上日晒雨淋的没出息。但这次大停电让我看出来，没有电，化工厂会大爆炸；没有电，火车开不了；没有电，医院、电视、手机、水……一切的一切都因为这电而出了问题。看样子电才是人们每时每刻都离不开的，这么说爷爷和父亲从事的事业是很重要的。我一边想一边提了水果回房，站在走道上发现爷爷病房里突然站满了人，是不是爷爷出事了？我这么想着忙挤进去。"这是小鹏吧。"围着的人中有人说。我看了看，这些都是平时爸爸单位的熟面孔。爷爷正半靠在床上，我看见爷爷两只有些混浊的眼睛在人群中不停地转着。这时站在前面的高个子弯下腰对着爷爷的耳朵说："袁老，袁鹰去县里抢险去了，我们这边事做完了先来看看你。"听了这话，爷爷满是皱纹的脸上露出难得的笑容，仿佛久阴的天空突然出现了阳光。

我突然也想到一个问题，为何这么多叔叔、伯伯突然来看爷爷，而独不见爸爸呢？当然这个话我不便多问。当叔叔、伯伯们离开的时候我对爷爷说我去送送他们，爷爷看着我点点头。我一直将他们送到医院门口，看他们要上车了才拉住高个子叔叔问："叔叔，我爸真的还在外面忙吗？"

高个子叔叔拉着我的手，眼睛里闪过一丝慌慌的红光说："好孩子，快回去照看好爷爷吧。"他想了会，又从包里掏出纸笔写上名字和电话放在我手里说："有事打电话给我。"

回来的路上，我一直想着高个子叔叔眼里的那丝慌慌的红光，心里也好像被那丝慌慌的红光掏空了似的，随着上楼的脚步乱乱的抖了起来。

回到病房，爷爷用慈祥的有些怪怪的眼神盯着我一动不动地看，这眼神看得我心脏扑通扑通直跳，就好像里面有个小人在摇来摆去地跳着舞似的。我说："爷爷，你有话就说，别这么看我。"爷爷没说话，只是伸出枯黄的手来拉着我的手，将我的手背摸了又摸，然后说："崽啊，要听你爸的话，好好读书，将来许多事都得靠你们呢。爷爷是吃了文化低的亏，你爸呢文化也不高，因此有些事想干干不成。不瞒你说，爷爷受够了冰的折磨，一直想搞个发明解决线路结冰的问题，但好多知识不懂。后来我把想法传给你爸，他看了些书，也没弄成。这个事要涉及好多科学原理，崽啊，爷爷和你爸的这个心愿还得靠你啊，你要在学校读好书，读大学，读研，当然如果能读博就更好了。"

爷爷拉着我的手，眼睛定定地瞧着我，瞧得我心里七上八下的，我想只有不管三七二十一，先点点头答应下来再说。

小　　鹏

我跪在两口棺材前，不停地往两边火缸里烧着黄表纸，黑黑的烟随着小小的火苗在棺木前升起，我仿佛看见了两个灵魂在空中飘荡。我的眼睛已经流不出泪水，仿佛我的眼泪已经凝固成冰。淡淡的烛光好像两双大大的眼睛在不停地转来转去，它们仿佛在戏弄我说：看你能不能承受这现实。是的，我宁愿自己是在做梦。我摸摸自己的头发、脖子、额头、眼睛、鼻子、嘴和胡须，所有这些确实都是我的。我用力在自己的脸颊上抓了一把，真真实实的痛，实实在在的现实，不是梦，不是梦。不、不、不，我宁愿自己是在做梦，宁愿是一个噩梦。梦啊梦，你快醒醒吧。然而，当我摸到自己的胡须时，我明白这是个回不去的梦。我已不再是孩子，我是一个长出了胡子的男子汉，我必须坚强地面对一切。是啊，我有时在迷迷糊糊中想，胡子，我为什么会有胡子呢？这该死的黑黑的胡子，我为什么会长出来呢？没有这胡须该多好啊，没有这胡须，我还是幸福快乐的我。我无忧无虑，我有父亲、母亲、爷爷的疼爱。想当初，我上幼儿园，上小学，要么是爷爷送、母亲接，要么是母亲送、爷爷接。晚上，父亲回来了，就会摸摸我的头说，我们家的小男子汉长高了，就会有快乐的笑声在房间飘逸着。是啊，这一切的一切，都源于这该死的胡子，我宁愿这胡须不长出来，永远不长出来，让我永远待在我的童年里，该多好啊。

"鹰崽啊，你怎么就来了呢？你还这么年轻啊！你的路还远远没走完啊！你还有好多好多的事要做啊！我的可怜的崽啊……"

"爸，您也来了。儿子对不住您老，儿子不孝，没有送您老走就来了，儿子大不孝啊。"

"我的可怜的崽啊！你这到底是怎么啦，一身的伤和血，你这是被伤着了，是什么东西伤了你啊！我的可怜的崽啊，痛吧！"

"爸，是被倒下的电杆砸住了，那东西太沉了，我当时就知道自己不行了。"

"我的崽啊，爹一再叮嘱你安全第一、安全第一啊。你就是不听，真的是气疯我了。"

"爸，不是我，不是我。是我们领导，还有市里的领导要见我，电杆承受不了冰的力量，突然往下倒，一点预兆都没有，就往下倒了，恰好被我看见了，我不可能不救啊。爸，你说对不对，换了是你，你也会救的，对不？爸，你说呢？"

"是啊，我的崽！如果换了是我也会毫不犹豫地救人，不管是谁咱都得去救，这是咱做人的本分。"

"鹏崽啊，我的儿！我和你爷爷都走了，最最关心你的两个人突然走了，这就跟这冰灾一样，对你来说是无可奈何的事。我的儿啊，对你来说，不是公不公平的问题，是如何面对的事。人就是这样，有些事，像这冰一样由不得你，你无法改变这事实，你只能用你的心去容纳这些事实。"

"是啊，我的鹏崽，你爸说得对啊。这世上的许多事是我们无法改变的，我们只能用我们的心去包容一切。我的鹏崽啊，人的心啊，说小很小，说大可以包容整个天地。鹏崽啊，我的心肝宝贝，我和你爸都舍不得你啊。我们都走了，留下你孤零零的一个人在这世上，爷爷心有不甘啊……"

"鹏崽，你爷爷说得对啊。爸最担心你的也就是我们都突然走了，你必须像你爷爷说的，做一个心大的人。鹏崽啊!记住你的心必须要大，否则你就过不了这一关。爸知道你其实是个很聪明的孩子，你的学习成绩也一直不错，但就是过不了心这一关，这也是爸和你爷爷最揪心的事。当然话又说回来，其实每个人都会有心小的时候，这没有错，但你要做到与别人的区别是，这种心小的时间不能长，长了，你的心就会烂掉，就不属于你了。"

我迷迷糊糊中听见两个人在我耳边嘀嘀咕咕地说个不停。我睁开眼，看见火缸上漂着淡淡的一丝丝青烟，忙拿了些纸放进火缸里烧。我听见火烧黄表纸发出的丝丝声音，伴随着时有时无的哀乐声在空中环绕，仿佛父亲和爷爷的声音就在这中间不停地转动。青烟和蜡烛散发出的烟味在空中流动，眼睛和鼻子都有些难受。此时我禁不住想起小时妈妈抱我亲我时散发出的花香味，淡淡的，时有时无，犹如秋天家门前的桂花香。我小时候很喜欢闻妈身上那种香，特别是在黑夜里，什么都看不见，这时候鼻子特别灵敏，那花香就显得特别强烈。每当此时，我就特别快乐，仿佛躺在花丛中，甜甜地进入梦乡。

冷　冰

这个冬天发生了太多的事情，这个冬天是个让人难以忘怀的季节，这个冬天发生了太多让人想象不到的事情，这个冬天就像一只大大的挂钟突然停摆一样，时间突然定格在2008年的春节前，突然来袭的寒冰，突然的大面积倒杆倒塔，突然的全市停电。这一切的一切都好像早有预谋似的让人防不胜防。袁鹰44岁的生命就这么定格在这个冬季。当然，如果不是袁鹰，就是我和张市长的生命在此定格。当袁鹰被120急救车抬到市第一医院抢救时，竟与他的父亲同时停止了呼吸。这一切到底是巧合还是其他我无法推断。当我将此事报告张市长时他惊了半天才说了句："这样的好同志我们要给他申报烈士。"他停了一会又说："我也要去参加他们的葬礼，记得到时通知我一声。"

天下着毛毛细雨，市府办公室主任和秘书抬着花圈，我陪着张市长一行于八时三十分到达灵堂。灵堂里并排摆着两具黑漆漆的棺材，从左至右两边挂着几个白底黑字。左边是：继往开来追烈士，右边是：光前裕后慰英灵。说实话，我的一生参加过一些人的葬礼，也致过一些悼词，但这种父子同开追悼会的场面还是第一次遇到。张市长站在灵堂前认真看着左右两边的对联。这时雨突然加大，风一吹，雨飘了进来，洒在两副对联上，黑色的大字好像也在流泪似的变得湿淋淋的。张市长摘下眼镜擦了擦，然后慢慢地进入灵堂。他先看了看左右两具棺木前的相片，然后先到袁老灵前上了香，随后腿一弯跪在灵前连叩了三个头。市政府办公室主任和秘书相互对看了两眼，俩人好像在用眼睛不停地交流，随后也跟在张市长后面下跪叩头。外面的雨越下越大，围观的人却越来越多。两个老人在小声嘀咕着："老袁头这辈子值了，市长都给他下跪了，值……"

张市长在给袁鹰上香时将三根香仔细摆得很正，鞠躬时很缓慢，头一直垂到九十度以下才缓缓抬起。三鞠躬完，张市长一动不动地盯着袁鹰的照片看，仿佛要从照片中确认这么一个鲜活的生命是否真正离开。雨越下越大，人越来越多。我看看表上的分针已到了九时，对工会主席说追悼会开始吧。我致完悼词，正要离开。张市长走过来说："我也说几句吧。"他再一次分别走到两具棺木前鞠了躬，然后缓缓地对着话筒若有所思地说："今天是个特殊的日子，大家都知道现在全市正在进行紧张的抗冰救灾工作，而我这个一市之长在这个时候放下我从政以来最紧张最繁重的工作来到这里，我认为这是很值得的，也是很有意义的。今天在这里有两个普通职工离我们而去，但他们的精神却永留下来，在我们中间，在所在单位，在全市。我相信，有了这种精神，我们的抗冰救灾工作一定会取得全面胜利。"说到最后，张市长突然加大声量，并将手握成拳向上挥了一下。此时我注意到雨和风都突然停了下来，所有的人包括风和雨此时仿佛都在沉思，都在思考张市长这番简短的话。

小　　鹏

我再次走在学校的路上，发现路旁的迎春花已经开了。冰所带来的灾难仿佛就像一个熊孩子开的玩笑。熊孩子被母亲叫了回去，有如一阵风

34

似地刮了过去。当然痕迹是有的，拆断的树枝，如受伤的人暴露的伤口，空气中仍然隐隐约约散发出树木的气味，如人的血腥味一般在空中淡淡流动。

上课前，女班主任老师特地将我的座位由倒数第一调到最前排，而且老师还时不时地看我一眼，眼睛里多了一些怜惜与关爱。我从老师的眼神里知道老师已了解我家发生的事了。我上课听课，做作业以及考试，已不再是过去的我了，因为现在这些已不是我一个人的事。我虽然和冰灾前的我是同一个我，但冰灾前的我仅仅是我一个人，而此时坐在课堂上的我已经不只是我，还代表着爷爷和父亲。头七那天，我把写给爷爷和父亲的信烧了。为了写这封信，我翻来覆去想了一晚上。第二天早上起来我在黄表纸上写道："亲爱的爷爷、父亲你们好，明天就是你们的头七了，我想来想去还是决定写封信给你们。爷爷、父亲你们一起走了，我知道你们走得不安心，肯定是在挂念我。说实话在我生命中突然发生这么大的变故，我是做梦都没想到的，我真愿它是一场梦，一场能赶快醒来的噩梦。但是，亲爱的爷爷、亲爱的父亲，我知道这梦醒不来，永远也醒不来了。你们的离去给我上了一堂最深刻的人生课，这就是什么叫死亡。我知道将来的一天，我也会死，也会到天堂与你们见面。但现在的我必须清醒地面对现实。我必须努力完成你们的心愿。爷爷、父亲你们放心地走吧，这里我向你们保证，我不会再玩游戏，也不会再玩别的什么，我会全心全意地投入到学习中。如果不信就请你们监督我吧。最后祝爷爷、父亲安息，一路走好。袁小鹏致礼。2008年2月14日。"看着信化作一缕青烟向上飘去，我仿佛在空中看到爷爷、父亲在认真地读信。

时间这东西有时只是简单地重复，有时却是天翻地覆。高考的结果对我来说完全都在意料之中。当我告别这个让我伤心让我忧的南方小城前往首都读书时，前来给我这个孤怜人送行的却意外的多。车厢外许多认识的和不认识的人朝我真诚地挥着手，此时八月的阳光斜斜地洒在站台上，我看见许多人的脸上流着汗水和泪水。车厢里的我朝车窗外的人们挥手告别时不知不觉流下了热泪。此时我知道这个城市已经融入我生命中，它已成为我生命的一部分。

冷　冰

当我即将离开这个城市时，传来一个令人惊讶的消息，这消息让一些人兴奋，一些人叹息，其实这个消息对我来说是意料之中的事。我刚来主持工作一周不到就发生了一件大事，一件让我睡不着觉的事。当我赶到现场时，双方聚集了上百人，闹闹哄哄的像个大集市，不一会儿就有人抓起铲子、圆锹、钢钎动起了手。我情急之下，抓起电喇叭站在土坡上用全力喊道："我是电业局局长冷冰，请大家不要动手，有事坐下来好好说。"我话没说完，就听见有人高喊："打的就是这个电业局局长，兄弟们上。"就见一伙头戴蓝色安全帽，手拿铲子、圆锹、钢钎的人朝我冲来。如果不是袁鹰他们及时赶来，恐怕我要结结实实地挨上几铁杆躺进医院。但这次事件让我深深意识到问题的复杂性，供了几年电的企业，电费欠了几百万，天宇公司突然拆除我们的设备架一条线就自行供电。这样一来不但国家的电费不能收回，就连人员设备安全也无法保障。单位与天宇公司的矛盾早在计划经济时就已产生，那时是由于电力不能满足发展需求，各地开发小水电自供。但后来竟发展到重复投资，强抢地盘，双方公开大打出手的地步。一个地方，两个供电企业，为了争抢地盘不断有人打得受伤住院，不断发生因为无序供电造成的安全事故，这正常吗？这样下去迟早会出大问题，可该怎么解决这个问题呢？和，只有和为贵。斗，只能两败俱伤。可怎么和呢？整整一个多月，我都被这事弄得晚上失眠。望着黑色的空间，我想这个局只能由我来破。

我来到天宇公司陈总的办公室。陈总听完介绍只象征性地同我握握手，然后喊了声小杨倒茶，就去打电话了。隔壁传来啪啪的高跟鞋声音，先迈进来的是一只粉红色的高跟鞋和一条长长的腿，接着一股淡淡的香水味袭来，香水味很好闻，估计是正宗的法国香水。再接着出现一个有着大大的眼睛，弯弯的柳叶眉，红红的嘴唇，黑黑的长发的姑娘，我想这就是小杨了。小杨弯着腰给我倒茶，我看见白色的连衣超短裙和性感的大腿，我的心慌慌地跳了一下，急忙将眼睛移开去。办公室大约80多平方米，外边是接待室，成套的红木沙发配上红木茶几和红木茶具，显得很上档次。

我用眼睛扫了一下，茶叶上标有大大的"百年极品普洱茶"字样。里间同样是一个红木大班老板桌，后面是三组红木书柜，书柜上大都是精美装饰品，其中一对金光闪闪的貔貅甚是抢眼，也有几本花花绿绿的书，一套精装本《厚黑学》放在貔貅的上方。书柜两边是两盆绿油油的发财树，显得气派非凡。

陈总打完电话，架着二郎腿坐在我面前，黑黑的皮鞋对着我摇摆着。我避开打架的事不谈，只谈如何合作的事。陈总听了只淡淡一笑，然后又去打电话了。

从天宇公司陈总办公室出来，我感觉心里空荡荡的，到了一楼大厅门口看到一只又大又黑的猫瞪着灯笼般的眼睛瞧着我一动不动。这地方如何会有这么大的一只猫呢？我这么想着，感觉后背有些发凉，快步向外边的大道走去。

经过大半年的风风雨雨，最后合作勉强成功了，当然这种成功离不开张市长的调停。

天宇公司的领导层终于出事了，受牵连的还有市里的众多领导。一个企业领导与市里主要领导来往过于密切，这本身就不是一件正常的事，我想。

一个月后，我和张市长在高铁上又意外相遇，我们几乎同时调往省城。我到省公司科技部做主任，张市长任省科技厅书记兼厅长。张市长谈起过去的事淡淡地说："当年那些把你们单位职工袁鹰关进去的人现在自己全进去了。这人啊，有句老话叫，人在做，天在看。做人做事特别是做官，私心不能太重，欲望不能太强，否则迟早会出事。"

我说："这么久了，张市长还记得我们单位的袁鹰。"

"怎么不记得，袁鹰这个人我虽然不熟，但这个名字仿佛有人用刀在我大脑中画了一笔。"

"谢谢市长。"我这么说着眼睛竟有些模糊了。车窗外高山、树林、田野一晃而过。许多人、许多事就像这窗外的风景似的，也许你还没看清，就一闪而过了。而有些人和事，却像张市长说的，仿佛有只无形的手，拿着刀子，在你记忆深处划着，让你永远难忘。

小　　鹏

招聘会上，竟遇到父亲原单位领导冷叔叔。他见到我笑眯眯地拉着我的手握了又握，问我是否愿意跟他回岭南，说他已调到省公司科技部，正需要像我这样的人才。我说可以考虑。他说别考虑了，走吧。说完一只手拉着我的手，一只手抱着我的肩拖了就走，好像我不走，他绑也要绑走我似的。我们沿着林荫道一边走，一边聊。阳光斜斜地洒在我们身上，我们的影子在林荫道上时而平行，时而交叉。冷叔叔说："2008年那场特大冰灾你是知道的，敦州的电线杆塔倒了90%，繁华的城市成了一座黑城、孤城，损失带来的债务10年也还不清，包括你父亲在内的5名职工献出了生命。问题是这还是五十年一遇的冰灾，如果下次又遇到八十年或者百年一遇的冰灾呢？灾难决不能再发生，我们必须从科技方面攻克冰魔。但是在这方面，我们目前太缺乏人才了……"当冷叔叔说到这里时，我发现我们的影子已分不清你我了。

其实前几天已经有好几个单位对我的简历感兴趣，有的给出年薪20万，有的给出25万，还有的说月薪2万加股份。城市嘛，北京、上海、深圳都有。到底去哪里呢？就在我犹豫不决时，被冷叔叔这一拉，我想这不就是我要去的地方嘛。于是我又想起小时候爷爷带着我去爬仙岭，我发现我们的影子在山坡上也时分时合。记得那天爷爷一边爬山，一边喘着粗气说："这人和人在一起是前世修来的缘，百年修得同船渡，千年修得共枕眠。"那么这影子与影子在一起是不是也是修来的影子缘呢？如果是，那么我和爷爷、父亲的影子和冷叔叔的影子又修了多少年呢？

记忆中，爷爷和父亲常在家里演练。爷爷年轻时在乡下学过木匠，他喜欢将他的设计用木头先制作出来。而父亲则喜欢画图，在一张张拼接起来的大白纸上画上各种各样的线条，常常是画了又擦，擦了又画。记忆中我常常睡一觉醒来，迷迷糊糊中还听到他们的声音在房间里环绕。现在想来他们的探讨都是局限于个人对冰的认知，这也是他们始终难以突破的缘故吧。个人的力量毕竟是有限的，我想我不能再沿着这条路走下去，必须要在前人的基础上去突破。于是我到网络上、图书室查找世界各地的融冰方法，发现国外用的是直流融冰和融冰机器人，是不是可以借鉴国外技术先攻直流融冰再搞融冰机器人呢？我来到冷叔叔办公室，将我的想法向他畅谈。冷叔叔听了一半就咧开嘴笑了，笑声在办公室回荡。我有些紧张，我想冷叔叔肯定是在嘲笑我吧。冷叔叔收住笑说："其实这个问题我早就发现了，只是怕打击你爸他们的积极性一直没说。今天你一说出来，就对上了我的思路。"

我查找资料，发现美国也发生过大面积冰灾，那么是否美国人也遇到过与我们同样的难题呢？我与远在美国读博的大学同学小柱联系，请他帮忙查找资料和信息。小柱又找了他在美国的同学和老师。过了半年，小柱发回一条信息说在美国的新英格兰地区有这种设备。设备买回来了，但这家伙太大太笨重，要一间40平方米的房子才装得下，而且这家伙价格高得吓人，在我们高山环境中不大适用。不说别的，上山都不容易。如何改造呢？我白天晚上都在不停地想这个问题，甚至晚上做梦都在想。

爷爷和父亲就这么来了，他们身上各背着一个大包。爷爷和父亲一放下包就围着进口的大设备一边看一边叽叽喳喳，他们围着那大家伙转了一圈又一圈。然后爷爷和父亲各自打开自己的包：爷爷包里装着的是他的木制模型，模型打磨得光滑细腻，还上了一层层光油，模型在灯光下仿佛真设备一样；父亲也背着一个小包，包里装的都是一张张图纸。父亲笑笑说他要跟爷爷换包，但爷爷说什么都不干，说这东西可是我的宝贝呢，万一摔坏了怎么办？爷爷和父亲就这么在大家伙面前比划着，讨论着，然后突然间两人爆发出一阵长长的大笑，说成了成了。两人的笑声吸引了外面的一只白色的鸽子，鸽子一头飞了进来，围着大家伙和爷爷、父亲转了三圈才飞走。成功了!成功了!我从梦中醒来，大喊大叫。虽然是场梦，但灵感却停留在大脑中。我急忙翻开笔记本，将那如被雷电击中的灵感记在笔记本上。

冷　　冰

事情竟有这么巧，好像这世上真有那无形的神在牵动着我们，我和小鹏竟然在招聘会上相见。我在人群中一眼就认出了小鹏，他那高高的鼻梁，炯炯有神的眼睛，以及有些大的嘴巴都与他父亲袁鹰相同。不同的是小鹏鼻梁上架了一副黑边眼镜，这让他多了一些儒雅。小鹏不但长高了些，几年不见，脸上还显出了男人的自信和成熟。当年的小鹏真吓人啊，跪在那里，脸白白的，仿佛被什么人刷了层白漆似的，不言不语，只是一个劲烧纸，看着青烟出神。当时我是真怕小鹏出问题。你想啊，小鹏爷爷刚走，小鹏爸爸又出了意外，这谁接受得了？换了是我，也难以接受，何况还是个孩子。那时我真怕小鹏有个三长两短啊。袁鹰已经牺牲了，小鹏再有个闪失，就太对不住袁家了。因此，当时我是反反复复叮嘱工会和政工科的同志要多关心小鹏，要从心理上疏导，不能让他出半点问题。这话我是反复说了三遍，唯恐他们没听清，一直到每个人都反复点了头，我才放心。

如今小鹏的条件正是我们需要的。有些事我本来是不信的，但有时候也说不清，难道是袁老和袁鹰在天之灵在促使这件事？当然，这里边我也多少带了些私心。其实这个也不算什么私心，我想放在谁身上都会有那么一点点吧。袁鹰和袁老走了，留下唯一的传人小鹏，虽然袁老和袁鹰过去谁也没提过这档子事，但我也是个有血有肉的人，我从他们的眼神是读得懂的，这难道还要多说吗？因此，这次到京城来招聘是我提议的，而且我要亲自来，没想到我这点私心竟然成功了。小鹏真是个好苗子，他对攻破冰魔的想法竟与我不谋而合，不到半年时间就找到突破口。为此，我带着小鹏到了公司总部和省政府科技厅。张厅长见到小鹏竟和我当初在招聘会上见到他的情景一样，这两个又高又瘦又都戴着黑边眼镜的男人眼镜对眼镜就这么盯着，就好像他们的黑边眼镜也会说话似的。张厅长拉着小鹏的手说："没想到这么快小鹏不但学了这么多知识，而且成熟了，还听说在攻克冰魔的难关中挑大梁。我想如果袁鹰和袁老地下有知，一定安心了。"

难关一个接一个，美国人的设备在我们这山区不适用，这就像把高楼大厦建在高山顶上一样中看不中用，但建房的原理是相同的，如何利用这原理与我们的山区环境相适应呢？为此，我们从公司总部和省政府请了一个又一个的专家组，还是没找出解决方案，就在一筹莫展时，小鹏兴冲冲地跑来说他昨晚做了一个梦，在梦中找到了解决的办法。当我听完小鹏的梦，不得不感慨：这世上难道真有在天之灵吗？如果真有在天之灵，那就请袁鹰和袁老两位保佑我们早日攻克这冰魔吧。我在心里默默地许愿。

小　鹏

将进口的大家伙的原理与爷爷、父亲的设计相融合，这让我突然脑洞大开。经过反反复复的设计和修改，新设备生产出来后虽然外表有些怪异，有人说像传说中的四不像，但试验室的试验效果却与大家伙不相上下，这让为新设备而操心的人都很兴奋。天气预报说过些天大寒潮又要从北方过来了，我要带着这四不像到高山上与寒潮和暖流的"私生子"斗一斗，成不成功就在此一举了，我这样想。

当杨师傅推我时我以为在做梦，看看手机正是凌晨两点。"哗"的一声木门被拉开，黑夜中寒气与雪光从门外猛冲进来，仿佛有人提着寒气向我头上直灌，感觉从头到脚都抖了起来。杨师傅解释说："此时是山上温度最低的时候，也是冰结得最厚的时候。"前面道路越走越窄，风夹着小雨，像是有人拿着细细的小刀直往脸上、身上扎。我缩着脖子，弓着背，像只刺猬似的顶着寒风前行。

"前面就是风口了，也是冰结得最厚的地方。每到冰冻时我们每晚都要出来巡线。"杨师傅说。是啊，杨师傅和当年的爷爷、父亲一样，一年中有几个月要在这样的山上巡线，而我只一两天就感到难以忍受，这么一想感觉脸有些红了。到了山风口，我们用背顶着风，就像顶着一块大石头似的。我打着手电，杨师傅用卡尺量着灌木丛上的冰。"12.8毫米，超过线路覆冰厚度，需要融冰了。"杨师傅说。"好！"我一边说一边哆嗦着拿出手机："线路结冰厚度达12.8毫米，开始融冰。""好的！"电话那头应道。我和杨师傅将手电光照向线路，只听见线路嗞嗞嗞地响着，一分钟不到，线路上的冰就哗哗哗地像蛇蜕皮一般全掉了下来，掉得干干净净，一丝都不留。

"成功了！成功了！"我和杨师傅欢呼着跳了起来。此时此刻，面对这些爷爷、父亲和杨师傅们日夜守望的杆塔和线路，回忆的镜头就像电光似的一下子全在头脑中闪现，我激动得全身不能控制，双脚一软跪在厚厚的冰上。"爷爷、父亲，你们看到了吗？你们听到了吗？成功了！我们成功了！你们的愿望终于实现了！咱们再也不怕冰魔啦！啊啊啊……"长长的声音在山谷中不停地回荡着，回荡着，与山谷里的风融合在一起，这声音不停地回转着吹向遥远的地方。

（作者单位：国网郴州供电公司）

风景满山

曹旭东

一

在黑暗中,我听到风在吼叫,还有阵阵寒气,还有雪的声音、树木的声音。我知道它们,我太熟悉它们了。风和寒冷好像特别喜爱黑暗似的,不过我不怕它,我有自己的办法对付它。倒是那些牛羊就难说了,面对这突如其来的大冰雪,它们毫无办法,只有靠我们这些会思考的动物来帮助了。问题是怎么帮呢?下山的路已被冰雪全部封锁了,上面的牛羊下不去,下面的人也上不来。大冰雪来这一招是我没想到的,也是山下的人们没想到的,这怎么办呢?这突如其来的大冰雪与人们开了这么个玩笑,但这玩笑山下的山民开不起啊,这几千头牛羊是我挨家挨户动员他们养起来的啊,是他们脱贫的希望啊,要是这些牛羊就这么死在山上了,那他们的心也就死了。想到这些,我怎么也睡不着了。我的手向黑暗摸去,打火机摩擦出的火光划破了黑暗,这光就像山民挣脱一直笼罩在他们身上的贫困一样。打火机点亮油灯,我再一次拿起那本被我翻得封面有些破烂的牛羊病防治书,上面说牛羊度过冰雪寒冷季节的最好办法就是每天给它们喝淡盐水。透过稀疏的灯光,我看了看剩下的那十几包盐,突然就有些后悔了,为何不多买些盐呢?

不能等到天亮了,我想,那些牛羊此时还在冰天雪地里呢,得把它们赶上山顶来。想到这个,我又笑了。我想这大冰雪也真有意思,把山腰冻得严严实实，可这山顶呢，却没有一点冰雪。这可真有意思，我这么想着，就穿好了毛衣毛裤，再把儿子带来的羊皮大衣披上。披上大衣，我又想起儿子来。儿子倒是像我，读完书就当兵，做事认真，不含糊，不像他妈，一天到晚，婆婆妈妈的。这一点我倒是感到自豪。

天已经亮起微弱的光，就好像山民们脱贫的光一样，但这不请自来的大冰雪来了，山民们在山下还不知怎么急呢，好在有我茂真在山上。我想到这里，就增加了力量，仿佛不是一个人，而是山下的人们全在这里似的，于是身上热乎乎的。我穿上毛皮鞋，戴上棉帽，拄上拐杖，拍拍老伙计山黄的头。一股寒风像把大刀"呼"得一声向我头上砍来，我本能地退后将门顶住，想了想，将盾牌一样的黑色的大衣领竖起来，猛地冲了出去。

手电光将黑夜劈开一道光的隧道，我沿着这条隧道看到雪花在尽情地飞舞。这些小精灵仿佛在天上待得太久，一旦有机会下来就拼命在大地上戏耍。好在我对这些山道再熟识不过，险要的地方，我用铁拐杖砸两下山道上的冰，直到将那些白色的冰砸出一道道口子，才踏上去。当我找到那些牛羊时天已经大亮。"老伙子们，你们可不能出问题啊。"我看到它们，高兴得喊了一嗓子。牛羊呢，也像盼来救星似的从树林里站了起来。我吆喝着它们向山道上爬去。我只顾着看牛羊，脚下一滑，幸亏我眼疾手快，一把抓住身边的一株灌木。我稳住身子慢慢爬了起来说："老伙计，别跟我来这一手，我可不怕你，不怕你。"

花了整整大半天时间，牛羊终于成群结队到了没雪的避风林。我将掺了食盐的温水放在它们中间，看着它们慢腾腾地喝水，终于松了口气。我感觉棉帽有些湿了，脱下帽子，一股热气直往上冒。我拿出手机，找到信号好的山头，给谁打呢？我想，还是先给那些平时对我意见大的人打吧，不然他们不放心。想到这些人，我咧开嘴笑了起来。

二

"说没就没了，56只羊、14头牛、2匹马，外加我的3条狗。这么多的生灵，站在这山坡上，好大一片。怎么说没就没了呢？总得有个说法吧。"

我这么说道。

"说法，这就是老子的说法。"一个满脸横肉的胖子举起一条双管猎枪，朝着我。乌黑的枪管，发出啪的一声巨响，从双管猎枪里冒出一团火，直向我飞来。我本能地向前扑倒，散弹呼啸而来。我的后背和屁股一阵钻心的痛，我摸了一把，满手的血。我一惊，醒了，原来是梦。

"谷——谷——"甜甜的鸟叫声从晨曦中悠悠传来，让我的耳朵特别愉悦。我享受地笑了，张开嘴舒畅地吸了一口清香的空气，好半天才慢慢吐出，感觉全身格外舒畅。

雨后的狮子山空气特别清新，淡淡的林木香随着谷风溢满了房间。

"哞——哞——哞——"的叫声吸引我看过去。晨光下，那五头水鹿又从茅草丛中钻了出来。它们一边走，头一边前后左右地望着。它们经过我的护林棚，友好地在向我打招呼。"哞——哞——哞——"我也用手做成喇叭状，趴在窗口，友好地模仿鹿叫声回应着这些野生水鹿。

溪谷旁那片茂密的竹林已长出许多竹笋。我想，这些野生水鹿定是奔那些新长出的竹笋而去。我用望远镜慢慢地扫向那片竹林，果然，它们都在竹林里欢快地撕咬着竹笋呢，它们慢慢地用嘴将竹笋卷起，然后连皮吞进嘴里，细细地咬，细细地咬。

它们吃得太香了，我感叹道。

一头体形较小的水鹿可能吃饱了，跳进那块溪水汇聚的绿色溪塘，悠闲地在塘中慢慢游了起来，溪塘里顿时荡起阵阵波浪，涌向岸边的水草和黑黑的泥土。

"真会享受。"我一边看，一边高兴地嘀咕着，仿佛是自己在溪塘里游一样。

黄昏，山黄突然狂叫起来。一伙人从南边山下上来了。是些什么人呢？是登山爱好者来游玩的吗？我这么想着，慢慢近了，是八条汉子，袒胸露背，有的背上雕刻着黑黑的狼，有的手臂文了字，有的扛着猎枪，有的牵着猎狗。来的都是客，尽管我打从心里不喜欢这些人，但只要来到我这个观察哨，我就把他们当成客人。我给他们烧火做饭，杀鸡倒酒。他们猜拳行令，喝得面红耳赤。然后有人喊道，明天要去打几头野水鹿，比比谁枪法好，一伙人就兴奋起来。有的说我枪法好，打过十环。有的说你不行，我打过野猪。有的说我打过天上的飞鸟。我听了心里咯噔了一下，心想，今天还看到水鹿在溪塘里游水，说不定此时它们还在溪塘呢，得去给它们报报信，它们才是我的亲人呢。看他们一个个酒醉饭饱上床打起了呼噜，我悄悄起床，轻轻拍拍山黄，出了门。路上我对山黄说，好兄弟，我们去给水鹿兄弟报个信，叫它们快走，有人要害它们呢！山黄仿佛听懂了我的话，摇晃着白色的尾巴，好像在说，主人，你放心，我知道怎么告诉水鹿兄弟们。

月亮像是到太阳那里借来了火，今晚的月亮像团小火球似的，亮堂堂的，照得黑夜看上去像白昼。月色中，狮子山静悄悄的，狮子山仿佛也困了累了，开始沉睡，天地间空旷寂静。在亮堂堂的月光照射下，漆黑的山坡泛着幽暗的亮光。感谢月亮，我心里想，这月亮也好像知道我和山黄的心事，亮堂堂地来给我们照路呢。"走起，老伙计。"我对山黄说。"汪——汪汪——汪——汪汪——"山黄有节奏地叫着，仿佛在向大山中的生灵呼喊、警示，仿佛在喊着"危险、快跑，危险、快跑"。山黄甩动它漂亮的白尾巴，一蹦一跳，朝北面山坡走去。

月光下，弯弯曲曲的山路仿佛一条乳白色的溪流，在狮子山周围绕来转去。两边的岩石有的像一头头呆头呆脑的绵羊，有的像雪白的棉花。我和山黄沙沙的脚步声不时惊动着路边的小松鼠和四脚蛇东奔西躲。

银白色的月光洒在我和山黄的身上，斑斑驳驳。山黄好像变成了一条花毛狗，我呢，好像也穿上了现在年轻人流行的袒胸露腹的衣裤。

下了一道山坡，前面是一片树林。月光照进树林，时明时暗，时动时静。忽而暗影袭来，眼前一片漆黑，树影变得恍恍惚惚，若有若无。随即又突然一亮，亮过后又是一片黑暗，仿佛月光老人在有意与我捉迷藏。

树林中，一只只萤火虫，就像一个个小小孩，打着小小灯笼，像山林中的小精灵似的窜来窜去。有的在我的头上、身上飘荡，有的在山黄的头上、身上飘来荡去。我顺手抓了一只，看了看那小小的黄灯笼，又想起小时候爷爷给我做的那只黄灯笼来。爷爷手巧着呢，一根竹子到他手中，用刀剖开，三下五下灯笼就成了形。再用黄纸一糊，将蜡烛放进去，点上火，灯笼就亮了。记得那年农历正月十五晚上，我和爷爷高高兴兴地将灯笼挂在门上，谁知第二天，爷爷就受到批斗，说搞封建迷信。

进入山谷了，月光洒在山谷上，洒在灌木丛上，与潺潺的流水声混在一起，月色如水，恍惚让人分不清哪是月光，哪是水了。

山黄站住了，对着山谷，又像是对着月亮，"汪——汪汪、汪——汪汪"地叫着，我听到山谷中有了响动，灌木丛在晃动，那是水鹿走了，水鹿朝北走了。山黄一直追着水鹿汪汪地叫喊着，直到将水鹿送出很远，才荡着尾巴回到我身边。

三

整整30年了。我对这座山，这些树林，这些生灵，这些山道，再熟悉不过了，熟悉得超过自己的家人。

说那水鹿吧。那天巡山，我正在用望远镜朝山坡下望，哗啦啦，从山上滚下个大东西来，把我吓得往后跳出两米远，细看却是头水鹿。水鹿一动不动，横躺在山道上，仿佛睡着了似的。我想，这水鹿身子大，肯定是走山道时，没站稳，才摔了下来。可现在怎么办呢？水鹿昏睡在山道上，我试探着搬了搬水鹿，一动不动，水鹿的体重远远超过我体重，我只有坐在水鹿旁等。这是头雄水鹿，深褐色鬃毛，大大的耳朵。头上长出4根长长的角，像树杈一样伸向天空。我等了两个多钟头了，水鹿还是一动不动，怎么办呢？我想起水鹿的名字来，水鹿不就是要水吗。我将水壶里的水倒进水鹿嘴里，水鹿的嘴动了动。我笑了，心想这办法有效，就跑到山坡下的小溪边打了一壶水，倒进水鹿嘴里。这下水鹿醒了，像睡了一觉醒来似的，抬抬脚，摇摇尾，爬了起来。临走，还忘不了回头，向我哞了一声，大概是以示感谢吧。

后来我每天巡山，定要经过水鹿常出没的地方。那天傍晚，我巡山归来，走在山道上，突然就想起那些水鹿来了。这些天，天气变化大，有一段时间没看到水鹿了，它们还好吧。我这么想着的时候，就牵着马，带着狗，向那溪塘走去。溪塘在山谷处，是由那些山上的小溪汇聚而成。在山与山之间，这山谷的植被特别茂盛，由于水源的缘故，这里是动物们喜爱的地方。但这路特别难走，刚下过暴雨，路特别滑。我记得前些天才用镰刀砍过的小道，现在又长满了灌木丛。我不得不一边找路，一边砍灌木丛。我听着那欢快的流水声愈来愈近了，心想这些野家伙说不定此时正在水塘里戏水呢。果然，水塘里传来"呼切呼切"的弄水声和"哞——哞——"的欢叫声。我站在山坡上，看着几头水鹿的身影，开心地笑了起来。突然，我的笑凝固了，我发现山下的小道上，来了一伙人，这些人有的背着猎枪，有的背着大砍刀。他们要干什么？我来不及细想，迎着那伙人，向山坡下冲了下去。

我喊："站住！你们要干什么？"

那伙人显然是没想到我会这么快出现，他们站在那小道上进也不是，退也不是。走在前面带路的小个子就回头向后喊了一声，"老大，怎么搞。"那戴着墨镜、走在后边的老大就骂骂咧咧挤到前面来了。那是个高大的胖子，肩上扛着把油光发亮的双筒猎枪。那胖子用他那文着青龙的手臂指着我说："走开，老头，这不关你的事。"

"我是这山上的护林队长，进了这大山，就关我的事。"

"滚开！死老头！听到没有！你要不要命？"胖子一边怒吼，一边将油光发亮的双管猎枪对准我。

我的血一下向脑门涌来。我一把扯开迷彩服，露出瘦骨嶙峋的胸脯，对着胖子喊道："小子，来吧，老子是死过一回的人了，老子在这山上坟墓都找好了，来吧，有种就朝这儿开，老子死了是英雄，你死了算什么？"

胖子原想吓唬吓唬我，全然没想到我会为了几头水鹿不要命。他左右看了看，可能觉得就这么退了，身后兄弟们看着有失脸面吧，可能在想今天如果就这么败在这小老头身上，今后还怎么在道上混。胖子退了一步，将枪口往边上移了移，对着我的杏红马"轰"的开了一枪。那马长长地嘶鸣了一声，慢慢地倒了下去。

我撕心裂肺地吼道："有种就冲我来，打我的马算什么英雄！"

那胖子朝我吐了口痰说："死老头，老子犯不着陪你这死老鬼去吃枪子。"说着领着一伙人扬长而去。

四

我的小崽，今天完婚，是大事，都30多岁的崽了，终于成家了。这也了却了我一块心病。

"你得下山来，参加婚礼，坐上席，团聚团聚。"老伴电话里反复强调。

我去吗？按情理崽结婚该去。但是，我知道，我这一去的结果是什么。我知道，许多人在盯着我，不，是盯着这些山林，盯着山林中的生灵。这些生灵如今就像我身体中的一部分，是我最亲的亲人，这些他们是难以理解的。

一头成年野生水鹿，黑市上，卖价6万至7万元。这远超过一个山里人一年的收入了。也就是说，只要打上一头水鹿，就足够他们一年的吃喝了。他们这一年，就可以天天打麻将、玩牌了。当然，我知道，不是所有人都会干这种事。多数人，都把这些野生水鹿，当成山神一样看待，这是老辈传下的规矩。但总有人不守规矩，总有人长着歪心，他们不怕伤天害理，他们时时盯着，在明里暗里惦记着我，惦记着我什么时候离开这片山林。我从他们的眼神知道，那种邪恶的眼神，我知道，他们想赶我走。他们偷羊、偷牛、猎水鹿、砍树木，我阻止，他们恨上了我，杀我的马，杀我的狗，都是冲我来的。那匹可怜的杏红马，曾经是那么温顺，驮着我，像一阵风一样，像大将军一样，在山道上巡视着，守护着这些生灵。可如今，它被射杀了。只一枪，一枪就命中马的脖子。血从马脖子上汩汩地流了出来，像红色的小溪，映红了路边绿绿的小草，鲜血沿着山坡流下去，流下去。马的眼睛睁着，一滴滴泪珠从马的黑眼眶里滚出来。我心痛，我抱住马脖子，眼泪像雨点似的，流在马脖子上。也不知过了多久，我才回过神，在山坡上挖了个坑，将马埋进坑里。

我一边挖一边想起那个黄昏，金黄的阳光，像黄金铺满了山坡。我像往常一样，用望远镜细细地扫视着狮子山。突然，我发现对面的山腰上，升腾起一股黑黑的烟，慢慢弥漫开来。我一惊，再细看，黑烟下，果然有一片红红的火光。我急忙打电话给对面村的村支书，然后，带上工具，骑上马，风驰电掣般往火光处奔去。然而，走了一半，山间升起了雾，一团团白茫茫的雾，将大山和我、我的杏红马围得严严实实。然而火情刻不容缓，我仿佛身上着了火，感觉到全身火烧火燎地难受，仿佛那火烧的不是山林，而是烧的我自己身上的肉，痛彻心扉。我继续驱赶着马向前。马跑跑停停，突然，马昂起头，嘶鸣着，再也不肯往前。我定睛细看，发现前面已是悬崖，迷雾中一棵崖柏依稀可见。我的汗水湿了全身。

我正在不知所措，传来汪汪的狗吠声。是山黄，山黄围绕我转，用嘴扯我的裤脚，难道山黄会带路？火情刻不容缓啊，但愿这从小就跟随我在山里长大的山黄会在迷雾中带路。我用手拍拍山黄的头，山黄在前走，我牵着马紧跟着山黄，就那么转来转去，竟走出了迷雾，看见浓烟和火光。我看见村里人正在那里扑火，正在这时，风突然转了向，眼看村民就要被火包围，我急中心智，急忙飞也似的挥舞起镰刀，将灌木丛砍倒，砍出一条防火带，挡住了火的淫威。好险啊，要不是杏红马，我就摔下了山崖；要不是山黄，我就出不了迷雾，救不了这些村民。可这山黄为什么能在迷雾中找到方向呢？我仔细观察，发现山黄走路有个特点，走走停停，然后用鼻子东嗅嗅，西闻闻，不时抬起后腿撒点尿。哦，我明白了，这山黄是在用鼻子记路，这真是特殊的记路方式。

然而山黄也遭遇了毒手。先是那条黑狗，汪汪地叫唤了两声，倒在血泊中，抽搐着，断了气。那条黄狗，就是山黄，被人打断一条后腿。我发现时，山黄躺在草地上，一动不动，只是悲伤地看着我。我抱着山黄，一口气跑了十多里山路找兽医。兽医看着我，摇摇头说，伤口已化脓，没治了。我不甘心，这山黄可是从小就跟随我在山里转。有次采草药，我发现一味难找的药，在草地上摇曳着。我高兴坏了，正准备伸出手去，这时山黄冲上来，冲着草丛，汪汪汪地狂吠。我觉得奇怪，以为这草有毒。正在犹豫间，从草丛里窜出一条蛇，冲着我刷地昂起了头，约有2尺高，青铜色的身子对着我扑了过来。山黄刷地冲了上去对着蛇的尾巴就咬，蛇慌忙掉转头，去咬山黄。山黄追着蛇的尾巴，蛇追着山黄。我想了想，怕蛇伤了山黄，就叫了声："山黄、山黄。"山黄就放了蛇，得意洋洋地对我左右摇着尾巴，仿佛在说："主人，你不用怕，有我在呢，我有能力，制服这毒家伙。"

想起这事，我就想起了草药，对，用草药治山黄。我先将跌打损伤药捣碎敷在山黄的腿上。然后，我找来药书，在草地上，在树林里，在崖石旁，一处一处地寻找。终于在一块陡崖下，见到了稀少的草药。我将麻绳的一头绑在树上，另一头绑在自己腰上，慢慢下到崖石旁，用镰刀将草药挖出，放进背包里。回来用山泉水熬成药水，再一勺一勺给山黄喂进嘴里。就这样一天、两天、三天、一个星期，山黄终于开始喝米汤了。山黄奇迹般地活了下来，只是活下来的山黄，缺了一条左后腿，变成只有三条腿的狗了。

于是，我和三条腿的山黄，成了山上的一道风景。人们只要见到山黄，就知道我在边上。看到我，就知道边上还有山黄。

别看山黄少了一条腿，它的作用可是其他狗无法代替的。就说水鹿吧，我与水鹿的沟通是有大代沟的。水鹿起初见了我和山黄只是躲，后来我悄悄向山黄耳语了几句，大意就是叫山黄去同水鹿交朋友。山黄很快懂了我的意思，它摇晃着尾巴，一步一跳地靠近了水鹿。我也不知道山黄跟水鹿说了啥，反正水鹿改变了对我的态度。它们任凭我靠近，任凭我抚摸，还吃我给的竹笋。从此，我和水鹿成了朋友，水鹿不但不怕我，还会远远地向我打招呼。我虽然听不懂水鹿的语言，但我明白，那哞哞的叫声，是向我示好。

要说对山下放不下心的事，还有许多。比如妻子吧，莫明其妙就得了那怪病，就三番五次地叫我下去替她看店子。她说："老头子，老头子，下来吧。我这辈子，再苦再难没求过你。可如今我病了，身子骨不利索了，你下来替我看看店子吧……我不知你待在那山上图个啥，不但没人给钱给粮，连个热乎饭菜都难吃上，还一天到晚担惊受怕的。你看看家里多好啊，冬暖夏凉的，一日三餐有媳妇做好，孙子孙女天天爷爷长爷爷短地念着呢。再说我那小店吧，一个月好歹也能挣个两三千的，比你待在那山上，好许多倍呢。"

说实在的，我不是没想过下山。可我下去了，这山怎么办。那些歪心的人会毁了它的。很快，要不了几个月，这山上的红豆杉、水鹿、猕猴、穿山甲、豹猫统统会被他们弄掉。我常常想：女娲造人时，为何一不留心造出些歪心的人呢？

我想象着儿子婚礼上的热闹场面。亲属们定是都来齐了。老姑婆为了儿子婚事念叨最多，操心也最多。为了给儿子找对象，老姑婆是七里八乡的姑娘介绍了一个又一个，现在终于成了，她老该高兴得合不拢嘴。还有老姑爹，肯定要多喝两杯，他老就爱这一口，只要有酒喝，就开心地笑眯了眼。喝了酒，话就多，各种粗俗的笑话、民歌，不绝于耳。老姑爹会左手端酒杯，右手像音乐家似的，挥舞着节拍。他最喜欢唱的是民间的十八摸，唱的是新人洞房之夜，新郎将新娘从头摸到脚。当然，婚礼上，少不得老姑爹那浑厚的声音唱拜堂歌，那是他的专利，唱的是"祖堂坐世忘金殿，麒麟狮子排两行，堂前吃了交杯酒，吃了婚酒一世双。"还有那入洞房歌："爆竹一响入洞房，洞房一双好鸳鸯，天上日头配月光，地下淑女配才郎，状元好崽生五个，千金小姐生一双。"

只是不知儿子找的媳妇长得什么样，是高还是矮，是胖还是瘦。听说是儿子到南方打工找的四川妹，这川妹子听说可精明呢，儿子会被管得服服帖帖吧。唉，这小儿子也该有人管管他，不然总是一年四季到处跑，不归屋。

妻子这些天可忙坏了吧，可真难为她了，这么大的事，里里外外，一个人跑前忙后。她肯定恨死我了，还不知骂了我多少遍呢。也该骂，如果她骂骂能解气，就让她骂吧。她肯定会说，这死老鬼，一天到晚都死到那山上不下来，连崽的婚姻大事都不来，那山上不知有什么妖精迷住了他。她肯定会说，要不是我，这个家早散了，这崽都三十老几了，好不容易娶了媳妇都不下山，这还像人吗？这不知好歹的死老鬼，这鬼迷了心窍的东西。"骂吧，骂吧。"我在心里说，换了我是女人也会骂。可没办法啊，谁叫我是茂真呢，谁叫我是从部队血与火中滚出来的茂真呢，谁叫这山下有那么多鬼迷心窍的人打着这大山的主意呢。我知道，我这辈子最对不起的人就是妻子兰沁。在她最困难的时候，在她最需要我的时候，我没有下山。我记得那年春天，她病了，病得很重，是那种最烦人的乳腺癌。我陪她去了趟市医院、省医院。然而，也就是那趟下山，我付出了惨痛的代价。不，是山，是狮子山付出了沉痛的代价。就那么十几天时间，我还请了人，交代了人看山。那棵千年红豆杉就被人砍了，多好的一棵红豆杉啊，三四个人都抱不住。它是那么的苍劲挺拔，那枝，那叶，遮天蔽日；那果，那红红的小果子啊，是多么诱人，多么可爱啊。生长了上千年的一棵红豆杉，说没就没了。我双腿一软，跪在树边，手一遍遍地抚摸着那被砍开的红色花纹，眼泪竟不住狂涌而出，洒在红色花纹上。我恨，恨自己没有尽到责。我这一离岗，就付出如此沉重的代价。多好的一棵红豆杉啊，如今只剩下一尺来高的树干了。就像一个人，被砍了头，身子被拖走，只将头扔在路边一样。这可是与我朝夕相处的生灵，它也是有生命的啊。那些水鹿、豹猫、猕猴、山鸡呢，还可跑、可飞，可这红豆杉呢，是站着不动的，它只有静静地承受，要么被人砍伐，要么受人保护。

我常常梦见它们。春天，那棵千年红豆杉又发了许多枝，长了数多叶，秋来，红艳艳的小果子，压弯了枝叶。各式各样的鸟儿成群结队，叽叽喳喳，各自为战，边吃边唠，就像喜欢唠叨的妇人似的，说个没完没了。小猕猴来了，果子狸也不甘落后，它们纷纷爬上树，采摘果实。鸟儿们飞了起来，它们在树的上空盘旋着不愿离开，它们愤怒地抗议着，不时有鸟儿将一块块鸟屎打在那些入侵者的头上身上。我看着听着，就笑了起来。

五

说起这山，就跟我的左右手一样，已分不开了。那年我从部队转业，本来是可以留到城里的，但我当年对山薯是有承诺的。月色蒙蒙，营房外，我和山薯边走边谈。我说："山薯兄弟，大战在即，战场瞬息万变，事事难以预料，咱俩谈谈心愿。"

山薯说："我的心愿啊，争取到战场上立个大功，回去到乡亲们面前荣光荣光。打完仗嘛，也没别的心愿，就喜欢狮子山，就想回家，回到狮子山边上，回到父母身边，唉，父母年纪也大了，回去尽点做儿子的义务。"

我说："我也一样，对狮子山特别有感情。但枪子不长眼，我们两个不管谁出了事，倒在战场上，另一个都要回狮子山，要把他的父母当成自家的亲生父母养。"

我不能贪图享受，而丢下承诺。我到乡里做了武装部长，发现儿时的青山绿水正悄然远去，人们无节制地上山砍伐、烧山、打夹野生动物。我急啊，从小引以为豪的狮子山，将败在我们这一代人手里。特别是看到村人打了水鹿的宰杀现场，我震惊了，那血淋淋的水鹿可是奶奶常说的山神啊。我仿佛听到大山在哭泣，美丽的狮子山在哭泣。我难以入眠，面对皓月星空，对天长问，寻找答案。我仿佛听到山薯在对我说，排长，兄弟，你难道不管大山么？你难道任凭大山毁灭么？任凭狮子山远去么？我思前想后，就像当年对敌人发起冲锋一样，坚定地打了份成立护林队护山的报告。我要保护狮子山，我得留住美丽的狮子山，留住青山绿水，这是我的责任和使命。

要保护狮子山，自然要得罪一些人，这我有心理准备。然而，我没有想到的是，难度远远超过我的想象。

那天，我正在家吃午饭。村人老三，人称驼背老三，驼着背上了门。我说："三叔一起吃饭吧。"驼背老三阴笑着对我说："今天我可不是来吃饭的，我是特地来向部长报告情况。二狗上山砍了两棵树，还打了一头野物，现正在家剖野物。你现在去他家，说不定还可吃上几块野味呢。"

我听了，顿觉一股火从心中腾起，将碗筷一放，说："有这事？走，看看去。"

"唉，吃完饭再去，吃完饭再去，瞧这事弄的，饭都吃不安静。唉，茂真，好点讲，好点讲啊！"娘追出来，站在大门口不放心地扯着喉咙喊。

娘的喊声让我突然想起什么。我警觉地问："二狗，是哪个二狗？"

"还有哪个？就是山薯家的二狗啊？"

"山薯家的二狗不是进城打工去了吗？"我一惊，一股凉气从头升起，仿佛寒冷的冬天突然被人从头浇下一瓢凉水。

"怎么？大部长，不想去了吧！"驼背老三斜着眼用阴冷的眼神冷笑着看着我。

我回过神来，快步向二狗家走去，远远地，就看到二狗家门口围了不少人。二狗家前面有棵桃树，此时桃树上正挂着果，我吃过那果子，酸甜酸甜。二狗比我小八九岁，是山薯的小弟，这也就是驼背老三那么急着来找我的缘故吧。

不过此时这些人不是来吃桃子，而是看那桃树下吊着的野物，野物的边上是新砍的一棵菜碗般粗的杂树。那野物有着土黄色条纹皮毛，远看像条小狗似的。不过不是狗，耳朵、嘴脸、身子都明显与狗不同。那野物的后腿有血迹，显然是受了伤，用铁夹子夹的。我知道这铁夹子的威力，隐蔽，放在野物常出没的地方，挖个小坑，将铁夹子放在小坑里，外边牵根线。野物只要经过触到线，铁夹子立马就会弹出来。这只野物就是触到了线，被夹到了后脚，不然二狗是很难在大山里抓到它的。

"这是什么野物？"我问围观的人。

"是头獐子。"驼背老三抢着答。

"獐子。獐子可是国家保护动物。二狗！你必须把獐子和树交出来，再接受处罚。"

二狗正在磨刀石上霍霍地磨着刀。他磨几下，就用手试试刀锋的锋利程度。

听到我的话，二狗放下正磨着的刀，跳了起来，气冲冲地冲我吼："老子从小在这狮子山长大，祖祖辈辈都住在这狮子山下，这狮子山也有老子一份。老子打几只野物，砍几棵野树，关你茂真卵事。你有公家饭吃，但你茂真今天之所以有公家饭吃，还不是俺哥当年救了你，否则倒下的就是你茂真。你吃了公家饭，管天管地，还管到老子进山打猎砍树了，老子不屌你，你能把老子怎么的！"

唉，这可是山薯的亲弟啊。我知道，自己下狠手会伤了他，会伤了亲情友情，但如果不伤他，则会伤了狮子山。我知道，许多人都在盯着我看，那眼神像箭似的射向我，看我这武装部长敢不敢动真格的，看我是否敢开这个刀。当然，他们都希望我能对二狗网开一面，他们知道只要网开了这一面，就会有两面、三面。我读懂了大伙的眼神，我没有退路，没有选择，我只能严惩二狗。我知道结果是我得承受二狗家的恨，承受亲情的撕裂。而这种恨的源头是对狮子山的爱。在爱和恨面前，我没有选择，但愿二狗有天能理解。当然，也许二狗永远不会原谅我，但如果山薯在的话，他也会支持我这么做的。想到山薯，我的心仿佛被人用针刺了一下。

二狗被公安带走拘留了，还罚了款，獐子和树自然被没收。二狗娘气得头上冒烟跑到我家门口跳起脚骂了大半天，那骂声把门口的几只鸡都吓跑了。母亲走进后院，一个人对着院子里的灰墙叹气，仿佛灰墙能理解她的委屈似的。

六

不过这事，也让我陷入了深深的沉思。千百年来，狮子山一直是山下百姓的衣食父母，所谓"靠山吃山，靠水吃水。"山下百姓日子本来就过得紧，可如今我又领头把山封了，他们又怎么会不怨恨呢？

得想个办法。可又有什么办法呢？这里除了山还是山。为这事，我一连好几天没睡好。迷迷糊糊中，我又看到二狗娘拍着大腿站在青石板路上骂，她的嘴中仿佛在朝外喷火，村民们从后推着那一团团火朝我冲来。我一惊，醒了。窗外传来咩的一声羊叫。这山上怎么会有羊呢？我急忙拉开门朝外看，只见三头黄黄的有着长长的角的野山羊消失在山道上。我望着野山羊消失的影子，忽然拍了一下脑门笑了。

看着牛羊在山上悠悠地吃着青草，我的眼里仿佛出现了成群的牛羊，它们形成狮子山一道道独特的风景。然而烦心事来了。先是羊一头一头倒下了，我看着吐着白泡倒下的羊，一时不知如何是好。接着牛又出了问题，山下的果树也长虫了。怎么这么多从没想过的闹心事接二连三地出现呢？我沉默了，看着油灯投去的一重闷闷的微光，觉得这灾难就像这无边的黑暗一样，而我个人就如这油灯的微光。但是微光再弱它也能穿透黑暗，如果这微光一多，就形成了一串串灯火，就可照亮一片黑暗。

我托进城的儿子买养牛养羊和种果树的书。儿子在电话里笑我，老爹你要重新上学读书吗？

我每天巡山归来，就在油灯下一本一本翻着牛、羊、果树病防治的书，一边读一边在小本子上记着各类防治知识。如今我搞清了饲养牛羊要注意的疾病防治方法及果树长了什么虫该用什么药治。

山上的牛羊渐渐一头一头多了起来，然而我还是高兴不起来。我一个人的牛羊多了又有多少用呢？如果家家户户都养这么多牛羊，都到山下种起果树那该多美啊。

我将养牛羊、种果树的知识心得整理出来，叫儿子打印成册，带着村支书家家户户发小册子。

我沿着青石板路，来到二狗家。二狗家的门开着，一束阳光斜洒在二狗家阴暗潮湿、凹凸不平的泥地上。我看着阳光和阴暗空荡的房子，若有所思地对着房间喊："二狗兄弟在吗？二狗兄弟在吗？"声音在阴暗而潮湿的房间里回转着。二狗从声音里冒了出来，见到是我好像笑也是要钱买似的，立刻收回笑容，眼睛一横："你这忘恩负义的东西又来干什么？难道我又打野物了？"我感觉我的笑在阳光下迟疑了一下，随后又荡了开来，说："二狗兄弟，上次的事是哥对不住你，但你也知道，哥是吃公家饭的人，如果处罚对你网开一面，那哥还怎么管大伙，还怎么保护这狮子山。我想就是你哥山薯在，他也会支持这么做的。"停了停，我又说："算了，过去的事也别说了，哥这次是来帮你的。"

二狗听到帮字，低下的头立刻抬了起来，昏暗的眼睛里闪出一丝光来，说："帮我，怎么帮？"。

"是这样，哥想让你跟着我学养牛羊、种果树。"

"这个啊……"二狗迟疑了一下说："俺一没本钱，二没技术。"

"没技术不怕，哥可以教你。没本钱，你先到我那去牵些牛羊，待你配种成功，牛羊成群再还不迟。至于果树嘛，我给你买些。你先种上一两亩，以后你再去扩大规模。"

七

奶奶是逢年过节都要烧香摆果拜山神的。奶奶的脑袋里装满了水鹿、猕猴、豹猫的故事。炎炎夏日，奶奶会慢慢地拖张竹椅，坐在皂角树下。我坐在奶奶对面，奶奶右手打着蒲扇，左手打着手势。奶奶一讲故事，山薯和村里的许多小伙伴都会过来听。

奶奶说："从前啊，有头好大好大的棕毛大水鹿，它的角好长好漂亮呢。有天，大水鹿啊，带领几头小水鹿正在溪塘边戏水，这时被一只大老虎发现了。老虎正好又饥又渴，见了水鹿可高兴了。老虎大吼了一声，吼得地动山摇，将树上的树叶震落不少，箭一般向水鹿扑了过去。这水鹿呢胆小，一般见了老虎都会逃跑。但那天大水鹿带了小水鹿啊，它要跑了，小水鹿准被老虎吃掉。所以，大水鹿不但没跑，反而掉转头，冲着老虎迎了上去。那老虎见大水鹿冲上来了，张开血盆大口就向大水鹿扑来，大水鹿呢，也不服软，就用长长的鹿角向老虎顶去。就这样，一来二去，几过回合，老虎到底凶猛些，大水鹿还是落了下风，脖子上受了伤。"

奶奶讲到这里，会要喝水或上趟厕所。大水鹿到底怎么样了呢？我和山薯以及小伙伴们都很着急。

奶奶说："正在紧要关头，村里一个穷青年在山上砍柴。这穷青年家里是穷得吃了上顿没下顿，还有一个七十多岁的老娘，全靠青年卖柴供养，青年三十老几了也没个姑娘肯嫁给他。这年轻人穷是穷，但人善良，只要见到人有困难，自己再难也要帮。叫花子往他门前过，自己就是没吃饭，也要先给叫花子吃。这穷青年恰好看到老虎与水鹿打斗，就急忙取下背上的弩弓和竹箭，用力拉开弓箭对着老虎射去，一箭正好射中老虎眼睛。老虎受了重伤，大吼一声，朝山那边跑了。年轻人见老虎跑了，也不追。他见大水鹿脖子上受了伤，直流血，就近扯了些草药，放在口里咬碎，铺在大水鹿的伤口上，再将身上的衣服脱下，给大水鹿脖子扎好，拍了拍大水鹿脖子就走了。又过了十天半月，年轻人在山里砍柴又遇见了大水鹿和小水鹿。大水鹿见了年轻人可高兴了，又是叫，又是扯年轻人的衣服，硬要拖着年轻人走。年轻人无奈，只好跟着大水鹿往山上走。走啊走，大水鹿一直将年轻人带到一个非常隐蔽的山洞里，山洞里面竟有许多光灿灿的金银珠宝。发了财的年轻人不忘帮助穷人，他给许多穷人送钱送粮，给村里村外修路架桥，穷人都把他当活菩萨敬。"

"村里也有奸猾的人，看年轻人突然发了财，就拖着年轻人喝酒。醉酒的年轻人迷惘中说出了财宝的秘密，于是奸猾的人盛喜若狂，天天到山里转悠。终于看到了水鹿，就跟踪水鹿走啊走啊，却走进了沼泽地再没有回来。他的两个兄弟为了报复，带着弓箭和砍刀进山找水鹿。他们终于找到了水鹿，于是一前一后前后包围夹攻，哥哥和弟弟同时看见水鹿，同时举起弓箭射去，谁知，哥哥射中的是弟弟，弟弟射中的却是哥哥。"

奶奶的故事总是讲也讲不完，过了几天我又央求奶奶讲故事。奶奶说："从前这山里啊，还有个鬼崽子，不学好，一天到晚背着把火枪和砍刀在山里转来转去，打山里的各种生灵。有一天啊，鬼崽子一枪就打中了一头好大的水鹿，高兴得手舞足蹈。他剖了水鹿的皮自己披上，砍了水鹿的角戴在头上，又升起山火，烤了水鹿的肉吃了。鬼崽子吃饱喝足，在山上美美地睡觉了。谁知，一觉醒来，鬼崽子披在身上的水鹿皮，竟贴在身上脱不下来了，戴在头上的水鹿角，也长在了头上，鬼崽子变成山牛了。从此，鬼崽子变的水鹿见了人就躲，它害怕被人打杀，这就是报应啊。"奶奶末了，总要叹口气，来上一句报应收场。

奶奶后来走了，但她的故事一直伴我成长，我一直忘不了她的故事。后来，我又将她的故事加工后讲给人听，讲给那些想偷猎水鹿的人听。

那是个傍晚，红色的阳光，像孩子的画笔，淡淡地绘满了山峦。那个人就沿着山坡上来了。他的肩上背了把枪，一把亮堂堂的双管猎枪，腰里还垮了把刀，一把弯刀，背上还背了个双肩包。那人戴了顶帽子，仿军用帽子。那人走得很急，往山上走一段又摘下帽子来扇扇风。那人的头上光光的，什么也没长。

我的眉头开始皱了起来，那人肩上的那把亮堂堂的双管猎枪让我的心情沉重。阳光下，那把双管猎枪闪着乌黑的光，那光仿佛是一把长长的刀似的向我刺来。

我想了想，开始有了主意。我主动迎上前去说："老弟，一路辛苦，进屋喝杯茶吧。"

那人将我从头到脚仔仔细细打量一番，确信没有危险后，跟我进了屋。我抓了一小把自种的高山云雾茶放进陶瓷杯里，倒进开水，黑黑的茶叶在杯中翻腾着。那人吹了吹茶叶，喝了一口，连说："好茶、好茶，纯正。"

我说："不嫌没菜，就到这里喝杯土酒吧。"

那人说："你我萍水相逢，老哥如此好客，真是三生有幸，今晚就和老哥喝两杯。"

我到地里扯了一大把小菜，又杀了只自养的公鸡，炒了两个热气腾腾的菜，一人一大杯自酿的红薯酒。那人喝着酒，吃着菜，连说："好酒、好菜、好茶。"那人喝了一大杯红薯酒，已有了些醉意，说："不瞒你老哥，我这次进山，就是先来探探，好叫一帮哥们来打些野物卖几个钱。听说这山上有大水鹿，这野物可是好宝贝。在那边……"他用右手食指指了指南边说，"一头大水鹿能卖上个六七万。当然，我们不会忘记老哥你的好处。"那人一边说着话，一边从黑色的双肩包中掏出两沓钱，放在我面前说："老哥你不用担任何风险，只要睁只眼、闭只眼就行，出了事与你无关，这么大座山，你一个人，怎么管得住。"

　　于是，我和他一边喝酒，一边给他讲奶奶讲的故事。

　　"照老哥这么说法，这山上的野物打不得。"

　　"打不得，一定打不得。"我说："那下边村子的一个后生崽，就因为打杀了一头跑下山的野生小水鹿被判了几年，现在还在吃牢饭呢，你看是不是同这故事一样，现实版。"

　　我和他一边说着话，一边喝着酒。这时外边下起了沙沙啦啦的雨。雨夹着风，或大或小，将屋顶打得哗啦啦的直响。我想，这时候那些水鹿该到半山腰的溪谷里戏水了。

　　那人说："同你老哥说句实话，吃牢饭我倒不怕，不瞒老哥你说，我就是去年从牢里出来的。这年月弄不到这个，"他说着用右手掌拍了拍钱，"还不如吃牢饭呢。像我们这一没文化，二没特长的人，就不该到这世界来。"那人说着说着，眼睛就湿润了。

　　我看了看他的脸，眼睛、耳朵都红了，我知道他喝多了。我打来热水给他洗脸洗脚，带他到房间睡。

八

　　风和雨越来越大，仿佛要将山和房顶撕下来似的。我对那人说起那个雨夜，我和战友潜伏到敌人阵地。那暴雨将我们一身淋得湿透，雨水从军帽、军衣上一个劲地往下掉。我擦了把脸上的雨水，看了看寂静的敌方阵地，耐心地等待着黎明的总攻。

我所在的连担任主攻任务。二班班长山薯是和我一起穿开裆裤长大的老兵，本来要退伍了，但他写了三份请战书，其中一份还是用血写的，非要打完这一仗才退。山薯在我的三排，我们排负责右侧进攻。这边山势陡峭，林木茂密，易守难攻。

　　我军炮击震耳欲聋，仿佛要将那积蓄了一夜的雨水清除掉。我一跃而起，率领三排冲了上去，用手中的冲锋枪狠狠向敌人扫去。

　　山薯比我还快，一个箭步冲在前面。别看山薯个子不高，但机智灵活，还是个练家子。一个端着冲锋枪的敌人见我军从天而降，惊呼着向山薯扑了过来。山薯机灵地一滚，"嘟嘟嘟"，手中的枪响了，只听那家伙一声惨叫，捂着肚子，摇晃几下，倒了。

　　山薯带领二班继续冲在前面。子弹、手榴弹像狂风暴雨，呼呼从头顶刮过。我们时冲时伏，搜索前进，敌人坚固的防御阵地，也一个个被我们炸开。

　　这时我突然发现左前边的山薯耳边涌出了鲜红的血，我跑过去一把拉住山薯说："山薯你头负伤了，立即给我撤下去包扎，二班长暂时由副班长小王接替。"

　　山薯一把拉住我的衣袖说："排长，你就让我留在班里吧，轻伤不下火线嘛。"

　　"不行，你的伤不轻。"我说。

　　"兄弟，算我求求你了，看在咱们一起长大的分上，你就给我这个机会吧。"

　　我看山薯眼神里透出了血红色的光，态度坚决，想了想，拿出急救包给他包扎上。一转身，山薯又端着枪冲了上去。

　　战斗很快结束，敌人死的死，逃的逃。我们开始打扫战场。然而，此时谁也没想到，从一棵大树洞里悄悄伸出一挺机枪，黑黑的枪口像死神一样对准我们。这时，站在后边的山薯发现了机枪，他一个箭步冲上来按倒了我。我伏在地上，对着树洞里的敌人扫了一阵，又掏出两颗手榴弹甩进树洞。大树被炸开了，藏在树洞的两个敌人也炸得飞了出来。然而，山薯却受了重伤，他被藏在树洞的机枪击中，胸部几颗弹眼在流着红红的血。

当我给山薯包扎时，他已经不行了，山薯抓着我的手，艰难地说了几个字："兄弟——替我——回家。"

我和战友们的呼喊，唤不回山薯的生命。我回来了，而山薯永远留在了边境线上。我只能带回山薯生前穿过的军衣、军帽和一张我和山薯在部队的合影。我把军衣、军帽和照片交给了山薯的父母。山薯的母亲见了照片，一边用满是老茧的手抚摸着，一边就哭晕了过去。

我跪在山薯的父母面前说："爸、妈，山薯走了，有我在，以后我就是你们的亲儿子，有我吃的，就少不了你们的。"

从部队转业时，我已是连指导员。本来可以选择留在城里，但我耳边时时响起山薯的话。记得那是参战前一个月明星稀的夜，我们在营房外散步，我问："山薯，打完仗，转业准备做什么？"山薯不假思索地回答："回家，与狮子山为伴。茂真你呢？"我想了想说："我也一样，对大山有感情。"

我对那人说："如果山薯在，我就不孤单了，我们两个老兵，守在这狮子山口，天天巡巡山，喝喝酒，多美啊。"

我将那张我和山薯站在营房门口合影的黑白照片从箱子里拿出来，给那人看。我说："山薯的父母百年后，我又将这张照片从山薯的哥哥手里要了回来。山薯的父母在时，我每月都要送钱、送粮，山薯的哥哥不肯要。为此常常争得面红耳赤。山里人就这样，认死理。"我对那人说这话时笑了。

"要说我这辈子最后悔的事吧，"我对那人说，"就是对山薯的小弟太狠了，伤了他啊。但我不伤他不行啊!不伤他就得伤狮子山啊!还有就是在前线对山薯太软了，有了一点点私心，反害了他，如果当初我坚决强令他退下去治伤，他就不会牺牲在那边了。"我说这话时，狠狠拍了下自己脑门。

九

那人说："大哥，吃了茶，喝了酒，吃了鸡，又听了这么多感动人的故事。我从小到大，还是第一次被一个人感动，那就是大哥你。大哥，听了这么多，我也说说我的事吧。我叫钟铁山，敲钟的钟，打铁的铁，大山的山。钟铁山这名字是后来改的，我小名叫钟小山。后来，长大了些，觉得小山、小山，老叫人欺负，就改了名。我的家就在山那边，童年也还蛮幸福的，有妈疼。记得6岁那年，妈突然得了急病，睡到床上起不来了。我到矿上把爸喊来，爸将妈送到镇医院，妈就不行了。我一下子没了妈，就好像没有魂似的。但真正的苦日子在后头，第二年，爸有了后妈，过两年我又有了弟弟。我爸在矿山，要到周末才回家。记得那时刚上一年级，放学回家，就要干许多活，什么洗衣、做饭、做农活，仿佛做不完的事。稍稍慢了就挨骂，做错一点，就挨打。刚开始后妈是用手打脸，后来就用棍子打，记得最多一周打了5次。有次放学，天突然下雨，全身淋湿。到家后，后妈说我贪玩，玩湿了。我说没玩，是雨淋湿的。后妈就顺手拿起夹煤火的火钳，将我从头到脚一顿乱打。她一边打，还一边骂我亲妈。说那死鬼，生了这么个化生子，来磨人，不如早点死了算了，死了好跟你那死鬼妈埋在一起，你看看。"铁山将手上的伤痕给我看，"打得多狠啊。我爸回来，她就会添油加醋地把事乱说一通。我爸老实，只听她的，从不说什么。就这么过了几年，仇恨的种子，像这春天的毒草似的，渐渐在我心里发了芽。记得那年刚上初中，我那弟弟刚上小学，总喜欢在后妈面前打我的小报告。见后妈打我，他就站在一旁，拍着手哈哈大笑。放学回家的路上，要经过一条小河，我突然就有了一个念头，把弟弟推下河去。从此，就没人告我的状了，同时又报复了后妈。我为这个想法兴奋不已，我想象着后妈失去亲儿子悲痛欲绝的样子，就高兴得睡不着觉。我假装对弟弟好，带他到小河边捉蜻蜓、抓蚱蜢，然后，乘他不注意，猛地一推，他就连人带书包滚下了河。我见计划得逞，立马就跑回去向后妈报告。我看到她慌慌张张地向小河边跑去，就在后面开心得直笑。然而，我们跑到小河边，弟弟却没死，只是摔伤了头。见了后妈，他一边抹鼻涕，一边号啕大哭，一边用手指着我。我知道这回惹祸了，惹大祸了。我不敢停留，拔腿就往学校跑。从此，再不敢回家。"

"我不回家，在外面流浪，结识了社会上的小混混。他们给我钱，给我买吃的玩的，然后叫我去偷。记得第一次是偷一个老头的钱，那老头在集市上卖油条。我的同伙装作买油条，我呢，趁他分散注意力，将他刚收的钱夹走了。老头丢了钱，跳起脚在那骂，骂着骂着就大哭起来。我开始心还有些软，但有了第一次，就有第二次。我就这样一步一步走向了犯罪。"

"后来，我的心越来越硬，越来越狠，硬得就跟这铁一样，狠得同狼一般，动不动和人打架，用刀子砍人，这么长的刀。"他用手比画着，"我追着人砍，人见了我就怕，就有人服，也有了小弟，就帮人打架，帮人讨债，帮人整人，帮人抵事。不瞒你说，这是个秘密，我没跟人透露过，要不是遇见你老哥，我就将秘密烂在心里。就说我上次坐牢，吃牢饭吧，也是假的。当然，也不能说是假的，坐牢是真的，只是这案子是假的。也不能说是假的，你瞧我这脑子有点乱。不，案子也是真的，只不过案件中的当事人有出入。说白了也就是案件的主犯不是我，我是代人受过，就是上次进山的那胖子。他有后台，又有钱，有权有势，说好了让我顶替，给好处。据我所知，他犯过许多事，小事没人敢动他，大事就找人顶替，我就是那顶替者。"

"说实话，大哥，那牢房，我是常客。进进出出，同狱警都搞熟了。要不是在这大山里遇到你老哥，我这辈子算是白活了。我遇到的，看到的，都是黑暗。但你老哥，改变了我。世上还真有不为名，不图利，像你老哥这样的人，这也就是你说的那个灵魂追求吧。人与人，确实不一样，有人千方百计算计人，而你老哥则千方百计帮人，我算是开眼了。我本想，我这一辈子算完了，但遇到你老哥，我就好像突然在黑暗中看到了光明。光明和黑暗其实就是一念之差，就是心灵那扇门是否开和关。以前我的门一直是关的，被我的后娘，被那些社会黑暗关着。是你老哥，用你的光，照亮了我。让我感受到什么是光明，什么是黑暗。"

"但是大哥，我跟你说，我也不是天生就是坏人，也不是想变坏，只不过有些事就像走路似的，走着走着就走岔了路。"

我喝了口酒说："铁山兄弟，你今天认我这大哥，就证明你不坏，你有善心。有句话叫，走错了路记得回头。人生谁敢保证不走错路呢？谁又敢保证他的路就一定是正确的呢？但差异是有些人不明白走错了，还有些人是明白错了，但一条道走到黑，就是不回头。"

"大哥，这么说吧，没遇到你以前，我没想过要回头。但从昨天遇到你开始，想了，还真想了。但怎么回呢？回得了吗？能回吗？"

"当然能回啦，你还年轻，身体又好，有的是力气，只要肯干，有的是路走。"

"那好，大哥。我听你的，你就给小弟指条路吧。"铁山将手在桌上兴奋地拍了下。

"路就在这里。"我指了指我坐的地方。

"在这里？大哥，你是说要我和你一起来护山？大哥，你看得起我，可我，我……"铁山一紧张就有些结巴了。

"哈哈……"我忍不住大笑了起来："你待在这大山里吃得消吗，再说，你还得成家立业呢，怎能跟我老头子待在大山里。"

"那大哥的意思是？"铁山张大了嘴，不敢往下说。

"大哥的意思是靠这大山，发家致富。"我笑笑说。

"靠这大山，大哥不是不让我动这山上的生灵吗？"

"这么说吧，野生的当然不能动，但咱可自己养啊，养牛、养羊、种果树。这大山富饶着呢，有的是好草，这漫山遍野的青草，可营养呢，养什么都行。"

"可我不懂养殖技术啊？"

"不懂，我教你。不是吹牛，这大山里的养殖户都是我教出来的，我是这大山里最早最久的养殖户。"

"可是我没有资金……"

"没资金，不要紧，你可以先到我这牵些牛、牵些羊去，待你以后牛羊漫山了再还。"

铁山走了，牵了我的牛羊走了。我看着他走，铁山一边走，一边回头，眼睛红红的闪着光。我目送着他和我的牛羊，一直到了山那边，渐渐小了，还在看，用望远镜看。

我从此又多了牵挂，牵挂铁山，牵挂我的牛羊。

十

我站在海拔1900米的山峰上，望着那一朵朵飘浮的云彩，望着那一望无际的山峦，望着那郁郁葱葱的森林，望着那成群的牛羊，望着成片成片的果树林，脸上浮现出满意的笑容。

春去春又来，又是一年过去了。这年春天，山上的映山红开得特别艳丽。我吸了口花香，然后慢慢地吐出，仿佛沉醉在花的酒海里。一转眼就七十多了，整整在这大山里待了三十多个年头了。老了，腰腿不如从前了，不服老不行。我站在狮子山的顶峰放眼望去，一座座高山大峰，几乎全被绿树包覆着。这些树绿得是那么深，那么厚，那么浓，将大山装扮得青青壮壮，气象清新，看上去，大山是越来越年轻了。以我老去的时光，换来大山的青春，这个买卖值，我想。这些大山，我算来读了一万多天了，从荒山读成青翠，再读成丰厚的美丽华章。如今接替我的年轻人也来了，按道理该交卷了，我还等什么呢？接替我的年轻人问我，儿子也问，我不语。我每天照旧清晨巡山，照旧拿着望远镜望，只是往南望的时间长些。这天，我的电话响了。我以为是儿子又催我下山了。我看了看，是个陌生号码。我"喂"了一声，电话那头却是个熟悉的大嗓门："喂，大哥，大哥，你还记得我吗？我是铁山啊！你给我的牛和羊都好，还下了崽子。乡里又让我到信用社贷了款，购买了更多的牛羊。如今啊，我的牛羊已形成产业品牌了。什么？大哥你看不见。好，兄弟我叫大家伙都把牛羊赶到山冈上去，你站在山顶上好好看看吧，大哥！"

"好！好！好！我站在山顶上去。"我一边说着，一边往山顶上爬。我站在那块突出的灰色大石头上，将望远镜向山那边望去。"看到了，看到了。"我喊。

那边大声说："那大些的是一群群灰色的牛，那小些的是羊，有白色的羊，还有黑色的山羊。它们向山冈走来了。山冈上有草，在果树的包围下，还有草坪。一片片牛羊在山冈上悠闲地吃着草。对了，旁边还有座三层楼的松木房子，是我办的'森林人家'，一楼是吃饭的酒店，二楼三楼是住宿的客房，冬暖夏凉，生意可好了。大哥，你有空来住一两宿吧，咱哥俩叙叙旧，喝上两杯我做的米酒……"

"要得!要得!好!好!太好了!"我兴奋地喊着。我再将望远镜向远方移去，在白云下边，是隐隐约约的城市，一栋栋楼房矗立起来。我看到了青山、白云、绿水、牛羊、果树、楼房。我脸上仿佛写满了骄傲，是啊，值、值，就凭这座山，这辈子值了。

（作者单位：国网郴州供电公司）

无法阻挡

刘绍英

一

宋光明把桌上的剩菜和剩饭全部扒拉到肚子里后，心满意足地摸着肚皮。媳妇过来收拾桌子，见菜盆饭碗都被一扫而光了，说："真干净，狗舔了似的，这么多都吃完了，猪变的吧？"

"那到底是猪还是狗啊？"宋光明嬉皮笑脸地看着媳妇麻利地收拾碗筷。

媳妇没回答他，端着餐具进了厨房，厨房一会儿就传来了哗哗的流水声。

媳妇弄得一手好菜，这手艺还是丈母娘传授的。第一次宋光明拎着大包小包登门去媳妇家，丈母娘和还只能叫未婚妻的媳妇，两人操持了一桌子菜，鸡炖得满屋飘香，尤其那松鼠鳜鱼整条端上桌的时候，宋光明眼珠子都快掉出来了，乖乖!那可是大宾馆特级厨师的手艺啊。毛脚女婿初次登门，本来打算好好地装一装，没料到一顿饭就打回了原形。那顿饭直吃得他满头大汗，满嘴油乎乎，狼狈不堪，形象实在不敢恭维。放下碗筷时，抬起头看见丈母娘和未婚妻都笑眯眯地看着他，宋光明用衣袖擦了一下额头，不好意思地说："太好吃了!长这么大没吃过这么好吃的饭菜。"就因为这句话，勾起了媳妇的母性，看着竹竿一般的宋光明，她心疼了，并下决心一定要用好饭好菜好手艺喂养他。

丈母娘不高兴了，说："饭菜做得再好吃，你也不能把我们家莲莲当煮饭婆啊。"

莲莲一扭身，扯了一下宋光明的胳膊，说："不理她！"

莲莲在一家公立幼儿园当幼师，除了爱和孩子们唱歌跳舞和玩游戏，就爱给他当煮饭婆，好像谁说的做饭是一种创造性的劳动，莲莲就相当认同，从买菜到配菜，再经过煎煮焖炸，每一道菜的做法都有讲究，到端上桌时，荤的素的，蒸的煮的，煎的炸的，色香味俱全，可不就是一桌精美的艺术品？这艺术品不仅可以观赏，还能喂饱家人的肚腹，尤其是能每天看到男人在桌上像小猪一般吃得直哼哼，她就有种成就感。都说要想留住男人的心，首先要留住他的胃，这话不假。这么多年来，宋光明由一根竹竿子变成了铁塔一般壮实的男人，而且愿意留在家里吃饭，不去外边胡吃海喝瞎混，稳固牢实的婚姻都是靠自己的厨艺啊。

宋光明起身走到沙发前，看看钟，7点半，正好是新闻联播时间。刚打开电视机，顺便把充了一会儿电的手机打开，手机适时地唱了起来。他拿起手机，杨有财打过来的。杨有财慌慌张张地说："师傅，出大事了。王家湾的王初三被高压电弧烧伤了。"

"谁？"宋光明没听清。

"王家湾的王初三。"

王初三还是出大事了！这个王初三，宋光明心里猛地一沉。

"你在哪？王初三在哪？"

"我在公司院子里，打电话就是告诉你，公司召集相关责任人开紧急会，你手机打不通，主任找你呢，都猜你巡线还没回来。我还没看见王初三，据说在医院里。他的亲属已经来过一拨人闹了一下午，被领导安抚打发走了。"杨有财一副要哭出来的嗓音。

"我马上来。"

宋光明挂了电话，再看未接电话，起码有十多条手机来电提示信息挤了进来，不消说，都是生产部主任打来的。他忙穿了件外套，没跟媳妇招呼一声，心急火燎地去家属院子里找小摩托。他出去巡线已经两天了，忘了带充电器，手机已经罢工了大半天，住在一个农家旅馆，也没洗澡，浑身臭烘烘的，就直接回了家，不知道竟然出了这么大的事情。

夜晚的小县城被昏暗的灯光照射得扑朔迷离，有了些年份的香樟树散发着微微的芳香，小广场边，年长的女人们随着音乐，有节奏地抖动着，马路上穿行的汽车并不多，摩托车却不少。宋光明已经骑过了两条马路，前面的一栋高楼就是公司了。供电公司在前几年修这栋办公楼的时候，都说是小县城的标志性建筑，十几层，还装了电梯，几年过去了，财政、国土、税务、银行的建筑高度都超过了供电公司，供电公司在小县城所有人的见证下，矮了下去。

宋光明把摩托车停在了院子里头，杨有财迎了上来，一见宋光明，就接住了宋光明的头盔，迫不及待地说："师傅，我们俩应该是没责任的。"

"现在谁追究我们的责任了吗？"宋光明不想听这个，看来杨有财吓坏了。

"王初三现在在哪里？烧成了啥样？"

"肯定在医院，但不知烧成了啥样，人还见不着。就那栋我们发过警示通知的违章房，听说他在楼顶湿水的时候，水管的水由于压力作用，撒在了高压线上，形成电火花，被高压电弧击倒，很严重。"他停顿了一下，又说，"领导通知我们现在去5楼开紧急会。"

宋光明心里虽然也急，但他不再想说话，默默地跟在了杨有财的身后，由着杨有财一个人在那叽叽呱呱地说个不停。

等他和杨有财到达5楼的时候，会议早开始了。抽烟的人较多，会议室烟雾缭绕，宋光明对烟雾敏感，就挑了个靠窗的位子，打开窗子，坐了下来。

生产部主任主持的会议。见宋光明进来，迫不及待地问："在王初三建房私自增高的时候，我们要确定的是，宋光明你究竟告知了没有，告知了几次，采取的什么形式？"

"我们告知过多次，主任。"宋光明很肯定地回答，接着又说，"王初三的房子是今年开春开始建的。我和杨有财四月份去的时候，他已经建好了一层，我见他没有封顶的意思，而且下地基似乎是要建楼房，还特意问他准备建几层，他说国土规划只给他批一层，他要建三层，农村建房，没有城里管得那么严，建好了总不至于拆他的。当时，我见高压线就在他屋顶的上方，有安全隐患，就跟他讲了，不能再建，高压线在上头，高压电打死人了谁也负不起责。王初三当时把我一顿臭骂，说我讲话晦气。回来后，我就把王初三建房的事做了记录和汇报，并给他下了书面的'高压线下建房，超过安全距离危险'的告知书，告知书也是我送的。不仅如此，我们还向国土部门报告了他违章建房的事，可惜国土规划部门没理会。后又专门去找了村委会，让村委会劝劝王初三。王初三是个犟卵，他谁的话都听不进，对我天大的意见。我们没办法，又没有执法权，就只好在他的房子旁设立了警示牌。这些都留了资料，有图片为证的。"

大家一听，心里有了底，下一步该怎样，现在都不好说。

宋光明想，目前虽然不知道王初三究竟被电击成了啥样，归根结底，是算不得供电公司的人身伤亡事故的。供电公司一天到晚高唱依法治企，问题来了，管自己人好管，管别人怎么管？他们家属来闹，你做得多到位，你有没有责任？医药费到底掏不掏？摆在大家面前的事实是：王初三被电击了！供电公司能脱干系吗？

二

第二天，宋光明邀杨有财去医院看王初三，杨有财伸手摸了摸他的额头说："师傅，你没得毛病吧？去医院？去找抽？人家躲都来不及，你还自己凑上去！你又不是领导，要找抽也轮不到你呀。要去你去，我是不会去的。"杨有财说完就赶紧溜了。

宋光明想了想，也是，这么大的事情，也不是自己能处理的，还是先去总经理办公室问问情况。

宋光明到了总经理办公室，杨总正在处理OA邮件，现在真是方便，从国家电网到省电力公司到市电力分公司再到县供电公司，一个通知，用内部局域网一下就搞定。信息发展得真快啊，前些年还必须邮寄快递，到达这个小县城，路上起码得走5天吧。这玩意儿学起来也快，招聘一个学计算机的，维护整个县公司系统绰绰有余。

杨总见宋光明进了办公室，把邮件点击发送后，才抬起头来。他知道宋光明找他无非是有关王初三被电弧击伤的事，就说："也不知王初三怎么样了？出了这种事，我们也很无奈，我已叫工会通知职工捐点钱，有没有责任，弱者也是要同情的。下午我们班子成员都一起去医院看看王初三，你去不去？"

宋光明想了想，摇了摇头："我还是不去了，我心里难过的是，我当时实在没法阻止他要建三层楼房，王初三犟得很，谁也没有办法拦住他，如果只建一层就不会出事了。"

现在说啥也没用了。杨总看宋光明的样子，跟鲁迅笔下的祥林嫂差不离，便不再说话，由着宋光明喃喃地说他的"如果"。

一整天，宋光明都感觉神情恍惚，郁闷沮丧，在办公室整理巡视黄家岗变线路的记录，照着抄都常写错。这次巡线的结果没有大的问题，中部地区雨水多，树木生长快，上半年还只有一人多高的树，下半年就蹿到接近高压线了，一部分地段需要砍青扫障，还有些小缺陷，这个月报停电检修计划后，才能一并消缺。他一会儿站起来走一圈，一会儿又坐下来，一会儿后悔没跟领导班子去看王初三，一会儿又觉得去也不妥，这件事让他纠结得不知道干什么好。好不容易等到下班回家，他对刚系上围裙准备做饭的媳妇说："晚饭后，你买点水果，包500元钱，去医院看看一个被电弧烧伤的叫王初三的病人。"

媳妇回来的时候，宋光明歪在沙发上与在华北电力大学读大三的女儿聊微信。女儿的每一句聊天都加一个表情，给聊天语气一个注解，但宋光明往往就是干巴巴的一句，女儿估计爸爸不会用表情，或者是不习惯，她说："来，给姐笑一个。"然后送给爸爸一个很夸张的露了8颗牙笑脸的表情包。宋光明笑了，打过去几个字："哥给你露黄金大板牙。"把女儿的表情包又传了过去。隔着千山万水，父女俩热衷这种没心没肺的聊天。

媳妇边进门换鞋，边嘴里嘟囔："太惨了！电弧烧伤也这么严重，听说要锯双手呢。"

宋光明给女儿打了个"88"，就合上了手机，等着媳妇带回来的消息。

"来来，坐下慢慢说。"宋光明起身给媳妇倒了杯凉开水，"说具体点说具体点。"

"病人没醒过来，还在昏迷中。电击烧伤的面积太大，手怕是保不住了。"

"有没有生命危险？"

"医生说，生命危险倒没有。你们单位领导下午去看过，还送了好几万块钱的住院费。他们家属说，这点钱护理费都不够，要请律师和供电公司打官司，律师说，起码要赔100多万元呢。"

宋光明沉默了。100多万元，那恐怕只是王初三家属的一厢情愿。虽说是电弧击伤，一大笔治疗费没有出处只好打官司，但王初三是私自违章建房，供电公司从告知到阻止，已经完全规避了法律风险，这么多年的依法治企，不是喊的口号，领导能拿几万块钱的治疗费给他治病，已经是出于人道主义关怀了。

当然，正值壮年，没有了手的王初三，今后怎么办？

媳妇见他锁紧眉头不吭声，又问："这个烧伤的人与你是什么关系？你叫我买水果去看他，还给他送了500元，他的亲属听说我是你媳妇，脸马上拉长了，虽没说啥，但也老大不高兴的样子。"

宋光明明白，王初三是电弧烧伤的，他们一家现在都跟与电有关系的人有仇。同时，宋光明还明白，王初三一家选择的诉讼拉锯战即将开战。

三

"翻过了一道山，拐过了几道弯，妹娃子妹娃子来到了你门前。师傅，你走慢点，前面又没有相好的等你，走那么快。"杨有财嘴里唱着歌，气喘吁吁地跟在宋光明后边，不满地抱怨着宋光明。

宋光明回头看了一眼杨有财，这小子三十出头，巡几公里线路就显得体力不支。

"哪个跟你一样，像个骚鸡公，时刻都想女人，年纪轻轻身体就败掉了。"

杨有财前两年与媳妇离婚后，成了天不管地不收的单身汉，下班后，常常以谈恋爱为借口，排解体内分泌旺盛的荷尔蒙，在宋光明看来，他这是典型的以谈恋爱的名义耍流氓。但宋光明对这个徒弟还是非常喜欢和欣赏的，杨有财虽然好色，但他肯吃苦，工作认真。说实在的，好色怨不得他，一个没有婆娘的单身男人，又正是如狼似虎的年纪。自己这个年纪时不也一样，整天盼着天黑，好把媳妇搂在怀里，媳妇不也常骂自己是色鬼？

以杨有财的话讲，这叫热爱生活。

50出头的宋光明在35年的外线工生涯中，带了不下10个徒弟，有的搞变电值班去了，有的当了施工现场负责人，有的搞了安全监察，有的还转行干抄收复核去了，基本都不巡线了，也只有杨有财始终跟着他。巡线苦啊，架设的线路，逢山开山，遇水趟水，拉的是直线，把巡线工就害苦了，架设一次到位，之后的线路维护，每个月都至少要巡一次，在这个县级分公司，每年巡视的线路长达500多公里。巡线分为日常巡视和事故巡线，逢着雷雨、大风、冰雹、泥石流、洪水、地震，还需特殊巡线，靠的都是两条腿和好眼神，关键是一份责任心，电力线路的缺陷、大修和改造的第一手资料，完全就靠巡线。

从招进单位起，宋光明就干这个。

那个时候，自己也跟过师傅，在野外凭着干劲走一走，跟游山玩水似的，觉得没啥了不起，很多时候，也就是给师傅做个伴吧。师傅对他严厉，不喜欢他的吊儿郎当，他不以为然，师傅死脑筋，一点小问题，比如一根拉线歪了、松了，也非要记录和上报，说得跟天塌了似的。直到有一次，黄家岗的放牛娃把牛拴在门前低压杆的拉线上，那牛也不知发了什么疯，把拉线生生地从土里扯了出来，电杆倒了下来，那头牛触电身亡，放牛娃跑去拉牛，也触电惨死。后来与电力公司扯皮，让公司上下都伤透了脑筋，这个地方的村民只要一看到电力公司的人来，就满脸的敌意。那次倒杆，还造成了一个乡镇和好几个村的停电事故，损失不能用钱来计算。宋光明这才知道，一根小小的拉线就可能酿成一次大的事故，而且，村民们才不管是谁的责任，死了人，是电打死的，就一律找电力公司。

从那以后，他也像师傅一样，不敢对线路的一点点缺陷有丝毫的大意。

师傅退休后，能够在巡线岗位上的徒弟就只剩下他一个人了。

后来他也当了师傅，带了跟他一样吊儿郎当的徒弟，愿意心甘情愿在这个岗位干的，就只有杨有财了。他满50岁时，已经分散到各个岗位的徒弟都来给他庆贺生日，开了一大桌，他心里的那份自豪感真是无法言说，看到一张张有了些沧桑的面孔，感叹时间过得真快，那天他多喝了两杯，徒弟们也喝了不少。大徒弟端着酒杯说："师傅您有这么多徒弟，我们的师兄师弟遍布在各个工作岗位，您应该感到欣慰，我们也很珍惜我们师徒和我们师兄弟的缘分，可惜现在您身边只有杨有财一个徒弟了。"大徒弟顿了顿，把脸又转向杨有财，"蠢蛋杨有财，你要替我们坚持下来啊。来，我敬师傅，同时敬你。"说完，一口就把足足有二两的杯子喝了个底朝天。宋光明听了这句话，火气一下冒了出来，但他还是忍住了，毕竟徒弟们有心来给自己庆贺生日，那会儿，他的思绪变得异常飘忽，心里也特别伤感。是啊，徒弟们都很聪明，他们变着法儿换工种，只有蠢蛋杨有才还干巡线工，自己不也是徒弟们看不起的蠢蛋？

四

"损害肾脏的事少做，你就是不听，体力还不及我这个老家伙吧。"宋光明停了下来，等着赶得上气不接下气的杨有财。

杨有财笑了，快步赶上宋光明，说："师傅，你是站着说话不腰痛，饱汉不知饿汉饥呢。"

"走得累了，我唱个歌给你听吧，给你提提劲。"不等杨有财回答，宋光明就扯着破嗓子唱了起来，"紫云英花开稻田里长，蔷薇花开在路旁，哥哥整天里把妹妹想，就想等到天黑压到妹妹的热身子上。"

杨有财听师傅用嘶哑的公鸭嗓子唱这么骚情的歌，敢情师傅在他面前不过是假正经。

杨有财不等师傅把歌唱完，就赶上了师傅。

那次是在一场大风之后的事故巡视，他走在师傅的前头，在翻越黄家岗时，由于眼睛一直盯着线路，没顾得多看脚下，结果被村民放的捕野兽的夹子夹住了腿。

那是怎样的一个夹子啊，他的一只脚刚踏上一蓬枯草，只觉腿部传来

75

一阵钻心的疼痛，人就软了下去。他歪坐在地上不能动弹，像野兽般嚎叫着："师傅，师傅，我的腿，我的腿呀。"

走在后头的宋光明几步赶了上来，一看就明白了，一个圆形的套子深深地锁了杨有财的腿上。这是村民捕野猪用的夹子，他忙叫杨有财别动弹，越动弹夹子就越紧，如果再挣扎几下，杨有财的腿也就废了。宋光明顾不上巡线了，边小心地注意脚下，边奔下黄家岗，他得找到放套的村民解套。

宋光明对村民好话说尽，才把放套的村民叫过来，那夹子已深深地嵌进了杨有财的小腿肉里。杨有财看着村民取出嵌进小腿肉里的夹子，痛得差不多晕了过去，在宋光明背他回去的路上，血也就跟着滴了一路。为此，杨有财休了一个多月的病假，一条腿才算康复，又因为铁锈感染，小腿的肉就少了一块，留下了很难看的一个乌疤。

杨有财从华北电力大学毕业后，就分在了这个县级分公司，那时候学电气自动化出身的他，怎么也不会想到，自己干的是巡线这种苦差，正因为是苦差，愿意干的人就少，也曾多次想换工种，像自己的师兄弟一样改行干点别的，可一想到师傅比自己大了十几岁还巡着线，再说，自己在大学学的那些所谓电气自动化，在这个县级分公司，根本就不缺乏像他这样的人才，岗位是一个萝卜一个坑。况且，迈进单位的门槛，自己就没学别的本事，就凭两条腿和一份责任心，倒也混得安心，算对得起工资，可就因为干这个巡线工，跟他结婚不到两年的媳妇，也跟他离了婚。那时候，与杨有财住在一起的母亲催促小两口完成人生大计，急着要抱孙子，在政府机关工作的媳妇说，如果杨有财换个工种就打算生，如果不打算换，就不考虑生。婆婆不高兴了，说："结婚不生孩子，那结婚干啥？""那就离呗！"媳妇很干脆。婆婆没想到媳妇会这么顶她，气得说不出话来。其实媳妇是嫌杨有财的工作不体面，自己在政府机关工作，丈夫虽在电力公司，但干的还是那种风吹雨淋的巡线苦力活，同学聚会都不好意思介绍，若肯换个工种，不管是对家庭的照顾，还是走出去，都会体面很多。其实，她在说出离婚之前就想了很多，以前谈恋爱完全是懵懂无知，不知道婚姻还需要除了感情以外的很多东西，工科出身的杨有财要钱没钱，要情趣没有情趣，就连那名字，都那么土。两年的夫妻生活，她早就过得了无生趣，生孩子？生了孩子一辈子就真的完了，自己如花的28岁和82岁没有分别啊，人生很多的精彩自己还没能去感受和体会。

她似乎看到了自己正处在一个静止等待老去的状态，这是她不愿意接受的事实。

杨有财不懂了，他干巡线工与生孩子有什么关系？而且他不能接受的是，媳妇拿生孩子要挟他换工种。巡线工有啥不好？再苦再累也是自己一个人的事，并不连累家人呀。离就离，这世上两条腿的蛤蟆不好找，两条腿的女人可不多的是。离婚没费一点劲，两人去政务中心10来分钟就各自拿了一本红色的离婚证，想起那一幕，杨有财常戏谑自己的这段婚姻：挥一挥手，不带走一丝云彩。离婚两年了，也找过不少，可最终要在结婚的问题上就卡了壳。杨有财希望找个不贪慕虚荣的女子，如今的女子大都现实，车呀，房呀，存款呀，哪一样都让杨有财心慌气短，底气不足。他杨有财又有多大的本钱和优势经得起别人的横向比，纵向比？他最羡慕师傅了，娶了个贤惠又明事理的女人，可以说，师娘莲莲是他心中的女神，或多或少，他的潜意识里都把师娘作为了择偶的标准。

离婚后的杨有财落下了一个毛病，就是晚上下班后必出去喝夜酒，若喝得半醉时必定会带一个女子回家。喝得烂醉时，就给杨总打电话，要求换工种。省电力公司有要求，不管是市电力公司还是县电力公司，凡是老总，必须24小时开机。杨总常在美梦中被杨有财的电话吵醒，一接电话，没别的事，换工种！到真正找杨有财谈话想给他换工种时，他又会说："我喝多了，杨总，喝醉酒说的话能算数吗？喝了酒，我自己都不拿自己当人看。您多担待点，我们是家门，我才给您打电话的。"

杨总哭笑不得，心想，自己连姓都姓错了。他在很多场合都会说："天不怕，地不怕，就怕杨有财喝醉酒深夜打电话。"

对于杨有财骚扰杨总，宋光明并不担心，单位上的人和事，反正都了解，那终究是自己人。杨有财在升迁上不求上进，工作倒是没得挑，这8小时以外的事情，半夜给领导打个电话，诉说心里话，领导也拿他没办法，他担心的是，杨有财总是喝醉酒出去泡妞，管不住自己的兄弟，电影

《无间道》里说的：出来混迟早是要还的。这小子不定哪天会栽在这上面。

杨有财看着对他一脸幸灾乐祸的师傅，说："师傅你太恶毒了，我的一条腿差点被夹断，我的小兄弟还没有完成传宗接代的使命，你还咒它？上次王家湾王初三的恶狗怎么不一口咬掉你裤裆里的是非根？你反正有了后，那玩意儿不要也罢。等我有了儿子，我就去把自己阉了，免得你老是嫉妒我，到时候我们就大哥不笑二哥，螺蛳不笑蚌壳，我们一同出家当和尚去。"

"你六根不净，还当和尚，那也是个花和尚！"宋光明好笑。

宋光明摸摸被王初三家的恶狗咬过的那条腿，这时候似乎还隐隐作痛。

他心里暗自庆幸，干了几十年的巡线工，被恶狗咬过的次数无法数清，也没去打个狂犬疫苗和血清，居然没得狂犬病，这是不是被狗咬的次数多了，有了免疫功能呢？

宋光明很习惯与杨有财互相挖苦斗嘴，他俩既是师徒，又是生死患难之交。就在去年初夏的一天，雨不歇阵地下了足足一个多月，黄家岗发生了泥石流倒杆事故，宋光明和杨有财赶到出事地点，路已中断，他们挽着裤脚，趟着泥水走到倒下的电杆边，宋光明嘴里念着倒杆地点、电杆的编号，杨有财把腿当桌子，在记录本上记得正认真时，只听背后一阵哗啦啦的巨响，两人没回过神就被泥石流冲走了。幸亏是白天，他俩反应过来的时候，发现被冲出了两百多米，当两人一身泥巴相互搀扶着地走出黄家岗山时，两个大男人都哭了。两人一路发誓，回去就跟领导要求换工种。

领导说："你们班组一共就4个人，还要承担电力110抢修任务，你俩不干了可以，但你俩觉得公司里还有谁适合，提两个人选。"

宋光明与杨有财相互看了一眼，突然觉得，除了他俩，谁也不合适。

宋光明与杨有财走到王家湾的时候，太阳已经落到山脚下去了。夕阳晕染得王家湾着了火般，冬日的村庄像个不爱收拾的婆娘，慵懒和凌乱。树木和稻田都歪歪斜斜不规则地立着，几只老鸦在树梢和屋顶飞来飞去，显得焦躁。倒是几根电线杆站得笔直，有些精气神。

他们师徒都熟悉这里的路线，除了这条到村部的路被硬化外，从王家湾到梁家坪，需爬过两座山，要命的是，跟着线路走，需自己开辟道路，也就是说，根本无路可走。

宋光明说："两座山爬不了了，在天黑前，把王家湾的线路看仔细点。"

宋光明一会儿看看头顶上的电线，一会儿又要注意脚下的路，路都是田埂小径，不能健步如飞，只能高一脚低一脚，慢慢前行。

日常的巡线和事故巡线至少需要两个人，供电公司能够巡线也就四个人，宋光明和杨有财对山区乡镇的线路相对而言更为熟悉，两人配合不错，一个巡视查看，一个记录。上次全公司开安全工作会议，生产主任在会上说要科技创新，哪个省使用啥高科技，哪里的线路出了故障，室内的显示仪器就会报警，我们以后也要逐步地把人工巡线改为这种高科技。宋光明听了，心里非常不以为然，撇了撇嘴，在下面小声地说："啥都能代替人，就不要再繁衍人类了，国家放开二胎干啥？反正不需要人干活了。没干过巡线，在那瞎掰，以为巡线就是美丽乡村一日游？有一次，新民村的一个榨油坊，在电线上用根铁钉子引入双电源进行窃电，不就是在巡线过程中发现的吗？还有那些金具材料和电缆设备的偷盗，靠的都是日常的巡线。"

"高科技，高科技能完全代替人巡线的时候，老子就提前退休！"

还有王初三在高压线下建房的事情，如果不是巡线时发现了问题，并设法阻止，供电公司责任是不是就大了？尽管没能阻止，但我们该做的和能做的，都做了呀。他想起王初三的时候，心情陡然沉重起来。虽然自己早就发现了隐患，可还是没能阻止悲剧的发生，这是否也是工作不尽责呢？

几十年的巡线工作，宋光明总结出了丰富的经验，这些经验他常在遇到缺陷和故障时，有意识地多跟杨有财说说，过不了几年，自己要退休了，这么多这么长的线路，都是主要靠徒弟去巡视的。当然，杨有财也需要带徒弟了。现在，基层的供电公司不缺少高校毕业的、只有理论不愿实践的"高科技人才"，缺的倒是像杨有财一般能吃苦、认真负责的技术工人。

宋光明深深地叹了口气。

两人从村部拐了一道弯，王初三新建的红砖青瓦小楼就呈现在了眼前。

王初三出事已经有了三个多月了，家里似乎无人居住，门前的杂草也变枯了，没用完的水泥和砂卵石散乱地堆在前坪，包括那条曾经咬过宋光明的恶狗都不知道去了哪里，安静得只听得到树上的老鸦长一声短一声地叫。

半年前的一切还历历在目。

那天，宋光明师徒俩巡线到王初三这里时，王初三的房子刚建好一层。宋光明还没来得及与王初三打招呼，王初三家的恶狗猛地冲了过来，在离宋光明两三米的地方才停住，对着他们师徒狂吠，这恶狗曾经咬过宋光明，宋光明对它心有余悸，看见狗扑了过来，按照他媳妇教他的方法，马上蹲下，作势要捡石头的样子。媳妇教的这招还真管用，人一蹲下，那狗就退几步，从掌握这个方法以后，他就没再被狗咬过。

王初三正在搁第二层楼板，见是宋光明，忙喝退了狗，下了楼，一阵风似的小跑过来。

王初三像个灰人，连眼睫毛都黏着灰尘，他把满是灰尘的手在满是灰尘的衣服上擦了一下，掏出一支烟递过来，说："又巡线啊，你们来得很勤啊。"

宋光明摆了摆手，问："建楼房啊，初三？建几层啊？"

"三层。不能声张哦，国土只批一层，我自己的宅基地，想建几层建几层，不占别人的地。"

"多建的是违章建筑呢。"

"那有啥办法，我两个儿子，今后他们一人一层，我和媳妇住楼下。违章建筑也要建，不信哪个吃了豹子胆的敢拆我的房子。"王初三这话是说得起的，这是王家湾，这个村住的都是自己族人和弟兄。谁没事找不痛快，像他说的，又不占人家的地。

宋光明听了王初三的话，抬起头朝王初三的房子望去，房子上面有三根高压线，现在不碍事，若要建三层，据他目测，估计极有可能超过安全距离。他无不担忧地说："初三，你恐怕不能建三层，你看你房顶的上端，是高压线，不安全呢。"

王初三扭头看了看自己的房子，说："隔天远地远的，没啥不安全的。"

"我干这个行业几十年了，你真的要相信我。超出安全距离就有安全隐患，高压电打死人，谁也负不起责。"宋光明继续强调。

"你什么意思，会不会说话？老子建新房，你在这说这么晦气的话，信不信老子两铲子铲死你！"王初三瞬间翻脸了，并捡起了砌墙的铲子，对着宋光明挥舞叫骂着。

宋光明退后几步，心想，好心怎么就成了驴肝肺呢？我几十年的工作就是发现安全隐患，然后消除隐患，你建房又不碍我的事，我与你王初三无冤无仇，何必讨你的嫌？平常和善仁义的王初三，怎么变得这么不可理喻呢？

宋光明叫杨有财把建房有可能超出安全距离的隐患记上，师徒俩在王初三的一阵叫骂声中，灰溜溜地离开了王家湾。

宋光明回去汇报后，生产办就下达了安全隐患告知书，这次还是王初三和杨有财送过去的，结果可想而知，王初三不仅不在告知书上签字，又把宋光明的祖宗十八代问候了一遍。并扬言，再看见宋光明师徒俩路过，要打断他俩的腿。宋光明见王初三油盐不进，只得去村部找了村支书，村支书接过告知书，答应去做王初三的工作。隔了好多天，王初三才把签过字的告知书通过村支书转到了宋光明的手上。

村支书是王初三的堂叔，他说："初三是个没文化的蛮人，你们不要跟他一般见识。他要建就让他建吧，应该不会有啥事的。若有啥事，反正他签了字，也不关你们的事，你们已做到了仁至义尽。"

宋光明还是不放心，事后，他说自己真的是一语成谶，担心啥事就来啥事。他阻止不了王初三，也不死心，回公司后，向生产办主任建议，供电公司无权阻止，让供电公司向国土规划部门报告王初三违章建房，让国土部门去干预。

可惜，直到出事，国土部门没有作出任何反应。

王初三现在一家去了哪里？官司打到了什么程度？他赢官司的希望有多大？

五

王初三的两个哥哥把王初三抬到供电公司大门的时候，宋光明刚上报完巡线记录，正在传达室的云柜领取女儿从北京寄过来的包裹。宋光明是老寒腿，女儿在北京给他在同仁堂大药店买了一包祛风湿的膏药，膏药早到了，送快递的小哥都打电话催过了好几次。

由于王初三来闹过多次，两个精明的门卫赶紧关了公司电闸大门。宋光明见是初一和初二两兄弟，丢下包裹朝门外快速地奔去。

他看着躺在担架上的王初三，王初三一脸漠然地望着他，好像不认识他一般。他往初三空荡荡的袖管望过去，不由倒吸一口凉气：王初三的手真的不见了。听说王初三的家人和村民多次抬着王初三来供电公司闹，讨说法，他一次也没见着。王初三出事几个月了，他虽隔三差五打发媳妇去医院看望，不时送点钱过去，可他还是没有勇气去面对他。

王初三成了这个样子，他起初以为自己是有能力阻止的，只是王初三听不进自己的劝告，这个事故早已预见，却没有能力阻止。实际上这么长的时间，一提到王初三，他的内心就特别懊丧沉重，经常自责和纠结。

没有了手的王初三让宋光明打了个寒战。

他在王初三的担架前蹲了下来，伸手想摸摸王初三的袖管，手伸出去改了个方向，他摸着王初三的腿，嘴里喃喃地说："初三，怎么成了这样啊？我巡线就跟你讲过的，你要建三层楼，离高压线太近了。我们给你下安全隐患告知书，不让你建，你怎么谁的话都听不进呢？这下可好，手没了怎么办啊？"

王初三的腿冰凉冰凉，似乎一点温度都没有，那股寒冷从宋光明的指尖传递到了全身，这股寒冷让他的心缩紧了，浑身起了一层的鸡皮疙瘩，他赶紧松手。

王初三对于宋光明的问话毫无反应，依然一脸漠然地望着他。

"你讲什么屁话？走开！你算老几？叫你们领导出来。"王初三的大哥王初一极其不耐烦地把宋光明掀了个四脚朝天。

"好吧好吧，你们找领导吧，领导也没本事把初三的手找回来。"宋光明有些恼火，拍拍身上的灰爬了起来，嘀咕一句，然后他看了一眼担架上的王初三，默默地走了。

"有种别当缩头乌龟，人是电打残的，给点小钱就想打发我们，你以为是打发叫花子？"王初二看都没看宋光明，只管对着供电公司的大门叫骂。

供电公司门口逐渐地围满了看热闹的群众。

"造孽！好端端四肢健全的人，双手就没了。"

"是电打的，当然叫电力公司赔。"

"双手没了，以后也搞不成事了，下半辈子得让供电公司养着你。"

看热闹的群众一边倒地替王初三愤愤不平，并都替他出谋划策，你的电把人家打残了，人家失去了生活和劳动能力，你当然得对人家的下半辈子负责，况且，偌大的供电公司大老板，养个把残疾人也是小菜一碟，而且理所当然。

今天礼拜一，供电公司正在开周例会，骂声从窗子里钻进会议室，每个人都听得真切。主持开会的杨总心里明白周例会已经开不下去了，起身关了窗子，骂声一下就听不见了。他深深地叹了口气，说："怎么给他赔偿？总得有个依据吧，他应该去找国土规划部门赔偿，巡线上报隐患后，我们就给他们发了安全隐患告知书，还专门设立了警示牌，他执意要建，有何办法？这样闹，不明真相的群众还以为是我们的过错，社会影响多不好。"

大家都不知道说啥好，从人性和情感方面讲，好端端活蹦乱跳的王初三，一下变成了一个没有双手的残疾人，大家都同情他。但从法理上讲，供电公司曾多次干预和规劝，甚至阻挠，已经完全规避了责任风险，也就是说，供电公司是没有责任的。

纪检书记说："把法律顾问找来吧，他们不是在打官司吗？司法程序走得怎么样了？即使我们没有责任，出于人道主义，我们已经号召全公司职工捐了些钱，给他付了10万元的医药费。高压电有个30%的无过错责任，需要怎么赔偿，以法律判决文书为依据吧。我们虽是国企，人道主义也不能无休无止。说真的，他们应该告国土规划部门，我们发现隐患后，也以书面的形式向国土部门报告过，是他们不作为。"

大家同时又明白，王初三是不会告国土规划部门的，他若要告，国土部门首先就要把他已建好的三层违章建筑拆除。现在王初三双手已经没有了，再去拆他的楼房，那不是要他的命吗？

也只能这样了，大家都明白，供电公司吃这样的哑巴亏，已不是一次两次了，但有什么办法？依法治企，我们只能管好自己，一旦发生人身触电事故，不管有无过错，也不管官司最终输赢如何，结果都是供电公司赔钱。地方政府讲的是稳定，法院讲的是权衡，你能讲什么？讲社会责任，讲人道主义。老百姓只认你是国家电网，是大老板。

王初三的电击案初审判决是在腊月初的一天。

宋光明那天也去了，这是他第一次进法院。

平常打法院路过，见法院两旁威武的石狮子，他以前看过中央电视台人与自然的节目，狮子是种比老虎还凶猛残忍的动物，一点也不亚于老虎。石雕的狮子他在别的地方也见过，就是没有法院前的这般威武和生动，那脖子上的毛发，根根直立，威武凶猛，一副随时会奔跑扑腾的模样，倒也与法院的庄严肃穆匹配。

宋光明跟着公司纪检书记和法律顾问到了法庭上，纪检书记和法律顾问作为被告坐在了被告席上，他只能坐在观众席上旁听，观众席上，坐了一大帮王初三的族人和亲戚，这些人宋光明都见过。

王初三电弧烧伤还未痊愈，无法到庭，他的老婆红肿着眼睛，耷拉着脑袋坐在原告席上，家里发生了这样的惨事，几个月的时间，这个女人一下就老了十岁不止，请的律师就坐在她的身边。

王初三的律师说了为何要供电公司赔100多万元，念了很多的法律条款，声音洪亮，凿凿有词，声音里透着对弱者的同情和对造成这起事故的电力公司的愤懑，理由很充分。电力公司的法律顾问没有理会王初三的律师，只是当庭提交了很多阻止王初三建房的证据，基本都是以前宋光明送达的安全隐患告知书、安全警示牌的图片资料。宋光明真是佩服巧舌如簧的律师，这场官司若打赢了，听说律师费有20多万元呢。看来，为了钱，都够拼的。王初三的老婆，看律师和法律顾问一来一去地陈述，面无表情，像个局外人般。

法官让他们讲够后，敲了一下法槌，问："原告和被告愿不愿意调解？"

宋光明笑了。要能调解早调解了，还上你法院来干吗？

法官又敲了一下法槌说："不愿意调解就当庭宣判了。"

宋光明愣了：这么快就当庭宣判了？

判决书一读完，木讷的王初三的老婆似乎被法槌的敲击声敲醒了过来，顿时往地上一躺，开始撒泼打滚、大哭打闹起来。她一边哭诉，一边抓过桌上的扩音器向法官掷去："我家男人被电打瘫了，你就判电力公司无过错责任，那么一点钱，有没有天理？"

"法院得了电力公司什么好处！"

观众席上有几个人大吼着也冲了过去，威严的法庭顿时一片混乱。

"干什么！干什么！"站在法庭两旁的几个法警扭住了两个冲在前边的人，"冲击法庭，胆子不小。"

审判员和主审法官似乎见惯了这种场面，任由他们哭哭啼啼，吵吵闹闹。

一审以法警把王初三的老婆和族人亲戚扯出法院而告终。

开庭前，王初三的律师告诉王初三，供电公司一定会赔他100多万元，现在，终究成了泡影，这是王初三和王初三的老婆及家人万万不能接受的。

走出法院的大门，冬日的阳光显得异常冷清，宋光明低着头走下台阶，不敢去看王初三老婆那张布满鼻涕眼泪的脸和王家湾那么多双喷射着怒火的眼睛。

远远地，他听到了王初三的律师说："没关系，我们再上诉。"

六

晚上做了一夜的噩梦，梦里都是与王初三一家纠缠得无止无休，王初三的两个儿子一人手持一把菜刀，找到了女儿的学校，拦着女儿，要砍女儿，媳妇去扯，一刀把媳妇砍了，媳妇倒在地上，流了一地的血。他冲上去，王初三的大儿子迎面就是一刀，他头一偏，砍在了他的左肩上，血流了一地，哭喊声响了一晚。在梦里，他就纳闷，流了那么多血，居然没有一个人死去，媳妇的哭声，完全是王初三老婆的那种：披头散发、嗓音嘶哑、歇斯底里。结婚这么多年，宋光明从未见过媳妇不管不顾的发泄和哭泣，至多和他争执过后委屈的小滋，经他两哄三哄后，又能破涕为笑。几次想挣脱梦境，都没能如愿。醒来时，他发现左肩凉飕飕的，有水从屋顶往下滴落，一个激灵，他从懵怔里彻底醒来。

屋顶漏水了！

宋光明"腾"地坐了起来。媳妇翻了个身，肥白的胳膊搭在了他的大腿上。今天礼拜天，让媳妇多睡会儿，屋顶漏水的事，这么早，他不忍心惊到她。他把媳妇的胳膊轻轻地拿开，刚想下床，媳妇的两只胳膊都过来了。

"再睡会儿，老公。"

他看一眼媳妇，媳妇没有睁眼，似乎还流连在梦里。但一双白软的手却涨满情欲，从他的腰部，一把就摸到了他的腿部。宋光明这才想起，夫妻两人的"革命工作"好久没干了。

但今天宋光明实在没有心情，做了一晚的噩梦，自己还没完全从梦境里挣脱出来，况且屋顶还漏着水。

夫妻俩把繁衍人类的事叫干"革命工作"。宋光明刚结婚不久，女儿就出生了，都笑他基础打得早、打得牢。家里房子小，丈母娘搬了过来帮助带孩子，两间房里住着三代人，宋光明实在憋不住了时，就跟媳妇说，今晚想一起干"革命工作"。丈母娘一听，不明就里，挺支持的，说："你俩好好专心工作，今晚我负责带孩子睡。"

从此以后，一说干"革命工作"，夫妻俩就偷笑，"革命工作"干得也特别来劲。

岁月不饶人，自己在这方面也感觉越来越力不从心了。

宋光明拿开了媳妇灵巧的手，他弄不清楚的是，媳妇到底是醒了还是在迷糊中，反正兄弟是一点生气也没有。

他看到房顶的水还在断断续续往下滴，忙下床穿好衣服，顾不得洗漱，就去敲楼上的门。

楼上没人。敲了半天，一点声息都没有。楼上住的是徒弟杨有财，星期天这么早杨有财干什么去了？怎么会有水漏到咱家？他一面下楼一面想，然后拨通了杨有财的电话，电话关机，他想不起找谁还能联系上他。

回到家，他发现房顶不止一个地方漏，所有的房间都在漏！他不得不叫醒媳妇，媳妇慌里慌张地问："怎么回事？怎么回事？"宋光明从厨房里、浴室里找来大盆小盆，大桶小桶，整个房子成了孙悟空花果山的水帘洞。

事情明摆着：杨有财家肯定水管爆了，祸害到了楼下。

杨有财出事了！

此刻杨有财躺在了医院里。

礼拜五晚上无事，照例出去喝夜酒，杨有财回到家的时候差不多凌晨四点了，喝醉了酒，没洗没脱的杨有财躺在床上，给公司杨总打电话，杨总已经习惯被他骚扰，把电话摁到了静音状态，由着他一个人对着手机说："杨经理，你要给我换工种，我不换工种就找不到媳妇，找不到媳妇我就有后顾之忧，你不解决我的后顾之忧，我就不能安心工作。"逻辑思维还这么缜密，不是从那含糊其辞、口齿不清判断，还真不知道他已经喝醉了酒。杨有财对着电话说完，手一松，电话落到一边，他歪着头睡着了。

杨总对杨有财的这种深夜骚扰，从起先的不习惯到逐渐习惯，还是经过了相当长的一段时间。杨有财深夜打电话无外乎是要求换工种，他曾多次约杨有财在办公室谈心，也曾答应给他换工种，但醒了酒之后的杨有财，完全不把这种深夜骚扰当回事，要么嬉皮笑脸地赔礼道歉，要么痛心疾首地认错，一旦喝醉酒照样骚扰无误。慢慢地，他习惯了这种骚扰，8小时以外，在不影响工作的前提下，谁能管得了自己的职工喝点小酒？杨有财毛病是不少，但对工作的认真可是没得挑。况且，在这个县级供电公司，还难得找得见几个像杨有财一般，有着高学历，又肯吃苦耐劳的技术工人。虽说每年都有高校电力专业的大学生甚至是研究生招聘进来，可他知道，县级供电公司是留不住他们的，他们像一群青春的小鸟，在县级供电公司的枝头小栖一会儿，就会扑棱棱飞向更高更大的枝头。他更欣赏早在80年代进入供电公司，从电力技校毕业的那群人，比如杨有财的师傅宋光明，爬着电杆像猴子，站在杆下像钉子。肯吃苦，有责任心，安心于本职工作，对物质生活要求不高，有很正的三观。年底单位推荐先进模范，他已把宋光明的全国劳模的材料报到了省工会。让他觉得有些遗憾的是，宋光明50岁出头了，在这个岗位干不了几年就得退休了。电力技术工人青黄不接的局面已经相当严重了，培养和招聘耐得住寂寞、吃得了苦的一线工人势在必行。近年来每年的职代会上，他提得最多的提案就是招聘一线技术工人。所以，尽管杨有财深夜骚扰他，让他很烦躁，但他念在他工作上的态度，也就由着这小子了。

杨有财醒来时，就到了礼拜六的下午3点多钟，这一觉足足睡了10多个小时。

醒来后，他冲了个澡，在厨房给自己煮了一碗面，然后就精神抖擞地骑着他的小摩托出门了，出门的时候他想：我得正儿八经找个女人谈恋爱，结婚，像师傅一样，过上正常人的日子。

他看了一眼师傅家的窗子。

今天约会的对象是个大美女，杨有财有些得意。昨晚与他一起喝酒的同学带了两个女孩过来，其中一个他觉得不错，长得漂亮，尤其是左一声嗲嗲的"杨哥"，右一句嗲嗲的"杨哥"，三下两下，好似麻雀掉进油锅里，他的心就酥掉了。刚接触，不好往家里带，两人互相留了电话号码。睁开眼睛一开机，就看见那女孩在微信给他留言了：杨哥，到小数点咖啡馆来喝咖啡，不见不散哟。杨有财对这种好事一般来者不拒，感觉好就继续交往，感觉不好就拜拜，交个朋友而已。刻骨铭心的恋爱，从一而终的婚姻，跟自己都无缘。他看得很清楚，和这些女孩，从认识到上床，不过就是一顿饭的距离，事后，就成了云淡风轻的往事。对他这种"三无产品"，人家女孩才不会纠缠到一哭二闹三上吊呢。师傅还说自己是借着谈恋爱的名义耍流氓，郎情妾意，你情我愿的，怎么会是耍流氓呢？

他来到约定的小数点咖啡馆时，女孩已经坐在包房点了一杯咖啡。

"杨哥，你终于来了，人家都等好久啦!"杨有财的骨头又酥掉了，浑身麻麻的。

"不好意思，起床晚了。昨晚喝得太多了。"

"喝什么咖啡？杨哥，我喝的卡布其诺，男人都爱喝蓝山和拿铁，你喝蓝山还是拿铁？"

"拿铁吧。"杨有财坐了下来。

"服务员，一杯拿铁。"女孩打开包间门，对外喊了一声。

这女孩见多识广，经验丰富，看来并非涉世未深。

杨有财放心了。他最担心那种天真单纯型，他可不想被人说他坑蒙拐骗无知少女，就像前妻那样，即使结婚，最终还是弄个鸡飞蛋打。他坐了下来，认真地看着女孩，女孩眼睛很大，眼皮上画了烟熏的眼影，扎的假睫毛显得特别夸张，一笑露出一对小酒窝，还有些可人。最打眼的是双峰，时刻可能呼之欲出。看得出来，是个营养全面、发育得非常好的女孩。

杨有财感觉自己快要流鼻血了。

咖啡馆很安静，小包房窗帘遮掩得很严实，音乐轻轻，灯光迷蒙，制造的全是谈恋爱的情调。

服务员送了咖啡进来后，就把小包房的门带上了。女孩起身把门打了反锁，主动地坐到了杨有财的身边来。杨有财一阵狂喜，简直心花怒放。虽已三十出头，看来还是有些魅力的，这么好看的妞儿，主动投怀送抱，自己又不是头猪，到嘴的肉岂有不吃之理？！

就在这样的氛围里，杨有财省略了很多中间环节，在女孩大胆引导下，慌慌张张地把他想干的事情都干了。

说实话，杨有财虽不把这种事太当回事，但在公共场合的咖啡馆吃快餐，还是头一回，还来不及回味一瞬间的心悸，他就瘫倒在椅子上。

女孩把内裤收进了包里，说："杨哥，我遇到了点麻烦，你给我两万块钱吧。"

杨有财有些懵，情绪还没从温存中抽身出来，女孩刚同他干完事，就跟他要钱，难道自己遇到的是一个失足女青年？

"两万块钱？我手头没有那么多钱。"杨有财的回答完全属于本能。

"你不给我两万块，我就报警，说你在这里强奸了我。"女孩向他举了举手中的内裤。

他马上明白过来，这女孩真是个失足女青年，自己面临的是失足女青年的敲诈!杨有财心里残存的那点侥幸烟消云散。

"我强奸你?我强奸你的时候，你为何不喊人?"

"你再说一句，我现在就喊。"

杨有财不敢说了，经常走夜路的他，今天遇到了鬼。失足女青年是个老江湖，必须尽快离开这里，只要答应给她两万元，出了这个门，一切都好办了。

杨有财说："我要去银行取，手头没现金。"

"去什么银行呀，支付宝转账或者微信转账都可以。"失足女青年更技高一筹。

杨有财说："我没有支付宝，我的微信没有绑定银行卡。"

"那我跟你去银行。"失足女青年很大胆，一副吃定他的样子。

两人一前一后出了咖啡馆的门，杨有财去找他的小摩托，把摩托一发动，女孩想跨上来，杨有财一踩油门，绝尘而去，心想，跟老子玩，你还嫩了点。

杨有财还是高兴得太早了。

路上，他怪着同学，交往的是这么一些乱七八糟的人，连失足女青年都交往，再怎么饥渴，怎么泡妞，也不会去嫖娼啵。他想起喝酒时的一句猜酒令：人在江湖漂，哪能不挨刀。今天受到敲诈，真是天大的笑话和耻辱。他更觉得败兴，还不知会不会被传染上性病，运气差，艾滋病都有可能。杨有财越想越怕，把小摩托骑得飞快。

骑了不到两里路，杨有财被三辆摩托车截住了。他明白怎么回事，环顾左右，绝望地放下摩托，抱着头任由三个人搜光了身上的钱外加一顿狠揍。他不敢报警，也没脸报警。路上稀稀拉拉的路人，漠不关心地绕过他们，仿佛他们是一堆臭不可闻的臭狗屎。三个人围着他都懒得动手，他们用脚踢，用脚踩，杨有财感觉浑身的骨头都被他们弄断了，他咬着牙，尽量地不让自己叫出声来。三个人打过了瘾，对抱着头的杨有财说："想吃霸王餐，你是活腻了。"

杨有财想从地上爬起来，他浑身痛得钻心，还有右腿，根本支撑不了身子，这时，他不得不打120急救。

医院拍片诊断：右腿股骨骨折，两根肋骨骨折。

医生说："伤筋动骨得卧床休息100天。"

照顾杨有财的事，全落在了宋光明的媳妇莲莲头上。

莲莲是师娘，徒弟又没成家，照顾徒弟是天经地义的事情。好在医院就在家属院子的旁边。每天早晨，莲莲把头天晚上就熬好的骨头汤，用保温盒装了，再在医院楼下，用一个更大的保温盒，买上几个大肉包，让杨有财吃包子喝汤，对付两顿，晚上下班后，再变着花样做好了给他送来。

这是杨有财最幸福的时光。

莲莲一小碟一小碟地从保温盒里拿出做好的饭菜，饭菜的香味就像长了手脚，快速地挠着他的胃。他在她温柔的注视下，慢慢地把饭菜送进嘴里，慢慢地在嘴里咀嚼回味，师傅真是前世修来的好福气，师娘长得好看，尤其是温良贤惠的性情，让他对师傅又羡慕又嫉妒。

莲莲看他吃得香，说："好吃啵，多吃点，常言说，行人饱，坐人饥，躺着的人吃得一筲箕。这个意思就是干活的人去干活了，顾不得吃饭，就不知道饥饿；躺着的人，没事干，肚子饿就很敏感。你骨头断了，要多喝骨头汤，喝了骨头就长得快。"

杨有财嗯了两声，表示认同。

莲莲见他情绪不错，又忍不住地问："你告诉师娘，这是谁打的你？"

"不是打的，是我骑车摔的。"

"我都问过医生了，除了骨折，你身上到处是软组织挫伤，是被人打成这样的，你不要怕，谁打的你，我们去报警。"

"你别问了，师娘，真的是我自己摔的。"

这不知是莲莲第几次问了。宋光明问不出所以然来，就要莲莲问，莲莲问了几次，杨有财的回答还是几句现话，莲莲知道，这可能是杨有财的秘密，他是不会告诉别人的。

七

年关了，宋光明这段时间被转成了一个陀螺，常常这里的事还没做完，另一件事又到了非做不可的时候。上大学的女儿放寒假回来已经好几天了，他也没时间陪孩子吃顿饭，忙得精疲力竭回家时，他连洗漱的精神都没有，孩子过来想跟他说说话，他实在提不起精神，只能跟女儿打白条："乖！哥真的好累，等哥把这几天忙完，春节的时候一定带你去常德的河街古城好好逛逛。"女儿疼惜知趣地笑笑，说："没事，哥。姐理解你。"班组一共四个人，他和杨有财负责35千伏和10千伏电力线路的巡视和协助砍青扫障工作，另两个人巡城区和负责城区"电力110"的抢修任务。平日看不到几个人的农村，突然之间人多了起来。快过年了，农村外出的务工人员都在纷纷返乡，电力负荷一下增加了10多倍，"安全用电、春节保电"成了供电公司从上到下每一个人不离口的八个字。

杨有财就在这个关键时候住院了。

杨有财断了几根骨头，宋光明问过几次，每次问他，这小子就闪烁其词，吞吞吐吐，宋光明心里知道，事情绝对不是像他说的骑车摔的那么简单，大白天，能摔断几根骨头？浑身能摔得软组织挫伤？这小子肯定摊上的大麻烦，爱说不说，反正也管不了他。

早晨一起床，宋光明就闻到了排骨莲藕汤的香味，莲莲隔着厨房送出话来："排骨莲藕汤一会儿就好，你喝一碗再出门。"

宋光明看了一下墙上的挂钟，热乎乎、香喷喷的莲藕汤无论如何没时间喝了，他得赶紧去单位，组织人马，根据停电检修安排，今天是黄家岗变的砍青扫障。一想到黄家岗的砍青扫障，宋光明脑壳就开始痛。十多年前，黄家岗村因为一头牛拉断了拉线，黄熟地的儿子和牛被电击身亡后，黄熟地全家都视与电有关的人是仇人。而这次需要砍青扫障的地点，恰好就是黄熟地家屋后的两棵樟树。

两天前，宋光明就联系了黄家岗农村电管所，电管所的农电员上门跟黄熟地好话歹话说尽，反复强调只是砍掉顶端的枝丫，并不是要把樟树完全砍掉，黄熟地才勉强答应。黄熟地提出，供电公司必须以每棵树1万元的价格进行补偿，否则就免谈。宋光明把黄熟地的要价跟生产部主任汇报后，主任瞪大眼睛说："他这不是抢钱吗？"

宋光明显得很无奈，说："这个价格还是做了好久工作的结果。"

"那就不砍了，有种的打死了人，不找供电公司负责。"

宋光明知道主任说的是气话，说实在的，两棵樟树也就是10年左右的树龄，市场上的销售价格也不过两三千块钱，黄熟地是掐着供电公司的脖子漫天要价。其实，宋光明明白，10多年前黄熟地的儿子被电击身亡后，虽说供电公司也赔了一大笔钱给他，可他儿子的命毕竟谁也赔不了，他的这口气，还在心口里转悠。但黄熟地不清楚的是，他家屋后的这两棵樟树，若不砍掉逐渐伸向高压线的枝丫，到最后极有可能倒霉的还是他家。

不及时砍青扫障出的人身触电事故还少吗？

"别说气话了，主任，停电计划都报了，不可能不砍，杜绝事故隐患是我们的责任呢。"

主任想了想说："要这么多钱，能不能再让他少点？"

宋光明摇摇头说："能让我们砍，已经烧高香了。"

宋光明很清楚两万元确实太多，有什么办法呢？

"那就把樟树连根挖了，重新移栽到离高压线远点的地方，免得再过个两年又要砍。"主任心疼这笔费用。虽说是单位出这笔钱，可现在国网公司从上到下每年批转的生产费用，都是按计划预算拨付的，每一笔费用的支出，都有严格的审批把关程序，两棵10来年的树，砍青扫障要两万元，已经是最高的价了。到了领导那儿，还不知能否通过，主任一点把握都没有。

宋光明想想也是，把树移栽到别处，一劳永逸。

移栽樟树，还得跟黄熟地商量。宋光明又通过乡镇电管所的农电员，找到黄家岗村委会的黄书记，黄书记一个电话就把黄熟地招到了村部。气喘吁吁的黄熟地一见宋光明和农电员跟黄书记坐在一起，就说："不就是要给我家的两棵樟树砍掉枝丫吗？拿钱来，就让你们砍。"

黄书记从辈分上讲，比黄熟地的晚了一辈，虽说年轻，但无论从能力，还是德行，在黄家岗都有一定的威望，黄熟地对这个本家侄子很佩服。黄书记说:"叔,把你叫来,就是跟您商量樟树的事情。电力公司的意思不仅仅要砍掉樟树的枝丫,还希望能把树移栽到别处。"

"啥?还要挖我的树?"

"不安全,叔。树在高压线下,一旦超过安全距离,发生点啥事故,后果不堪设想呢。"

"那两棵树是我请风水先生看过后才栽的,是我家大毛二毛的平安树,别的事好说,这件事没得商量。"黄熟地说得斩钉截铁。

"叔,你给我个面子好不?人家都来了,电力公司也是替您担心,都是为您好。"黄书记的声音里透着一份着急。

"你也别怪我不给你面子,那可是保你两个小兄弟平安的树,我就只答应让他们砍掉枝丫。"

事情到了这个份上,本来不想说话的宋光明,只能硬着头皮开腔了:"黄师傅,那两棵树不移栽真的不安全,只要您同意移栽,我们愿意稍微多付您一点钱。"

其实表这个态,宋光明回去是没法交代的。说好的两万元,多出的钱,领导那里是否认账,宋光明一点把握都没有。

"你们以为有钱就可以随便对老百姓为所欲为?我知道你们电力公司老板大,老百姓都叫你们电老虎,老子就不怕你们,就不稀罕你们的臭钱!看在我黄家侄儿书记的面子上,砍枝丫可以,挖老子的树,门都没有!"黄熟地扔下几句话,扬长而去。

黄书记看着黄熟地横劲十足的背影,抱歉地对宋光明摇了摇头,说:"我叔的工作暂时不好做,你们的停电计划又下来了,先把树挖了再说,他的思想工作我以后慢慢去做。"

着急没有用,停电计划已经定好了日期,萝卜吃一截开一截,也只能这样了。

宋光明和砍青扫障的人员到达黄熟地家的时候,已经日上中竿了,山岗和田野上覆盖的一层薄薄的白霜还未融化,让人感觉凉气从脚下往上升腾。黄熟地一家在谷场上杀年猪,谷场的上空弥漫着带血腥味的喜庆。10多年前,黄熟地的儿子被电打死后,哀伤了好一阵子,并暗地里制作了一包火药，谋划着要去炸掉县供电公司。儿子不在了，自己活着也没意思，心里只留下仇恨，电力公司给自己赔多少钱，也赔不了他的乖儿。他几次带着火药去县城，到了供电公司的营业大厅，都因交费人多，不好下手。黄熟地是个有原则的人，他恨的是电力公司的人，不能殃及无辜把交费的人炸死，否则，自己的罪孽就大了。好在媳妇争气，到卫生院取了节育环后，不到两年，又生了一对双胞胎，这可能也是观音菩萨可怜他，恩赐给他一对儿子。他在儿子生下后，村里的风水先生就交代他，要在屋后栽两棵香樟树，他当即到黄家岗挖了两根樟树苗，栽到了屋后。栽树的时候，他脑子里全是他那一对粉嘟嘟面团一般的儿子，他就发誓，他一定要儿子像香樟树一般茁壮成长，常青常郁。所以炸供电公司的计划自然也就取消了。那包火药也没浪费，卖给了鞭炮厂。现在两个儿子已经13岁了，到乡镇中学读初中，和两棵香樟树一般，噌噌噌长得比他还高出了一截。礼拜五，黄熟地从早晨就盼着两个孩子从乡镇寄宿学校回家，这是他们一家最幸福欢乐的时刻。

宋光明和一帮砍青扫障的人走进黄熟地的谷场，堆满笑脸大声地招呼黄熟地："老板恭喜啊，杀年猪呢，又是一个喜庆热闹年啊。"

在帮着褪猪毛的黄熟地抬起了头，他一见宋光明，提着杀猪刀站了起来。

宋光明紧张得立住了脚。

"给树砍枝丫，钱带来了吗？"黄熟地并无恶意，他走到宋光明一行人的跟前，直截了当地问。

宋光明早做好了准备，他知道黄熟地不见到钱，是不会让他们开工的。他把两万块钱从工具包里取出来，递了过去。黄熟地倒也干脆，扔掉杀猪刀，把满是腥臭的湿漉漉的双手在围兜上揩了揩，接过了两沓红得喜庆的人民币，脸上也有了些喜庆，转身手一挥，说："开工吧。"看也没看一眼转到他屋后的一群人，进屋放了钱，又去褪他的猪毛了。

才10多年，两棵樟树已经是枝干遒劲，直指蓝天，快挨到高压线了。宋光明指挥一行人，费了九牛二虎之力才把两棵樟树连根拔起，看着树兜下偌大的一个坑，他又指挥填土，然后10多个人把树从屋后抬到了黄熟地的打谷场。

这时，黄熟地的猪已杀好了，他正把已开膛破肚的猪肉切成一块一块，一抬头看见10多个电力工人哼哧哼哧地把他屋后长得枝叶茂盛的樟树抬了过来，他惊愕地站了起来。他不是只同意砍掉枝丫的？这两棵树伴随双胞胎儿子一起长大，也是村里的风水师说的，这两棵树是两棵儿子的平安树。现在这两棵树连根拔了，树没了，谁保儿子的平安？

"放下！"黄熟地一声怒吼。

抬树的人停住了脚，把树从肩膀上挪了下来。

"谁让你们把树拔了？"因为愤怒，黄熟地两眼都红了。

大家都吓住了，不敢吭半声，只纷纷把眼神投向宋光明。

听到黄熟地怒不可遏的一声"放下"，宋光明心里一沉，知道自己担心的事情发生了。这事也怪自己，之前他虽说与黄熟地交涉过，村支部黄书记见黄熟地难得讲通，干脆叫他先斩后奏，把树拔了再说，可毕竟人家没有同意。

"有话好说，黄师傅，我们不要你的树，只是把树移栽一下，树太大了，高压线下超出安全距离也危险。你看，树移栽到哪里合适？"宋光明走到黄熟地跟前，眼神越过黄熟地，东张西望地尽量想替黄熟地找合适的栽树位置。

"哪个允许你拔老子的树？老子就要把树栽在高压线下，不劳你瞎操心。"黄熟地说一句，推宋光明一掌，把宋光明推得连连后退。

宋光明任由黄熟地推着，他想，今天不管黄熟地有啥过激的言语和行为，自己都得忍着，不管怎样，这两棵树拔都拔了，不能妥协，一定要移栽到高压线以外的地方，一次的砍青扫障工作都这么难做，以后都不敢想象。树能移栽到别处，也是替黄熟地一家排除了安全隐患。

"你把老子的树抬不抬回去栽好？"

黄熟地已经一连推了宋光明几掌，宋光明坚决地摇了摇头，说："这两棵树不能再栽在高压线下了，你若再要点赔偿，我可以答应你，不可能再栽回去。"

"我可以不要你们的钱，我只要把树栽到原地方。"黄熟地刚说完，身子像一阵旋风般，忽然从众人的眼里消失，又忽然刮到了大家跟前，他狠狠地把两沓钱迎面向宋光明甩过来，一手挥舞着杀猪刀，嘴里叫着："老子不要你姓电的钱！你们给老子把树栽回去！否则，今天就得有人死。"

此刻，黄熟地的脑子里塞满了风水先生的话，和两个儿子亮晶晶的双眼。

这两棵树可是儿子的平安树啊。

宋光明躲过了砸过来的钱，面对咄咄逼人的黄熟地，他知道今天无法再退缩，不管黄熟地如何愤怒，他相信，黄熟地只是口头上表示不愿意而已，不会真的与他杀猪刀相向。树已经拔了，只是栽在哪里的问题，他要坚持的是，树决不能再栽回去，否则，过不了多久，这样的情形又会再次发生，黄熟地的思想工作，他还得拜请村委会来做。而且，树在往高处长，这事还不能拖延，再发生设备和人身安全事故，后果都不堪设想。他不想与黄熟地吵架，拔他家的树，也是为他家好，事情再清楚不过，这么简单的道理，黄熟地难道想不明白？况且，供电公司是给了补偿的。

他懒得理会黄熟地的叫嚣，挥手对10多个砍青扫障的人说："大家把树抬到黄师傅家的前边田埂旁，把树先栽在那里。"

宋光明的话还没说完，只觉一道白光一闪，他转头愕然地看着黄熟地血红的眼睛，便在众人的"啊"声中倒了下去。

正是中午，暖阳照射得年味渐浓的村庄色彩斑斓，宋光明躺在地上，觉得世界好安静好安静，他的鼻子闻到了媳妇莲莲煲的排骨莲藕汤，他还听见了女儿说："来，给姐笑一个。"

（作者单位：国网常德供电公司）

苇叶青青

（外一篇）

刘绍英

一

芦苇荡里的苇叶又青了。

泥鳅和爹收完网，爹坐后舱煮饭。泥鳅望一河的碧水，有一丝儿风，水波就荡过来又荡过来。

泥鳅，没事就把渔网晾起来，不放夜网了。爹把话从船尾递到船头。

就晾。泥鳅把话从船头又递过去。泥鳅瞅一眼爹，没挪身子。远处从芦苇荡里划出一只小船，船头船尾的红衣黄衣就点亮了河面，点亮了泥鳅的眼。

泥鳅说，爹，小苇和她娘过来了。

泥鳅爹一只手搭在额头，眼角的皱纹顿时密集成一堆，脸就微微红了。

捉条鲫鱼来。爹吩咐泥鳅。

哎。泥鳅答得快，动了身子，在舱里捉鱼。鱼有些不安分，扑哧扑哧摆着尾，溅了泥鳅一脸的水。

把你杀了，煮汤吃，看你还跳。泥鳅嬉笑着捉了一条鲫鱼，交给爹剖肚。

泥鳅爹，有饭吃不？小苇娘隔老远把话送过来。

泥鳅爹答，有。刚打上来的新鲜鲫鱼。

小苇，俺娘俩口福好。娘看一眼小苇。

小苇笑，不答。

桨声咿呀，小苇娘让船靠近了泥鳅家的座船。泥鳅把小船的绳索绑在了自家的船上，扶一把船头的小苇，小苇上了座船，小苇娘也跟着过了船。

鱼丢进了锅里，小苇娘看着锅里的鱼说，泥鳅爹，明天我让小苇和王家的两个女儿出去打工，让小苇自己挣点嫁妆。回来就和泥鳅成亲。小苇娘说完，不再看鱼，看泥鳅爹。

泥鳅爹不说话，把眼睛投向泥鳅。泥鳅就问小苇，决定了？

决定了。小苇点头。

吃过饭，小苇娘说，泥鳅，你就等小苇一年，过年小苇回来，就把你俩的事办了。泥鳅看着小苇的身子已过了船，想跟去单独和小苇说会儿话，小苇娘把他拉住了。泥鳅看着红衣黄衣慢慢飘远去，才把心思收回来。

爹，你说，小苇会不会变心？

不会不会。那丫头我看着长大的。都说好了，她回来就让你俩成亲。

晚霞逐渐朦胧起来，偶有一两只沙鸥把河水弄出一点点响声。泥鳅闷闷地说，她要变心，我也没得法。

不会不会。她娘同我讲过，你俩成了亲，她就与我们搭伙过日子。

就怕外面有人喜欢他，到时她不肯回来。泥鳅还是不踏实。

屁话！小苇是那样的人？爹呵斥泥鳅一句，其实心里也没有底。

两人的心思都装满了河，两人又任由一河的心思随岸边的苇叶摇过来又摇过去。

爹说，泥鳅，你明天去送送小苇。给她打张车票。

泥鳅就答应了一声。

车子喘着气，留给泥鳅一溜烟就再也看不见了。泥鳅快快怏怏地回来。小苇娘的小船绑在自家的船边。泥鳅在岸上咳嗽几声，泥鳅爹从舱里探出了头问，小苇走了？

走了。

小苇娘也从舱里出来说，泥鳅，你安心，小苇是听话的娃，我都交代了。她爹死得早，她不敢不听我的话。

泥鳅笑了笑，不吭声。

没有等到过年，小苇就和王家的两个女儿回来了。跟小苇回来的还有一个脸上长满青春痘的男人。王家的女儿说，青春痘家里有钱得很。小苇娘把女儿接上船也把青春痘接上了船。

晚上，泥鳅爹划了只小船过来。

小苇娘，小苇可是回来了？泥鳅爹边问边过了船衔。

回来了回来了，刚回来。小苇娘眼里掠过一丝惊慌。

小苇大大方方地从船棚里钻了出来说，大伯，我回来了。

回来就好回来就好。泥鳅爹心里也有些慌，不自觉地就多看了舱内的青春痘几眼，又不甘心地问，还去？

小苇看一眼青春痘说，还去，还想接我娘去。

泥鳅爹就不再说话，抽了支烟过小船要走。小苇娘扯住他的衣襟说，小苇给你带了条烟，娃的心意。别的事，娃大了，我也管不了了。小苇娘说完叹了口气。

泥鳅爹把小苇娘塞烟的手挡了回来说，这么好的烟我没福气抽。留给你家里的客人抽。说着，人也就过到了自家的船上。

月色中，船和人拖着影子，一桨一桨地荡走了。

泥鳅在小船上看岸上青青的苇叶，密密匝匝胀满心思。小苇娘悠悠的声音传过来。

我不跟小苇走，我放不下你。

泥鳅爹说，这事儿不好说了，我老了。我有泥鳅。小苇接你，你迟早也要走的。

我不走，我服侍你父子俩。

我不要人服侍。我泥鳅迟早还是要找婆娘的。

你不留我？

你还是走吧，老了都靠儿女。泥鳅爹说完，两行泪滴落下来。

我送你回去。泥鳅爹起身。小苇娘抹一把眼泪就过了船。

小船向茂密的芦苇荡深处划去。

二

芦苇以秋天的姿势在澧水滩头无语地站立。秋风起时，芦苇花的飞絮层层飘落在河面，只几天，就把芦苇荡吹成了一个白头老人。

爹卖完鱼，在集市上喝了口小酒，一路云里雾里地哼着小调回到了船上。

船上的篷杆上晾着泥鳅和爹的几件粗布衣。风儿一吹，那沾着芦苇花的蓝色灰色的衣服就左右飘飞。爹看了，扯着鸭公嗓门喊了两声泥鳅。高亢的声音在河面回旋，又飘远去。泥鳅从舱里探出头，不耐烦地说，晓得你回来了，爹。

那你还阴着脸不吭声？

我在舱里钉扣子，扣子脱了。

爹忽然觉得有些内疚。泥鳅娘死得早，这眼下泥鳅也是30岁左右的人了。那时指望小苇能与泥鳅成亲的，无奈，小苇出去打工就变了心，唉！是该给泥鳅寻个婆娘了。

爹上了船，放下了鱼篮，把一叠钱递给泥鳅，泥鳅数了数，把钱收进了一个人造革的挎包。爹说，都攒着给你娶媳妇用的。

中午，泥鳅和爹放了丝网，吃了饭，就缩在舱里休息，泥鳅听见岸边有细细的声音在喊船老板。

泥鳅从舱里钻出来。芦苇滩头，有一女子手里牵着一个小孩正向他招着手。

泥鳅问，喊我？

女子答，喊你。麻烦师傅渡我过河。

爹听见了，对泥鳅说，泥鳅，你渡她过河，收点钱。听口音是个外乡人。

泥鳅松了拴船的绳索，把船一桨一桨地摇到了女子站立的芦苇滩头。

女子把孩子抱起，就上了船。

泥鳅问，怎么从这里过河？芦苇荡里有好几里坡地。

女子说，不瞒师傅，带个孩子出来要饭的。家乡遭了水灾，不认得路。

泥鳅一惊，想起爹要跟这女子收钱的事。那桨划动水面的声音就轻了许多。

师傅，你船上有饭啵？孩子饿了。女子期期艾艾地说。

泥鳅又一惊，连忙回答，有，有点剩饭。泥鳅扳了左桨，把小船调转方向，朝着座船划去。

泥鳅招呼女子和小孩过了船裆，把锅里的饭给女子和小孩各盛了一碗。爹不明白地一会儿望望女子和小孩，一会儿望望泥鳅。女子和小孩的确饿了，一碗饭只几口就扒完了。女子咽下最后一口饭，看了一眼空锅说，真是谢谢了。我们今天还没吃饭哩！

泥鳅说，没多的饭了，只能压一压。

爹问，这小孩是你儿子？

女子立刻红了脸说，我还没结婚。然后摸了摸小孩的头，又说，邻居的儿子。是个哑巴。他父母都被大水淹死了。把他带出来寻个活路。

爹瞅女子和孩子可怜的模样，忽然动了一个念头：我泥鳅也三十左右的人了，何不把这女子留下？让她跟泥鳅过日子。白捡个媳妇和儿子。爹一下振作起来，向泥鳅使个眼色，就问女子，愿不愿意留在我们船上？

女子也看了一眼泥鳅，连连点头。泥鳅明白爹的意思，跟爹摆手说，不能咧，不好咧，爹。

爹双眼瞪着泥鳅，骂一声，混账小子，莫不还惦记小苇不成？

泥鳅再无话。

晚饭是女子做的。吃了晚饭，泥鳅把锚链搭在坡地，让座船靠在岸边，跟女子说，要解手，就上岸。

女子感激地点了点头。

晚上，泥鳅点了马灯，和爹去收夜网。泥鳅和爹都很兴奋，四周静得只有打上来的鱼儿活蹦乱跳的声音。爹以过来人的口气跟泥鳅说，女子虽是外乡人，不明底细，可你对她好，就能拴住她的心了。那孩子跟着我们，总比他要饭强多了。今后你们有了儿子，也算有个兄弟。

泥鳅说，这事情想着不像那么回事，爹。

爹骂，又在想小苇？

泥鳅不吭声了。

丝网在父子俩不说话的时候就收完了。泥鳅用捞蔸舀一下舱里的鱼说，怕有好几十斤咧，爹。爹把小船向座船方向划去。

泥鳅把小船的绳索系在座船上，提了马灯，就过了船裆。泥鳅把眼光投向女子和小孩睡的中舱，蓦然一惊，那女子呢？女子和那小孩已不在船上。中舱一片狼藉。泥鳅爬到中舱，去看放钱的人造革皮包。皮包已不翼而飞。泥鳅叫了一声爹，就瘫坐在舱内。泥鳅爹望一眼岸上静谧漆黑的芦苇荡，女子和小孩的身影早被黑夜掩埋。一行泪水无声地从爹的脸上滴落下来。

天亮时，爹和泥鳅都没去卖鱼，父子俩呆坐在船头，任由秋风把芦苇花的飞絮吹落在头上和身上。太阳慢慢地升高，渔网上的鱼在阳光的晒烤下，逐渐散发出了阵阵臭味。

三

岸边的芦苇收割完毕，一捆一捆安静地卧在芦苇滩。澧水河日渐消瘦，苗条得像一条绿腰带。唰唰的一阵秋雨过后，天气就凉了。

泥鳅和爹把几条丝网放在河里，整天都懒得收。澧水河的鱼安静地沉入了水底，只在阳光和好的时候，一两条浮出来觅食，就成了泥鳅和爹的下酒菜。

泥鳅看着爹皱着眉从嘴里吐出的烟雾，闷闷地说，爹，我去城里打点短工，要不，这个冬咋过？

爹把望向空旷芦苇荡的目光收回，看了看泥鳅，点了点头说，也好，反正也打不到鱼。

泥鳅背包一打，就上了岸。

泥鳅没费多少力气，在一个建筑工地找了份事做。工地包头扔给泥鳅两只灰桶说，一天20元钱，月底结工资。

泥鳅默默地捡起了地下的灰桶。工地上，就有了泥鳅勤快忙碌的身影。

吃过晚饭，工地歇了。那些工友洗掉了一身的泥水，换上了体面的衣裳，在城里找各自的乐子去了。泥鳅上街买了两斤毛线，就回到了工地。

做饭的阿春看见泥鳅提了一袋毛线回来，就问，泥鳅师傅，给媳妇买的毛线？

泥鳅红了脸说，买给我爹的，我还没媳妇。

那要请谁帮你织？

泥鳅说，我自己织。

阿春一脸愕然地看着泥鳅，像看个怪物。泥鳅又说，我娘死得早，我就跟别人学会了织毛衣。冬天来了，我爹的毛衣早破了，不保暖。

阿春看见泥鳅的手指，一针一针慢慢地上下翻动，显得格外的粗笨。

工友们回来的时候，泥鳅早进入了梦乡。泥鳅的床头摆着织了一小截的毛衣。一个工友高声咋呼，阿春跟这打鱼佬钩上了，织的毛衣都忘在了床上。

另一个工友神秘地说，工头想搞阿春的，听说，都没上手。性子烈。一伙人把熟睡的泥鳅看了又看，实在看不出有什么特别的地方，就都咂着嘴，摇摇头，睡觉去了。

第二天，工地上的人就说，泥鳅和阿春睡觉了。

泥鳅听见了这些闲言杂语，不吭声，只顾低头干活。中午去打饭时，泥鳅看见阿春，脸就不由自主地红了。

晚饭后，工友们照例都出去了。泥鳅缩在工棚里织毛衣。阿春洗刷完毕，风一样飘进了工棚。

阿春看了泥鳅织的毛衣，说，织得还好，可是太慢了。我帮你织袖子吧。

泥鳅护住毛线说，别。人家要说闲话的。

阿春嘴一撇说，嚼舌根的，随他们嚼，你怕什么？

阿春从泥鳅手里抢过毛线，就又风一样地飘走了。

月底结工资，泥鳅把几百元揣进了口袋，上了街。

泥鳅回来的时候，手里多了件大红的羊毛衣。

泥鳅和大红羊毛衣一起进了阿春的房间。泥鳅把羊毛衣搁在阿春的床上，跟正在织毛衣的阿春说，结工钱了，感谢你帮我织毛衣。

阿春拿起惹眼的大红羊毛衣，笑了笑，就收在了枕头下。

干到年底，泥鳅惦记在船上的爹，找到工头，要结工钱。工头阴沉着脸说，账不能结完，留到年后结。

泥鳅嘴里咕哝，不是说好一天100元的，别人都结清了，单要扣我的？

工头不回答泥鳅，给泥鳅只结了部分工钱。

吃过饭，很多工友都看见阿春一手拿把锅铲，一手挥舞着菜刀，像个母夜叉在工地上和工头吵得凶。

泥鳅在工棚里默默清理背包，准备回家。阿春捏着一叠钱和已经织好了的毛衣，出现在工棚的门口。阿春说，回去，也不吭一声？

泥鳅说，我正准备去你那里，听说你和工头吵架了？

阿春笑了笑，没回答泥鳅。

阿春把钱递给泥鳅，说，你的工资。然后低着头，声音细碎得似蚊子叫：我想跟你回去。

泥鳅瞪大眼睛，接了钱和毛衣，呆呆地看着阿春，慢慢地，红了脸，也把头低了下去。

泥鳅带着穿着红羊毛衣的阿春回到了船上。爹不放心地把泥鳅叫到船头问，泥鳅，这回可靠了？

泥鳅看一眼阿春说，是个好姑娘咧，爹。

阿春正在伙舱边帮着生火做饭，袅袅炊烟飘荡在澧水河上，又飘向静静的芦苇滩头，几只觅食的白鹭立在澧水河的浅滩，把一条鱼啄食得只剩下了一条骨刺。

爹说，今年的春来得早，鱼已经出来找食了。

渔　　鼓

芦苇砍倒后，长哥把丝网一条条收进了船舱，又从舱底翻出用布兜裹着的渔鼓，拿着渔鼓，他就上了岸。

渔鼓自是好材料做成，鼓筒溜溜的光滑，竹纹清晰，看得出来，夏天的时候已经喂过桐油了。上端系了一块红绸布，好似姑娘辫子上的红绸结。下端绷上了蟒皮，用手拍上几下，那梆梆的声音浑厚铿锵，便会直往心里钻去。

渔鼓是长哥父亲留下的。每到芦苇砍倒后，父亲就会与长哥背着布兜，抱着渔鼓，沿澧水河挨家挨户地送吉祥。父亲的声音浑厚低沉，有些苍凉，长哥的声音清脆高亢，透着年轻，鼓声打出的节奏则沉闷敦厚，似八月隐雷。这时，农闲下来的乡亲，渔鼓打到哪，他们就会跟到哪。走过整个村子，父子俩送给各家的吉祥话都不相同，那都是即兴唱出来的，带着喜庆。回来的时候，糯米糍粑、绿豆皮、米泡芝麻糖之类的，就会装满布兜。更有些小把戏，偶尔好奇地伸出手去摸一把渔鼓，便一路跟着父子俩，直到父子俩上了船，他们才怏怏地转去。每到这个季节，乡亲们似乎伸长脖子等着父子来，一年上头，家家图个吉利热闹。

父亲死后，长哥就没再一个人上岸打渔鼓。

长哥翻过了堤坡，就走进了堤坡下的村子。

村子里很安静，有几只鸡在路边悠闲地扒着草堆。

长哥走到第一户人家的门前愣住了。门上了锁。长哥记得这家有个十七、八岁的姑娘，姑娘红唇白齿，长得好看。每次父亲与长哥来，她都会给父子俩泡上一杯茶，茶递到长哥手里，姑娘就会说："喝茶润嗓哩！"长哥看她，她就红了脸，头一低，进到里屋去了。等到长哥渔鼓的声音响起，她又会从房里出来站到旁边很认真地听。记得那年回到船上，长哥晚上就做了个梦，梦里自己娶了这个姑娘。

长哥有些沮丧，拿渔鼓的手很自然地垂了下来。

长哥走到第二家去，刚到院门口，一条黑狗冲了出来，对着长哥狂吠，吓得长哥手里的渔鼓差点掉到地上。

"谁来了？"院里一个气力不足的声音。

"我，打渔鼓的。"长哥忙回答，心里虽然害怕，但还是抬腿进了院门。

狗伸着红舌头，望着长哥已不再吠。

长哥看见了一个老人裹着床被子躺在藤椅上，在屋檐下晒太阳。太阳正照在老人的脸上，那脸便有些生动。长哥走到老人跟前，老人眯着眼，看着长哥的渔鼓咧嘴就笑了："哦，打渔鼓的呀。我耳朵背，听不见。儿子到乡政府去了。"

长哥点了点头，心里明白，家里没有其他人，老人耳朵又听不见，这渔鼓要打给谁听呢？长哥还记起，这是村主任家。平常这个日子，村主任家是最热闹的了。

长哥向老人告辞，抬头看一眼明晃晃，却有些寒冷的日头，就走出了院门。

长哥想：自己还要不要继续往前走呢？这样想着，脚步却没有停止，不知不觉又走到了第三家。

这家很热闹，堂屋里有十来个人在看电视。电视的声音特别响亮。长哥把渔鼓拍了两下，声音沉闷低回。尽管如此，也没有一个人回头。长哥又把渔鼓拍了两下，这次的声音有了些激越。两声渔鼓响过，长哥自顾自地唱了起来，屋里的人这才齐刷刷地转头。

一个大嫂从椅子上站了起来，走到长哥跟前说："打渔鼓的，等我们把这集电视剧看完。"

长哥看见，那些刚转过来的头，马上又转向了电视机。

长哥说："我到其他人家去了再来吧。"

大嫂说："你不要去了，村里基本没有多少人了，大都在这里。"看着长哥满脸的疑问，大嫂继续说，"大部分人都出去打工了，老弱病残留着看家。"说着，给长哥拉了把椅子，便不再理会长哥，眼睛迅速地盯向了电视。

长哥依照大嫂的招呼坐下了。坐下的长哥没有看电视，手摩挲着渔鼓异常光滑的蟒皮。渔鼓上端的红绸布已经很旧了，那还是爹在的时候，在镇上用两斤鱼换的。

坐了一会儿，电视插播广告，那些头扭了过来。有几个半大的孩子起身围住了长哥："打渔鼓的，给我们唱流行歌曲吧。"

"唱两只蝴蝶。"

"唱老鼠爱大米。"

……

长哥起身。这些前几年还流鼻涕的小把戏，像野地里的蒿草，蹿高了。

长哥歉意地说："我不会唱流行歌，我打渔鼓就送吉祥，说水浒，说三侠五义，说好汉故事。"说完，长哥就把渔鼓敲了两下，和着节奏，用他逐渐低沉浑厚的声音唱了起来："一送恭喜二送财，三送……"

这时，广告已插播完毕，那些头又都扭向了电视机，不知谁把音量开大了一些，渔鼓敦厚的梆梆声和长哥逐渐有了些苍凉的声音就一点也听不见了。

（作者单位：国网常德供电公司）

喊月

魏　艳

　　这是邵阳地图上难以寻出的小旮旯窝，位于洞口县最边缘地带，隔座山头便属武冈市。从洞口县城出发往黄桥镇25公里，再沿着杨林乡走10公里，辗转一条坡度很长的小道再走18公里，便来到一浑然天成的妙处：四面环山，如盘；仅一条通往外界不打眼的小路，如锁。"锁口"便因此得名。站在"锁"外，似有若无，给人错觉：除了山还是山。从"锁口"入，豁然开朗别有洞天：土地平旷齐整，桑木青翠可滴，民风豁达长情，挚爱信天游，就连路上扛犁牵牛的老汉都能喊上几嗓子：

　　山里人儿爱唱歌，越唱心里越快活……

　　哪朝哪代这里出了个贡生，年迈时向当朝皇帝告老还乡。皇帝老儿在京城赏给他一座宅子，他却张口即来：

　　叶归黄土鸟归林，鱼在浅滩不羡鹰，

　　谢绝圣上赐宅恩呦，解甲归田故乡行。

　　从此，在"锁口"入村的地方，留下了一块下马石。大小官员凡经此处，武官下马，文官下轿，须致礼而过，煞是威风。贡生故去，后人在下马石边修筑了一座贡生祠，如今早已斑驳不堪，唯存那块下马石依然孤傲地立在那里，任凭大浪淘沙岁月沧桑，隐约可见当年的神武。

一

　　这个偏远的小山村，似乎老天爷都不曾眷顾，自古没有得天独厚的经济资源。锁口人祖祖辈辈日出而作日落而息，把欢乐与忧愁、激情与沮丧植入这块贫瘠的土地，一杆锄头挥动四季，在黄土间挖掘希望。在还没听过"电"这个字的年代，村里的主要照明工具是油灯。光着屁股光着脚的娃儿们在秋后跟着爹娘上山，去采一种叫"油桐"的果子，用它所榨的油盛入灯盘，放入灯芯草，点燃即成一盏小油灯。火焰不大，微弱似远空星光，还冒着股不太好闻的浓烟，熏得人呛。偌大的村子平素无娱乐，劳作一天的庄稼汉收工回家，灭了灯搂着自家女人找乐。这个"三不管"的地方一度超生，被外村戏称"猪圈村"。其中最典型的一户，一鼓作气生了六女娃，依次被唤作春花、夏花、秋花、冬花、芝（止）花、繁（烦）花。女人的肚皮第七次隆起时，请来一世外高人指点，将老祖宗的坟墓迁到另一山头，终于得子，两口子喜不自禁为其取名"大发"。虽然名字里满满当当全是"发"，这户人家却怎么也发不起来，一直拥挤在村东头那两间矮矮的小木屋里。每每黄昏日落炊烟杳杳，这户妇人的大嗓门穿过小木屋悠扬传出："春花夏花秋花冬花芝花繁花，你们这些死丫头分散六处，寻得大发才准吃饭呐！"

大发通常和黑狗在一起。六个姐姐寻至后山，好家伙，两屁孩骑在树权上采摘油桐果呢。黑狗的真名李祥，爹死得早，娘呢，是个跛子，还整日病快快的，母子俩相依为命，一度靠着本家叔叔接济，免不了时常要看婶的脸色。懂事的娃每日收拾自家，为娘煎完草药，往往还要打上一篮猪草送到叔叔家，晚上才在昏黄的油灯下开始写作业。久了，那股油烟把娃儿的面色熏成黧黑，一不留神带着印渍睡去了，由此被村里人起了小名"黑狗"。某天去学校，班上一好事者心血来潮编起歌：

烧炭的煤啰，焦了的龟，活活气死黑李逵……

全班同学哄然大笑。黑狗举起衣袖狼狈擦拭。好友大发冲上去正待教训哄笑者，好事者挑衅道："锁口的，灯一亮是烟囱村，灯一灭是猪圈村，没好娃。"剑拔弩张的时刻，同村的润月站了起来。这个全校最美、说话脸会红的女孩掏出一块纯白手帕，不动声色给黑狗擦，倒让一干人傻了眼。黑狗呆呆地立在那儿，不知是拘谨还是什么，一时不能大声呼吸，手帕轻柔拭过，像从春天田野拂过一阵风，留着淡淡香。

电终于来时已是20世纪90年代。村庄闹热了好久，大人小孩天天围着转，眼巴巴地望着背电工包的工人师傅走乡串户，把一根根木头杆子串起长长的线，然后每家每户挂上了大白肚般的圆灯泡。

"电是什么？"润月问黑狗，黑狗摇摇头，大发也凑过来，那个看不着的怪东西让三个小家伙一番争讨。

赶巧遇上润月的爷爷经过，这位锁口村的党支部书记笑道："娃们，我带你们去找常叔。"

常叔就是这阵子把电请进村的电工，个头不高，总一脸乐呵的笑，一来二往早惩熟了。此时的他正在杆上忙得欢，一双粗糙有力的大手拧着端头，可看到娃们亮亮的眼睛，还是放下了手里的活。讲解半天，孩子们还是不解，最后常叔灵机一动："电，就像月。"

"电像月？"黑狗望着润月，有点呆了。

"不是，"常叔微笑着轻抚黑狗的头，"电，是天上的那轮月亮，用根绳子拴住挂在自家，到了晚上便亮堂堂的。它还带着个开关，按一下就会亮，按两下就会灭……"

黑狗听着悠然神往，缠上常叔问得没完，便跟着学会了一样本事：拿电池接上小灯泡一绑，简易电筒很快亮了。这盏小电筒在他们的求学时代带来了意想不到的方便。快升初中时，学校分了重点班和普通班，黑狗和润月在重点班自然受青睐，老师加班加点开小灶，等盼到那句"放学"的口令已是月朗星稀，大伙一窝蜂涌出教室走在回家路上。人群中，青涩懵懂的俩人不多说话，隔得远远的，润月走在前面，黑狗跟在后面。慢慢的，同学们各自分开了，润月的步子放慢了，黑狗加快了。听到后面传来急急的脚步声，润月两个小辫一甩，脸别过来，笑了，如月般的眸子一闪，黑狗看得又一呆。此时，一轮明月挂在湛蓝的天空，万物在月色的润泽中神秘又庄严，借着那盏小电筒，两人肩并肩一起走。

临近村庄，远远传来一种声音打破了夜的寂寥——男人粗犷的号子和女人圆润的腔调交相应和，激荡动情，锣鼓有节奏地打着点，绵长地回荡在暮色上空：

天上的月哟挂胸间，水里的月哟当小船；

妹子为何这般乖，莫非是西施投的胎。

月儿在天上看得见，阿妹正是那阿哥的眼；

月儿在心里藏成火，阿妹是阿哥的心头锁。

喊一声妹呀又不来呀，妹子为的是哪一桩？

只怕上辈喝了忘魂汤，这世相会忘了郎。

喊一声哥哟睡不着啊，为你熬到大天亮，

你赔我的瞌睡再赔我的床，魂儿都系在你身上……

"啊，'喊月'。"润月欣喜地说。举目眺望，不知什么时候，那轮圆月早已缺了一道口子。俩人凝神静听，有些发痴，停在下马石边，脚步再也挪不动了。

锁口这块土地，生产过红薯、苞米、谷子，也滋养了一种美丽的民俗风情，"喊月"，就是这片土地的灵魂。那月儿，无疑就是人们心头的一尊菩萨，光润人间福禄即得。每当月食之际，村庄里的男男女女纷纷走出屋子，用盆敲打着歌谣和热情，相思的恋人更会借此倾吐衷肠，那一首首缠绵的歌谣，像潺潺清泉滋润着孤寂的心灵。《喊月》的歌谣逐渐沁入夜的空气，借着一点光，润月看到黑狗脸上闪闪的，竟有泪。

"黑狗，你怎么了？"

"所有的'喊月'中，我娘唱得最好。"黑狗说。娘是个外乡人，脚虽跛但人美，天生一副柔润韵味的好嗓子，悠然似一条极细的丝线衍生到人的血液，纠缠到心里。正年轻时，遇上了靠手艺走乡串户的黑狗爹。在那个月食的晚上，多情的手艺人为她缓缓吟唱"喊月"的歌谣，月亮喊出来了，姑娘的心也牵出来了，情愿随他回了锁口。每每村庄"喊月"，年幼的黑狗敲着盆被爹爹顶上肩头，跛娘坐在椅子上和着歌谣，一家人的欢笑传得很远。没曾想这样的日子仅几年，爹福薄去了，娘就再也没在人前唱过那首"喊月"……

黑狗说起，百般滋味涌上心头，让男儿的泪也不禁落下。恍惚间，那股春天田野而来的风又拂过他的脸颊，是润月，拿着那块手帕为他轻轻地擦。

月亮出来了。

二

大白肚般的圆灯泡终于亮了的时候，娃们却有点失望，那束光虽然像月亮，却仅像躲进乌云的月，黯淡着脸。常叔急了，从村子东头沿着线路查找到村子西头，整整一天反复测试，终于摇着头，跟润月的爷爷解释道，锁口离得太远，末端电压太低，没办法，心有余而力不足啊！

"吃水进山背，卖猪靠人抬，用点电也上不来。这就是咱锁口吗？"书记苦笑了。

"常叔……"娃儿们却不依，围着常叔闹。

常叔哄哄这个摸摸那个："常叔向你们保证，一定要把最亮的月抓住，挂在锁口村。"

常叔走了，锁口村又恢复了平静。生活变了，又似乎没变，黑狗家桌上还是习惯性地摆上那盏油灯，还是会在秋后上山摘油桐果，一些乡邻家慢慢用上了蜡烛。一个深夜，锁口村的人们睡得迷迷糊糊间，忽然听见有惊呼"救火"的声音。众人打开房门，外面早已火光冲天，那着火处，正是大发家。村民们赶紧围过来救火。火势太大，哔哔啪啪间，那栋房子眼睁睁地剩下几截冒青烟的木头。

"臭崽子，点蜡烛把屋点了！现在屋没了，你还读么子书！"大发爸抢起棍子像发怒的公牛，大发妈和姐姐们不知所措只顾得哭。

"电暗得像萤火虫，不用蜡烛行吗？！"大发挨了两棍子，一个劲地争辩，哭丧个脸，连眉毛都烧没了。

众人一番劝慰，把这一家暂时安置在贡生祠里，左邻右舍间送来被褥衣物。尽管如此，春花和夏花还是早早出嫁了，大发也只好休学！黑狗听闻寻来，大发眼睛潮红正打着行囊，却假装轻松道："我可要下海啦……"

"大发——"黑狗上前看着他的眼睛。

大发却避开，一拳捶过黑狗的肩头："黑狗，你是我们中最有出息的，你行的！我等着你的好消息！"

这个时候的中国，"下海"这个词已经很流行了。锁口村沸腾了一番，大发与很多人一起卷起被褥去广州，倒成为十里八乡下海的第一批弄潮儿。

大发说得没错，不久，黑狗果然在十里八乡引起轰动，考大学考了有史以来的最高分，上了学校光荣榜。领录取通知书那天，黑狗一个人来到学校，经过光荣榜前，许多人围在那交头接耳："李祥？这黑小子哪儿的？锁口？呦，锁口那方出人才了！"黑狗腼腆低着头，黝黑的脸上有一点红晕，急急赶回村上，只想早些告诉娘。下马石就在眼前，突然，黑狗停下脚步，跛娘竟在那，颤巍巍地，似乎已经等了很久。

"娘！你怎么来了？快看，我的录取通知书！"黑狗兴奋地飞奔过去，扶住娘。娘不语，只一脸愁容。"怎么了，娘？啊，叔，你也在？！快看我的通知书！"

本家叔蹲在一边地里埋着头，"嗳，好呀……"应声却没接。

黑狗意识到了什么，脸上的兴奋散去。三人一时沉默了。

许久，本家叔颓然搓着手，嗫嚅道："娃，你真给咱家长脸。可是家里的情况你也知道，你娘身边离不了人，叔的两个娃也大了，你婶说，再也供不起了……娃，怨叔，叔没能耐啊！"话没说完，这个锁口村里一辈子面朝黄土的农民哽咽了……

背靠着坚硬冰冷的下马石，黑狗把那张大红的通知书一点一点撕掉，山风刮过，红红的纸屑飞舞着，如少年那颗无奈破碎的心，撒落一地。

"娘，叔，咱们回去，我能照顾这个家。"黑狗俯身背起跛娘。

下马石依旧沉默不语。远处青山里，一群大雁拍着乏力的翅膀，飞向天际。

三

光阴似流水。燕子飞回老巢，麦子又割了一茬，当年的那些娃儿们都长大了。

改革让中国发生日新月异的变化。尽管外面的世界沧桑巨变，但在锁口，这个被遗忘的角落，时光似乎在此凝结。那些该走的、能走的都走了，村里剩下老头老太，还有些不懂事的娃儿，偌大一个村庄，死水般的沉寂。悠闲的黄昏后，孩子们在村里奔跑嬉戏，摘下枝头早已干枯的油桐果子打野仗，老汉们扎堆坐在屋檐下抽旱烟，饶有兴致地跟娃儿们讲油桐果是如何榨油点灯的，一遍又一遍，一年又一年。

"爷，快捡果果，今晚点灯啊！"一娃儿忙不迭拾起。

"用这个点灯冒烟熏黑你，那咱锁口又要被外村骂啰！"爷笑道。

"外村骂？锁口什么时候落下好名声？什么猪圈村、烟囱村的，说到底，还不是一个穷！如今，别的村，吃饭不烧火（电饭锅），住在云层中（楼房），走路一缕风（机动车），讲话一线通（电话）。咱村哪能比？"旁人七嘴八舌。

老人们发着牢骚，小娃儿却觉得那果子神奇："果果熏黑人？"

远远看到黑狗，他爷便用手一指："那黑，就像你黑狗叔那样……"

黑狗是从山间下来的，挖了一篮子草药，肩上还扛着几截竹子，走得汗淋淋，打了声招呼过去了。屋檐下，那群老汉们直摇头，"这黑狗忙的，不容易。"

黑狗回到家中，洗净草药上灶，然后把那几截竹子拖进偏房。跛娘上了年纪，身子骨更弱了，稍一走动就喘气。黑狗留在村里，成天做饭端药伺候着。同村的大发一直没回来，听说混得很好，发迹了；润月呢，留在外县当了老师。每每说起，跛娘常责怪自个不中用的身子连累了黑狗，黑狗宽慰："娘，留在锁口，也能成事的。"说干就干，他打听到外村有户人家办养鸡场挺红火，便专门腾出偏房做鸡舍，凑钱买了几百只鸡崽，成天忙着用木材和竹子搭建鸡棚。

"大发家又发'火'了！"突然外面传来乱哄哄的声音。黑狗探头一瞧：不得了，不远处大发家的新屋顶上又冒烟了！拔腿和村里人赶过去，又是一番水泼枝打，侥幸没大碍，漂亮的白墙青瓦却被烧成黑糊状。原来是村里一截早就破败不堪的电线，掉落在楼顶上的干草上，这么着又燃了。

"作孽啊！到底是惹了谁？"当天下午，大发妈诚惶诚恐再次请来一高人。高人念着谁也听不懂的咒语，高深莫测一番掐算："很难解决！除非……"大发妈见状忙摆上一桌好酒好菜，大海碗下还压着一个胀鼓鼓的红包。酒足饭饱，高人边收红包边抹嘴，压低声音慢悠悠地说："你家老祖宗的坟地冲撞了火庙菩萨，赶快选址重建。要不，哼哼，你家还会'火'。"又得动老祖宗的坟地？大发妈拿不定主意，一合计，只得给大发打去电话。

年底，大发终于回来了。俨然一副老板派头——开着小车，带着城里妞，搬回一堆崭新的电器，有热水器、电烤箱，那电视机足有半堵墙那么大！乡亲们围着问个不停，大发爸热情地给大家递烟："大发说，这是国外进口的电视机，像看电影……我家好久没这么热闹了。"

是啊，6个女儿陆续出嫁，原本说好每年轮流回家过年，可一家子总摸黑过春节实在不是滋味。有一年，远嫁外地的四女冬花回家带来个电饭锅，年三十被煮成夹生饭，那女婿平素最图吉利，当下拉长了脸，闹得极不愉快。渐渐的，老两口索性"非诚勿扰"独自过，原本热闹一家人，只剩下俩老形影相吊。说到底，都是被该死的电闹的。

说话间，电视机装好了，乡亲们挤了一屋，都想看看进口的玩意是什么。鼓捣到半夜，那电视屏幕还是一片雪花。"大发，算了，电压不行。"大发妈端过稳压器，指针指着"110伏"。大发当下就把稳压器扔到一边，恨恨地说："这么多年过去了，锁口村的电咋还是老样子！索性把家搬出锁口得了。"大发爸赶快抢去稳压器："可别摔坏了，这可算宝贝。咱锁口村就连碾个米，凌晨2点起，还要安上这稳压器呢！"到了晚上，电压更低，电灯再也亮不了，与往年一样，大发家又燃起了蜡烛。"真好，烛光晚餐。"大发女朋友一口标准的普通话，倒蛮兴奋的样子。两天的新鲜劲过去了，女朋友嘟起了嘴巴。在烧起木柴烤火时，木头沾了水烟火燎人，漂亮的女朋友终于呛出了脾气："李大发，我被你骗了！这算什么地方，还在1949年前啊？"当天晚上，大发用车把父母和女朋友拉到了镇上，找了个宾馆，总算过了新年。

山里，一群大雁拍着乏力的翅膀，飞向天际。

四

大发离开村里那天特意找到黑狗。黑狗正在鸡舍里打扫劳作，鸡群未免有些不领情，左右蹦跶，黑狗脸上灰蒙蒙的，头上还附着几根鸡毛。大发见状摇着头:"黑狗,当年这些人中,你是最有出息的,如今……还是跟着我走吧!"黑狗擦把汗,低下头继续修葺他的鸡笼:"咱锁口,青山绿水,明明是个好地方,为什么总富不起来? 为什么这里的人急着离开? 为什么总遭外村的不屑嘲笑? 这块土地,锁住了人的梦想,锁住了致富的希望。但我不相信永远会是这样……"

鸡崽一天天长大,每次喂食总"叽叽"叫得欢。可春节过后,一场持久的倒春寒降临,鸡崽冻得挤成一堆直哆嗦。鸡舍里安了台取暖器,但没有充足电源,倒成了聋子的耳朵——摆设。黑狗急得把自个盖的棉被都捂在了鸡笼上,还是没能改变一部分鸡崽惨遭冻死的厄运。剩下的那些鸡崽,黑狗拿宝贝似的供着。转眼夏季来临,鸡崽出落得毛色可鉴,颇为喜人。谁料又被山上的黄鼠狼打了注意。没电拉网,即使黑狗瞪红眼夜夜巡逻,总免不了几只鸡惨遭狼口。消息传开后,外村养鸡的那户人家逢人讥笑:连电都没有的地方,能干成事? 生在锁口就认一辈子穷命。

一传十,十传百,这话终于传到了跛娘的耳里。原本这些时日,老人也跟着起早贪黑虚了身子骨,听到这话咳出了血,终日枯槁病倒在床。医生问诊时摇着头:"病因此起,然不因此生。一世愁苦才为结。"黑狗寸步不离服侍着娘,茶饭不思。这天夜里,跛娘突然睁开眼,想要看看窗外的月。黑狗扶她起身。黯淡的夜幕,没有一颗星,更没有月。她失望地重新躺回床上。黑狗见娘有了精神,心里也高兴,握住娘的手:"娘,过两天我们再看。"娘摇摇头,许久喃喃说了句:"好帮好底上好鞋,好山好地出好娃。可锁口? 锁口!这名儿不好,什么都锁住了,人还能图什么……"深夜时,跛娘去了!"娘——"屋里一声撕心裂肺的呼喊,让锁口四面的山头猛然一震。

草草料理了娘的丧事后,黑狗把自己关在屋里。本家叔婶来送饭,喊门许久,里面愣是没一点动静。这情形恁婶子也抹起泪:"黑狗,你这苦命的娃,别想不开。"如何是好? 叔婶拨通了润月的长途电话。

润月回锁口已是第三天的黄昏。接到电话,她心里"咯噔"一下慌忙请假,赶往车站买票回家。这三天里,黑狗躺在床上,一句话不说,一口水也没咽，人逐渐没了气力，可心上的痛却异常清晰。这痛，是不甘，是愤懑，是憋屈，是失去至亲的呐喊。他蜷缩着身子，像一头受伤的狼，躲进角落独自舔舐伤口。隔壁叔婶，还有乡邻们相继拍门，他不管不问，似乎从此世上种种，都与他无关。"祥，祥……"迷迷糊糊中，他突然听到了一个声音。这声音，是从云端里传来？

"祥，是我，开门啦！"

黑狗的意识似乎还在九霄云外，一下子聚不拢来。所有人都喊他"黑狗"，连娘在世时也这样喊，说这个名倒会让他更好长些。只有一个人，那个人清亮亮的眸子，从来是脆生生地喊"祥"。

"我是润月啊，你开开门。"

润月？真是她么？黑狗微微睁开眼。

"润月……"他喉咙里挤出这两个字，想起身，又觉得天地旋转。后来，人逐渐清醒了："你怎么来啦？快回去吧，我没事。"

"祥！"

"回去！"黑狗一声吼，把自己都吓了一跳。

外面静静的，果然没了声音。走了吗？走了才好，自己这副不人不鬼的模样，她若见着，也会烦吧？不知过了多久，一道白光透过窗，映在他床前的地面上。是月，是跛娘临终前想要看一眼的月啊！此时来了，可娘再也看不到了。这月么，分明是个无情的东西。黑狗慢慢坐起来。窗外的那轮月，突然缺了道角，慢慢的，那角移将过来，硬生生地把那轮圆挡住了。月食来了，村庄里断续响起几声干瘪的喊月。月依然，人已非，如今村庄里喊月的人也少了。黑狗心头一阵难受。窗外突然响起歌声，那首柔断情肠的喊月哟：

天上的月哟挂胸间，水里的月哟当小船，

心中的月哟在何方，妹是哥的知心人。

妹喊哥来么应答，哥的心儿邦邦硬，

锁口山上的探路鸟哟，请为妹敲开冤家的门；

妹独对着哟月光光，想那亲亲知心人，

月光有灵请鉴察哟，我待他不是假意是真情……

不知从哪儿来的一股力气，黑狗跌跌撞撞起了身，拉开房门：她站在院子里，月儿为她镀上一层霜；还是那双清亮亮的眸子，却蓄着淡淡的忧；那么看他一眼，好像一眼就看出了他的心。"祥——"

"润月，润月！"黑狗颤抖着，捉住那双纤巧的手。

五

丫头清脆的喊声从山下传来时，黑狗正躺在后山上那棵最粗壮的油桐树干上，午后的风温暖拂过，他依稀想着心事。

"十二五"期间全国农村电网实施计划改造。黑狗和老书记连夜给电力公司写了个报告，而后一直没有音信。那份报告会有用么？斑驳的树影透过的光，让他有点恍惚。远远的，村子口聚拢了一大群人，一片红红黄黄的帽子，夹杂着不少乡亲的喧嚣。正纳闷，就听到了丫头急急的声音：

"黑狗叔，农村电网改造队进村了。我爷爷说，就要用到好使的电啦！"

丫头是村里管电员李老二的孙女，父母外出打工好些年头。她性格孤僻，平素说话似蚊子一般哼，此时竟亮开了大嗓门。

黑狗愣了片刻，反应过来后麻利地跳下树，脚踩一阵风似的下了山。

"乡亲们，我们是农村电网改造施工队。锁口村，因为电压极低，线路存在严重安全隐患，电力公司一直在牵挂啊！今年全县的农网改造时，电力公司特意为锁口开辟绿色通道，计划投入资金80万元，率先解决大家的用电问题，让锁口村的父老乡亲真正用上满意电、优质电、安全电！用优质电服务我们的新农村。"村口处人声鼎沸，一位高个硬朗的汉子站在下马石边，铿锵有力道。那顶红色的"国家电网"安全帽，在阳光下熠熠生辉。

"咱盼星星盼月亮，终于把你们盼来了。"老书记早已上前握住那位汉子的手，久久不愿松开。

"你是盼星星盼月亮，而我的盼，多过锁口山上的油桐果啊！"人群中，李老二的笑声最响。他一直是锁口村的老管电员，提起电就怨气不打一处来，"锁口的线路，哪条不是'补丁'结'补丁'，刮风断线打死牛烧坏屋，蜘蛛网倒还更结实。晚上那灯像鬼火，啥电压？两元多一度的电价，村里人怨声连天，可气这个烂摊子！"

黑狗坐在人群外的大石块上，瞅瞅这个又望望那个，每个人的表情复杂反应不一，有欢喜得拼命点头的，有拍着手差点蹦起来的。连好久没出过屋的刘阿公也来了，他在村里年纪最长，如今98岁了，那张饱经风霜的脸，几乎可以找到锁口每一圈历史年轮的痕迹。此刻的他却用衣袖拭着泪，一把白胡子直哆嗦。黑狗的胸腔也有一股激流，暗涌着，奔腾着，激荡着。突然，人群中闪过一个身影，黑狗不敢相信站了起来：那个记忆中的他，一脸乐呵的笑，一双粗糙的大手，曾亲切地摸过他的头，曾耐心地教会他使用简易手电筒……刚巧他把头转过来，彼此惊喜地几乎同时喊出："常叔！""娃！"

俩人欢呼着快步走向对方。常叔像小时候那样拍着黑狗肩："娃，现在长老高啦！当年可黑瘦黑瘦的。叔早年调离了黄桥，如今内退啰！"常叔背微驼，脸上多了许多皱纹，但精神硬朗着呢！

"叔，你真来咱锁口了？"

"我跟随'张团长'来的。"常叔快语道。

黑狗疑惑地挠头。

常叔笑了，手指刚才那位和老书记握手的汉子："张声勇，黄桥供电所的副所长，负责这次锁口的农改施工。他的施工队，人送外号'独立团'，他就是团长呐！"

常叔拉着黑狗坐下，说起"独立团"名儿的来历：这位张声勇副所长行伍出身，性格果敢雷厉风行。他最欣赏电视剧《亮剑》中的李云龙——那个敢拼敢杀、敢爱敢恨的独立团团长。在工作中，他倒也极像李云龙，既是指挥员又是施工员，终日战斗在第一现场。"李云龙的独立团，气吞万里慑敌胆寒。我们也要打造这样一支独立团，哪里最艰难，哪里最需要，就奔哪里。"他总这么说。所以久了，大家索性称他是"独立团张团长"。

黑狗听得津津有味。大家一齐坐进旁边的贡生祠，商量农改事项，夜了才散去。扶着老书记回家，想起就要农改，黑狗脚步分外轻快。

"润月经常给你来信？"老书记突然问。

黑狗点头。

"这孩子，给爷的信咋没这么勤？"老书记顿了顿，似乎不经意地说，"黑狗，爷看着你长大，知道你是个好孩子。可在这个地方，她能幸福吗？"

忘了是怎么进的家门，黑狗一头扎进被子。那些远远寄来的信件，此时整整齐齐地放在枕头下面，他时常在夜半不自觉拿出，仿佛又触摸到了儿时的那块白手帕。"这个地方，她能幸福吗？"黑狗喃喃地自言自语。夜半未眠，忽听外面刷刷响，黑狗一激灵坐了起来。哦，只是刮风。他起身披衣，门在后面吱嘎一声，人已不知不觉来到下马石边，此时夜色正好：

阿妹人儿性温柔，俏眉眼间笑带羞。

郎与阿妹定约定，不离不弃哟一百年。

可叹此生缘分浅，合欢鸟各自分两边。

非郎意浅因路远，心海泛苦哟似黄连……

一只猫头鹰被"喊月"惊起，扑腾着飞向天际。那轮上空的月，明端端地晃人，似天上的玉盘，似黑夜的眼，似那张柔情的女子的脸。黑狗伸出手，可那么远，他触不到，他只能远远地、远远地看着，手，颓然放下。

六

锁口东边的那片天还没亮，睡梦中的村庄被摩托车由远而近的"突突"声给唤醒了。李老二穿条大裤衩从自家探出头：早上出门看不见路，晚上回家看不见树，这支施工队咋比庄稼人还勤快？他扯着脖子对着里屋叫唤："丫头，该起来了，'独立团'都出去忙活啦！"里屋没声。李老二挠挠头，确实还早，又倒回床上睡去了。

正是夏季。红红的太阳露了脸，便毫不留情一阵炙烤，还没到晌午，已烤得人火辣辣地痛。庄稼人忙过一阵回家歇凉，"独立团"却还在太阳底下汗流浃背，个个都有那么一股子使不完的劲；干裂嘴唇黑皮肤的面庞，铭刻着风吹日晒的痕迹。黑狗又像儿时那样跟在常叔身后，遇上不懂的就问问，时而帮把手。老书记带领村民送来茶水，打趣道："黑狗，你又成了常叔的小徒弟啦！这回还教手电筒么？"

万事开头难。也许是应了这句老话，进村口的第一根电杆竟被"卡"了！遇上村里守寡多年的刘寡妇为自个百年留存的一块宝地。"风水的事可是天大的事。我刘寡妇就一个儿子，三十老几了连个媳妇也讨不上，就指望着这块宝地给转运呢！谁动地我跟谁急！"刘寡妇叉着腰踮着脚，说话间唾液横飞。她可不是个任人欺负的主，惹毛了，非骂得苍蝇直不起头蚊子张不了嘴。老书记三次上门，刘寡妇依然死活不依。

"我们一道去刘大娘家吧！"这天一早，张声勇和常叔找到黑狗。

"张所长，刘大娘把那块地还堆了砖，态度很强硬啊！"黑狗面露难色。

"黑狗莫发愁，团长有绝技。只要他改造的村，农网工作绝对没问题。"常叔开玩笑给黑狗打气道。

可刚到刘寡妇家，一见面，刘寡妇忙不迭轰他们出门。"我劝你们一大早别惹晦气，我不会同意的。"

"大娘，别急，咱们聊聊。"

"聊么子，庄稼人正忙着，家里的稻子熟了，我还想再多生几只手。"

"正好，那我们一起帮忙吧！"张团长一个箭步上前挑起扁担。

刘寡妇的田在一块比较高的陡坡上，足有几亩，她的儿子传根穿着一件短汗衫，在滚滚稻浪中挥舞镰刀。这个老实木讷的庄稼人，早年在外打工吃尽了苦，断了一手指后被黑心老板撵出厂，如今一把年纪了还没娶上亲，任媒人舌吐莲花，一听说是锁口的，姑娘家头摇得像拨浪鼓。张声勇一声招呼，挽起衣袖弓下腰投身到那片稻浪里。太阳探出了脸，一些不知名的虫子纷纷从稻田间钻出来，没头没脑地往他们身上撞去。

张声勇从身上挠出一只，笑道："你也来凑热闹！"

"张所长，你还是走吧，这活怪累人，你们平时工作也辛苦。"刘寡妇有些不太自在。

"我们供电人，早就炼就一副好把式，今天正好试身手。"常叔擦擦额上的汗。

众人你一言我一语，稻田里的气氛逐渐和正午的阳光一齐火热起来。

"大娘，今年的收成还好不？"

"今年算一般，老天爷没下几场雨，都快旱死了。"刘寡妇颇为懊恼。

"如果能抽到水就好了。"

"水？这么高的地方哪有呢？哪像人家外村，电动机一响，水哗哗直流，我们只有眼馋的份呢……"也许是意识到什么，刘寡妇一下子便打住了。

张声勇感叹："农业生产，过去靠天，现在靠电。没有好电，确实不行啊！"

刘寡妇不作声，儿子传根接过话头："娘，我说，我说你别再为难农改队了，人家不容易，为了我们用电起早贪黑的。"传根人本分，平时少言寡语，这回难得一口气说这么多，明显的有些结巴。

"浑小子懂什么，老娘还不是为了你！"刘寡妇直瞪传根。

传根立即低下头，再也不敢出声了。

"大娘，我知道你是担心传根。"许久没吭声的黑狗说话了，"一直以来，锁口闺女往外嫁，锁口汉子娶妻难。倒不是锁口不好，只是电不好，经济不好，连带锁口的人也不好。只有农改了，用上好使的电，一切才会改变！"

众人沉默着，一时只听见镰刀割到稻秆的声响。张声勇打破了沉静："农网改造，确实给老百姓带来方便。大娘你想听，我们就慢慢说……"

月亮升到了这块正在缩小的稻田上空，晚风清爽吹过，稻田蛙声欢腾。这群人一直没停下手里的活，仅吃干粮时休息了片刻。张声勇耐心讲解农网改造种种，不懂的地方再三解释，从国家政策说到乡村变化，从电网网架说到刘大娘的心里，不时传出欢笑。月光下，几个人的影子被拉长、拉长，笑声也传到老远、老远。

第二天早上，刘寡妇让人捎来口信，说那块地里的砖头已收拾好，让农改队施工。大家一上午一鼓作气，中午时，杆子立好了！

七

"张所长，今天中秋来我家吃顿饭，可不要再推脱了！"老书记在李老二的搀扶下好不容易爬到半坡，对着山头上那些蓝色背影喊。

一路上，他们气喘吁吁，不断擦着额上的汗，还没走近人已经乏得不行。这鬼天，实在热得喘不过气了！可整整一个夏季，农改施工队根本就没歇下，运输材料，立杆架线，忙得不亦乐乎。工期紧任务重，为了赶进度，施工队住进了村，一堆汉子们搭起几座小帐篷，安置在村口的贡生祠里。老书记面对那破破烂烂的四壁皱了眉：这晚上飞蛾虫鼠乱窜，怎么睡得下？接施工队到自家住，被谢绝；想起地头的西瓜熟了，甜丝丝的正好解渴，特意摘来慰劳，又被谢绝。这天中秋节，老书记说啥也不依，一定要接施工队到家里吃顿饭。

"好意心领，我们来不了。"张声勇在山头远远答道，使劲摆了摆手，又接着叮嘱施工人员："上杆作业腰绳系牢，保证进度，更要确保安全。"

"什么来不了，分明是看不起咱乡里人！"老书记有点生气了，喘着粗气一屁股坐在旁边石块上，不料被烤灼的石面烫得弹起，这下更生气了，扯起李老二下山去了。

半路上，遇到黑狗挑着一担泉水上来。黑狗问明原因笑了："我听常叔说，他们有规定，不准挪用老百姓一针一线。"

"什么破规矩！"老书记嘟嚷着。

黑狗上了山，刚把桶放下，大家一拥而上，围着泉水咕咚咕咚喝了个痛快。黑狗把老书记的埋怨说了。

张声勇有些为难："这热情的老书记哟！"正在这时，电话突然响了，张声勇接过后告诉大家："接公司农改指挥部电话，今天过节，公司领导百忙之际要来看望大家。嗯，听说还有亲人慰问团也来嘞！"

下午时，一辆车开到锁口的村口。车停下，里面出来一群人，鱼贯而行进了村，三三两两沿着泥泞的山道，来到正在紧张施工的农改现场。男士们训练有素噌噌上了坡，剩下些女士们，颤着高跟鞋落在了后面。

"同志们，节日好！你们辛苦了！"

124

"邓经理，王主席，你们来啦！"张声勇招呼道。

电力公司主抓农改工作的副经理邓联斌和工会主席王周勇最先上来，拎着一个重重的大纸箱。他们一路查看工程，满意地冲着施工队点点头："'独立团'名不虚传，工作开展得不错。今天过节，带来公司的一点心意，有月饼，有水果，还有解暑茶、十滴水。天气炎热，同志们要当心身体。"

"黑狗快来，礼物也有你一份。"张声勇介绍给大家：这位锁口的村民，施工时没少来帮忙，好学又实在。黑狗有些不好意思地笑了。邓副经理走上前，把东西塞在他手里："小伙子，真辛苦你了。谢谢！"

黑狗想，其实应该说谢谢的是我们啊！

他们走远了，张声勇陪着查看其他施工情况去了。

那群女士上来后，一个个早已经筋疲力尽站立不稳。老常刚从电杆上下来，粗着嗓子问："你怎么来了？"

人群中，一位长得极像老常的年轻女孩子接了腔："你以为我想来啊，家属慰问团来我才来的，顺便捎来我妈一句话，爷爷病了，问你什么时候回趟家？"

"忙过这阵，我就回去。"老常低着头说。

"忙过这阵？从小到大，这话你说了多少次了？"似乎有点火药味。

慰问团中一位戴着眼镜的大姐忙道："哦，你不是给你爸买了东西么，快拿出来啊。"

原来这是老常的女儿，也在基层供电所工作，平时难得见面，不知怎的一见面就吵了。她扔过一个袋子："钙片，一天一颗；驱蚊水，睡觉抹抹。还有，还有骨痛药膏，你背上的骨头经常痛，去医院检查又不依，我和妈劝不住你，自个身体悠着点，看着办。"

慰问团来了，有妻子抱着几个月婴儿的，有读书的儿子趁着放假赶紧过来的，围坐到亲人身边，瞅一眼"你又瘦了"，叮嘱一声"可要保重"。老常的女儿却一转身坐到了一边，再也不说话了。

黑狗看到眼前这一切，又想起了娘，心头酸酸的。老常坐过来拍拍他的肩。

这时，张声勇他们回来了，与慰问团成员一一打招呼。那位戴着眼镜的大姐走上去："张团长，怎么单单落下我没问候呢？"大伙笑了，这正是张声勇的妻子。

张声勇问："要你准备的东西呢？"

妻子指指山脚下："在那，有鱼，有肉，还有月饼。你特意嘱咐的，我怎会忘？"

张声勇点点头："黑狗，提上那袋礼物送到书记家，晚上我亲自下厨，一起庆祝中秋吧！"

老书记家的院子里，七碟子八碗儿摆了一大桌。中秋，对于这个崇尚月光的村庄，的确是个隆重而诗意的节日。酒过三巡，老书记微眯了眼：

天上的月儿亮堂堂，地上的人哟心惶惶。

年年岁岁喊月来，月儿不来万事休。

眼汁滴到土窟里，夜里看月夜成愁。

而今总算哟有盼头，施工队来到穷山沟，

再敬一杯水米酒，共祝今宵满堂乐。

"干！"几个杯子碰在了一起。

八

东面那座杨里亭的山头，怪石嶙峋，高高耸起，被当地人称为"老鹰嘴"，是锁口施工最有难度的地方。

"一二，使劲！一二，使劲！哎，小心点，别撞上树。"烈日烧烤的下午，施工队用板车运一基12米长的电杆上"老鹰嘴"。常叔扛着一根木棍走在前面，擦着汗，气喘吁吁间还不忘喊着号子打气。

山顶上稀稀拉拉住着12户人家，但一路上山却需要立28基电杆。路窄、树高、弯多，有时一个拐角接近于90度的坡度，施工人员运输一基电杆甚至需要一天的时间。闷热的空气里，连树阴下的知了都懒得叫唤，大家手拉肩扛，逢山开路，遇水搭桥，往石山上艰难挪着每一步，嗓子眼里直冒烟。每次抬完杆，常叔总要在腰上揉上好一阵子。

"常叔歇会。"黑狗跟着帮忙。

"老毛病不管它。早日抬杆上山，啃下这硬骨头。"

常叔出事了！石山上好端端的一块石头突然松动，1吨多重的电杆挣脱绳索，还连带拽倒了两个人，一路向下，似一枚发射的水雷没入山下的水库里。张声勇立即下到水库里，常叔随即跟了下去。

"老常，你上去。"

"嘿，别以为我老了，可不逊色。"

两人突高突低踩进没半腰的水里，厚实的淤泥直绊脚跟。黑狗见状跳下去帮忙，三人艰难挪动着，用吊葫芦系上了电杆。眼看电杆一点点上了河堤，杆头却被堤边的大石挡住。老常跨过去，踩着长着青苔的石面用力一托——杆上去了，人却重重滑倒摔在青石上，顿时脸色铁青，说不出话来，只伸出一根指头指向腰的部位。

"老常！"大家飞奔过来把他拽上岸，手忙脚乱送进了医院。

医院里，经过一番检查，医生脸色凝重地拿着片子："旧伤再加新伤，脊椎严重受伤，需要手术。"原来，长年的工作早让老常脊椎受损，再加上这次摔倒，导致脊椎几节骨头碎裂。医生还建议手术后以休养为主，万万不可再劳作了。

医生讲这话的时候老常听得清楚，顿时激动起来，大声嚷嚷："休息？怎么可能？耽误工期怎么办？我能站起来，还可以工作！"老常挣扎着想坐起来，可稍一使劲，忍不住又痛得"哎哟"一声。

张声勇忙把他按住："医生怎么说，你就怎么做，养好身子。"

老常一把拽住张声勇的手："咱施工人员，晴天一身土，雨天两脚泥，哪个身上没伤过？就你自己，不也是忍着胃痛留在施工现场？我这算得了什么？！"

"我以农网改造负责人的身份告诉你：别再干了！"张声勇明显提高了音量。

老常愣了，颓然别过头，许久，低低地问了句："那，锁口怎么办？"

张声勇拎了块热毛巾，轻轻为他擦去脸上的泥巴："你好好休息。别担心，锁口有我呢。"

"常叔，还有我们！"施工队员围过来，一齐说。

夜深人静，医院昏暗的走廊上，大家或坐或站。月光泻满一地，黑狗悄悄来到窗户边，双手合拢对着那轮月：天上的月神，你把福泽的光降到人间，也请你庇护那些善良而忘我的人吧！身边的门轻轻一响，老常的女儿从病房出来了："终于睡了，痛得折腾了许久。"她闻讯赶来时眼泪汪汪，却一直忍着没掉下来。

"常叔为什么这么拼命呢？"黑狗叹了口气。

"他是心愿未了呀！内退后本是安享晚年，可他总会想起当年在锁口村架设线路时，村里的孩子们盼到灯亮却失望的眼神。所以，锁口农改他非要来。也不想想，自个都59岁的人了，岁月怎饶人哪？！"她声音低低的，"你们回去吧，别误了工期。锁口早日完工，他才早日安心。"

"那这里？"

"从小到大的记忆中，他奔波在外忙工作，却没顾过这个家，所以每次见面我都冷言待他。现在想来，只有他躺在这病床上，我才能有时间服侍他，父女俩才能好好说会话。"姑娘眼里那颗倔强的泪珠终于掉下。

张声勇站立起来，目光炯炯。"干了供电这一行，风吹雨打一辈子，连坐下好好吃顿饭、喝杯热茶都很难。但我们的工作，给千家万户带来光明，这就是价值呵！我想，这是每一个供电人，也是老常的工作动力。"

"我——"黑狗心里的那个念头逐渐燃烧，忍不住说，"让我加入到'独立团'吧！"

"好呀，"张声勇沉声道，"你好好学，认真干，考个电工证加入到农改的队伍中来。现在，整个邵阳农网改造正轰轰烈烈展开，我们的电网像巨人一样坚强起来了。"

黑狗重重点头。自此更忙了，白天跟随施工，晚上翻看从常叔那儿拿来的电力书籍。一次中午吃饭，大伙没找到黑狗，齐齐寻去。借着一缕树阴，他竟靠在电杆边睡着了，手里还拽着一把磨掉漆的扳手。

九

拉开抽屉，黑狗数了数，不多不少，还有18根蜡烛。应该差不多了吧，黑狗微笑着嘀咕。然后，从抽屉里拿出一张白纸，齐齐铺开，写起信来——

润月：

我已经加入了电力公司的农网改造施工队。这段日子，每天都要顶着喷火的太阳，与师傅们一起施工。说实话，的确很累，但心里却是欢喜的。听师傅们说，再过两个星期，锁口就要通电了。那轮想象中明亮的月亮，真能照进村了！……一直给你写，却一直没有发，润月，你怨我吧！可在我心里，你是那样好的姑娘，月亮般纯美，我怎能……

突然，外面传来声音。黑狗从桌子上抬起头："大发，回来啦！"

"你有事召唤，我哪能不回？这是什么？"大发盯着桌上的信纸。

"没，没什么。"黑狗不好意思红了脸，迅速把信收好放在枕头下。大发看到了信纸上"润月"的字样和那一捆满满的信件，若有所思。"走吧，我带你去一个地方。"黑狗拉过大发。

"咯咯咯"随着鸡棚门打开，鸡群扑腾着翅膀欢乐地飞向屋后的山林，啄食草间躲藏着的小虫儿，时不时心满意足地打个响亮的鸣。大发和黑狗饶有兴趣地看着眼前这一切。

"这次请你回来，确实有事与你商量。据我考察，发展农村养殖业有广阔前途。我的山鸡放养初步成规模，接下来还可以同步发展野山羊等其他生态养殖。"黑狗站在鸡棚的排风机边，"以往没电不敢想。夏天没电拉网，山里黄鼠狼叼鸡；而冬天没暖气，眼瞅着鸡被冻死……"黑狗又想起养鸡最初，苦涩涌上心头。但他马上摇摇头，如今可不一样了。这次农网改造中，村里增加了两台160千伏安和100千伏安的变压器，架设电杆170多基，三相电送到了每一位老百姓的家中。施工队又为鸡场架设了专用线路，并安装了排风机和相关设施。

"虽然现在条件差了点，但只要通好电后，肯定有发展，咱的土鸡就会变成金凤凰。"在屋后的山林边，他们边走边聊，黑狗信心十足。"大发，你我兄弟同心协力办好这个养殖场，如何？"

望着黑狗难得热情飞扬的脸庞，大发思索片刻点点头，但不由问道："其实养鸡场已经有模有样了，为什么还要我加入？"

"一，这些年你闯荡长见识，市场开拓有经验，这我深信；二，扎根

129

锁口致力养殖，帮助乡亲们致富，这是我的心愿；三，我现在正在考电工证，想从事电工工作，这才是我想做的事。”

“黑狗，真服了你！”大发和黑狗四目相对，彼此的手紧握在了一起。

大发再一次“火”了。他和黑狗办起“下马石”农业生态养殖场，开业那天，在村口的那块下马石挂起了大红招牌，那些想投资的，请求帮工的，签订合同的，迎来送往热闹之极。

“能够在自己家乡有发展，谁愿意背井离乡去打工？只要有好电，什么都敢想，什么都敢干，什么都干得好！”大发兴奋地一挥手，大声宣布：“洞口县下马石农业生态养殖场成立了！”

一时间，鞭炮响彻锁口的上空，这一回，倒是真正的“火”！传根面露喜色忙前跑后，最近总算说成了亲，媳妇要求他找点事做，传根便在养殖场第一个报了名。丫头也开始掰着手指数日子：“妈妈就要回来了，她说以后就在自己家门口找事做，再也不离开我了。”

通上好电的这个消息，像早春杜鹃的一声啼，把这个村庄的人们都唤醒了，唤回了。迎着新农村建设的浪潮，一排排整齐划一的电杆耸立乡间，牵扯出锁口村人激情燃烧的时代！

十

“今晚有月亮啰！”2011年12月10日一大早，黑狗路过丫头家，大声宣布好消息。“新线路全面通电——电灯会像明月。”这段时间，黑狗人消瘦了，脸更黑了，但胳膊有劲了，手脚利索了，正在成长为一名电工能手。

“今晚有月亮啰！”大发在经过丫头家时也说。

丫头响亮答道：“黑狗叔早就告诉我了，今晚通电呗！”

“你黑狗叔啊，现在就知道电。”大发笑了，“今晚月全食——天上会有红月亮。”

锁口村的这个夜晚，风清月朗。晚上8时许，一轮圆月被遮住了小半边，慢慢的，从古铜色变成橙黄色，然后一点点真成了红月亮。

“合闸——”随着张声勇所长这声响亮的吆喝，村庄里的人们开始欢呼，不仅是为了天上那轮红月亮，还有每户人家里相继闪耀出的那一盏盏璀璨的"月亮"。

锁口山上的清泉水哟，锁口几代的眼中泪，

几代祈盼几代愁，几代夙愿几代忧。

搭帮盛世政策好，幸福质量得提高，

四通八达电网线，光明使者来送电。

排排电杆立成行，感谢电力好儿郎。

农网改造人人夸，惠及百姓千万家。

滚水冲开细茶水哟，心窝眼里乐开花。

纷纷起舞踏歌声，唱醉今日锁口人……

歌喉响亮的锁口人，"喊"出了一种从来没有过的畅快淋漓。他们分明看到，希望的光在这片古老的土地上萌生。

人群中，刘阿公拄着拐杖走遍整个村庄，瞅瞅这家又看看那家。老常的女儿掏出相机咔咔着，记录这一值得纪念的时刻。老书记一边陪着道："这些照片给老常看，没准一开心身子就好啰！"

丫头牵着大发的手，嚷着要从进口电视里看红月亮的转播。临走，大发却神秘兮兮地凑近黑狗："上午我从你的枕头下取走了一捆东西……"接着往他手里塞了一样东西走了。那是一张字条，借着灯光，上面清秀的字迹再熟悉不过：

祥子：

今晚的月亮，可是10年间最美丽最完整的红月亮。科学家说，下次这么完美无瑕的红月亮，要等到50年以后——那时的我们，应该是白了头掉了牙的老头老太了吧！总记得年少时走在回家的路上，远远的，我在前你在后；后来，我慢了，你快了，就能肩并肩一起走。现在，我在村口下马石边等，想与你约定：等老得掉牙时，咱俩还能像以前那样，肩并肩一起看50年后的红月亮……

圆月高悬，那么红，那么美好。那种风情万种的美，谁都想伸出手，把她擎进手心，再用一生的时光满满地呵护。

仰望苍穹，黑狗忍不住高喊一声："月！"然后朝着下马石奔去。四周的每座山，回荡着这声响。

此时，广阔穹宇里的那轮红月亮，也正温柔地照耀着锁口村的每一处……

（作者单位：国网邵阳供电公司）

瑶鼓声声

魏　艳

一

这是一个古老而神奇的地方。

绵连起伏的雪峰山脉，孕育千年传奇。终年激荡的平溪江水，横贯其中流淌。山势耸立，巍峨陡峭，云蒸霞蔚，千姿百媚。

这是湖南省邵阳市洞口县江口瑶寨地区。

寻常间，男人耕种打猎，女人打理家务；节日里，族人载歌载舞、粗犷奔放。晨雾中，莎腰妹（瑶妹）溪边梳洗长发，风景如画；山涧边，赤脚的阿贵（瑶哥）吼着号子，激昂豪迈。近万瑶民与世无争，守候一方家园。

历史上，这里常为兵家必争的紧要关口。

1945年5月，中国军民与侵华日军在此展开了一场生死殊搏，连续的7天7夜，空气中满是硝烟的味道，战火纷飞，炮声隆隆，我军歼灭日军第116师团近2000个小鬼子，由此取得了雪峰山会战的全面胜利。这就是著名的"江口战役"，中国抗日战争的收官之战。

战役中有一支江口瑶乡汉集成的义军，瑶寨的瑶王周洪碌，人称"洪碌爷"，在瑶寨的城楼上，双手抡锤击响大鼓，誓言铿锵歃血为盟，带领26条铁骨男儿共赴前线。战争过后，义军血肉模糊分不清彼此，瑶民含着热泪把他们埋在了城楼内，历代只有瑶王才有资格享用的石棺墓……

133

白天里瑶寨城楼人来人往，做买卖的，说评书的，如赶集一般热闹。可在寂静的夜晚，几里外的村庄常听见悠长的鼓声"嘭——嘭——嘭——"！

"那是洪碌爷带领的26缕抗日忠魂。瑶鼓声声！瑶魂不灭呀！"评书人有鼻子有眼加以描绘，一时成就了传说。

雪峰之巅西门口，

青山连绵万年幽，

瑶寨男儿多奇伟，

边陲暮鼓震春秋。

时光不会停滞，风土人情沧桑。大半个世纪过去，历史在此，留下太多痕迹。

在最高的山上俯瞰，寨子依山而建、石板路纵横其间，竹木建造房屋，一丈三尺高的飞檐伸向天际，像展翅欲飞的山鹰，颇为壮观。

城楼便是进入寨子的必经之地，地势险要，一个牛角的标志物高立其上，下方一面大鼓傲然——那就是传说中的瑶寨楼鼓。鼓面很大，上边可以排列三四个瑶乡壮汉，尽管风雨斑驳，一旦抡响粗如手臂的鼓槌，震擂声依然刚劲有力，似乎向人诉说，这儿曾历经怎样的壮美和弘广。

瑶寨楼鼓，倒有属于自己的语言："嘭——嘭——嘭——"是当地的仪式；"嘭嘭——嘭嘭——"表示有事商议；一旦遇上紧急而重大的事情："嘭——嘭嘭——嘭嘭嘭——"！城楼外，古道边，鼓声悠长留在了历史，留在江口瑶家的记忆中。公元2008年，深秋，与往常一样：田野间的高粱米发出清香；围栏外的芝麻结着饱满；莎腰妹依窗捏着五彩针线刺绣；妇人在炊烟中炒着腊肉；瑶公们叼着烟斗酿造纯米酒。居然，良久未闻的楼鼓声悠扬而清晰地传来："嘭——嘭嘭——嘭嘭嘭——"

出啥事了？！

瑶民们为之一震，从四面八方赶去城楼……

二

黄叶地，层层凋零。楼鼓处，声声催心。

"乡亲们，当年咱们瑶王洪碌爷带领义军，歃血为盟上战场，每个都是响当当的瑶寨汉。虽然他们已经不在，但义军的精神还在！咱瑶寨人的魂还在！"

为首的瑶民叫周大棒，二十出头正青壮，却是瑶话所说"庄稼不想帮把手，河里放排绕着走，丢给野猪吃一口"的主，不肯好好做事，还时常惹些是非，气得他家周老倌时常抢起大棒追他，算是寨子里皆知的"能人"。不过上天对每个人都是公平的，纵使全身上下满是缺陷，总有一处会应运而生。这周大棒么，身材瘦小，五官也瘦小：小眉毛小眼，却一闪一个点；小鼻子小嘴，什么理都能掰。此时的他，侃侃而谈口水上墙，但一番痛诉令在场的瑶民义愤填膺。

这个秋天，瑶寨发生了一件大事。

原来，在人民公社时代，江口政府号召勤劳的瑶寨人在平溪江边修建了一座电站，自此瑶寨人便享用一定的用电优惠指标。这"靠山吃山，靠水饮水，靠江取电"的满满豪情，就像从自家米袋取米一样惬意。可近些年电站日渐贫瘠，江口政府召开职代会决议：电站实施改制拍卖，对瑶寨人一次性补偿中止用电优惠。这方瑶民的供电，由政府协调移交给县电力公司管理。

这个秋天，族人惊讶地发现"洞口县电力公司江口供电所"的牌子挂在了瑶寨集街。

这个秋天，每家每户的外墙安装一种外壳锃亮的智能表，居然还被告知每月需交电费！"交电费"，这让瑶寨人听来，是一个多难堪的词！偏偏周大棒四处一打听，据说那么个智能表，红灯闪闪，乖乖，比飞机还快。

周大棒再也无法忍受，这天中午，他在杨村杨黑二家喝了几碗纯酿谷子酒，抑制不了心中的怒火，目露赤色冲上城墙，抢开臂膀敲响了那面大鼓。

"当年修这电站，我也曾出过苦力。电力公司的电贵得很，太坑！"一年长者说。

"分明是抢钱，见不得咱过的滋润日子！"

"找电力公司去!不信治不了他们!"

"阎婆!你怎么看?"有人喊。顿时,闹哄哄的人群立即安静了下来,连大棒的酒意也灭掉不少。人们齐刷刷地望向城楼。

阎婆端坐在那面大鼓下方,深秋的山风吹拂,阎婆的衣襟像被一双无形的手拽动,阎婆的眼睛像鹰一样厉。

瑶寨人的心里,阎婆是个传奇。

当年,阎婆的娘正身怀六甲,在瑶寨楼鼓下别过丈夫洪碡,她娘一字一句说:"赶走小鬼子,我擂鼓迎你归来;你若不回,便在奈何桥上等我来寻!"洪碡爷一去不返,她娘产下这唯一的血脉,托付他人后自缢应誓。

阎婆一生记载着家族坎坷的历史。1970年,阎婆的男喀(丈夫)带领一干人修建电站,在一次石崩中为保护族人被大石压死,剩下阎婆独自抚养儿子;意外再度降临,1998年的洪灾,儿子担心电站大坝决堤,深夜赶往巡视,被一个浪打落后,瑶人出动数天都没寻到踪影。这个女人几度经受重大打击,却从没在人前流露出一丝苦!如今她带着孙女"豆芽"度日。

"阎婆,人家都欺负上门了,你说咋办?"大棒小心翼翼。往常寨子决议事宜,执事者会专程请出阎婆,得到她的认可才能定夺。

"电站对于我的意义,胜过任何人,卖掉了我比谁都痛心!但一个筐,分清糠和米容易;一件事,辨出好与坏不易。从长计议吧。"阎婆缓缓道。

"咱杨村的电停了,我看到电力公司的人在那,肯定是他们搞的鬼!"杨黑二此时赶来,气喘吁吁!

人群立即像炸开油星的锅。

"咱瑶乡人的血是热的,拳头是铁铸的!瑶寨汉,跟我走!"

大棒手一挥,年轻力壮的汉子们全出发,牦牛一般奔走在山道上!

"豆芽、豆芽。"阎婆一个激灵。

"豆芽跟着同去了。"有人答。

阎婆站起身来。

"先问清情况!"偏偏山风,把她的叮嘱吹得远远的。

<h1 style="text-align:center">三</h1>

杨村村口,一群身着工装的电力工人在电杆处忙碌,一辆标识着"电力工程"的车停放一边。

"停电了?"周大棒蹿向前。

"是停了。"一小伙应声道,他目光清澈,手上握着一截从杆上剪下来的电线。

"你剪的?"大棒提高嗓音。

"哗啦!"一块砖板砸过,工程车的前窗开裂,玻璃四溅!小伙左边的脸被玻璃碴划开一道口,立即血流如注。

"阿俊!"一个魁梧的身影过来,扯过肩上的毛巾一把捂住小伙的伤。

"你们这些老乡怎么回事,有什么不能好好说?!"两道浓眉下,彪汉怒目相视。

"为什么停了我们的电?"黑二叫道。

"线路出了故障,正在维修!"

"刚催着要钱,偏就有故障?"黑二明显不信。

"瑶寨为什么要归属电力公司?"

"我们会让大家用上更好的电!"

"电表转得比飞机快,你们赚的是黑心钱!"

"电表经得起校验,我们经得了考验!"

瑶民们连连质问。彪汉掷地有声,他举起那截剪下的电线,亦有烧焦的痕迹。

大棒顿了顿:"暂且信你,立马把电送上!"

"得先确保我兄弟没事!"

"所长,我没事,还是先维修吧。"那个叫阿俊的年轻人轻声道。

"阿俊!"

"真没事,一点皮外伤而已。停了电,老乡们心里急,能够理解。"

"那你怎么办?"彪汉焦虑道。

"我扶他去找大夫。"一个清灵的声音传来，人群里闪出一位莎腰妹，俏脸杏眼，黑黝黝的长辫别了一朵蓝莹莹的小花。

"豆芽？你要带他去？"大棒有些不敢置信。

"先止住血再说。"她从兜里掏出一块帕子，捂住小伙脸上的伤。

"绕过这道山，前头有个大夫。"莎腰妹手一指。

"谢谢。你叫豆芽？"

"阿爸说我生出来时瘦瘦小小的，像豆芽。"

"辫上的花真好看。"

"这种花叫'湛蓝'，江口最高的山上才有。"

两人的身影渐渐消失在大山的拐角处……

彪汉和那群施工人员继续忙碌。

"李清，杆上作业要小心。"

"肖坤，准备电胶布。"

杨黑二犹豫着上前，面呈愧色："需要帮忙么？"

"大家先回去吧，再过两个小时，保证家里亮堂堂的。"彪汉拍拍黑二的肩，眼神实诚。

人群正待散去。

"救命——"山那边传来尖叫。

豆芽秀发纷飞，衣襟凌乱，狼狈地跑过来。

"豆芽！怎么了？"大棒连忙上前扶住豆芽。

"我好心带他寻大夫，回来路上，他、他不是人，对我动手动脚。"豆芽泪眼婆娑，几乎说不下去。

大棒一把揪住彪汉，眼里喷出火："你的人和车是我砸的，冲着我来！怎么能做出这种事！"

彪汉疑惑间直视豆芽："是不是有什么误会？我了解阿俊，他不是这种人！"

"还狡辩！乡亲们，抓住这伙狂徒！上瑶寨！'请棕神'！"周大棒大喝。

瑶家汉子抡起棒子与石头，如潮涌来。

"我负责给个说法！别为难我的手下！"彪汉像一堵坚实的墙挡在前面。

"李清，肖坤，快上车先走！"

"所长？！"

"这是命令！"

他压低声音："整件事有蹊跷，想办法找到阿俊。"

李清叮嘱一声"小心点"，车子开动，山道上留下一缕烟。

"一个都不准走！"有人猛扑向前，被彪汉反手锁住；木棒砸来，彪汉巧妙闪脱。

"你是谁？"

"江口供电所所长，杨开！"他站得直直的："我不会走！"

一根粗实的绳索将他捆了个结结实实。杨开一动不动。

四

天色暮，城楼下，一个个火把被点燃，夜幕骤白。

"嘭——嘭——嘭——"苍凉而悠远的鼓声过后，瑶寨每个村落的人们都到齐了。火把的光照在每个人的脸上，呈现出一片神秘而焦黄的油彩色。

杨开捆在城楼的柱子上。大棒立在一边把拳头捏得嘎嘎响："若不是阎婆说了暂不动你，非把你撕成八块！"

杨开面色无异，眉头却皱了起来。这一切到底为了什么？莎腰妹如何平端受到欺辱？阿俊又在哪里？一次简单的维修怎么会成这样？瑶寨人的心里，为什么有那么强烈的质疑与抵触？

杨开想起刚上任那时，县电力公司农网改造副经理邓联斌语重心长说的一番话："杨开，瑶寨情况有些特殊，要瑶家人打心眼里接受我们，需要付出许多呀。"

"我出身行伍，不怕苦。请放心，交给我吧！"当时的他意气风发。

现在，却陷入一团迷茫。瑶寨这地方啊，还有一段很长很长的路要走。

"阎婆，就是他的手下想凌辱豆芽！"簇拥的人群散开，中间空出一条道。

杨开觉得一股力量逼近了。

一位瑶家阿婆，拄一根模样怪异的木棍，盯向他。那眼神，是一支凌空穿梭的利箭！

"阁婆今年62岁，亲人都没了，就剩下这么个孙女。平常一声斥责都舍不得，今日差点被人凌辱。"阁婆不紧不慢。但每个字都像钢豆，砸得地面直响。

"我为下午的事道歉，但我也很想知道事情的真相是什么。"

"还不承认！"

"请棕神！请棕神！"

瑶人的呼声一浪高过一浪，火把挥舞，光怪陆离显得狰狞。

"请棕神！"阁婆一咬牙。

4支冲天牛角吹响法号，呜呜的牛角号声在山谷中回荡。

一群头包棕片，身披棕衣，腰扎青藤，脚穿草鞋的瑶族汉子，在头戴法冠的法师带领下，手执木棍，踏着鼓点舞动。

（"棕神"：洞口瑶寨信奉的"棕包脑"之神。洞口每年的正月十四和十五，寨子里都要举行隆重的祭祀仪式，跳起"棕包脑"，歌功颂德，祈福未来。至今已有上千年的历史，并列入了湖南省非物质文化遗产名录。）

请棕神，请棕神；

智慧的棕神，

罡气的棕神，

分辨世事的浑浊；

认清前路的光明。

阁婆手上，高举那根长长的"棕神棍"。棕神棍代表着古老的瑶寨至高的权力，击在人身，外表似乎无损，却让体内暗伤！

"打死他！打死他！"

无数的火把如一尾火龙缠绕着杨开。他的脸快要裂开，呼吸窒息。

"放开！"一声呼喊传来。

脸上包着伤的阿俊，站在滚滚浓烟之处，他身后，是江口供电所李清、肖坤等全所人员。

"放开我们所长。"阿俊喊。

"就是这个禽兽!"瑶民指着他。

"我没有!"阿俊声音激动。"豆芽领我看过大夫,回来的路上她说走条近道,我跟着去,她却突然不见了。那路像迷宫,我转了半天没出来,直到晚上同事们才寻到我。"

人群一阵嘘声:"扯谎!难不成豆芽诬陷你?"

"豆芽可是我们瑶王的后人,寨子里最好的莎腰妹!"

阿俊很急切:"我没骗人!豆芽呢,她在哪?"

"豆芽受惊了,在寨子里。"阁婆目光如炬,若有所思。

瑶民们更愤怒了,"少啰唆!让他们都尝尝瑶家棕神棍!"

"他说的没错!是我撒谎。"一触即发时,豆芽从密林暗处出来了!

她看起来有些虚弱。

乡民们面面相觑。

"豆芽,为什么?!"阁婆用棕神棍指向她。

"对不起,阿婆。我只是不想让电站卖掉。电站是瑶寨人的骄傲,更是我们这个家的牵挂!为了电站,爷爷被大石砸死,阿爸也在那葬身,一个浪打来,说没就没了,连句话都没给我留下。卖掉电站,乡亲们心里都不好过,阿婆你又在背后掉了多少泪!"豆芽一口气说完,神情坚毅而凄苦。

四处安静极了,只有火把噼啪作响。人群中,当年受豆芽爷爷搭救的周老倌一捋长须:"是呀,开山劈石修电站那年,我还是个孩子,跟在大人后面,是周老公一把推开我,可他却……守了这个电站几十年,如今卖掉,我们瑶人的子孙也没处享福了。"

杨开的眼睛有点涩。

阁婆却严厉起来。

"瑶家人开了口,那话是邦邦硬的金子,丢到火里不熔化。豆芽,你闯了祸,险些害了无辜的人!可知错?!"

"我本想逼他们离开,把电站还给我们,却不知会成这样。我愿意接受惩罚!"豆芽回答斩钉截铁。她走过去,对着那面楼鼓跪下。

"阁婆，事出有因，算了吧。"瑶民们劝道。

"瑶家人的规矩，上木板的钉，铆紧不会松。这是她历代太爷与26位瑶家勇士埋葬的石棺墓，不肖子孙却让先人丢脸。击棍5次!!"

阁婆面色凝重，举起棕神棍！

"嘭——"楼鼓响起，似乎敲打在每个人的心上。

火神棍落下，"啪!"豆芽身体晃动，不吭声！

"啪!"她倒在地上，咬着牙，手指插进泥土！

"阁婆，不能再打了!"乡民们恳求。

阁婆再一次举起棕神棍！

豆芽闭上眼睛。

"啪!"身后似乎掠过一阵风挡住了她，豆芽睁开眼，那个叫阿俊的年轻人像山鹰一样扑来，用结实的臂膀挨了这击棍！

"阿婆，人非圣贤，孰能无过。非要纠结对与错，今天下午在场的每个人，包括我们，就没有一点错吗？!"阿俊抚住臂膀。

"阁婆，我愿意代豆芽受罚。"大棒在人群跪下。

"阁婆，我也有错。"黑二也跪下。

"大家都没错，只有两个人不能免责!"杨开大声说，他顿住卖了个关子，"那就是我和你，阁婆!"

阁婆望着他。

"擒贼擒王，我们应负最大责任。可是，我被捆了一个下午，就算责罚吧；而你，棍责你唯一的亲人，内心何尝不在滴血？"杨开一番嬉笑，尔后正色道："知罪者，善莫大焉，既然大家都知道错了，这也是惩罚的最好效果。好啦好啦，我的手脚都麻了，谁帮忙解开绳子呀？"

大棒连忙起身过来。

"你怎么样？"一边，豆芽轻声询问阿俊。

"还行，你呢？"阿俊答道。

却听"砰"的一声，豆芽一头栽倒在地。

"豆芽!"阿俊连忙抱起她。

"豆芽!"大棒冲过来，接过豆芽。

火光下，豆芽儿的脸苍白。

杨开赶紧指挥："李清，肖坤上车，赶紧去医院！"

五

白色，全是白色，茫茫一片，这是雪峰山顶柔软如棉的那朵云，还是江口那条终年奔流的平溪江？感觉又回到小时候，她被阿爸顶在肩头，上山狩猎，江里捕鱼，阿爸说的笑话老有意思，逗得她哈哈笑，还不时亲亲脸蛋，胡子特扎人！糟了，浪打来了！阿爸不见了！阿爸……

"豆芽、豆芽！"恍惚中，豆芽睁开眼睛，阿俊俯下身，焦急地看着她。

"刚才你一直在喊，怎么也醒不了，瞧，还一脑门冷汗。"阿俊用纸巾细细擦拭。"医生检查了，还好无大碍，但要卧床休息。"

豆芽四下张望。

"阿婆守护了你一个晚上，刚刚睡去。"阿俊道，他两眼通红，满是倦意。

"你一晚上没睡？"豆芽开口了。

阿俊挠挠头，"大家都在，挺担心你。所长和同事们施工去了，他要我留在这陪护你。"

豆芽微微点头。良久："那事，对不住你们……"

"啥？都过去了，别放心上。我们所长说了，我们也有不妥，应该要与瑶家兄弟多沟通，让大家明白我们的到来，会让大家的日子越来越好。"

"十户人家九户穷，四处破落路不通。江口瑶寨想致富，除非神仙来帮助。日子怎么才会越来越好？"大棒站在门口，他赤着双足，目光带着挑衅，肩上挑着一个沉沉的东西。

豆芽也看着阿俊。

阿俊微笑着："你们先说说，寻常寨子靠电站用电的情况。"

"电站当然好，大伙自给自足，基本不需交钱。"大棒把肩上的东西一丢，赌气似的。

豆芽倒是认真想了想，"但是时常闹停电，一星期停7回，正常；还有电压太低，寨子里人家只用上灯泡照明，没什么电器，要么买不起，要么用不了。还有、还有蛮多啦。几十年大家都习惯了。"

"这些蛮多，让它通通消失。"阿俊老有把握。

"怎么消失？"豆芽眼睛明亮。

"通过这两个月的勘查走访，我们对瑶寨的线路有了大致了解，预备对线路进行大整改！已上报计划，等候洞口县电力公司批准！"

"快详细告诉我吧。"豆芽连忙坐起来。

阿俊从口袋里掏出了一本笔记本，扉页上几个工工整整的字，"瑶寨工作日志"。翻过前面写得满满的纸页，在空白处"刷刷"画上线路整改布局，悉心讲解。

大棒也好奇地把头凑过来。

豆芽听着入了神，惊叹不已。"工程大，不容易，你们肯定很辛苦。"

"辛苦是肯定的。但我们这班子兄弟都准备好了，要在瑶寨大干一场！"阿俊走近窗口，眼睛眺望着远方，瑶寨每一座高耸入云的山峦，他们要立下一根根电杆，架设一条条线路，将安全可靠的电能，送到乡亲家。

"这样的人生，才有意义呢。"他喃喃道。

"你们有什么想法？"他回过头。

"我谈什么。"大棒嘀咕："整个瑶寨，谁不知道我大棒既懒又挫。可是能怪我吗，勤快汉穷死，懒惰人死穷，族人祖祖辈辈面朝黄土背朝天，没从这穷山恶水寻出元宝，谈什么？"

"你就知道瞎掰。"豆芽不满地瞪了他一眼："外头许多地方搞特色旅游产业，我们瑶寨山清水秀，为什么不能开发瑶寨风情？那条平溪江，可作漂流。山林间发展特色养殖，前景多好。"

一阵寂静。

豆芽瞅向阿俊："说错了吗？"

"没。"阿俊兴致怡然，赞叹道："你思想不小呀。大棒兄弟。"

大棒有点不好意思了，清清嗓子："寨子还可以发展农家乐。现在城里人老往乡间跑，越偏越远越寻访。去年我家就来过三个外地客，他们待了一个星期，瑶家的竹筒饭、飘香的纯米酒、满嘴香的腊肉和血丸子，吃得直咂嘴。这个地方，如果发展了，我相信会有更多的人会喜欢我们瑶寨，来到我们瑶寨，认识我们瑶寨，多好！"

"说得太对了！"阿俊一激动，给了大棒前胸一锤。

"但也只是想想而已。"大棒刚咧嘴笑，突然又有些泄气。

"一切都有可能！"门外传来中气十足的声音，杨开回来了。

"我在省城有个搞科研的老同学，对特种养殖业挺有研究，可以请他帮助，将来有了电的支持，瑶寨致富绝不是梦！"刚结束一场抢修，杨开显得风尘仆仆。

"哇！"豆芽乐得真想蹦起来。

"今晚大伙来寨子喝烧酒！我请客！"大棒声音震天，他把袋子解开，一只乌黑瘦朦的野山羊在里面。"昨晚上山打的，深林里藏得严实，为了追它，还绊了一跤。给阿俊赔罪，还想，给豆芽补身子。"

大棒赤着的脚上，有道刮痕。

豆芽正高兴着，没留意那么多。

"好意心领了。可是？"杨开推辞。

"瑶人请你喝烧酒，喝过烧酒交朋友。别瞧不起人！"

杨开想了想："入乡随俗，我们一定到。"

六

鸡刚啼过两遍，周老倌摸索着起床了。

一年之计在于春，一日之计在于晨。这2009年春天的清晨，正是农家最好、也最忙碌的时节。老倌习惯性地掏出烟斗，装上点火，惬意地吸上一口。木桶里正发苗的稻种是时候下田了，赶着好时光，今年多增收几斗谷呀。今年开春第一天下了一场雪，都说"润雪兆丰年"，好兆头。等等，还得把大棒这条野狗给盯紧了。这段时间进进出出不知忙啥，压根就没心思管农活。还得了。老倌在木桶上敲敲烟斗。

经过偏房时，他不相信地揉揉眼睛，周大棒已穿戴整齐，看上去精神抖擞。

"天刚麻麻亮，你是要上哪？"

"县里通知我去一趟，谈谈关于开发瑶寨的事。政府扶持农业和旅游发展，可以提供贷款，还说要帮我们修路呢。"

大棒显得很高兴，又加上一句："是杨开所长将我们的情况反映上去，得到了县里的重视。"

大棒是周老倌41岁那年才有的娃。因为家里穷，媒婆费劲唇舌才从外村哄回一个女人，生下大棒没几年又跑了。只剩一大一小的爷们家，相处方式极为简单而粗暴。一言不合时，周老倌便直接抡开棒子。心里苦闷的大棒，从此偏就做出一副不给长脸的样，家里农活不沾，日上三竿起床，还从不喊他嗲，与别人一样直呼"周老倌"。

"现在就走？我帮你弄块糍粑路上充饥吧。"

"算了，生好火太阳又下山了。等以后有了好电，按下按钮，一分钟就行。"大棒一番描述，让老倌听得一愣一愣的。

大棒有点得意。其实，这也是他从杨开那听来的，当时他自己也一愣一愣的。

但周老倌看来，这个儿子，似乎不一样了。每个人都有过美好的梦想，老倌年轻时也有，这么多年过去，贫瘠的日子如瑶寨顶上的那片天，没多少改变，慢慢地，最后连自己也都忘了。

可自打瑶寨来了电力人之后，瑶民们渐渐心里敢想了，事情敢做了。昨天地里做活时，族人还说要去县城买42寸的大彩电呢。看来，卖掉电站，也不是个坏事。

"到县城见了领导，莫心慌，慢慢说，要把我们瑶人几十代盼着脱贫致富的梦想告诉他们！"

"哎。"

"买点东西吃，填饱肚子，说话有底气。莫让人笑话瑶家。"

"哎。"

"大棒——"

"老倌少啰唆了，我都知道。"大棒急着要出门，语气有点不耐了。如果是往常，一场争斗立即开始。这次，大棒却没听到老倌的怒吼。

"崽。路上小心点。"

大棒惊讶地抬头，昏暗的灯光下，周老倌慈爱地看着他，头上的白发很刺眼。老倌老了。大棒第一次这么意识。

"嗲，我会照顾好自己，也会好好跟领导说的。你放心。"

大棒的脚步声消失在瑶寨的山峦里。

周老倌倚在门口站了好久。

而此时，豆芽正和阿俊坐在开往省城的班车上。

她看着外面，一切都很新奇，不时发出"哇"的惊叹。如病房描绘的那样，就这么轰轰烈烈开始了。杨开联系了省城养殖专家的老同学，那边发函邀请他们过去商议生态养殖的品种。供电所事多，杨开没空脱身，便安排阿俊陪她同去，针对江口瑶寨温润潮湿的地域特点，讨论后定下方案。

"恭喜你即将成为瑶寨有史以来第一个女老总——豆芽老总？！"听着她这一路的叽叽喳喳，阿俊突然笑道。

他左边脸颊上留着的一道疤，跟着微微颤动。

那正是大棒砸飞玻璃留下的印记。他几回拉着喝酒赔罪，阿俊倒不在乎。男儿难免磕磕碰碰，多道疤算什么。

"豆芽儿，认识那么久了，你究竟叫什么名字？"

"豆芽！"

"我说的是大名。"

"没有大名。就叫豆芽。"

"不可能没有大名啊。"阿俊觉得不可思议。

豆芽慢条斯理告诉阿俊：在江口瑶寨，女娃儿生下来仅取个小名，一直到了出嫁那天，由心爱的男喀命名，那才是她一辈子正式的名字。所以当地瑶寨妇人的名字常见怪异，尤其在新中国成立之前，瑶人没多少讲究，往往见啥就算，比如"周大锄"，"杨天鹰"，居然还有一家，娶亲那天打乡间走来一头猪，不假思索冠以"王猪娘"，以至女方当场翻脸不干了。

"后来呢？"阿俊听得津津有味。

"后来自然又和好了，也还是那个名，但嫁过几年间连续生下5个彪悍的崽。男喀家还得意洋洋，说是这名起得好。"

"那以后你的名字，可别被人敷衍了。"阿俊突然担心。

"那你帮我起个好听的呗。"

她的手拧啊拧着，胸前那根黑黝黝的长辫。

"是呀，得好好想想。"阿俊顺口应承。

几秒钟后，他的脸渐渐红了。

豆芽的脸也红，那弯眉笑眼里，却盈满了柔情和蜜意。

两人转头看着窗外，2009年的这个春天，桃红绿柳，景色润眼。

风吹起，年轻的心，似春意拂动。

云驿动，娇羞的眼，有万种风情。

这一年，从省城引进的特色养殖品种进入了瑶寨村落；

这一年，洞口县电力公司特批资金1千万元，用于瑶寨线路施工改造；

这一年，洞口县电力公司正式被国网邵阳供电公司代为管理，从此得到国家电网强有力的支撑。

七

"到了泥巴塘，苍鹰也逃亡；到了岩板冲，脑袋直发嗡；到了黄花坪，伸手把天擒。"这是江口瑶寨传唱的歌谣，也是真实的写照。

2009年11月，瑶寨线路改造施工正式启动，点多面广战线长任务艰，洞口县电力公司领导小组指示：瑶寨施工务必安全、文明、高效，尊重当地民风民俗，保护当地生态环境。

10余名来自各供电单位的精兵强将，组成技术力量雄厚的施工队，抵达江口供电所增援建设。

"全体集合！立正！李清！"

"到。我宣誓：全力以赴，造福瑶寨！"

"肖坤！"

"到。我宣誓：服务瑶民用好电！"

"王道石！"

"呵呵，乡下有句话：牛不犁田也会老。我年纪最大，得加把劲，和大家并肩作战！"老师傅王道石头发斑白。

"肖小俊！"

148

"到。我宣誓：在瑶寨扎根，哪怕是牺牲！"阿俊一字一句，神情庄重。

"乌鸦嘴！"杨开"呸"开了。

"所长，我来个宣誓：帅哥年纪并不老，变成剩男也是宝，等把瑶寨建设好，莎腰妹把绣帕抛！"

"又一个乌鸦嘴！"

大伙哈哈笑了。

这个爱热闹的小伙叫唐平，名牌大学毕业，"80后"的他常开些无伤大雅的玩笑。女友挺漂亮的，城里人，用他的话说"天仙似的媳妇"。"天仙媳妇"送他来的江口供电所，离开时又抱又亲，泪眼汪汪。

还有周春芝、张绍流、邓立平、刘慧君、邱彩艳……

"抢时抓刻！克难制胜！我宣誓：一定建设好瑶寨通往光明和富裕的电力天路！"杨开高高举起右拳，像一位出征前的战士。

正是隆冬，山路陡峭，空寂山林，列列风嚎。

挖坑、抬杆、立杆……杨开都记不清自己和手下这班兄弟们淋了几回雨、遇到几回雹，被大风吹过多少个趔趄。施工进入关键期，干脆在山上搭起了帐篷，白天做工，晚上人就住工地。

难题又摆在眼前，架设电杆大都是在悬崖边，必须靠混凝土加固。可连日大雪让骡马都上不去。怎样才能将每包100斤、120包的混凝土运送到位呢？杨开盘算着工期，提出"肩抬背扛"这最原始的方案。

大家面色迟疑，空手爬山也要五步一歇，甭提还要背东西！

"天气太冷，混凝土会被冻坏。开始吧。"杨开衣襟一甩，俯下腰，抱起一包混凝土甩到背上。阿俊接着扛起一包，快步赶上前。大家再没犹豫，喘着粗气朝山上走。

17个人，每人背上100斤，每天来回4趟。

冬天过去时，每个人的肌肉，像擦过了油的亮铮铮的钢甲！

八

"帅哥年纪并不老，变成剩男也是宝。"又是一天收工时，唐平收拾着材料，又开始吆喝。可大伙都看得出，小伙最近心情不好。

"唐平，天天窝在山里，那个天仙媳妇要多关心，别跟别人跑了呐。"杨开拍拍他的肩。

"不会的，所长。看在我这么帅的份上。"

男人们一阵打趣，倦意似乎减了不少。

"每天施工结束，那个漂亮莎腰妹都会出现。今天怎么失约呢？"唐平瞅着阿俊。

阿俊不说话。山路陡峭，每次嘱咐她不要来，那丫头偏不听。

"说曹操曹操到，不是来了吗？"杨开手一指。远远的山脚，一个人影。

"大家辛苦了。"近了，却是一脸笑意的大棒。

大棒如今成了瑶寨正儿八经的"能人"！他把瑶寨的情况向县里反映汇报，不久后贷款得到批复，和豆芽商量后，寻了块地建成"江口瑶寨特色养殖基地"，陆续引进野猪、竹鼠、孔雀等品种养殖。大棒负责市场，这可是他的强项，渐渐有了知名度。附近村寨的瑶民们前来取经。大棒不厌其烦，那嘴皮工夫又派上了用场。

"豆芽去省城了，对于大规模集中搞基地的事，再次寻访那位专家。她让我给大家带东西来了。"

"杨所，这是你给大家买的护膝套。"

"阿俊，这是豆芽给你的药。"

跌打药用一块粉色绣帕包得好好的，层层揭开，像是层层开启一颗少女的心。大棒递过来时，神色复杂。

"唐平，你的信。"

唐平眼睛亮了。

一边的李清手疾眼快，一把抢去。

唐平想夺回，却被七八个汉子起哄按住。

施工大都在山上，没有信号，有时，能找一个地方，拨通一个电话，听听家人的声音，都是一种奢侈。李清离开家里刚一岁的儿子时，爷俩还蛮亲热，等两个月后回去，儿子瞅着他的黑脸庞，吓得直哭。

"你家媳妇的信，肯定是封火辣辣的情书。"

在众人的羡慕中，李清扬扬信纸张嘴欲念，突然，好好的笑容在他脸上没了。

他的手捏着信，放下又抬起，似乎给也不是，不给也不是。

唐平默默地接过话来。

"我媳妇，跟别人了。"

大伙呆住了。

"早感觉到了。人变了心，和从前不同的。"唐平低声道。"认识6年，追了她1年，恋爱5年，不在身边1年，结果还是弄丢了。上次她来江口时，我告诉她：给我5年时间，让我把瑶寨建设得像你一样漂亮。她答应了。结果，哎!"

唐平捏着信纸的手在颤抖。

"瞧我这乌鸦嘴。"杨开懊悔自责。

"所长，怎么能怪你。其实，像我这样的生活，不能给她幸福。"

"女人嘛，哄哄就好。你离开这吧，立即回到她身边."大家围过来纷纷出主意。

唐平摇摇头。

"5年，我要把瑶寨建设得像她一样美!帅哥年纪并不老。"

他再也说不下去了，把那封信一点点撕开。

冷冽的山风，纸片漫天飞舞，没了影踪。

"免得每晚都想你，现在知道有人照顾，我放心了。"他轻轻说。"天仙似的媳妇，你快乐就好!"

"我是他也会这样做。和电力人交朋友，没话说;可是嫁给电力人，太辛苦。"大棒在阿俊身边，似乎无意地说。

九

2011年7月，角立坪农改工程竣工。

2012年2月，岩板冲完工。

2013年2月，杨柳竣工。

……

2013年10月3日，瑶寨最后一个农改点，"伸手擒住天"的黄花坪如期竣工！

江口瑶寨的14个村改造完成，10千伏线新架设路线路64.93公里；0.4千伏线路113.56公里；安装新变压器25台；架设电杆3408基。架起的条条电力天路，穿梭在瑶寨的村村寨寨，也畅通在当地16000名瑶民的心里。

一根筷子容易折，

十根筷子抱成团。

加把劲啊 加油干啊，

谁是英雄 谁主沉浮！

难不倒电力人不屈的争斗，

拦不住电力人拼搏的步伐。

男人们粗犷的号子声响彻四空。

阿俊躺在地面，天仿佛就在面前，一朵朵白云如碧波小浪花，似乎一伸手，就能把这可爱的浪花拽进手心。他惬意地呼吸，居然闻到一股幽香，不远处一棵不知名的大树上，一朵花开静静绽放，蓝莹莹的，秋风中羞涩摇摆。

"这种花叫'湛蓝'，江口最高的山上才有。"耳边似乎又浮现那个声音，阿俊干裂的嘴唇浮现一缕笑意。傍晚收工时，他心里反复斗争了很久，最后还是摘下这山峦间第一枝"湛蓝"，揣进胸膛，向豆芽家的方向走去。

美丽的山川总有最美的花儿盛开，清澈的井水总有最美的鸟儿甘饮，美好的莎腰妹总有心仪的阿贵深爱。这豆芽，依然是寨子里数一数二的莎腰妹，村里的阿贵们有事没事都往她家走动，有话没话多唠唠。

近了，竹楼里灯亮着，窗户上映出一个曼妙的剪影。

阿俊没来由一阵紧张。两年了，他对她若即若离。他自然明白她内心的期待和失望，可他只能这样。

屋里此时传来争辩声。

"你每天早出晚归，为每户特色养殖作指导，不需要这么辛苦。"

"大棒，我知道你为我好，但我身为瑶王的后代，就有责任建设瑶寨，帮瑶人致富！"

"这些我可以做的。你为什么不像别的莎腰妹们那样，就管漂漂亮亮、绣花绣帕，不好吗？"

"我没觉得苦。要说苦，阿俊他们才算苦，你看他们哪个不是一脸粗粝，哪个不是冬天皮开裂，哪个不是夏天晒成炭。对了，上回他肩头磨起的血泡，不知道好了吗？"

"你倒天天把阿俊挂在嘴上。"大棒的声音透着一股酸味。

"我喜欢他。"

一时沉寂。

"可他对你又怎样？回报过你的喜欢吗？考虑过你的感受么？你，就从来没想过我？"

豆芽的声音斩钉截铁："大棒，对不起。我的心不大，只装得下一个人，从他脸颊淌血没有怨恨，从他受了欺骗没有责怪，从扑身上前挡住棍击，从全身心投入线路建设，从这些点点滴滴和细枝末节，我只喜欢他！"

门"吱呀"一声。

"谁？"豆芽和大棒从里屋出来。

一朵浓烈的"湛蓝"放在窗沿上。

熟悉的背影已走进了夜幕中的瑶寨。

"阿俊！"豆芽急得一跺脚。

身影没有停。

大棒赶忙追去。

两个人一前一后，像两支离弦的箭。

"阿俊，别跑了。"山林转弯处，这两个气喘吁吁的男人，终于停下了。

"我，只是打那经过而已，没别的意思。"阿俊靠在树干上。

"睁眼说瞎话。豆芽是我们江口瑶寨最美、最好的莎腰妹，哪个能不动心？你敢说你不喜欢她？"

"我？"

"我明白你的顾虑，你怕你不能给她幸福对吗？你怕自己会辜负她是吗？你低估了豆芽。那是个犟脾气，认定了就不后悔。今天我才认命，我不能感动她，我低估了豆芽的心。周大棒输得心服口服，我祝福你们！"

"别说了，大棒兄弟。"

两个人的手紧紧握在一起。

此时，瑶寨一片灯火通明。

十

喜鹊喳喳闹枝头，

欢喜相迎远方客，

瑶寨深处情歌唱，

桃源世外芬香飘。

"2014年江口第三届瑶寨风情盛会"几个字挂在了瑶寨的城楼口，正是盛夏，成群结伴的蝴蝶飞舞，似乎要与闻风而动的游人一争先后。

经过前两年的宣传运作，现在瑶寨风情节已被人们口口相传，游客纷纷至此，品瑶寨风情，尝瑶寨百味。

但今年不巧遇上汛期。刚下过一星期的雨，幸好这两天放晴，游客才陆续增多。

"豆芽，明天杨所长和那班兄弟会来吗？"门外传来周大棒底气十足的吆喝，他的车停在豆芽家门外。

如今，大棒这个名字倒被人忘记，方圆百里都称他"瑶寨周百万"。自从可靠的电源上了瑶寨，供电所为"江口瑶寨特色养殖基地"特意架设新线路、增加变压器，供电有了保障，生意更加兴旺。他的阿嗲周老倌也很忙，以前忙着去田地干农活，现在么，四处转转，享受族人对他一番"育子成龙"的赞美。人老了，不就是图这一方的好声名么？

山区的农产品加工也做了起来，建成茶叶加工厂12家、高山蔬菜种植8家、竹木深加工6户，瑶寨人均年收入增加了30000元。大山深处，因为电而发生了许多令人欣喜、翻天覆地的变化！

"会!"豆芽为"瑶寨盛会"忙得不可开交。

"真来?"大棒不敢确定。

豆芽探出头:"我可不傻。请他们参加瑶寨盛会,他们肯定来不了;我一提瑶寨盛会需要保供电,杨所长当场拍了胸膛,答复全力支持。这样才把他们骗来!"

"行!明天,可要逮住阿俊兄弟好好喝两盅。"大棒摩拳擦掌。正待离去,黑二从屋里出来,一脸发愁。原来,他和婆娘闹了小争执。黑二办了家竹木加工厂,不久又得到个胖儿子。黑二给取名"杨谢电",婆娘死活不干。黑二一时没法子,便找人诉苦。

"豆芽忙事可没工夫听。"黑二诉苦。"你给出出主意吧。"

黑二刚拉住大棒,手机响了,他很紧张:"婆娘的,该怎么办?"

大棒苦笑,这就不能责怪豆芽了,历来两口子的事吧,是床头打架床尾和,外人不便插嘴。

"怎么办?"黑二催问。

"该咋办就咋办,拿出瑶寨汉子的气势。"大棒随口说。

黑二清清嗓子:"喂,你管我在哪,我告诉你,别的事可以听你的,这事轮到我大老爷们做主。如果不是用上好电,过上好日子,你这朵鲜花能插在我这坨牛粪上吗?哎,你笑什么,什么,你同意啦!好,谢谢婆娘,我儿子有名字了,这就回家。"

黑二放下电话:"够爷们吧!"

豆芽眨巴眼睛。

"确实很爷们!"大棒一本正经地说。

"这次下雨,各村寨线路受到了影响,供电所累得够呛。上午我经过集镇,见到阿俊趴在高高的电杆上,黑瘦黑瘦,全身是泥。"黑二边走边和大棒说。

豆芽见到他提及阿俊,连忙唤他停下。可恨这个黑二,来的时候挡不住,走的时候留不住。都走了。

豆芽开始心疼了。

她丢下手上的事情,给阿俊打去电话。如今,电话、手机、电脑也在瑶寨普及，就像迎接一个崭新的世界，族人暗自称奇又乐此不疲。

连拨了三次，一直没人接。

豆芽失望道："7天没见人，就老忙？"

"哎，女大不中留，留来留去留成愁。"阎婆在身后搭腔。

"阿婆。"豆芽转身娇嗔道，脸蛋儿像寨子里的桃花一般艳丽。

"阿婆也是过来人。"阎婆微笑着，眼前的年轻人，让她想起了自己年轻的时候，她安心于相夫教子，可当家的却想为瑶寨做点什么，总说："命为瑶家汉，生为瑶家干。我一定让我的族民，走到哪都腰板挺直！"他带领族人修农田，修电站，没料那场事故。

阎婆突然觉得一丝不祥。是自己太敏感了吧。她摇摇头，想把那种感觉挥去。

"阿俊会参加瑶寨盛会么？"阎婆问。

"应该。"

"那坛酒，是时候拿出来了。"阎婆沉思着。

"什么酒？"豆芽有点疑惑。

"你刚出生那天，你阿爸埋下的那坛女儿酒。"

阎婆挨着孙女坐下，轻抚她的长发，"寨子还有那么多优秀阿贵，每晚对着你的窗子唱情歌。你真的确定是他吗？"

"是！"豆芽眼神坚定。

"阿俊那小伙，实诚利索，待人掏心掏肺。"阎婆暗许。"就是事太忙了，以后可能顾不上家。"

"我就在乎他那个人。"

谈的那个人，念的那个人，爱的那个人，怨的那个人，可现在，他在哪呢？

豆芽往外瞧，雪峰山的那边，黑压压的，似乎还有一场大雨蓄意已久。别再下雨了。豆芽暗暗祈祷。别让我的阿俊哥累坏了。

十一

连续抢修的第6天，阿俊就像一台上了发条的机器。此刻沾满泥浆的他，被一根长长的粗绳捆在腰间，正在悬崖处检查线路，他紧紧拽住腰间的绳索，像蜘蛛一样灵巧地挪动脚步，下到悬崖底部。30分钟后，阿俊拽着绳索从崖边探出头，喘着粗气靠在一边的大树上。

瑶寨的供电线路，大都穿越高山、峡谷、河流、密林，只要能过去的路，能淌过的河，任灌木荆棘划破脸，电力人毫不犹豫向前。但两座相对的山峡，线路抢修工作就很麻烦，看着不远，喊句话也能听到，但要走过去，可能需要一上午的时间了。

这套"蜘蛛侠巡线法"，是在平时工作中创新出来的，凝聚了电力人的勇敢与智慧，为抢修省却了不少时间。

这个盛夏，雨水比往年凶猛，不少地方出现故障，足足一个星期，这班兄弟一直没好好休息。

"兄弟们小心点，注意安全。"连轴转的抢修工作，让杨开这个铁人也累垮了，他严重感冒，声音嘶哑，随身带上一把药，却始终没离开过现场。

"所长，你成工作狂了，快歇口气。"李清忍不住"批评"他。

"放心吧所长，天黑前我们一定让全部的地方恢复供电！"唐平在另一处电杆上喊。这个刚来时一脸清瘦的年轻人，5年的摸爬滚打变成了一顿能吃下四大碗的"大胃王"，自从他经历了一次一整天不吃饭的抢修后，便饿怕了。5年的岁月，让他结实了不少，最近寨子里有一对热情的双胞姐妹花经常找上门，唐平却吓得拔腿就跑。大伙这才觉得，天天把"莎腰妹把绣帕抛"那歪诗挂在嘴上的人，真正遇上了，却比谁都胆小。

"别图快，注意手艺。"杨开嘱咐，"天黑前必须保证送电，明天瑶寨盛会还有保电任务！"

瑶寨盛会？！怎么把这给忘了？阿俊听了，不禁自责。

他的眼前又浮现那个美丽如凤凰的莎腰妹。和她在一起，听她叽叽喳喳讲话，是他最开心的时候。似乎又涌出一股力气，阿俊加紧了手上的活。

黄昏时刻，大山深处逐渐亮起灯火，机器也开始轰鸣，源源不断的电能奔流到各个乡寨。

"立正!部署明天瑶寨盛会保电任务。"杨开扯开嘶哑的嗓子。

"李清!"

"到!"

"你负责江畔线。"

"唐平!"

"到!"

"负责花江线。"

"肖小俊,你负责守护豆芽!"

阿俊惊讶望着杨开。

"臭小子,放你一天探亲假,还不服从安排?问问兄弟们愿意交换么?"

"非常乐意。"唐平抢着说。

大家的笑声穿透了层林。

"少来。"杨开正色道,"有多久没见面啦阿俊,小心豆芽不理你。对她表白心意了吗?"

阿俊摇头。

"你这木鱼脑袋得开窍!"杨开一副恨铁不成钢的样。"说我工作狂,可我对感情的把握相当到位,要不然婆娘能这么全身心的支持?!得跟你们这班小子说说我当年的事了,走,路上传授经验。"

十二

山上闪光闪亮的金竹,

寨子一排排的吊脚楼,

吊脚楼有多少间?

远方的贵客就喝多少碗。

啊噫哇,谁也数不清,

就像天上密集的星。

若是以前，未经允许，外人不得轻易进入寨子。如今，寨子的城楼口，一排身着盛装的莎腰妹端出美酒，唱着欢迎的祝酒歌，欢迎远方客人的到来。那纯朴悠扬的歌声，动人心扉，久久回响在瑶寨上空。

每位来宾至少得喝一口老米酒才能过关。

整个瑶寨热闹非凡：阿贵们腰挂长鼓，莎腰妹身上的银项圈和银手镯叮当作响。四处紧张刺激的瑶寨漂流、别致逗笑的"背新娘"，淳朴自然的山歌对唱，一片欢腾。

吊脚楼上刺绣的阿婆唱出韵味的歌，古老的针线手法穿梭，给那块瑶族特色的绣帕点缀出灵魂。

游客们还能欣赏到瑶寨古老朴拙的"棕包脑"舞蹈。

"棕包脑"源于一个传说。

很久以前，瑶寨山上住着一位年轻美丽的瑶族女人。她在山上采山果被凶恶的山鬼掳走。她的儿子长大决心救出母亲。为了不让山鬼认出自己，少年费尽心机。他把割来的两块棕片，做成四方帽子戴在头上；剁来常青藤缠在布衣；又找来几块烂花布缠在身上，被人们称作"棕包脑"。经历千辛万苦，打败山鬼，救出母亲。从此，他就成了洞口瑶寨世代敬仰的"棕神"。

　瑶族人民爱唱歌，

　日出唱到日落坡；

　明月东升歌又起，

　月照山头歌对歌。

开饭了，瑶寨的每条道摆上"瑶家盛宴"，瑶寨米酒、腊肉、竹筒饭等摆上桌，美食可口、美酒香醇、美景宜人，让游客心儿醉去。

可阿俊，几乎是"逃"回豆芽家。盛会中，他好不容易推却大棒"喝两盅"的盛情，却被一群莎腰妹们邀舞。他只有"逃"了。所长啊所长，你要我守护豆芽，我却连自己都守护不了啊。阿俊嘀咕。

窗棂上，摆放着一面瑶家铜镜，边上一把长长木梳，阿俊拿在手中，还余存清香，他似乎看到，镜中映出一张桃花般的脸，她灵巧的手握着这

159

把木梳，在那头如瀑黑发中穿梭。他掏出身上的笔记本，写着什么。

"阿俊。"阁婆在门口唤道。

豆芽跟在身后，捧着一只大海碗。

"饮下这碗酒。"阁婆慈祥地说。

一听到酒，阿俊连忙摇手："阿婆，我不会喝酒。"

"这酒呀，你还非喝不可。"阁婆瞅瞅阿俊，又瞅瞅豆芽。

豆芽抿着嘴。

阁婆笑道："这是豆芽出生那天，她阿爸在酒窖中藏下的。瑶家'女儿酒'，谁喝了，谁就是瑶家女儿的男喀。"

豆芽端起举上眉间。羞涩而甜蜜的笑浸泡在了酒里。

醇香的酒，带着辣。

阿俊接过一饮而尽。

他醉在了那双盈盈如水的眸子。

阁婆悄悄离开了。

剩下的两个年轻人，对视、微笑。

"光傻笑，就没有什么和我说的。"豆芽打破了沉寂。

"今天忙了一天，你累了吧。"阿俊老老实实问。

"还行。你就没有好听的话吗？"

"好听的，是什么？"

"笨死了。"豆芽俯身看桌上的本子，"写的什么？"

"以后再给你看。"阿俊却很神秘，把本子盖上。

"非要看！"豆芽闹着。

阿俊一个跳跃，居然把本子塞进高高的墙埂上。豆芽够不着，撅起嘴作势要打。这下，阿俊抓住了那只手。很软很滑。就想一辈子拉着，再也不放。

"酒好喝吗？"

"好喝。"

"以后还喝吗？"

"还喝。"

"别的莎腰妹敬上酒，你也喝？！"豆芽长辫一甩，眼儿一瞪。

"不敢不敢，这辈子，就喝一次。"阿俊连忙申辩。

豆芽"噗嗤"笑了："笨死啦。"

阿俊这才知道上了当。

外面有男女正倾吐衷肠，传情示爱：

以情充饥饮山泉，

煮菜无盐心也甜。

如果娶你心欢喜，

云彩伴月渡千年。

不知什么时候，豆芽已依上了阿俊的肩，阿俊的手，抚过她的脸、她的眉、她的眼，他觉得自己晕晕乎乎，双脚好像不是踏在地面，而是踩进了厚厚的云层，随风飞翔，飞翔瑶寨座座山峰。

"豆芽。"

豆芽梦呓一声。

"我想……"

滚烫的唇，慢慢在靠近……

"豆芽，有客人正找你。"外面有人喊。

豆芽猛然惊醒。"就来。"

"太晚了，今晚就在这休息吧。我和你，以后，还有好长好长的时间。"她含羞一笑，走了出去。

十三

入夜的瑶寨，沉浸在酣睡里，出奇地沉寂。

只有平溪江奔流的"哗哗"声。

阿俊躺在瑶家的竹床上睡着了，他还做了一个梦，粉红芬芳，尽是世外桃源的精彩。

迷迷糊糊间，远处闷雷滚滚，轰鸣声像车轮一样碾压而来，他看看表，凌晨3点。

"哗——"又下起了雨，忽大忽小，电闪雷鸣。

这雨声，似乎是一个满目狰狞的庞然大物在靠近。阿俊清醒过来，索性起床开灯，寻了把伞出门，河道里，河水似乎变得湍急。

阿俊巡视一圈回来，停电了，周围一片漆黑！

可能哪条线路出现故障，等雨停了去看看，为天明的抢修做准备。阿俊想。听着外面的雨声，困倦逐渐袭上，连续几天的抢修，真的好累，他又和衣躺在床上。

电话铃声让他一震，连忙翻身起来。

"阿俊，刚接到紧急通知，江口上游出现洪涝和泥石流，可能冲击到瑶寨。"杨开语速飞快，显得焦急，后面再也听不到了，一阵杂乱声中，信号中断。

"起来！大家快起来！"阿俊拍打房间，阎婆和豆芽迷蒙中惊醒，阿俊简单说明情况。豆芽惊慌地指着外边。

"水漫过来了！"

河水猛涨，正漫入这个院子。

"得赶紧通知每家每户。"豆芽没顾上打伞，冲进雨帘。

"回来！"阿俊上前拉住她。

"不行，我们的瑶民，还有一些游客，不能不顾。"豆芽带着哭腔。

"来不及了。只有一个法，可以在最快的时间召集大家。"阿俊像瑶寨的大山 样沉稳。"上城楼，敲楼鼓！那儿地势较高，把大家集中在那才安全。"

"走。"阿俊俯身背起阎婆。

"小心点。"阎婆拧开手电筒微弱的光。

"嘭——嘭嘭——嘭嘭嘭——"

"嘭——嘭嘭——嘭嘭嘭——"

"嘭——嘭嘭——嘭嘭嘭——"

城墙边，一声声紧急的楼鼓像召集令，被传得很远。

人们陆续赶来，惊慌失措。豆芽挨个清点人数。

"大棒呢，在哪？"豆芽连续喊了几声。

162

"他在那!"一道闪电,大棒的身影出现在河岸下边的小土丘上,正使劲挥着膀子示意,中间隔了10多米的洪水滔天。

"他那边快被淹了。"

洪水裹挟着泥沙和石头,以不可抗拒的力量吞噬着一切。一股浪头袭来,远处一间简陋的加工房被撞开,直接推下了河道。片刻间,房子消失在了滚滚浊浪之中。

阿俊一阵心惊。湍急的水势令人难以靠近。怎么办?阿俊左右环顾。上空,一条有线电视的光缆,刚好通向那头。

"蜘蛛侠巡线法!"阿俊一个击掌,大胆决定。

乡民们递过绳索,阿俊系上腰间,上了城墙。

一只手拉住他。是豆芽。她神情紧张。

"好好照顾大家。我马上就回来。"

不等豆芽应声,阿俊翻身爬上城楼最高处的牛角上。站起身,用绳索抛上光缆,利落地移动,向10米外的土丘靠近。

"阿俊,小心。"豆芽喊道。

她的声音淹没在雨中。

她的心揪成了一团。

她一动不动盯着匍匐前行的身影。

阿俊哥,加油!

风雨飘摇里,那个身影有点模糊,又格外挺拔。

终于到了对面,阿俊放下一截绳索使劲一拉,大棒也灵敏地跃上光缆线。

回来的路却变得艰难。

"大棒,你先走。"阿俊催促道。

大棒向前。阿俊靠后。两人一前一后,慢慢接近。

近了,更近了,终于到了眼前,大家都吁了一口气。

豆芽兴奋地挥起手。

"哗!"一声巨响,似乎震断了每个人的神经!河道一棵脸盆粗的大树连根倒下,掀起了几米高的水柱。

光缆线被狠狠斩断!!

城楼下的人们一阵惊呼,却只能看着那两个身影如陨石般落入水中。

"阿俊,大棒。"

一道震耳欲聋的霹雳划过。

湍急的洪水中,大棒挣扎着浮上沉下,渐渐头昏目眩。

"身边有大树,抓住!"微弱的声音及时提醒,大棒一个激灵,双手紧紧抱住树干!

"阿俊,你也来。"大棒喊道。

一个漩涡后,那个声音却再也没有了。

"阿俊!"大棒努力睁开眼,看到的,只有滔滔洪浪,像一只险恶的魔鬼,狰狞地狂笑、咆哮、肆虐,掀起巨浪。

"阿俊,阿俊"一场紧急搜寻行动在瑶寨沿岸展开。洪水稍微退去,上千名瑶民边走边呼喊这个名字。借着黎明前的微光,他们面色焦急,在淤泥里艰难行走。

时间一分一秒过去,似乎等待了几千年那么漫长。没有丝毫回音。

天完全亮了,洪水逐渐退去,搜寻了一夜的瑶民终于找到了阿俊,他在下游的一处草丛中静静躺着。全身瘀伤,已经僵硬。

十四

几只鸟儿在树上歌唱。歌声欢快。

河水流速放缓,淹没在洪水的青石板路,已经显露了出来。

路边芬芳盛开的花儿不见了,枝上挂满了洪水的漂浮物和杂草;电线杆子成排地倒在河道里,电线、电话线、光缆到处可见;路面沟壑纵横,全是黄沙淤泥。

"洪涝无情!洪涝无情!"阁婆在寨屋里喃喃自语,多少悲痛,多少凄凉。

豆芽躺在那晚阿俊住过的床,3天,不吃不喝。噩耗传来时,她只说了句:"阿俊答应过我,他会回来。"

"豆芽,今天是阿俊下葬的日子。他救了我们,是瑶寨人的英雄,葬进城楼边的石棺墓。你去送他最后一程吧。"

"阿俊忙着抢修呢，忙完了，会回来。"豆芽眼神空洞。

阎婆抹着泪，走了。

豆芽还是一动不动。她的眼睛，盯着一个地方，慢慢起身，找到一张凳子，摇摇晃晃踩了上去。

那本阿俊藏起的笔记本被牢牢抓在手里！

这屋子，许多东西被洪水淹过或冲走，就这笔记本，因为放得高，保存得很好。

本子明显陈旧了。扉页上写着那几个工工整整的"瑶寨工作日志"，翻开里面，写得都是每一次抢修中的注意事项，哪户瑶家有留守老人、哪条路线能最快赶到，都悉心记录。甚至还有6年前她躺在病床上，阿俊画过的那条江口线路改造图，就这样慢慢地，她翻到了最后一页："答应取个最好听的名儿，想了许久，都不配你。记得初次见面，你的辫子上别着一朵小花，你说那是开在江口最高山上的花，勇敢的花应该属于最好的莎腰妹——周湛蓝？这名字你可喜。"

后面没有了。以后，就永远没有了。

心痛，已不能自已。豆芽把本子捂在心口，跌跌撞撞往城楼走。

十五

"肖小俊同志是名孤儿，他是党和人民培养出来的好职工，他热爱事业、热爱生活、热爱瑶乡。瑶寨的山山水水，每一处都洒过他的汗滴，把他埋葬在这，我相信这也是他的选择。"

城楼下，白花胜雪，挽幛如云。阿俊躺在一片鲜花簇拥的棺木中。换上一套崭新的工作服，左边脸颊上，那道伤疤依然可见。

豆芽痴痴看着，掏出帕子为他细心擦脸，一连串的泪，滴在疤上。

"阿俊！兄弟！你脸上那伤，是我鲁莽惹的祸；养殖基地是你们帮着建成；没有你们，就没有我周大棒的今天；如今，我这条命，为什么再没有让兄弟回报的时候？没有兄弟相处的机会？"大棒声泪泣下。

这两天，他没让任何人插手，在石棺墓边抡起铁锹挖开新坟。他跳下去敞开衣襟，用赤裸的胸膛贴住下面那块褐红色的土地，"兄弟啊，我先给你暖暖，暖暖你就不会觉得冷了。"

杨开和一班兄弟已迅速消瘦。

"阿俊，你这臭小子，我们这几天抢修又快要累死了，你帮把手也行呀！"杨开胡子拉碴，嗓子还是嘶哑，说着说着，五大三粗的汉子闪出了泪。他把安全帽压下，悄悄擦去。

一回头，那班子人，头都低低的。

"执行任务！立正！李清！"

"到！"李清一抹脸。

"肖学坤！"

"嗯！"学坤咬住牙关。

"唐平！"

唐平哽咽。

"肖小俊！"

"肖小俊！"杨开提高音量。

"到！"一班子人声音如洪，分外有力。

"阿俊没走，他一直在……"杨开脸上凝结着一种庄严。"这次洪涝迅猛，电力损毁严重，但是别忘了，我们是'特别能吃苦、特别能战斗、特别能奉献'的电网铁军！与天斗、与地斗，我们必赢！"

"时辰已到！"巫公一声喝。

阎婆上前，"豆芽，起来吧。"

寨子里的姐妹们上前扶住她。

豆芽粗暴地推开。

"豆芽！"阎婆火神棍一击，厉声道，"当年你爷爷、阿爸先后离去，其实每次我多想跟着去，不管不想。但我们是瑶寨的后辈，我们与生背负祖辈留下的责任。阿俊会在这，他看着你怎么把瑶寨建造得更好！这也是他的心愿！"

阎婆的话铿锵作响。

豆芽沉默着。

"时辰已到。预备闭殓!"巫公再次催促。

"等等。"豆芽说,她从身上掏出那本笔记本,放在阿俊胸前。

"阿俊,告诉你一个秘密:那个名字,我好喜欢。以后那就是我的名字了,好吗?"

她喃喃道,没了眼泪,只俯下身,轻轻吻向那冰冷僵硬、没有一丝温度的唇。

"再见。阿俊。"

"起棺!"寨子里的阿贵们涌上,每个人凝重而肃穆。

山上看见你离开,

奈何山下相隔远,

放歌过去传句话,

跟在面前一起走。

若是这辈有相欠,

来世还会再相见。

"先人开路,后辈集福!奏鼓!"

"嘭——嘭——嘭——"

瑶寨的石棺群墓,又多了一缕忠魂的陪伴。

"嘭——嘭——嘭——"

瑶鼓声声,它只有一种姿态,就是在这片土地上悲呛鸣声,似乎向苍穹诉说这一切……

(作者单位:国网邵阳供电公司)

盘龙

曾宏锋

"塔!塔倒了!"

"凤儿!凤儿!跑——"

轰鸣和巨响瞬间盖过了他的声音,许三一个跑字卡在喉咙,看着导线如同狂舞的巨龙带着耀眼的火花狠狠抽到了妻子背上,打得她踉跄两步,扑倒在地。

似乎时间都凝滞了几秒。

雨丝和着细碎的冰碴顺着气流呼啸着拍打在许三的脸上,他僵在原地,脸色青白,哆嗦着嘴唇喊:"救……救人,救人,救人啊!"

声音细小如蚊呐,在风中一飘而散。

山石骨碌碌从身旁滚过,许三连滚带爬往前走了两步,两眼发黑一头栽在地上,泥土的腥味清晰从鼻腔涌入,隐约有声音从身后传来,他迟钝地偏头,抬眼看见深灰近黑的天穹似一口大锅,猛地朝他扣罩下来。

西坪镇原来的名儿不叫这个,几十年前,它还只是个小小的许家村。全村几十户人家,就窝在山旮旯里的一角地靠着大山的给养过活,没有电,没有自来水,出入靠腿,翻山越岭十几里地,才能见得着人家。

后来周边的几个村合并,路也七拐八拐地好歹是修了进来,才渐渐发展成了镇,一根根水泥浇筑的电线杆顺着马路,也将电线牵到了镇上的家家户户,大山里寂静的夜色,从此多了些星星的点缀。

许三是从许家村走出去的人,也是为数不多又走回来的人。

也许是因为镇子太平静了，总需要热闹一下，也许是因为好奇许三那在城市漂泊的"传奇"经历，也许……不管什么原因，总之，许三刚回来的时候，成了整个西坪镇的大名人。

可是这个名人脾气古怪，不怎么说自己在城里的事，也不怎么爱和镇上的人打交道，就这么不远不近不亲不疏地和所有人相安无事地处着，没过多久，他们就丧失了探究的兴趣，转而更愿意交流起彼此的牌技和或许早就熟知的各家长短。许三的到来，就和他之前的外出一样，在西坪镇这个水潭里，漾起一丝波纹，又渐渐沉寂了下去，悄无声息了。

镇上的人渐渐发现，许三有个习惯，每天晚饭后都要沿着马路走上长长一段路，和那些纯粹散步消食的人不同，他走走停停，停停走走，像是那些走一站停一站的城市公交车，只不过他停留的站台，是一根又一根的电线杆。

电线杆有什么好看的呢？许三没有给出这个问题的答案。依旧执着地、照常地每到一根电线杆下，就停一停，看一看。这辆"公交车"的心中有着一个精准的时刻表。

许三不爱鸟。

他的邻居陈婶信誓旦旦。

不时能看见许三拿着一根杆子，或许是竹竿，或许是晾衣杆，去吓唬停驻在电线上的鸟。他也不管别处，只在自家二楼阳台守着，听见外面的鸟叫，就伸出杆子猛地虚晃一扫，惊起呼啦啦一片慌乱的振翅。山里的鸟也知道挑软柿子捏，久而久之，只有许三家落得了清净。几个爱提着溜鸟笼到处遛鸟的老头子生怕爱鸟遭了许三毒手，从此绕着许三走。

没过多久，人们发现，镇上的电线杆上，多了一个小风车，每当有风吹来的时候，明黄色的、四个勺子一样的风车就会滴溜溜转起来，远远看去，像是电线杆顶上开出了一朵明艳艳的花。

许三和陈婶杠上了。

事件的起因是陈婶某天把衣服晾在了电线上。

"那是电线！电线！那上面是能晾衣服的吗？人把电线牵到这山旮旯里来就是让你晾衣服用的？"

大红大紫的衣服挂在电线上晃荡，随风飘扬。

"晾衣线也是线，电线也是线，凭啥晾不得？"

"吃饭也是吃，吃屎也是吃，你咋还吃着饭呢？"

"我也就今天晾晾，这线这么结实，又不会断又不会什么的，你别狗拿耗子多管闲事！"

"晾这上面也不怕那鸟屙得你白洗！"

"……"

这场骂架最终以陈婶收回衣服告终，两家相看相生厌。

许三偶尔会一个人坐在楼顶，往远方眺望。

也会一个人自言自语。

"嘿，那塔长得还和以前一样，可比以前结实多了啊。"

"许家村都能通电了，就这山路十八弯的，要我还在岗，那每天得多走多少路啊？按英子说的，我可是天天得拿那啥步数第一名的。"

"电网是个好东西啊……"

暮色降临，天边有深沉的黑侵染而来，晚霞绚丽的红紫和橙黄交织在一起，像是织女手下最出色的布料，星星点点的灯火相映点缀，如同这块布上最明亮闪烁的钻石。

许三看着眼前的景色，长久地沉默，深深地叹息。

"通电好啊……通电了，什么都亮堂了……"

连绵起伏的山峦上，耸立着一座座铁塔，它们撑着导线，顺着山体的坡度爬上爬下，在空中高高架起了一座桥，导线一路绵延至山的边界，在一片郁郁葱葱当中，拐了两个弯儿，隐入了山的剪影。

许三有个女儿，小名英子，据说是在城里的某个电力公司上班，不过西坪镇的人从来没有见过她来探望过许三，只能从许三每周雷打不动的一个电话联系中知道，这个女儿还记得她爸。

许三说："这是债，我总得还的，以前是她等着我和她妈，现在轮到我来等她了。"

旁人都看得清楚，虽然说着这是债，许三的神色里面可是没有一点埋怨的。

寒来暑往，春去秋来，他就扎根在西坪镇这块土地上，女儿来，他还在等，女儿不来，他还在等。

西坪镇这个地方，夏天的热气出不去，冬天的冷风灌进来，所以每到冬天，凛冽的寒风一阵一阵地刮，像刀子在一刀一刀地剐，有时还会有刮到骨头的痛感，叫人难以分辨到底是生理上的痛还是心理的错觉。

冬天的用电量上涨，往往会有停电抢修的风险，从上午到现在，西坪镇的电源供应一直没有恢复。

许三望着灰暗的天，心里一阵烦闷。

一队人顶着寒风路过西坪镇。

"他们是谁？"有人问。

许三怔怔盯着那些人手上提着的东西看，等到那些身影差不多消失在视线中了，才轻轻地在心中回答："他们是电网人。"

寒风似乎停了，也似乎在酝酿着更加猛烈的袭击，外面没有了风声。

一滴、两滴，几点雨滴拍打在玻璃上，聚成一团，又缓缓滑落，拉出一条长长的轨迹，像泪痕。屋内的光线很昏暗，许三看着窗户上的雨水汇成洪流，无声地扭曲流动，在地上投射出粼粼的波纹。

一种不安的憋闷感愈发强烈。

他猛地起身。

检修队有些艰难地在泥地里穿行。越接近输电线路铁塔，人的渺小感就越强。钢铁浇筑的塔，直直向天耸立，像守卫，沉默、肃穆，担着南来北往的通电职责，哪怕只是最常用的过线塔，也有着令人肃然起敬的身姿。

小伍扣好安全帽，拿出验电器，正准备上塔，凉沁沁的雨丝就飘到了脸上。

负责监护的老袁眯眼看了看天，说："这雨来得不及时。"

小伍抹了把脸，倒是没想太多，虽然雨雪天气作业危险比平时大，但现在设备进步，专门应对雨天作业的防雨式高压验电器可以很好适应现在的环境。

"没事，先换验电器。"小伍轻松道。

同行的蒋岩感慨："要是天气好，无人机巡检就可以帮上忙了。"

"嘿，机器再怎么方便，该用人力的时候还得靠人力，至少现在无人机还不能代替我们上高压线。"小伍紧了紧安全腰带，嘿嘿笑道。

老袁没发表意见，只是皱眉看着阴沉沉的天，担忧道："希望这雨就只是下下雨好了。"

不过短短几分钟，雨势就大了几倍，噼里啪啦的雨点从天空砸落，打在泥地的水洼里水花四溅，铁塔的顶部渐渐被淹没在了雨幕中，迷蒙的水雾使周围的能见度降低。

检修的几人例行检查了周围的环境以及注意事项，小伍攀着铁架的身影慢慢消失在了铁塔中部。

哗啦啦的水声听得人心情烦闷，黄色的泥水汇成小溪沿着山坡一路向下，突然，一声雷鸣隐隐约约从山边传来。

老袁有点不安，一边注意着自己是否还在安全距离内，一边提起嗓子喊了一声："小伍！"

水声哗啦啦的，把他的声音死死压了下去。

与之应和的，又是一声雷鸣，通过山峦之间的层层传递，愈发清晰。

"老袁，这雨……"蒋岩面露担忧，一句话还未说完，刺目的白光猛地晃过。

"咔嚓——轰！"

紧随其后的一声炸雷更是将两人的心都惊得提了起来！

近在咫尺！

"小伍！"

铁扣与铁架之间的叮当碰撞即使是在雨声中也格外有穿透力。

一个身影矫健地从铁塔上往下攀爬，渐渐冲破了水雾的迷障。

几个石块骨碌碌滚过两人脚边。

小伍脚还没落地。

"跑！"

一声大喊从几人身后传来。

与此同时，地面传来清晰的晃动感，震得几人头脑发晕。

172

老袁倒吸一口凉气，嘶声大吼："跑跑跑！找——"

喊到一半，他突然反应过来，立马改口，"小伍上去！别下来！塔是安全的！往塔上走！"

老袁转头，在雨幕中寻找刚刚出声的源头，树林掩映下一个裹着雨衣的身影猛地撞入眼中。

"胡闹！胡闹！"他在心里狠狠骂了两声，一把拉过那人，见他脚下穿的是橡胶雨靴，手上甚至还套着一双手套，松了一口气，忙往塔的方向带。

拉了两下，突然发现人拽不动了。

"干啥呢！快上去！这边没有能够遮蔽的石头，塔比树牢靠！"

来人正是许三，他看着微微颤动的铁塔，脑中铁塔呻吟着倒塌的画面挥之不去，妻子趴下的背影更是清晰可见。

"塔……塔会塌，"一腔烦闷散去，他才感觉到自己的手脚有多么冰冷和颤抖，"塔……"

地上的颤动更加清晰，老袁心一横，用力拽着这人往塔边走，一边语速飞快地说："就算不相信我，你也得相信国家。"

许三挣扎了一顿。

"从1949年到现在，我们国家的变化有多大，你应该能体会得到，"老袁声音沉稳，目光坚定，"如果这座国家一点一滴垒起来的高塔你都不相信，那还有什么是可以依靠的？"

许三的脑中顿时想起了女儿的一个电话。

"爸，我现在在供电公司上班，是最能够了解现在国家电网的发展状况的。"

"你真的无法想象，我们现在正在建设的是怎样一个浩大的工程。"女儿声音中的激动许三能够听得出来。

"国家'十三五'规划之后对我们电力行业的关注和投资都远超之前，如果我们的泛在电力物联网能够完全建立起来，妈那样的事，就不会再发生！"

许三沉默了。他不懂什么叫泛在电力物联网，也不知道那到底有什么作用，但是女儿话中那种让他能够感同身受的激动，让他沉默了。

他不知道该说什么。

同样的，现在面对老袁的问题，他也不知道该说什么。

滚滚泥流从脚底涌过，没有铺天盖地的汹涌，没有摧枯拉朽的气势，好像只要有座砖石结构的房子，就能够轻易拦截下它。

许三看着那些不甚粗壮的树拦腰截断的样子，清楚知道如果换作是人，只有被就地掩埋的份。

哗啦啦的雨打在几人身上，又顺着泥流向前奔去，脚下踩着的铁塔轻轻晃动，发出细微的声音，但是不同于那天让许三几欲癫狂的倒塌的声响，这次的声音让他忍不住伸手摸了摸铁质的构架，心里一阵安定。

只是一场小小的泥石流，甚至不会威胁到西坪镇的安全，随着雨势渐停，它的脚步也止在了距离山脚几百米远的地方。

雨停了，云层渐渐散去，冬日的晚上总是来得特别早，但现在天空中还有着一点点落日的余晖，将天边的云层边缘染上了温暖的橘黄色，像是绵绵软软的棉花糖，许三动了动僵硬的手脚，眼中忽然模糊了起来。

很久以前，他也是最靠近这种铁塔的人之一，后来，他只能远远眺望，现在，他又站在了铁塔上，像公交车一样停停走走，只是为了能够找到终点站停靠，还好，他找到了。

从楼顶往山上看，高大的铁塔像肃穆的守卫一个接着一个伫立在这片山峦间，现在从塔下往远处看，这些职责重要的巨人连成一条巨龙，弯弯绕绕在群山耸翠之间，带着光明和希望，一路游向千家万户。

若是祖国生日，就为其献上最盛大的礼物——万家灯火。

（作者单位：国网张家界供电公司）

都梁情事

（长篇节选）

胡　晔

第　一　章

　　小城里，男孩史风和叶子同年出生，史风稍大。三岁时，他们在幼儿园里进行了亲切友好的初见面。至少，对史风来说，是亲切友好的。

　　那天，史风全然不顾维护男子汉的尊严，站在教室门口，仰天哭得脸发红嘴发紫、鼻涕口水横流，即便如此仍不忘紧扯住他妈妈的衣角不放。

　　史风在家时当一家人面信誓旦旦，说一定像个真男子汉，保证上幼儿园不哭闹，但最终他还是毁了约。不只毁约，声势还搞得惊天动地，整园的大、小朋友都来看热闹。他妈哄了半天也没见效，脸面挂不住了，狠心打了他两下屁股后就气冲冲地一走了之。

　　年轻的女幼师迎难而上，使出全身解数想让小史风安静下来，却以失败告终。后来，索性听之任之。

　　史风继续哭。开始他哭得挺尽兴，声音很洪亮，感情自然很投入。

　　一会，围观的人逐渐减少。

　　有小朋友倒拿着书，装腔作势摇头晃脑一顿乱读起来，表情极庄重；有小朋友嘻嘻哈哈有说有笑，操一口五音不全的腔调；有小朋友饶有兴趣摆弄起园里提供的玩具。

　　史风仍僵在教室门口，哭声渐次弱了起来。他边哭边偷看四处，显然有点心不在焉了。

　　仍围观史风的几个小屁孩，不过是早入园几天而已，竟摆出老前辈的样子，挤眉弄眼幸灾乐祸。

哭累了、倦了，史风想止住不哭却没个台阶可下，没办法，只好可怜兮兮很无奈地继续保持哭的状态。他哭得哼哼唧唧，时断时续，一度哭睡过去又忽地惊醒过来，然后大声干嚎一下。

史风表现哭功的整个过程，包括心路历程，叶子尽收眼底。

叶子虽比史风早来几天，心里仍存了份对家的强烈不舍。旁眼冷观史风的真情表演后，她内心多少有点共鸣。经过仔细观察，叶子对这个哭哭啼啼的小男孩有了进一步了解。她发现，正在伤心的史风，眉心上有颗小小的黑痣，如果擦去满嘴脸的鼻涕口水，倒是个眉清目秀的英俊男孩，这或许让当时的她心中更添了份怜惜。

乖巧文静的叶子，那天很大方地走到史风跟前。她伸出一双胖乎乎的小脏手，小大人似的一边轻轻帮史风擦拭脏污，一边奶声奶气小声安慰史风："小哥哥，你别哭，等我给你擦干净了，我给你糖糖。"

在叶子的擦拭下，史风小脸脏得越发糟糕，脸面灰不溜秋不算，鼻涕竟挂在了睫毛上，粘在了头发上！

两个小家伙，面对面傻笑起来。

叶子履行了诺言，用黏糊上好些鼻涕的小手，从胸前系的围兜口袋里掏出一颗糖送给了史风。那是一种火红色的糖果，做成辣椒形状，裹了小棍，方便用手拿。

那种糖，在20世纪70年代，是平常人家小孩的奢望呢。对一个不曾相识的人，叶子毫不犹豫拿出一个糖来与人分享，不可谓不大方。要知道，在工厂当工人的叶子她妈当天只买了两个辣椒糖哎。

两个小家伙笑嘻嘻地品着那份透心的甜，旋即成了好朋友。

这以后史风渐渐爱上了幼儿园，因为有叶子。

叶子一有好东西，总会想到分些给史风，她还会单独唱歌给史风听。

史风牢牢记住自己是男子汉，有保护小女子的义务，如果有小朋友妄图欺负叶子，他会勇敢地扬起稚嫩的小拳头向人示威。

进园出园，俩人勾肩搭背，很是恩爱。

有一天，在幼儿园门口，叶子对前来接她回家的妈妈说，她有一个重要消息要宣布。

"是什么呢，我的小乖乖？"爱板着脸的妈妈这时俯下身来，露出了难得的笑容，擦拭着叶子的小脏脸。

叶子脸一扬，兴高采烈："史风哥哥说，他长大了会娶我!真的，我们老师也听到了!没骗你!"

第 二 章

20世纪80年代，叶子考上了都梁中学。

这是所百年老校，设初中部和高中部。老校不但风景如画，还有保存完好的黄埔军校分校遗址中山堂，除了学校的功能，此处还是都梁人闲暇时游玩的地方。能够考上这所中学，在80年代是件值得炫耀的事，考上的人被认为"一只脚已迈进了大学门"。

正值年少好时光，叶子却莫名地喜欢上了忧愁，喜欢透着哀婉的歌曲，喜欢带着淡淡伤感的长短句。

教她的全是刚从大学毕业的年轻老师，除音乐老师是女的，其他清一色是男性。青春萌动的女学生们，躲在旮旯里会逐一评价老师们。对喜欢打扮的女老师，她们嗤之以鼻。但是男老师的点点滴滴，她们却不厌其烦地乐于获知。

物理老师挺搞笑，有次裤缝掉线了，竟拿订书机一路咔嚓订了过去，弄得那条裤子在阳光下亮闪闪的很晃人眼。课堂上，学生们为此哄堂而笑，他居然镇定自若，处之泰然，一点也没有乱了阵脚，其台风真真了得。

数学老师实在太瘦，真有点担心他被风吹倒。化学老师人长得不赖，可惜普通话太不地道。

生物老师上课讲到青春期男女生理知识时，变得吞吞吐吐，后来那一章干脆要学生自学。

大家公认语文老师最帅，传说高三的一位学姐正在缠他。一群丫头片子听此传闻，不管真假，立刻恨极了藏在暗处的学姐，其实更有一层嫉妒在里面，这是女孩子的秘密。

叶子有自己的小秘密，她希望有朝一日能遇上个带着淡淡忧伤的男孩。那样的男孩，在她看来，是纯情专一而善解人意的。

叶子的座位靠窗。晨读时，阳光投在她的书上，暖暖的，她喜欢，她还喜欢看着窗外参天古树，背诵些痴痴傻傻的句段。每看到"寒蝉凄切，对长亭晚，骤雨初歇。都门帐饮无绪，留恋处、兰舟催发。执手相看泪眼，竟无语凝噎"这类句子，她就泪眼婆娑，而读到"恰同学少年，风华正茂；书生意气，挥斥方遒，指点江山，激扬文字，粪土当年万户侯"之类，她又慷慨激昂。

这一天，叶子神神叨叨念着她的词儿，随意往窗外一瞥。这一瞥，她远远看到，一个有着忧郁眼神的瘦高男生，双手紧护着书包，急匆匆由窗前晃过。他是走读生吗？是哪班的？

这样一个忧郁男生，后来销声匿迹了，就似从不曾出现过。

这以后，叶子和以往相比，也没甚大区别。细心的人才能发现，她更喜欢看窗外。

第 三 章

坐在叶子后面的男生王海，满脸青春痘，正处变声期。他说，脸上长的不是青春痘，是上火，而声音嘛，则是因为感冒导致怪腔怪调。

已成功变声的男生意味深长冲他一笑了之。那尚不曾体会变声苦的男生，有时则会故意在他面前卖弄原汁原味的男童音。

女生知道，自己不会遭遇这种明目张胆的尴尬。

但王海竟让叶子尴尬难当。

叶子全名金叶子，是叶子爸取的，可惜她有记忆后就没见过爸爸。

几岁大的时候，叶子不小心撞见妈妈换衣服。妈妈当时光裸着上身，弯下腰来，正努力地系胸罩。那种胸罩，现在看来简直平淡无奇，的确良的，纯白，也无甚花边之类的点缀。但那时叶子很渴望能够早点拥有，她认为那是一件美丽别致的小衣裳。

进入初中后，叶子觉得，她和妈妈的胸部相比，应该不会小很多。这时的她再也不想穿什么小衣裳，她绞尽脑汁想办法绑住凸起的胸部，妄图制造还没发育的假象。

晚上，同寝室的女生有人会悄声交流发育心得，有人会背过身偷偷洗例假特用的东西。一条布带子，裹了一层鲜红塑料。据说，例假时汹涌澎湃的鲜血就靠它来遮挡。叶子这时就故作镇定。她以为，这样就可以延缓那最可怕的时刻到来。

那天，叶子刚站起来，坐她背后的王海用不稳定的声调突然抑扬顿挫怪叫起来——"好多血，好多血！"多么刺耳的声音啊。

叶子当时穿了一条白色学生裙，懵懵不知所然地站着。有懂事的男孩装作没看见，赶紧把头扭一边。也有男孩睁大眼犯了傻。幸亏叶子的同桌雪儿有经验，迅速拿一书包遮住叶子的裙后摆。

"看什么看，人家想流血就流血，关你屁事！"雪儿护送叶子去处理时可没忘记斥责这帮管闲事的男生。

发生了这样的事，叶子有好长时间连话也懒得说，见人只想躲，见到男生更甚。

雪儿倒挺热心，教了叶子许多特殊时期的注意事项。叶子从此把雪儿当成最贴心的人，有时，俩人会以老公、老婆相称。

而王海对她来说，就是两个字——"讨厌"。

第 四 章

讨厌的王海后来更令叶子讨厌。说讨厌，其实也不尽然。不过为了显示自己的真厌烦，叶子那次搞得王海好没面子。受伤的王海，索性剃了个光头在众人面前默默示威。这事发生在初三的最后阶段。

老师在讲台上叫嚷中考倒计时，每天制造紧张气氛。

学生们不是很领情。有人公开说，又不是高考，只不过一个初中毕业考试而已，搞那么紧张干吗？

马上面临分离，不管有交情没交情，有好感没好感，同学间变得含情脉脉起来。想说想做的事可得抓紧时间噢，要不，上爪哇国找人去？相互留言、交换照片的事儿于是就名正言顺了。

学生们好忙碌，一方面忙着留言、赠照片；一方面加班加点复习功课，同时还得兼顾看琼瑶的书。老师们若知道，一准会骂他们不知死活，所以，只能搞地下活动。

20世纪80年代后期，社会多了流行元素。电视剧流行港台片，穿裤子流行喇叭筒。而校园里流行的是琼瑶元素。不看琼瑶书的人，肯定不正常。琼瑶这个台湾阿姨，真正是影响了中国一代人。她的书，令少男少女们神魂颠倒，让成年人回到了青春年少好时光。读着琼瑶书长大的男女，长大后，在他们儿女名字里不约而同地留下了琼瑶记忆。像"雨婷、子轩、梦瑶、诗琪、嘉熙……"这种诗意、空灵、书卷气的名字可谓异曲同工，全得归功于受了琼瑶影响。

有人好不容易搞到一本琼瑶新书，一班男女生都想抢了看。公开看，怕老师没收。老师多半是收上去自己看，可不能便宜老师。私下一个看完再传一个的话，独好了一人不算，还挺担风险。想想，若是传到某人手上，没翻几页就撞了霉气被老师整本拿走，多冤！

班里一个脑袋特好使的同学，他建议：将琼瑶书先来个"化整为零"，一页页拆了，这样每人手中可拿上两三页饱眼福，即便不幸被老师逮住，丢了两三页也没大关系；待班里人如此这般交叉看完所有页面后，再重新装订成册，谓之为"化零为整"。

这样的建议，虽不尽如人意竟也得到认可。于是，老师在讲台说着之乎者也，学生在台下捧着两三页纸，云里雾里瞎琢磨着琼瑶编写的故事情节。

"化零为整"在偷偷传递，留言本和照片也在偷偷传递中。

当王海的留言本递到叶子手中时，叶子正低头研究停在她桌上的那页"琼瑶"呐。她赶紧抬头瞟了一眼讲台上的老师，确信老师没发现，她拿起笔就想随便给王海写句留言搪塞了事。翻开留言本，她看到里面夹了一张王海的照片。照片是新照的，主人相貌不算差，痘痘已少了许多。这个男生呐，如今不得不承认他的嗓子确实变声了。尖声尖气的童音已一去不复返。叶子发现了照片背面的字，心儿怦怦直跳。

写的什么呀？这个讨厌的人！小小的照片后，一行歪歪扭扭的字——"叶子，我知道你讨厌我，但我仍止不住喜欢你。这种喜欢，一辈子……

即使你拒绝，我也会守望，还是一辈子……"

八成从哪抄来的。看那字，写得歪歪扭扭，可真丢人！同桌的雪儿看着叶子，一脸邪笑，好像知道了什么。叶子扭头一看，写那字的人正咧着嘴对她笑。最初的那份羞涩忽然变作了恼恨，叶子她渴盼着快点下课。

这一节课，叶子度秒如年。

老师一离开教室，叶子大叫了一声"王海"之后，就把他的照片撕得粉碎，连同那本留言本，一起丢了过去，然后头也不回冲出教室。教室里霎时热闹非凡，情形到底怎样，叶子可不愿去追究。

后来，雪儿偷偷告诉叶子，王海是真伤心了，抱头伏在桌上哭过哩。

叶子听后哼了一声，她不再拿正眼看王海。即便大家都说，王海之后剃个光头是为她，她也不理。

毕业考试那天，进考室前，王海几次拢到叶子身旁，欲言又止。叶子装没看见。见到王海后来落寞走开，叶子心有不忍，但她没表现出来。

第 五 章

叶子的高中生涯仍旧是在百年老校度过的。

叶子现在是高三的学生。高三，人生重要的转折点，要么，拿了高中文凭闯世界，要么，跨进大学门做天之骄子。

其实，叶子就算没考上大学，也一样能端国家饭碗、领国家工资。

20世纪80年代末、90年代初，中国仍存在严重的户口歧视。一样的中国人，被不同颜色的户口簿划成了两个对立阶层。持蓝色户口簿的是城镇户口，捧红色户口簿的，一看就知是农民的后代。只要有城镇户口，不管你有能耐没能耐，反正你一生下来就是公家的人，国家迟早得给你分配正式工作；没有蓝本本，那你就得付出万倍的努力才能脱离农民身份，而考上大学是快速改变身份的最好途径。那时的人，宁做城里狗，不做乡里人。

叶子妈曾是下放知青，在农村放过牛、养过猪，后来做了乡下广播站的播音员，直到调进城才结束播音员生涯。没调进城以前，在一群农民当中，他们一家子的城镇户口身份，显得那么刺眼，引得好些人恨得牙子

"嘎嘎"响。叶子跟了妈妈去乡下玩，有乡下小朋友竟因此扬言要打叶子，嚷嚷"干部崽子滚回城去"！

只要是拿国家工资的，在乡下人眼里，就是干部。

叶子当时很想不通，为什么乡下人要排斥城里人呢，为什么就不能互相做好朋友呢？待回到外婆身边，听得外婆一口一个乡下人的叫，那语气像是带了鄙夷，这又令叶子好生疑惑。外婆为什么不喜欢乡下人呢？叶子的小脑袋实在想不明白。

后来，妈妈总算调进城里，在氮肥厂当了名工人。氮肥厂的工人，有国营工与集体工之分。就似城镇户口与农村户口有区别一样，国营工在集体工面前，有着与生俱来的优越感。妈妈是响当当的国营工，虽然每天装袋的工作又累又脏，但叶子妈挺自豪。

叶子妈本来有机会做轻松活，只要她肯低下头来，对那位多次暗示她的人事主任"意思"一下，就可以到办公室当个资料员。叶子妈素闻趾高气扬的人事主任是色狼，见了他的暗示，不但不低头，反每见了他，头昂得更高。

叶子有城镇户口，迟早会拿国家工资，这是千真万确的事实。但是，叶子知道，高三这一学年，她得拼了命学习。妈妈说过，她不愿低三下四求人给叶子找工作，所以，就算为了妈妈，叶子想努力挤进大学门。

开学第一天，学校就将紧张的气氛渲染了出来。校门新挂的巨幅标语，告诫高三学生要抓牢最后的拼搏机会；高三教室的黑板一角，绯红的粉笔字提醒学生，高考的倒计时间是多少。

高考的庄严与沉重就这样扑面而来，至少，在形式上是这么回事。

学校对高三的老师做了调整。叶子学文科，他们的班主任不再是以前那位腼腆的年轻小伙子，换成了一个威严的老头。据说，这老头历来教高三的语文，曾有几次猜中高考作文题，算得上语文教学权威。因其胡须像日本样式，又姓田，私下里便有学生叫他"山田大佐"。

"山田大佐"宣布，班上的学生名额需要调整，尚未全部到位，各位同学可暂时自由组合同桌。坐在教室门口的雪儿，马上兴奋地招呼叶子搬去与她同桌。叶子自初中起就与雪儿同班，两人感情一直要好，如此正合俩人心意。

这天将放学时，一个从未见面的男生被"山田大佐"领进教室。这位同学自然是新转来的。

那男生有着浓密的黑头发，个子又高又瘦，着一身橄榄绿民警服，军用书包很随意地挂在脖子上，这是九十年代初男孩子最酷的打扮。一双眼睛虽被眼镜片遮住，仍能感觉有着些许忧郁。他的眉心上，有颗不大不小的黑痣，这非但没丑化他，反倒让他的英俊多了份生动。他起初稍稍有点拘束，不过一会就自然许多。他的笑容似乎是腼腆的，但绝对阳光。嘈杂声中，他介绍了自己的名字，可是叶子没听清。

雪儿见叶子瞪了一双迷茫的眼有点傻傻痴痴，挠了一下叶子的胳肢窝。叶子禁不住吃吃小声笑了起来。雪儿凑近她耳语："怎么，见不得英俊小生，动心啦？"

"讨厌！人家哪有？只是很奇怪，我好像见过他，在哪呢？"叶子在努力调动每个脑细胞进行回忆。

雪儿于是进一步打趣，笑话她《红楼梦》看多了，见人就说"这个哥哥我见过"。

临放学时是嘈杂的，想必没有旁人听见这一对女同学的谈话内容。

不知一对女生这小心翼翼的嬉闹是否被那新来的男生看见。他似乎匆匆往叶子这边瞅了一下，或许有意或许根本就是无意。叶子认定，她见过那眼神。

第 六 章

大多数的高中课程，在高二就已学得差不多。高三，准确地说，就是对已学过的知识进行全面复习的过程。这过程中，一场场考试紧锣密鼓起来，除了每天小测验不断，一周一小考，一月一大考那是习以为常。

每次考试，"山田大佐"都会神情严肃地宣读每个人的成绩。虽然严肃，但他见了成绩好的，还是会微微显笑脸，不过那笑是吝啬的，稍纵即逝。

宣读成绩，真是几家欢喜几家愁。叶子这一期，有那么一两次享受了"山田大佐"吝啬的微笑。雪儿就有点不妙，本来胖胖的人变瘦了，成绩却没多大提高，好在能始终原地踏步也算不错。

雪儿偷偷告诉叶子，她其实是强忍着少吃饭、少吃糖才瘦下来的。

"唉，好想出校去买个卤翅膀尝尝，买个卤蛋也好哎——好好吃哦，我们都梁的卤菜！"雪儿一边说一边双手环抱在胸，作陶醉状。

叶子这才明白，以往一下课就拉了她前往小卖部买零食的雪儿怎么突然不馋了。上初中时，拿了粮票就可到小卖部换糖果瓜子。那时雪儿常常会把她妈藏好的粮票偷了出来。念高中以后，粮票渐渐不流通了，这让雪儿恨得咬牙，骂那准备取消粮票的人混账。雪儿总嫉妒叶子，因为叶子就算狠吃糖也不见长胖。

"我如此用功，人都瘦了一大圈，那山田大佐也不对我笑一下，真小气！不过，山田大佐不对我笑没关系，反正有笑面佛天天冲我笑！"听着雪儿的自我解嘲，叶子失口就笑。

这个该死的雪儿！

雪儿口中的笑面佛，是她们的政治老师。这老师长得壮实，面方耳肥的已有点像佛，偏还长了张笑脸，于是有了笑面佛的雅称。他那脸，伤心抑或高兴，左看还是右看，都似乎在笑。老爹过世时，他本是悲痛欲绝，无奈面部表情却不能达标，不了解的人就认为他仍然展露笑脸，于是骂他实在是心肠太狠。承受此等评价，你说他冤不冤？

一天，"山田大佐"带领大家复习语文基础知识。台上老先生从多音字讲到同音字，又从同义词讲到反义词，可谓苦口婆心。

台下学生们听着听着就有点心不在焉了。有几个语文基础知识学得扎实的，开始抗议了，嘀咕着"又不是什么高深莫测的知识，犯得着反复讲吗？"

这时，"山田大佐"想来个互动，要同学们说出"笑口常开"的反义词。

叶子赶紧在纸上写了"反义词：山田大佐—笑面大佛"，偷偷递给同桌雪儿看。

雪儿接过纸条看了，一时忘情，竟旁若无人大笑起来。

"山田大佐"顿时发怒，要雪儿站起来交代为何无视课堂纪律肆意发笑。他的日本式胡须在打战。

雪儿不语，仍笑，不过已由罚站前的大笑改成了抿嘴笑，或者说是皮笑肉不笑。或许正是"山田大佐"咬文嚼字的模样，更让雪儿想笑，却又必须忍了不能笑。这当中，旁的同学也跟着偷笑起来，叶子害怕了，唯恐被当做罪魁祸首揪了出来。

好在这时下课铃声响了起来，"山田大佐"居然没有孜孜不倦对这事进行追究，最后只是无可奈何地摇摇头宣布下课。一下课，笑声肆意展开。引得隔壁理科班的同学一个个探了头来刺探究竟，很是羡慕文科班的活跃气氛。

其实，高三不仅意味着紧张，活泼也是不能少的。

每天晚饭后，是同学们放松的时候。有人会去操场踢踢球、爬爬杆，有人会跑到假山练嗓子，还有人哪也不去，就待在教室。

那个新来的男生，会在这时吹吹笛子。因为新来，他没有同桌。叶子在教室最左边，他坐教室最右边，相隔"千山万水"。

叶子想了一个法子悄悄看看"山"那边的吹笛男：她很小心地在手心里握了块小镜片，把好角度，装作看书，偷偷从小镜片中窥看，看他淡淡愁的面容，听他淡淡愁的笛声。镜片极小，纵使突然来人，一握手就看不到，这个秘密，就算古怪精灵的雪儿也不可能发觉。

雪儿也没闲着。她一会要给人看掌纹，一会又要给人测字，十足像个相命先生。

有一天晚饭后，雪儿说她新学了一招法术，测试心理特别准，尤其是男女相处方面更是准得邪乎。一下子唤起一帮人的兴趣来。几个同学，男的女的，就缠着她详解。雪儿得意了，先是故意卖弄不肯说，吊足了胃口，方才慢吞吞进行开讲。

"各位亲爱的同学，这是现在最流行的测试方法。相信我的话，就试一下，不信的，请你千万别笑，笑了的话，会影响你今后的婚姻！切记切记！"雪儿的故意卖弄，惹得人不满意了，有人催她快点说正题。

她听后笑笑，手一挥，仍旧慢悠悠地说，"这事啊，急不得，得静下心来才能进行。很简单的，现在，请各位拿出纸和笔来。开始吧。请在纸上随意地画小点，一定要随意地。好嘞！停下！数一下，你随意画的小点是双数呢还是单数？单数，代表你想念的人与你无缘，如是双数，那就证明你们两个很有缘哦！"

　　听到这最终谜底，有人嗤地一笑，忘了雪儿不准笑的警告。也有人表面装作若无其事，其实遮着掩着偷偷计算着刚画的小点数目。

　　雪儿瞥见她的同桌竟然没有配合工作，可有点不满。她坐到叶子身边，求叶子试测一次。叶子不肯，雪儿就挠她痒痒。

　　最终叶子告饶。试就试呗。于是一顿乱画，心里竟渐生忐忑，害怕画出单数来。还好，竟是双数！

　　雪儿咬住叶子耳朵悄说："坦白从宽，抗拒从严！老实交来，你在想谁，谁在想你？"

　　叶子耳根发红："不过是游戏，而且还是你强迫人家的，你说要人家交代什么嘛？"

　　"还不肯承认，你难道不是在想史风？"雪儿说到"史风"的名字时，放低了声音，眼睛却紧盯叶子，一脸坏笑。

　　叶子满脸迷惑："史风？谁是史风？"

　　"装！见人家第一面，你就说在哪见过，这会反倒装不认识啦？"

　　"啊？他的名字就是史——风？我真不知道哎！"叶子一脸无辜，但心里终究是高兴的，毕竟终于知道吹笛人的名字了。不过，她在脸面上却没将这份高兴表现出来。

　　教室对面正在吹笛的史风凑巧这时望了一下正嬉闹的叶子他们。

　　雪儿马上拍打叶子肩膀："快看快看，他看你了！"

　　唬得叶子忙捂了雪儿的嘴巴，并警告雪儿，如再乱说，就与她断交。

第 七 章

　　自被雪儿说破秘密，叶子更加谨慎。小镜片被扔了，她刻意不再看史风。雪儿只要一提起史风的名字，叶子就很生气。

有次"山田大佐"讲解同学的作文，将作文风格分成了两种。一种是豪放派，班里同学有此风格的大有人在；另一种是婉约派，竟单将史风和叶子纳入此类！

雪儿这时竟意味深长地冲叶子笑笑，叶子便倏地变脸，立马将桌子搬开，不愿再与雪儿同桌。后来雪儿一个劲地对叶子叫"老婆，我错了"，使劲赔笑脸，并保证以后再不犯同样错，才让叶子破涕为笑。次数一多，雪儿可搞不准了。莫非，叶子真的一点也不喜欢史风？

"山田大佐"就在此时宣布调整座位了。上一次的月考，他班里的平均成绩在全校排名落了后，这可不是好事。作为班主任，眼看就是期末了，若待放了寒假后再调整座位，那时离高考的时间就更近了！不行，一定得把那上课时爱说悄悄话的马上分开才行！于是，"山田大佐"老先生经过一番考虑，决定让他的学生男女搭配做同桌。有无形的三八线管着呐，男女同桌后，定能杜绝上课窃窃私语的现象。

这下，雪儿、叶子不能坐一块"老婆、老公"乱叫了。真是棒打鸳鸯哎。

雪儿仍坐原位置，与她同桌的变成了个睡眼朦胧的男生。雪儿说，她最讨厌男生呵欠连连没有精神劲。

几乎人人都有了新同桌。有人撇嘴，有人扮鬼脸，也有人面无表情。叶子是嘟着嘴搬到新同桌那落座的。

阴差阳错，史风要做叶子的同桌了！见叶子不情愿，雪儿这会儿很真诚的对叶子表示了同情。

叶子将桌子刻意搬开一点，这样，两张桌子间就真的有了一道鸿沟。她坐左，史风坐右。上课时，她的眼睛只看黑板，不会往右边看，绝不。

下课后她忍住不和周围同学闲聊，自我解释是为了更好地学习，其实她希望自己不存在。

可是，时间一久，她又觉得这不是个事，憋屈了她爱说爱笑的性格，没准还得落个自闭的嫌疑。干吗不说话？偏说！只不和旁边坐的这人说……

于是，叶子很快就和周围同学打成一片，说说笑笑很是开心。这些同学中，当然有男生。有时，叶子特寻了男生说话，一副豪爽模样。史风如想插话，叶子的说笑马上就戛然而止。确定史风不插话了，叶子又会精神抖擞与同学打闹。

一帮年轻人，有一天竟然将玩笑开到老师身上去了。他们打赌说，谁敢逗严肃的"山田大佐"笑一下，就能赢得两个卤鸡腿的奖励。美味之下有勇夫，真的就有人出手了，赶在下课前，悄悄在"山田大佐"衣服后摆贴上了张纸条。纸条上，画着一张夸张的苦瓜脸，边上龙飞凤舞的字迹是"求求你，笑一笑吧!"彩色笔写的，很醒目。一走动，纸条便像根尾巴似的飘来飘去。田老师不明就里，离开教室后走得雄赳赳，纸条晃动的幅度就更加大了，于是惹来更多人跟在后面抿嘴笑。最后田老师发觉了纸条，扯下来看了内容后，他果真噗地一笑，然后摇摇头，小声说句"这帮孩子"。就为这一笑，那贴纸条的后来真吃上了赢来的卤鸡腿。

过了段时间，对这样的情形叶子又不满意了。她向周围同学提议，不要再说笑闲聊了，得抓紧时间拼搏才是。她说，她要做妈妈的乖乖女。很堂皇的理由。

叶子变得郁郁寡欢。

直到放寒假，叶子也没和史风说过一次话，更没正眼看他一次。

期末考试，叶子的成绩急剧下降。

妈妈见了那成绩好伤心。

大年初一，妈妈勒令叶子跪在先人画像前思过。

"在先人面前你好好反思，为什么成绩降得这样厉害? !你对得住我吗? 这么多年，你爸爸不要我们，我一个人拉扯你容易吗? !你想气死我呀——"妈妈边数落边哭。

叶子这下子知道了，她不是没有爸爸，只是被爸爸抛弃。原来呀，一次与妈妈争吵后，爸爸便放弃工作离家出走，从此音信杳无。

平时总昂头走路不肯向人低头的妈妈，而今梨花带泪哭得让人心酸。叶子见妈妈哭，她也跟着哭。弄得整个正月过得不开心。

叶子暗暗发誓，绝不和史风再做同桌，决不再胡思乱想。

第 八 章

重新走进学校。

一个寒假没见，雪儿长胖了不少。与叶子相见，她故作不高兴。

叶子问："怎么，分别几天，老公你变心啦？"

"是嫉妒你啦！老婆你怎么还是这样瘦，你妈正月里也舍不得给你肉吃？"雪儿的眼笑得眯成了一条缝。

"看你，胖成这样，吃了些什么嘛！得减肥了！"

"Yes！老婆大人！"

没聊上几句，叶子就向雪儿请假，说是有重要事要办。

"嘿，什么重要事？如此鬼鬼祟祟？！"雪儿埋怨。

叶子应了声："不告诉你。"就转身走了。

在"山田大佐"的房间，出现了叶子的身影。她在缠着老师不肯走。

"老师，我不跟男生坐，给我换座位吧！"叶子死缠难磨了一阵，但没用，正备课的"山田大佐"始终不应许。这老师可能根本就没听清学生的请求，他没准还嫌人耽误他办正事了。

如果这时的"山田大佐"能稍微细心些、和蔼些，说不定叶子就有可能向他诉说苦恼。叶子好希望有人能帮她。

可"山田大佐"是严肃的，叶子不敢和他多说话。好在"山田大佐"后来倒是答应了句"以后再说"。

没办法，仍然是原同桌。依旧是叶子坐左，史风坐右。左边的总不看右边的。右边的却挺友好，见了叶子会微笑。

冬天已过去，却仍不见春暖花开。花开前夕，反而更冷。老人们说，这是上天在冻花哩。花儿想要开得鲜艳，就得经受寒冷刺骨的考验。

冻花季节，叶子的手肿得像馒头。冬季里没生冻疮，现在反而生了，真是奇怪。阴天时手还不太痒，晴天反痒得更甚。痒得实在难受了，就想把那肉给抠掉才尽兴。

这天叶子伸手去抽屉拿书本时忽然发现，她课桌里多了一盒冻疮膏。哪来的？

冻疮膏下有张小纸条——"叶子，你的成绩本来不错，你一定行的，要相信自己，一起加油哦!"落款处，写了一个很小很小的"史风"，几乎看不见。

眼泪顿时就涌了上来。这一次，叶子正式往右边看了。泪眼婆娑中，她看见史风镜片后的一双眼睛是那样真诚!只是匆匆一瞥，便如惊涛骇浪!没有只言片语，却胜似千言万语!

一个声音在叶子心底响起：史风关心叶子，这是真的吗？千真万确是真的。没错，他关心叶子。

深夜，确定寝室里的其他人都睡熟了后，叶子偷偷在被窝里打开电筒，反复研究史风的那张小纸条……

这以后，白天在教室里，叶子重新热衷和周围的同学一道嬉笑，但仍然不和史风说话。史风似乎有话对她说，但一见叶子那拒人千里之外的样，只得把话吞了回去。

在接下来的小测验中，叶子的成绩有了小小提高。

分数一宣布，史风就随手在作业本上给叶子写了祝贺话递了过来，神不知鬼不觉，外人看来或许认为在交流学习经验呐。两人肩膀不自觉的轻撞了一下，又同时猛地缩回。叶子不做声，轻轻将桌子往左移了下，这下，两桌的间距越发宽了。

第 九 章

最是无情是时间。来不及思考，来不及商量，不显山不露水，日子飞窜而过。校园的花坛里，栀子花儿又一次怯怯绽开。栀子花开，离高考就更近了。教室黑板上，高考倒计时标志无情地变换得更快了。

许多人在做最后冲刺。有人走路时神神叨叨背公式，有人带着英语书上厕所!

而此时的叶子，成绩不好不烂，她好像懒得管，不知为了什么，动不动就泪光盈盈。沉默寡言的，她变得爱发呆，一双眼写满了迷茫。雪儿想探个究竟，叶子爱理不睬，全不顾往日情面。

"山田大佐"这天在将下课时宣布一个好消息：为了放松一下，学校准备在周六下午组织高三学生上街看场电影。"万岁!"有学生霎时尖叫。

离星期六还有两天的一个下午。在寝室里,雪儿兴奋地对叶子畅谈星期六的理想。

"趁这个机会我要好好解解馋!光吃卤菜还不行,看完电影后,我还要去南记粉铺吃米粉!还有,我还想吃五香瓜子!"雪儿说得神采飞扬。

叶子笑她:"就知道吃,离高考只两个多月了,怎么,不怕身上多长了肉在你妈面前不好交代啦?"

"懒得管!解馋过瘾最重要!"雪儿说着,摇摇叶子肩膀,"哎,让我看看,你的电影票是几排几号?你知道的,我视力不好。今天的运气太差了,领了张老后的电影票,35排!要能换张靠前的票就好了!"

叶子懒懒回答:"我的票夹书里,在教室呐。好像也是35排,号次我就记不清了。"

"35排啊?怎么和我的是一排呢。完了完了!看来换票没希望啦。"雪儿一脸失望。

晚上,睡上铺的叶子刚钻进被窝,就有一只手伸了进来,吓得大叫,随之就听到咯咯直笑,方知是雪儿在搞鬼。

"搞什么嘛,小心待会生活老师揪你去操场跑步!"叶子吓唬雪儿。

雪儿兴高采烈的,说声"我才不怕呢",然后爬上叶子的床头,压低嗓子说:"哎!好消息!有个大傻瓜拿好票换了我的差票!"

"谁?"

"史风!你同桌!"

叶子在心里说了句"还真的是大傻瓜"。

到了星期六,叶子懒洋洋地歪在床上,告诉雪儿她不想去看电影了。雪儿软磨硬缠,坚持要叶子与她同去。

"好不容易有个放风机会,哪能白白放过呢?"雪儿教育着叶子。

磨了一阵,见没多大效果,雪儿就威胁起叶子来,说:"你要是不去我也只好不去。"叶子只得乖乖投降。

一对好朋友进了影院。临分手,雪儿叮嘱叶子:"记得看完电影在门口等我,我们两个一块去南记粉铺!"

电影院，黑压压的，人群熙攘。与雪儿分开后，叶子开始找座位，一排排地找，一次次被人挤来挤去。有人摁了打火机照座号，趁着那点光，叶子终于找到了她的座位。

刚要落座，她愣住了。与她邻座的，分明就是她的同桌！坐还是不坐？叶子犯难了！

史风咬着嘴唇盯着叶子。他坐着没动，叶子站着没动。两人就那样僵着。后来，银幕上出现了字画，电影要开始了。坐后面的人不满起来，冲前面喊："前面的！坐下嘛！我们是来看电影的，不是来看你后脑勺的！"

叶子吓得赶紧坐了下来，笔直坐好，连声气都屏住。她的眼睛一直瞪着前方银幕，可是脑袋一片空白，银幕上到底在放映什么，她不知道。

咳嗽声、嗑瓜子声、窃窃私语声，电影院一片哄闹。一对小情侣坐在前排，相互喂着爆米花。距离这对小情侣不远的一个老太太，低声对她的老同伴说："屁大的人就谈恋爱！现在这年轻人啦，真是越来越开放哦！"

老太太感叹的时候，叶子发觉，她的右手，悄悄被史风攥住了。想抽出手来，却被攥得更紧。头有发晕的感觉，生怕蹦得厉害的心跳声被人听了去，呼吸似乎也发生了困难。手心变得冰凉，渐渐，又变成汗涔涔的。

叶子斗胆看史风，史风却端坐着直视前方，仍旧咬住嘴唇，他一定已咬出唇印了。再次偷看时，史风迎上了她的眼光。那是什么样的眼神啊，火辣、坚定，刺人心骨，见了令人心悸。即便过了许多年，叶子总记得那种心悸的感觉，并迷恋那种心悸。年轻的手，不知当时攥住的是什么，更不知多年以后能否继续攥住，只愿时光能就此停住，留住这一段最纯最真！

一场电影下来，叶子晕晕乎乎，全忘了雪儿的约定。过后雪儿连连责怪叶子不守信用，毁了她解馋过瘾的好计划。叶子只傻笑，没做任何解释。

第二天，史风把他的一本绿胶皮壳的日记本递给了叶子。之后不久，叶子异常坚决地做出决定，她不参加高考了。这让史风觉得弄巧成拙，很后悔送日记本给叶子。

第 十 章

史风的绿壳日记本里，满满的那么一本，记录的全是他和叶子的点点滴滴。中国文字，除了象形，更能会意，能令人癫狂呢！可怜这男孩，将心事写得那么透彻、缠绵，看得叶子心颤、魂断。

叶子终于知道，挣扎、彷徨的原来不是她一个。自始至终，史风一直站在那里默默地为她欢喜为她忧。想来，史风应比她更难过，而她只是不知道罢了。

史风家是半边户，只他爸领国家工资是城镇户口。他姐弟仁，随了妈妈领的是红色的农村户口本。姐弟仁，从小就在城里随他们的爸爸生活，为的是在城里接受更好的教育。爸爸要在城里上班，妈妈要在乡下种田。为了生活，爸妈经常乡下城里两头奔，很是辛苦。姐与哥均已大学毕业参加了工作，按说是喜事，但对史风来说，却又变成了份重负。一家子如今把厚望寄予在他身上，理所当然希望他也能考上大学。原本因为自身的农村户口弄得有点自卑，他迟迟不敢向同桌女孩表白心迹。待鼓足勇气稍微有了表示，谁料叶子的情绪竟然大起大落，这自然严重影响史风的心态。在日记里，史风希望两人能以平和心态相处，共同考上大学。

叶子认为，与史风共同考上大学只能是个梦。她确信自己绝不能坦然相处，而这定会影响史风。假如弄得两败俱伤，那么相见不如不见。不见，至少还有机会让其中一个人能挤进大学，而这人当然得是史风。若不然，叶子认为自己罪孽深重。史风向叶子发誓，自己一定会努力考上大学，以此来尽力挽留叶子共同参加高考，却终是无效。

在众人的不解中，叶子义无反顾地离开了学校，就如壮士一去兮不复返，有点悲壮。

叶子妈被女儿的举动气得当场吐血，连夜被送到医院急救。救过来后，妈妈第一句话就是问叶子，到底去不去参加高考。叶子硬着心肠不答话。妈妈又问为什么不参加高考，她也不肯回答。她妈气急，猜想女儿一定是为了某个男孩放弃高考。除了私下恨极那不知名的男孩，她又没辙，只得虚张声势吓唬叶子，扬言自此解除母女关系。对叶子的工作问题，她妈申明，更是不会插手。

看似柔弱的叶子，倔强得像头驴，根本就不向妈妈低头。她自作主张参加了社会招工考试，以第一名的成绩考进了国营水泥厂。这样，离高考前的一个月，她非常顺利地成了一名国营工人。

妈妈知道叶子做了水泥厂工人，嗤之以鼻。当时，妈妈所在的氮肥厂，经济效益远比水泥厂强，每月光奖金就比水泥厂工人月工资的两倍还要多，不似水泥厂那样每月只能勉强发放基本工资给工人。

叶子拿到生平第一次的工资时，心里并不很兴奋。一共九十元钱，她给自己留了三十元做生活费，余下的六十元，全买了礼物送给相依为命的妈妈。但妈妈依旧不理叶子，把她买的礼物扔到街上，连家门也不准进。妈妈的样子，似乎要将断绝关系的诺言进行到底。

叶子没了落脚之处，只好再三恳求单位领导予以照顾，最后在厂里分到一间面积仅10平方米的小屋子住了进去。小屋地处偏僻，真正成了她的独立王国。心里有着说不出的孤独、无助与害怕，背地里她流过泪，但在人跟前，和妈妈一样，她高昂着头走路。

中途她给史风写了封信，要史风在回信中摁个手印给她，表白全力以赴考取大学的决心。史风果真依了她。

高考前，叶子不再与史风见面。休息时，她不像别的小姐妹那样喜欢上街购物。她把自己关在小屋子里，拿出史风的日记本，一遍又一遍地看。那些文字，她早已能背出，一如当年背诵长短句，如痴似醉。偶尔，她想静下来写点东西，谁知满版竟写的是史风的名字。

第 十 一 章

高考刚结束的下午，一对年轻人见了面。羞涩地相视一笑，两人反比在学校时更拘谨。沿着城东的资水河畔，叶子和史风走得有点漫无目的。一前一后，磨磨唧唧。河畔边堆了好多坛坛罐罐。这河畔成了卖瓦罐的天然仓库。

不知是谁小声说了句"坐会吧"，于是就挑了两个瓦罐当凳子坐了下来。虽然坐在一块，中间却隔了足有俩拳头宽。叶子时不时拽着自己的衣袖，好像嫌衣袖太短。史风也是正襟危坐着，显得茫然不知所措。有时对视，然后抿嘴傻笑。

这时有卖雪糕的叫唤着走过，史风赶紧问叶子要不要雪糕。叶子不置可否。史风便一跃而起，跑到卖雪糕的跟前。回来时，他带了两个雪糕。叶子却说不想吃雪糕，于是史风说他也不吃。

两个雪糕在史风手里一点点的融化。他蹲下，拿融化的雪糕在地上随意写字，却是一个"思"字，叶子看了，心儿怦怦跳。

两人坐在资水边，一言不发看夕阳西下，斜照资水。东塔默默站立河畔，影子映在河面，孤独而凄美。

"如果花塔没炸掉多好，没准我们都梁这小地方也世界有名了。"看着东塔，史风终于找到了话题。

叶子回了句："花塔没了，都梁还有其他好东西，也一样能带活地方经济。"

这下，两个书生意气的年轻人谈起了本土特产与历史以及建设家乡的愿望来，很有指点江山的气概。

天色越来越暗，两人大有不想离开的意思。

后来分别时，史风说会在第一时间告诉叶子他的高考结果，若没考上大学，他就不会来找叶子了。叶子听后，心里好害怕史风从此真的不再来找她，但她一句话也不说，只看了眼史风就低下头来。

到了公布高考分数那天，叶子心神不宁，上班期间往厂门口跑了好几趟。同事笑她丢魂了，她也没回应。可是，直到叶子下班后，也没见史风的影子。到了晚上，叶子没精打采的，连晚饭也懒得吃，索性早早缩在床上。

第二天，盼星星，盼月亮，仍不见史风。到了第三天的傍晚，叶子住的小屋，终于有人敲门。懒懒地躺在床上的叶子刷地一跃而起，冲去打开了门。门外站的果然是史风，他的样子很是疲惫，叶子一见他那样，心里猛的咯噔一下，生怕听到不好的消息。

史风勉强笑了笑，他告诉叶子，他的成绩考得很不理想，不过值得庆幸的是，终究还是上了投档线。如果有大学招生名额尚未录满，他就还有一线希望。眼下，对考试结果很不满意的史风他爸，正在勉为其难调动各方关系，为他联系合适高校。

叶子的心，随着史风的叙述，变得一惊一乍、起起伏伏，后得知尚有一线希望，刚想高兴，马上又担忧起来。

史风没呆多久就告辞了，留下叶子辗转反侧彻夜难眠。

炎热的日子，令人焦躁不安。

牵挂妈妈的叶子，有一天偷偷回了家，将买的礼物悄悄搁在妈妈床头后赶紧趁没被妈妈发现溜出门。她躲在墙角，看到妈妈摇着蒲扇，像往常一样，坐在门口大着嗓门和人闲聊，便放下心来赶回厂里。

暑假将过完了，也不见史风露面，叶子的心七上八下的。

有一天晚上，叶子准备入睡时，她终于听到了熟悉的敲门声。盼了多日的史风出现在了眼前。

"怎么样？录取了吗？"叶子迫不及待了。

史风微笑着说："今天接到大学的录取通知了。"

"是吗？太好了！"叶子几乎跳了起来。对她来说，一块石头总算落了地。

"得念四年。过两天就要去学校了。"史风看着叶子说。

叶子低了头，小声说："四年就四年，一眨眼就过去了。"她不敢直面史风的眼睛。那双藏在眼镜片后的眼，见了，她就觉得没了自己。

"可是，我们就得分开四年呀。"史风仍旧看着叶子。

叶子想说，她会等史风，可是，终究是女孩子，不好太主动，便静静坐着不做声。隔着张桌子，两人对面望着坐了，一时无话。

静静的夜，有夏虫在轻吟。外面的路灯默然站立，忠心耿耿尽职工作，照看着静悄悄的厂子。小屋里，桌上的鸿运扇在卖命摇晃，本来细微的电流声此刻变得异常响亮。

隔桌坐的这对年轻人，悄无声息地将手牵在了一起。甜蜜漫延，*丝丝渗透每根神经*。

史风忽地站了起来，被他牵着手的叶子只得顺势站立，两人的距离顿时近了，近得可以听见彼此心跳。史风拽了叶子的手往上，叶子小心抬起头来。高她一头的史风，正盯着她，慢慢拽着她的手往上送。将近嘴边时，史风有些犹豫，但很快就变得果断，他吻了那手，眼睛可没忘看叶子。被吻的那手的主人紧张得闭了眼。头脑迅即短路，有电流击中的感觉。被电击的感觉原来很享受。

"叶子……"史风的声音突然有些沙哑。

听到史风轻呼名字，叶子睁了眼，鼓足勇气迎接了史风的眼光。

史风又轻唤了叶子的名字，他像是在征求女孩的意见，又像是迟疑于自己下一步的行为。

叶子只知道傻傻地看着眼前的男孩，大气也不敢喘。

史风将叶子拉得更近了，火辣辣地看着。这男孩舔着嘴唇，显得有点焦躁。终于，他紧紧地拥叶子入怀。他低了头，试探性地将嘴停在叶子嘴边，然后轻轻碰了碰。

叶子像失去知觉，任凭史风笨手笨脚操作。

史风有了勇气，再次故伎重演，又碰了碰叶子的嘴。叶子学样，试着回应。

史风受了鼓舞，顿时大胆起来，不再满足轻轻碰一下。他的舌头强行探入叶子嘴中。经过一番试验，这对笨笨的年轻人终于发现了天大的秘密，原来舌头可以参与缠绕交战。这是令人眩晕窒息的交战，迷迷糊糊中，时间似乎停住，天地也不复存在。良久，当嘴唇分开后，才发觉舌头早已变得发麻发痛。

仍抱搂在一起的人突然惊觉，早已过了厂里关大门的时间。史风若这时离开厂里回家，肯定要经受传达室大爷的一番反复盘问，就算老实交代原委也不一定能顺利放行，何况不敢如实交代呀。怎么办？史风着急了。他对叶子说，不如翻墙试一下。叶子立刻反对，她认为围墙过高，翻墙太危险。

"看样子，只能留下不走了。"叶子环抱着史风，头抵在他胸前低低地说。

史风摸摸叶子的脸，带着一丝坏笑逗她："不怕我欺负你？"

叶子做挥拳欲打状，嗔怪一声："讨厌啦，你!"

史风抓过那挥过来的小手，再次吻了吻。叶子抽走手，抱紧了史风。互相抱着。

史风凑近叶子耳边低语："知道吗？就算取了眼镜，在千人万人之中，我也能认出你来。好像早就认识，在前世就认识……这种感觉真的好奇怪……"

叶子虽不说话，心里却一个劲地认同。她认定，史风就是初中时匆匆一瞥的那男孩。仅仅是匆匆一瞥，便梦萦魂牵，这次第，怎一个情字了得？

看看时间，离天亮只差四、五个小时了。难道就这样一直站着抱在一起？

叶子怯怯地说："要不，睡床上吧——"

史风带着疑问看她。叶子指着那床，一板一眼地说："一分为二，不准越界！"她接着将电灯熄了。

外面路灯照过来，半明半暗。初时看不清小屋内的景象，渐渐地，感觉光线强了，连鸿运扇上的小指示灯也显得光亮起来，屋内东西竟然能看个分明了。

叶子牵了史风的手来到床前。她带头和衣躺下，史风摘下眼镜后，跟着躺了下来。虽然刚才有过亲密，这时候两人又拘束了。仰天躺着，谁也不说话，连手也不牵。忍住不看对方，没忍住，却发现对方也在扭头看自己。叶子几次想摸摸史风眉心那颗痣，手扬起，又放下。

史风问："哎，你在想什么？"

"我，我，我想摸摸你眉心的那颗痣——"叶子憋足了胆量说了出来。

史风侧身过来，拿过叶子的手，放在了自己眉心。

叶子于是轻抚着史风的黑痣，生怕弄疼了一样。她傻傻地说，这颗黑痣，可以让他们即便分隔多年也能一眼相认。史风听了只是笑着看她。叶子的心中禁不住生出难耐的怜爱来，一时没克制住，她捧了史风的脸，一顿乱吻。眉毛、眼睛、鼻子、黑痣……很是孩子气的瞎吻。她说，史风的脸属于她了，别人再不能下手。凑到嘴唇时，就变成两个人的工作了。两人虽然接吻业务仍不娴熟，但此刻再也不是茫然不知所措。又是一番舌头大战，弄得气喘吁吁。

两人聊起闲话来，聊着聊着，提起上幼儿园的趣事来，当然自己是不清楚的，全是转述各自妈妈的原话。这才发现，两人应该是幼儿园的同班同学。

"我妈说，幼儿园里有个男孩说长大了要娶我，你说这男孩逗不逗？哎哎哎，你老实交代，那时候有没有对哪个幼儿园女同学动心过？"叶子笑嘻嘻地对史风说话，手也没闲着，要挠史风的胳肢窝，史风忙躲闪。结果叶子没挠着史风，手反而给史风握住了。史风紧紧握住叶子的手，盯着叶子说："我倒希望，那个害你念念不忘的幼儿园男孩是我呢……"叶子冲史风扮鬼脸，笑话史风小气在吃干醋。两人说着笑着，嘴唇又贴在了一起，再次忘记世界的存在。

之后两人和衣而睡，倒也相安无事。待一觉醒来，天竟已大亮。

没有着急起来，两个年轻人躺在床上说着悄悄话。正说着，史风突地表示难受，唬得叶子赶紧摸他额头。额头有点烫，脸面也烫。叶子于是断定史风感冒了，立刻爬起来要出去给他买药。史风却拽了她的手不让走，笑了笑说自己没感冒，根本不用买药。

"那你为什么会难受呢？"叶子很是不解。

史风说他早醒了，因为一直在看叶子，所以就憋得难受了。叶子听得这番解释觉得脑袋有点糊涂了。史风刮了刮她的鼻子，笑她是个傻瓜。叶子愈加不明就里。

多年以后，叶子结婚了，她终于明白史风当时为什么难受，明白十八岁时的自己是多么懵懂无知。那晚与史风和衣而睡，她日后竟很是担忧了一阵，生怕因此会做了未婚先孕的妈妈呢！

（作者单位：国网邵阳供电公司）

潇湘去不还

（长篇节选）

邓焦琴

第 九 章

苍穹之下，雾霭之中，每个城市仿佛都是活跳跳地一呼一吸，不寂不灭。有的朝气蓬勃，有的暮气沉沉；有的媚态十足，有的傲骨铮铮。城市就像人的性格，鲜明火辣。每一个城市，宛如一个大大的生命体，都有自己固有独特的呼吸，一张一合，一花一树，一颦一笑，一雨一滴，都印迹着这个城市的气息。

城市的角角落落也许都存在一个隐秘、油腻、游离于主流社会之外，义气云天，说话充满切口，却终年不能见光的地方。这里的一切皆可以用金钱交易；这里的一言不合，多看几眼，口角争吵，也许就是冲动的拔刀相向，鲜血淋漓。

一场暴雨骤然而下，什么都仿佛不曾发生，一地血迹渐渐湮灭，被雨水冲淡，归于寂静，来于寂静。

晨曦微光，太阳公平地照着大地。阳光不分三六九等，照得到的地方便是"生活"，照不到的地方便是"生存"。

晨曦初开，天色微光。路上三三两两的行人，肿着眼泡，撇着嘴，费力地迈着脚，小跑步赶着上班、送孩子。

大人们手里牵着，或自行车后面上坐着的孩子，也是一脸睡眼惺忪。走路的有气无力地踉踉跄跄走着，坐车的在自行车后座上蜷着像个小猫，嘴里含着没嚼完的菜肉包子，争分夺秒地补补觉。

张梵梵沿着街角一直向下走，远离了整齐横平竖直的城市街道，远离郁郁葱葱芳香浓郁的大樟树人行道，远离了堂堂正正阳光下温暖熟悉的小区民居，映入眼帘的是一大片乱搭乱建的棚户区，路边破旧垃圾渐渐增多，鼻子无处可逃地闻到那种死水沤着陈年垃圾发出的恶臭。隔着两个街角，阴暗腐臭的下河街边，一个粗制滥造利用各种建筑废旧边角料搭建的简易棚子，破洞丛生的预制板粗粗覆盖的屋顶已经承受不了连日阴雨的侵蚀，半塌半立，有气无力地承载着作为一个房屋的尊严。

　　房子前面，一个蓬头散发的中年妇人，疯疯癫癫地躺在稀烂沤臭的泥地里，甩手跳脚地大哭大喊，声嘶力竭地嚎哭，一声接一声，一种身体深处的大悲大恸，让她嚎哭到身体抽搐。"绊倒脑壳的宝畜生呐！哪个要你去'充横横'啰！'带笼子'带得自己命都搭进去啦！"

　　一个挣扎于生活之中的褴褛女人，披头散发破破烂烂的"下河街西施"，被生活狠狠亏待得面目狰狞，可曾想她年轻时也是个烟视媚行的辣妹子美人儿，也曾清清爽爽一身布衣难掩芳华，腰肢也曾傲气地盈盈一握，烟波流传，明眸皓齿，笑起来天地都放敞晴。

　　老实人做力气事，洁身自好，也要生存下去。不屑于那种堕落的生活，年轻时候的"下河街西施"她安安心心跟随做了一辈子菜农的父亲在河边上开垦出一大片地方种菜，精心伺候种出的辣椒又辣又香，辣气冲鼻，让人不禁多扒拉几碗饭，两担满满冒尖的辣椒挑上街去，众人蜂拥而至，一扫而空，他们家光靠种辣椒卖辣椒都比别个屋里过得松泛，日子蒸蒸日上，曙光隐现，家里"老鼠嘴边攒油"似的仔仔细细存了一笔钱，盘算着在不远处的龙升街置一套房，清清静静过日子，彻底远离下河街这种混沌不明的生活。日子如果这样按部就班下去，她会成为无数个平凡而幸福家庭妇女中的一个。

　　但命运这只无形的大手，让有命的人无运，有运的人无命。冬去春来，日日到她菜摊上买菜，一个灰衣黑裤的老妇人，慈眉善目，倒也不像一般小老太婆把零壳子钱看得鸡蛋大，不计较银钱，有时还拿些自家老头子单位发的劳保衣服，笨重的劳保雨鞋及洗衣粉等等之类送给"下河街西施"的老父亲，且坚决不肯收钱，"有多，反正穿不完，用不完，放在屋里也是占地方。"老妇人轻声细语地说。天气好的时候，买卖双方站在温暖的日光下边慢悠悠嚼槟榔边打几句"闲港"，寥寥几句话精明老妇人已把单纯善良的"下河街西施"家里底细摸个门儿清。

间或有些日子，便见着一个年轻人骑着单车，不声不响地跟在老妇人后面，单车后座有时托着一袋米，有时捆着几块黝黑肥厚的老腊肉配几根绿油油的大葱，不禁让人想起晚餐桌上的丰美。年轻人眼风淡定地扫过麻利择菜的"下河街西施"，又若无其事地看向路边。老妇人面不改色地打招呼，说是小儿子刚当上工长，忙得晕头转向，今天难得不加班，顺便着过来捎带买菜，回去起油锅做饭大显身手，一家人都爱吃他做的菜。简单几句话，一个爱家爱岗的五好男青年形象跃然纸上。

"下河街西施"做梦也没有想到一个吃国家粮的俊秀工人会看上自己，当她一身新嫁娘衣服坐在那间极力打扮得花团锦簇的新房，"六铺六盖"崭新的棉花被，柔软得如同天边的云朵儿。她轻轻抓揉着那似乎还散发着阳光气息的棉被，看着梳妆镜上那张美丽懵懂的脸，恍如一梦。

第 十 章

寡言少语清秀体贴的丈夫，挣着一份体面的公家粮；善解人意却懂得保持分寸感的公婆，轻松惬意不用为钱犯愁的生活，夫家在升龙大街有一套祖传方方正正的小院，公婆住上房，新婚夫妻住东厢房，西厢房也收拾得干干净净，预备以后有了娃娃，请了保姆带娃娃住，一切安排得妥妥当当。"下河街西施"晕晕乎乎觉得自己好像一直在梦里踩着棉花，深一脚浅一脚地行走，不敢相信自己的好运气。

有时候，夜里她满怀心事悠悠地醒了，枕着柔软的湘绣枕头，上面铺一层纯棉白枕巾，以免弄脏那珍贵精美的绣工，这样里子面子都舒服，是长沙精致老娭毑居家过日子的贴心家常。她眼睛舍不得睁开，等到天光鱼肚白，朦胧中感受着身边丈夫轻手轻脚地起床，捅捅小煤炉子，看着火苗渐渐旺了，屋里慢慢暖和起来，他把一锅甜酒鸡蛋先放小煤炉炖上，走到屋外天井去洗漱时，听到东厢房里的婆婆走出来，笑着和儿子说："糖油粑粑和盐菜包子葱花卷，都热在灶屋里。骑车上班慢点，口莫张开，小心冷风恰进去肚子疼。"做儿子的毕恭毕敬地应了一声，吃完早饭推出单车，站在院子里不动声色拍拍车座上那不存在的灰尘，侧耳细听新媳妇起床的动静，随后，不紧不慢地翩然骑车出门上班。

"下河街西施"听着自行车铃铛丁零零远去，方才缓缓起床洗漱，鸡蛋甜酒保持着适口的温度，吃下肚子里暖暖的。推门走到灶屋，锅上热着糖油粑粑盐菜包子葱花卷，甜的咸的任君挑选。踱到天井，婆婆已把全家人的衣服洗得干干净净，晾得清清爽爽，院子里石板桌上一小扎一小扎整整齐齐晒着野生的马齿苋，冬日里马齿苋干菜子蒸腊肉可是让人垂涎三尺的民间美食。

大门"吱溜"一声，婆婆一身阳光开门进来，手臂挽着一个精巧的竹编菜篮，里面放满水灵灵的果蔬鱼肉，一张笑脸温暖和煦。

"吃完早饭了？一起出去散散步消食吧，晒晒太阳唠唠嗑，上次你不是说那个伍记的小瓜子好吃，我买菜顺便给你带了一包，你慢慢儿吃。"婆媳两人沐浴着阳光，磕着小瓜子，沿着药王街古城墙慢慢溜达。"下河街西施"自然而然挽着婆婆的手，想着自己从小到大在下河街那种环境中，尽是看到婆媳水火不容的情景，不是霸道媳妇虐待老弱残病的婆婆，就是狠心婆婆把媳妇做牛马下人一般使唤得团团转，当初嫁过来，心里也打好垫底，低眉顺眼伺候老人，安分守己和丈夫红红火火过日子，日子就算苦如黄连水，那也是水里调蜜的先苦后甜。

婆婆一家人只是一味地爱她护她，把她当成皇家公主般疼爱，对她无欲无求，反而让她心里惶恐。她的心空荡荡的，好像随时预备着踏空，这一步不知下一步。

一个早晨，平平淡淡一个长沙老城晴朗无云，鸽哨清亮，人间烟火气息浓厚的薄雾清早，她照例在宠溺中醒来，却猛然一惊，似乎有什么静悄悄地改变了，清新冷冽的空气似乎都变得陌生。

一切看似依旧。晾在天井的衣服，半干未干，每个折角衣领处都拽得平平整整；晒干后细心归拢打包的干马齿苋，散发着植物淡淡的草叶香；堂屋八仙桌上还没吃完的五记小瓜子包得好好的，一点没有走气变哈，灶屋里竟然还温着糖油粑粑盐菜包子，仿佛一切如昨，婆婆似乎随时推门进来，挎着满蓝新鲜的菜蔬，街上丁零零一阵的自行车铃声，是丈夫上班的依常。

"下河街西施"呆坐在天井的石凳上，冷彻寒骨的石凳，她木知木觉，坐得像一座冰雕，从朝霞漫天坐到暮霭沉沉，她知道，有什么东西被悄然无声地抽走了，她的生命中，将永远缺失一块。她最怕的事情，到底还是发生了。

大门口有闹哄哄的响动，一群人径直推门乌泱泱地涌进来。

前头几个，抖着房契租约，客气地说："大姐，这房子已经租约到期了，这个，劳烦你腾一下房。咳，别介意呐，你收拾收拾明天走也可以的。"

中间几个紧跟着上来，脸上带着笑，手里一叠纸甩得震天价响，"大姐哎，晚上好呐，您吃了没？这天可冷得跟寡妇再嫁一样！咳咳，看我这话说得——这是你家大人在外欠的账，你要不过目一下？咳，这冷火丘烟的时候，说这话可真难开口——要不咱们商量一个还钱时间？"

最后头几个人扎着手站在那里，冷眼旁观事态不言不语，领头一个人身材魁梧却面目忠厚诚恳，开口便说："大姐，我们也是做工的，你这屋里的家具床铺，老板都要我们背回去抵一些赌债，就对不住你了！"

"下河街西施"缓缓抹一下脸，冷静地说："各位，这房子，明天我就搬出去。欠的钱算好数目，我分毫不差的每月还一部分。自古以来，夫债妻还，没毛病。我活一日，还钱多一日。累哒各位了。"

众人又像来时一样，乌泱泱一群消散了。

直到这时，一直硬挺脖颈行事说话的"下河街西施"才像被抽掉脊梁一样，无力地瘫坐在地上。就在这时，肚子里的小生命突然动了一下。

她死气沉沉的眼睛忽然眨了一下，隐隐有了生机。她护着肚子，慢慢起身，在冰窖般的冷夜中肩膀不由自主地颤抖着，抖落一天积存的疲惫，猜疑，绝望，领悟，向死而生。她拾掇一下厨房，竟然找到了半块猪肉，几颗水灵灵的芥菜脑壳，给自己做了一顿有肉有汤有新鲜小菜的热饭菜，狠狠地一口一口吃完，轻柔地抚着肚子，她的故事完了，她肚子里的小生命故事才刚开始。

沉沉稳稳睡一宿，第二日"下河街西施"脸不红眼不肿早早起床，平心静气简单地打点了自己的行李，大门口候着收房子搬家具的一群人，彼此点过头，她抬起腿慢慢地往前走。走到熟悉的下河街，回到娘家，看到不明所以的父母，她再也撑不住了，叫了一声"娘呀——"，眼一翻，头一垂，直直地往后倒下了……

　　隔着岁月重重的迷雾，张梵梵穿过那一排排面目模糊不清，气味暧昧不明用半塑料布半木头瓦片盖成的房子，轻轻搀扶起坐在烂泥地上喃喃自语的"下河街西施"，抚平她蓬乱的头发，抹去她脸上零星的血迹和溅上的泥点，低低地唤了一声："妈——"

第 十 一 章

　　"下河街西施"经此变故，虽然外表还是勉强维持着精精致致，内心已是残破不堪，白天拼命做工攒钱还债，只要能赚钱的营生都做过，譬如给丧家唱"夜歌子"，别人嫌弃晦气又辛苦，需要歌者整晚不歇气地唱，虽然有几个人轮流着顶上，但"下河街西施"为了多赚几个钱，都是自己一个人咬牙唱通宵，每每一场夜歌唱下来，面如土色，气息奄奄。所以梵梵从小到大特别怕听"夜歌子"，想到自己娘的凄楚苦累，坎坷一生，不禁悲从中来。

　　"下河街西施"娘家的房子也卖了抵债，另租一间简陋的民房胡乱住着，夜晚蒙着头躲在被子里，实在想不通自己这一生的遭遇，偷偷压抑着哭。当时还是小朋友的梵梵伸出胖乎乎的小手，体贴地替妈妈擦干眼泪，奶声奶气地说："妈妈不哭，梵梵宝宝乖着呢，梵梵唱歌给你听啊。"

　　"月亮巴巴，里兜坐个嗲嗲；嗲嗲出去买菜，里兜坐个奶奶；奶奶想恰糍粑，糍粑跌落井里……"细声细气的稚嫩童音随着夜色轻柔流淌，她的小手紧紧地抓着妈妈的大手，扑闪着大眼睛笑笑地望着妈妈。她那么懂事，那么善解人意，从小看见别的小朋友都有爸爸妈妈爷爷奶奶一大家子簇拥着，心肝宝贝坨坨糖的疼爱着，她虽从未见过爸爸，却从来不问爸爸在哪里，乖巧伶俐，看事做事，从小跟着大人里里外外，察言观色，从不给别人添麻烦，小小人儿不但把自己照顾得好好的，还要格外抚慰看护母亲。

"下河街西施"却精神一日比一日恍惚，经年累月，竟然慢慢发展到幻听幻视，有时对着墙角喃喃自语，无缘无故的大笑大嚷，或号啕大哭，发作起来经常衣衫不整地在外面乱奔突走，整晚找不到回家的路，让家人提心吊胆而伤心不已，得幸唯一的女儿梵梵在娘家人的扶助下，健康平安长大，相依为命。

张梵梵从小到大，聪慧过人，学习刻苦努力，各种奖学金轻松收入囊中。她对抗世人异样眼光的唯一武器就是发奋学习，以自己优异的成绩击溃别人看好戏的讪笑。她的脊梁骨很硬，她没有父亲，在娘肚子里时那个所谓的父亲便设局陷害并抛弃了她们；穷，有一个半疯的娘，还背着一身的债。但她毫不卑微，目光清澈，内心坚强，他们家没有塌，现在没有塌，以后也不会塌，并且会在她张梵梵的脊梁支撑下活得更好。她的奖学金不单单是为了维持学业，还要千方百计省出钱来给母亲看病抓药。没人教她如何面对这个现实社会，没人指点她一生的路应该如何走，但她自己知道必须坚强自立，用自己的双手给母亲一个安稳的晚年。

在实习单位她工作沉稳细致，里里外外的人都对她评价很高。她想着等自己工作安定下来，就把母亲和外公外婆接到城里自己身边悉心照料，让老人家安享天伦之乐。

对于我细舅舅，她爱得坦坦荡荡，清清白白，并不因为自己出身贫寒，身世凄凉而卑微，而自怜自艾。虽然并未得到所爱之人的热切回应，张梵梵依然安之若素，不卑不亢，她是那种虽然做不成夫妻，也能成为一辈子好友的善解人意女孩。

夜了，梵梵耐心地哄着母亲睡了，疲惫地坐在灯下，喝一杯淡淡的茶，静静想着心事，忽然听到窗外轻微的扑扑簌簌之声，望向窗外，惊喜看到漫天细雪夹杂着小雪粒纷纷扬扬而落，映着点点清冷的月光，莹白剔透。梵梵信步踱到小院赏雪，惊见门口站着一个瘦削的身影，她诧异之后笑容掩饰不住地流淌，面容明媚如雪："璘哥哥。"

我的细舅舅站在细雪纷纷的夜里，长身玉立，沉默不语，却寒着一张脸，紧皱着眉，一双凌厉的双眸穿透人心，严肃地看着眼前还什么都不知道的少女。他吐字如刀，冷漠如冰，一字一句地说："你有喜欢的权利，我也有不喜欢的权利。"说罢，转身决绝而去。

梵梵没头没脑地被一顿羞辱，仿佛五雷轰顶，一张雪脸涨得通红，一颗心顿时如坠冰窖，但她冰雪聪明，知道事出有因，细舅舅气头上不能和他硬碰硬的扛，她还撑着关切地叮嘱远去的身影："下雪路滑，仔细脚下啊。"

翻来覆去熬了一宿，第二日梵梵便提着水果点心上金盆岭给外婆请安来了。

第 十 二 章

外婆的小杂货铺遭"贼老倌"开了"天窗"。

小偷只捡值钱的物品祸害，贵一点的白酒全部开了瓶，凭各种找关系开"条子"才能批到的珍贵白酒毫不吝惜洒在地上，一个瓶盖旁边一瓶空酒瓶，整整齐齐丝毫不乱；贵烟全部撕开，烟卷儿全部拦腰截断，也是横平竖直排排好，空烟盒仔仔细细垒成一个宝塔，倒还挺精致耐看；其余东西一概没动。这个小偷仿佛只为泄愤而来，而且这泄愤还蛮有克制，没有像别的下三滥偷儿一样，进屋翻得乱七八糟，甚至把别人家值钱又带不走的大家伙，比如电视机之类，拿大水盆装满水泡了，自己得不到也要毁了别人东西。我听同事讲过，他全家去旅游，家里进了贼，不但把所有东西翻得乱七八糟，一地狼藉，还把他们家贵重又带不走的进口音响、液晶电视等全部泡在浴缸水里面，最恶心的还是在客厅正中央的巨型茶几上，"贼老倌"屙了一大摊粑粑！

事情一出，不等外婆开口，舅舅姨妈们都悄无声息地发动自己关系人脉，黑道白道火速找人。

大舅豪爽仗义，颇有大侠风范，笑起来哈哈哈，走起路来咚咚咚，喝起酒来咕嘟咕嘟——喝酒恨不得用茶杯缸子；他身处炙手可热的小岗位却是有大天地，上上下下招呼得服服帖帖，如鱼得水八面玲珑。他看似粗犷无知，实则心细如发，待人接物滴水不漏；他消息灵通却善装"扒眯子"（就是装作无辜、不知道的样子），此事一起，他暗中授意，自有底下"跑腿子"火速打听消息。

二舅自小心思缜密，一副牌拿在手上，能把上下家的牌算得清清楚楚，轻易不打牌，逢牌必赢，一张脸常年挂着寡淡的微笑，不管天塌地陷，他都是一副云淡风轻的模样。早些年他从长沙机械技工学校毕业，凭着优秀成绩进了长沙锌厂，经历了全亚洲最大的有色金属厂最辉煌的高光时刻，也看尽繁华，落寞萧萧无边下，就此毫不留恋潇洒挥手离去。

长沙锌厂后来在市场化的大浪大潮中逐渐衰落，工资也磕磕绊绊开不出来，厂里先是搞"优化组合"，变相下岗，他不忍让那些拖家带口的老工人被无情地逐出厂子，生活无着、面冷心暖的他，自己主动申请下岗，把留厂的名额让给把自己一手带出来的老师傅，自己把自己毫不犹豫地"优化组合"下来。

二舅在家琢磨几天，上街转了几圈，回来就在早就看中的街尾空地搭了一张厚厚的大油篷布，摆几张桌子椅子，几幅麻将扑克牌，就成为一个简陋的棋牌麻将馆，象征性地抽点水（收台子费）。有时人少，他自己也会亲自上场，不显山不漏水地玩上几局。同样下岗的二舅妈就负责给客人炒菜，实惠不贵，比在家吃"了撒"方便，味道奇佳，薄利多销。不久一来二去名声大噪，有时别人特意从河西邀朋聚友赶来银盆北路，指名要吃二舅妈炒的正宗长沙菜，吃完"油光利光"（意喻吃得满嘴流油）抹抹嘴，心满意足地坐下搓几圈麻将玩玩纸牌，打到天昏地暗，酣畅淋漓，又来一顿啤酒烤肉夜宵，不知有多惬意。

一天，一群穿蓝黑制服的人过来一言不发就摔桌子收摊子，说他占道无证经营，要罚款要清空场地，不听话就要抓到"局子"里面去"醒下宝气"（指反省错误）。二舅舅拿把椅子端坐店口，慢条斯理地抽一根烟，透过袅袅烟雾缓缓地说："人要恰饭，崽要读书；开个麻将馆挣饭恰，不偷不抢凭手艺讨生活，犯那条子法！"

二舅舅身后呼啦啦站着一群闻讯而来，给他撑腰的街坊邻居们，大都是长沙锌厂的下岗工人，底层生活艰难求生地挣扎，大家都感同身受，二舅舅在这一片人缘又好，一有事大家都义无反顾站出来撑他。黑蓝制服们见势不妙，虚张声势地丢几个坨（讲几句狠话），骂骂咧咧地撤退了。最后还是大舅暗地里出面，找熟人打个招呼，补办营业执照，又寻得近旁一处老旧民房，提前付了几年租金，敲了沿街的墙开门面，重新粉刷修葺一新，正正式式地把麻将馆兼小饭馆搞起来了，生意欣欣向荣，足以糊口。二舅为人又沉稳睿智，渐渐身边聚拢一些好友街坊，逢上商业街店家邻居之间互相有个小扯皮小矛盾，都公推二舅舅出来主持公道，二舅舅渐渐被默认为"话事人"（主持公道的人）。

家族中读书最多的细舅舅，表面闷葫芦不言不语，内心明镜儿一样。细舅舅其实不是真的细舅舅，按照排行他应该是三舅舅，因为他下面其实还有一个聪明绝顶人见人爱的细弟弟，整天挂着甜甜的微笑，眉清目秀唇红齿白像观音像前的仙童子，三岁会背"孤舟蓑笠翁，独钓寒江雪"，五岁会解小学四则运算，可惜八岁那年突然肚子疼，大叫一声从桌上栽倒下来，家人慌乱地把他送到医院时，已经面如金纸，气息微弱，喊疼的声音都喊不出了。外婆悲痛欲绝，性情大变，当场大骂众人平日不该总夸细舅舅长得俊俏，像观音童子，现在被观音娘娘听到了，要收细舅舅上天做她的莲花童子了。

那年的冬天很冷，从此一个小小人儿的笑脸，永远埋在大家的回忆中。从此三舅成为了细舅舅，他要带着细弟弟的那一份生命，好好地活下去，且要活得更加流光溢彩，更加出人头地，背负如此沉重的期望，细舅舅做很多事情都必须从大局出发，身不由己，包括他读什么大学，做什么工作，甚至娶什么样的老婆，都需要综合各方面的考虑，尤其是外婆的意见。

小卖部进了"贼老倌"的事情，细舅舅听闻心里一沉，他隐隐约约觉得和校花张梵梵有脱不离的关系。

那边厢，金盆岭众人集聚。一日不到，"贼老倌"已经寻到。

第 十 三 章

下河街人生海海，三教九流，鱼龙混杂。坐在街边老旧宅子屋檐下晒太阳打瞌睡，百无聊赖看一天熙熙攘攘街景的头发花白身躯枯瘦老头子，也许年轻时是横霸大半个下河街，呼风唤雨的伢子哥，下河街来来往往的人都要恭恭敬敬叫他一声"伢哥"。商户进货的好东西，吕宋的大芒果、美国的红蛇果、吃谷物长大的霜花牛肉，第一时间都恭恭敬敬地送往伢子哥家尝鲜。

伢子哥就这样晒着太阳，抽着自己卷的纸烟，惬意的睡睡醒醒，一睁眼一闭眼，日子流沙一样从手中滑过。

是个好晴朗的清晨，流云浅淡，鸽哨悠扬美妙，高高低低起伏流转，老长沙千家万户大街小巷的人听着这声音便心安，知道日子又在平静祥和中安安稳稳地度过一天。

一个着青蓝短衫衣服的青年男子，施施然走进金盆岭果木飘香的院子，在看门狗一阵急似一阵的吠叫声中，不慌不忙在堂屋寻得一把心仪的椅子，拍拍那不存在的灰，执椅子端坐在院子中央，舒心舒意再坐上去，微笑，开口，朗声道：叨扰了，我就是你们要找的那个人。

——"你哦该（为什么）寻过来要偷我们家？"

——"贼佬倌不走空门。"

——"你贵姓？"

——"一杂下河街打流滴。"（意思是一个无业游民）

——"我们以前得罪过你吗？"

——"冒。娭毑哎，我这次敢踏贵宝地，就做好被你们扎扎实实打一顿的准备。"

说完，来人只是微笑，不言。

他舒舒服服地抽着我舅舅们敬过来的铁盒装红芙蓉，恰一口我姨妈泡的雨前洞庭银针茶，眼睛惬意的眯起："好茶！好烟！娭毑你太客气哒。"

但是对于我们的质问，他一概不理，只一副"事情是我做的，任打任剐悉听尊便"的"天塌下来我也认了"的神态。正在僵持之际，这时接到报讯的小舅舅从理工大学匆匆赶过来，他猛一见到细舅舅，神情不由自主瞬间凝重，又随即顾盼自若，装作无事人一般，该喝喝茶，该抽抽烟，但自此却不发一言。

对这个看似斯文的无赖人，打又打不得，骂又骂不得，大家都望向外婆，等待她发话如何处置，外婆轻吐一口烟，烟雾缭绕之中，笑容难以捉摸，她不紧不慢地说："送客，不留饭了，莫怪罪咯。"只字不提小卖部被偷之事。

来人也不客气，潇洒起身，转身就走，路过细舅舅身边，他正色道："喜不喜欢别个（别人）妹子，都要讲讲清楚，不要总是吊着别个妹子，盘在手心里玩（和女孩子暧昧不清的意思）。"

无头无尾一句话，说完就走。

留下细舅舅站在原地，一张脸铁青，窘迫得恨不能跳进湘江滚滚洪流中打几个挺。

具体事情的起因结果，没人知晓。我们都只是私下猜测，根据来人是下河街的人这重身份，或许他是长久暗恋着梵梵姐而不得，为着那莫须有的罪名，泄愤到细舅舅身上，乃至报复洗劫小卖部……

但是，好像没人去关心此事，大家都像什么也没发生一样，该上班上班，该开店开店，事情不留一点痕迹随风而逝了。

长大以后，我逐渐明白，人生于世，不是每件事情，都能看得清清楚楚，说得明明白白。

张梵梵过来金盆岭的时候，这个事情已经静悄悄告一段落了，人们对她温柔依然，她自始至终不知道事情的来龙去脉。

冬去春来，一个薄雾弥漫、春寒料峭的半夜，狗儿们都蜷缩在暖和和的草窝里呼呼睡大觉。院子里"扑簌"一声响，像落下一个秋天成熟冬天未及采摘的甜美大柚子似的，人们在睡梦中安稳地翻个身，喃喃地继续美梦。

第二日清晨起来，习惯在大枇杷树下惊天动地呼啦呼啦漱口刷牙的我，一嘴牙膏沫子来不及吐掉，就惊奇地发现院子中央落着一个油纸包裹着紧紧的小包裹，我大呼小叫唤来众人，外婆镇定地打开一看，里面整整齐齐一叠十元、五元、一元和零星的一大垛毛票，心思缜密的二舅舅粗粗一算，这些大抵是小卖部被糟蹋浪费的那些烟酒货物钱。

钱是何人所送？又如何退回？事情前因不明，后果扑朔迷离，即使是当事人身在其中，亦是云遮雾罩。普通小家小户老百姓家，一生只求平平安安，健健康康，禁不起丝毫风吹浪打，话说自古以来"红颜祸水"，唯有远离，以求安稳，不管祸源起何处。

即使是年幼懵懂的我，也隐隐感觉到梵梵姐将永远只能是姐姐了，不管她有没有直接涉及其中，此事或许因她而起，因她而落。经历过大风大浪，看惯悲欢离合的外婆，又岂能轻易让尚未过门就引来麻烦的梵梵姐，成为苑氏大家族的人？

细舅舅未来的道路，外婆一早就给他规划好，一个身负家族振兴重任的人，多少人明里暗里在为他呕心沥血筹谋铺路，未雨绸缪修路建桥，助他有朝一日振翅腾飞，冠盖满京华，又岂能娶一个出身下九流之地，父亲身份来历不明的女子。

一声唏嘘。

第 十 四 章

伢子哥抬头不经意地看看月牙儿，一线冷冷的辉光，他背着手缓缓走出大院。

老人慢条斯理的脚步从下河长街一间间沉睡的店铺慢吞吞踱过，街头至街尾九十九间，一间不多一间不少。老爷子口里不紧不慢嚼得正有兴致的槟榔，是吊篮槟榔店从海南进货，精挑细选进贡的最好"究脑壳"上等货。月辉清淡如水，薄薄一层落满青石板长街，长街九十九间店铺，他还未走完，伢子哥停下脚步，侧耳细听着，窸窸窣窣的脚步声由远及近，一个清瘦的身影披着一身银色月光从夜色中走来，看到长街中央等待的老人，年轻人一愣，他恭恭敬敬地走近老爷子，温顺地喊了一声："爷爷。"

一老一少的身影在深夜寂寥无声的下河街，并排着一间间走过那些白日里热闹非凡，充满人间烟火气味的店铺。

"梵妹丫工作还好不？"伢子哥看似随意聊天的问起。

年轻人字斟句酌地赔着笑答："回爷爷，妹丫还好，就是三班倒有点累，烈士公园变电站离屋里远了点，晚上过去接班，路上乌黑麻漆的，还是有点怕。"

年轻人顿了顿，展开一个无可奈何的笑容，"爷爷，你笑我每次偷偷护送她上班吧！"

伢子哥哼一声，吐出一坨槟榔渣，屌里屌气地说："年轻时候不为几个妹子争风吃醋，不打几次群架灭灭青年伢子火气，敢爱敢恨，敢做敢当，那还什么时候显摆斗狠呐？你就光明正大地送她上晚班，又怕个什么屌？"

年轻人赔着笑好脾气地解释："你晓得梵妹丫不是那人，她不喜欢的就不喜欢，牛脾气硬扎。"

伢子哥眼睛一眯，不怒自威，"我伢子哥的亲孙孙，潇潇洒洒走到外面，大把女人一嘟噜一嘟噜地贴上来，赶都赶不走，还轮到她妹丫讲啰唆不喜欢吗？"

老人大手豪气一挥，将长街划个大圆圈圈，"这下河街九十九家店的大地主，什么稀罕玩意儿不是唾手可得！"

年轻人连连点头，哄着老人，小心翼翼地扶着往回走，"爷爷，你午觉睡多了，三更半夜睡不着又出来溜达，别个人晚上起来屙尿泻火，迷迷糊糊猛一看到一个横眉瞪眼的老头几，会嘿死克！要你少嚼点槟榔你又不听，那东西恰多了也睡不着觉呐，听话听话撒。"

"老子是夜游神的命，你不要啰唆。你明天喊梵妹丫过来恰晚饭，我炒韭菜虾米，腌紫苏桃子给她恰，甜酒冲白粒圆，她最喜欢我搞的饭。"老人还在絮絮叨叨，看样子喜欢梵妹丫也不是一天两天啦。

"好好好，她现在刚上班，要图表现，喊应了加班，不一定来得了啊。"

"九十九间铺的未来大地主婆，上什么班啰，累醉哒，早点嫁过来是个事，绫罗绸缎，金山银山，躺着花不完。"

"爷爷，你梦话冒泡还冒醒啊，快点回去睡觉啰，明早我还要接梵妹丫下班呐！"

"那你早上带她过来，恰我炒的腊肉丁丁炒米粉，放豆芽菜花生米油爆辣椒，她最喜欢恰。"

"好好好，你先回去睡觉。"年轻人耐心地陪着老人走过长长的街，回到一所绿树环绕的大宅院里，伺候爷爷安心睡下不表。

老人是看着花骨朵一样的梵梵长大的。看着年轻时娇艳如花的梵梵娘欢天喜地地出嫁，那个心机深沉的外街男人，白白的笑脸，冷漠的背影，谜一样地来，谜一样地消失，留给梵梵娘一地狼藉，一堆莫名其妙的债，一个租来的大宅院，一个肚子里尚未出生的孩子。

老人当年没少帮助梵梵家。一个丈夫跑了的年轻落魄妇人，背着债，抱着嫩毛毛，饿着肚子，要在下河街找片瓦遮头，寻一块安身立命之处，谈何容易？

老人授意底下人，悄悄地每月送一些米面油过去，维持着基本的温饱生活，又不显山不露水地拨一间小小的铺面，给梵梵妈的娘家做些小生意，帮补家用，让梵梵妈有个娘家依靠。

梵梵自小冰雪聪明，知道整日凶神恶煞行走在街上的这个老爷爷，虽然前呼后拥，看上去混世魔王一般，其实心如莲花，慈祥温暖，时常打发人送一些吃的用的给梵梵家。妈妈在外跑江湖唱"夜歌子"赚钱，家里长年只有梵梵和外公外婆相依为命，每次来人上门送东西，梵梵都会落落大方喊他"伢子爷爷"，喊得老人皱纹笑开花，有时候怯怯跟在老人身后一起来的小孙子，倒是拘谨得很，梵梵也不管他，家里没有待客的零食，她捞几勺自家外婆新炸的猪油渣，放一点干辣子皮、酱油、盐、豆豉、葱花，拌拌匀，香得流口水，小孙子眼睛鼓起好大，梵梵把自制的零食放在他面前，诚心诚意地说："恰啰，真的超级好恰。"两个小人儿，就着一碗猪油渣，有滋有味地吃起来，小小的友谊也慢慢长大了。

梵："满哥哥，你长大就是下河街九十九间铺的满少爷啦！"

满："你莫听别个乱嚼舌头。"

梵："那九十九间铺的少爷，是不是可以每天恰扣子糖，糖油粑粑，油炸面圈圈？"

满："不晓得，应该可以吧。"

梵："满哥哥，长大好不好啊？是不是长大就没有烦恼呢？姆妈的病也会好起来。"

满："会的，肯定会的。"

那些日子是梵梵艰难度日的童年中，一抹永不能忘的温暖亮色。

（作者单位：国网株洲供电公司）

我们心里有盏灯

（情景剧）

李海瑛

主题：国网人抗冰救灾保供电

地点：张家界风景区土家山寨

人物：抗冰救灾电力抢险突击队12人（主要演员：吴队长、队员小邵、队员小宋）、老支书、现任支书小王、老支书的孙女幺妹子、幺妹子的婶娘、婶娘的小孩

第 一 场

（背景画面：大雪纷飞，电线覆冰，电杆倒塌，铁塔凝冻）

"幺妹子——"

"哎——来哒哎——"

（婶娘、幺妹子一前一后上）

婶娘：（向观众）今年张家界又遭灾，天寒地冻冰雪埋，游客们困在山上下不来！可这么冷的天儿，今天姑娘婆婆们都出了门，为啥呀，国网抢险突击队要来我们寨！啧啧，抢险救灾是苦差，白茫茫一片山连山，线路覆冰那个惨，倒杆断线一大片！

幺妹子：哎，寨子遭灾虽不好，古语有云"祸福倚"，电力"帅锅"来我家，养眼就算发红包！

听说啊，供电公司的"帅锅锅"多得很，穿起工作服、戴上安全帽、系好安全带……哎呀呀，想不得想不得，越想越喜欢，我就是个"制服

215

控"!（捧脸笑）

幺妹子:（上）幺妹子——快走哎!

幺妹子:哎——来哒来哒。呵呵,跑得比我还快,婶娘,莫是你也喜欢看帅锅?

婶娘:就许你们小妹子看那什么韩国的长腿"欧爸",就不兴我来看看阳刚帅气的电力"帅爸爸"?!

幺妹子:什么"欧爸""帅爸爸"的,人家那是"哥哥"——哎,婶娘,供电公司的哥哥们可不是你那一辈儿的,他们不叫"帅爸爸",叫"藕——巴——"、藕结巴的那个"藕巴"!告诉你哦,张家界的"电力藕巴"可出名了,他们为农民丰收保驾护航,为城市亮化增光添彩,还为景区救灾冲锋在前!提到"电力藕巴"呀,老百姓都会戳、戳、戳、戳、戳手指!

婶娘:为什么要戳手指啊,难不成,是戳脊梁骨?

幺妹子:错!点赞哪。

婶娘:呵呵呵,吓一跳!

（幺妹子推婶娘下）

第 二 场

（背景画面:同上）

（电力抢险突击队上）

吴队长:立正!向右看齐!向前看!稍息!立正——报数!

同志们,景区遭受冰灾断了电,马上要到春节,为了让老乡和游客们过一个亮亮堂堂、热热闹闹的年,我们必须继续发扬2008年张家界供电公司抗冰保网功勋单位的电力铁军精神,尽快为老乡们复好电。

同志们,我来问你们,我们的企业精神是什么?

齐声:努力超越、追求卓越!

吴队长:我们的核心价值观是什么?

齐声:诚信、责任、创新、奉献!

吴队长：不错，现在又到了我们国网人讲奉献的时候了!听我口令，全体都有，跑步进村——一二一、一二一

（老支书、小王支书上）

老支书：哎呀，这群电工师傅怎么搞得跟部队一样，还跑起队列来啦？

小王支书：不错，这抢险队呀看起来蛮有精神，牙口倍儿好，身体倍儿棒的样子。哎，不过老书记，我问一下，寨子里一下子添了这么多牙口，这吃吃喝喝的费用该怎么算哪？

老支书（点小王脑袋）：小农意识!就你会打小算盘，叫你带着大伙儿发展了几年旅游，你就真把自己当奸商啦？!人家那是来帮我们救灾送电的，这腊时腊月、天寒地冻的，你当人家愿意来啊？电不通，你让游客点蜡烛啊？然后再许个愿，春节整成西方情人节？你去问问游客愿不愿意没水没电的来瞎游!

小王支书：哎呀老书记，您还知道点蜡烛玩儿浪漫哪，那您和我婶子过过情人节没有？（挤眉弄眼唱：给我一个吻，可以不可以——）

老支书：我呸!你个不正经的，停停停!我知道那个啊，那也是响应号召，"把握新形势"。哎，言归正传，抢险队来给我们帮忙，没有不管饭的道理!这吃饭的问题我建议就包分到户，饭钱由寨子里出。跟他们说，油水弄厚点儿，一个原则，不能让人家走的时候比现在瘦喽!你看怎么样？

小王支书：（敬不标准军礼）得令!

第 三 场

（背景画面：村部操场）

突击队队员小邵：队长——队长——队长队长队长!

吴队长：喊什么喊，跟喊魂儿似的!你鸡屁股上插毛——急嘀个毛啊!

队员小邵：（嬉皮笑脸）队长你这是什么歇后语呀，鸡屁股上本来就有鸡毛，那就是鸡嘀个毛啊!

队员小宋：（立正挺胸）队长，昨天我们把倒杆、补杆数报上去以后，

今天公司打电话来说，电杆马上就送到！（佝腰泄气）可是，附送一个不好的消息——我们请不到小工。大过年的，天气又不好，人家一听说还是往这里来，出再多的钱都不干，说这天子山上坡连坡，爬山过坎走得跛！何况抬电杆。队长，怎么办？要不，我们在本地请请看？

吴队长：也只有这样了，我去找找老书记。

第 四 场

（背景画面：老支书家）

老支书：吴队长，你说的情况我清楚了，可寨子里现在只有老婆婆和小伢子，青壮劳力出去务工没回来，连五六十岁的半劳力如今都还在镇上打工呢。要不，我让小王书记去选几个壮实些的婆婆？

吴队长：那不行，婆婆怎么行？你又不是不知道，有些抬杆的地方连毛路都没有，虽说是请的小工，壮汉子都发愁呢。

老支书：唉——

吴队长：老书记，您别急，我再回去好好想想，总会有办法的。

第 五 场

（背景画面：村部操场）

队员小邵：哎呀队长回来了，队长——队长——队长队长，小工请到没有？来了多少？

吴队长：请到了！

队员小宋：那就好，刚才我打电话问了，拖电杆的车还有一刻钟就到队部，不然我们连卸车的人都没有呢。（往队长身后望）咦，队长，人呢？

吴队长：小邵，把各组在家人员全部通知到队部集合！

队员小邵：是！

（电力抢险突击队上）

吴队长：全体都有，报数！

（1、2、3、4、5、6、…）

吴队长：同志们，跟大家通报个情况，我们的救灾电杆马上就要进场，可是，临近春节，小工难找，拖一天，老乡的损失就多一天。现在，检验我们执行力的时候到了！我们国网人开展准军事化管理这么多年，常常自诩为"准军人""预备役""电力铁军"，我们的"铁"表现在哪里？就表现在，我们有钢铁一般的意志！想一想2008年抗冰保网电力援建，想一想"功勋单位"奖牌上兄弟们的血和汗！那时的条件，比现在要差百倍、千倍，甚至面临着流血牺牲，我们不照样扛过来了？！如今，缺小工这样的困难算不算困难？

齐声：不算！

吴队长：我们"电力铁军"的牺牲精神还在不在？

齐声：在！

吴队长：那我们国网人今天可不可以为老百姓抬一回电杆？

齐声：可以！

队员小邵：哎呀队长，你好聪明，这一下就把我们给绕进去了！

（齐笑）

吴队长：（笑骂）兔崽子们，不绕你们也得干，我们抢险队员到这儿来就是来吃苦的。听我口令，都有了，立正！向右看齐！向前看！向右转！齐步走！

（众队员下）

第 六 场

（背景画面：冰天雪地的野外，电杆倒杆现场）

（吴队长和队员小宋抬着电杆上）

队员小邵：（拿着本子和对讲机迎上）队长——队长——队长队长，你就歇会儿吧，也不缺你一个破（口水喷队长）劳力，你椎间盘正突出着呢。

吴队长：大家都干，我怎么能搞特殊，一边儿去，别影响我形象！

队员小邵：这荒山野岭的，你形象给谁看哪？天门狐仙到这儿串门来啦？（转头伤心对观众）来的时候大嫂还交代我，说你们两个病号在一块儿，他那人干起工作来不要命，你要提醒他记得吃药，多休息，少活动！你看他现在能的！他倒是肯听啊？！

吴队长：（放下电杆）小邵，清点一下电杆到位情况。

队员小邵：是！（看手中记录）今天电杆15基已全部运送到各倒杆现场！（嬉皮笑脸）嘿嘿，你们这是最后一杆！

队员小宋：（作势欲捶小邵）我靠！小邵你个耍嘴皮子的站着说话不腰疼啊你！

队员小邵：你以为我稀罕光动嘴啊，要不是上次挂彩，你看我会不会站在这儿。

吴队长：好了！通知各小组，大家辛苦了，今晚我们喝苞谷烧，明天继续——挖坑！哎哟——（队长弯腰扶地）

小邵、小宋（急上前扶）：队长！队长！

队员小邵：叫你逞能！现在形象碎一地了吧？

幺妹子：（背背篓上）队长，小邵哥哥，小宋哥哥，寨子里安排我给你们送热水来啦，爷爷说冬天喝热水不容易坏肚子！（放下背篓，拎出热水瓶和碗，倒水，看着队员小邵笑，递上）

队员小邵：（笑）哎，谢谢，幺妹子真好！（上前欲接碗）

队员小宋：（脱下外套，抢先接过碗）队长，喝水！

队员小邵：（轻声）小人之心！（给队长按摩腰部）

幺妹子：队长你怎么了，闪着腰了？

队员小邵：队长不是闪了腰，是椎间盘突出。

幺妹子：呀，我爷爷和队长一样，也是椎间盘突出。他年轻的时候哇农业学大寨带头背石块垒梯田，结果工作成绩突出了，椎间盘也突出了，现在呀，个人形象更突出！（弯腰撅屁股）哈哈……

队员小邵：（看向队员小宋）呀，你肩上出血了！

队员小宋：（轻声）没事儿，大家都一样。（对着队长牛哄哄）咱什么人哪，电力铁军啊，流血流汗不流泪，掉皮掉肉不掉队！嘟哩个嘟，嘟哩个嘟，嘟哩个嘟哩个嘟哩个嘟……

队员小邵：（佯踢小宋屁股）嘟你个头！

第 七 场

（背景画面：老支书家）

幺妹子：（拽老支书袖子）爷爷爷爷！你得帮他们找找人，你看他们，肩上都磨出血了，腰也累弯了，这样下去不行啊——哎呀爷爷——

老支书：哎呀，快放手快放手，我都快被你揉散架喽。哎，"他们"是谁呀？

幺妹子：（害羞）"他们"就是"他们"呀，哎呀爷爷，你懂的——

老支书：好好好，我懂的——如今的姑娘啊没养头，看到"锅锅"眼里就没了"嗲嗲"。我已经叫你王大哥去找人啦，明天就去工地上帮忙。

幺妹子：哎呀爷爷英明，爷爷神武，爷爷比"欧爸"还要帅，爷爷是"欧爷"！（伸大拇指）

老支书：呵呵，你这个疯丫头！

第 八 场

（背景画面：雪花纷飞，大红灯笼高挂，灯一盏一盏次第亮起，鞭炮齐鸣，寨子里游客盈门，人声鼎沸。）

（人物场景：幺妹子噘着嘴挨着婶娘，婶娘抱着小孩，与老支书、小王支书一起送别抢险队员，突击队队列整齐。）

吴队长：（握住老支书手）老书记，总算不辱使命，赶在年前送上电了。灯亮了，我们也该走了。（转身从小邵手中拿过装着钱的信封）这是我们在老乡家吃住的伙食费。这些日子啊，老乡们把我们都喂胖喽，这是按单位补贴标准算的，别嫌少，你们点点。

老支书：哪儿能要你们的钱，你们是在帮我们做事啊，我们出点儿不也应该吗？

小王支书：就是就是。

婶娘、幺妹子：是啊是啊——

吴队长：拿着！我们有规定，别叫我们违规。老书记、小王书记，抢险救灾、服务群众是我们电力部门的责任，帮你们，也就是帮我们自己啊。只要你们的灯亮了，游客们玩得高兴了，春晚看得热闹了，我们的心里呀也就亮堂了！

　　小孩：(揉眼醒来)叔叔、叔叔，你们的心里也点了一盏灯吗?

　　齐声：(大家齐笑，慢慢转身，突击队员齐声)是啊，我们的心里也有一盏灯！

　　(剧终)

（作者单位：国网张家界供电公司）

诗歌

砥砺前行的中国

（组诗）

祝向东

砥 砺 前 行 的 中 国

——献给新中国七十华诞

在你博大的胸怀里

我用深情的词汇　把你赞美

我以神奇的画笔　把你描绘

在你摊开的巨掌里

我用长江黄河的磅礴　为你把脉

我以三山五岳的坚贞　诠释无悔

在你豪迈的步履中

我用神威超算的节奏　如影相随

我以天眼辽阔的洞察　引领深邃

还有你鲲鹏展翅的理想　催动

汉唐的金戈铁马　挟拥历史风雷

还有你精卫填海的坚忍　夸父逐日的无畏

在东方古国的血液和骨骼里凝成钢铁块垒

砥砺前行的中国呀

你也有过疮痍遍地的苦难
甲午的炮声把中华的尊严撕得粉碎
一张张叠印侵略者邪恶与傲慢的条约
浸透我中华咬牙切齿的斑斑血泪
是中国共产党在民族危亡之际挺身而出
绷紧了布满弹眼和伤疤的脊梁
把中国这架大车　拉出苦难的泥泞
然后用七十年的工匠精神
打造出让世界惊艳的巨龙腾飞

砥砺前行的中国呀

从"一大"到"十八大"
党不断破解危局绕开暗礁编织经纬
从"十八大"到"十九大"
中国终于甩开大步跻身前列喷涌大智大慧
习近平总书记走遍千山万水
一篇篇讲话语重心长
一声声号令振聋发聩
中华民族的伟大复兴已开启壮阔航程
雄关漫道　披荆斩棘　永不言退

砥砺前行的中国呀

精准扶贫　小康路上一个也不能掉队
绿水青山就是金山银山
新时代中国特色社会主义　就这么战略定位

226

当中国梦催生的创造力形成井喷
世界开始在华夏的步调里排队
在一带一路的光环里站位
歼 20 一飞冲天　大驱下饺子般入列
航母荷着开国老将军的遗愿下水
大洋大海徜徉着解放军镇国的吨位

砥砺前行的中国呀

极目穹苍　天舟和天宫惊世一吻
墨子号昭示东方的底蕴和深邃
"互联网＋"扮靓时尚的生活
二维码扫描出快捷便利的甘美
共享经济惊叹成林
民族品牌里逆袭出"华为"
有多少创新的细胞繁荣成海
多少新科技深入到社会的骨髓
中国制造俨然已成为世界的标配

砥砺前行的中国呀

一柄柄反腐和扫黑除恶的铡刀
始终保持冷凛的虎威
制度的笼子夹住"四风"尾巴
"两学一做""八项规定"让每名党员重塑信仰
群众路线的窗口探下身子
袒露出百姓们放心的前胸后背
挥动环保的巨帚　廓清天空雾霾扫除大地尘灰
会五洲宾客迎四海亲朋

山欢水笑盛开一园园普世的花卉

砥砺前行的中国呀

七十华诞荣膺世界的花魁
你的高山挑落群星　你的长河铺金叠翠
怎样的锦绣装点你的丰腴你的秀丽
怎样的镌刻凸显你的傲岸你的壮美
我们是铧犁　在你的沃野里播种金秋
我们是鸽哨　在你的蓝天里刷亮智慧
撸起袖子加油干　用"中国芯"击退挑衅
一心一意求发展　用"中国梦"打破壁垒
千家喜结汉唐缘　万邦来朝领神威

砥砺前行的中国呀

我是点缀你美丽版图的那抹国网绿
我是电雷锋电骆驼电骏马
用先行的巨步赋能祖国腾飞
从贫电的黑暗到璀璨的星河
"村村通""户户通"实现电力无死角大包围
三峡等千万级水电厂骄傲入网
发电　拦洪　航运　把责任和担当根植社会
特高压耸入云天　银线弹唱国际范
智慧电网　数字电网约会 5G "新基建"芬芳玫瑰

砥砺前行的中国呀

我是你五星红旗下铿锵的国网人

在电网每个网格里用心血浇灌爱的蓓蕾

是 95598 捧出的温馨和灿烂

是巡线路上艰难的跋山涉水

是雕刻在屋脊线上鏖战的勇士

是一流互联网＋企业锚定的标杆

千山有月千山醉　万里无碍洒清辉

我和我的祖国　我和我的国网

叠进同心圆　共筑中国梦　华夏云中飞

砥砺前行的中国呀

十月　中国

十月　中国

捧着金秋放歌广博和辽阔

沉甸的稻穗向镰刀致敬

丰满的玉米黏紧生活

大兴安岭在秋风中一醉方休

柴达木　无数跋涉轻轻诉说

从国际赛场猎回的金牌

依然温情脉脉　热泪滚落

荡漾过《春江花月夜》的杭州

月还那么圆润那么鲜活

一条条抛向世界的彩绸

以飞天的绚丽扮靓神州

一轮轮波轰浪嚣的亮剑

宣告王者归来的胆魄

十月　中国

华表霓虹花篮亮丽的城郭

果芬桂香金风送爽的村落

谈着恋爱羞答答送秋波的江南

举起大碗把松花江海饮的北国

还有夜空里不眠的天眼

踏响宇宙太空铿锵的中国节拍

海洋上傲岸的翅膀

不断拍响久违的汉唐怒喝

中国梦　俨然已从地平线上

火球般　高高跃起

把华夏映得光华灼灼

一排排年轻的脸庞凝望国旗

书满使命自信责任和执着

长　征

长征　一座血肉铸成的移动长城

在中国的西部　用十万副共产党员的脊梁

拼出中国近代史最雄伟壮烈的史诗

这是一次怎样的中国式马拉松呀

二万五千里危途　全由一双双脚板踩断

整整一年的时间　星火烘燃云贵蜀

一群群被三座大山压得喘不过气的劳苦人

在朴素的口号和真诚的眼神感召下

拔出他们青筋纵横的泥腿　扎上灰色绑腿

跟着红军打天下

上路　他们来不及琢磨主义和真理的长与宽

上路　他们不知道什么是枪林弹雨什么是山高水长
不知道草地有多险雪山有多寒
但他们知道这是一支给他粮吃给他衣穿的队伍
这是一个让人民当家作主的党
砸碎了锁链的双腿走起来脚步生风
清除了阴霾的心儿格外敞亮

走呀　跟着红星　向着北斗
十万双步调一致的希望
啃咬着疟疾　草根和皮带
拍打着金沙水寒云崖暖
西风烈寒鸦叫的暮色里
每一根火柴都贴着胸膛呀
它点燃的篝火　在茫茫草地上
把红心解读给呵护红军的星光

走呀　背着大刀　肩着钢枪
一个咬紧牙关的中国　一个揣着信念的党
在一个韶山伢子　三湘汉子
一个书法家　诗人
一个思想家　政治家　军事家
一个伟人的带领下
碧血苍穹　驱风驰电

拔草作刀剑　狼丛虎口敢亮剑
险关踢成丸　云步从容何等闲

史学家事后诸葛地惊叹长征起死回生的战略
数学家读不懂四渡赤水二过草地的数字战术

抽着雪茄的政客不明白以心换心的星火燎原

挎着贵妇藕臂的贵族永远欣赏不了

躺在战友怀抱里　面对胜利硝烟

那最后一缕美丽而欣慰的笑

长征　你用坚硬的头颅

撞响了民族自醒的钟磬

长征　你用白骨打造的铧犁

耕开了中国满目疮痍的冻土

因了长征　中国共产党热血里更添豪胆

因了长征　中国共产党铁骨中全是顽强

也许　二万五千行诗

写不尽长征一行脚印的呐喊

长征　点亮中国革命的足迹

成为一种概念　写进中国共产党宣言

成为一种锤炼　一种砸碎锁链和桎梏的运动

成为新中国永远前进的代名词

昭示中国革命的波折和艰难

长征在今天　可以入药

医治软骨病和享乐疾

长征　也必将成为一种新常态

绑在火箭上　向太空开跋

为中国梦披肝沥胆

在主观世界和客观世界里的长征哲学

则是中国共产党的一种特别传承

是党史写给未来的

永恒的警醒与召唤

（作者单位：国网湖南水电公司）

劳模礼赞

（组诗）

祝向东

劳　模

这是一群骨骼里含钙特别丰富的族类
他们内心没有悲哀　手里提着星星
照亮自己的同时更照亮别人照亮世界
有时他们就像疲惫的蚂蚁
背负着常人难以想象的责任
翻越恶障或者攀上云一样的高度

一场鏖战过后
最先站起来洗却硝烟准备再战的是他们
他们也常常忘记自己　当春天的花冠当空落下
少有的休整时刻　我认真地端详他们
有时借助酒亲近他们
没有发现他们与我们有什么不同

高 空 舞 者

——致全国劳动模范夏增明

高空舞者　特别厉害
特别的爱给了特别的电
征服特高压是你的特长
特殊的任务总有你顶上

1 分 56 秒拉线制作完成
你斩获"大力拉线王"
7 分钟内完成带电作业成套动作
那是多少次冶炼　你的钢全用在了刀刃上

2014 年 8 月赤练天
你着屏蔽服攀上百米铁塔
两小时后　特高压缺陷认栽
也成就你特高压带电作业世界第一人无冕之王

坚守　舞者品质里的顽强
帮教　人梯人格中的修养
创新　新时代劳模的一份精湛
管理　更见证了十五年班长熔炉里锻造的工匠

高空舞者　你是特高压忠诚侣伴
寒来暑往　每一个姿势都颂唱平安
共和国的蓝天下　你舞成铁塔之巅
向人民立誓　为电网屏障

壶瓶山的日月星辰

——致全国劳动模范覃道周

壶瓶山的星星

最质朴的眼睛

大山深处的渴盼

善良而虔诚

季节给他们最厚重的馈赠

就是永不停摆的日月星辰

覃道周和他的电骡子们来了

把晶亮的星星甜馨的月亮温暖的太阳

一起送进壶瓶山

用电刷亮山庄　　用爱滋润生命

岭岭坡坡　　一队队摩托启动晨昏

载出大山的珍奇　　载回百姓的用度

风雨无阻　　寒暑不断

车轮碾出一路路开花的《雷锋日记》

古老的壶瓶山呀　　因了电骡子

不再自闭不再呻吟

电的歌唱　　是茶的芬芳梦

是孩子的状元堂

是老人的健健康康

是爱情的并蒂诗章

乡亲们那个乐呀

恰是颁给覃道周们的最高勋章

山歌和织锦中的劳模

——致全国劳动模范张国强

早樱香飘琴悠扬

湘西龙山敬老院

土家盲人梁应发

二胡声声唱国强——

家里灯不亮

就找张国强

他是土家"毕兹卡"

他是雷锋又活转

钉子精神铸强标

手耳眼鼻嘴齐上阵

电力设备筑屏障

敬业爱民亮心灯

白天黑夜忙得欢

双脚踏遍千道岭

热线手机浸满汗

只为百姓电平安

留守儿童体验爱

麻风村人得温暖

学校有他课堂亮

织锦传人叶丽萍

把他织成画中郎——

连绵起伏大山下
临水吊脚木楼旁
电力亲人张国强

山歌织锦颂国强
扶危济困也有范
驻进永顺对山乡
新龙村里书记当
募来资金和项目
又养蜂来又养羊
金梨滚圆茶花香
秋阳哞哞牛满岗

硬　汉

——致全国劳动模范周智勇

那一天　深度昏迷　心跳停止三分钟
死神搭着他的肩吻上他的脸
一声"还有任务没有完成!"
活生生冲开他紧闭的双眼

呵　硬汉周智勇　就这么驰骋生死
活过来又旋风般杀到电力一线
配电网和它全身的毛细血管
都在他的生命中历练

管辖区内每个开关　配电箱
了然　刻绘　入魂　没有短路键

思维沿网格排成矩阵
安全卫士周智勇智勇双全

他是精密图纸是智能巡检
他是伙伴们的主心骨和同心圆
他是捷径是经验是解除电疾的神医
是安全作业的最后一道保险

他成为感动湖南十大人物
他撰就电网"铁人物"的诗篇
抢险时胸口沉闷　总说忍忍就好了
连续 60 多天奋战　每天 5 小时觉是他唯一的闲

硬汉周智勇哟　驱赶黑暗的电
一腔热血只因对电网的痴恋
国网绿中的常青林有他这棵树
共和国的大熔炉里有他的熊熊火焰

华 山 论 剑
——致全国劳动模范张华山

自古华山一条道
华山论"剑"头头是道
剑指何处
华山工作室来出招

"张华山验电接地小车"
国家专利　见招拆招有高招

电力检修省力省时倍立方
一线职工点赞新　奇　妙

华山本领高
把废变成宝
接地线防跌落装置
让电力检修安全更可靠

华山万事通
金点子出不少
手下 16 名技术骨干和他的调
一年 4 项国家专利呱呱叫

华山论剑笑傲电力场
他的故事源远流长

多　面　手
——致全国劳动模范雷鸣

更多时候　你是在坚守
心到　眼到　最终要手到
作为长沙电网"守夜人"
遇到电网病疾　手到病除
你很有几"手"

面对连年负荷频破历史最高纪录
你用通天的手　网海作鱼游

安全运行超 7 千天

实现 2 万小时零差错　零投诉

这双多能手　真牛

长沙电网高寒高温高负荷是常态

忙碌的手片刻没有停留

7 千多次检修　1 千多次重点保电任务

2 万余张电网操作指令票百分百合格

这双抓安全生产的手　让人"服周"

35 个华年正当壮年

自主创新的手　尽得智慧风流

"长沙电网报表系统"演绎精准迅捷

众多 QC 成果查遗补漏

一手一手的手段　引众多赞不绝口

把班当家把班员当亲人

这双团队的温暖手　抚平多少心忧

"雷鸣"名号那么威猛　待人却特别敦厚

伙伴们的大拇指竖起大爱的你

多面手　确认了　你瞅

玉　兰　花　开

——致湖南省劳动模范鲁玉兰

大朵的奉献

尽在四季里呈现

这份执着　怒放着坚韧

240

你的团队　你的继电

每一种保护都镌刻
对电厂忠诚的诺言
你为那么多端子配线
为无数继电器找到理想的姻缘

在班长岗位上　一干七年
劳模只是你手上厚厚一道茧
设备改造　技术攻关
你把控关键环节最后一道防线

班员们年轻的翅膀
在你精心洗敛下飞得更高远
回到小家　你系上围裙
烹出香喷喷的时鲜

夕阳下　你喜欢挽着老父亲
一个老水电　漫步江边
父亲欣慰的笑　在玉兰树下
撒播两代水电人"电保姆"情缘

2016 年 3 月 3 日
凤滩水电厂安全发电五千天
春风吹得玉兰香馨分外浓酽
你揩了揩刚从一线下来来不及

拭去的硝烟
又在为五千零一天

及今后的永远
舒开思绪　轻抚琴弦

窗外的玉兰和灯下的玉兰
从任意的角度欣赏
都是水电厂谱给月光
最美丽最朴素的画面

博士　博士

——致"全国五一劳动奖章"获得者陆佳政

喝澧水长大的博士
更多时候　其实是个搏斗之士

2008　那个严寒不期而至的冬天
被冰挂的电网命悬一线
博士睁大一双倔强的眼
满腔热血汇入熔炉

他要用创新打造锋刃
挑破坚冰的阴险
日子从此在实验室扎根
责任让身心不知疲倦

博士怀揣着无数关注
在海量数据里熬红双眼
保尔·柯察金时常来访

把一次次失败炼成钢铁

大年三十　抗冰一线的捷报
让团圆的夜不眠
白发倚门的老父　从平安的电话中
听出博士儿愧疚的哽咽

当成功如期而至
家乡报春的花
衬着博士过早茂盛的白发
呈一份鲜艳的庄严

那双冰雪伤不了的眼
因为激动因为爱闪烁着电
而此刻　星罗棋布的电网里

被博士破译的气象密码
像一枚枚色彩　妆成共和国的虹霓

31 年 的 河

——致"全国五一劳动奖章"获得者李晓武

从此岸到彼岸
有桥自然通畅
31 年的河　河有多宽
载下多少星辰和月亮

从草根到生产技能专家

有奋斗就能中流击浪

李晓武工作室　飞翔的重量

掠过一名初中生蝶变的坷坎

新型专利证书 45　软件著作 6

各种各类奖 77

数字无言但铮铮发亮

它是成百公斤汗水提炼的智慧之钻

垂直过杆对中工具发明

首创　湖南公司历史性亮相

灵感　被千百次实践浇灌

终于在无数的惊喜中绽放

那天　特高压正负八百千伏韶山换流站

你手执摄像机　为调相机转子穿装录像

在灿烂阳光中　专注成一枚勋章

挂在热土地滚烫的胸膛上

拓　荒　牛

——致国家电网劳动模范朱盛开

属牛的朱盛开　牛劲十足

电动汽车服务新原野

他用胆略和情怀

展现"拓荒牛"的风采

从零起步到年营收 2.43 亿
经营成果和成长速度
就一个字　"牛"

拓荒牛是憨牛
坚毅和笃行是他的操守
入行就是进入岁月的熔炉
不求功名不贪享受
只因火热的挚爱
只为事业的心忧

拓荒牛是倔牛
拉起新型产业的重荷不回头
一股倔强一车担当
千斤压力往骨骼里扣
跑资金走流程　你打通全身筋脉
终叫新公司拔得头筹

拓荒牛是奔牛
一旦健步就迈上坦途
奔跑是他灵魂里一股清流
情长路更长　星灿河更阔
一生与牛结缘
一生精神抖擞

（作者单位：国网湖南水电公司）

守望光芒

（歌词）

方 杰

屋 脊 线

当晚霞撒满珠峰之巅，
山村升起缕缕炊烟，
是你扎根在高高的玛尼堆边，
黑夜的毡房亮如白天。
屋脊线，屋脊线，
跨群山，越万水，
数千公里绵延；
爬雪山，穿戈壁，
走过荒无人烟，
你把藏乡和北京紧紧相连。

当夜幕笼罩雪域高原，
溪流哼起小曲催眠，
是你出现在层层的格桑花间，
祖国的边陲成了不夜天。
屋脊线，屋脊线，

攀绝壁，涉险滩，

哪管海拔五千；

登高塔，走银线，

神鹰翱翔蓝天，

你把温暖和梦乡撒满人间。

守 望 光 芒

皎洁的月亮，

梦幻的向往，

点亮黑夜的酥油灯，

随着记忆远航。

守望光芒，守望光芒，

戈壁荒野，陡峭的山冈，

艰难险阻步步丈量；

风雨冰雪，火辣辣的阳光，

风餐露宿习以为常，

为光芒流浪。

不落的太阳，

追逐的梦想，

温暖严寒的松树枝，

随着时光遗忘。

守望光芒，守望光芒，

娇小妻儿，年迈爹娘，

牵肠挂肚梦回家乡；

逢年过节，甜蜜蜜的时光，

望穿秋水家在远方，

为光芒站岗。

放飞翅膀，
为光芒流浪；
挺拔脊梁，
为光芒站岗。

一 起 成 长

推开挤满曙光的门窗，
满眼迷人辉煌。
享受一路走来的辛酸，
骄傲你的美丽模样。
风里去、雨里来，左臂右膀并肩冲浪。
山再高、路再远，天涯海角一同翱翔。
扮红脸、唱白脸，只为铸造百世流芳。

敞开春光荡漾的心房，
写满岁月沧桑。
甜蜜左右陪伴的温暖，
理解浇灌友谊芬芳。
亲也好、疏也好，黑脸包公谁都一样。
称兄长、道小弟，规矩方圆铁石心肠。
爱也好、怨也罢，只为谱写地老天荒。

一起成长，彩绘大地华章！
一起成长，雕琢不老风光！

点 亮 星 河

记不清爬过多少山坡，
想不起走过多少月落。
星光映红的笑脸，
簇簇汗水的花朵。
大爱无声、几多漂泊，
只为梦中不老传说。

记不清踏过多少坎坷，
想不起熬过多少寂寞。
大地流淌的容颜，
首首真情的赞歌。
初心不忘、几多求索，
只为心中美好生活。

点亮星河，点亮万家灯火。
点亮星河，撒播人间的快乐。
点亮星河，有你也有我。
点亮星河，那是梦想的承诺。

一 路 有 你

你让春风吹绿万里，
你让鲜花芬芳四季，
天涯海角、南北东西，

时时弥漫春的气息。
我的悲喜你总惦记，
我的冷暖你记心底，
寒来暑往、斗转星移，
你用汗滴感动人间天地。

你在黑夜撑起红日，
你让严寒没了踪迹
荒山野岭、盐碱戈壁，
处处变成人间福地，
你的眼里我的点滴，
你的心里没有自己，
酸甜苦辣、风里雨里，
你用无私温暖每个日子。

一路有你，一路有你，就有风和日丽！
一路有你，一路有你，我的姐妹兄弟！

（作者单位：国网湖南建设公司）

酒泉
（组诗）／张富遐

酒　　泉

初次夜访酒泉
酒泉酿不出酒
酒泉涌不出泉

但酒泉有新能源
成片的电力风车
阳光下旋转成童年模样
成林的铁塔
戈壁滩上站立成巨人脊梁
酒泉特高压换流站
将架起电力天路
越高山　跨河流　过铁路
将电能输送到潇湘大地

还有传说中的卫星发射地
看似与生活遥不可及

却在太空书写了一个
又一个传奇

回望酒泉
酒泉有酒
让来人醉倒在电力走廊
醉倒在风沙戈壁滩上
酒泉有泉
让我洗涤异地尘埃
让灵魂重新起航

今夜　迷失在河西走廊

不想告诉你
今夜我在何处
这地方有无法穿越的风沙
这地方有无法寻找的远方

今夜　我踏云而来
降落在叫敦煌的机场
却无心留恋月牙泉的柔情
鸣沙山的歌唱

我留恋在简易工棚旁
与一簇花对眸
她黄里透红的脸庞
要细细打量
才能分辨美与芬芳

这些无名小花散落在
河西走廊的戈壁滩上
在酒泉特高压工地
女儿红般羞涩又茁壮
灵巧双手梳理出万千银线
串起一朵朵欢快音符
温暖亲人的目光

今夜　我度过玉门关
迷失在他乡
古丝绸之路上
与芨芨草对视
与无名花对眸
与骆驼刺为伍

就让风沙穿透身躯
重塑一种姿态吧
星空之下　戈壁之上
站成铁塔的模样

无处安放的目光

沿一条线路出发
此处是起点
何处是终点

路过一片湖水
稍作停留

不仅仅为了欣赏
而是看看湖水是否
和天空颜色一样

雅丹地貌应该五颜六色
但我只看到了一种颜色
一种与生命与大地相同的色泽
或许阳光下会呈现另一种风采

极旱荒漠挑战我的目光
戈壁滩上隆起一个个土包
像西北圆鼓鼓的馕
但里面却是砂石碎料
或许我只是一粒沙尘
带不走另一粒的重量

而我最终停留在一个叫
桥湾的地方
那里有我想要寻找的特高压现场
塔尖阳光烫伤我目光
而建设者的背影又湿润了眼眶

不知从哪天起
走近特高压
他那钢架机构
便划破了我生活的柔软
让我纠结彷徨
一次次从梦中惊醒
追问那个负责项目的兄弟

254

是否已回家探望
即将分娩的妻子
那个羞涩的小妹
是否按期举行了婚礼
那群默默无闻的兄弟姊妹
是否能够在月圆的日子
回家拥吻亲人的目光

特高压让我如此忧伤
这忧伤开出了花朵
这忧伤绽放出光芒

（作者单位：国网湖南水电公司）

仰望

（组诗）

乔雪芭

国 家 电 网

在中国
一群电力人在播种阳光
脚　踩落了岁月
眼　融化了冰霜
灵巧的双手
铺设光明大道
把祖国负荷铿锵传唱
绿色的音符
智能的节拍
在砥砺奋进的大路上
中国梦激情高亢

在中国
从西北到东南
每座铁塔都是一副钢铁脊梁
挑起清洁和绿色重担

奔向雾霾和落后的地方
传递春天
点亮眸子
精准扶贫路上
播撒富裕的种子
奔涌爱的波浪
电力高速唱响时代
能源互联
甩出划时代的脆响

在中国
这群人　眼睛雪亮
把风把光把水把冰把地热
能量汇聚
配置出坚强电网
中国创造
把世界品牌
钉在输电制高点上
翻开历史画卷
曾经不可一世的欧美标准
还有动辄指手画脚的那些人
不得不在制高点后
惊叹　仰望

在中国
这群人　敢拼敢闯
本质安全引领时代
清洁承载担当
特高压

正在国家电网抒写

划时代篇章

科技深入骨髓

创新繁荣成海洋

一代一代的电网人

以头颅和着战鼓

撞出民族复兴的力量

在中国

这群人

都叫电网人

他们有一个共同的家

叫

国家电网

仰　　望

刨一个坑

放进塔基和水泥

一颗颗螺丝把汗水拧了又拧

绰约的铁塔

在时空里舒展风姿

银线伸出柔软的手

抚摸风雨和阳光

爱　就那么明晃晃地挂在塔尖

偶尔　风会夸张地吟诵歌唱

阳光始终微笑

至于铺陈和想象

就交与国网人吧

他们来的时候

爱就来了

爱随电流融进高压

比唤醒一朵梨花更纯洁

除了眸子里水晶般的坚毅

这世上没什么能打动我的心

这时候

似乎听到电流对铁塔耳语

那些曼妙的倾诉

和你的眼光一样深情

亲爱的　爱

岂止一两眼仰望能表达

我只想做一滴

你背对黄昏那刻

含在眼中　幸福的泪花

特　高　压

特

表明了身份

与众不同

那是眼神放光后的惊讶

那是脑海里从没有幻想过的图画

那一刻

来不及眨眼

来不及深思

就如同神话

高压
是电流家族的高等级公路
每一个电分子的激情
在高压场所被充分激发
那是一份执着和爱啊
饱满的情愫
在光影中聚焦
在风云里叱咤

特高压
是电压的传奇
它超越了时空
用习惯的语言已经无法
对它准确表达
就好比是喜马拉雅
只有朝觐者的目光
才能抵达
当仰望它的时候
禁不住　由衷地喊出
特高压
世界的喜马拉雅

银　　　线

来路艰难　已记不清
翻越过多少高山

孕育雷霆和闪电
相比那些静若处子的峰岚
一定无法明白
银线所描绘的愿景

与之牵手的房屋
有了白昼般的抒情
方桌边传出的读书声
驱走了蟋蟀和小鸟的孤鸣
偏僻的村寨不再沉默
电的进驻
擎起一根火鞭
拍打致贫致穷的蝇

银线搭起的莲蓬
长满梦的丝
一丛丛
一蓬蓬
织出经纬
温暖南北西东

长 翅 了

发展的中国
插翅的铁塔
在能源的天空飞翔
网的鸣叫
梦　在春天唤亮

绿色能源
是铁塔丰满的羽毛
带给人们光明和幸福的企盼
让中国梦
缀满星星般的光芒

谁在用智慧实现梦想
谁在用飞翔挑战迷茫
条条银线
架起空中走廊
电流是忙碌的红娘

智慧　使梦长翅
创造　让国网飞翔
人民电业为人民的鼓槌
把中国创造擂响
创新发展的弦音
沿着电线蜿蜒
任一束束清洁能源
风一样
扑进文明发达的渴望

铁　塔　赞

谁说和平年代
不诞生英雄
例如特高压

站在了时代的顶峰

纵横交错的微笑

彰显城乡的繁荣

文字表不尽对它的敬仰

行色匆匆的生活写不完它的忠诚

但我依然把敬佩的目光

聚焦铁塔的担当和负重

在那个眼睛无法企及的高度

只能用心灵感悟

英雄及创造出的英雄

它展翼似万里鲲鹏

在戈壁　高原　驰骋

风沙打不却英雄胆

铁塔

坚强中国梦

快　　乐

将广袤大地作背景

铁塔是画布上移动的笔

以色彩勾勒快乐

在一粒粒汗珠里　看见

瓷瓶　钢架　银线

涂抹彩色线条

起伏成波浪

脚蹬塔尖身为峰

电力职工

在线上芭蕾人生

绝缘子及螺栓　都是
铁塔的肌腱
健美钢铁挺拔的风景
这里的美构造塔与线的和谐
各个支点的心跳
连着电力人的神经

立体的付出　折射
阳光雨露
每一基塔及每根线
都是电力人　把自己
当螺丝　拧紧每一个黎明

沉　　默

行进在现代的旅途
碰到很多新面孔
比如高速　高铁　特高压
它们都不做声　但它们的声音
纷纷遁入生活逼得我联想
我沉默　坐在一基铁塔下
发现　将思想的姿势摆成仰望
那是最舒适的自我

靠着铁塔　思想随电流脉动
仰望的影子被阳光渗入

灰色的水泥地　我的大脑
被空气雕刻　一刀刀下去
词汇如春笋遍布
在田头地角
寂静的铁塔
寂静的天空
寂静的阳光
正如我此刻的心情

那一刻　我的沉默固若金汤
我等待汗珠从额头沁出
我等待篝火在胸膛燃烧
我等待自己超凡脱俗

钢　铁　电　力

特高压是大地胸腔上的钢铁
是高压线紧紧牵手的
买了接地险的高铁
坚挺的钢铁
交错在广袤的大地
他们结成网络
与山脉和河流一起
共建天地景色
从此　大地
更加美丽
更加柔情
更加坚强

钢铁是电力人的情人
有质地的情话
常在碰撞中诉说
拥抱和共枕成习惯
寒暑苦乐同穿梭
电力人的豪气与担当
沿袭了它刚性和顽强的本色
于是
我读懂了电力人
霸气十足的身后
拥有钢铁般的情和爱
还有
强大的祖国

（作者单位：国网湖南水电公司）

调度人生

（组诗）

乔雪芭

走 进 凤 滩

走进凤滩
从书本到现实
是受了世界一流的影响
重力空腹拱坝
把人的目光
从古都西安
锁定在两千公里外的凤滩

走进凤滩
阳光扇动翅膀
生命如风
感觉理想在空中飞翔
心坠入谷底
山路携野花的芬芳涌来
村民们的背篓里盛满着希望
一条翡翠般的酉水河

牵走了我的心情
关闭在矗立着的坝体内

走进凤滩
我把大坝守望成了人生
以山的姿势和水的语言
与水轮机默默对话
温柔的思绪爬上银线
把遥远的村庄里的灯芯引燃
明澈的眼睛划过村野
搜集熏腊过的民俗
解读生活的秘密
铺开的稿纸上结满感情的鲜果

走进凤滩
一双麦芒似的眸子
刺破男人的风度
让失眠夜夜如期而至
为此　男人都想做一枚石子
或一道呼喊的光
在女人的泪花里
朝朝暮暮
如火如荼

调 度 人 生

反复演算
反复预测

反复论证
疏通
通往真理的路

反复斟酌
反复推敲
反复遴选
调节
神奇山谷里的降水

怀揣火一般的梦
带着一支笔上路
停在冰一样的谷里
头枕大坝
面朝苍天
躺在波涛上睡眠

溪水蓄盈心库
额头刻满沟壑
脸上的皱褶写满沧桑
青春在孤独的大坝上
刻意打磨
白发
像金丝竹
在风中拔节

多少黑夜
雷声作乐
闪电为灯

我挺立坝头击节而歌

坐在圆圆的月亮旁
垒一摞苦涩作饼
倒一串艰辛为酒
酌一轮水中月
那是星星
遥远的问候

在现实搭就的舞台上
演绎人生的调度

调 度 室

大坝洗脸
电线洗手
水轮机痛痛快快洗澡

流水在花季
调试琴弦
拂醒天光和水色
也唤醒我一库春梦
常常在午夜失眠

收集信息
发布指令
预测洪水
决策分析

青春被锁定在斗室里
迈着和日月相反的脚步

一生就这样了吗

谁来和我一起
熟悉身边的琐碎
把调度室
击打得铿铿锵锵
向世界诉说我心中的风云

调 度 抒 怀

小鸟依偎在柔枝的怀里
水库重温着昨日的梦痕
轻风敛起羽翅
落霞褪了红晕
暗了山峦
暗了树林

溪水从峡谷里涌出
雨水自瑶池里倾盆
躲进流域里热恋
跑到水库里相亲
吻进明月
吻进星辰

你说调蓄的是情

你说调度的是心
一旦走向旋转的涡轮
化作银线里痴情的波纹
亮了黑夜
亮了凌晨

朝晖轻轻地裁划
露出了大坝的剪影
铁塔微微招手
撩了水的裙巾
红了电厂
红了云锦

心里装满了水的情韵
霞光里自由飞翔的白鹭
知否调度者的心
献了汗水
献了青春

泄　　流

天公拉起幕帘
洗脸
泼下一盆水
水库水位暴涨

闸门洞开
数条水舌伸出

卷起天一样高的水浪

头发一摔
露出太阳般灿烂的笑
掬把蒸汽沐浴
掏出彩笔
在大坝前精心装扮

洪水过去
给个笑脸就够了吗

挖　　潜

水能生金
这句话被水文员一再挖潜
活跃电厂的景致

人才生金
这句话被经营者绞尽脑汁
孕育品牌的韵味

管理生金
这句话被领导时刻琢磨
种植财富的理念

水轮机喝水
金子被水轮机吃了
克隆出遍地灿烂的金子

企业重视人才
金子被企业融化
长出金子样腾飞的翅膀
领导懂管理
人才被领导者拥有
收获无穷金子般的希望

防 洪 调 度 是 诗

防洪调度是诗
安全发电是歌
库水是墨
大坝捉笔
洋洋洒洒抒写
觅得妙语无数

在春天的日子
水的儿女
怀揣着躁动的春心
越岭翻壑
欢欢喜喜
来到水库对歌相亲

怀春的年龄
充满激情与浪漫
发誓
海枯石烂心不变
为了崇高

奉献成了不变的诺言

短暂接触
难舍难分
两颗心能发生骤变
一声紧急调令
通过溢洪闸门和水轮机叶片
勇立潮头
捍卫尊严

宁愿辉煌死
雾也风流

（作者单位：国网湖南水电公司）

责任的背后

（组诗）

李福建

责 任 的 背 后

一

在我还没认识余绍强之前

我只知道电表是一户一表

在我还没认识余绍强之前

我只知道工作只要完成任务就行

在我还没认识余绍强之前

我不知道激情有多重要

在我还没认识余绍强之前

我不知道苦难可以开出花朵

在我还没认识余绍强之前

我不知道做不到的关键是想不到

二

是他——

余绍强

颠覆了我的观念

一位其貌不扬　身材不高

学经济管理的电大生

他 1996 年参加工作以来

手里总是拎着一盏灯

照亮自己也照亮别人

历年来在先进的光环下总是想当爱迪生

事情还源于 2007 年 7 月的一天

辰溪谭家场一村民因私拉电源抽水抗旱

触电身亡

血和泪在余绍强心里埋下一颗种子

每年到了抗旱期间

线损突增

这不得不让余绍强陷入沉思

能不能发明一套既能排灌用电计量收费

又能让村民方便接电源的装置

时间在指缝间一年一年的流过

埋藏在余绍强心里的种子

冒出的芽

在风雨中一次一次脱落

余绍强在供电所与县公司之间穿梭

岗位由供电所所长　农电公司经理

到县公司营销部主任

他始终没有忘记那次血案

一天　他从公司大楼门口经过

路旁的磁卡电话机引起他的注意　只见

一个人手拿磁卡插入电话机内　打完后带走

另一个人从身上拿出磁卡　插入机内继续打电话

这一幕让他站在那里足足有半个小时

三

天空慢慢黑下来　万物秩序井然

一个梦

由模糊变得越来越清晰

填满台灯下的一张张白纸

然后从窗户飞了出去

那人手上的磁卡像一把金钥匙打开了

余绍强封闭多年的门

谭家场的一粒种子抽出鲜嫩的枝条

在一次次的设计试制下

一表多卡的多功能电度表试制成功

用户用电就像高速公路收费一样

刷一次用电再刷一次结算

四

采访时

从余绍强的眼神里

我看到了

背后的责任

从余绍强的话里

我听出了

执着的硬度与宽度

读着余绍强递给我的"智能多功能电能表技术报告"

仿佛看到了挂钩线　地爬线在消失

那电度表就像一把秤杆子

将服务秤进来

我 不 想 打 搅 她

她进医院做了甲状腺肿瘤割除手术
父母不知道
术后　体质还很虚
又投入到抗击新型冠状病毒的战"疫"中
父母不知道
我准备了一串鲜红的意象
欲用柳枝剪辑朝阳
山坡上的梅花朵太小了
蒲公英的降落伞太小了
请原谅我　不能接受您的采访　心也太小了

她戴上口罩　欲掩饰发黄的脸
可掩饰不住鼻子里流出的殷红
试图找理由掩饰　因为吃了上火的食物
却掩饰不了医院诊断书的事实
领导同事劝说的金牌被她一一挡了回去
今天　终于挡不住单位下达的第十二道金牌
——强制停工休息令

种子与泥土有解不开的情结
我不想打搅她
放下柳枝

面对朝阳

鲜红的意象在我的身后越拉越长

接"头发丝"的人

——记国网怀化供电公司劳动模范杨辉

茫茫人海　芸芸众生

我在国家电网的历史长河中打捞意象

我要写一双手

一双强悍的手

可以听到骨骼发出的声音

是它　在厨房里把鸡蛋与面粉调出香甜的糕点

是它　在头发丝一样的线上做着蓝橙绿与白红黑的运算

一双粗糙的手

手指头是线头的 200 倍粗

可线细不如男人的心细

它连接着细如头发丝的光缆芯线

让成千上万的信息驶入快车道

让冷硬的生命发出声响

无论是阳光明媚还是雨雪冰霜

无论是白天黑夜还是春节中秋

我们总可以看到一支队伍在集结

奔赴在湖南怀化各个乡镇的路上

这是国网怀化供电公司信通分公司通信运检班

十二人的力量维护着 263 个通信站点

在怀化 2.79 万平方公里的土地上

保证 4700 多公里长的光缆畅通
这长度　相当于中国版图从东至西的距离

我仿佛看到一个人
一个国网人　他是十二人队伍中的一员
他有一双接头发丝的手
他大年初一奔赴到怀化至会同的路上
他在去溆浦冰雪的路上艰难跋涉
他在汽车受损的情况下及时赶到会议调试现场
他一直在路上
他在"接头发丝"的路上

（作者单位：国网怀化供电公司）

与电共舞

（组诗）

李福建

电

从一出生　你就抱定一个方向
如滔滔江水
无色　无形　无味
我只能借助导线　杆塔　瓷瓶
来揣测你的模样

穿山越岭　过江过河
你等闲视之
白云是蓝天的梦
你的梦
在灯泡上成型
在炉丝上还原
你悄悄地来　悄悄地去
热烈过后迅速撤离

你是别人的眼

在黑暗中显出你的视力
你是一把双刃剑
幸福和灾难都在刃上悬着
有太阳般的情怀
交出自己换取光明
每一次轮回　灵魂都得到升华

电　流

那是一条
上不着天　下不着地的
河流
没有起点　也没有终点
源头和尾头
在你中有我　我中有你中
模糊
即使　高出地面很多
也不让你　看见他流动的波痕
悄无声息地
走进千家万户

风雨雷电
偶尔　也会洪水泛滥
或断流
但　奔忙在河道上的已不是大禹
比大禹　多了一顶安全帽

操 作 票

怎么也没想到
那一行一行的字
会与电弧勾手
会与血结亲
会与一根藤上结着的千万个灯泡同盟
我像王羲之一样
将一池清水洗黑
然后把字写成石雕

（作者单位：国网怀化供电公司）

在湖湘山水间写诗

（组诗）

陈健君

组诗之一：里耶古城断想及其他

里 耶 古 城 断 想

（一）

一点一点沉下去
冷兵器　陶器　以及城墙
而后横空出世

俯瞰是殇　仰视是殇
一种颠覆
所谓朝秦暮楚

小篆里的故国　月亮里的哀歌
你流失的血脉
被酉水——收藏

（二）

一只深邃的眼
不过是一口老掉牙的井

一只眼看你
看出千万片秦简

一只眼看你
看穿二千三百年

一只眼看你
看得透看不透　都是你

（三）

曾经的江山和繁华
风风雨雨过了

砖是责任　瓦是担当
沉甸甸的历史
说重　如脚下的土地
说轻　如天空的浮云
一地残砖断瓦

（四）

欲言又止　听你
反复强调语言　节奏

而我　执着于幽暗中的探索
这千年的挣扎

绽放　迫不及待地绽放
见过的说　惊艳
或者说　不过是睡莲

286

很多东西　难于开口

一塘秦楚池水

盈虚可曾窥破

茶　马　古　道

一段兴于唐宋　一段盛于明清

一段留存至今成为遗产

再丰沛的雨水　也洗不掉汗水和血水的烙印

再高的崇山峻岭　也高不过一匹马的背脊

蹄声　铃声　敲打苍凉如水的日子

跌落深谷　沉寂千年也响彻千年

苦痛与坚韧作伴　翻越千山万水

最终走不出一世困境

往昔繁华　沉淀为黑茶的黑与醇厚

诗意飘散成空洞的想象

无情的砍伐　已深入森林的腹地

深入人类的内心

茶又如何能够拯救刀斧的饥饿

在城市一隅　我们喝着黑茶

聊着一些不着边际的话题

而一匹瘦马　不声不响　走在千年古道

云　台　山　看　云

在云台山　我心甘情愿当了云的俘虏

这样的失败没有什么不光彩

正如我承认所谓人生失意

没有什么不光彩一样

想想　这纯粹是一个态度问题
反复观察和临摹云的态度
从它轻灵　飘逸的外表　读懂散漫和悠闲
如果都是这样云淡风轻的日子
人生一场　好聚好散
那该是多么难得的福气
然而　谁又能够把握
变幻莫测的天空　何时风起云涌
风调雨顺的升平景象背后
又会隐藏怎样的苦难

云台山看云　天空好空
空得让你忘记尘世的重量

香　炉　山

一尊硕大的香炉　安放于此
家国梦安放于此
余生安放于此
灵魂安放于此
云水春秋　经幡招展
日出日落　轻烟袅袅
几千年兴衰更替
已嵌入这不同凡响的静
如同入定的鱼　早已熟谙
那深绿衣裙的惊扰

泛舟蠡公湖　垂钓之人
长时间一动不动
转过身来　会不会白发长髯
眼中掠过越国的影子

组诗之二：古梅山新意

移 栽 一 树 杨 梅

这一树杨梅一定跟梅山有缘
这一树杨梅也一定跟我有缘
发现它时有一点点躲闪
个子小巧　以青红的面目示人
仿佛多年以前的表妹

离别之际　丹哥突发奇想
说搬一桶酒到杨梅树下
静坐　抽烟　等杨梅熟透
一粒一粒掉落酒桶　像鸟鸣掉落深潭
舀一瓢酒或者舀一瓢水
都是顺势而为
我想　不如干脆把它移栽到诗里
有点甜　有点酸　有点酒的气息
苦涩梅山留下了
梅山跟我一样
独享苦涩已经很久

古 戏 台 怀 想

曾经在此上演的一定是傩戏
一张张夸张的木制面具
驱除鬼疫　打打杀杀
如今　敲打的乐声早已沉寂
一方沙砾在野草覆盖下
静默　只有台柱顶一蓬绿色

谛听牛角的吹奏　从梅山深处隐约传来

面对时间的坚硬　我一再退让
而梅山不动声色　用水碾循环往复的转动
表明了一贯的态度
巫风遍地　生生不息
我相信这世上总有一处柔软
能让我有险可据　安享太平

古 梅 山 新 意

一桌男人光着膀子
一桌男人挥汗如雨
一桌男人把梅王酒一杯杯灌下肚
把心里话一句句掏出来
其实　是把自己从俗务缠身中掏出来
从各种面具和包装中掏出来

绵延千里的雪峰山脉
暴雨将至的梅山文化园
我们轻而易举占领了这个黄昏
包括草木和鸟鸣　也包括沟壑和峰峦
当然　还有一帮湖北过来的游客
用洋气的花裙子与我们分庭抗礼
于是　今夜的古梅山有了新意
今夜的古梅山属于光膀子的阳刚和花裙子的阴柔
属于质朴的本省和浪漫的外省
最简洁的表述是　今夜的古梅山　属于男人和女人

梅 山 夜 雨

酝酿了整整一天的雨

晚饭过后　铺天盖地而来
吊脚楼在微微抖动
那一潭水抖得更厉害一些
在这个过程中　辅之以闪电　以惊雷
仿佛某个历史场景的重现
一边撕裂一边缝合　一边缝合一边撕裂
梅山早已习以为常
而一群过客　各自退回房间
像受惊的先民退回洞穴

一夜风雨　有一夜疲累的坠落
十万梅山　有十万想象的奔涌
梅山峒蛮与征讨围剿
安居乐业与流离失所
就像梦境与现实反复纠缠
当我俯卧床榻　沉沉睡去
竟然身子倒立　头手向下　两脚直指天庭

画 速 写 的 明 德

雨后的晨雾　睡眼惺忪
从镜面似的潭中现身
然后扭动腰肢攀上吊脚楼
潭边或者树丛
不知名的鸟　踮起脚尖跳来跳去

明德兄坐在桥洞上画速写
一门心思捕捉鸟的身影
洞口的水哗哗地流出来
桥上的明德一动不动

只把一个仙风道骨的侧影给我看

此刻　　在梅山的衬托下

我跟明德之间相距不过十米

我跟明德之间相距不下千年

组诗之三：雕像或者墓碑

那　　湖

如何描述那湖　　令我颇费思虑

首先得描述一条叫酉水的河　　然后

是一条流入酉水的不知名的溪　　再然后

是小溪深处巴掌大的所谓湖

三者加起来约等于我的某一段人生

具体来说是十二年

在我看来

那些山峰并非山峰　　而是躁动不安的岁月

那湖也并非一般意义上的湖

它淹死过我的月亮　　也升起过我的太阳

其细节不足为外人道也

告别那湖　　算来已有二十多年

有时我在群峰之上踱步　　像一颗星星

远远地　　远远地注视那小小的湖

深情而忧伤　　清晰而迷离

仿佛年代久远的爱情　　或者

饱览了人世间的沧桑　　那湖

——渴望　　隐忍　　诗意　　理性

如同烙印埋葬着疼痛　　深渊养育着遗忘

乌　宿

沅陵西去　一定要孤身一人　一定要

坐船　沿酉水浏览重峦叠嶂

行至与酉溪交汇处打住

这时最好近黄昏　薄暮

从陡峭的二酉山罩下来

把一团巨大的黑色的光　罩在我心里

正好暗合了这村庄的名字

不如就做一回乌鸦

盘桓于古藏书洞　敛翅于某民宿

喝酒　至夜深　至人静

至不知今夕何夕

奔波一生　究竟要经过多少条河流

有多少凄美的花瓣随水飘零

多少凋落的爱情和不朽的传说

在岸边顾影自怜

那一轮明月想必从秦时而来

照见我的前世　不过一介书生

雕　像　或　者　墓　碑

星星　浮动在剪影般的山峰之上

将啤酒瓶向夜空扔出去

有短短的弧线起落　有远远的回声传来

在酉水边一个名叫凤滩的地方

写诗　喝酒　与你一起挥霍这空茫的夜晚

更多时候　我们背靠背坐着　沉默着

多像一尊理想主义的雕像

你成为我的依靠　我成为你的依靠
你的前面是星光　我的前面是星光

不知从何时开始　雕像变成墓碑
碑底安放着一段虚空的夜色
和一粒沉睡的火种
那弥散在日常生活中的残留物
我把它叫作　灰烬

凤　凰　山

第一次来时　我二十来岁
知道你早已去了台湾
我还是兴致勃勃地来了
一半因为你的血性　一半因为凤凰的浪漫
在山脚一侧的防空洞内
我琢磨洞壁"雪仇"有几层含义
想象少帅的帅　男儿的激愤和郁闷
满山弥漫着家国情怀

三十多年后　我又一次来
这之前你已去了天国
"雪仇"二字遗留在小小的黑暗之中
我知道　我这次来没有半点因为凤凰的意思
一半是祭奠你　一半是祭奠当年的我
寒风中　我看到辽阔的江天
麻雀像子弹倏忽飞过
偶尔击中流年的某一个痛点

（作者单位：国网益阳供电公司）

西藏纪行

（组诗）

陈健君

布达拉宫：修行

巨大的虚无之光　坐落人间

覆盖黯淡的部分　或者让黯淡的部分

熠熠生辉　以广大的苍凉作背景

舒缓　迂回　直抵天堂的颂唱

有人沉醉　有人迷失　有人带上诗歌出逃

周而复始祈祷　试图抚平来生之路

然而　今生今世　我无法重建

也不谋求推翻

我用诗歌这特殊的钉子

将人世间遭遇的不平一一摁回去

并以这样的方式修行

或者不过是一场徒劳

八廓街：转悠

雨后的下午　空气清新而宁静

我漫无目的地在八廓街
转悠了一圈又一圈
不为朝圣　当然也并非转经
薄暮时分　我看到街面的积水
反射着稀疏的光影

一条　又一条健康的狗
虚度着这里的每一寸光阴
不担心杀戮　更不担心暗算
我突然对八廓街肃然起敬
某一时刻　我感到自己变成一条狗
在黑暗中拥抱了这个世界

那木措：晕眩

冷风　从辽阔的湖面一浪一浪刮过来
雨已经落了一部分　还有一部分
酝酿在湖的上空　压得很低的乌云
跟牦牛已达成某种默契

沿湖这一端走到那一端
然后从那一端走回这一端
神湖用它湿冷的手一遍遍抚摸
我的额头　我的脸颊
因压迫而眺望　因晃荡而晕眩
而呆滞的牦牛大智若愚
我怀疑湖的神性已深入骨髓
以此衬托人的精明和虚妄

雅鲁藏布大峡谷：穿越

一头巨大的猛兽　从青藏高原
大拐弯处　迎面奔跑而来
迎面而来的还有大地的震颤和天空的轰鸣
正是在这震颤和轰鸣之中
我敞开并不宽阔的胸膛
任它粗暴地进入我的身体
穿越而过　掳掠而去

不可思议的是　我的胸膛
居然收藏了雅鲁藏布大峡谷的
一小段　千真万确
它冲破无数雪峰和高山的屏障
拐过许多弯　只为寻找一个出口
然而　却遗留了一小段在我体内
就像一条哈达　遗留在藏地
空旷的风中

一把藏刀：横卧

从西藏　我特意带回一把藏刀
我根本就没想带回更多的东西
我带不走它的白天也带不走它的黑夜
带不走它的颂唱也带不走它的寂静
带不走它的繁荣也带不走它的荒芜

那么　请允许我带走一把刀吧
一把可以切割俗念的刀
一把可以敬神避邪的刀

这把刀横卧床头
余生不与它论短长
白天　我如藏刀隐忍　跟人和鬼周旋
夜晚　则模仿"醉里挑灯看剑"
且间或在梦中降妖除魔

（作者单位：国网益阳供电公司）

祖国　祝福祖国

万克洋

多么浓啊　一季又一季

多么久啊　一代又一代

他们和我们　对你的挚爱

你是懂得的——尽管你一直沉默

东海岸　是你丰腴的曲线

而长江　是那约定终生的项链

从青梅竹马到相濡以沫

长江　缓缓　在你胸膛流过

浮光跃金的洞庭是项链的珍钻

还是母亲晶莹的丰满

鱼米飘香　伴湖而居的人啊

自古就深深感受你的心跳与脉搏

你艰辛　屈原纵身汨罗去求索

你战乱　范仲淹所以后天下之乐而乐

你受辱　左中棠收复伊犁大涨士气

你维新　陈宝箴在长沙举旗相应和

你浴火重生啊　毛泽东在橘子洲头领唱少年歌

你站起来了　我亲爱的祖国
我能感触你建设的步伐
我能听到你改革开放的高歌
短短七十年
中国啊　你取得了让人惊叹的成果

你不再沉默
我能感受到
你的微笑　你的温暖
你博大的胸怀　你浩瀚的深爱
凤凰涅槃　水与火的洗礼
让你更加朝气蓬勃

洞庭湖啊　你是母亲身上
一颗璀璨明珠
六千万湖湘儿女啊
依偎在你的心窝
湖南电力人　用炽热的火焰和江河的澎湃
奏响光与热　能与动的激情乐章
在闪闪银线　巍巍铁塔间　高声唱和
热血融化坚冰　铁肩担当道义
三湘四水　我们继承你特有的坚韧和深情
潇湘大地　为我们的每一点痛苦而忧伤
为我们的每一点进步而庆贺

当一座座现代化工厂拔地而起
当万家灯火　光芒绚丽

当太阳能　风能　生物能发电　悄然而至
特高压技术　首屈一指
智能电网　利国利民……

或许　工作帽遮住了姑娘美丽的秀发
或许　拉线爬杆让小伙的手粗如磨砂
或许　四处奔波　总让家人放心不下
或许　我们不是好丈夫　好妻子　好父亲　好妈妈
空谈误国　实干兴邦
祖国啊祖国　我们用行动回报你的大爱
作为孩子　我们骄傲　我们意气风发

为什么我们不忘初心砥砺前行
只因对这抔热土爱得深沉
为什么我们披星戴月风雨兼程
只因新时代指明了新的航程
我爱你　我的祖国
祝福你　我的祖国

（作者单位：国网湖南电科院）

行吟
（组诗）／ 万克洋

记风沙中的宁夏鸳鸯湖电厂

（除非是灵魂拍手作歌，为了它的皮囊的每一个裂绽唱得更响亮）

我看见
孩童在成长
现实用刀锤雕刻人
老人皮肤皱褶里
藏着历史的漩涡与粉尘
我看见　百鸟飞去
不复归林

魂魄之珠　我常置于
额角　活的鼻息上方
它与我对视
看我辗转　看我静默
看我被故乡放逐
看我曾竭力无声呐喊

看我悲欢聚散
独力抵御　逼仄与天光

拥有世界的钥匙
却不愿开启
戴着镣铐　在岁月的监狱里
我成为自己
与土地结盟
做沉默结实的庄稼
收割自己
或者　当孩子遭遇黑暗
燃烧成为最后的火把

时光　是永在的闪电
击穿雾霾
将世界分为两半
荒野　活着
那么简单

出差北京：9月2日2号线

也许　我和它们一样
由爱和尘土构成
　　　　——奥登

协管说听到嘀嘀声就不要再挤上来了
穿白裙子的女孩装着没听见
这简直抽走了协管的骄傲

他用指头轻敲着车门　仿佛是
在尴尬里发出一封未完的电报

暗花衬衣的女子挤车动作夸张
开学第一天　地铁的负荷超乎以往
庆幸的是　她没带着孩子
女人即是人间
母亲不安定　世界不会安详

在焦急里飞驰
地铁像个拉链头子
不断修复和拉扯这城市隐藏的伤痕
灯不能熄灭　音乐必须一直演奏
我是个不称职的乘客
在拥挤的车厢里　只投入
一半的身体和一半的呼吸
在奔突中　用另一半打量
一个穿校服的学童
希望他不必慌张

我希望他知道地铁和校车的不同
灯光和阳光的不同
空调和空气的不同
声音和声响的不同
目的和过程不同
奔走和奔跑不同

我希望他
不必过早熟稔于那些用于竞争的借口

步行去上课　观察天空和大地
在校车里　和同学神聊
或者在地铁里　安静地回想
一首祖母曾为他哼唱的歌

醒　来

"善男子，
花将长在你的海里。"——废名

止歇欢娱
在忙碌中缩小自身
巍巍然世界
听一根针的声音
感受所有浩大的残酷
和浩大的微茫

但终须醒来
一颗禅安的心
终要处于妙真
如春花终要灵本复活
如莺子　终要再遇爱人

炉火　是千万棵树的复活
是童年冬夜噼啪有声
是你的光火
和你的永海

无常自有轮回

你终会醒来

明　天

你还在留恋白墙上

你的影子　或者

一块岩石　或者

一个卫兵的回头

雪花　便漫卷起来

每朵雪花

都绽破为两三朵　以至满天

太敏感的察觉

你竟为之哭泣

哭泣　静默

有着某种感动

难以言说

于是　所有心事挂上墙角

跌落

跌落

化作一地叹喟

悠悠

（作者单位：国网湖南电科院）

306

千钟醉·电网情怀

（古体诗词）

徐瑞理

一钟醉，子承父业雕鞍佩，踏足循踪绮梦追。背囊沉重，行装齐备，问君能知累？

二钟醉，崇山峻岭苍松翠，斩棘披荆素月归。凌云壮志，人生豪迈，问君能知累？

三钟醉，荒村夜宿麝狼吠，雨打窗檐瓦砾飞。心惊胆战，魄魂难守，问君能知累？

四钟醉，抛妻别子衷心愧，背井离乡号角摧。千般情愫，万家灯火，问君能知累？

五钟醉，骄阳八月犹鱼焙，腊雪三冬似炭煤。炎炎烈日，年年依旧，问君能知累？

六钟醉，乘风破浪宏图绘，策马扬鞭品格巍。乐于奉献，忠诚事业，问君能知累？

七钟醉，雪峰山上扬旌旆，沅水岸边振虎威。大江两岸，三湘四水，问君能知累？

八钟醉，榆林奋战人难寐，长治鏖兵君夺魁。汗流梓里，名扬塞上，问君能知累？

九钟醉，孤烟大漠群英汇，故地楼兰战鼓擂。祁连山上，天山脚下，问君能知累？

十钟醉，地当绒毯云当被，林做工棚桶做杯。风霜雪雨，春秋冬夏，问君能知累？

百钟醉，峰峦叠嶂山相对，云雾迷蒙路曲回。巍巍群山，皑皑白雪，问君能知累？

千钟醉，潮头勇立当无畏，改革冲锋大有为。披肝沥胆，如歌岁月，问君能知累？

（作者单位：湖南送变电工程公司）

湖湘熔印

国网湖南电力职工文学作品集

2016—2020
（下卷）

国网湖南省电力有限公司工会 主编

中国水利水电出版社
www.waterpub.com.cn
·北京·

图书在版编目（CIP）数据

湖湘烙印 : 国网湖南电力职工文学作品集 : 2016—
2020 / 国网湖南省电力有限公司工会主编. -- 北京 :
中国水利水电出版社，2021.6
ISBN 978-7-5170-9700-6

Ⅰ. ①湖… Ⅱ. ①国… Ⅲ. ①中国文学－当代文学－
作品综合集 Ⅳ. ①I217.1

中国版本图书馆CIP数据核字(2021)第127402号

书　　名	**湖湘烙印——国网湖南电力职工文学作品集（2016—2020）（下卷）** HU XIANG LAOYIN——GUOWANG HUNAN DIANLI ZHIGONG WENXUE ZUOPINJI（2016—2020）（XIA JUAN）	
作　　者	国网湖南省电力有限公司工会　主编	
出版发行	中国水利水电出版社 （北京市海淀区玉渊潭南路 1 号 D 座　100038） 网址：www.waterpub.com.cn E - mail：sales@waterpub.com.cn 电话：(010) 68367658（营销中心）	
经　　售	北京科水图书销售中心（零售） 电话：(010) 88383994、63202643、68545874 全国各地新华书店和相关出版物销售网点	
排　　版	中国水利水电出版社微机排版中心	
印　　刷	天津嘉恒印务有限公司	
规　　格	170mm×240mm　16 开本　40.5 印张（总）　622 千字（总）	
版　　次	2021 年 6 月第 1 版　2021 年 6 月第 1 次印刷	
印　　数	0001—1500 册	
总 定 价	**148.00** 元（上、下卷）	

《湖湘烙印——国网湖南电力职工文学
作品集(2016—2020)》

编 委 会

主　　任　谭军武

副 主 任　曾新跃　王　彬　刘　琼　姜坤山

委　　员　李向楠　葛　伟

主　　编　刘　琼

执行主编　张海燕　罗勇智

参编人员　李　洪　葛　伟　邹　群　熊之焰

前言

　　坚定中国特色社会主义道路自信、理论自信、制度自信，说到底是要坚定文化自信。文化自信是更基本、更深沉、更持久的力量。

　　文运同国运紧密相连，文脉同国脉紧密相牵。在建设中国特色社会主义的道路上，国网湖南电力的文学家和文学爱好者从不缺席。党的十八大以来，围绕国家电网"为职工抒写，为电网放歌"这一主旋律，我们组织国网湖南电力职工先后进行了"职工文学创作重点选题"创作与推进、"庆祝新中国成立70周年职工文学创作征文与评奖"等一系列重大文学创作活动，在国网湖南电力广大职工中引起了强烈反响，为国网湖南电力职工文化建设奏响了一支支进行曲，吹响了一声声冲锋号。

　　这一部《湖湘烙印——国网湖南电力职工文学作品集（2016—2020）》，以2016年国网湖南省电力有限公司工会下达的"职工文学创作重点选题"为主，结合2019年"庆祝新中国成立70周年职工文学创作征文与评奖"活动，以及部分在国家电网和湖南省主题征文中获奖或在媒体公开发表的佳作等近300篇作品中精选出的39位作者的54篇作品，共约60万字，是"十三五"期间国网湖南电力职工文学创作成果的整体呈现，是国网湖南电力职工为中国共产党成立100周年献上的一瓣心香。

　　从这部作品集的创作题材来看，涵盖全球能源互联网与特高压建设、电网企业精准扶贫、社会责任与优质服务、劳动模范与先进典型、歌颂祖国与吟咏湖湘山水等，充分体现出国网旋律与湖湘特色。从作者单位分布来看，包括了11家市（州）供电公司、7家业务支撑机构等18个基层单位和省公司本部，具有广泛的覆盖面和代表性。从作者的年龄构成来看，以70后唱主角，60后、80后挑大梁，同时精选了少量40后、50后和90后有影响力和代表性的作者作品，年龄跨度达6个年代，是国网湖南电力"文学湘军"老、中、青创作队伍的一次空前的大会师、大检阅。从作品体裁来看，有小说（包括长篇、中篇、短篇小说）、诗歌（包括新诗、散文诗、古体诗词）、报告文学（包括长篇、中篇、短篇报告文学和文学评论）、散文（包括抒情散文、叙事散文），丰富多彩，琳琅满目。

尤其值得关注的是，入选这部作品集的作者绝大部分是一线职工，其创作态度是虔诚的，其艺术表现是质朴的，大道至简，其作品品质亦是上乘的。小说部分，曹旭东、刘绍英、魏艳等人的作品，均是近年来或在国家电网获奖，或在湖南省获奖的力作，具有相当的艺术高度和行业与地域影响力；诗歌部分，祝向东、方杰、张富遐、乔雪苞等人的作品，主题突出，旋律鲜明，文笔优美，屡屡斩获省部级奖项，是中国共产党延安文艺座谈会文艺创作"二为"方针在中国特色社会主义新时期的积极呈现；报告文学部分，李洪、程政、罗勇智、邹群等人的作品，深度发掘电网题材，激情讴歌时代主题，充分展现湖湘品格，旋律响亮，笔墨浓郁，每每读来，动人心弦；散文部分，张德鸣、李奕佳、刘珺瑶等一众80后、90后文学青年的作品，朝气蓬勃，清新流丽，他们正接过国网湖南电力老一辈"文学湘军"的火炬，高唱战歌砥砺前行。

湖湘之地，文化底蕴深厚，文化视野辽阔。岳麓书院、石鼓书院、濂溪书院等文明教化之殿堂遍及三湘四水；周敦颐、王夫之、曾国藩、沈从文等文化巨匠流芳千古、光耀中华。我们生长于斯，奋斗于斯，创作于斯，幸莫大焉。

由此次国网湖南电力"文学湘军"的集中"亮相"为始，我们希望并期待国网湖南电力职工文学创作队伍不断壮大，文学作品不断丰盛。

下　卷

前言

报 告 文 学

散　文

报告文学

大道

（长篇节选）

李　洪

湖南迈入特高压时代

2017年3月的湖南，树绿了，花开了，鸟鸣了，又一个铺满万紫千红的春天。在这个季节里，人们企盼的祁韶±800千伏特高压直流输电工程正式启动送电，湖南电网以光芒四射的激情，为这个春天装点了浓墨重彩的一线风景，湖南人自豪地向世界说，湖南电网正式迈入特高压时代。

2017年3月10日这一天，春风是从三湘四水的欢歌笑语中拂过来的：我是大海，我是蓝天；我是山川，我是河流；我是日月，我是星星……把这个春天里的一个美丽的童话，传播在韶山换流站建设工地的上空，国家电网公司在这里召开了祁连至韶山特高压直流输电工程低端系统调试启动会议，这个春天沸腾了，一股暖流在涌动，人们欣喜地看到一条银河从空中飞来，一条星光大道从空中走来。

祁韶±800千伏特高压直流输电工程从2015年6月开工，到2017年3月韶山换流站低端调试，历时近两年，各参建单位在国家电网和湖南省委、省政府的支持下，团结奋进，攻坚克难，按照工程计划节点，优质完成了各项建设任务，工程安全局面稳定，质量工艺优良。针对下阶段系统调试工作，国家电网公司要求：一是要安全确保韶山换流站调试期间电网、设备、人员安全，各参建单位要以更高的标准和要求，以更强的责任感和使命感做好各项工作；二是要精心组织，圆满完成系统调试任务，要按照审定的调试方案，各司其职地做好直流系统的全面验证，确保调试项目正确、优质、高效完成；三是要加强组织协调，全面完成工程建设任务，做好调试期间设备管理、工作配合和责任移交；四是要做好运行工作，在保证两侧系统安全稳定的前提下，尽最大的可能提高输送电量。

国家电网公司在这天的韶山换流站系统调试启动会议现场，批准祁韶±800千伏特高压直流输电工程双极低端启动系统调试。

这批准的号令，似乎穿越了这个美丽的季节，也似乎穿越了湖南电网历史悠长的隧道。此刻，人们欣喜地看到，一切的抖动都在这个季节里抖动了，一切的开启都在这个季节里开启了，一切的绽放都在这个季节里绽放了。

也就在这天，全国各大媒体各大网络同时发布新闻通稿。

2017年3月10日，祁韶±800千伏特高压直流输电工程正式启动送电。工程于2015年6月正式开工，途径甘肃、陕西、重庆、湖北、湖南5省（直辖市），建设祁连、韶山2座换流站，换流容量1600万千瓦，线路全长2383公里。

祁韶±800千伏特高压直流输电工程是重点服务风电、太阳能发电等新能源送出的跨越万里层云、千山暮雪的一条输电大道，工程全面采用我国自主开发的特高压直流输电技术和装备。工程投运后，将有力地促进甘肃能源基地开发与外送，缓解华中地区电力供需矛盾，拉动经济增长、扩大就业、增加税收，推动华中地区大气污染防治。

作为首条直接为湖南供电的特高压线路，祁韶±800千伏特高压直流输电工程每年可为湖南输送900亿千瓦时电能，相当于6个长沙电厂的年发电量，能够满足湖南四分之一的用电需求，为湖南能源供应提供了可靠的保障。

消息飞向华夏大地，整个乾坤为之沸腾。

祁韶±800千伏特高压直流输电工程建设意味着什么？不同的人们也许有不同的疑问和关注的焦点。但是，对于三湘儿女来说，此时此刻，特高压电网这个代表着当今时代最伟大的名词，正以国家电网的钢铁意志和磅礴力量印刻在湖南电网历史的名片上，闪耀在三湘四水的土地上。

祁韶±800千伏特高压直流输电工程建设施工之前，人们对特高压入湘的呼吁和推动，是近几年来湖南经济社会发展的一件大事。

早在2010年至2014年间，这种期盼之强烈和炽热已达到了一个顶峰。那几年，只要到了全国两会期间，有关"特高压入湘"的建议和提案便不绝于耳，呼声如潮。

2014年2月7日，湖南日报第七版头条以近乎直白的标题表达了湖南三湘儿女的心声——《期待特高压尽快入湘》。当然，这也是呼唤特高压入湘"年度最强音"的代表之作。

祁韶±800千伏特高压直流输电工程由国家发展和改革委员会核准，是国家和湖南省重点工程建设项目之一。

2015年6月3日，随着挖掘机在韶山换流站挖下第一铲土，祁韶±800千伏特高压直流输电工程正式开工启动。这一天，湖南省委、省政府领导亲临现场并要求省直各有关部门和沿线各市县政府要强化协调配合，主动排忧解难，提供优质服务，全力以赴做好工程保障工作；要坚持高标准、严要求，全面加强安全管理，严格控制工程质量，确保工程按期竣工，及时发挥能源保障作用。

"把一座大型风电基地搬到了湖南"——这是对祁韶±800千伏特高压直流输电工程最凝练的定义。

可以预言，在未来相当长的一段时间里，湖南将告别调煤、局部限电的历史。更重要的是，在实施"中部崛起"战略的伟大征程中，这条能源大动脉供应的动力通天大道，不仅是强劲而充足的，它，还是绿色环保的。

2017年4月18日，这个春天又一个不同寻常的日子，祁韶±800千伏特高压直流输电工程启动高端带电调试。至此，祁韶±800千伏特高压直流输电工程直流线路运行电压将由低端调试时的±400千伏上升到额定电压±800千伏，也标志着祁韶±800千伏特高压直流输电工程各大建设施工进入扫尾阶段。

也就在这一天，国网湖南省电力公司《管理提升强质效，创新超越促发展》在国家电网报论坛头条刊发。文章指出，当前和今后一个时期，国网湖南电力处于大有作为的重要战略机遇期、转型升级期和改革深化期，我们将以强烈的政治意识、责任意识和忧患意识，加快建设"一强三优"现代化公司，更好地服务湖南经济社会的发展。

在这天韶山换流站高端带电调试的现场，国网湖南省电力公司韶山换流站业主项目部经理邓庆红接受了采访。

邓庆红感慨万端地说，一次能源（煤炭）严重匮乏，水电资源技术开发量已至"天花板"，风电、太阳能不具备规模化利用条件……这就是湖南的能源资源禀赋。而经济社会在发展，尤其作为"中部崛起"的重要部分，湖南的电力需求仍在不断增长，一条新的能源供应之路必须尽快建成。于是，我们看到从甘肃到湖南的一条输电大道，越过山山水水，飞越我们时代的上空，这就是多年来湖湘人们翘首企盼特高压入湘的初心。

我国西北地区，尤其是地处甘肃祁连山地区的酒泉，是我国第一个千瓦级风电基地，而且本地又不具备消纳基础，湖南及华中地区有需求，甘肃有能源条件也有需求，于是就有了祁韶±800千伏特高压直流输电工程。

如果用大的工程元素来划分，对于湖南段而言，祁韶±800千伏特高压直流输电工程可用3个数字来表述：1座换流站，354公里线路，724基铁塔。邓庆红说，就是这么3个简单的数字，背后却凝结着浩大繁重的工程量。

在邓庆红看来，与西北地区相比，湖南段的施工难度很大，以至于可以用"千难万险"来形容。他说，湖南地处丘陵地带，气候条件差，尤其是入秋以后，秋冬雨水连绵不断；加之地形复杂，跨越的区域涵盖湖区、雨区，空气湿润，冷热反差明显，而且，大部分地区山峰险峻，林木丛生，千岩万壑；同时线路经过的地区人文环境复杂，协调难度大；再就是全线工程技术难度大，与施工难度相比，祁韶±800千伏特高压直流输电工程的要求之高，更是对电网建设者们的一次重大考验。

湖南位于中南部偏南，长江中游南岸，由于大部分地区处于洞庭湖以南，故为湖南；因省内最大的河流湘江流贯其境，又称"湘"。湖南地形以山地丘陵为主，东、西、南三面峰峦起伏，山岭相连：东自罗霄山脉，西有武陵山脉和雪峰山脉，南有南岭山，中部是低山和丘陵，北部是洞庭湖为中心的广阔平原，即洞庭湖平原，形成一个三面高、中部低、朝北开口的马蹄形盆地，雪峰山是其东西两部分自然和经济的重要界线。湖南山区这些地方容易发生山地灾害，主要表现为山体滑坡、崩塌、泥石流等。湖南最常见的气象灾害主要有寒潮、干旱、洪涝、冰雹、龙卷风、大风和冰冻等。

国网湖南省电力公司作为国家电网公司祁韶±800千伏特高压直流输电工程湖南段项目建管单位，工程开工初始，就将其列为公司的一号工程，全面贯彻落实国家电网公司有关部署，组建了精干的业主管理团队，协调组织有多个特高压建设经验的设计、施工、监理队伍参与工程建设，并制定了《韶山±800千伏换流站工程同业对标管理办法》，在各施工项目部门之间营造良好的"比学赶超"氛围，持续提升工程建设管理水平，扎实落实"过程创优夺旗"活动的要求，推进施工项目部标准化建设，推动工程建设、安全、质量、技术、造价管理再上台阶，公司还提出了勇夺国家电网公司输变电工程安全质量和项目管理流动红旗、工程建成后争取获得国家优质工程金奖的两大目标。

在邓庆红的办公室，一块刚刚获得的国网湖南省电力公司"优秀业主项目部"奖牌醒目地挂在墙壁上。他告诉我们，国网湖南省电力公司提出的两大目标正在按既定的目标实现。他说，虽然现在还不是总结经验的时候，但是，各项工作的顺利开展和一个一个目标节点的实现，足以证明了这一点。他说他在担任韶山换流站业主项目部经理之前，是国网湖南省电力公司建设部的副主任，在这次特高压电网建设中，除了角色的转换，自己更是一名真正的特高压电网工程建设者。与过去比较，工作的责任点不同了，履职的范围变化了，面对的生活环境不一样了，正常的节假日没有了，虽然家在长沙，但是，三五个月不回家已是常事。他说，每天面对韶山换流站工地，机器声隆隆，仿佛在聆听大地奏响的音乐；竖起的铁塔，仿佛看到了太阳下涂饰的油画；而建设者们手提肩扛、挥汗如雨的镜头，是特高压电网建设历史沿途上挥之不去的浮雕影像。祁韶±800千伏特高压直流输电工程是宏大的，哪怕以时间分秒来切割，也是宏大的。

2016年3月，韶山换流站综合楼封顶。

2016年10月，祁韶±800千伏特高压直流输电工程沅江大跨越放线完成。

2016年11月24日，祁韶±800千伏特高压直流输电工程湖南段全线架通。

2016年12月14日，成立国网直流公司、各建管单位、运行维护单位的线路工程竣工验收检查工作组，启动竣工验收检查工作。

2017年1月29日，韶山换流站换流变运输速度创国网最快纪录。

2017年3月6日，工程获央视新闻"点赞"。

2017年3月10日，祁韶±800千伏特高压直流输电工程正式启动送电，当日《湖南日报》以"0.008秒！甘电入湘赛闪电"为标题刊发消息。

2017年4月9日，韶山换流站配套500千伏送出工程全面竣工投产。

2017年4月18日，祁韶±800千伏特高压工程启动高端带电调试。

……

在韶山换流站高端带电调试的现场，一位名叫田桂花的工作人员，满脸笑容地告诉我她是山西人，毕业于河南工业大学，千里迢迢应聘到湖南韶山换流站。她不无自豪地对我说，她将成为湖南特高压入湘历史以来首批韶山换流站运行值班人员，根扎湖湘土地，把靓丽的青春献给电网事业。田桂花忠诚的笑容里，饱含她无限的憧憬，她已把自己的理想投向了灿烂辉煌的明天。

当祁韶±800千伏特高压直流输电工程各条战线都在按照既定方针推进时，人们看到，一个属于湖南的特高压的时代沿着绵延起伏的群峰向我们走来。

2017年6月22日，祁韶±800千伏特高压直流输电工程全面建成，具备正式投入商业运行条件。

2017年6月23日，中央电视台新闻联播头条：全球输电距离最长的电线诞生。

2383公里，世界电能传输的最远距离在这一天再一次被刷新，甘肃酒泉送湖南特高压工程正式投运，将甘肃的风能、太阳能发出的清洁电能直接送到湖南。

2017年6月28日，《中国电力报》以大篇幅发表文章《三湘盛启"特

316

高压时代"华章》。

自此，21万多平方公里的湖湘大地，正式与全球能源互联网融为一体，三湘"特高压时代"华章盛启。

"潇湘月浸千年色，梦泽烟凝万古愁"。湖南，因为特高压，又多了一条光芒闪耀的银河大道，可谓：青山翠水，莺啼鸟歌；星空闪烁，彩虹起舞。

湘电工匠，锻造时代精品；绿色引擎，成就共赢发展；创新引领，彰显品质魅力。如果用诗一样的语言来表述，可谓：天上一条银河，空中一条大道；天上一群星星，空中一群英雄。这是一条星空之路，这是一条银河大道。也许这句话不足以描述祁韶±800千伏特高压直流输电工程的全过程。但是，我已迫不及待地站在这个充满无限想象的季节里，以仰望的姿势，回望那一个个渐行渐远的火热场景……

湘潭射埠，一个历史的符号

一开始，我是以一种随波逐流的心态，跟在队伍的后头，我没计划将成为一个什么样子；或者为自己圈定一个什么目标。一直以来的心理压抑，我仍然借用过去随机应变的老方式，随时捕捉一种灵光一现的创作点。其实，我一直在为自己减压，保持一种良好的轻松状态。那时，真正要去想象我们的特高压电网建设，去认知我们的特高压电网建设，坦诚地说，我的脑海里只是一张白纸。也从那个时候开始，这张白纸，一直让我在不知所措的东张西望中，几乎束手无策，茫无头绪，也深感无从下笔，全凭一种虚无缥缈的感觉东拉西扯地去填写只属于我自己的记录，沿袭一直以来的一片茫然。

站在时代发展的最高点上，面对国家电网今天的迅速发展，我深知，这几年，不，许多年来，人们对于电的认知和理解，甚至对电的需求，正在发生深刻的变化；特高压电网这个电力行业标志性的符号，已代表了一个突飞猛进的时代，正在铺天盖地地冲击着整个世界。现在看来，高科技的发展，清洁能源在全球范围大规模开发、配置、利用，"特高压电网＋智能电网＋清洁能源"这个互联网顺应时代发展的最新名词出现，正沿着中华宝典的轨迹，划过蓝天白云下一道道七彩飞霞，越过山中山，跨过峡中峡，穿过我们记忆的时空，飞越在历史的沿途上，定格在我们历史发展的教科书上。

2016年4月21日，我接到国网湖南省电力公司工会的通知，应邀参加在祁韶±800千伏特高压直流输电工程韶山换流站工地举行的湖南省工人阶级宣传月暨文艺工作者"进企业，访劳模，送文化"的创作实践活动，我有幸第一次感受甘肃酒泉（祁连）至湖南湘潭（韶山）±800千伏特高压直流输电工程韶山换流站建设施工现场的氛围，开始了我对特高压电网建设认识的零距离接触。

我是很认真的，也是很迷惘的，更是很急切的。

这是一个春光明媚的日子，在这个季节因赋予许多想象而失眠了一个夜晚的阳光里，我从柘溪赶到长沙，又从长沙与大家一起会合出发，便疾驰在渴望已久的采访路上。车，只颠簸了两个小时，那些无边无际的思想，已让沿途无暇顾及的风景甩向了身后，那些突然流动而来的意想不到的话题，随着急切的心跳翻越此时有些迟钝或僵硬的领地，不知所措地来到了湘潭市射埠镇西南门开发区的韶山换流站工地的所在地。采访组一行顾不上休息，胸前挂上"工作人员证"，便随着接待我们的湖南省送变电工程公司韶山换流站项目部资料技术员及负责新闻宣传的小陈，迫不及待地走进了施工建设工地的现场。

"战雨水，斗风霜，齐奋发，伟人故里添新辉；保安全，超质量，赶进度，芙蓉国中铸丰碑""全力以赴，精心谋划，勇于担当，争取工程新胜利；重任在肩，吃苦耐劳，甘于奉献，铁军风采再飞扬"。在现场的第一眼，我分明触及了现时里流动的脉冲，在膨胀的血管里激情地跳跃，那凸显一股当代伟人毛泽东主席家乡气壮山河的精忠之气和报效之魂，从四面八方扑面而来，立刻便有了一层卷过一层的热浪向内心深处涌去。是的，这不仅仅是电网建设者们的一句句口号，也不仅仅是建设者们随意显山露水的一句豪言壮语，那是一种精神支柱，那是一种图强奋发昂扬向上的气概，更是一种战天斗地的如虹气势，是一种任何人走进工地随机可发的触景生情。此时此景，由现时里无意触动，我突然对自己在韶山换流站建设工地意念性的向往中，直抵心灵最深处。也就在此时此刻，在灵动的目光里，建设工地上所有熟悉和陌生的喧嚣与嘈杂便迅速地迎面而来，那一阵阵急促而均匀的劳动音符，立刻便无形地回荡在我们的上空，轰鸣在我们的耳畔，我们与生俱来的灵性眼睛便跟随这里的节奏而不由自主地融合到热火朝天的建设工地。建设工地一定是多维的，一万只眼睛会有一万种视角。一同前来采访的摄影师们早已按捺不住内心的那份激动，迫不及待地举起了手中的"高射炮"。

祁韶±800千伏特高压直流输电工程是落实国家大气污染防治行动计划，响应国家稳增长、防风险政策要求，促进甘肃酒泉能源基地电力开发外送，满足湖南省用电负荷增长需要的国家重点建设工程，是湖南省第一个落地的特高压电网建设项目。陪同我们实地采访的小陈向我们介绍说，2015年5月18日，国家发展和改革委员会下发了《国家发展改革委员会关于酒泉（祁连）至湖南（韶山）±800千伏特高压直流输电工程项目核准的批复》后，核准工程开工建设。目前，在湘潭市射埠镇新建的祁韶特高压工程韶山换流站，看到的只是祁韶±800千伏特高压直流输电工程建设的一部分，准确地说，是工程建设的终端站。

2015年6月4日，湖南电力报头版头条，以《构建外电入湘"直通车"，提升湖南能源保障能力，祁连至韶山±800千伏特高压直流输电工程开工》为标题，详细介绍了祁韶±800千伏特高压直流输电工程开工的盛况，并以《建设绿色工程，安全清洁发展》为题，配发了本报特邀评论员文章。至此，祁韶±800千伏特高压直流输电工程建设全线铺开。

小陈很专业地继续向我们介绍说，祁韶±800千伏特高压直流输电工程韶山换流站位于湘潭市西南的射埠镇，距离湘潭县19公里，距离湘潭市20.5公里，交通十分便利。韶山换流站是一个宏大的国家重点建设工程，按照当前特高压工程核心技术的要求，其工程直流侧采用每极两个12脉动阀组串联接线方式，安装4台换流变压器，单台容量为3764兆伏安；500千伏交流采用了"3/2断路器"的接线方式，规划出线8回，本期建设7回；配置4大组19小组容性无功补偿设备，容性无功补偿设备容量为4040兆乏；换流站内设置2台容量为240兆伏安的500/35千伏降压变压器，每台降压变压器低压侧各装设1组120兆乏快速无功补偿装置、1组60兆乏低压并联电抗器和1台35/10千伏站用变压器。

我这个工作在水电厂的国网人，即便每天行走在电网建设的路上，目睹飞速发展的国家电网，自以为身在其中，而此刻，已自当惭愧，那些闻所未闻的数据与专业名词，就像听"天书"一样地让我在一旁瞠目结舌。小陈却仍然兴致高昂地为我们介绍韶山换流站的情况，她说，韶山换流站总用地面积19.41公顷，围墙内占地面积15.94公顷；场平土石方工程约60万立方米，土工隔离栅栏34万平方米；全站不含调相机区域的桩基浇筑3266根。在她的印象里，韶山换流站建设工地最大的特点，便是万事开头难。她说，韶山换流站土建施工是施工难度最大的部分。2015年9月，送变电工程公司是整个工地第一批进场的参建队伍之一，此后，湖南电力建设监理咨询有限公司、中国电力工程顾问集团中南电力设计院有限公司、中国电力顾问集团公司东北电力设计院有限公司、国网北京经济技术研究院、中冶集团武汉勘察研究院有限公司、湖北省送变电工程公司、浙江省二建建设集团有限公司、华东送变电工程公司、国网物资有限公司、国网湖南省电力公司检修公司、电力建设工程质量监督总站等参建单位陆续进场。目前，换流站建设工地包括业主项目部、设计院等在内，共有12支参建单位和2000余名建设者。到现在为止，土建施工进度较快，已完成场地平整、土方回填、换流站内外排水、进站道路、桩基浇筑、双极低端防火墙等土建的施工；综合楼、主控楼现已封顶；极I辅控楼主体结构、500千伏GIS配电室及设备基础浇筑已完成；500千伏第一、二继电器至站用电室结构，直流场避雷线塔基础工程及围栏内外基础设施开挖并垫层；500千伏交流滤波器场构架、避雷线塔、分支母线基础、围栏设备支架基础施工及筏板基础施工，大件运输换装平台土建、桅杆吊安装、韶灌倒虹吸工程施工及模拟运输等已全面进入筹备和紧张的施工阶段。小陈情绪突然低沉下来，她不时地用手指着面前的建设工地，她说，韶山换流站施工前，这里还是一口深深的荒芜的甚至是废弃的池塘，那些被自然界留下来的不规则的地形结构环境，在那段难以忘怀的施工日子里，建设者们付出了无可想象的劳动和汗水，克服了无可想象的困难，那种无可想象的艰辛是无以言表的。小陈连续用了三个"无可想象",来表述当时施工的一幕又一幕艰难场景,她情绪的起起落落,让她的嘴唇颤抖得无法控制。她动情地对我说,在不到七个月的时间里,施工建设者们经历了湖南54年一遇的冬汛考验,经历了春节与家人分离的情感煎熬,也经历了今年开春以来一场场暴风骤雨袭来的阻击。小陈说,我每天面对着他们,那些可以把建设工地与心拴在一起的震撼,那些把亲情与建设工地拴在一起的感动,我的眼眶很容易发热,也总是很容易湿润……小陈咬着牙根,嘴唇却仍然在抖动,她的思绪,跟随着她的情感起伏,不时地回到那过去了的一幕幕战天斗地的画面中,她那双盈满泪水的眼睛,此时在太阳下格外晶莹透亮,闪耀着她无限的情绪波动。但她很快地调整了自己的情绪,继续对我说,我们刚进场的时候,其实这里还是一口废弃了的池塘,也没有现在这条直达工地的宽阔公路。你们现在用你们的肉眼去看我们的韶山换流站工地,已根本看不出也根本想不到这里曾经是一口偌大无比的池塘了。如果站在高处俯瞰我们的韶山换流站工地,这里已是轮廓分明的块状色彩一致的彩色效果图了。韶山换流站正按照施工计划以白驹过隙的速度覆盖这里的一切。

小陈说,这口池塘,当地人叫荷花池。刚来工地时,荷花池已看不到水了,也看不到与名字相关的荷花,荷花池已成了当地人远去了的记忆。小陈从回忆的目光中,回到现实,也似乎平静了许多。但是,小陈的介绍是有限的,甚至包括建设工地的每个细节,她时断时续的停顿,在她无限的情绪交汇之下,让她不时地背过我们的视线,轻揉她那湿润的眼睛。无论我怎么去描述她此时的情感震动,在她那种创作激情的力量中,却依然让我寻找到那份属于自己的潜在内质,在感动的线索里,我似乎沿着如同大海一样奔腾而来的故事,随时随地地继续着我的创作灵感。

也就在那天晚上,我们结束了一个采访座谈会,便来到离韶山换流站3公里的湘潭市射埠镇的一家私人旅馆。此时,时间已转向了深夜的零点,我们的心情却一直难以平静。于是,大家在情绪的相互碰撞下,临时改变睡眠习惯,不约而同地沿着射埠镇唯一的一条街道,东找西瞧地找到了一家看上去还算干净的夜宵摊位坐了下来。

这是一家私人小吃店,白天餐饮,晚上经营夜宵,看上去生意还不错，老板已将夜宵摊位搬到了小店门口的一处不大不小的水泥坪地上，夜宵餐桌一张一张地排列成行，显得井然有序，旁边一根树枝挂着一面锦旗一样的招牌，迎风晃荡，上书"夜宵"，借着路灯和小街两旁不眠的街灯，尽可能地吸引顾客。这时，静止的画面上仿佛在突然之间流动起来了，静谧的小镇，也多了几分喧嚣，小镇也开始学会夜生活了，人一拨拨地来，也一拨拨地去，来来往往……只见那热气腾腾的惹人耳目的场面，也不失为小镇的一处热闹之地。夜宵摊位临近唯一一条简易的公路，我随意地看过去，这条公路随着视线便直穿到小镇的两端，在忽明忽暗的街灯指引下，目光伸向小镇两端一堆黑乎乎的房子，这个时候，我仍然可以看到街道两旁高高低低且错落有致的轮廓，而此时的小镇的门面大都已关门了，灯光零零星星地在黑暗中忽闪忽亮，此时此刻，小镇仿佛回到了往日的宁静。然而，这种宁静是短暂的，我听到宁静中偶尔传来过往夜车的吵闹声，特别地刺击到我的耳鼓，也刺激到小镇的那份宁静。

老板自然是当地人，操着一口湘潭话，他从一旁的厨房门边笑着迎了上来，听着我们说着带有不同乡音的普通话，老板心里头就有了几分的好奇。老板搭讪说，我知道你们是记者。然后，他忙着向我们解释说，到我这里来饮餐的宵夜的人，近些日子，都是你们这种装扮的，那些背在肩膀上长长短短的家伙，一猜就是记者。记者的装扮和模样老板已记在心里了，但我们绝对不是他理解的那种专业记者。

老板双手拍着自己的大腿，菜单丢在餐桌上，并不忙着点菜，他找了一条小凳坐了下来，一面揉搓着掉在膝盖上的围裙，一面高兴地对我们说，韶山换流站建在我们的射埠镇，又是国家重点建设项目，真是一件难得的大好事，这也是老天爷顺从民意的安排，是我们射埠镇的福音，它会带动射埠镇甚至湘潭市各个地方的经济建设和发展。比方说，我这个小店比往年热闹许多了。

老板的话，听着有些出乎我们的意料。这位未褪尽农民气息的老板，笑容满面，憨态可掬，看着轰轰烈烈的韶山换流站建设工地，居然会想到地方经济的发展前景和未来。之前，我至少低估了这位老板的水平。

射埠镇位于韶峰与湘潭的交界处，也是湘潭县腹部地带，盛产茶油，是为远近有名的茶油之乡，射埠矿产丰富，是湘潭县面积第二大、人口第二多的大乡镇。城镇人口17034人，潭花、韶井公路在此交汇，交通便利。射埠，不失为小镇的集市繁华之地。

老板不无自豪地说，射埠这个地方，名不见经传，默默无闻，没有列传，没有传说，也没有发生过新闻大事件，历史文化底蕴看似平淡。就射埠镇而言，1990年拆区并乡（镇）时，才真正有了现在的射埠镇。但是，历史上射埠镇也发生了两件大事，也值得我们射埠人记忆在心。一件是当年乾隆皇帝下江南时，乾隆皇帝路过射埠住过一个晚上。当时乾隆皇帝就去过现在韶山换流站的所在地荷花池。乾隆皇帝过逍遥坡、快活林，便兴致勃勃地打开手中的扇子，一扇一千里，两扇两千里，便驱赶了荷花池周边的晦气。乾隆皇帝路过一家贺姓的茶铺子小歇，静观荷花池，自言自语道，逍遥快活神仙洞，茶铺子卖肉无人问。意思是，贺姓茶铺子的招牌挂在门梁上，却何以卖起了猪肉？招牌与行当风马牛不相及，大有晦涩难懂的意味。乾隆皇帝走后，茶铺子主人自感羞愧，若有所思，也若有所悟，不久，贺姓的茶铺子猪肉摊果真拆了，在荷花池周边土坡上栽种了茶树，以茶为生。日复一日，年复一年，茶树长势喜人。此后，在射埠这个地方，家家户户加工制茶，曾红火过很长一段时期。从此，射埠也成为方圆几百里村镇有名的茶油之乡。

我问，这与荷花池有关吗？

老板说，当然有关。据说当时，乾隆皇帝走到荷花池跟前时，忽见荷花池内一道金光闪现，乾隆皇帝不觉感慨万端，叹曰，好端端的荷花池何以不见水？乾隆皇帝紧接着又一声长叹，手中扇子空中一舞，霎时间，只见天空裂开一道闪电，忽又刮来一股清风，干裂池塘便立刻引来了天上的银河之水。从此，荷花池的水从不干涸，浇灌周边的茶树绿林。老板稍稍叹了一口气，接着说道，荷花池只不过是一个传说而已，荷花池也只不过是一口普通的池塘。老板说他小时候看到荷花池时，荷花池内根本就没有水了，也没有了人们想象的一池荷花，荷花池长年累月的烂泥粘粘巴巴地堆在池中，日晒雨淋，倒也从不干裂。话间，只见老板眼睛忽然一亮，似乎豁然开朗，一拍大腿，猛地站起身来，高兴地对我们说，只是荷花池那道金光似乎应验了现在的韶山换流站建设。我私下估摸,这是射埠镇发生的第二件大事。说着,老板给了一个"哈哈哈"开怀大笑的夸张表情和舞蹈动作,大呼下手上菜。

不管老板说的是真是假,他的厚道朴实和豪爽畅快的表情流露说明了一切,从他的言谈中,这个美丽的传说,似乎找到了射埠镇自古以来的又一个答案。他告诉我们,当地人已将韶山换流站建设作为了辉煌明天的象征。

这似乎也让我有了意想不到的收获。

池塘也好,一道金光也好,听起来有一种心旷神怡的飘然之感,但是,这都是被动的,一旦被建设工地取而代之,便与众不同地发生翻天覆地的变化,就如池塘一样任何一席地方都是如此,在天高地远的笼罩下,在风霜雨雪的摆弄中,在那第一个落脚此地搭建的工棚中,在过夜人的"钟情"抑或"青睐"中,池塘作为一个重要的建设工地,作为国家重点建设工程,便开始引人瞩目起来,其意义之非同凡响,也并非哗众取宠,面对这位夜宵老板,当地人也开始想象和憧憬他们的未来。夜宵老板的兴奋,已表露出他自己无以言表的美好愿景。

此时,韶山换流站,有了我想象的背景,那些如波浪一样的光带,汹涌而来,射埠升起了不落的太阳。

湘潭射埠,一个不被人们熟悉的地方,而这个名字正在国家特高压电网建设轰轰烈烈的时代背景下,进入人们刻骨铭心的记忆,也注定要成为湖南省电力工业发展史上的一个新的驿站。

创造发明是一种境界

当采访进入到祁韶±800千伏特高压直流输电工程建设全线,耳闻目睹那些用爱垒成的故事,无论是换流站建设工地,还是线路工程建设现场,我总是仰望那蓝天白云映衬下的铁塔,想象建设者们与酷暑严寒、干旱风沙苦斗的情景,也总能从建设者们疲惫的笑容中获取他们一直坚守的含义,我的心里时常泛起一股温暖的泉流。

这是我走进一个电网建设工地,又转向另一个电网建设现场,所获得的最具影响力的一种现象。

在韶山换流站建设工地，一位经历了30多年电网建设的老师傅，很有感慨地告诉我，过去，建一个变电站都需要两三年的时间，而今莫说是建一个同样等级的变电站，建设电压等级这么高的换流站，也只要一年多的时间了。他说他看着韶山换流站建设几乎是一天一个变化，建设的速度已提高了两倍甚至更多。

在祁韶特高压桃江线路段工地，一位同样经历了30多年电网建设的外线工，对我发出了同样的感慨。他用架线为案例说明现时架线的速度。他说他经历了架线的三个阶段：第一个阶段是人拉肩扛，这个阶段，他不知道自己爬过了多少座山，也不知道蹚过了多少条河流，就是现在，他的肩膀上仍留下了一道电缆导线勒出来的硬茧；随着卷扬机的出现，第二个阶段采用动力伞定位拉线，他记得很清楚，是2006年开始使用的，架线的效率提高了两三倍，动力伞完全体现了线路机械化装备运用的价值；第三个阶段就是现在正在进行的无人机定位架线，随着无人机的定向运行，空中的导线划过一道美丽的弧线，随着张力场、牵引场的准备就绪，只听到指挥员一声命令，导线便平稳地升上空中。他说他这三个阶段的经历，勾勒出在同一个原理的作用下不同时期的不同架线方法，他见证了发明创造在现实中的运用，既省力，又省工时，这就是社会文明的进步，科学技术的进步。

湖南省送变电工程公司经过长期的实践和证明，把全体职工的脚踏实地的工作和创造发明的思考，总结为工地建设和各项工作的两种不同层次的境界。他们认为，相对建设者而言，建设者们大多数的时间里生活在第一种境界里，但是一定要让大家明白第二种境界的意义。这样，我们的建设工地才会有更高、更有价值的目标和成果出现。

湖南省送变电工程公司高级技师、输电施工一分公司副经理、祁韶±800千伏特高压直流输电工程湘1标段项目部经理郭达明就这样告诉我，送变电专业之外还有一个广阔的世界，这个广阔的世界便是创新精神。他说，理解创新精神，也能反过来更好地理解送变电工作。也就是说，有很好的脚踏实地的工作态度，同时又对送变电专业有创新意识的理解，对于人生有自己的独特见解，意味着是一种人文精神的又一个高度的提升。

祁韶±800千伏特高压直流输电工程湘1标段起于湖南与湖北交界的湖南省常德市石门县杜村坪村两侧的分界塔，止于湖南省益阳市桃江县龙肚湾，途经常德市石门县、澧县、桃源县、鼎城区和益阳市桃江县。线路长度184.323公里，沿线海拔0米至500米，其中湘1A段线路路径长度89.662公里，设计塔号为6201号塔至6379号塔（6501号塔），共计179基塔，包括直线塔126基、直线转角塔3基、耐张塔50基。工程于2015年9月10日开工。

祁韶±800千伏特高压直流输电工程湘1标段开工后，施工段灌注桩基础中实际地质情况与设计提供的岩土勘测报告存在地质数据资料上的差异，地层中卵石、碎石粒径太大，石块粒径大都超过了500毫米，而且采用循环钻也无法施工。郭达明经理根据施工的经验，将冲击钻用于灌注桩基础成孔施工，收到了意想不到的效果。此后，该方法在16基灌注桩基础运用中得到了充分发挥，效果明显。这也是冲击钻成功用于灌注桩基础成孔施工技术的案例，在全省首次推出和运用。

湖南各地的雨季起止时间不一，湘西北地区为每年的4月中旬至7月底，而这些年的雨却集中在冬季。

2015年12月，湖南湘北地区进入冬汛，这是湖南54年来的又一次冬汛，而且这次冬汛延续的时间超过了往年，这也意味着施工的自然环境是近年来出现的最艰难的一次。毫无疑问，祁韶±800千伏特高压直流输电工程湘1标段全线水位上涨，位于湘1标段小河边的6280号塔、6282号塔在冲击成孔过程中，由于冲击钻在砸碎石块时对周边地层形成较大震动，碎石、粉砂含量高，地层周边水位高而受到影响，对孔内形成较大的压力，泥浆无法护住，锤头冲击成孔时碎石土层、粉细砂地层大块坍塌，冲击钻锤常常出现不进尺，锤头被埋而卡住。这不仅是自然环境带来的考验，也是一个技术攻关难题，郭达明与技术人员现场查勘分析后，查阅资料，收集应用参数，并咨询地质有关专家，获得专家指导，随后又在现场分析、反复核验，采取将泥浆比重调至1.5至5.7稠度的方法，又根据地层震动反应调节冲程，并通过增加碱、水泥增加泥浆稠度的方式，加强泥浆护壁作用，收到了明显的效果，并提高了灌注桩基础施工效率30%。

在锚杆基础施工时，郭达明说，自然环境的恶劣是一个很现实的问题，而技术关键点是成孔质量和混凝土浇灌质量，如何应对和保障质量，是我们必须思考的技术把握点。虽然锚孔直径只有120毫米，看似很小，而深度要求却达到了6米。郭达明接着说，在钻孔时他们遇到了意想不到的难题。长期以来，他们采取的潜孔钻全岩石的方法虽然效率高，成孔质量好，也得到了广泛的应用，但是，在祁韶±800千伏特高压直流输电工程湘1标段的施工中，地质情况复杂，地层结构看不见，也摸不着，加上雨水的侵蚀，在设计地探为全岩石的基础中，钻孔时孔口突然排碴堵塞，钻杆也没有冲击回力，冲击受阻而不能彻底到位。出现这种现象，郭达明经理全凭自己的经验，推测是否进入了岩石裂隙中的土夹层，经过测试，果真是这个原因。根据当时全岩石、裂隙土夹层的特点，锚孔施工在裂隙深度、厚度等数据的要求下，反复设计和修订方案，以确定基础抗拔力来满足要求，借鉴各种基础钻探设备特点，提出了钻杆换为地探用的麻花钻杆，实地运用后，此方案达到了预想的效果。

郭达明说，这些"小改小革"，只不过是平时比别人多留意而形成了自己的经验。一旦经验在脑海里形成，此后再遇到各种问题，解决方案便信手拈来。当然，每一个人的工作经验，也是通过大脑的思考而总结出来的。

郭达明于1983年参加工作，在送变电建设的30多年里，一直战斗在施工第一线，他参加过省内外100多条输电线路的施工，从一名普通的线路工人，到施工副队长、施工队长、项目经理、分公司副经理，一步一步走过来，多年的一线施工实践，使郭达明在施工技术、管理上积累了丰富的经验，专业技术也日渐成熟，理论水平也得到不断的提高。据不完全统计，他独立主创的革新挖潜项目达20多项，参与各种创新项目30项以上，1999年12月获得湖南省电力公司送变电线路架设专业技师资格，2003年12月晋升为高级专业技师，先后获得过2008年湖南省送变电工程公司抗冰保网特等功臣、省直机关抗冰救灾优秀共产党员、国家电网公司生产技能专家、优秀项目经理等荣誉。

郭达明说，令他记忆犹新的是祁韶±800千伏特高压直流输电工程湘1A标段在6265号塔、6266号塔同时跨越±800千伏复奉线和绵苏线。他说，按照常规张力放线方式，一般以6至8公里作为放线张力区域。但是，那天他们赶到现场选址勘测准备时，地形变化很大，因而现场选址不得不以6253号塔+303米至6269号塔+209米作为一个放线区张段，放线长度7934米，其中包括16档。从现场计算分析，展放过程中导引绳、牵引绳、地线及导线均已全部上场，施工安全风险显然很大。他认为线绳在展放过程中有可能会上弹，导致无法满足安全距离要求。而且为了减小牵张力，展放速度慢、工效低，无法保证在计划时间（被跨越电力线路退出重启动时间）内完成施工任务。

郭达明说他们只能全凭自己的经验解决现场问题，当然，有些事情不是绝对化，也不可能彻底解决实际问题。通过现场查勘，跨越段同时跨越一条村级公路，地形条件满足架线张力设备出入。在推翻脑海里一次又一次的假设后，最终，他选择对单独展放的6265档、6266档这一跨越档的导地线进行验算。验算结果让他喜出望外，这个档位采用展放单独耐张段的方式施工，不仅能消除线绳上扬，而且可以降低安全风险，一举两得。郭达明说，跨越方案在一波三折中终于确定下来。

跨越施工方案是成功的。郭达明说，单独展放跨越档耐张段，相比常规张力放线，虽然增加了一定的施工经济成本和程序，但是极大地降低了跨越施工的风险。他说，技术创新不仅仅要看工效的提高，也应多角度思考其他方面，比方说，安全风险。其实，降低安全风险，又何尝不是降低经济成本呢？

郭达明告诉我，送变电公司的科技创新，经过了从思考到实践，又从实践到思考的过程，在人的大脑世界里，创新精神一度被冲淡，特别是后期招聘的大学生，有很好的专业理论基础，却被传统的思想牵引，努力工作、脚踏实地。当然，努力工作、脚踏实地并没有错，但是一味地去追求这种状态，人的精神是不是少了点什么？这里更看不出人的丰富性，看不出远大的思考和关注社会的情怀，也看不出创造性，以及那种真正发自内心的创造。这只能培养出单纯的实干家，培养出本分的好工人。

随同我们一起采访的国网湖南省电力公司管理培训中心教授张海燕接过郭达明的话题，对这个观点表示同意。绝大多数社会成员应当是单纯本分的好人，这是一个底线，否则的话，这个社会无法维持。然而，将这一点视为工作的最高目标是不够的。2016年全国"两会"提到鼓励企业开展个性化定制、柔性化生产，培育精益求精的工匠精神，增品种、提品质、创品牌，这是国家政府工作报告里首次提到"工匠精神"这个词组，这是一个非常好的理念，这才是一个社会所需要的理念和工作的态度，也就是人在工作中的最高境界。

近几年来，湖南省送变电工程公司提出了"以科技创新为导向，提高工程建管新水平"的工作思路，并将创新工作室、劳模工作室搬到祁韶±800千伏特高压直流输电工程各项目部，以稳步推进为重点，以劳模先进为带头人，以技术创新、管理创新、服务创新为方向，积极塔建核心技术人才领军、广大职工参与的创新平台，充分发挥主力军作用，激发广大职工创新热情和创造活力。通过创建规范化、标准化创新工作室，进一步放大一线职工创造品牌效应，培养更多的学习型、知识型、技能型、创新型一线优秀技术创新人才，提高项目部自主创新能力，营造了"人人参与，与时俱进"的企业文化的新氛围。

湖南省送变电工程公司韶山换流站项目部采用无人机空拍的方法，对工程现场吊装、阀厅、GIS室钢结构作业和电缆敷设等作业内容实行全方位、多角度实时录像和高清拍摄，从不同角度拍摄图像，为工程提供更完备的数据资料，以高科技手段拓展了工程建设管理和安全质量控制范围。同时，他们还开发韶山换流站安全质量管理平台，对项目部全体人员、机械、风险等进行数据录入，与门禁管理系统远程联动，对施工现场人员入场和出场、作业行为进行动态记录和管理，实现对人员、机构及风险的精准管控，做到"组织到位、人员到位、设备到位、措施到位、防护到位"，确保了施工现场标准化，安全管理规范化，打造了现场安全质量随身信息化管理枢纽。他们还通过"大力开展科学攻关，创新工程新优势"的理念灌输，积极开展创新活动，针对施工中存在的施工难点、技术难题、质量控制难题等成立QC小组，创建优秀的QC成果。

湖南省送变电工程公司工会副主席高国建曾这样告诉过我，仅有脚踏实地的工作态度是肯定不够的，把创新精神搬到建设工地，那种技术攻关便有了别样的色彩。

陈霖娜，一个刚从大学毕业参加工作不到两年的小姑娘，凭自己勤于思考、勤奋肯干，用不到一年的时间，主创了《降低基建管控系统数据上传差错率》的QC成果，用于工作实际并获得成功，获得了2016年度中国电力建设QC成果二等奖，成为湖南省送变电工程公司2016年度获此奖项的最高等级。

在问及主创的过程时，这位不到25岁的小姑娘以"不容易"来总结这项课题的研究。她说她毕业于电气专业，虽然从事的是技术员岗位，但很多时候是与一大堆的基建管控系统资料打交道。尽管与所学的专业有一定的差异，但她很喜欢韶山换流站这种积极向上的工作氛围，也适应这种工作状态。她对我说，随着现代化技术提升管理效率与水平的日渐提高，信息化平台在标准化管理中扮演的角色越来越重要。在电网建设中，基建管控系统的推广有助于实现基建信息化建设，规范基建业务流程，加强基建过程控制，实现精益化管理，有效推动基建标准化管理体系的运转和完善。"十一五"末，国家电网公司经过长期调研讨论，确定了基建标准化管理体系，即三横五纵标准化管理体系，在国网公司、国网湖南省电力公司、建管单位业主项目部三个机构的层次上，执行项目、安全、质量、技术、造价五大专业管理模块。经过五年的建设，基建信息化工作已取得了一定成效，初步形成了业务覆盖较全、功能较为完善的基建管理信息系统，基本满足了总部、国网湖南省电力公司和现场项目部各层面用户的核心业务需求，促进了基建过程管理的标准化和规范化，有效支撑了"大建设"体系。她说，进入湖南省送变电工程公司后，经过半年的岗位培训和学习，便参加了2015年3月至2016年3月的浏阳医药园220千伏变电站新建工程，担任项目部技术员，从那时开始，她才真正开始接触这项工作。她对我说，当时她所从事的工作与学校所学的专业看似有些跨界，但是，许多的专业用语和单词是一脉相承的。对于工地的理解，一开始是模糊的，模糊到了什么程度呢？她会下班回到宿舍，与同宿舍的伙伴抱在一起哭，哭过几场后，也突然明白，工地也不是想象的那样寂寞和荒凉。其实，课堂与工地，书本与实际，学生与技术员，看上去似乎是两码事，但真正融合到其中，看上去的两码事也是一回事。课堂、书本、学生与工地、实际、技术员，除了角色的转换，都是学习的过程，都是解题作业的过程。

这位参加工作不到两年的小姑娘，语出惊人，居然能理解到这一点，着实让我吃了一惊，脚踏实地的工作态度和创新精神的思想境界，她自觉与不自觉地融合到一起，那种积极向上的心态无形地凸现在她的言行之中，她的身上透着满满的正能量。

2016年年初，陈霖娜提出了降低基建管控系统数据上传差错率课题，是针对当时在实际应用过程中，由于各方面问题，基建管控系统并非如理想中能被电网建设者们得心应手地掌控，在系统操作过程中，数据的完整率及准确率不高，错误现象较为普遍而提出来的。她说，这是一条看不见的战线，伴着没有周末，没有节假日，也没有白天黑夜。经过一系列措施的实施，取得了预期的效果，每月基建管控上传数据及时、准确，附件格式无误，日期填写精确，大大减小了差错率，提高了数据上传质量，社会效益明显，得到了业主方、监理方等多方好评。

陈霖娜说，其实这些"小改小革"，只要在工作中多一点留意，一切看似复杂，其实也很简单。

2015年11月，湖南省遭遇1961年以来最大的冬汛，数十万人受灾。据湖南省气象局统计，湘潭县平均降雨量152.9毫米，达到了大暴雨量等级，这是冬季不多见的汛期现象。大暴雨对处于场平施工阶段的湘潭±800千伏直流换流站建设现场进度产生了严重的影响，导致场平作业无法持续开展。为减少频繁降雨对韶山换流站进度的影响，既要保证回填质量，又要提高施工进展效率，创造相应的经济效益，由湖南省送变电工程公司韶山±800千伏换流站工程技术员梅涛主创的《雨季土方回填施工方法研究》被推到了QC活动的课题上，并以"提高工效，确保回填后质量，最大化节约成本"为设定目标。

梅涛对我说，在确定目标后，项目部特高压QC小组成员运用"头脑风暴法"，相互启发，深入思考，总结原因，提出了三套施工方案。最终确定了"铺设新条布，开挖排水沟"的方案。实施后，韶山±800千伏换流站工程边坡土方回填62层，按每20米取点1组，共计取点1707组，分层取样，对压实验报告全数检查，检查结果所有数据均在设定目标范围内，雨季土方回填施工完成既定目标。

梅涛说，创新精神，其实包含了团体的智慧，通过这次QC活动，不仅增强了集体的团队协作精神，而且坚定了大家持续参加QC小组活动的信念。

梅涛还给我说了一个例子。在换流站工程中，预埋件焊接和地脚螺栓连接是混凝土基础与设备间传力常用的两种可靠的连接方式。无需拆卸的或较大型的构件一般采用焊接连接，比方说GIS气体绝缘组合电器。可能需要拆卸、检修或比较小型的构件一般采用螺栓连接，比方说断路器、隔声屏障。从实际施工过程不难看出，基础地脚螺栓预埋精确度是设备安装质量的重要因素，要在钢筋密布的混凝土基础中准确定位成套的地脚螺栓具备一定的难度，预埋不准确而导致的焊接和扩孔，已经成为了质量的通病。

韶山±800千伏换流站东向6米高程框架围墙长度约288.5米，为满足降噪要求，在梁、柱顶安装3米高的隔声屏障，需进行地脚螺栓的预埋施工。此次预埋施工共有地脚螺栓96套，每套6根，数量大，难度较高。梅涛说他们的QC活动小组根据现状，推出了《钢筋混凝土中成套螺栓预埋支架的研制》的课题。他们从现场检测到实验，根据中心轴线尺寸偏移，逐根定位并固定，同时，依据图纸的尺寸，将成套螺栓以钢筋或钢板组装焊死后整体固定等情况综合分析，设定目标，提出最佳方案。实施后达到了预想的效果：螺栓预埋精度达到了国网公司质量验收规范的要求；提高了工效，每班组每个工作日可以完成螺栓预埋作业量不低于10套，相当于提高了过去作业量的三分之二；节约了30%的单项工程成本，也相当于总成本的57.2%；社会效益增强，成套地脚螺栓预埋支架的应用，不仅使韶山换流站地脚螺栓预埋任务圆满完成，隔声屏障安装进展顺利，杜绝了返工、扩孔等质量通病，还节省单项任务工期5天；成套地脚螺栓预埋支架在各类地脚螺栓的预埋中均可运用，原理易懂，制作简单，操作方便，系列模具可以满足不同排列、不同数量、不同部位的螺栓预埋，彻底解决了设置有复杂钢筋的混凝土基础中预埋螺栓存在的耗时、耗力高而预埋不精确的问题，一次成优，具有特殊的推广价值。支架应用成功后，湖南省送变电工程公司将该工艺编写入《施工标准化作业指导书》一书中，形成了标准化施工工艺，受到了各级领导和专家的好评。《钢筋混凝土中成套螺栓预埋支架的研制》获得2016年度中国电力建设QC成果奖。

梅涛说，这次QC活动完成了预期的目标，为湖南省送变电工程公司今后从事类似的地脚螺栓预埋施工总结出了一套合理、高效、可行的方案，摸索出了一套标准化、程序化、高效率的方法，为今后打造更多工程亮点起到了很大的推动作用。当然，QC活动小组的存在和技术攻关，是团队整体智慧的发挥，是团队的力量。虽然看起来，这些都是很不起眼的小创造、小发明、小发现，但是，正是这些小创造、小发明、小发现，在解决某一个环节的问题上，产生的作用是不可估量的。

在我看来，不论是郭达明、陈霖娜等人在创新意识上的"单兵作战"，还是梅涛他们QC活动小组在技术攻关上的"整体作战"，这都是创造发明的表现，是一种超越工作态度的思想境界。他们在特高压电网工程不同的岗位上，勤于思考，获取常人不同的价值，也的确迥异于大多数人的行为意识，虽然他们都自认为那些都是"小改小革"，实际追求的却是一个与众不同的境界，他们这种小创造、小发明、小发现，与大多数人的区别在于日常工作中对问题是否留意的心态。湖南省送变电工程公司在总结这种现象时，就有过明确的定位，脚踏实地是一种工作态度，创造发明是一种工作境界。在建设工地上，大多数人看似都能做到的事，郭达明他们却多了一份思考，因此这些成果别人看似也能够做到却最终没有想到去做，只有郭达明他们想到而且真正地做到了。这就是工作态度与工作创新思想境界层面上的差距。后来也有人告诉我，劳模先进人物与普通工人的区别，也是一个思想境界上的差异。事实上，唯有思考者才能勇于创造。因此，我们必须改变，拿出一点时间来思考，对于这种小创造、小发明、小发现充满思考的发现，充满发现的解读，充满解读的认知，充满认知的创造，你一定会想到什么，也就会去做这件事。我们都必须承认，那是一种境界，也并非"留意"与"没留意"之间或者"聪明才智"与"愚钝守旧"之间所能解释的。

飞上天空的风筝

这个故事的主人公，反复跟我说，他这个故事可以写，但不要用他的名字。我说，为什么？他说，不为什么。我想了想，还是尊重他的想法。

工地上的建设者们都称他为技师。

在韶山换流站建设工地的一次采访座谈会上，项目部负责人给了我一份参加座谈会名单，我仔细地看过一遍后，扫了扫会场的四周，无法判断名单上的人是否全部到场。待到座谈会结束，这个故事的主人公一直没有出现。后来，在职工食堂吃晚餐时，有人叫他的名字，他才真正地进入到我的视线中，也引起了我对他的注意。

项目部负责人曾向我介绍过他，他是一个不喜欢言谈的人，喜欢孤往独来，是那种性格内向的人，但工作没得说，评过公司的劳动模范，还是一名高级技师。

有缘的人总是有缘。就是在这天，我从职工食堂吃过晚餐，去综合办公楼的交叉路口上，与他不期而遇，他正整理安全帽去工地。我问他，这个时候还去工地？他答道，加班。我说，我可以跟你去加班吗？他用疑虑的目光望着我，紧接着他做了一个让我明白的手势，示意我跟他走。

就这样，我们认识了。

那段时间，土建主体施工进入交安阶段，紧张的程度达到了一个什么概念？就是将10天的工作压缩到5天或者3天来做，通俗地说，一个事情做完，下一个工作环节马上跟上来。正是这关键的时候，住在医院的母亲下了病危通知单。技师说他不想因为工作的紧张，以及那些做不完的事，离不开工地，他害怕再一次失去亲人，再一次承受内心的疼痛和煎熬。三年前，他在重庆昌州220千伏变电站新建工程中，父亲病了，那时候他就想，父亲一定能挺得过去的，他一直相信父亲如铁塔一样的毅力和意志。但万万没有想到，只有三天，父亲过世了。待到他匆匆地赶回长沙，连父亲最后一次面都没见到。这一次，说什么也不能重蹈覆辙。他按照规定，请了四天假，便连夜赶回了长沙。

那天，技师把母亲从医院接回家中，其实，这不仅仅是母亲的意思，医院的医生也是这个想法。但他认为，医院总是治病的地方不能由着病人的意思，想出院就安排出院。高血压中风，已经不能让母亲正常走路了，说话的语气完全是无法识别的语言音节，另外，母亲心衰也很严重。医生说，老人随时都有可能说走就走了，所剩的时间不多了。可是，为了安抚母亲，技师没让母亲离开医院。他知道，病人知道自己住进了医院，那种依赖药物的心理就像万物生长靠太阳一样。但是，母亲执意地要他带回家，并已有意地拒绝服药打针了，还将病床上的输液点滴的皮管和针头拔过几次了，并将那些点滴皮管胡乱地甩到地上，母亲靠在垫高的枕头上，歪着嘴儿笑。母亲手臂上红红点点的血迹密密麻麻，已让护士找不到血管的位置。母亲含含糊糊地说："医生，别那么上心了，我已到头了。"无奈，就在这天的下午，技师推着轮椅上的母亲回家了。

回到久别的家中，母亲的精神突然好了起来，这让技师感到惊讶，技师清楚地听到母亲进到家门说的第一句话，金窝银窝比不过家里的土窝。他还听到母亲说："儿子，回来了就好，我的病也就好了一大半。"技师那时候当着母亲跪地就哭，反复说自己没孝心，未尽孝道。母亲用手颤巍巍地拍着他的双肩，又轻轻地抚摸着他，母亲说："儿子，哪能这么说呢？谁都这样走过来的，谁都有走的那一天。"那天，尽管病痛没有停止对母亲的折磨，但母亲一直坚持跟他说话，虽然语言不是很清晰，但母亲的话，技师都记到心里头去了。

技师怀疑母亲这个情绪是不是传说中的回光返照，这是他最担心的问题。医术方面是没有这种说法的，有没有科学根据，技师没问过医生，完全是凭前人的经验总结。那时候他真拿不准，也没有任何把握，他在心里反复告诫自己，他要自始至终地不离开母亲。

但是，假期是不讲情面的。当技师意识到假期快到了的时候，顿时，他真不知道如何跟母亲说了，走？留下遗憾；不走？假期就要到了。他不希望出现第一种，他仍然在母亲面前自始至终地掩饰得若无其事，强颜欢笑。

临近假期的头一天，坐在门口轮椅上的母亲对他说，今天天气真好，如果能到外面走一走那该多好哟。母亲说她已有大半年没到外面走走了的。技师不觉心里猛地一酸，但他很快装着愉快的笑容，对母亲说："我带您去走走？"母亲歪着嘴笑了。

到外面走走，也是在他们居住的小区院内，小区这条环型路面已铺上了一层柏油，乌亮亮的，看起来比过去干净了许多。推着母亲走在柏油路面上，技师感觉到很平稳，步履也很轻松。母亲坐在轮椅车上，尽管身子不灵便，但她总是用她的眼睛看着这里曾经熟悉的一切事物。小区的广场中心，曾经是她最喜欢去的地方，她曾经也跳过广场舞，做过广播体操，也散过步，她有许多的朋友和熟人。母亲对儿子说，去广场中心看看。技师就推着母亲去了广场中心。

广场中心还不是最热闹的时候。技师推着母亲走到一棵香樟的树阴下面，然后，他从挎包里面拿出一些吃的东西，让母亲选择。母亲看都没看，便随意拿了一只鸡腿握在手上。母亲不饿，此时还没到吃中饭的时候。技师背过脸看着广场中心的上空，有两行眼泪沿着鼻梁的两端流进了嘴里。他知道，母亲又想孙子了。

去年10月的一天，上小学一年级的孙子放学回家，母亲刚走到学校门口的一条马路对面，只听到空中传来一声"奶奶"，孙子就不见了。那时，母亲的眼前开过一辆车，"叽呀"的急刹车声传到她的耳鼓，也猛击到她的心口，母亲就什么也不知道了。后来，母亲在医院里，对技师说，如果那天提前一分钟赶到学校，或者晚一分钟赶到学校，就不会发生这样的事。母亲的泪水把她想要说的话全都淹没了。母亲说她没有保护好孙子，也就是那一分钟的差距，那一分钟母亲一直很内疚，一直很沉痛，也一直住在医院里。母亲曾对技师说，她这种病，恐怕医院里没这种药。

广场中心，来了一拨人，但大都是退了休的老职工，有老爷爷，也有老太太。母亲看了看，对儿子说，全都不认识了。技师就告诉她，那全都是您过去的舞伴。母亲说，他们都老了，我都不认识了。母亲的眼睛里分明有亮亮的东西闪过，但只有一瞬间，停留的时间太短了。

香樟树阴下漏过许多星星点点的阳光下来，母亲握着鸡腿的手，颤颤抖抖地想着要去接住，母亲喃喃地说："把鸡腿加热呢，我的孙宝宝最喜欢吃了。"技师仰着头叫了声，妈！

广场中心来了一位老人，正蹲着身子与小孙女放风筝，广场里的老爷爷和老太太都围了过去，小女孩手中的风筝升起来的时候，广场里便拂过来一片掌声和欢呼声。只听到那位老爷爷说，风筝飞得再高，总是有一根线牵着。母亲的眼睛也突然亮起来了，母亲对儿子说："那是不是你们飞上空中的铁塔？！"儿子立刻接上话："是。"母亲说："回工地吧，我知道你的假期到了。"儿子一怔，说："不，我陪着您。"母亲说："去吧，我好了。"家里有你老婆。儿子还是说不。母亲说工作再忙，只要常回家看看就行了。母亲说："妈妈没别的意思，每天打一个电话，我就会听到你的声音，如果哪天听不到你的声音了，是妈妈到你爸爸那里去了，我和你爸爸一起带孙宝宝……"

技师"哇"地一声哭出了声……

我知道这个故事后，我也"哇"地哭过。在韶山换流站采访的日子里，建设者们说起家人的这些事情，总是在哽咽的情绪中，一而再再而三地感谢家人的理解和支持。

那次，国家电网公司工会"送文化下工地"活动到韶山换流站慰问演出。我认识一位参加韶山换流站施工建设的技术员。这天，这名技术员的妻子，特意从长沙来看他，正巧看到了这场文艺演出，也正巧我们坐在一起。作为韶山换流站建设者的家属，演出开始前，我们也对许多的话题与这位技术员的妻子进行了交谈。在谈到家人的理解和支持时，这位技术员的妻子实话实说，她说，怎么理解一名建设者的妻子，这个题目似乎有些太大，也没有认真地想过。就她而言，家的延续，是双方共同的事。如果一味地守着家的寂寞，有时候心情是不讲道理的。她说她也有过怨言，有过寂寞后砸碗的无名之火。偶尔想到过去，虽然也寂寞、孤独，但多少有些恋爱时的那些色彩，葱青、鹅黄、玫瑰和紫红，年轻时的生活质地，塞得进零星半点的胡思乱想，梦幻一般，头也不会时时地疼。走进婚姻，似乎发生了变化，时间就像驮在双肩上的重担，一头牵着丈夫，一头牵着家；心情就像天上的云层，厚厚地积压在眼前，甚至于积压在心口上，一切都在重复着寂寞无聊，留不出一点空间盛下她的一声哀叹，甚至一丝悲凉，有时有点小病小痛，她也知道了一个成语，叫忍气吞声，又能怎么样？她说她过早地记不起曾有过的想象和憧憬，好像都是眼前发生的事，又好像不是，她也说不上到底想过什么，发生过什么，那些沉闷的日子一天接着一天。直到有一天，老公完成一项工程项目施工回到家，在家过不了两天，她居然问老公，你今天怎么还待在家里？一种不由自主的习惯性的条件反射，就催着他上工地。她说她现在真正想要的，是那些直接具体的东西，孩子安静点，家务事少一点，老公在身边，家里电路物什都别出什么状况。要是能再听首歌，静静地发会儿呆，就是人间天堂了。她说着自己苦笑了一下，瞧了瞧旁边的丈夫，笑仍然是苦涩的，她突然将头转向我这头，问我："这要求也不怎么苛刻吧？"我说很正常。她说："真要正常，我也想挽着老公的手，打扮打扮什么的，两人牵着孩子，逛逛街，逛逛商店。那才美呢！"

她说这些话，她前前后后也不知道说过好几次了，可说给谁听？谁都听不明白，都说，活着就这样，想那么多干吗。笑一笑，对口不对心地劝两句，全不当回事。

做一个电网建设者的妻子也难啊！

我又记起了另外一个故事。

来韶山换流站前，妻子向何师傅提出想换戒指，何师傅答应下一次回家时，一定换一个，换一个更精美的戒指。何师傅与妻子结婚时，这枚戒指是见证他们爱情和婚姻的礼物，戒指上头还特别加刻了四个字"地久天长"，对于他们，是意义非凡的。现在都过去20年了，妻子每天戴在手上，钻戒的颜色越来越亮，妻子很是爱惜，常常用棉纱之类的擦了又擦，又用口吹去戒指上的灰尘。

两年前的一天，妻子去菜市场买菜，不小心将戒指上的钻石碰丢了，她在菜市场找了一个上午，也没找到，气得她中午都没吃饭，也不好意思跟丈夫说。这样一件爱物，残缺不齐了，也对不起丈夫那片心意。还是儿子偶尔发现妈妈的戒指上的钻石丢了，才偷偷地告诉爸爸的。何师傅知道这个情况后，对妻子说："你也太认真了，不就是一枚戒指吗？"妻子眼睛往上一拉，对他说："说得轻巧，那是我们俩的信物。"何师傅对天便骂自己大老粗。他也从那天开始，一定要为妻子补上这枚戒指。

2016年10月3日，何师傅在韶山换流站建设工地已经半年没回家了，便兴冲冲地直接赶回了家。妻子仍然笑容满面地迎接他，而且还做了满满的一桌子菜，儿子在一旁备好了酒，那种温馨常常使他拥抱妻子和儿子。晚餐就是在这样一片温馨的气氛中开始的，当儿子举着酒杯说祝妈妈生日快乐时，何师傅傻眼了，木呆了。他怎么忘了今天是妻子的生日呢？而且，他对自己说过，妻子生日的那天，他要补上那枚戒指。

何师傅仰着脖子喝完儿子递过来的那杯酒，然后，对妻子温情地说了一句："祝您生日快乐！"他又补了一句，辛苦了。便拉开房门，直奔商店去了……

后来，何师傅对我说，其实，建设工地的每一个人都隐藏着一个情感缠绵的故事，只不过看似很平淡，却很深远，也一直伴随着建设者们从一个工地走向另一个工地。

作为人生恒久不变的主题，爱与情的故事，也许就是建设工地上带给大家最大的财富。

魏 巍 眼 里 的 张 工

在祁韶±800千伏特高压线路工程湘1B标段项目部听故事，听得最多的是他们的项目总工张应文的故事。

那天，我走进项目部，张应文总工正与三位技术员埋头在一张图纸上，指指点点，正在为一个施工技术难点进行讨论。我的冒昧的出现，并没有惊动他们，他们的注意力依然旁若无人地集中在图纸上。魏巍在一旁端过茶水来为我递上，压低声音向我介绍说，中间那个说话的便是张应文总工。

张应文今年36岁，2016年是他的本命年。他说这是他最有意义的本命年，在特高压电网建设中度过。常说，36岁是人生的一道坎。坎，在传统法学中，指门槛，门槛又在命理学上称作为"坎"。人的一生会遭遇哪些坎呢？无非就是六大门槛，亲情、友情、爱情、事业、健康、金钱。张应文说他是与事业有关的，与特高压电网建设有缘，他的人生注定要走进"特高压"这道门槛，他的本命年，顺应了他的第一个省内特高压电网建设。

2004年张应文大学毕业后，便来到湖南省送变电工程公司工作，他参与建设的省内外电力建设项目已有10多项，他工作后几乎是一年一个项目，岁月的风霜雨雪已将他磨炼成了湖南省送变电工程公司技术骨干之一。说起他们的项目部总工张应文，大学研究生毕业的、今年刚来到项目部的技术员魏巍尤为感慨，印象最深。魏巍说，张工是大山里的"小伍长"。听到这样一个称呼时，我惊异于这样一个并不陌生的称呼，我对魏巍说，"小伍长"是一个很有意思的职位，为什么称他为"小伍长"？"伍长"是古代的一个军制，五人为伍，伍设伍长，伍长也是古代军队中最底层的军官。于是，魏巍给我说起了他对张应文总工的印象，并说张应文总工就是大山里的"小伍长"。

魏巍来特高压项目部不久，便接到采访张应文总工的任务，完成一篇公司编写的祁韶特高压电网建设中的人物特写。特写是要有特点的，魏巍把目光盯在张应文总工身上。

有一天，当魏巍走进祁韶线项目部的办公室时，项目总工张应文坐在最里面靠窗的办公位置上，正不遗余力地忙碌着。张工的神情专注而又严肃，两道刀锋一样的眉宇紧皱在一起，旁边打印机"吱吱吱"的声音仿佛是扬鞭催马的鞭子，催促着工程的进度，也表明他此时工作的紧张程度。魏巍不知道这个时候打扰张工是否合适，于是，便打算先到旁边的接待室里坐坐。离开时，魏巍还侧身看了看。只见张工的桌前堆满了各种书籍和资料，计算机屏幕上打开的则是密密麻麻的刚刚编写好的基础施工措施电子版文书和表格。

大约两杯茶的工夫，魏巍在静静地等待中，张工总算从办公室里走出来了。当获知魏巍的来意后，张工有些拘谨地笑了笑，并抱怨魏巍为何不早点告诉一声，也好有所准备。魏巍哂然一笑，说，如果事先知道了怎么回事，事实失真，有真伪难辨之嫌。此时，魏巍终于能够近距离地观察张工了。张工个子不高，白皙而又略显粗糙的皮肤，蓬松而又有些凌乱的头发，轮廓鲜明的眼睑下是两道深邃的目光。这些都让魏巍深深地感触到这位送变电工程师所拥有的朴实和干练，仿佛是一坛历尽岁月的老酒，愈酝酿，愈清冽。

魏巍对张工开玩笑地说，怎么项目总工还这么亲力亲为，时间这么紧张、紧凑？

张工一边热情地给魏巍倒了茶，一边笑着说，正是因为坐在这个位置上，才必须站好第一班岗，否则办公室像一盘散沙，工程的效率和质量就得不到保障了。

此刻，张工那实在而满含责任心的一线工程师的形象跃然眼前。魏巍想，正是这样一种事必躬亲的工作态度，才让张工始终坚守一线却从未出现过工作的纰漏吧。

当魏巍再一次走进办公室时，里面庞杂细琐的办公资源不禁又让魏巍眼花缭乱。张工告诉魏巍这些都是他们日日夜夜一个一个字从键盘上敲打出来的。虽然参加工作已经有十一个年头了，项目总工也已当过了七八回，然而特高压工程的资料和方案却还是张工第一次接手。其间，张工多次跟魏巍提到读懂规程规范的重要性。张工说，有一次，一名技术员编写措施时忘了查工标网，事后才发现引用的规范早已经过期了。而这样的一个小小的过失却可能让之前所有的努力都付之东流。

技术的革新日新月异，只有从每一个小的细节做起，从每一个小的方面着手，才能走出一条康庄大道，就好比砌房子，只有把每一块砖砌实了，方能筑成万丈高楼。

那天吃过午饭，张工便又马不停蹄地带着魏巍赶赴一线施工现场。经过半个小时的奔驰，汽车随即转进萦纡逼仄的环山公路。周围云峰竦峙，翠丽的楠竹直插苍穹，犹如道道利剑，山谷中时不时地传来施工机器轰鸣的声音。张工打趣地跟魏巍说，你不是想知道一线工人的故事吗？他们就在这样一座座连绵起伏的大山里，他们就在机器这样一声声激情飞扬的

"呐喊"中。

虽然这只是张工随口说的一句诗一样的描述，但话里却包含了岁月的厚重感，让魏巍的情绪怎么也安静不下来，他心里已有了起伏，有一种心潮澎湃一样的起伏。张工告诉魏巍，这些年来在大山里跑习惯了，现在一天不到山里来走走，倒像比很长一段时间没回家还要别扭。随后，张工还兴致勃勃地跟魏巍讲起了张工当年第一次去现场的经历。那时张工还是个刚从大学毕业的青葱少年，由于之前长期生活在城市热闹的繁华中，现在一下子来到了荒凉寂寞的大山里，倒觉得像是被祖国发配到边疆来了。当时望着那些被遗忘的风景，被遗忘的人，望着望着，感觉到整个大山都是被遗忘在这儿的。

魏巍对张工说，你后面是怎么调整过来的？张工笑了笑不说话，只是继续望着那些蓊蓊郁郁的山林。那种场景让魏巍不知不觉地想起了一句话，吾心安处是为家。只要内心不贫瘠，走到哪不都是"繁花似锦"？

翻上高山，来到施工现场。张工并没有急着向魏巍介绍施工现场的情况，而是自己先检查了一遍现场的安全防护用具，然后又守在搅拌机前看着施工人员进料，当张工发现施工人员为了抢进度，搅拌时间没有达到规范的一分三十秒时，张工便立马上前制止，并不厌其烦地向他们讲解着搅拌时间的重要性。事后张工告诉魏巍，不要小看了这些细小的疏忽，千里之堤溃于蚁穴，若是不从小的瑕疵抓起，接下来就可能出现更大的更严重的错误，甚至安全事故。

待到准备下山时，魏巍背地里悄悄问了那些施工队的工人们。说起张工，施工人员都充满了敬意。从事施工这么多年，像张工这么认真负责的项目总工，他们见到的可谓少之又少。因此张工的话，他们从不排斥，更没有抵触情绪，并私底下给张工取了个外号叫"小伍长"。魏巍觉得这个外号十分贴切，勿以恶"小"而为之，张工用实际行动告诉魏巍的故事，让魏巍一直记忆犹新。

从大山上走下来，当汽车再一次奔驰在盘旋的山路上时，魏巍望着那些渐渐远去的山麓，顿时想，这样日复一日的风吹日晒他们到底是怎么熬过来的？又继续着日复一日的风吹日晒的煎熬？

张工笑了笑，然后说，当然苦！老婆孩子照顾不到不说，就连父母那头也难去上一回。说起这，张工眼中写满着亏欠。

魏巍问张工，那你就没有想过换一个工作环境吗？

张工望着窗外那些秀俊的风景，过了许久方才答道，想过！魏巍知道这些话一定在张工的内心中回荡过许多次了，这种提问，针对张工十一年的一线工作，显然已经很晚了。但是，这个问题的提出，仍然让张工顿了顿，随即又说道，只是在送变电一线待久了，工作环境的要求似乎在顺其自然。张工忽然想到一件事。那就是祖国花了这么多精力推动大学教育究竟是为了什么？后来明白了，祖国花了这么多的心血来培养技术接班人，不是为了让大学生坐在办公室里去享福的，而是希望大学生毕业后能够为国家的建设作出贡献。只有国家发展了，我们的子女才会比我们享有更好的生活环境。

接着，张工又跟魏巍说起了2008年袭击中国南方的那场冰灾。一座座铁塔在风雪的侵蚀下倒塌，黑暗向一个个城市袭来。当张工带领队伍走进深山，将那些倒塌的电力杆塔再一次伫立起来，将那些线路再一次挂上云峰，当万家灯火再一次在城市和乡村中点亮时，那一幅幅存留在脑海里的画面张工永远也忘不了。

张工说完时，泪水早已浸湿了魏巍的眼眶。魏巍说能不能将张工的故事写一个专题报道或者人物特写。张工摇摇手说，像他这样的一线工程师实在是太多太多了，没有什么好写的。魏巍没有回答，只是继续望着那些已然远去的大山。此时魏巍已看不清大山的轮廓，但魏巍仍然能看见那些送变电工人依旧在大山中不辞辛劳地工作着。秤砣虽"小"压千斤，也许他们从来没有想过成就什么伟大的事业和梦想，然而他们在大山里耗尽日夜所组立起来的铁塔，却注定会抒写出电力行业美好的明天。

魏巍对张应文总工的描述，就像他写小说散文一样，触动我的心灵深处。魏巍在上大学的时候，写过一部以家庭为背景的长篇小说，并通过自己的精心设计，已装订成了一本小册子。他从抽屉里找到那本小册子，递给我看，小册子捧在手里，精美而漂亮。我看过其中的几个章节，这个学理科的大学生，有着文学语言、构思的天赋。魏巍说他时机成熟的时候，以祁韶特高压建设为背景，他想写一部反映送变电人的长篇小说。我期待着那天的到来。

资 江 上 的 旋 律

项目部的人告诉我，祁韶±800千伏特高压线路湘2A标段跨越资江工程在桃江鲊埠镇一个叫童子湾的地方进行。一大早，我们与桃江项目部的技术施工人员驱车来到了童子湾渡口。此时，资江上飘浮的雾气正向两岸四散而去，一丝丝的雾带悠悠地挂在树林深处，一线线地飘，也一线线地扬；时令已进入深秋，河风钻入到脖领和袖口，已感觉到了几分凉意，不时地让人握着手臂哆哆嗦嗦。汽车开上渡船，河风轻拂过来，资江河床也渐渐地进入到眼里，辽阔的水面上，一层一层的浪悠悠荡荡迎面而来。站在渡船上向渡口的上游望去，资水上有一处绿色的沙洲，分割资水，两端的支流又弧线一样地合汇到一处，一波又一波的浪层向下游涌来，激起波波浪浪，让我们的渡船不时地摇摇晃晃，引起一声声欢歌笑语。那些摄影大师，是不会放过这难得的机会的，在这种摇摇晃晃中总能获取他们的瞬间画面。

在童子湾渡口的码头靠岸，眼前的童子山似乎从高到低地伸向资江，形成了一道河湾，资水沿着湾的弧线一路拥拥挤挤地似乎拐进了山的深处。真正向湾口的河床上看去，资水并不是想象的那样汹涌澎湃，倒觉得有几分的宁静和柔美，那些停靠在两岸渡口旁边的船只，随着资水的浪峰波谷起起伏伏荡荡漾漾，偶尔，船工从机舱的窗口伸出头来，拉开嗓门吆喝一声，"开船啰——"资水的上空立刻悠扬地传递着回声，此时，也会听到两岸相互照应的和音里，如水一样清冽开来。

童子湾与所有搁浅在资江沿途的地名一样，让吊脚楼撑在资水里，晾晒一个一个渔村的梦境与童话。

随同我们去工地的项目部党支部书记肖功权就这样告诉我，外线工常常在这样的景色中，获取这种最奇妙的宁静，那些私心杂念，早已烟消云外，一种轻装上阵的精神状态，总是让我们的架线工走进自己的工地，创造我们意想不到的效果。肖功权说他40年的外线工生活，就是在山山水水的宁静中走过来的，一旦哪天退休了，他会离开山也会离开水，那种对山对水的一种依恋，他说他无法想象。也许在现时的环境中，很难感觉到这种无声的情感震动，甚至埋怨这种枯燥无味，然而，当真正离开了，以至于再也看不到了，那时，失去的痛苦是无情的。因此，我们项目部党支部在开展各项有益于外线工身心健康活动的同时，必须从外线工熟视无睹的生活情境中出发，山是我们架线工的背景，水是我们架线工的背景，铁塔也是我们架线工的背景。

肖功权说，跨越资水这样的河流，我们已不足为奇了。但是，这是特高压。特高压输电线路的要求是不同的，其中，技术要求、安全要求、环保措施、周边协调等，增加了特殊的规定和施工标准。跨越资江之前，项目部在一个月前就开始了准备工作，实地勘测、数据采集、方案制作、航道周边协调等深入调查研究，形成了最准确而适用的可行性报告。那些日子，项目部的技术人员没日没夜地工作，从未有人说过一声苦和累。

祁连至韶山±800千伏特高压直流输电线路湘2A标段跨越资江，是在童子湾河口码头6827号塔至6828号塔之间跨越，线路夹角为74度，跨越的挡距为780米，6827号塔全高84.6米，6828号塔全高同为84.6米，6827号塔距资江中心386米，6828号塔距资江中心394米，跨越资江处宽度为370米；跨越处耐张段的塔号为6825号塔至6829号塔之间，耐张段全长为2127米。

童子湾河口处是线路跨越资江的必经之地。一直以来，资江河床为砂卵石覆盖层，河道水流流经中下游时较为缓慢，河流左岸6827号塔侧为露出的风化灰岩，目前已被砂矿的砂石所堆积覆盖；右岸6828号塔侧为风化灰岩及软塑性黏土覆盖层。尽管童子湾河段已不是通航河流，但砂石场的挖砂船和过往轮渡在附近区域进行作业，安全措施仍然是他们考虑的重中之重。

资江，长江支流，又称资水，也称茳江。左源赧水发源于城步苗族自治县北青山，右源夫夷水发源于广西资源县越城岭，两水于邵阳县双江口汇合称资江。资水流域位于亚热带季风区，平均气温20摄氏度左右，四季分明，气候温和，年雨量一般在1200至1800毫米之间，属湿润地区。资水流域地形条件复杂，受大气环流影响，降雨在时间上和地点上分布都极不均匀，安化与桃江是资水相邻的两个县，是全省最大的暴雨区。桃江最大24小时降雨量曾达471毫米，为湖南省实测暴雨最大值，暴雨形成洪水，桃江实测最大洪峰流量曾达到15300立方米每秒。山丘区局部性和插花性洪灾，历史上几乎年年有。1950—2000年流域性大洪水就有过7次，以1996年为最大洪水，仅次于资水流域的1617年和1924年，桃江站实测洪峰流量为11600立方米每秒，桃江县城水淹8昼夜，史称"五十年一遇"。因而，项目部在跨越资江方案时，线路跨越点以百年一遇最高洪水水位值49米为警戒线，70度验算条件下的导线最大孤垂距离河面最高水位时的最小垂直距离为27.1米。

在童子湾河口码头上岸，村民就对我说，这里就是童子山。我抬眼看了看，果真是一座童子山。说是山，相比较四周的山，确实是一座不高的山，就像山的儿子一样。村民听到我的这种解释，似乎觉得新奇。我补充说，依我的理解，不就是孩子山吗？村民居然憨憨地"呵呵呵"地笑了，说我很富有想象力。他还没听人这样比喻过童子山的。我以为眼前的这座童子山，一定有过什么传说之类的话题，但是，什么都没有。这里的村民都叫童子山。这个资江湾口，就叫童子湾，世世代代都这么叫过来的。

这只不过是一个插曲，铁塔坐落在童子山上，却格外醒目起来，这座正好容纳一座铁塔的童子山，仿佛是铁塔天生的基座，支撑铁塔，让银钱越过山脚下的一片房子，跨过资江的河床而伸向对岸。

肖功权告诉我，童子山是一个天然的位置。但是在靠近铁塔的两户砖房已按照要求移开了，这样，四周的安全隐患也已排除了。其实，童子山在过去是用来瞭望的，也有人说那是天然的瞭望台。资江是古代沿线重要的交通路线，没有公路，就是客运也是靠这条河流。童子湾的渔民和村民，远渡武汉下洞庭湖，运输西北边销茶，半月不见亲人回家，这童子山上便站满了他们的亲人，他们的亲人以瞭望的形式，盼望着他们早日安全回归。

这时，我真正注意到童子山的位置，也正是肖功权说的那样，童子山确切地说，应该叫瞭望台。

现在童子山上耸立一座特高压的铁塔，童子山上似乎又多了一道亮丽的风景，那种潜在的吸引力总是躲不过那些摄影师们的眼睛，他们要爬到童子山上去。

沿着施工立塔时留下来的人行道，只要一支烟的工夫，便来到了童子山顶端，这时，童子湾里的资江真可谓尽收眼底的了，那种壮美使人不时地发出内心的尖叫。从资水上游的湾口看过来，一条鲤鱼形状的绿色沙洲，似乎从资水上游过来了，分列成两端的水域，悠悠荡荡，此时，雾带已散尽，清冽的河面上漂荡着各色的小船，抚着风地游动。真正又能激动人心的，是阳光下腾空而起的银线，闪烁着弧线一样的银色光波，就像资水上演奏的乐章。

肖功权说，真正的壮观场面，是在架线的时候，我们的架线工飞越在资水的上空，弹拨着山和水的琴键。

我说我们来晚了。肖功权说，并不晚，现在我们正在做线路腾空的准备，架线只是其中的一道工序。

于是，我们从童子山上下来，沿着资水河道岸边的一条公路，去张力场。

张力场在鲊埠镇一个叫太平坳的地方。站在童子湾这个位置，如果用直线距离来衡量路程，太平坳的张力场离童子山的铁塔只不过两公里，但，乘车是要拐过一个大弯，路不好走，要近半个小时才能到达张力场。鲊埠是回族乡，是益阳市唯一的少数民族乡，在施工过程中，必须尊重少数民族的生活习惯。

张力场设在太平坳一家菜园子里，现在已不是菜园子了，靠在旁边的主人房子已拆迁到了离这里不到两里地的下屋坪，现在这里的张力场是一个宽敞的坪地，坪地里已摆满了各种设备，施工人员正在做最后的线路腾空施工准备。

现场施工的周队长对我说，这是他第一次负责特高压输电线路跨越资江的腾空工作，由于童子湾河口段河床地形、地貌方面的情况不甚清楚，视线距离较短，因此不宜让导引绳在水面以下通过。为解决这个现实问题，需要用张力机的张力值进行控制，以防止导引绳落入水中。导引绳展放完成后，再利用牵张设备展放导、地线，导、地线离开水面高度不小于10米进行展放，每展放完成一极，立即压好耐张管，并挂好接头，利用机动绞磨直接牵引导、地线达到设计弧垂要求后，高空画印，地面压接好后挂头。周队长说，真正的难度，不在技术展放这一块，近20年的外线作业，不知做过多少个跨越工作，但是，这是特高压，这是特高压跨越湖南四大河流之一的资江。因此，他们必须要有足够的理由和技术参数来考虑安全施工。

为了封航期间的船只行驶及跨越施工安全，他们在跨越位置的两侧600米至800米处设置警戒船只，并要求航运部门，跨越放线在展放导引绳过程中封锁航道，禁止一切船只通行。他们与航道部门还确定了从白天的上午7时至下午8时为封航时间。他们还备有第二套方案，如果当天未能完成跨越施工，为减少每天布置垫船的工作量，所租用船只要求晚上锚在河中，设立安全信号灯，在河流航道上留出约100米高的航道，以便晚上船只通行。

周队长说，他们还针对性地制订了安全措施、质量注意事项、文明施工及环境保护、事故预想及应急处理措施等9项方案。

周队长手中的对讲机已经响了，向我表示歉意，便回到了自己的岗位，他是张力场的指挥官。

头几天下过几场小雨，张力场的坪地上仍有几分湿润，施工人员在拉拽导引线的时候，穿着跑鞋的脚仍在用力的过程中打滑，他们自觉与不自觉之中，一只脚靠着另一个人的一只脚，排成一字形，一个紧靠一个，用力均衡，也很平稳。我看到，他们都已汗流满面了，背脊上一圈一圈的湿润印痕渗透了工作服上的国网标志。

张力场的作用，就是将12根截面积为1250平方毫米的导线，每通过2500米处的接头进行压接，压接后升空，跨过资江河床送到对岸的牵引场。

真正最忙的是指挥中心，对讲机里互通的信息，几乎让我站在一旁重新体验电影《渡江侦察记》里"我是长江""我是黄河"……紧张的一幕，拿着对讲机的人，几乎没有一分钟的停顿。

　　其实，这时候的张力场是最紧张的，每一个岗位，每一个位置都有人在为自己的职责而努力工作，他们一个个的表情上，都在诠释着全力以赴。而张力场的四周，也零零星星地引起了当地群众来围观。他们随着张力场发出的劳动节奏，也不时地啧啧地称赞。

　　让我惊奇的是，我旁边的两位中年妇女，当一根导线成功腾空上升，也发出"好"的叫喊，一问，她们是张力场搬迁的屋主，一个姓龙，一个姓张，她们是妯娌关系。真是无巧不成书。我问她们，你们每天来这里吗？龙姓屋主说，不。近几天来总想着来看看。她说，她们祖祖辈辈都住在这里，总有些依恋的东西在这里，便想着来看看。龙姓屋主对我说，两个月前让我们搬迁到下屋，离这里不到两里路，想着想着，就来了。

　　我说，搬迁到下屋还好吗？这位龙姓屋主就笑了，说，比这个地方方便多了。只是没想到，这个地方居然成为了特高压建设工地。我说，你知道特高压？她又笑了，答道："我当然知道，我还知道是国家重点建设项目。"张姓屋主也不甘落后，随着龙姓户主的话题也笑着对我说："我知道，特高压还是第一次进入我们湖南，是甘肃那边架过来的。"我问她们："你们怎么知道这么多？"龙姓屋主说："只知道这些。但是，国家重点建设是造福人民群众的，我们支持。"不管她知道多少，两个农妇的这种姿态，已让我很敬佩。

　　在一家农家小屋吃过中饭，便赶往牵引场。

　　牵引场设置在大粟港镇河岸的一片收割后的稻田里，与对河童子山遥遥相望。此时，天色开始阴沉下来，河岸那头有雾在升在飘，但又不是那种下雨的样子，牵引场内建设者们仍在忙碌，正在做牵引导线的腾空工作。车，停靠在一家屋场坪旁，我们便急不可待地来到牵引场工地。

　　这回，我是真正地看得清清楚楚的。这是一片刚刚收割后的稻田，施工人员已经过土石回填整成一块坪地，坪地上各种彩条布和草包铺盖着路滑的部位，各种器材、工具、设备也已定置摆放，安全设施很规范地随处可见，警示牌随时让你记在心里，看在眼里。

牵引场的施工人员大都来自贵州省送变电公司，工作服上溅上的泥土斑点，让我们分辨不出哪些是泥点和汗印，安全帽檐下的一张黝黑的脸，衬托着山和水的背景。

指挥中心也与张力场一样，很紧张，对讲机里传递各种信息，而这种信息的传递，让整个工地井然有序。

一切的准备工作，与预想的结果一样。跨越资江的腾空工作顺利地进入到最后一道工序。只见高空中的施工人员，与导线腾空而起，仿佛他们就是踩在钢丝绳上进行踩钢丝的杂技表演，土地与天空是他们广阔的舞台，伴随着资水欢歌，飞翔在资江的上空。

一同与我们来跨越资江现场体验生活的作家张富退情不自禁地感慨，这是刚与柔的结合，线与面的构图，电与水的合奏。其实，每一个来到电网建设工地上的人都有一种共同的情感显现，有一种牵挂是身临其境，有一种情怀叫特高压建设，有一种难忘是奉献者之歌。

就在这天，线路成功跨越整个资江后，一种急切的情绪驱使我重新返回到童子山。

从童子山这个山坡上俯视，只见一条条发亮的银线，在河谷间飘然地伸展线条，一线一线的间隙均衡地清晰可辨，轻飘飘地拽向对岸的山头上，欲上欲下，欲飞欲扬，就看到这翠绿的资水平面上亮有五线谱一样的音节颤颤动动，两岸开始划动的船只，似乎贴在五线谱上的音符，荡荡然悠悠然。

资水在这里拐了一个大湾，湾的弧线让资水的河床拓得更宽了，我看到资水也在这个湾口不急不慢地流淌着，流淌着人们新的记忆，流淌着一首新的赞歌。

而我，别有一番风景在心头。

（作者单位：国网湖南水电公司）

我们的前方

（长篇节选）

李　洪

一

很多很多的时候，我会默默地离开散步的人群，不由自主地走上资江桥头，痴痴地抚栏注视着近在咫尺的我们的前方。任凭河面上飘过来的冰凉的风掠过我的脸庞，任凭萧瑟细雨潮湿我的思绪，任凭资江河床上滚滚的浪涛喧闹我的心海，我眺望的视域里总是那么清晰，总是那么彻底，我的眼里盈满的是如电如火的场景，我的心也随着发电机的轰鸣如资水一样震撼如潮。

此时，黄昏已经落下，初上的霓虹灯让厂房里的各种光线，斜斜地浮动在资江河床的水面上，任凭风的吹拂、浪的扑打，颤动而立体的身影，却永久地停留在如同静止的水面上，好像画家正在涂饰的一幅油画；任凭狂风暴雨，我眼前执着的影子依然流光溢彩，好像钢琴家悠悠地弹拨着美妙无比而又意味深长的韵律。那一定是一幅油画了，那一定是一架钢琴了，眼前的一切，已定格成永恒，仿佛永远不会流动，也永远不会流动。哪怕潮水来了，哪怕洪峰来了。

站在这个位置，我曾无数次地见过大坝溢流的酣畅淋漓，曾无数次地见过大坝溢流长虹架下的溢彩飞霞，曾无数次地聆听过大坝溢流的咆哮呐喊，也曾无数次地聆听过大坝溢流的纵情歌唱。

是的，我不知道该用什么样的比喻去形容我们的前方。我每天这样痴痴地呆呆地甚至木然地抚栏眺望，在我千万次翻江倒海的心海里，也曾千万次地那样翻江倒海地展开想象。我们的前方，是巍巍的大坝么？还是五彩缤纷的厂房呢？是浩渺的水库么？还是银线飞舞的天空呢？是星星点点的夜幕么？还是热火朝天的检修工地呢？是星辰么？还是月亮呢？是彩虹么？还是红日呢？也许都是，也许都不是。总之，这么多年了，我几乎让无数风霜雨雪的季节，凝固了所有的思维和想象，我们的前方依然是我们的前方。哪怕我每天走在去前方上班的路上，让每一滴露珠打湿我的思绪，让每一片晨曦撩拨我的心域，让每一次移动的背景触动我的灵感，我却依然坚定不移地继续前行。可以这样说吧，没有一粒文字，抑或一句漂亮的词语，去组合"前方"这样的称呼，去深刻"前方"这样的词组，去诠释"前方"这样的内涵，也没有任何字句去代替我们的前方。还有什么样的这样贴切的文字可以代替和组合的呢？

20世纪的60年代至70年代初期，《工业基础知识》的初中教材课本上，专门有一个章节介绍了湖南省柘溪水力发电厂，并配发了柘溪水力发电厂的全景黑白照片。我还清楚地记得，那张照片是以柘溪大坝为主体，以山和水为背景，以溢流为动感，一泻千里，气势磅礴，无不让人叹为观止。图片的文字说明，粗略介绍了柘溪水力发电厂的装机容量，年发电量和发电的基本原理。那时候，我就感觉到那是一个神秘而又令人向往的地方。

没想到，就在我翻动着课本，簇拥着无数新奇和想象的那个年龄时，我走进了这座水力发电厂，我欣喜若狂甚至如醉如痴地走进这里上班了，让我零距离地翻阅着这里的陌生文字和神奇数据，让我零距离地翻阅着这里波澜壮阔的生活画面，也让我第一次零距离地翻阅着这里的"我们的前方"。

"资水明珠""湖南红宝石""水电之师""北有丰满，南有柘溪"……这就是我们的前方吗？

拦河大坝由溢流段的单支墩大头坝和非溢流段的宽缝重力坝组成。坝长330米，坝高104米，坝顶高程174米，分8个支墩、9个溢流孔……这就是我们的前方吗？

发电厂房装有6台水轮发电机组，总装机容量44.75万千瓦，年平均发电量20亿千瓦小时以上，电流输送到祖国的四面八方；而今，经过增容改造和扩建2台25万千瓦的机组，总装机容量已达到100万千瓦，正以湖南省内一流水力发电企业为目标，阔步迈向全国大型水力发电厂行列……这就是我们的前方吗？

我也曾这样描述我们的前方。

从后方生活区出发，经过办公区域、器材科、一排简易的工棚，沿着资江桥左岸的一条简易公路，便来到了驻厂武警部队把守的门岗，然后步入一段斜坡，你就会真正感觉到进入我们的前方区域了。

如果是这样的描述，我们的前方似乎显得简单了些，似乎显得粗浅了些，似乎显得淡薄了些，甚至让人迷惑不解。只要来过柘溪的人，谁都可以这样直言不讳地告诉大家，不就是离后方生活区域2公里吗？！

是啊，2公里是一个怎样的数据呢？平静地想想，如果用2公里这样的尺度，去丈量我们的前方，我又惊奇地发现，2公里的故事到底有多远呢？

刚进厂时，几位同学和战友慕名柘溪，突然要到柘溪来玩。他们没有其他的私心杂念，他们只是想眼见为实地看看这座闻名全国的水力发电厂，他们只是想眼见为实地看看我们的厂房和大坝，他们只是想眼见为实地看看山清水秀的柘溪水库风光。那时，通信设备还很落后，由于与同学和战友事先没有预约，他们到达柘溪后方办公楼时，找不到我，也不知道如何找到我。他们便想了许多办法，看到穿着蓝色工作服的人几乎张嘴就问，费了九牛二虎之力，还是由人介绍到劳资科，找到了我上班地方的电话号码。他们在电话中问我，在哪里？我说，在前方。他们在电话中显然耐不住性子，大声大气地喊，什么前方前方的，在打仗吗？我一愣，支吾着不知怎么回答。他们说："你到底在哪里呢？"我说："在厂房。"他们即刻放慢了语气，笑着说："在厂房上班不就完事了吗？转弯抹角地说什么前方前方的，我们以为你在什么前方杀敌保家卫国呢？找你真是难！"

我再一次愣住了！是我错了吗？

那天，阳光暖盈盈的，我带同学和战友们参观了大坝、发电机厂房、变压器场、控制室以及开关站。那次又正好遇上我们冬季机组检修时期，我还带他们看了热火朝天的检修工地。但他们对前方的理解仍然迷惑不解。他们总是认为，前方，一定是那个战火纷飞的"前方"。

有一个叫理查德·甘德的德国汉堡人，来我们厂考察。我带他去前方参观，他操着不太流利的中国话，叽啦呱啦地纠缠着"前方"的含义。对于外国人，语言沟通实在是太困难了，我的友好和耐心也很有限度。理查德·甘德似乎听懂了一半，显然被我噎得不知所以然，他眨巴着一双蓝色的眼睛，却也很固执。那时候，我对前方的理解，也只是一个名称上的肤浅认识。我们检修车间的一位老师傅，就这样告诉过我，只要你成为了"柘电人"，或者你曾经是"柘电人"，我们的前方，远不只是一个名称上的认识。我们的前方所涵盖的，也许是看得到的，也许是看不到的；也许是摸得着的，也许是摸不着的；也许是想得到的，也许是想不到的。

老师傅是用粗线条的哲学思想在写一首朦胧的哲理诗吗？

女儿生在柘溪，长在柘溪。学前班结束后，准备上小学一年级的时候，6岁多了，还没去过前方。我和爱人利用休假日，准备带她去看看我们的前方，拓宽拓宽视野，增长增长知识。

去前方的头天晚上，女儿很兴奋，居然半夜三更还没打算睡觉，问这问那，精神特别的好。她问我，前方有高楼吗？我说有。她问有商店吗？我说前方是发电的地方，哪有商店呢？！她问有肯德基吗？我说是爸爸上班的地方，没有小孩玩的地方，也没有小孩吃的东西。她问那是一个什么地方呢？我说那里有大坝、水库，有发电机组，有值班的工人叔叔和阿姨……总之，明天去了你就知道了。赶紧睡觉，做个好梦。女儿这才嘟着嘴，做了个鬼脸，很不情愿地上床睡觉了。

第二天，去前方的时候，我给爱人和女儿各准备了一顶安全帽。女儿戴在头上，安全帽几乎遮住了女儿那张小脸蛋，但她仍然很兴奋，双手护住安全帽，一蹦一跳地走在去前方的路上。

我们先后看了大坝、厂房、变压器场、发电机层、水轮机层，还去了开关站和中央控制室。步行半天，爬上爬下，女儿却一路很开心，也不觉得累。回到家里，女儿兴奋未减地跳到沙发上便问我和她妈妈，那个地方为什么叫前方呢？我一怔，爱人也一怔，女儿怎么会想起要问这个问题呢？

女儿兴奋异常，已让人吃惊了，女儿能问到这样深刻的问题，却让人始料未及。

我们的前方为什么叫前方？我还真没有认真地想过。我是否还能用一个称呼和名字，向一个即将走进校门的小孩子，做一个肤浅得不能再肤浅的解释呢？我说，今天去过的地方，是利用水能发电的地方，也是爸爸工作的地方。这样解释又觉得不妥。我将女儿带到凉台上，指着山巅上的那座铁塔，说，看到了吗？那是一座铁塔，是我们电力工人放飞在蓝天下的风筝。女儿眨巴着亮亮的眼睛，自言自语地说，那个地方为什么不叫风筝呢？

女儿似乎懂，又似乎不懂。

我傻眼了。我真不知道该怎么解释。

二

许多人想着要在未来给孩子取一个很好听的名字，便搬来了字典，一页一页地翻，一行一行地查，一字一字地拼，对未来的孩子充满无限美好的希望。对于一个地名，当地人也有当地人的用意，总是用一种美好的愿景，留下一个耐人寻味的故事，留下一个美丽动人的传说。而柘溪这个地名，却怎么与前方有着关联的呢？我想，我们的前方，也一定有着他的深刻含义的。从词典的角度上来解释，虽然看起来只是一个方位词，但前方的涵盖面不仅仅是一个方位词的定位了，而是指向我们一直以来所理解的"接近战线的地区"。我看过许多电视台的现场直播，比如奥运会、亚运会。主播室的主持人，通过激情洋溢的开场白后，便巧妙地推出现场解说员的画面，然后，发布连接"前方"信号的指令，于是，我们便看到了现场直播动人的画面了。我认为，"前方"不一定是那个枪声四耳、战火纷飞的前方。我们的前辈把我们的前方引申到"前方"，就是让每个从事水电工作的人们，在这个定位中，感受一种紧张、庄重而又神圣的氛围，以"前方精神"激励大家奋发工作，去努力实现我们光辉而灿烂的梦想。

一位曾经参加过柘溪大坝工程建设的老师傅对我说，其实，柘溪大坝工程建设时期，建设者们习以为常地称呼"上工地"为"上前线"了；

而且，工程建设队伍都是按部队建制编排，两万名民工全部按"班、排、连、营"等建制组成。当时的省委书记还亲自担任柘溪大坝工程前线指挥部总指挥长。

至于"前线"又称为后来的"前方"，老师傅也没有一个明确的解释。他说，大概是机组投产发电后，为区分生产与生活两地，或者为区分厂房与机关两端区域，而习以为常地用上这个名称的。总之，"前方"与"后方"这样的定位，应该是所有参加柘溪大坝工程建设的人们智慧的结晶。

老师傅似乎很激动，他指向大坝的方向，说，以现在的这个环境，你们是无法想象当时的工作、生产和生活的环境的。那时候，全体建设者居住在拥挤的条件下，物资供用紧张、生活艰苦、劳动强度大，顶烈日、斗风雨、冒严寒，忘我地工作和劳动，那种冲天的革命干劲前所未有。那时候，新中国成立不久，我们国家正处于综合能力最困难的时期，在没有潜水员的情况下，严寒的季节，我们的潜水员个个都是赤身裸体，活动活动身体便跃入水中作业，他们从不说一声苦；起吊运输工具不足，便人拉肩扛，每天的工作几乎都在10个小时以上，甚至为了工作进度，夜以继日，通宵达旦，风雨无阻，而建设者们毫无怨言；从常德德山运水泥，司机们每天抢运两趟，往返行程500多公里，山高路险，七拐八弯，早出晚归，甚至日夜兼程，他们从不计较。

我分明看到，老师傅的眼帘连续地抖动，目光浑浊而潮湿。

我认识这位老师傅的时候，他已经从水工车间的风钻岗位上退休了，他说他的一生几乎与风钻有关，与柘溪的岩石有关，与柘溪的一草一木有关。就是后来转为柘溪水力发电厂的一名正式工人后，他说他也从来没有离开过他的岗位，没有离开过前方。

每天晚饭后，退休了的老师傅，怀着不解的情结，照例地要去前方的路上散散步，去厂房，去大坝，去他曾经工作过的地方。他说他喜欢这样，一些心潮澎湃的东西，总是在他记忆的深处，忽隐忽现；他说他也只是满足心理的某种需要，这种心理的需要，一直以来，深深地埋在心底，而且不明不白地模糊不清地纠缠着他，他不知道自己该怎么做。也许，这样做，是他获得一丝安稳和抚慰最好的方式。

他讲了一个关于自己的故事。

老师傅是福建人。50多年前，他以风钻爆破技术的骨干，千里迢迢来到柘溪，参加和支援举世瞩目的柘溪大坝工程建设。无数个风雨兼程的情景，而今仍然使他历历在目。他说他今生永世地难忘一个人，是与他一同来柘溪的石头。石头是他的老乡，也是他最亲近的战友，他们一同来到柘溪，一同睡在一个工棚。石头睡在上铺，他睡在下铺。石头睡觉时，喜欢一只脚吊在空中，睡在下铺的他，常常被吊在空中的臭味，刺激嗅觉而梦中惊醒。他们一起劳动，一起学习，一起吃饭，他们约定，柘溪大坝建成后，一起留在柘溪。那天本该是他去大坝溢流面清渣施工，连长临时安排他去下游廊道引水管施工作业，就因为这次短暂的分离，他再也看不到曾经一起约定未来的石头了，石头永远留在了资江的洪流中……

石头是他人生跟随的影子，是抹不掉的影子，也是不可能抹掉的影子。老师傅说，石头实现了自己诺言，他没有任何理由失言。那年，建设队伍精减，许多的战友和同伴都回家了，而他是极少数留在柘溪继续工作的建设者之一。与许多的同伴一样，他也想念家乡，他也可以选择回家，但他毅然决然地选择了柘溪。他仍然战斗在他熟悉的岗位上，他已在柘溪安家落户了。

老师傅已头发灰白了，如同他长年累月穿着的蓝色工作服一样灰白。他说他在柘溪工作的30多年中，曾连续7年创造佳绩，多次被评为厂级先进生产工作者；最让他激动不已的时刻，是1988年5月1日的那一天，他出席了湖南省电力系统劳动模范先进代表表彰大会，省委领导为他颁发了劳动模范奖状。20世纪90年代初期，老师傅光荣退休。他说他退休了，闲着也就闲着，于是，他每天选择以散步的形式，去看看灿烂辉煌的厂房，去看看热火朝天的检修工地，去看看巍然屹立的大坝，总是有一种昂扬的情绪在他的心域里急切地跳跃着；他说就是到了生命的最后一刻，他也要让孩子们用担架抬着他，去看看厂房，或者用板车拉着他，去看看大坝；无论用什么方式，他的脉搏只要有一丝一毫的跳动，也要驱使他执着地去看看心中烙下的前方。

我敬重这位老师傅，因为他的执着和热爱，也因为他埋在心底里的

"前方"。

我进厂的时候，一位曾参加柘溪大坝工程建设的老领导，仍在厂工会工作。他几乎每年要带新进厂的青年员工、员工子弟学校及电力职业技术学校的教师和学生，甚至外单位来学习的学员，去烈士墓地进行传统教育宣讲。每年的新学期开学，每年的学员一批又一批，每年的清明，他几乎不厌其烦地重复这项工作。其实，老领导在默默地做一件平凡而意义远大的事，就是不断地把"前方精神"传递给一代又一代的"柘电人"。

老领导是当年带队参加柘溪大坝工程建设的，没进过学校门，就是靠实干成长起来的领导干部。他当过班长、排长、连长，甚至营长。在柘溪大坝工程建设中，曾带领全营夺得劳动竞赛五面流动红旗中的三面，是柘溪大坝建设工地有名的红旗实干家，也是柘溪大坝建设工地最年轻的领导干部之一。

我招工进厂上班的时候，他已经是厂领导班子成员了，一点官架子都没有，泥土一样朴实的形象让我终生难忘。我曾问过老领导，我们的前方为什么叫"前方"呢？他说，我们的前方一直是光明的，就像当时来柘溪大坝建设工地一样，我们在从事一件光明而宏伟的事业。开山辟地，忘我劳动。那时候，老领导他们只知道填饱自己的肚子，有一件像样的衣服穿在身上，他们就心满意足了。他们很年轻，他们身强力壮，他们随时都有使不完的劲，甚至他们随时准备牺牲一切。他们似乎没有自己的豪言壮语，只有满腔热血。老领导说，对于柘溪大坝建设中建设者们所彰显的勇往直前的精神，其实就是我们的前方，一种崇高无上的精神所在。老领导记住了当时他们的教导员，给他们说过的一句话："同志们，我们要把目光盯在我们的前方，因为我们的前方永远是灿烂无比的。"老领导说，我们的对"前方"的解释中，这是最精彩的解释了。

我们的前方真的很精彩。

我就想，前方的精彩不是反映在眼里，而是反映在人的血液里、心灵里。我这样去理解，我突然发现我们的前方，不是用言语的，而是用行动的。就是说，我们只要走进前方，无论是检修人员还是值班人员，无论是工程师还是技术人员，他们都会迅速地走上自己的岗位，马上进入自己的工作角色。他们会全神贯注，他们会精益求精，他们会全力以赴。

这真的让人感到很特别。我曾在前方工作，也没想清楚这个问题。就是后来离开前方，在机关宣传部门工作时，经常去我们的前方，也没有想到前方为什么与其他地方不同。我只是觉得，我们的前方让我一次次地感到激动，令我有一种无穷的力量，有一种绚丽的光环簇拥着我。

我参加过厂里30年和40年大庆活动，尽管我们厂没有大张旗鼓地举行庆典活动，许多支援其他电厂和调离柘溪的技术骨干人员，都从外地来到柘溪，他们不仅仅为了一次久别的聚会，而是为了看看我们的前方。前方在他们的心底里仍然是"我们的前方"。他们都这样说，我们的前方是我们青春绽放的地方，那些美丽的事儿是我们用汗水浇灌的花朵，那些挥之不去的记忆是我们成长的摇篮。

我看到，相见时他们喜极而泣，离开时他们抱头痛哭。

东江水力发电厂的几位员工，是自发组织来的。他们曾在柘溪水力发电厂前方打拼，并从事各种专业技术工作。由于他们都是生产技术骨干，20世纪80年代，他们先后被调去支援东江水力发电厂。10多年后，他们利用柘溪水力发电厂投产发电40周年的机会，回到柘溪。他们聚集到柘溪，他们就是要看看我们的前方。他们不再是风华正茂的年轻人了，但他们总是不能忘记心中的那个"前方"。他们必定要去看看他们曾经工作的地方，曾经工作、生活过的车间和班组。这里，总是让他们想起一些什么，总是滔滔不绝地或者迫不及待地告诉身边的每一个人。

他们告诉我，那时候，他们去前方上班，是一条不很规则的公路，凸凹不平，一条简易得不能再简易的公路，没有防护的安全设施，有许多拐弯的地方没有路灯，不要说是上晚班，就是上白班，一旦不小心就会掉到河里去。因此，他们结伴上班，也结伴下班。

他们说，最忙的时候，是机组大修，日夜加班；抢时间，争进度，夺红旗，是他们的工作目标。前方与后方不过2公里，三五天不回宿舍是常事，吃饭在现场，是行政科的同事用板车拉过来的；后来前方有食堂了，就在前方食堂吃饭了。至于睡觉，就在班里用几条长凳拼凑在一起，轮流着睡；有时就在工作现场，拿一个草包垫背，靠在墙壁上也能睡上一个时辰。

他们津津乐道的还是晚上加班吃夜宵。他们说，工作到零点，肚子饿了。行政科的同事尽管送来了包子和馒头，甚至热气腾腾的面条，但不过瘾。他们就到尾水下面随便摸一条鱼，在电炉上熬汤。那时候，只要检修机组尾水闸门一关，尾水里的鱼一只也跑不掉的。他们说，那时候的鱼格外鲜嫩，格外香，也格外甜。

他们说，这些挥之不去的记忆，也许只有我们的前方才能带给我们这些特殊的经历。

临行前，他们要我将这些录像刻成一张光盘，并配好解说词。光盘的标题就叫《重走前方》。

我突然记起，我们检修老师傅说过的那一句话，只要你成为了"柘电人"，或者你曾经是"柘电人"，我们的前方，就远不只是一个称呼上的认识。

凤滩水力发电厂有"前方"了，东江水力发电厂有"前方"了，五强溪水力发电厂有"前方"了，马迹塘水力发电厂也有"前方"了……我还能相信"前方"只是一个名称上的解释吗？！或者只是一个方位词的定位呢？！

我昂首阔步地走进我们的前方。

十五

关于厂房，讲述它的人，写它的人，甚至唱它的人都已经很多了，但我还是想讲一下我所知道的厂房。毕竟厂房是我们前方的重要组成部分，它是我们前方的心脏，甚至于是我们前方工作人员跳动的脉搏。

厂房准确地说，叫发电机厂房。布置于大坝右岸下游约100米大溶溪出水口处，依山而建，傍水而成，与岩石走向基本平衡，全长45.5米，宽19米，高42米，由主厂房、主安装场、副安装场三部分组成；厂房上下三层，分发电机层、水轮机层、下游引水管廊道。如果连同尾水水泵房在内，厂房分为四层。

每次去厂房，我周身的血液就开始膨胀，脑海里便浮现出那灿若星辰的天空，仿佛就在我的眼前霞彩一般地交识；还会浮现出安全帽檐下一张张油亮油亮的脸孔，仿佛就在我的视域里激情一般地飞扬；那一时刻，我的耳畔也同时响起轰鸣的机器声，在我心海里情不自禁地纵声歌唱。真好，资水从雪峰山脉奔腾而来，山清水秀中又多了一处灵动的美丽，而灵动的美丽之中充满神秘与独特。

对于前方的认识，我是从发电机厂房开始的。

那年，是1981年；那天，是4月21日。那年的那一天，天空很蓝，阳光很温暖，开春了的气流烟波浩渺云潮起舞一样地覆盖着山山水水，眼前流动的植被，该颤的在颤，该抖的在抖，该绿的绿了，该红的也红了。吉普车在安化山区公路上，七拐八弯地颠簸了四个多小时后，只是把我从一个山沟拉到了另一个山沟。那一天，父亲和母亲一直陪坐在我的身边唠唠叨叨，他们的脸上也一直像这春天一样洋溢着盎然的春意，我还看见他们时常流露出难以控制的骄傲和自豪的神情。那一天，父亲和母亲是领着我来柘溪水力发电厂报到上班的，他们为我准备了全套日常生活用品和一口赶制的刚刷过漆的木箱。我知道，我的人生在父亲和母亲的笑容里真正开始起航了，我的命运与这座陌生的水电厂开始紧密连接在一起了。

在柘溪水力发电厂办公楼前坪下车，在大家同样陌生的张望里，挡住我视线的依旧是山，而四周的群山峰峦叠嶂，遮掩了半边天空，铁塔深远的背景里，只有半湾资水前呼后拥，悠悠荡荡地缠绕着我身旁这几座建筑，尽管这几座建筑显得错落有致，但这里仍然是我熟悉的典型的山沟。如果这里能称得上一条小街，还不如我们小镇任何一条街巷热闹。

父亲说，以后你就在这里上班工作了。

我似乎很麻木，一点都不激动。

在劳资科办过报到手续。接待我们的劳资科科长说，带你们去前方看看。随即他向我们摆了摆手，似乎没有商量的余地。

在没有弄明白这是怎么一回事时，吉普车在科长的引领下，几分钟便来到了驻军把守的门岗前。这就是科长说的前方了。

武警战士全副武装地挺着刺刀站立在前方的门口，目不斜视，机械似地伸出左手前臂，请出示证件。科长从上衣口袋里摸出一张纸条递过去，武警看了看，便示意让我们通行。那一刻，父亲与母亲同时向我投来一个神秘的微笑。意思我很明白，这电厂多么重要，还有驻军把守呢。

科长给我们一人一顶安全帽。我们跟在科长的身后，走过一段斜坡，便来到了厂房门口。

厂房正大门的上方，伟人浮雕铜像赫然跃在我的眼前，颜色像是新漆过的，光彩夺人，也很有气势。这种气势，带着新中国"自力更生，艰苦奋斗"行进的声音，在毛泽东思想的光辉照耀下，迎着一面旗帜，翻开了历史一页新的篇章。

从这一刻开始，我的心里顿时就有了起伏。这种起伏，掺和着各种复杂的情感，从陌生的源头滔滔而来，紧张而又压抑着，我几乎要惊叫起来了。

一切的憧憬，一切的想象，从这里开始出发。

走进厂房，科长领着父母在前面走，右手举在空中，挥来舞去，父亲和母亲在科长的两侧，仔细聆听，不时地点着头。科长的讲解是很认真的，也是很激昂的，但是，在这个伟大的场景里，那种无形的赞叹让人震撼，不知父亲和母亲在那种不时的点头中，获得了什么，记住了什么。我紧跟在他们的后头，在发电机组的轰鸣声中，一个字也没听清楚。

原打算去大坝，由于时间方面上的原因，父亲和母亲也知道今后多的是机会，看了厂房、变压器场、中央控制室，便改变了参观的路线，原路返回了。

这是我第一次走进厂房，一次走马观花式的参观。但是，我的脑海里却根深蒂固地镶进了"前方"。

真正走进厂房，是我去检修车间报到上班的第一天。

领队的车间技术员丁工说，你们不是参观厂房的游客，而是体验生产设备现场的学员。确切地说，在改变你们角色的同时，你们要以设备主人的姿态，通过你们的眼睛，结合你们刚刚完成的检修安全规程考试，去接触生产设备，达到实物认识的初步效果。

此时的厂房，星光灿烂地展现在我的眼前了，一字排开的发电机组，让视线在时空的撞击中颤抖，视觉、听觉、触觉三维齐下，我忽感到自己在那一刻是如此的渺小，伟大与渺小的差异也在那一刻显现得如此鲜明。

那一天，如果以任何个人的身份来到厂房，厂房都是一个绝对不可以遗漏的景点，除了厂房景点在人们心目中的一种旅游的欲望以外，厂房结构与其他建筑并没有什么两样。

在丁工"实物认识"的要求下，我们仍旧没有解除原本的怯生和认识，我们充其量还只是一名普通的游客，一名努力对厂房提高认识的游客。丁工手舞足蹈地讲解，我们仍旧是紧随其后、东张西望地行走，尽管厂房完全不同于其他景点的旅行，而那一刻我们似乎做不到。安装场、运行值班室、检修场、气蚀处理室、水系统、冷却系统、水车室、电缆室、水泵房等，这些陌生的场地和设备，不是专业人员是一定弄不明白的，当然，作为游客也没有必要去弄明白。而那时，我们却如同一般的游客一样，跟在丁工后面感慨。一般来厂房参观的游客，能看看水轮机层也就到此为止了，殊不知这还只是厂房内的第二层。第三层呢？是有的，叫引水管廊道。丁工说，厂房有四层，叫尾水水泵房。无论是什么人以什么身份去厂房，对于我们，至少知道了厂房上下有四层。

丁工说，你们将来会在第四层水泵房工作，这是水轮机班设备管辖的范围。

站在发电机层去看我们的厂房，外人根本就不知道它有多少层，地下或水下的结构设施，不是通过肉眼所能够感觉到的，而是通过长期的工作现场经历的积累，感悟到属于自己难以忘怀的部分。

到了第二层的水轮机层，再往下走，只是个孔门一样大小的转梯。转梯对于不懂行的人来说，很难说那是一条通往下游尾水廊道的路，在第二号、第四号机组的墙角处，这转梯并不被人所注意。真正能够让人注意的，是转梯的防护栏杆上悬挂了安全提示牌。丁工说，在检修人员巡视检查和运行值班人员设备巡视检查的过程中，这里是必经之路。

这完全不同于一般的梯子，扶着弧形的栏杆，一蹦一跳地旋转下去。丁工在前面引路，并不感觉到她有什么异常的举动。她说，她几乎每天到下游尾水廊道巡视检查，走多了，也就习惯了。

这让我感到很惊奇。丁工是一位女性，她却一点也不害怕，而且每下一个台阶，都显得那么稳健。而我们这些学员，大都是男青年，在面对这样的转梯时，竟然有些迟疑，试探似地伸出一只脚，手紧紧抓住扶栏，额头上早已冒汗了。

参观者大都不下这样的转梯，因为恐高，也因为心里紧张，去厂房只是求得一个"到此一游"的心理过程，一概的念头在走马观花中烟消云散。而我是一名检修人了，在我们的前方，莫说是这样的转梯，就是下尾水，都必须遵守它的规矩，你越是害怕，你越啰唆，你越会受到惩罚。学员大彬就是这样，刚下两个台阶，腿就发软了，一滑，屁股重重地扎在台阶的直角边上，"哎哟哟哟"地叫。丁工说，这很正常，作为检修人，许多的经历是别人无法理解的，其实，面对这些不经意的检修经历，随着时间的推移，你便心平气和了，慢慢品味，它就会宽容地让你脚踏实地地走下去。待到下去了，回头一望，你会发现这转梯，像一座金光四射的宝塔一样，有一洞光亮从头顶射下来，你会感到轻松，甚至很愉快，这就是魅力。

丁工，是20世纪60年代分配到柘溪水力发电厂的大学生，是检修车间水轮机班唯一的女性技术员。水轮机班是检修的主攻班组，20多名机械检修人员，丁工她像所有水轮机班男人一样，在厂房检修工地同样劳动，钻风洞，爬涡轮，下尾水，那些男人干的事情，她都干过。她说，20年前，她不知道为什么要求分配到这个班组，也许是尊重自己的专业选择。

我进水轮机班时，丁工是车间技术员了。尽管是车间技术员，她从来没有离开过水轮机班工作现场。

水轮机班的工作辛苦在全厂是出了名的，有"水电煤矿工人"之称。在水轮机班工作了20年的丁工，却淡淡地说，脏一点，累一点，甚至苦一点，但工作很实在。丁工说的实在，是指发电机组的大部件，大部件哪一样不大不重？水涡轮、大轴、叶片等，就是那些大轴连接螺丝都是以百公斤来计算，这些事大多由男性来担当。因此，水轮机班除丁工以外，再没有进过女性检修工。

丁工说，那些体力上的劳动，她都参与过，大不了比那些所谓的电气女工多吃一两饭。

我并不觉得"水电煤矿工人"有什么不好，在井下，另有一番天地。丁工眼睛闪了一下，拍着我的肩膀说，要有这种姿态。

那天，丁工并没有带我们去厂房第四层，在尾水廊道水系统转了一圈后，我似乎转得有些糊涂了，我们怎么又回到了发电机层呢？

丁工似乎知道我们的疑惑，她说，厂房的组成分上下四层，可以循环地上下，无论你怎么走，你总是走不出厂房。

对于厂房的认识，不是去过厂房一次两次，就能感受的。厂房不仅仅拥有发电的功能，它还是一个主体的甚至是立体的艺术缩影，无论你是游客，还是机组检修人，厂房的魅力可以让你多角度地去品读，每个来到这里的人都会收获一份属于自己的感悟。丁工说，这才是厂房内在的魅力。

十六

我是听着"我们那个时候"的声音，渐渐地去认识我们的前方的。"我们那个时候"，这句平常而又耐人寻味的话语，许多年以来，不时地让我心里一颤一动，我们的前方在时间的变迁中，之所以那么清楚地让人记得，而且那么根深蒂固，那么铭记在心，不是一件事，也不是一个人，而是一件件事一个个人的集合，垒砌成我们的座右铭。是的，在我们的前方看似不经意地一亮一闪，使我们的心中也不经意地绽放一种高昂的情绪，我看到，我们的前方又多了一道充满灵动的光芒，五光十色地照耀。而这些灵动是随处可见的，时常充盈着我们潮润的眼睛，对于这种随处可见的灵动，我的心中也时常会有一种其余单纯灵动所无法给予的特殊感动。我也就会想起一个人，一个在水轮机班工作了三十多年的人。他姓赵，我叫他赵师傅。

进厂的那年，我通过厂教育科安全规程培训和考试后，被正式分配在检修车间一个叫水轮机班的班组。去车间报到的那一天，我心情激动，特意早早起了床，走在前方的路上，踏着晨曦，迎着河风，望着路边的树木，默数着零零落落的建筑，七点不到便来到了前方检修车间生产办公楼。

其实，检修车间生产办公楼属三附厂房，紧靠发电机主厂房的右侧，也并非用于纯粹的办公，上下三楼各楼层的办公房，全部为各班组的工作间或休息室或工具室或材料仓库。

一切都是陌生的。此时的办公楼还在安静的清晨之中沉睡，只有近处的发电机厂房内的轰鸣声隐隐约约地传来，让我在空旷的思绪里感觉到有一种声音在歌唱……在我新奇地打量着这个以后自己工作的地方时，赵师傅出现在我的视线里，他正拿着拖把专注地打扫走廊。这是一位穿着一件洗得灰白而且油渍点点工作服的中年男人，满脸络腮胡茬，并没有修饰清理，面目着实难辨，但在我的眼睛里显得很有特征，我对他的印象也尤为深刻，觉得他拖地的动作幅度很大，就像是写一幅硕大的书法作品或者是描绘一幅水墨画，总之，水磨石的地面上亮锃锃地让我无限遐想。

办完报到手续后，车间主任带我去水轮机班时，我还真吃了一惊，赵师傅却一点表情都没有，似乎有些麻木，淡淡地对我说，缘分。就这样，我正式认识了赵师傅，并知道他还是水轮机班的班长。

这天上班，赵师傅并没有给我指定师傅，而是在工具室为我领回了一套工具和一只帆布工具袋。工具袋背在肩上很沉，工具也很多，都是些长长短短的铁家伙，我当时还叫不上名来。赵师傅说，这些工具是你今后工作最重要的东西，不仅要保管好，而且要熟练地掌握和使用。他说，在三年的学徒期，能否当好学徒，把握基础训练，是你今后工作技术发挥、展示个人业务能力的关键。赵师傅说，我们那个时候，条件差，班里除了几根木凳，就是一张钳工桌了。每天在钳工桌前练习打榔头，练习锉刀，练习锯钢筋……手指破了是常事，去医务室简单地包扎一下，又开始练习，每天都得这样重复，不厌其烦。只要偷懒，师傅会骂人还会打人。我们那个时候，基本功的练习是雷打不动的。赵师傅说，我们每天除了练习基本功，还要默画设备系统图，休息的时候还要练习管道弯头放样，设备写实，巡视检查还得写心得和工作日志。我们进班组时，文化水平低，每天晚上还要去职工夜校学习，补习文化知识。

在"我们那个时候"一知半解的感召下，那天，赵师傅还带我去了生产设备现场，熟悉和感知班里所管辖的设备和设施。每到一个地方，赵师傅用食指指着一个个部件，告诉我名称、作用、结构和相互之间运行的联系。赵师傅说，我们那个时候，师傅带我们去现场，师傅在前面讲，学徒在后面拿笔记本记录。

那天，赵师傅说了多少个"我们那个时候"，我记不清了，我也无法想象赵师傅他们那个时候到底是一个什么样子。

我每天上班就会去钳工桌前，挥舞着榔头，甩动着锉刀和锯弓……对于技术要领，赵师傅说得很仔细，甚至他还亲自表演动作为我示范。

每天重复着这些内容，是枯燥无味的。赵师傅说，现在你们年轻人工作的条件得到了不断改善，但这些基本功训练还是要的，也是不能丢掉的，我们就是这样走过来的。水工车间机械电气班的张师傅，他现在是我们厂里唯一的八级钳工，八级钳工是个什么概念？国家顶级钳工技术权威。虽然不是谁都可以达到这种水平，但只要勤学苦练，却又是谁都可以达到这种水平。张师傅现在都八级钳工了，无论工作怎么忙，但张师傅每天仍然挤时间安排一个小时的基本功训练。张师傅已经习以为常了。

很长一段时间后，赵师傅才指定了带我的师傅。我一直不知道赵师傅葫芦里卖的什么药。后来，赵师傅告诉我，今后你也要带学徒的，不要破了班里的规矩。我们那个时候，在班里当学徒必须实习三个月才能与师傅正式签订师徒合同。班长一定要根据师徒之间的个性、文化层次、工作态度等合理搭配，也就是说合不合适。

赵师傅说，我们那个时候，师傅就是师父，也是人生一辈子的事。

赵师傅其实很随和，起初，我叫他赵班长，他就提出抗议，说我搞得太严肃，政治味道很浓。执意要与我达成约定，他叫我小李，我叫他赵师傅。赵师傅很怀旧，闲暇的时候，我就会让他给我讲讲他刚来上班的那些事，赵师傅总是有求必应。开场白总是那一句"我们那个时候"。我就是在无数个"我们那个时候"为开头的叙述里，知道了赵师傅招工分配来厂时放弃了进机关坐办公室工作的机会，选择来到了全厂职工认为最艰苦的水轮机班，理由很简单，到最艰苦的水轮机班锻炼自己；我也知道了水轮机班多年来多次获得各级先进班组的过程；我知道了我们柘溪水力发电厂由那时住工棚、平房到现在花园式的生活小区的变迁，也知道了我们的前方举全厂之力为实现装机容量达百万千瓦大厂的目标付出的努力和艰辛。

赵师傅很少发脾气，有一次发脾气是因为我。至今我还记得，那是我学徒期满的第二年，赵师傅已经逐步让我独立负责一方面的检修工作了，让我试着当面长。有一天，我接到赵师傅的安排，负责九号防洪水泵的管路安装工作。九号水泵管道安装路线很复杂，而且地势狭小，几处都因岩壁障碍而转弯抹角，安装路线很不规则，我们在放样和实际安装中想了很多办法，完工后，试运行仍有两处弯头法兰面接触处不均匀，导致密封圈下端渗漏，水轮机班从来未出现过这样返工的现象，差点误了工期。赵师傅对我说，水轮机班的颜面都让你丢尽了，还是一个基本功的问题，你好好想想。

　　厂团委开展岗位练兵活动，并设立了岗位成才奖。动员大会的那天，厂团委邀请了已卸任班长的赵师傅到俱乐部上一堂传统教育课。赵师傅坐在主席台上对着麦克风说出了他的开场白，我们那个时候……现在的年轻人，似乎在丢弃一些我们不应该丢弃的东西。赵师傅严厉地指出了当前一些不良现象，比方师徒之间合同的签订已流于形式，技术技能帮教形成了一方面不愿教和一方面不愿学的风气，没有责任处罚；班里的设备写实已逐渐成为徒有虚名了；钳工桌正在倾斜……我们前方生产一线，过去遗留下来的优良传统还是要保持和发扬的。赵师傅似乎很激动，他说，时代毕竟不同了，年轻人上升的空间越来越广阔，但是，一些好的传统依然不能丢弃，依然是我们前方的"传家宝"。比方，练榔头，练锉刀，锯钢筋……在实际工作中仍然有用武之地。

　　会场上掌声响起，赵师傅也站立起来鼓掌。

　　赵师傅是柘溪水力发电厂机组扩建筹备之前的头一年退休的。我依然记得，赵师傅退休的那一天。办理好退休手续后，水轮机班给赵师傅开了一个欢送会，欢送会上照例要赵师傅发言。赵师傅表情很坦然，嘴角颤动了一下，却说了一句大家意想不到的话，"时间过得真快，转眼间我就退休了，我们那个时候多么年轻啊！衷心地感谢大家！"尽管我没有听到那句熟悉的开场白，我知道赵师傅已表明了那句话的深刻含义。

　　如今的我，也有人叫我师傅了。我也常常为他们说起我们的前方和"我们那个时候"……

十七

这天晚上，我和小雪赶到调测中心时，已来不及更换湿润了的衣服，用手背抹了一把脸，用双脚蹦了蹦，便径直走进了调测中心一侧的小型会议室。会议室里，灯光如昼，柘溪水力发电厂防汛紧急工作会议正在这里召开。厂领导及各部门主要负责人参加了会议。会议室不大，气氛却异常紧张。参加会议的20多人，身穿一色的蓝色工装，肩披着一色的雨衣，脚穿一色的雨靴，坐的坐，站的站，大家正在听从W厂长的工作安排和布置。

调测中心是柘溪水力发电厂直接调控洪水的决策重地，也是全厂防汛现场指挥中心。

时任柘溪水力发电厂的W厂长，正以他洪亮的声音安排防汛各项工作。他说，下游及洞庭湖防汛十分紧张，这场洪水的调度，直接影响到上、下游人们生命和财产的安全，必须绝对服从湖南省防汛指挥部的指挥；今年雨水频繁，上、下游洪水情况也很特殊，大坝水库水位已经几次被迫抬高了，超警戒线。负责调度观测的同志们，必须加强对大坝水情的24小时严密监视，及时掌握资江上、下游洪水变化情况，坚持24小时上传下达汇报制度，保持通信设备24小时畅通；加强与资江流域各级地方政府及防汛指挥部门、湖南省政府及湖南省电力公司的密切联系，落实湖南省政府、湖南省防汛指挥部及湖南省电力公司有关防汛抢险的指示，在确保防汛测报的同时，确保机组安全发供电；全厂启动一级防汛预警，各单位主要领导带头24小时值班，24小时巡逻巡视，随时掌控所辖范围内的情况，还要组织职工抢险队、应急分队24小时随时待命，不得离厂。

W厂长说了多少个24小时，我已经记不清了。但，多少个24小时的坚守，常常让我记忆犹新。

那天晚上的会议只开了1个小时，随后，厂长、厂党委书记坐镇调测中心指挥；副厂长以及纪委书记、工会主席分工负责，分兵把守厂房、生活区及各险要地段。厂民兵应急分队、厂青年突击队不分班组、不分车间界限，哪里需要人就投入哪里的战斗。

1996年7月15日这天，一场与洪水较量、保卫大坝的战斗在疾风暴雨中全面展开。

一种震撼心灵的气势就在这一刻便正式开始启动了，仿佛有一股开天辟地的脉冲，从怒吼的呐喊声中奔腾而来，我的全身血液鼓胀，并触动着我的视觉和灵魂。

那年的雨水从阳历的4月就开始了，整个梅雨季节断断续续，直到7月13日这一天，柘溪水库新化县以上资水流域，普降大到暴雨，雪峰山南麓的隆回、武冈等地暴雨不断。资水滔滔，汹涌澎湃，像一头凶猛的狮子向下游库区狂奔而来……

也从这一天开始，天空的雨网迅速地向四面八方撒开，冷水江下游库区被浓密般地罩进了雨网。7月15日2:00至18:00共计16个小时的持续降雨，向山林、房屋、田野倾盆一样地泼去……山洪暴发了，河堤溃塌了，田野打开了缺口……再也经不住猛烈洪水冲击的障碍物，也排山倒海地倒向了资江河……

7月14日20:00，第一个洪峰到达柘溪水库坝前，流量达每秒4000立方米。15日2:00后雨带迅速向冷水江下游库区移动，平均降雨量为140毫米，库区降雨立即形成洪水，两片雨网汇合在一起，形成柘溪水力发电厂建厂以来大坝水库上游遭遇的最大洪峰。

情况十分紧急。

柘溪大坝将遭受到五百年以来特大洪水的冲击。柘溪水力发电厂全体职工将经受前所未有的考验。

我打开了笔记本，小雪举起了照相机。让我们共同抗击那场洪水的一个个日日夜夜，进入我们深深的记忆。

尽管窗外下着大雨，调测中心值班室仍然显得很湿闷，值班员一个个早已忙得满头大汗了。调度班T班长对我说，这几天来，他们几乎平均五分钟接到一个电话和一份电报。水情测报系统不断显示着水库上游水位的上升数字，值班人员也几乎在30分钟内统计上报一次。

站在资江水系示意图前的W厂长，食指指向柘溪大坝的位置，对大家说："我们要有思想准备，我们将遇到我们从来未遇到过的特大洪水！"

7月15日17:00，大坝遭遇五百年一遇的洪峰，洪峰流量达到每秒17400立方米。水库水位涨到171.00米，比原来的水位170.74米抬高了0.26米。大坝水库水位严重超过警戒线。

厂领导分别向湖南省防汛指挥部、湖南省电力公司防汛调度中心以及上、下游各地区各级政府等20多个单位发出了洪汛紧急消息。一片紧张的空气笼罩在资江的上空。

7月15日18:30，一声声警笛划破了雨幕，省防汛指挥部下达了第8次泄洪命令，下泄流量已高达每秒9000立方米。这是柘溪水电厂建厂以来，下泄流量最大的一次。资江水浪滔天，飞快地向资江下游两岸猛扑过去。

柘溪大坝下游的资江桥在汹涌的洪水中颤抖了，被迫停开了往来车辆；柘溪水力发电厂唯一通往县城东坪的公路，因洪水漫上了河堤和路面，交通被迫中断；下游安化县城、桃江县城进水了，益阳、沅江、南县等沿河重镇的垸堤因洪浪冲出了缺口……

下游地区抗洪抢险再一次告急，只听到电话里大声呼叫，不能再增加流量了！上游地区也在电话里大声呼喊，再增开流量！

形成这场特大洪水的主暴雨区发生在库区，来势猛，传播时间极短，使得这场特大洪水的调度极为困难，防洪调度、抗洪抢险形势十分严峻。

开闸泄洪达每秒9000立方米后，水位上涨缓慢。尽管这样，大坝水位仍在171.00米左右徘徊，根本不能让人有一丝松懈。

那夜21:50，调度室测报系统突然出现故障，荧屏显示一片漆黑。值班员的眼睛一个个瞪得像电灯泡一样。他们面面相觑，他们手足无措，他们也是第一次遇到这样雷雨交加的天气，第一次遇到这样的特大洪水，第一次在非常时间里遇到这样的特殊情形。在这种关键时刻，测报系统信息被雷击中断，完全是意料之外的事。

辰山中继站被雷电击穿中断了，对于非常调度时期，这确实是一个很不好的消息。中继站信号的中断，几乎等于失掉了水位监测的一只眼睛。

W厂长果断命令电话班负责人，立即向调度室、指挥中心临时增加两部电话和两台对讲机，并开通资水上、下游地区水文站的电话通信。同时，命令调度班迅速安排人员立即登上辰山，抢修中继站，以最短的时间恢复摇测信号。

刚刚测量水位回到调测中心的调度值班员小X和小R，刚刚端上盒饭，来不及再吃一口饭，又重新穿上雨衣，直奔辰山……

辰山是安化县境内第二座高峰，海拔1314米。此时，大雨滂沱，泥水满地，通往辰山公路的两侧山壁，不时地因雨水的冲洗而滚落岩石，汽车爬到半山腰的时候，再也爬不上去了。空着肚皮的小X和小R也来不及多想，时间对他们来说实在是太宝贵了，他们抄小路一身水一身泥地爬上了顶峰……

测报系统的信号又恢复了，给水库流量、水位的预报带来了准确的测量信息，给防洪调度赢得了时间。

雷电不断，大雨仍下个不停，天空如穿了底的水池，延续着无休无止的倾盆大雨。7月16日凌晨1:00，辰山中继站再一次被雷电击穿，再一次爬上辰山的小X和小R电话报告，辰山中继站已无法修复。自动测报系统不能恢复，更加重了防洪调度的紧张程度，调度室不得不增加了与上、下游水文站联系的频率，与此同时，柘溪水力发电厂有关领导与北京专业厂家联系，要求尽可能地以最快速度，派专家来柘溪修复辰山中继站。路途遥远，道路中断，专家什么时候能赶到柘溪呢？

时间紧迫，大家也都明白，远水解不了近渴。

为保证雨量、水情测报的准确性，以便及时上报湖南省防汛指挥部，柘溪水力发电厂调测中心每半小时人工观察一次水位值，一小时计算一次入库流量。由于水位猛涨猛落，上、下游水位站收、站报的结果有偏差，他们打破常规的计算方法，用两种不同的结果综合分析，把完整、真实、准确的数据上报湖南省防汛指挥部；另外，他们还采取另一种办法，通过流域内各人工报汛站，每小时向调测中心用电报报送一次，确保了雨量、水情测报的准确性和及时性。

7月15日22:00左右，时任湖南省省委书记在益阳视察和指挥防洪抢险工作时，专门向柘溪打来电话，向柘溪水力发电厂的领导做了指示。为方便联系，他还告知了他本人的专用移动电话号码，叮嘱柘溪水力发电厂的领导，遇到紧急情况和特殊情况要及时向他报告。

在这期间，湖南省省长、益阳市市长以及省防汛抗旱指挥部和省电力公司的领导，等等，也分别打来电话和发送电传，向战斗在大坝第一线的柘溪水力发电厂的领导和全体职工表示亲切的慰问。

我见过许多平静的场面，却从未见过像调测中心这样如此平静的场面。电话、对讲机、电报、传真、计算机、测报系统、卫星云图，在这样一个高速运转的过程中，全体值班人员很有秩序地平心静气地坚守在各自的岗位上，就是走动，也没有人交头接耳，只有上传下达的呼叫与通信设施发出的清脆而响亮的声音，每个值班人员的脸上，严肃、认真、专注，还有紧张，在灯光下闪烁分明。

我指的这种平静，是调测中心特有的这种平静。在我想象中的调测中心，似乎是一场无声的战斗，不！除了这是一场无声的战斗，真正能感受到的，是在倾泻的起伏的资水洪流中，他们张开有力的五指，弹拨着资水浪涛的音节，谱写一曲如同千军万马奔腾的高昂之歌。

十八

连日来，雨没有停的意思，仍然夹着风呼啦啦地下着。白天因为雨变得很暗，夜晚因为雨却变得很亮，这个雨季总是让人琢磨不透。雨，也不是待在调测指挥中心值班室里想象的那么大，中雨的样子，只是没见过这雨下这么长的时间。我在调测指挥中心的五天五夜中，这样的雨就这么持续地下，也持续着调测指挥中心值班人的故事。

那天夜晚，我和T班长、小X去大坝水库水位观察点观测水位情况。T班长和小X仍穿了雨衣，我打着雨伞跟随在他们的后头。

这样一个灰暗色的雨夜，在路灯的照耀下，一线一线的雨丝看得很清楚，经过厂房的一段路面被连日来的雨水清洗过后，那些污泥浊水已荡然无存了，路面上的积水也很有规则地流向两端的排水沟。走过尾水平台，便到了乘大坝电梯的拐弯处，此时，受大坝溢流的影响，这里的路灯就是在水雾里罩着，仿佛在雨幕的雾海里眨巴着的眼睛，忽明忽暗。到了这个地方，我们几乎是靠着T班长手中握着的手电筒射出的强大光柱，手牵手地艰难行走着。

要说这个尾水平台拐弯处，是一个90度的直角，与大坝溢流面处在相邻的平行线上。此时，从峡谷间倒灌下来的风，使这里形成了强劲的风口，这风带着刺耳的呼啸声，掺和着雨点以及大坝溢流飞溅的水珠，几乎就是迎面猛扑过来，并在眼前横冲直撞，如刀割一样打在脸上。到了拐弯处，T班长也很有经验，带着我们，猫着腰，弓着身，手拉手地一路碎步小跑，冲过这个风口。冲过风口后，停下步子一仰头，这时候大家已经不关心自己浑身上下的雨水了，轰隆隆的气势顷刻间让我们真正地惊呆了。我第一次这样近距离地看到下泄流量每秒9000立方米的壮观场面。在我的眼前，飞泻的水瀑直冲空中，又从空中落下帷幔样的水帘。这气势，远远超过了李白的"飞流直下三千尺"的绝唱。

每秒9000立方米，是一个什么样的概念，我真的毫无办法用语言描述。T班长用右手做了一个至今让我不明白的飞机滑行手势，但我从迷惑不解的那一时刻开始，只能全凭现场直觉去理解。我面对大坝泄流面V形交叉视觉点，大坝洪流随着轰隆隆的节奏，以弧线下落后，又伞状一样盖过峡谷的上空。再没有什么词汇能形容这样的磅礴，也再没有什么咆哮和呐喊能形容这样的气势。此刻，一种震撼心灵的宏伟包围着我，心中有一种单纯而又无法给予的特殊感受急切地冲撞而来，精致而粗犷，灵动而不空泛，在那一顷刻间，情韵和亢奋从内心深处由然膨胀起来。

登上大坝，大坝溢流又是内心中的一番冲刺，仿佛千沟万壑的流水陡然间汇聚在一起了，又似乎在指引着我们一点点地接近，接近一段段苍茫壮阔的史诗。

站在大坝上，抚栏远眺，你真的会感觉到，资水是从我们前方的胸腔里流出来的，水直流而下，容纳成千上万的精灵，一个俯冲，一次腾跃，轰然于云霄，撑开伞状，让四季的五彩斑斓紧贴在水帘上，挂在岁月的天空，亮在整个世界里。

是的，大坝是我们前方骄傲的象征，几十年来，它不仅横卧在资水上，而且扎根于人们的脑海中，它所占据的空间长度、时间宽度及文化深度，正被人们所吸收。一代一代的柘电人前赴后继，不屈的精神凝结于此，向上的力量凝结于此，灿烂的梦想凝结于此。

由于已确定辰山中继站的故障不能及时修复，调测中心值班被动启用第二套方案，值班人员每隔半个小时上大坝人工观察一次水位值，每隔一个小时人工计算一次入库流量。T班长说，长期以来，水库调测一直沿袭人工操作。随着科技的发展，我们引进和革新了一批设施设备，现在正处在一个完善的过程之中。每年汛期来临之前，我们要组织人员到资水流域水文测报、遥测、中继等设备设施站点，进行巡回正常维修，确保调测设备在汛期中正常运行。但是，今年是五百年一遇的洪水，情况特殊，也表现出经验不足。1967年元月，柘溪大坝溢流闸门投运后，消除了二十年一遇的洪水威胁。此后，按照柘溪水库设计要求，实施水库调度，以防洪安全调度为中心，及时做好洪水预报分析和计算，运用洪水预报，并参照流域内各气象站的短期天气预报，优化水库调度，适时拟定调整泄洪方式，尽可能地保证尾闾安全泄洪量不超过每秒9700立方米。当前，防汛形势已是最紧张的时刻。

T班长和小X每隔半小时上一次大坝，这样反反复复，已有两个晚上通宵未眠了，但他们说，能挺住。T班长说，待到这次防汛调度值班工作结束后，他要待在家里美美地睡上三天三夜。小X却说，其实睡觉是可以利用空余时间躺在值班室的凳椅上，或趴在办公室桌上稍稍打个盹，可以消解一些困意。小X接着说，现在最想做的一件事，就是在热水龙头下美美地冲洗一个澡。对于潮湿的南方，除了蚊虫叮咬，两天三头不洗澡，全身油油腻腻，沾沾巴巴，也全身瘙痒无比，难受极了。

那个雨夜，水库水位一直在171.00米上下浮动。无论水位怎么浮动，水库水位已大大超过了警戒线。水库水位标示杆几乎与水库水面齐平了，大坝挡水板也在水库的水面上只露出了一截轮廓，滑道机房已进水了……

离开T班长和小X，我去滑道机房。当我横过大坝坝面时，我的双腿随着大坝的抖动而抖动，我没有勇气在此时横过大坝，当时的感觉是大坝要垮了。

后来，有人告诉我，大坝虽然不会垮，但确实提出了炸大坝挡水板的设想，让洪水从坝面上漫流过去，以缓解大坝的压力。"96·7"洪水如此嚣张，最终也没有采取这个万不得已的办法。

面对大坝，我不知道应做出怎样的反应，我就想，大自然一切的灾难和土崩瓦解，此刻在这里将得到全面的解救和包容。

那个雨夜，我还随调测中心观测人员去大坝廊道进行大坝观测。路上，观测班L班长对我说，柘溪大坝设有17个原型观测项目。这些项目，是监视大坝安全、检验设计技术、保证水库安全运行的重要依据。而大坝廊道的观测是防汛时期最重要的观测项目之一。

随着L班长手中手电筒的光柱，我不知道走过了多少级台阶，每下一个台阶，我几乎拉着L班长的肩膀一蹦一弹地走下去，而我的心脏随着一蹦一弹也不时地起起落落。我知道，我的额头上已冒虚汗了。

L班长却是轻松随意的，他说，他第一次下大坝廊道，腿止不住筛糠一样，每下一级台阶，身体就会左右倾斜，受心理紧张的障碍，他说他也无法把控平衡。现在他习惯了这样的环境。他说我是很幸运的，如果不是随着他体验大坝观测工作，怎么会想到这里来呢？做梦都不会。

廊道的阶梯一端固定一端悬空，阶梯的表面也很窄，每下一级台阶，能听到很清脆的水滴声，而且悠悠长长，就像庙堂里的和尚念经敲梆一样，很有节奏地听得一清二楚。廊道里没有照明，L班长紧握手电筒在前面引路，每下一级台阶，他就将手电灯光往后面甩一下，还不断地提醒我，小心。廊道里唯独说话要细声细语，否则，廊道里回声很大，声音是从大坝的底部向上浮，仿佛经过了扬声，超分贝在耳边嗡嗡作响。那一次，因为我的几次尖叫，L班长也几次发出了严厉的警告。他说，在大坝廊道里发出异样的声音，恐惧会互相感染。来到廊道的最底层，原本的那种心理压抑和紧张，全都松弛下来了。

常言道，下坡容易上坡难。但从廊道原路返回，上台阶比下台阶要轻松多了。L班长说，其实这是一种心理变化，或者是视觉变化。下台阶时，四周漆黑，你不知道廊道有多深，视域里空旷，总会想到一脚会踏空，踏空了就没命了。而上台阶，有了下台阶的感知，最主要的是视域里有阶梯实体，视线很饱满，也就不会想到会踏空了。

无论是下廊道，还是上廊道，或者就在廊道里，耳畔里总是回响着轰隆隆的声音，每秒9000立方米的洪流从头顶上飞过，谁还能想象这里是一个什么样的场景呢？L班长问我，你见过千军万马的场面吗？L班长这个比喻太贴切了。L班长是一个很有天赋的诗人。

L班长说，大坝这么多年来，坚持一种力的均衡。柘溪峡谷没有地下水，只有裂隙水，这种水质对硅酸盐水泥具有侵蚀性。这么多年了，大坝在运行的过程中，出现了一些不同程度的裂缝，其实，这是很正常的。多年来，受条件的限制，大坝观测采取了排水孔减压探测裂缝范围，潜水员下水摸索裂缝在迎水面延伸范围，用超声仪检测裂缝，用肉眼在廊道进行过细的检查等措施和方法，严密监测大坝的运行情况，以确保大坝的正常运行。

然而，有段时期，柘溪大坝被传为"病坝"；有段时期，柘溪大坝被人们怀疑什么时候会垮塌。"96·7"五百年一遇的洪水，柘溪水力发电厂全体干部职工日夜坚守，众志成城，抗击洪魔，就是在证明人类尊重科学、尊重规律这一颠扑不破的道理。

2013年1月6日，在柘溪水力发电厂网站，时任厂长秦兵发布嘉奖令。全文如下：

2012年5月，以水工部技术员王俊扬为技术骨干的柘溪大坝洪水复核项目组，在时间紧迫、任务艰巨的情况下，充分发扬柘电人"敢打硬仗，善打硬仗，打好硬仗"的优良作风，加班加点，科学分工，一方面着手全面收集历年来的数据和资料，并对资料进行深入分析，科学计算和总结研究；另一方面虚心请教省电力公司技术专家和老前辈，积极攻克技术难关，经过三个多月的努力，洪水复核工作取得重大成绩，复核成果通过了国家大坝中心的审核，并确认柘溪大坝为正常坝。

本次洪水的成功复核，不仅彻底解决了柘溪大坝第三次复核工作完成两年以来悬而未决的正常坝问题，而且通过项目的开展，取得了较大的经济效益，进一步展示了柘溪水力发电厂日渐深厚的技术科研功底，为在水电行业进一步打响并扩大"柘电"品牌增添了浓墨重彩的一笔。为表彰项目组人员所做出的努力和取得的成果，现特发此令，对洪水复核项目组进行嘉奖，给予奖励人民币2万元整。

希望他们继续发扬成绩，再接再厉，为企业发展立新功。同时，号召全体干部职工向他们学习，立足本职，脚踏实地，勇于创新，刻苦钻研，全面提高工作能力，为建设一流发电企业而努力奋斗！

如今的我站在大坝上，也像当年一样，临风而立，闭上双眼，默想当年挥手而去的战斗场面，却能聆听到那心中远去了的涛声……

是啊，斗转星移，沧海桑田，柘溪大坝的气势，依旧让我回眸历史和过去，过去了的苍茫天地间，过去的遒劲未改，那摄入心动的魅力未改。的确，那样宏伟，像一位苍老的卫士，执着地守卫着，贯穿时间，贯穿历史，也贯穿我们的坚守。

（作者单位：国网湖南水电公司）

高度
（三篇）
罗勇智

创 造 "神 话" 的 人

——追记初创时期的电网输变电设备
防灾减灾国家重点实验室

电网输变电设备防灾减灾国家重点实验室的前身——原湖南省电力公司防冰减灾实验室（简称"防灾实验室"），"隐身"于当时的湖南电科院一座不起眼的小楼内。

防冰减灾技术领军人物、防灾实验室主任、博士陆佳政，带领他的团队，当年就是从这里起步，开始了与自然灾害斗智斗勇的艰难跋涉……

预测——诚信折射心灵

"冰雹橙色警告：长沙市3小时内可能出现冰雹天气，并伴有雷电、大风，可能造成冰雹灾害，请注意防范……"

2013年4月18日17时52分，原湖南省电力公司系统内相关单位接到防灾实验室发来的"冰雹预警"短信。

这阳光灿烂的大好天气，会有冰雹？

怀疑归怀疑，相关单位还是分别做好了各种应急措施。

果不其然，3小时后，风云突变，土豆大的冰雹"哗哗啦啦"砸了下来！

神了，真是神了！

人们不禁赞叹防灾实验室那一群创造"神话"的人。

过去几年来，防灾实验室在分析近60年雨凇和近6年电网覆冰数据的基础上，总结出了电网覆冰与太阳运动、地形地貌、大气活动间的变化规律，在国际上首次创建了"日地气耦合"电网覆冰形成理论，开发了电网覆冰长、中、短期预报技术。

就是为了这个技术，防灾实验室预测组的工作人员可谓"费尽心思"，几乎达到了忘我的境地。

每天每夜，不管风雨交加、电闪雷鸣，还是天寒地冻、除夕团圆，防灾实验室预测组当年那个简陋的值班室总是灯火通明。灯光下闪现的都是默默忙碌的身影，预测、监测、预警、发布信息……

2011年11月，又到了一年一度的电网覆冰长期预测期。

至于如何预报电网覆冰出现的概率，陆佳政带领预测组人员，经过2个多星期的加班加点计算，结果总是不理想，一直没有找到恰当的计算方案。

一个周六的晚上，已是11点钟了，陆佳政拖着疲惫的身躯从办公室回到家里。

由于太劳累，陆佳政径直走进浴室，冲洗一天的疲惫。当浴室花洒中略冷的水柱喷向头皮时，他不禁打了一个冷战。

就是这个冷战，使陆佳政灵感一闪，头脑中出现利用模糊数学中隶属度来计算覆冰发生概率的计算方案。

陆佳政兴奋得来不及把头发吹干，又急急忙忙回到了办公室，立即与实验室人员一起，利用模糊隶属度来计算，果然成功计算出了覆冰发生概率。

在防灾实验室那个既是会议室又是会客室的长条桌旁，预测组组长、博士徐勋建给记者又讲了这样两个故事：

有一次，陆佳政和防灾实验室副主任、硕士张红先一起坐飞机出差。

候机时，他们利用这个难得的空闲，讨论起了电网冰灾预测问题。谁知，这一讨论，他们竟忘了时间。只听得飞机一声呼啸上了天，他们却连登机的广播声都没有听到。

又一次，已是深夜12点了，陆佳政突然一个电话打给张红先，说他又想到了一种预测方法，要张红先赶快到模拟实验室做实验。张红先撂下电话就往实验室跑，待做完实验将结果报告给陆佳政时，陆佳政这才意识到已是凌晨两三点了。

像这样的事，不知发生过多少次！

他们已走火入魔了。

他们完全陷进去了。

"2012年1月8日，防灾实验室向湖南电网与国家电网发布了'受乌拉尔山阻塞高压快速东移减弱的影响，逆温层不明显，我国南方地区覆冰过程不严重'的预报结论，而有关专业部门则预报为比较严重。实际上，我国南方地区输电线路仅发生轻微覆冰，与我们防灾实验室的预报结果完全一致。"

说这番话时，陆佳政一脸的自豪。

2012年春节期间，防灾实验室预测组提前预测了湖南电网将出现一次中等及以上程度覆冰，发布了黄色、橙色预警，湖南省电力公司各级单位提前做好了各项抗冰应急措施，避免了重蹈2008年冰灾倒塔断线的覆辙。

自2013年1月1日起，防灾实验室预测组不仅肩负湖南电网覆冰与山火灾害的预报、监测、预警工作，还挑起了国家电网沿长江流域10多个省份覆冰与山火灾害的预报、预警工作重担。

监测——责任扛在双肩

穿过一条窄窄的、幽暗的通道，眼前豁然一亮：一个集办公与生产于一体的工作间，出现在通道尽头。

"这里是防灾实验室监测组的工作间。"当年采访时，防灾实验室技术助理、博士后赵纯告诉记者。

看上去，工作间有点拥挤。

左侧，一溜儿排开，是整齐的办公桌；右侧，4个大桌拼在一起，组成工作台；工作台后，又是一溜儿零件架。

工作台上，老虎钳、台钻、扳手等钳工工具一应俱全；几位全神贯注的工作人员，正在组装着一套套崭新的覆冰监测系统……

"覆冰监测系统是经过我们设计再在厂家定制成品的，一般可以直接安装。但有少部分因所处现场情况特殊，要在这里加工、组装后，才能安装上去。"当时的防灾实验室监测组组长、硕士罗晶说。

据罗晶介绍，为了解决覆冰监测系统本身容易被冰雪、大雾覆盖而难以实施有效监测的难题，防灾实验室组成攻关小组，改造各类监控摄像头，利用红外高速球机、超低照度微光摄像机、针孔摄像机等，进行比对试验，终于开发了"导线自取电、近距离防雾覆冰监测装置"，在能见度很低的情况下，也能准确监测线路覆冰。

为了验证覆冰监测系统的稳定性，防灾实验室因地制宜，自建了一座全封闭的人工气候实验室。

在防灾实验室那幢小楼的最底层，笔者看到：一间黑屋子"躲"在旮旯里。没有窗子，四周密不透风；几串瓷瓶，孤独地吊在屋子中央。

7—9月的酷热天气，试验人员每天都要穿着大棉袄，进入这座神秘的人工气候实验室，在零下5摄氏度的低温中进行试验。一试验，就是一整天。

等试验人员从低温中出来，进入高温状态，冷热交替，冰火两重天，不少人适应不了，感冒发烧了。

覆冰监测系统一般都是安装在人烟稀少的高寒山区，现场条件十分恶劣。

那年1月，罗晶被派往安化地区调试覆冰监测系统。

进山时，天气虽然寒冷，但还没有降雨和结冰。

等罗晶完成工作准备出山时，天气发生了变化，寒风大作，冻雨刷刷，冷雪飘飘，出山的路也被冰雪覆盖。

无奈，罗晶只好在山中农户家滞留了7天。

罗晶不但是监测组组长，还担负着输电线路覆冰监测和山火监测的科研任务。由于工作实在太忙，罗晶只好将几岁大的女儿放回岳阳老家，请父母照看，而自己则天天加班，废寝忘食，几个月都回不了一次老家。

"罗晶，这个月不许天天加班，抽空回老家看看你女儿和父母。"面对防灾实验室领导的一次次催促、提醒，罗晶却一次次痛苦地放弃。

好不容易抽空回了趟老家，女儿却对罗晶十分生疏，见了他，不是躲，就是哭。

女儿不认他了，罗晶心里很痛。

就这样，带着诸多试验的艰辛，带着诸多内心的歉疚，防灾实验室监测组人员成功研制出了高可靠性的输电线路覆冰自动监测系统，实现了现场覆冰图像、气象、应力等在线监测和导线覆冰厚度的自动辨识。该系统在湖南、广东等地区布点340套，建立了电网覆冰监测网，运行可靠率达92%以上。

融冰——奉献涌动暖流

输电线路直流融冰装置的研究，起步比较早，10多年前就开始了。

当年防灾实验室建立后，更是加快了研究的步伐。

可是，研究的道路并不平坦，研究的艰难处处呈现。

为了研究输电线路直流融冰装置，防灾实验室融冰组深入高寒山区，餐冰饮雪，挑灯夜战，分析了数以百万计的历史数据，出具了长达数千页的分析报告。

2008年2月，正值冰灾，防灾实验室融冰组将研制的直流融冰装置运到娄底冷矿线，进行实际融冰试验。

当接好线，第一次合闸时，融冰装置却发出一阵非常厉害的振动，冷却风扇当即脱落，装置停运。

陆佳政一屁股坐到地上，心想完了，花了一年辛辛苦苦研制的装置，不能上线运行。

但他马上冷静了下来，先分析分析原因再说！

陆佳政拍拍屁股站了起来，走到设备跟前，一丝不苟地检查起来，终于发现冷却风扇的固定螺丝没有使用弹簧垫圈。

是啊，铁对铁，硬碰硬，没有一点缓冲余地，不振动才怪？！

换上弹簧垫圈后，融冰装置成功投运了，成为我国首台进行实际融冰的直流融冰装置。

据当时的防灾实验室融冰组组长、硕士谭艳军介绍，这套装置与加拿大的直流融冰装置相比，占地面积小（不足1200平方米，而加拿大的要占地20多亩）、造价低（仅2000万元，而加拿大的要投资20亿元）。装置形成了国家电网标准，在安徽、江西、浙江等省推广，均获好评。

不仅如此，针对输电导线长度长和融冰电流大、容量大的特点，防灾实验室融冰组开发了"回路消谐"和"阻抗均流"等技术，巧妙地利用磁路抵消谐波，优化阻抗，发明了一系列运行、维护都十分简单的直流融冰装置，且取代了进口产品，实现了融冰装置国产化、国际化"零"的突破。

然而，每年的防冻融冰工作，防灾实验室融冰组更是责无旁贷，只要一声令下，就得奔赴前线。

2012年1月22日，大年三十，如同往年的除夕一样，防灾实验室融冰组人员并没有回家过年，而是在陆佳政的带领下，集体吃年夜饭，集中待命，并全力做好了随时投入融冰战斗的一切准备。

1月23日早上6点，大年初一，融冰组接到省电力公司防冻融冰小组命令："福外线、黔平线覆冰均超过10毫米，且有进一步增长趋势，需立即赶赴相关变电站开展直流融冰工作。"

陆佳政亲自带领融冰组一路马不停蹄，行程近500公里，赶赴郴州。

达到相关变电站后，融冰组顾不上休息，紧锣密鼓地开展"开工前培训""三交""与变电站协调沟通"等工作。

融冰正式开始时，变电站的温度已降至零下3摄氏度，寒风刺骨。

陆佳政带领融冰组，在寒风中坚持，在低温下工作，手冻麻了，脚冻木了，他们全然不顾。

直到第二天早上7点，才完成福外I线的融冰工作，保证了线路的安全运行，保障了郴州汝城县的可靠供电。

此时已是大年初二，正是人们走亲访友互相拜年的时候。

而防灾实验室融冰组的工作人员，却舍弃了与家人团聚，在艰苦的工作岗位上，在刺骨的严寒冰冻中，度过了又一个新年。

2013年，喜讯从北京传来，国家电网输变电设备防冰减灾技术重点实验室研究开发的"电网大范围冰冻灾害预防与治理关键技术及成套装备"项目，摘取了国家科技进步一等奖桂冠！

2015年，又一个喜讯从北京传来，科技部批准湖南防灾实验室升级为电网输变电设备防灾减灾国家重点实验室。实验室的科研人员兴奋得互相击掌欢呼，多年的愿望终于实现了！

如果说"诚信、责任、创新、奉献"是一种气质，那么用防灾实验室特有的气质来诠释，就是不甘落后的志气、勇于探索的锐气、敢为人先的霸气、崇尚创新的豪气。

他们，是国家电网核心价值观的优秀践行者！

他们，是国家电网创造新时代"神话"的人！

决 胜 千 里 之 外

——目击国网湖南电力实施带电作业成功消除
特高压直流线路发热缺陷

横跨四川、贵州、湖南、江西、浙江等五省的 ±800千伏特高压直流宾金输电线路，2014年7月3日正式投运即满负荷运行。

2014年9月2日，负责该线路贵州段运维的原国网湖南省电力公司，在位于贵州省境内的0585号铁塔上，运用等电位带电作业的方法，在世界最高电压等级的直流输电线路上，打响了一场消除发热缺陷的突击战！

一 切 在 掌 控 之 中

发热点隐藏在贵州省遵义市绥阳县境内的崇山峻岭之中。

早在8月15日，原湖南省电网工程公司对特高压宾金线开展迎峰度夏红外线测温工作时，发现0585号铁塔前侧的导线引流板温升异常，发热点温度最高达到120摄氏度，而正常温度应是30~70摄氏度，且具体发热原因不确定！

根据原国家电网公司输电线路缺陷评判标准，该发热点属于严重缺陷。

±800千伏特高压宾金线西起四川宜宾，东至浙江金华，最大输送电力容量达800万千瓦，占浙江总用电负荷的15%，是我国当年建成的最大输送容量的电力线路，也是西电东送的重要通道。

如果导线引流板长期处于高温运行状态，可能发生熔断，造成停电事故，将严重影响华东电网供电平衡和人民生产生活用电。

有人在现场算了这样一笔账：一旦造成停电，1个小时要损失800万千瓦时电量，24个小时将要损失近2亿千瓦时电量，相当于1亿多元的经济价值。

情况危急，线路消缺刻不容缓！

原国网湖南省电力公司获悉情况后，立即组织原湖南省电网工程有限公司和原国网湖南省电力公司电力科学研究院，分别于8月16日、22日对该发热点进行了2次复测，其结果均与8月15日的相符。

原国家电网公司听到汇报后，决定在不影响可靠供电的前提下，由原国网湖南省电力公司实施等电位带电作业方法消除线路缺陷；在缺陷消除前，对发热点进行24小时蹲守监测。

一切都在紧锣密鼓进行。

原国网湖南省电力公司一方面组织原湖南省电网工程有限公司对缺陷进行24小时蹲守监测，另一方面组织国内相关专家研讨处置措施。

一份经运行维护和科研人员反复查阅规程规范、研究和验证作业方法，在多次仿真计算和试验后制定的《直流±800千伏宾金线0585号极I前侧4号子导线引流板发热带电处理方案》适时提出，并获得了原国家电网公司专家组的审核通过。

一个以原国网湖南省电力公司副总经理戴庆华为组长的带电作业领导小组应时成立，下辖现场作业、安全监察、技术把关、红外监测等6个工作组，全面统筹协调、组织指导、安排部署本次带电消缺作业。

紧锣密鼓中，当时的湖南带电作业中心组织带电作业人员，针对本次带电消缺作业开展全天候培训，同时严格检查、试验工器具，进行作业前的安全、技术、质量交底。

原湖南省电网工程有限公司多次召开内部讨论分析会，制定详细的工作方案，并组织人员采取每日多时段测温及特巡的方式，密切监视现场情况，电力应急车24小时待命。

原国网湖南省电力公司电力科学研究院一遍又一遍仔细审核具体操作方案，提供详尽的技术支持……

9月1日，各路会战人马驱车1000余公里，向贵州省桐梓县集结。

15时，遵照带电作业标准化要求，相关检修人员对0585号铁塔现场情况进行了最后的实地勘查，并演练作业方法，熟悉操作流程。

17时，由原国网湖南省电力公司运维检修部牵头，组织召开带电作业预备会，各工作组、各相关单位对作业前的准备工作进行了详细汇报。

18时，中国电力科学研究院有限公司、原国网湖北省电力公司专家对带电作业方案进行最后审查，并提出了宝贵的指导意见……

谁也不能掉以轻心！一切都必须在掌控之中！

在世界最高电压等级的直流输电线路上进行等电位带电消缺，在国内乃至世界上目前尚属一项开创性工作。能否成功成为"第一个吃螃蟹的人"，这给原国网湖南省电力公司带来了严峻挑战！

决 胜 于 千 里 之 外

9月2日，满怀信心的会战人员起了一个大早，在逶迤起伏的山峦中，经过3个多小时的颠簸、跋涉，于10时30分左右到达导线发热点——0585号铁塔下。

可天公不作美，大山里乌云沉沉，雨，断断续续下个不停；气温只有20多摄氏度，风吹在人身上，只感觉到一阵阵湿冷。

湿度太大！这样的天气，不适合带电作业。

大家虽然担心，但仍在等待天气好转，一边做着作业前的各项准备工作，一边在心里默默祈盼头顶的乌云快快散去。

笔者在现场了解到：这次带电作业难度较大，一是电压等级高、风险大，二是故障原因不确定，必须慎之又慎。

时针指向了11时55分。这时，雨停了近半个小时。

现场工作人员在温湿度仪上看到：气温27.3摄氏度，湿度61%。

此时的环境温度和湿度适合带电作业！

忽听得现场工作负责人、带电作业专家、2012年曾率领原国网湖南省电力公司代表队夺得全国带电作业竞赛团体二等奖的主教练龙朴忠一声令下："全体集合，准备作业！"

所有作业人员立即进入状态。

随后，地面配合人员纷纷大声向工作负责人报告：

"风速每秒2.6米，温度27摄氏度，湿度56%！"

"导线发热温度112摄氏度！"

"铁塔接地引下线检查无误！"

……

上塔作业人员刘治国、梅文建、夏增明、曾文远——他们都是湖南带电作业领域的精英和技术带头人，在工作负责人龙朴忠、安全监护人陈俊、工作把关人雷冬云的严格监督、把关和检查下，仔细披挂完毕，随时准备登塔作业。

即将进入等电位区域作业的刘治国、梅文建，穿着厚重的灰色屏蔽服，手持橘红色电位转移棒，更像是即将进入太空作业的宇航员。

由于本次带电作业的电压等级很高，他们身穿的屏蔽服和手中的工器具都是第一次使用，其安全性能将受到考验。

笔者问刘治国："这屏蔽服是什么材料做的？"

"是金属丝和布料编织而成的，专门用来屏蔽电场。"

笔者又指着电位转移棒："它的用途是什么？"

"转移电位，不让导线对身体放电。"

12时15分，只听龙朴忠又一声令下，有着丰富带电作业经验的原国家电网公司优秀技能专家夏增明率先爬上60多米高的铁塔，很快进入塔上监护位置。

刘治国、梅文建、曾文远也依次登塔，进入作业区域。

此时此刻，天上地下紧密配合，传递绳索和工器具，高昂的指令声、叮嘱声在山谷间回荡。

原国网湖北省电力公司专家在现场适时给予技术指导。

高塔上的刘治国在曾文远的帮助下，通过从塔顶垂下的装有滑轮的软梯滑向带电导线故障点。但由于风力较大，软梯不停地在空中摇晃，好不容易，他才靠近导线故障点。

这时，只见刘治国伸出电位转移棒，瞅准机会，稳、准、快地一下挂上导线，将自己成功地拉进800千伏特高压强电场，潇洒自如像雄鹰栖落松枝。

紧接着，梅文建也凭着自己娴熟的技艺安全进入强电场。

在上面，他们查明了导线引流板发热的原因：螺栓松动。

于是，他们开始有条不紊地消缺：涂抹导电脂，紧固引流板螺栓。故障点共有48个螺栓，他们双脚踩在导线上，用棘轮扳手一个一个仔细拧紧螺栓，容不得半点马虎。

随着螺栓的拧紧，现场红外线测温人员检测发现，原发热部位温度正在快速下降。从检测仪上看，温度从作业前的112摄氏度一下子下降到50摄氏度，而且还在不断下降。

13时18分，原发热部位温度恢复正常。

13时37分，在确定故障点成功消除后，高塔上的两名等电位工作人员自豪地朝地面摆出一个"OK"手势，然后顺利退出特高压强电场。

14时15分，作业人员下塔。本次历时近2个半小时的±800千伏特高压直流线路等电位带电作业顺利结束。

在地面，笔者好奇地询问刘治国：

"你在上面进行的是世界最高电压等级的直流输电线路等电位带电作业，紧张吗？"

"就是按照我们在家里练的流程去做，一点都不紧张。"

"现在导线引流板上的温度已经下降到40摄氏度了。你上去的时候是

100多摄氏度,能感觉到热吗?"

"刚开始上去的时候有点烫脚,特别是大腿肚子上很烫。但把螺栓一紧,温度就慢慢降下来了,没有那么烫了。"

这时,笔者身旁的红外线测温仪显示,导线引流板上的温度已经下降到了36摄氏度。这意味着本次世界最高电压等级的直流输电线路等电位带电作业取得圆满成功!

一直在塔下观摩带电作业的中国电力科学研究院有限公司带电作业研究室主任刘凯,兴奋地对见证了这次世界最高电压等级±800千伏直流输电线路首次带电作业消缺的中央电视台记者说:

"我们这次成功实施的世界最高电压等级的直流输电线路等电位带电作业,对我们国家乃至全世界带电作业的规范化、安全化开展,起到了非常好的示范作用,其意义非常重大。"

云端天路上的超越

在海拔5300多米、昼夜温差超过30摄氏度的世界屋脊立塔架线,其难度有多大?只有电网工程建设者心里知道。跨越10余次大江、穿越10多个无人区为西藏人民输送光明,这意义有多重要?只有国家电网人心里最清楚。

2017年3月,年近半百的共产党员陈利平主动请缨,以湖南省送变电工程有限公司藏中联网工程500千伏线路工程"包10"标段项目经理的身份,带领几百号兄弟,告别亲人,离开家乡,从春意融融的湘江之滨奔赴严寒肆虐的雪域高原,成为了国家电网"电力天路"的建设者。

为西藏超过50%的人口提供可靠电力保障的藏中联网工程,是目前世界上海拔最高、施工难度最大、自然环境最恶劣的超高压输变电工程,平均海拔在4100米以上。而湖南省送变电工程有限公司要在常年积雪、空气含氧量仅有内地50%左右的雪域高原,短期内建设1座220千伏变电站、1座500千伏变电站和数百公里输电线路,就必须克服种种意想不到的艰难和险阻，突破生命的禁区，挑战生存的极限。

在高原施工，地势陡峭、含氧量低、机械损耗……重重困难如座座雪山，横亘在陈利平和他的兄弟们面前。

但是，困难再大也压不倒英雄汉！正如陈利平亲自撰写的一副对联："建天路电网展铁军风采，筑精品工程品无悔人生。"

一天，陈利平的对讲机里传来一阵紧急的呼喊："陈经理，快过来！这里有人吵架了！"

陈利平一听，匆匆忙忙驱车20多公里，翻山越岭、跨沟跃壑，气喘吁吁、一脸惨白地赶到一个位于悬崖峭壁上的组塔现场。一问才知道，组塔施工与索道运输进度相差较大，造成组塔现场材料没地方堆放，索道运输队与组塔施工队产生了矛盾。

陈利平微笑着对大家说："我知道，大家都想早点竣工，早点回家。"说到"回家"两个字，陈利平马上想到家中年迈的老母亲，不觉心里一阵酸楚。他说："咱们进藏有半年了吧，中秋节又快到了，我和你们一样，也很想家啊！"

这个时候，现场变得鸦雀无声。陈利平接着说："家人想我们回家，更想我们平安回家。我们只有互相理解、团结一心，凝结成一股力量，才能克服风雪严寒、山高缺氧等恶劣环境带来的影响，早日平安回家啊！"

几句贴心话，像一股暖流沁入施工队员的心田。大家似乎都在回味"平安回家"这4个字的深刻内涵，静静地回到了自己的工作岗位。

思亲心切啊！中秋节夜晚，大家静静地走出扎在高山巅的帐篷，望着近在眼前的月亮，月亮里有家乡的影子，月亮里有亲人的面容。电网建设者们远离繁华都市，深藏对亲人的思念，无私无畏地坚守岗位，这不正是一种"从坚持到超越"的升华吗？这不正是一种"从理想到梦想"的跨越吗？

线路展放前一个月，面对时常出现的暴风严寒和说变就变的雨雪交加天气，陈利平心里担忧起来。在这种恶劣天气下，要在海拔4600米、落差1200米的区段放线，运行中的牵引场和张力场机器会因落差大而刹不住车，给施工带来重大安全隐患。那么，如何解决这一难题呢？陈利平心急如焚，陷入了深深的思索。

从那天起，陈利平就像打了"鸡血"一样，带领项目总工许琪和相关人员，天天前往施工现场实地考察，验证技术数据，评估安全风险，喘着粗气反复攀爬在陡峭的崇山峻岭上，一天工作超过12个小时；傍晚从现场返回驻地的路上，遇到夹杂着飞沙走石的大风大雪，他们几乎是连滚带爬回到帐篷；匆匆吃过晚饭，他们便又邀请同事们围坐在一起进行讨论，把白天获取的资料和数据一遍遍梳理、一次次过滤。不知不觉，陈利平眼前渐渐清晰起来，天也慢慢亮了。

当大家看到新的施工方案时，一个个被惊呆了。"这不完全是违反常规的做法吗？"按照常规，牵引场的位置应当低于张力场的位置。而陈利平却反其道而行之，将牵引场设置在了海拔4600米的高处，而张力场却设置在海拔3400米的地方，落差1200米，直线距离8000米。这是多么大胆的设想啊！这种高难度的技术突破，不仅节省运输成本，而且保障生产安全——陈利平开始的那些担忧，将全部不复存在。

由于准备工作充足，施工开始时，一切顺利。

就在大家为这种新的施工方案拍手叫好时，有人忽然大喊："不好，要下雪了！"

顷刻间，飞沙走石，狂风大作。不到10分钟，大片大片的雪花就将整个高原裹住。

是停工，还是继续？同事们一个个都转头看着陈利平。

陈利平心想，这正是考验新的施工方案是否可行的时候！只见陈利平神情果断地健步迈出指挥棚，右手稳稳地拿着对讲机，大声下令："继续施工！"

一声令下，所有人全神贯注地继续操作起来。夹杂着呼啸的风雪，把张力机的轰鸣声传向远方。

不一会儿，对讲机里又传来急促的呼喊："牵引场停机了！"

"出了什么事儿？"

"189号滑轮爆了！"

"赶快送一个上去！"

对讲机两头不断传出焦急的声音。189号塔位位于绝壁之上，运输和安装滑轮将要耽误大半天时间。

此时此刻，陈利平却处变不惊，十分镇定地说："别慌，塔位下备有滑轮。"

原来，在雪域高原施工，昼夜温差大，滑轮容易爆裂。以前没有使用新方案放线时曾有过类似情况，大家都没当回事儿，陈利平却记在了心里，这次专门提前通知现场多备了几组滑轮。不一会儿，张力机的轰鸣声再次响起。

鏖战2个小时，最后一相线路顺利腾空。

经过风雪考验的新的施工方案取得圆满成功！

风雪之下的张力场，兄弟们一个个都成了十足的"雪人"，衣服上、帽子上、眉毛上、嘴角上都沾满了雪花，大家你看看我、我瞧瞧你，发出阵阵欢笑。

这是"可上九天揽月，可下五洋捉鳖"的胜利者的笑声！他们为自己又攻克了一个难关而欢笑，他们为自己"勇开天路的创造力量"而自豪！

这时，陈利平缓步悄悄躲进指挥棚，用力脱下冻结的鞋袜，揉了揉冻僵的双脚，脚上结痂的血泡旁又打出了新的血泡。

工程中，施工驻点一般都在无人区，没有电视，没有手机信号。项目部技术员周达驻扎的帐篷从来没有收到过手机信号，给妻子打电话要到山下40多公里外的小镇上去打。来西藏之前，妻子就已怀孕，对于年过四十、结婚多年没有孩子的周达来说，这是他对家乡、对亲人最大的牵挂。他每天都在计算着当爸爸的日子。

2017年9月，藏中联网线路工程进入最繁忙的时刻，一连许多天，周达在施工现场忙得不可开交，紧盯安全，管控质量，追赶工期……他并不是忘记了妻子的预产期，而实在是因为工作太紧张了，很长时间都无法下山去给妻子打电话。

当周达所管辖的组塔工作全面完成，陈利平在赶来向周达祝贺胜利的同时，把在路上接到的另一个喜讯告诉了他："刚接到你母亲打来的电话，你妻子生了一对龙凤双胞胎，母子平安。你母亲告诉我，你的电话一直打不通，实在没办法才打给了我。"

盼子心切的周达怎么也没有想到，当自己的工作大功告成时，自己的孩子也诞生了！"真的吗？这是真的吗？我当爸爸了？……我当爸爸啦！……"

周达激动得手舞足蹈。想到在这最重要的时刻，自己却在几千里之外的施工工地，没能陪伴在妻子身边，没能与妻子共同迎接孩子的诞生，愧疚与喜悦交织着充满周达的心，他再也无法控制住自己的情绪，猛扑到陈利平的怀里，面朝家乡的方向，泪如雨下……

国家电网人就是这样，以"勇闯雪域的英雄气概"，把一座座铁塔矗立在山巅，将一座座高山踩踏在脚下，为藏族人民送去温暖与光明！

陈利平和他的兄弟们平均每天爬山3000多米，相当于3天不到就要攀登一座珠穆朗玛峰。这不仅仅是电网建设者人生的高度，更是他们精神的高度、理想和信念的高度！

这，就是国家电网的责任担当！

这，就是时代先锋的旗帜引领！

（作者单位：国网湖南电力本部）

突破"雷区"

罗勇智

在新中国带电作业史上，湖南的带电作业走在华中的前列。当年的湖南女子带电作业班曾上过中央新闻纪录片，那高塔上英姿飒爽的女性形象，令全国人民倾慕。

说起湖南的带电作业，有一个人举足轻重，他就是已故的中国带电作业发展的权威见证人、湖南带电作业先驱——柏克寒。

2019年初夏的一天，笔者采访到了柏克寒当年的助手郑克全以及同事倪建华、余国栋。在他们的心目中，柏克寒信仰崇高、意志坚定、守正创新、敢拼敢搏，是一位突破超高压带电作业"雷区"的英雄。

成 功 闯 入 "雷 区"

桀骜不驯的电，犹如猛虎。大于50~80毫安的稳态电流通过人体，就要造成昏厥；220伏的照明电，也能置人于死地。

但是，当时长沙电业局勇闯"雷区"的英雄们，却能在500千伏超高压导线上进行带电作业。

不仅如此，几十年来，他们还成功地完成了大小30多个科研项目，有3项填补了国家空白，4项获得国家、省、市科技成果奖。

可是，又有谁会想到，创造这些业绩的竟是一个开始只有三四个工人的试验小组，领头人柏克寒竟然只有高中学历。

据柏克寒曾经的助手郑克全回忆：

1961年，处于逆境中的柏克寒被安排到当时的湘中供电局（后改为

"长沙电业局"）湘潭工区，从事职工技术培训工作。

打从那时起，他便下定决心，为了党和人民的需要，与同事一道去征服威力无比的电。虽然，柏克寒当时还是一个地地道道的电力门外汉，但他凭着一股韧劲，从零开始，刻苦学习，刻苦钻研，不断为自己"充电"。

经过几年刻苦钻研，到1964年，他已登上了全省带电作业学习班的讲坛，给学员们授课。

1965年，柏克寒组织了带电作业小组，与全组同事一道攻破了更换110千伏三联杆耐张绝缘子串的难题。1966年，在长沙带电作业汇报表演会上，他做了实际操作表演，获得了上级领导和参观者的好评……

由于柏克寒的拼搏精神和工作实绩，他被评上了"四好干部"和红旗手。

1970年9月，洞庭湖区用电量剧增，当时的湖南省电力厅决定将柘常输电线的电压由110千伏升压为220千伏。施工方案只有两种：一是按常规停电升压，二是打破常规带电升压。

当时，还是一名普通技术干部的柏克寒思索着：第一种方案安全可靠，但柘常线所辖供电范围内的洞庭湖区是当时全国的三大产粮区之一，如果因此而停电半月，损失难以估量；第二种方案可以避免停电带来的损失，但带电升压危险性大，国内尚无先例，加上柘常线的168基杆塔有半数在崇山峻岭之中，发生人身事故的可能性更大。

怎么办？

经过科学分析，权衡利弊得失，柏克寒决定闯一闯带电作业"雷区"，勇敢地提出了自己的主张：带电升压。

上级领导很快采纳了柏克寒的建议，并指定他为施工负责人。

"老柏啊，你可想到了自己的身份和处境？弄不好要坐牢的啊！"有人为他担忧。

但是，柏克寒可没有想这些，他想的是如何避免停电升压带来的巨大损失，如何尽快改变洞庭湖区严重缺电的局面。

他风风火火地干了起来。白天，顶着似火的秋阳与同事一道在100多公里的施工线上攀登跋涉，选择典型塔型，勘查现场；夜晚，在灯下和大家一起研究方案，整理资料。

经过20个日日夜夜的苦战，一个既有科学根据，又切实可行的带电升压方案诞生了。

经过3个多月的充分准备，施工人员仅用20天的时间，便胜利完成了全线施工任务。柘常线带电升压比停电升压多送电1000多万千瓦时。

这一成果被原国家计委推广到全国各地。

攻克座座堡垒

架空电力线路的导线连接，以往都采用机械压接方式。运用这种施工方法，需要四五个工人扛抬着笨重的水压机翻山越岭到线路上去进行压接。

面对这种落后的操作方式，柏克寒给自己提出了一项新任务：一定要把工人们从这种繁重的劳动中解放出来！

1966年，在鞍山召开的全国带电作业现场会议上，柏克寒看到当时的抚顺电业局用炸药代替机械压接方式来连接导线的爆炸压接施工方法，高兴极了。经过分析，采用这种方法施工，确有工具轻、速度快、质量高等优点。

于是，柏克寒放弃了大会组织前往风景优美的千山参观游览的机会，跑到抚顺电业局与会代表的驻地求教，弄清了全部诀窍，决心回去推广。

1970年，柏克寒开始应用这一技术。

但是，他在实践中发现，运用这一方法必须使用的能源硝铵炸药密度不易控制，加之这种炸药容易受潮，在空气潮湿的南方，往往要先炒干后才能使用，时常有炸伤人的危险，压接质量也难以保证。

他决心研制出一种方便、安全、性能可靠的炸药。

于是，柏克寒试验小组与长沙矿冶研究所合作，成立了课题小组。但经过较长时间的试验，仍然没有获得成功。

面对试验的失败，面对接踵而来的各种困难，柏克寒丝毫也没有动摇自己的决心。

他想：社会主义不是喊出来的，搞科研就是要有百折不挠的精神，只要不剥夺我工作的权利，我就要坚定不移地干下去。

柏克寒曾经的同事倪建华向笔者讲述了这样一段往事：

一天，柏克寒从一本国外资料上看到一则消息：塑-B炸药可切割，能抗潮，性能稳定。这些特点正符合爆炸压接的要求。可是，塑-B炸药如何配方、怎样制作，材料上只字未提。

一切都得从零开始。

首先要解决试验场地问题。

搞爆炸压接试验，建一个试验室就要10万余元，柏克寒不敢有这种奢望。他选择长沙市郊人烟稀少的空坪隙地作为试验场。

由于爆炸响声很大，试验次数多了，当地居民纷纷反对。他们只好"打游击"，放一炮换一个地方。

就这样，经过三年半的奋战，他们克服了重重困难，攻破了道道难关，终于研制成功了一种不怕潮湿、柔软可折、性能稳定、适应性强的塑-B炸药。

1978年，柏克寒带着新研制出的塑-B炸药出席了第一次全国科技大会，获得全国科技成果奖。

1980年，塑-B炸药已作为爆炸压接能源列为部颁规程。

爆炸压接的施工方法很快在全国推广，受到普遍欢迎。但是，它在城市和人口稠密地区的推广，还受到一定限制。这是因为，它爆炸时产生的强大冲击波常常震坏施工地点附近建筑物的玻璃。

有一次，施工地点附近一村民找到施工队索赔猪仔，说他家母猪临产，听到爆炸声受了惊吓，动了胎气，猪仔都震死在母胎中了。这使柏克寒寝食不安了。他和攻关小组的同事全力以赴探求减缓冲击波的办法。

经过两年鏖战，在沅陵五二机械厂的大力协作下，终于攻克座座堡垒，研制出一种内爆式压接管。这种内爆装置用药不多，噪声很小，安全可靠。

1984年底，内爆装置通过了国家技术鉴定，并得到推广。

生 命 置 之 度 外

1979年3月，柏克寒参加了水电部在武汉召开的500千伏线路施工座谈会。

在会上，他了解到中国第一条500千伏超高压输电线路——平武线即将上马，而当时中国还没有500千伏屏蔽服，只能停电施工。停电检修1小时，仅电费的直接损失就达4.8万元之多，停电施工的损失该有多大啊！

不行！一定要研制出500千伏屏蔽服。

柏克寒立即决定研究这个课题，做一名"排雷"勇士，突破500千伏超高压带电作业的"雷区"。

在柏克寒的倡导下，全国有关单位搞起了大协作。

当时，作为课题负责人，柏克寒长年累月奔走于长沙至上海之间，访遍了有关研究机构、知名学者。

在四面八方的支持和帮助下，特别是在上海纺织科学院、上海筛网厂等单位的协作下，经过1000多个日日夜夜的顽强拼搏，中国第一代500千伏超高压屏蔽服终于用比头发丝还要细的不锈钢纤维试制成功！

只剩下最后一道工序——人体直接感受试验了。

有人这样说：500千伏超高压非同小可！麻雀从线路旁飞过也会被吸住打死。

柏克寒却胸有成竹。他懂得，根据欧姆定律和法拉第原理，屏蔽服上的金属网络使人体和导体的电位相等，完全可以屏蔽电场。

可是，不怕一万，也怕万一呀！

因此，当同事们都争着要做第一个试验者时，柏克寒坚决不让步，坚持要由自己先做试验。

当柏克寒冒着生命危险去湖南省电力中心试验研究所的高压试验场做"人体直接感受"试验时，妻子专程前来送行，心境不亚于诀别。

8月中旬的长沙，气温特别高，工厂、机关的午休时间延长了。

湖南省电力中心试验研究所的试验大厅里，却正在进行一场包括战术和胆略在内的攻坚战。

试验人员一个个睁圆了双眼，目送穿上中国第一代500千伏屏蔽服的柏克寒登上试验台。大家想到每次人体试验时，柏克寒都以自己比较有经验、有把握为理由，坚持要用他那患有心脏病、肺气肿的身体第一个去闯关挡险，崇敬和爱戴之情油然而生。

试验场中唯一的女同事范玉兰眼圈儿红了，悄悄地掏出了手帕；负责地面指挥的倪建华不忍发出命令，待在那里纹丝不动。

挺立在试验台上的柏克寒，仿佛摸透了同事们的心思，显得格外自信，从容自若。他用刚劲的声音发出了号令："升压！"

"110千伏……220千伏……330千伏……"

"注意！电压即将升到500千伏！"

地面上的工作人员在不断地传呼着，声音中透露着紧张的情绪。

"电压已经升到500千伏！"

刹那间，试验场就像被触动的雷区，电闪雷鸣，弧光闪闪，放电声噼噼啪啪，变压器轰声隆隆……

只见柏克寒慢慢伸出右手，向导线抓去，"噼啪——"一米多长的绿色电弧伴着巨大的响声，直向他的手指猛击过来。

他惊了一下，但没有犹豫，继续向前抓去。啊，抓住了！500千伏的超高压顿时驯服地传遍他的全身。

此时，他的头上、手上、躯干上、双脚上全都是500千伏高压电。

为了检验屏蔽服的效果，他不顾一切地摘下屏蔽帽，头发立即像细细的钢针一样一根根竖立起来，一股强烈的电风在他的颈上、肩上、脸上一个劲地吹动，头上像针刺一样疼痛难忍。

隔了一会儿，他才将屏蔽帽戴上。这时，刺痛消失了，头发不竖了，风吹感没有了——切不适感立即销声匿迹。

屏蔽服研制试验成功了！

大家欢呼着、奔跑着把柏克寒抱下试验台，替他脱下屏蔽服，请他坐下来休息。

柏克寒却顾不得这些，急切地要和老伴通电话。他激动万分，眼里噙着泪水，对着电话筒只说了3个字："成功了！"

是的，成功了，这个成功是柏克寒冒着生命危险换来的！

柏克寒曾经的同事余国栋说：

"中国第一代超高压带电作业屏蔽服的研制成功，突破了500千伏超高压线路带电作业的'雷区'，填补了国内空白。成功，并没有使柏克寒沉醉。当500千伏超高压屏蔽服通过技术鉴定、获得湖南省科技成果二等奖，并在全国推广之后，柏克寒和课题组的同事们又瞄准了国际先进水平，研制出了中国第二代、第三代500千伏超高压屏蔽服。"

1985年9月，柏克寒和课题组研制的500-Ⅱ型不锈钢纤维交、直流超高压屏蔽服，又在武汉试验成功了。各项试验数据表明，屏蔽效率比国外同类产品还优越，多项主要指标超过国际标准。

专家们在当时的水电部主持召开的鉴定会上一致认定：500-Ⅱ型不锈钢纤维交、直流超高压屏蔽服达到国际先进水平。

永 远 跟 着 党 走

1989年，柏克寒被授予"全国劳动模范"荣誉称号。

1989年10月，在新中国诞生40周年之夜，柏克寒作为来自毛泽东家乡的劳动模范代表，心情激动地与党和国家领导人一起登上了天安门观礼台，观看节日焰火。

望着夜空中绽放的焰火，柏克寒感慨万分：我是党的人，要永远跟党走，在有生之年把失去的时间抢回来！

为了抢回失去的时间，柏克寒成了一位名副其实的驯服超高压猛虎的勇士，时刻处在不停顿的勇敢搏击和进取之中。

尽管他体弱多病，却总不愿意住院和疗养，一直坚守岗位，除了不舍昼夜地搞研究外，还先后撰写了《带电作业》《爆炸压接技术问答》《防火导流服研制总结》以及爆炸压接和带电作业质量检查等4本规程，共计200多万字。

与此同时，他主动承担了全国爆炸压接和带电作业的培训任务，10年内举办了18期业务培训班，共培训出了1200多名带电作业专业人才。

这就是柏克寒晚年搏击和进取的轨迹。

柏克寒将自己的一生都献给了中国的带电作业事业，临终前惦记的仍是带电作业的进一步发展。

可以告慰柏克寒的是，一代又一代湖南带电作业后来人，踏着先驱的足迹，不忘初心、牢记使命，不断攻坚克难，守正创新谋发展，在带电作业领域创下一个又一个新的业绩：那令人耳目一新的多作业任务机器人、轻质化特高压装备、大吨位承力工器具、人体健康体征装置，在各个急难险重时刻为湖南电网安全稳定运行和助力湖南经济社会发展保驾护航，将湖南带电作业推到了一个崭新的境界。

但是，人们永远不会忘记突破500千伏超高压带电作业"雷区"的英雄——柏克寒！

（作者单位：国网湖南电力本部）

苗寨的"玛汝"干部

邹　群

湖南省泸溪县位于湘西东南部，是典型的少数民族聚集山区县。武陵山脉重峦叠嶂，由东北向西南斜贯整个泸溪县，逶迤高耸的巴斗山跌宕起伏，与吕洞山、高望界、白云山等在这里纵横联合。

泸溪县是五强溪移民库区县、革命老区县和武陵山片区区域发展与扶贫攻坚试点县。近年来，国网泸溪县供电公司驻村扶贫工作组入驻泸溪县浦市镇鱼坪村、毛茂田村，全面落实精准扶贫各项措施，加强公路交通、农田水利、电网建设及公共服务建设，大力发展特色产业，帮助村民脱贫致富，被当地村民称为"玛汝干部"（"玛汝"苗语"好"的意思）。

大 山 里 的 希 望

2020年6月，莫楷橙又一次回到毛茂田村来看望他的老师钟广文。看着眼前这个青春洋溢的学生，已经人到中年的钟广文不禁回想起了20年前。

2000年，钟广文带着新婚不久的媳妇来到了毛茂田村。

那年，国网湖南电力到泸溪县驻村扶贫，带队的省电力党校扶贫干部张海燕深感湘西贫穷在于教育的落后，于是四处筹集资金，分别在浦市镇毛茂田村、浦溪镇张家坪村、良家潭乡芭蕉坪村等地建了一批电力希望小学。

学校有了，却迟迟没有老师来。毛茂田村地处偏远山区，道路崎岖难行，再加上"一人一校"的条件，没老师愿意来。村里的孩子们急，张海燕更急，心急火燎的他天天往县教育局跑。

年轻的钟广文就是那个时候，来到毛茂田村电力希望小学的。这一教，就是20年。

一座大山、一个小学、一名教师、一群乡村孩子，组成了一个特殊的家庭。学校涵盖了幼儿园、一年级、二年级，最多时有50名学生。大一点的学生还听话，幼儿园的孩子们不好管，往往会提着尿湿的裤子，跑到正在上课的教室里哭着找钟老师。

一个人忙不过来，钟广文就叫上媳妇来帮忙，媳妇郑海花成了这个学校不拿工资的"编外教师"。有了媳妇的支持，学校各项事务变得井井有条，可钟广文家里的地荒废了，2岁的儿子也只能托付给老人照顾。郑海花免不了埋怨，但常常是唠叨几句后，又去给学生们做午饭了。

因为电力希望小学的存在，因为钟广文的默默坚守，20年来，毛茂田村没有一个儿童失学。

"陈衡现在是天津大学的博士，陈凤梅考上了北京理工大学，这俩孩子从小就好学，上课爱提问，每次考试都拿第一。陈江去年考上陕西大学博士，这小子说话晚，3岁多上幼儿园时，连话也不太会讲。"谈自己的学生，是钟广文最高兴的事情。他记得他教过的每一个学生，学生们每年回村，都不忘来学校看望他。

莫楷橙这次回到毛茂田村，专门来看他的老师。当初那个流着鼻涕从电力希望小学走出去的男孩，刚刚从长沙理工大学毕业，即将入职国网湘西供电公司。"我一定不辜负您和当年帮助过我们村的那些电力扶贫人的期望，好好生活，努力工作。"莫楷橙对老师说。

在泸溪县，像莫楷橙这样受到教育帮扶的学生越来越多。

近年来，为深入推进精准扶贫，结合乡镇供电所用工需求，湖南省各市州农电服务公司联合委托长沙电力职业技术学院面向湖南省建档立卡贫困家庭考生开展供电服务职工定向培养工作，为贫困考生提供面向供电所工作的就业渠道，为贫困学子谋出路，为贫困家庭谋保障。

2018年开始，国网湖南省电力有限公司依托公司所属的长沙电力职业技术学院，探索开展"教育+就业"定向培养模式。由国网湖南省电力有限公司制订招生计划，长沙电力职业技术学院编制专科提前批招生计划，报省教育厅审核通过后，根据省教育考试院反馈的专科提前批志愿填报情况，确定报名考生名单，再由市州扶贫办根据名单精准识别建档立卡贫困学生身份，经面试审核后，签订定向培养协议。贫困学生毕业后，成为乡镇供电所员工，实现"一人就业，全家脱贫"。

受疫情影响，2020年的高考比往年来得迟了整整一个月。

密切关注高考的，除了考生和家长，还有林莉和她的同事们。作为国网泸溪县供电公司农电服务公司人资专责的林莉，她负责每年供电服务职工定向培养招生工作。4月初，林莉就与泸溪县教育局以及县一中、二中、五中取得联系，讲解供电服务职工定向培养工作计划，了解学生的高考情况，得到了各部门的高度支持，并通过县教委提供的建档立卡贫困家庭考生信息，她逐个打电话，一一向对方详细讲解政策。

7月25日，受县教育局邀请，林莉参加泸溪县三所中学的志愿填报动员大会，现场详细为考生宣讲定向培养内容，讲解定向招收、培养供电服务职工的报名条件和政策方针，介绍所培养专业、学制和学习方式等招生公告信息，重点突出建档立卡贫困家庭学生录用后将会减免部分学费和住宿费，寒暑假期间，提供学生家庭所在地乡镇供电所进行勤工助学，能有效减轻家庭经济负担，毕业考核合格后立即实现"零距离"上岗，并为意向考生进行现场答疑。

人群中有个瘦小的身影，引起了林莉的注意。与那些好奇的同学们不同的是，她紧皱着眉，几次张嘴想问，却又低着头走开了。直到最后一刻，才在调查意向表中，填下"石榴坪乡坪里村邓桂玲"的信息，便悄悄走开了。

到了填报志愿的最后一天，通过与县教委的联系中得知，那个叫邓桂玲的女孩考了490分，离湖南省文科二本线的526分还差了36分，目前还没有收到她的填报志愿。电话一直联系不上，想起那个瘦小身影，林莉马上赶到近40公里外的石榴坪乡坪里村，挨家挨户打听，终于找到了4组的邓桂玲家。

当林莉出现在这个家里时，一家人正愁容满面。得知林莉的来意后，年近五十的邓显勇唉声叹气道："伢儿平时的成绩不错，高考失误了。'三本'学费那么贵，一年就要好几万，毕业也不好找工作，唉！"

"你自己怎么打算的呢？"林莉笑着问邓桂玲。小姑娘犹豫了一会儿，终于向这个亲切的大姐姐吐露了心思。原来她成绩一直都很好，高考因为太紧张导致发挥并不理想，家里姊妹多负担重，她不想复读，更不想去读学费较贵的"三本"，打算下个月就跟着村里的年轻人一起去广东打工。

"这么小的女伢儿，出去打工，我们怎么放心？造孽呢！"邓显勇狠狠地抽了口草烟。他老婆在一边直擦眼睛。

"伢儿还是多读些书好，我这次就是专门为这事来的。"林莉耐心地向邓显勇夫妇介绍了供电服务职工定向培养工作计划，详细介绍了长沙电力职业技术学院的教学模式、就业前景等。"高考后，我们收到很多招生电话。之前接到你们的电话时，我还不放心，以为和他们一样是诈骗电话。现在放心了，我们明天就填报电力职院，孩子一定会好好珍惜学习机会的。以后有了正式工作，又在我们身边，这比什么都强！"在知道政策后，邓显勇紧皱的眉头舒展开了，夫妻两人连连表示感谢。

"伢儿已经收到录取通知书了！感谢电力公司，感谢国家的好政策啊！"9月25日，林莉接到了邓显勇的电话。电话那头，邓显勇抑制不住地激动，一直嘱咐，下次一定要到家里去吃饭。

近三年来，国网湘西供电公司面向全州建档立卡贫困家庭和贫困县高考生，定向培养招收供电服务职工149人。教育是阻断贫困代际传递的根本之策。补齐贫困地区义务教育发展短板，让贫困家庭子女能接受公平而有质量的教育，是夯实脱贫攻坚的根基所在。

这是钟广文坚守了20年的信念，也是几代电力人一直在坚持的事业。

农网改造点亮苗乡幸福生活

"八山半水一分田，半分道路和庄园"的泸溪县，作为湘西自治州最早的一批农网改造单位，农村电网逐年老化。随着用电量加大，之前改造的农网已经不能满足现有需求。

2019年，国网泸溪县供电公司围绕新一轮农网改造升级工程，积极响应县委、县政府精准扶贫工作相关要求，把助力脱贫攻坚作为第一民生工程。先后投资119万元，完成35千伏达岚变电站1号主变压器扩建工程；投资1.1亿元，完成2017年续建15个中心村改造、23个贫困村改造；完成2018年第一批工程38个贫困村改造工程，为39个贫困村以及白沙、武溪工业园升级优化；完成93个贫困村光伏扶贫接网工程；完成易地扶贫搬迁接网项目供电设施改造。全面解决了供电区域内供电负荷大以及用电质量、用电安全等问题，更好地满足新时代农村用电需求，为打赢脱贫攻坚战、实现乡村振兴和全面建成小康社会贡献了力量。

10千伏谭虎线全长仅3公里，却是泸溪县网改线路架设最艰难的一段。至今提起这条线路，所有参与过线路架设的人员都神情凝重、连连感叹。

35千伏潭溪变电站位于潭溪镇，供电电源单一，供电可靠性不高。为了提高供电能力，国网泸溪县供电公司决定架设10千伏谭虎线，从110千伏洗溪变电站10千伏洗洞线与35千伏潭溪变电站互联。

线路架设前，施工队就做好了打硬仗的思想准备。在誓师大会上，线路工程员张明军对着党旗表态，一定克服重重困难，保质保量按时完成任务。可是开工后，才发现境内山岭纵横，最高海拔475米，山高、坡陡、弯多，岩石遍地。大家面临的困难，远比想象的要大。

张明军望着高高的渔夫溪山，眼睛通红地喊："大家一定要注意安全，工作不要蛮干，再难的任务，我们也一定要完成！"

为了把电线架设到高山上，张明军带领着施工队进驻潭溪镇。早上他们7点多出门，晚上7点收工，每天整整工作12个小时。累了，坐在地上休息一会儿；饿了，馒头就着山泉水充饿。由于山高坡陡，有些地方坡度甚至达到75度，无路运输，运送电杆上山成了他们最头疼、最棘手的事。他们想方设法，与当地自然环境斗智斗勇，在稍微平坦的地方用吊车拉；有岩石的地方，吊车走不了，十几个人就用绳索捆住电杆抬着走；遇到深沟，就分工合作，几个人用大绳在前面拖着，中间用人抱着，后面又有几个人用撬棍赶着，一步一步、一点一点向前挪动。

短短3公里的线路，留下一个个让人难忘的故事。这个山坡太陡，吊车也没办法到达，大家前拉后推，10多人费了一整天工夫，将一根电杆运到施工现场；那座山的石头硬，一个电杆洞足足打了3天，大家双手都磨起了血泡；下都寨成了他们临时的家，白天施工，晚上就住在村民家中，连村子里的狗见了他们都直摇尾巴……

10月20日，架在悬崖上的10千伏谭虎线，如期完工。

麻溪村地处大山深处，是白洋溪乡的自然村，集"老、少、边、山、穷"为一体，居住的村民多为苗族。常住人口340多人，用电负荷以居民用电、鱼塘养殖为主。由于线径过小，供电半径过大，用户容量仅为0.42千伏安，远远小于贫困村。

2019年9月6日，10千伏小白线麻溪网改工程开工。正在杆上作业的工作人员发现一群村民往这边走来。"难道遇上了阻工？"配网班班长瞿元勇心中一惊，忙叫停了大家，警觉地看着围上来的村民。

"听村支书讲，你们是给咱村农网改造的？"走近了，队伍中刚从深圳打工回家办身份证的李云燕好奇地问。

"是呢，这次网改要将咱们村原来的老旧线路进行升级改造，还要新增1台变压器……"现场施工的配网班班长瞿元勇忙应着。

"总算等到我们村农网改造了，别的村又是烤烟又是打米，用电那叫一个方便啊，咱们都眼红死了。"听到这话，李云燕兴奋极了，"能不能把咱村的电，建得跟高寨村的一样，又好看又好用？"

高寨村与麻溪村仅隔30里地，于2018年实施农网改造升级工程。此后，高寨村里电足了，家家户户又是办养殖场，又是建烤烟房，这可把麻溪村的村民们羡慕坏了，天天跑到村委会打听，电网改造啥时候能轮到自己村。

接下来的施工期间，村民们忙完农活闲下来都会跑到工地上，站在田间地头自觉地"监工"。

工地上，施工人员挥汗如雨，运材料、立电杆、架导线，呼和声、号令声，此起彼伏。在保证工程进度的同时，瞿元勇对安装工艺严格把关，计量箱安装工整、进出线排列整齐、表后线牢固美观、低压耐张引线弧度一致……

工地外，一个刚摘下来的南瓜，两条从溪里捕到的鲤鱼，几把还带着露水的长豆角……会悄悄出现在工程车驾驶室里，朴实的乡亲用这样的方式来表达他们的情感。分不清楚是谁送的，瞿元勇只好多次将钱送到村委会，托村支书转交村民。

11月12日，麻溪村"示范标准化"工程提前完工。

村里的农网改造完成后，李云燕的合作社也正式挂牌成立，她租了近10亩地，养鸡、养鸭，还养起了孔雀。村里像李云燕一样外出打工的年轻人，也纷纷回家乡创业，种植苗木，建烤烟房，日子过得红红火火。"扶贫政策这么好，电力也有了保障，我们都愿意回到家乡来创业。"投资500万元开办农家乐的村民杨青松说。

如今，曾经的穷山恶水变成了金山银山。

不让一个贫困户掉队

2020年9月15日晌午时分，浦市镇鱼坪村村主任姚建儿正在鱼坪光伏电站清理太阳能光伏板、检查支架。

在村民眼里，姚建儿是个苦命的人。三十好几了，穷得连房子也没有，和父母分家后跟老婆孩子挤在一处废弃的破屋里。为了改变现状，姚建儿咬咬牙东拼西凑借钱搞养殖，谁料屋漏偏逢连夜雨，养鸡遭禽流感，养猪又遇上口蹄疫，借来的本钱全都赔进去了，原本拮据的日子更加捉襟见肘。

帮助姚建儿改变命运的，是来驻村帮扶的邓建。

2017年，国网泸溪县供电公司浦市供电所员工邓建请缨进驻鱼坪村开展扶贫工作。为了准确把握驻点村情况，有针对性地做好扶贫开发工作，邓建逐户走访摸排收集贫困户资料。通过入户走访、深入调查、了解村"两委"和党员群众代表意见，同时结合精准扶贫工作的要求和该村的实际情况，制定工作规划，确定帮扶措施。

在得知姚建儿的情况后，邓建主动上门找他沟通，从个人的致富想法到全村的发展规划，两个同龄人越聊越投机。说干就干，邓建从信用社帮他办来了贷款，从县兽牧站请来了技术员。资金有了，技术有了，姚建儿信心百倍放手一搏，建起了养殖场。坡上、田间，到处都是他家养的鸡、鸭、鹅；稻花鱼成熟时，更是引来了一批批城里的游客下田捉鱼。一年下来，姚建儿还清了贷款，建起了新房。

"建儿脑壳灵活，主意多。"

"建儿心眼好，肯为大伙办实事。"

2017年年底，在鱼坪村村支两委换届选举大会上，村民全票选举通过姚建儿为鱼坪村村主任。曾经的贫困户姚建儿，如今成了村主任，这更加坚定了邓建带领全村脱贫致富的信心。

光伏扶贫是国家电网实施精准扶贫的一项重要举措，邓建主动与项目主体单位、地方政府衔接，积极申请建设鱼坪光伏发电站，2018年8月底鱼坪村光伏电站建成，2019年完成电量15.13万千瓦时，实现收益近7万元。

"村里将光伏电站的收入用于村公益事业与公共服务，慰问困难户、困难党员，设立公益岗位，解决不能正常外出务工、半弱劳动力等贫困群体的就业问题，带动贫困人口增收。"姚建儿介绍，供电公司在鱼坪村开展光伏扶贫，让父老乡亲的日子发生了巨大变化，光伏电站成了鱼坪村长效稳定的"阳光存折"。

村里通往外界的是一条泥泞不堪的土路，村民们的外出、农资的运进、粮食的运出都非常不方便，特别是遇到暴雨天气，沿路经常出现塌方，给村民的出行造成了极大的安全隐患。村民最大的心愿就是能有一条宽阔的大路通到家门口。

精准扶贫，修路先行。没有资金，邓建就一遍一遍地到政府去争资立项；缺少劳动力，邓建和其他驻村扶贫干部一起每天肩扛锄头、脚穿筒靴，与施工人员一道起早摸黑、肩扛背抬，清理土方杂草、搬开石块、填补坑洞……

"扶贫干部们为了村里修路，咱们可不能闲着。"村民们看在眼里，热在心里。于是，放牛的大爷来了，种田的汉子来了，就连在家正奶着娃娃的媳妇，也扛着铁锹拿着锄头赶来了。

"跟我来。"

"加把劲！"

"一、二，扛起！"

……

这支村民们自发组织起来的修路队伍，前拉后推，吆喝着号子，昔日大山深处的贫困山村，因为修路而成为一派热火朝天的景象。

三年来，通过邓建争资立项，村里建起了3座"连心桥"，山路改造成硬化路面，解决了1500余村民的出行问题，板栗、茶油、蜂蜜等农产品源源不断地销往县城。如今的鱼坪村，土墙危房没了，泥泞小道没了，荒坡荒地没了，取而代之的是一栋栋错落有致的农民新居、宽阔整洁的水泥公路、一个接着一个落地生根的产业项目。

2020年1月24日农历大年三十，邓建像往常一样走在村里，每个遇上的村民，都会热情地和他打招呼，邀请他去家里吃年夜饭。这也是他在村里过的第三个春节了。

"我今年打算在家种植烤烟，你帮我支支招。"从温州打工回家的村民谭兴国专门打电话给邓建，咨询电烤烟的事情。

"最近网络直播带货很多，我想把咱们村的茶油、板栗、椪柑也通过网络销出去。"看到网络上有人用手机直播带货，村民老田的心思也活络起来，便悄悄来找邓建商量。

……

从年前帮助村民推销农产品，大年三十慰问村里的孤寡老人、贫困户，到年后走访返乡农民工，这个春节邓建每天都很忙，但是他却很高兴。他说："看到大家开开心心过新年，过上幸福生活，心里很欣慰。"老婆带着两个孩子也一起来到了鱼坪村陪他过年。她说，他在的地方就是家。

驻村帮扶的这三年里，邓建力所能及地帮助村民解决生产生活困难。如今鱼坪村完成扶贫易地搬迁44户，危房改造28户，受益人口266人；发放教育助学资金，受益人数42人；成立泸溪县扶贫种养殖农民专业合作社，建立400亩板栗培管基地，联结贫困户78户。2018年年底，鱼坪村实现了"村出列、户脱贫"。

邓建说，"湘西是精准扶贫的首倡地，脱贫攻坚令是在湘西发出的。

2020年是脱贫攻坚决战决胜之年，我一定要带领村民脱贫致富，不让一个人掉队"。

没有比人更高的山，没有比脚更长的路。在湘西这块"精准扶贫"的首倡地，一辈辈电力扶贫人用爱穿透阴霾，送达温暖；用情传递力量，凝聚信心。如今，全面建成小康社会正大步迈进，翻天覆地的可喜变化每天都在发生，过上了好日子的土家苗寨人饮水思源，纷纷称赞"玛汝"政策、"玛汝"电力扶贫人！

（作者单位：国网湘西供电公司）

双"龙"脱困

彭靖峰

永顺县对山乡青龙村和新龙村是国网湘西供电公司的对口精准扶贫村。

两村地处偏远，是武陵山区国家级深度贫困村。

青龙村全村建档立卡贫困户66户，贫困人口257人。

新龙村全村建档立卡贫困户101户，贫困人口392人，约占总人口的三分之一。

因为贫困，生计维艰，两村大部分青壮劳力外出务工，村里只有留守老人和儿童。

因为缺水，资源匮乏，两村徒有"龙"的威名，实际上就像两条被困的蛟龙，不要说呼风唤雨，就连蛟龙出水也是奢望。

这也是湘西农村普遍存在的一个困局。

一

"我的结对帮扶干部汪建伟帮我成功申报了大病特殊药品报销，每年可增加收入1万多元。"

青龙村白血病患者张远兴逢人便说。

当得知结对帮扶户张远兴家庭困难，门诊购药无法报销时，结对帮扶干部汪建伟看在眼里，急在心里。他领着张远兴三上永顺县城，四到湘西州医院门诊，咨询政策，落实申报，手把手地教张远兴填报材料，终于解决了这个难题。

"我只是把他们当家人看待，家人有难，我们有责任有义务帮助解决。"

对此，汪建伟轻描淡写。

但是，要带着责任、带着感情去真正帮扶自己的结对帮扶户，急帮扶户之所急，想帮扶户之所想，真正做到访贫问苦、访贫问计，又谈何容易？没有对贫困群众的深厚感情，没有身临其境设身处地地深入到贫困地区体验民情，就根本无法想象贫困群众的无奈和无助。

这一点汪建伟做到了，真正践行了责任央企员工的社会责任。

是的，国网湘西供电公司从领导到员工就是这样带着责任、带着感情进行精准扶贫的。

这样的感情来自党和人民的培养。

在这里，国家第一次提出了"精准扶贫"的理念。从此，"精准扶贫"的思想在这个遥远的小山村横空出世、熠熠生辉，在中华大地上演绎了一个又一个、一轮又一轮的精准扶贫故事……

无需多言，作为"精准扶贫"思想的发源地，湘西不甘落后也不愿落后，湘西地区的责任央企——国网湘西供电公司走到了"精准扶贫"的最前列。

于是，公司上下火热动员，齐心协力精准扶贫。

于是，公司干部与贫困户结对帮扶，开展了结对帮扶大走访活动，真正访贫问苦、访贫问计。

于是，就有了公司领导多次组织召开专门会议，解决扶贫资金难题，并为帮扶工作出谋划策……

二

驻村工作组创造了村级供用电的"青龙奇迹"。

2016年7月，青龙村近百亩玉米长势良好，如不在几天内启动青贮饲料加工，玉米叶秆即将枯萎无法利用。心急如焚的养牛合作社负责人找到驻村工作组请求解决。接到报告后，驻村负责人立即多方协调，从国网保靖县供电公司调来了变压器，组织国网永顺县供电公司特事特办，3天内解决了用电难题。

3天!仅仅只有3天,青贮饲料加工机就轰隆隆响动起来,近百亩绿油油的玉米叶杆被加工成了上等饲料,储藏起来,为合作社养的牛准备好了过冬"粮食"。

是对贫困人员的深厚感情,是对精准扶贫的深刻理解,促使驻村工作组快马加鞭,完成了近乎不可能完成的任务。

在驻村工作组的帮助下,两个贫困村发生了翻天覆地的变化,大有"蛟龙出海"的意思。

青龙村建成了养牛合作社,引进了菌草栽培,建立了青龙山蜂园,发展蜂蜜产业。

新龙村建成了"两园一基地"。"两园",即蜜蜂示范园、金秋梨产业园;"一基地",即牛羊养殖专业基地。

驻村工作组积极推动农网改造扫尾,实现了同网同价。

完成了光纤线路全覆盖工作,村民开通了Wi-Fi,用上了网络电视。

完成了通组公路的硬化,架设了多座便民桥,解决了交通难题。

村民终于看到了希望,生活有了实质性改变。

彭丕成,儿子智障,争取到了兜底政策,发展了5亩金秋梨。

丁冬花,丈夫去世,儿子患精神疾病,争取到了兜底政策,工作组联系医院免费治疗。

严文贵,女儿出嫁后独自生活,争取到了兜底政策,买了洗衣机、液化气,对脱贫充满信心。

严飞,两孩读书,负担沉重,危房得到了改造,学会了做豆腐,兼做生态林管护而彻底脱贫。

张生清,年过花甲,自力更生修建了20亩鱼塘,养殖中华鲟摆脱了贫困。

彭开兴,依托山地发展养殖,养牛、养羊、养蜂三管齐下奔小康。

彭楚国,92岁的抗美援朝老战士,得到工作组的悉心照料,逢人就夸共产党好、工作组棒。

……

改变来得如此迅速而又鼓舞人心。

三

麻秋雨被扶贫村群众亲切称呼为"拐杖书记"。

2017年3月，原青龙村第一书记麻秋雨因身体原因不适合再从事扶贫工作，国网湘西供电公司领导在征求他的意见时，刚刚摆脱13年之久两地分居的他毅然决然说："作为农村出来的共产党员，既然组织需要我去扶贫，我就要克服困难。"

正值精准扶贫"回头看"紧张时期，为了准确识别每一个精准扶贫户，他经常走寨串户，宣传扶贫政策。由于青龙村3个自然寨相距较远，青壮年大都外出打工，留守老人家都养狗，且乡村道路行人稀少，杂草丛生，毒蛇较多。为了安全，每晚入户调查，他都要带一根拐杖。因此，村民都亲切地称他为"拐杖书记"。

他把青龙村当作自己的第二故乡，将全部精力投入到扶贫工作之上。

村民张天凤体弱多病，老伴去世，一个人孤苦伶仃，麻秋雨多次前去嘘寒问暖，将党的温暖送到她的心坎上。

精准扶贫户李开武家中劳力少，农忙没钱请工，麻秋雨就上门帮他插秧。

青龙村养牛合作社经营困难，麻秋雨多次上门，指导合作社调整经营方向，转变发展思路，放弃了没有经济效益的放养方式，改为圈养方式；在种植菌草的基础上，种植了200亩玉米，并大力修建消毒室、卫生室等基础设施。

"既然组织安排我在扶贫岗位上，我就要把全部的精力贡献在这项伟大的事业上。"麻秋雨是这样说的，也是这样做的。

四

陈代喜用行动诠释了"第一书记"的深刻含义。

中等身材，矫健的脚步，充满自信的眼睛，谈到扶贫工作总是口若悬河。他勇挑重担，坚守扶贫攻坚第一线。

陈代喜的妻子动过脑瘤手术,母亲年近80需要照顾。很多人对他坚守扶贫岗位表示不解,他却说:"我是一名共产党员,精准扶贫是国家重大决策,我能参与这项有意义的工作是值得骄傲的事情。"

他把脉村情,入户调研广泛听民意。

陈代喜带领工作组人员地毯式走访,广泛听取村民的意见和建议。此外,通过新龙村村支两委会、座谈会、散发宣传单、制作宣传栏、广播等形式,在全村范围内大力宣传精准扶贫脱贫政策,把党的温暖送到每一个人心中。

他真抓实干,党建引领脱贫攻坚。

"村民要想富,堡垒要引路。"他3次到国网湖南省电力有限公司汇报扶贫工作,让村部综合楼建设如期在建党95周年竣工投运,为党的生日献上了一份厚礼。

他竭尽全力,突出解决民生问题。

村民用上了安全电、安全水,行路难、住房难等民生问题也得到了妥善解决。

看着新变化,村民彭开友这样评价:"新龙村道路不畅,通行要从小河中经过,拖了好多年都没有解决。现在修好了路和桥,心里真高兴呀!"

他倾注爱心,为弱势群体送温暖。

每逢春节,陈代喜都要到村里的特贫户家里走一走,送上春节慰问物资和慰问金;每逢假期,他开展"青春光明行"活动,关爱留守儿童,送上书籍、文具,让留守儿童也拥有一个快乐的童年。

陈代喜总是说:"作为国网人,组织上把我安排在扶贫岗位,我就有责任做好精准扶贫。贫困群众的满意就是对我工作的最大认可。"

五

在湘西的版图上,青龙村、新龙村这两个村是小得不能再小的存在,小到可以忽略,小到可以忘记。曾经贫穷落后、资源匮乏、交通不便、信息闭塞就是小山村的代名词。贫穷限制了想象,延误了发展,多少年破败不堪的容颜得不到改变。多少家庭因为贫穷而天各一方,失去往日的温暖。多少人因为看不到希望而背井离乡到处打拼，为的就是能够吃一口饱饭，挣一份活钱。

然而，这一切因为国家电网扶贫工作组的到来，彻底得到改变。

"青龙新龙本非龙，一朝腾飞换新颜"。正是因为麻秋雨、陈代喜这样的国网人，一步一个脚印，踏实工作，专注帮扶，用爱心点亮了电力精准扶贫之路，用真情燃起了贫困群众向往美好生活的希望，扎扎实实改变了青龙村、新龙村这两个村的贫穷落后面貌。

这样的人还有很多，肖和卫、熊庆华、肖仪功……正是因为他们在各自的精准扶贫岗位上默默奉献，用心付出，才有了如今青龙村、新龙村"双龙脱困"的崭新局面。

（作者单位：国网湘西供电公司）

滴水见太阳

王 琴

盛夏时分，从郴州桂东东北部的罗霄山脉山顶俯瞰，一条条小溪宛若玉带缠绕田野和村落，一垄垄茶树随着山势蜿蜒而行，依势而建的民居错落有致，葱茏翠绿的茶园在云雾缭绕中若隐若现，处处弥漫着香茗的气息。

已退下来的65岁的桂东县沤江镇金洞村老支书何春阳每天在村落里转悠或到茶园里走走，只见颗颗露珠挂在叶尖，晶莹剔透正映射着拨云而开的太阳，闪闪发光。他看着眼前这一切，赞道："日子越来越美!生活越来越好!"

坚强电网：从"小水电"到"大电网"

"湖南省桂东县成功脱贫!"2018年8月，从中央传来的喜讯传遍了湘东南这个山区小县。

回想起两年前的情景，何春阳依旧激动。他由衷地感慨道："终于摘掉了'国扶县'的帽子，今天的好日子离开不电力!"

何春阳目睹着金洞村的变化，与电结缘，细数着电力带来的生活改变。他把我们带到了村民蔡玉娇易地搬迁的新居，"这灯多亮堂，电风扇、电磁炉、电热水器，现在什么都离不开电器，生活质量跟城里没有区别了。"过上了这样的好日子，蔡玉娇喜上眉梢。

围坐在蔡玉娇新家的桌前，何春阳回忆起过去靠小水电供电的日子。

桂东深山里的生活曾过得像那昏黄的灯泡一样暗沉沉。停电的日子里，家里就用备着的煤油灯照明。"棉花捻成灯芯，在煤油里浸透。要是在点燃的煤油灯前时间长了，脸都会熏黑。"似乎想起了被熏黑的脸，大家都笑了。

20世纪六七十年代，村里自筹资金架线，何春阳与乡亲们一起扛过电杆。

"20世纪80年代初，桂东的电力主要靠小水电，也仅限于照明，而且还不稳定，经常停电，一停就好些天。"何春阳凝思着说，"在20世纪90年代，大电网进了桂东，湖南省电力公司对桂东电力实施了代管，加大了农网建设。"

2006年，桂东电力公司（国网桂东县供电公司前身）再次进行了股份制改造。同年，投入资金在桂东县内实现"户户通电"。随后，桂东电力公司在代管、股改之后又经历了上划和子改分一系列的体制改革，农网建设的投入越来越大，步伐也越来越快。

2017年，随着桂东县全面打响脱贫坚攻战，国网桂东县供电公司在全县66个贫困村投入近6800万元，开展"脱贫摘帽农网改造升级"。新增、改造变压器246台，新建高低压线路444公里，新立电杆5188基，有效缩短供电半径，减少配电变压器重过载情况，为农村经济发展提供坚强的电能基础。

热情的何春阳邀请我们去看看桂东的龙头企业——玲珑王茶业。以前，这里2000吨茶叶加工制茶主要靠燃烧生物质，不仅污染重，安全隐患也大，人工成本也高。如今，电网坚强了，企业尝试推行电制茶，电力部门了解到需求后，为其桥头乡茶叶加工基地建立一条10千伏专线、清泉镇茶叶加工基地建立两条双回路专线，为电制茶提供坚强电力保障。"我们年产2400吨茶叶。实施电制茶节能改造后，与锅炉相比，每年节省费用11万多元，能耗节省50%，生产人员减少了8名，带来经济效益280万元。"玲珑王茶业成为湖南省第一家以全电制茶的加工企业，桂东的青山绿水间不见了制茶的浓烟。

坚强电网营造了良好的安居和营商环境，由小水电到大电网带来的变化天天都在更新。

清洁电能：从"靠山吃山"到"绿水青山"

桂东森林覆盖面积达85%，年平均气温15.8摄氏度，夏季平均气温23摄氏度，有着"天然氧吧空调城"的美誉，生态旅游逐渐成为现实。这里的大洞村、金洞村、青竹村发展起了集群式农家乐避暑旅游，年旅游收入超过200万元，电力部门做出了很大贡献。

何春阳与人合开了一家农家乐，四合院式样的两层楼里有22间房，请了8名村民当服务员，7月到8月期间天天游客爆满。

何春阳回忆说："没有通电的年代里，我们就是靠山吃山，砍柴烧火做饭，冬天烧木炭取暖，山也日渐光秃。现如今，电可以做饭，也可以取暖，再也不用上山砍柴了，又恢复了这绿水青山啊！"

桂东县委常委宣传部部长邝贵娥介绍，随着蓝天保卫战的打响，桂东县坚持"生态强县"，大力发展低碳产业，国网桂东县供电公司积极响应，一方面积极实施电能替代，另一方面从大局出发关停了桂东县内的高能耗、高污染企业，帮助桂东县产业转型升级。

"从前熏黑的厨房，现在完全看不到了。我这里厨房全部实现了电气化，两个大型电炒锅12千瓦，还配备了一套静电油烟净化系统。房间也是电热水器，从来没有停过电。"稳定的电力让何春阳尝到了"日进斗金"的感觉。"用气每天要300元，用电只要130元左右，又干净又省钱。"何春阳算了一笔经济账。

为满足生态旅的发展，电力部门加大电网建设，管辖金洞村供电的罗霄供电所副所长扶建祥介绍："针对金洞村旅游发展，供电所新增了3台变压器，又将原有的四台区变压器进行了扩容，预留负荷上升空间！目前，一个村的容量相当于一个大型工业产业的用电容量。"扶建祥介绍，2020年1—8月，农家乐避暑旅游用电同比增长了18%。

良好的生态环境和宜人的气候吸引来了外地的花卉苗圃老板。"80后"李涛原本在广州番禺从事花卉苗圃生意，看到了桂东极佳的自然环境和电力营造的良好营商环境，在桂东普乐镇投资了1.2亿元从事红掌的种植。

李涛说，7个大棚30万盆花卉需要恒温种植，对电力的要求非常高，夏季一个月的用电量达2万千瓦时，冬季使用空调将达6万余千瓦时，仅电费就达3万多元。稳定可靠的电力，使她的太阳园艺一年产值达千万余元，光是太阳园艺就能至少提供40个就业岗位，预计人均年增收2万余元。"家门就业、一人务工、全家脱贫"的案例在这里真实上演。

在努力实现绿色崛起的大环境下，桂东以电能替代走出了属于自己的生态发展之路，保住了山清水秀的生态环境，实现了金山银山与绿水青山的双丰收。

绿色出行：从"用上电"到"用好电"

我们坐上了何春阳的新电动汽车。他要带我们去看看这绿色出行的新农村，让我们感受感受老百姓把电越用越好的氛围。"这车子充一次电可以跑160公里，用油一公里至少3角，我这个车一公里才7分，比用油划算。"

"农村电气化"工程使农村的电力网络更加完备，而遍布乡村、城镇四通八达的电力网络又使得电力供应更加充足，电力服务更加快捷。桂东已经实现电动汽车驶入乡镇，郴汽集团桂东分公司的负责人朱炎明介绍道："电力的服务十分到位。今年，我们购置了28辆纯电动公交车，需要建充电桩和安装箱式变压器，我们一个电话，供电公司就上门来服务了。"

金洞村村民邓建伟成为全村电动汽车进农家的"吃螃蟹"人，购进一台北汽新能源汽车。得知村里购置了电动汽车，罗霄供电所的供电服务人员就立即上门帮助他安装充电桩，做好供电服务。

看到如此贴心的服务和新能源的优势，村里又接连有两家购置了电动汽车，何春阳也赶上了这趟时髦。

对新能源汽车服务，也是电力部门过去几十年从未有过的。目前，供电企业正投入充电桩建设，打造全能型供电所。一岗多能，让我们的供电员工更好地服务人民群众；网格化的服务模式，方便服务、快捷服务，满足村民出行的需求，更满足他们对美好生活的需求。

盛夏的桂东，阵雨过后彩虹挂在天空；凉风清爽，刚刚落下还未干的雨滴里映射出太阳和彩虹的光芒！滴水见太阳，从桂东的变化发展，我们看到了湖南贫困地区从小水电到大电网的变迁，从用上电到用好电的变化。

　　国网湖南电力以电力为引擎，带动乡村走上了振兴的高速路。

（作者单位：国网湖南电力本部）

鏖战特高压的"湘军"

（二篇）

秦 刚

十年一剑监理人

引 言

历史总在行走中嬗变，时光总在眺望里吟唱。驻足聆听，这些故事跨越时空，渗进我们的灵魂。世纪风烟掠过广袤大地，我们看见，在变迁的时光里，走来了一群普通劳动者，他们放歌荒郊野外，把紧时代脉搏，用力量，用劳动，用刚毅，用汗水，谱写着特高压电网与湖湘的美妙篇章，谱写着一首又一首陶醉光阴、通过电网联通中西部的令人遐想的动人诗歌，给予我们一次又一次心灵震撼！

我是一名湖南电力建设监理咨询有限责任公司（"国网湖南建设公司"前身，本文简称"湖南电力监理"）员工，从事品牌传播工作。因为工作之需，数次奔赴首条入湘特高压工地，或拍照，或采访，10年来，遇到的人，见到的事，让我终生难忘……

为 荣 誉 而 战

2015年11月11日，在±800千伏湘潭换流站（建成后改称"韶山换流站"）工程建设协调会上，国家电网直流建设部正局级调研员肖安全面色凝重。因为阻工与雨水原因，酒湖特高压湘潭换流站的工程进度已经比送出端酒泉换流站落后了2个月以上。作为特高压建设监理"排头兵"的湖南电力监理，怎能让自家门口的特高压工程落后于他人呢？

11月24日，带着对工程的关注，我来到正处于场平攻坚阶段的湘潭换流站工地。

此时，湘潭地区遇到50年一遇的雨季，绵绵不绝的雨水让300亩的施工场地如同汽车越野赛场。泥泞的道路，坑坑洼洼的地面，一脚下去很难拔出来。我穿着雨靴，跟随土建监理师黄敏一行的脚步，艰难往前走。而他们，对于这样的环境，早已习以为常，行走间我已被落下一大截。只见他们手中拿着一根长长的钢筋，不时把钢筋插入泥中，又不时用笔登记着什么。这是什么东西？他们在干什么？我急步走到黄敏身边，打听这个神秘的"武器"。他告诉我，原来为了第一时间了解土方压实程度，监理项目部专门设计了一个用钢筋制作的带有标尺的铁钎，通过插入土方的尺度，现场监理人员能第一时间了解到土方压实程度和回填土的厚度。这一监控手段的创新，有力确保了超常规作业下的工程质量。

"你可以多采访一下王总。他才是项目部压力最大、最忙的人。"监理部人员向我建议。他们所说的王总，就是项目总监王焕新。

专业、朴实、亲近、健谈，是王焕新给人的第一印象。

"这是我干过的工程中土石方最大的一个工程，挖填共计120余万方，最大落差近40米，工程建设难度可想而知。而且遇到50年一遇的雨季，一个月以来雨水几乎没有停过，确实让我们工程进度受到影响。"王焕新喝了一口茶接着说："雨水多，办法更多。为有效控制场平土方工程施工进度、实时掌握各分区施工资源投入情况，我们主动出击，首创了'四通一平工程施工进度监理管控图'。在这个指导工程建设的'作战沙盘'上，详细列明了各区域土方挖填方量、转运路径、资源配置需求以及进度计划等内容，直观清晰。监理项目部还根据现场工程实际，每天在管控图上填写工程进度，发现偏差及时组织召开专项协调会，分析原因、制定纠偏措施，确保工程进度按计划要求稳步推进。"王焕新说起工作总是有条有理、逻辑清晰。

我看着他桌子旁边的药盒，想起了下一个问题。

"家门口的首条特高压，感觉压力大不？"

"说没有压力是假话。有时候，我会觉得自己像在黑暗的隧道中穿行，不知何时才能看到曙光。但是，一想到干特高压工程，就是一个在不断创造奇迹的过程，我又热血澎湃。特高压酒湖线是第一个特高压入湘工程，我们一直在全过程坚守、全地域覆盖、全身心投入。我和我的队员们，都在与特高压共同成长。"王焕新语重心长地说。

谈话间，王换新接了一个电话，连忙起身告别。看着王焕新远去的背影，远望广阔的工地，只见安全副总监傅玉华犹如一名"指挥官"，奔走于各个进出口，让穿梭如麻的土方运输车辆有了"章法"，让整个工地忙而不乱。

络绎不绝的挖土机、压路机、打桩机，伴随而来的发动机轰鸣声、轮胎摩擦地面的呲呲声、泥土倾倒声，争相涌进我的耳朵；来来往往的嘈杂与油气味，融合构成了一段奇异的感官狂想曲，在我的脑海，在荒野上空，盘绕不去。

火热的工地，艰巨的工作，就这样毫无准备地走进了我的酒湖工程第一次采访，有些疲惫，有些艰辛，有些新奇，更有着感动。

烈 日 下 的 爱

1.49亿公里，是阳光到地面的距离；2.5米，是镜头到铁塔的距离。头顶的阳光暴虐舔舐着地面，铁塔如同加了热，十分烫手，一位身穿工装的中年男子在镜头前正挥汗如雨地指挥监理人员登塔检验。

2016年6月3日，在常德市临澧县6341号塔位，我的镜头前，是酒泉—湖南±800千伏特高压直流输电工程湘2标段线路总监张文化，是一名具有多年特高压线路监理经验的特高压监理人员。

张文化戴着安全帽，正在指挥监理人员登塔开展放线前初验。虽然才是上午10点，毒辣的阳光直直照在铁塔上，反射出耀眼的白光。监理人员系好安全带、戴好安全帽、扣好双钩安全绳等防护用具，张文化一声令下，监理人员纷纷从铁塔边柱往上爬。在铁塔上，大家小心翼翼、有条不

426

紊地开展工作，用检测工具检查铁塔螺帽的松紧度。而在铁塔旁边，总监代表李桂铭正用水平测绘仪检查铁塔的位置与水平度是否正确。

在张文化不远处放着一个还有半瓶水的大瓶子。他不时往塔上的监理人员张望、指挥，让大家注意检查的位置和方法，并提醒大家注意安全。我坐在旁边观看，大家工作有条不紊，井然有序，犹如一首动感的监理进行曲。时近中午，张文化也终于休息一下了，他拿起水壶，咕咚咕咚猛喝一气，水几乎见底。

这间隙，我也得以了解张文化的一些现状。他自1999年底开始担任国网项目总监。作为当时国网项目里最年轻的总监，他先后担任500千伏交、直流线路和1000千伏交流线路、±800千伏直流线路工程的项目总监，在国家电网公司算是为数极少的"大满贯"项目总监。

这10多年里，张文化都在和特高压打交道。年近50岁的他，皮肤因长年累月风吹日晒变得粗糙黝黑。他的衣服已经汗湿了，脸上也挂着几道汗水，像干涸的土地上流淌的小溪。他用手抹去汗水。

我问他："小孩怎么样？"

他嗓子有点沙哑："在湘潭上大学，没时间管。"

"想家吗？"

提起家，他眼睛亮了起来，扬起衣襟扇扇风，"嘿嘿，哪有不想呢？！像我们这样常年在外的，最想的就是家。"

"多久回一次家呢？"

"几个月才回去一次。主要是忙，也没有时间。10多年了，大部分时间在外面。"他眼光流露愧疚，"我是个不称职的父亲和老公。一忙起来，有时一个月，有时两三个月才打个电话给老婆和儿子。大前年6月，溪浙±800千伏线路工程迎来了线路施工跨越的高峰，也是一年一度的高考时期。为确保带电跨越500千伏梦罗Ⅰ线、梦罗Ⅱ线的施工安全，我不得不放弃回家陪伴儿子度过高考这个人生极为重要的时刻，现在想起来也真是遗憾。"

张文化一边说，右手一边摸摸上衣口袋，点上一根香烟，狠狠抽了一口。他仰起头，摸了摸下巴，过了半分钟，缓缓地说："作为电力监理人，我也没有太大的理想，只希望儿子有出息，家人身体好。同时，也希望我们湖南电力监理越来越好。"说到这里，他抬头望了一眼不远处的李桂铭。

我连忙招呼不远处的李桂铭，喊他一起过来坐坐。我跟他说："忙了一上午了，休息一下。"

此时，张文化起身说："我去看看他们下塔。你多采访一下年轻人。"

望着张文化离去的背影，我问李桂铭："线路监理工作挺枯燥，平时怎么过？"

他抬抬手比划："也就和同事聊聊天，再就是听听歌。"

"听歌？"

"是啊！累了就听听歌。很喜欢谭晶的歌，像《爱如电》，唱得很好，唱出了我们电力建设者的工作与生活状态。'我用心，爱如电''从天边，到身边'，写得真好。"

我点点头，没再说话，有点出神。

我起身向远方望去，只见一排排铁塔像哨兵一样耸立，向着大山深处延伸，就像我们的希望在延伸、生活在延伸、时代在延伸……宛若长龙，越来越远，直到看不见的远方……

青 春 之 歌

2016年8月15日，我再次来到湘潭换流站工地。此时，工程已经进入电气安装高峰阶段。土建施工基本完成，主控楼、配电房耸立，电气设备吊装紧锣密鼓。

基坑低凹处漾着浑浊的泥水，潮湿的隧道、光线暗淡的区间，仿佛向人挤压过来；日夜侵袭的湿气环绕不去；钢筋梁柱肢解着视线，支撑就像岿然不动的手臂兀然矗立；黄、白、灰构成了施工区间的主色调，待久了让人开始有了审美疲劳。这里就是我们监理人员每天工作的地方。

中午，我睡在我们监理人员的员工宿舍，围墙外挖土机响个不停，听着轰鸣声，伴随着头晕和烦躁。我联想起窗明几净的办公室，这里应该是许多年轻人待不了一个星期的环境吧！我又迷惑起来，与我们干净体面的工作相比，这些监理人员又是怎样的一种无怨无悔？

方勇，是我采访的一位年轻监理人员，2008年来到湖南电力建设监理咨询有限责任公司工作，一干就快10年了。他先后干过±800千伏向家坝—上海直流输电线路工程奉贤换流站、1000千伏淮南—上海特高压直流输电线路工程沪西变电站，是一位有着丰富特高压工程经验的特高压监理人。

圆圆的脸庞带着黝黑，笑起来露出白白的牙齿，端正戴着的安全帽下是一个挺阳光朴实的小伙子。

方勇陪同我在换流站里拍照。我们一路走一路聊一路拍。

"在这里工作还习惯吗？辛不辛苦？"

他搓搓手，望了望工地："习惯谈不上，我们电力监理人天南海北，五湖四海，到哪里都能很快适应，到哪里都是家。每天大部分时间就在工地，面朝工地背朝天，说不辛苦那是假的。我到湖南电力监理8年，在家待着不超过一个月，基本上每天都是工地、宿舍两点一线。白加黑地干，白天在工地巡视、旁站，晚上还要整理资料。这是我的职业角色，烙在身上，变不了。"

我告诉他："我来过工地几次，但在工地过夜是第一次。"

他呵呵笑着："能睡在世界上最长距离特高压工程工地，不是每个人都有这个待遇的。和你想象中的工地有什么不一样吗？"

我痛苦地说："晚上机器轰鸣，吵得不得了，而且灯火通明，哪里睡得着？"

他笑着说："习惯就好。"

我顿了下，若有所思。"在这样嘈杂、杂乱、枯燥的环境里工作，你不觉得委屈和对自己很亏吗？"

"说心里话，以前有，现在则是完全相反。"他抬头看着围挡外的高楼，目光很悠长。"刚毕业时，感觉与自己成为体面干净的都市上班族的理想有很大差距，失落过，也苦闷过。觉得这不是理想和人生。但是，这就是我选择的职业。我们参与酒湖特高压建设的建设者，很多都是特高压建设的老前辈，他们的脚步遍布天涯海角，永远都年轻一样。慢慢地，我想得少了，后来干脆不想了，想也不管用，不如踏踏实实干。或许当一名电力监理人就是这样吧，除了特别能战斗，还要特别能吃苦。不光我，我们都这样，这不是大话，而是实话。工地就是我们人生的一部分。以前有句话不是说'笑对人生'吗？我现在每天都要求自己放轻松，心无杂念。这样才能没有包袱，全心投入建设。我还记得一个老监理人曾经说，如果退休后，再回首看看我们为国家修的这么多变电站、换流站、输电线路，成为国家的电力大动脉；再看看眼前的万家灯火，就会真正觉得，我这一辈子没有白过，没有碌碌无为。我现在能理解他的话，他们都是很朴实的建设者，做人做事也是响当当的。我感受到他们的职业荣誉感发自内心。"

他舒了一口气，"他们比我更不容易，找女朋友都困难。"

我顺着他所指的方向，不远处几个监理人员正在巡视。他们微弯着身子慢慢往前走，脸上黑黑的，表情却不凝重。椭圆安全帽下，我无法看到他的眼睛。我不惑地问："不至于吧！有学历，收入还可以。"

"女孩子都想有个依靠。老公常年不在身边，遇到困难找谁？想去看个电影、逛个街，找谁陪？如果你是女孩子，你会怎么想？"

方勇的这3个问题，问得我无言以对。我再次望向工地……方勇朴实的话语，带动着我的情感慢慢共鸣。

"开车吧。"我跟司机说，车子发动，渐渐驶离工地。我注视车外，一排排树木在阳光中镀上了一层金色的光芒，列队目送我们离去。

湖南即将迎来特高压时代，我们也将惬意地享受着来自远方的清洁电能，可是又有谁知道——今天在跨越万里的崇山峻岭之间，在荒郊野外，有多少如方勇一样的建设者，却在为湖南首条特高压的早日建成，克服了多少难以想象的困难。

遥遥眺望白云相连的地方，山水混交，思绪如风。车已走远，工地也渐渐变小。特高压是承载湖南电力发展历史的又一个起点。那些拥有着朴实笑容的电力监理人的工作身影，何尝又不是留在我记忆深处一抹永不褪色的风景呢？

远 去 的 工 地

2017年6月4日20时5分，酒泉—湖南 ±800千伏特高压直流输电工程顺利通过168小时试运行考核，各项指标合格，标志着工程全面建成。得知这个消息，我的心情久久不能平静。

6月9日，我来到酒泉—湖南±800千伏特高压直流输电工程湘潭换流站。此时的湘潭换流站已改名为韶山换流站，面貌焕然一新，清洁的沥青路面、绿色的主控楼与黄色的配电房交相辉映，高耸的电气设备，让我切身感受到工程的壮美。

随着喧嚣与嘈杂的远去，曾经人来人往的韶山换流站总算沉寂下来。在韶山换流站监理项目部，我遇到负责工程后期调试和消缺监理工作的总监代表杨灿，并对他进行了采访。

"现在监理项目部人还多吗？"我问他。

"现在人不多了。你也看到，工程已经移交给调试单位，施工单位基本都已撤场，我们监理还有10人负责后期消缺和资料整理，直至工程完全移交，我们才会撤场。"杨灿回答道。

"我来过几次工地，感觉现在是最安静的时候。是不是现在没有什么事情，我们监理人员应该也没有以前累了吧？"我接着问。

杨灿笑了笑："你看到的是表象。从交流投运前的验收到高端投产前的验收，运维单位总共提出了上千项大大小小的缺陷。我们逐一进行了梳理，确认责任单位，组织施工单位和厂家进行消缺，并安排专人与运维单位对接，确保消缺质量和消缺进度。为此，每日组织召开调试日例会，与国家电网公司直流部、中国电科院、运维单位、施工单位协调调试事项，汇总调试缺陷，提供消缺建议。"

杨灿不时有电话接入，可见他说的是大实话。

我连忙问："近期发生的几起基建安全事故，我们监理也倍感压力。你觉得我们干监理，特别是特高压监理最需要的工作作风是什么？请用一个字形容。"

他若有所思地说："'严'字。特别是现场的安全管控，更是'严'字当头。比如，在换流变压器的转运过程中，施工单位进行了专业分包，所报送的资料符合要求。在进行第一台换流变压器的转运过程中，我在现场旁站，发现分包队伍的设备与所报送的方案不一致，而且专业能力很差。

在与施工单位和分包队的负责人进行沟通后，进一步肯定了此前判断，当即下发了暂停令。最终，要求施工单位换上素质过硬的专业分包队伍，确保了全部24台换流变压器又好又快安装就位。"

杨灿又接了一个电话后说："不好意思，运维单位催我去开会，我就不陪你了。"

杨灿起身要离开。我跟他握手告别，无意间看到他手机上一个女人的照片，我好奇地问道："你爱人吧？"

"是的。惭愧，不能照顾家里。她身体不好，2次低血压晕倒住院，不能陪护她……唉，不说了，这样的事情监理部有很多。"他边说边往外走。

在回程的路上，我陷入了沉思。回望工程建设的两年，包括电力监理人在内的工程建设者，付出太多汗水。如今，人声鼎沸的工地，已变成整洁而宏伟的工程，走在其中，让人感觉时光的飞逝。四季切割着时光，时光切割着生活，生活无言地切割着无数微小的希望。我们的希望就在这世纪工程之中，而正是他们——电网建设者捧着无数微小的希望，拼接成我们心中那五彩绚丽的巨幅图画，拼接成新湖南的光荣与梦想。

尾　　声

这些无愧于历史的拼搏，这些无愧于时代的追求，这些无愧于青春的歌声……感动着我，也感动着这片红色的土地。这些记录沧桑巨变的一笔一画，捎带上这些建设者长风破浪的一歌一曲。把这些属于世纪工程的动人故事，把这些属于这个时代的铿锵篇章，寄给那些伴随历史、伴随时光行走、永远年轻的电力监理人，寄给明天更加芬芳、更加美丽的国网湖南电力，寄给未来拥抱世界、奋发图强、多彩多姿的富饶美丽幸福新湖南！

"电力丝绸路"上竞风流

"大漠孤烟直，长河落日圆"。当我们感慨塞外奇特壮美风光之时，可否想到，湖南电力监理（"国网湖南建设公司"前身）员工怀着建功立业的豪情，奔赴祖国大西北，在建设"电力丝绸之路"的宏伟事业中挥洒汗水，铸就丰碑，谱写了一首首无愧于时代的奉献之歌。

"世界之最"工程上"超豪华"配备

昌吉至古泉±1100千伏特高压直流输电线路工程起于新疆维吾尔自治区准东五彩湾（昌吉）换流站，止于安徽省皖南（古泉）换流站，直线长度3337千米，输送容量12000兆瓦。该工程是国家电网公司在特高压输电领域持续创新的重要里程碑，刷新了世界电网技术的新高度，是目前世界上第一条"电压等级最高、输送容量最大、输送距离最远、技术水平最先进"的±1100千伏特高压直流输电线路，将成为"疆电外送"的一条主要电力"高速公路"。

湖南电力监理承担了最重要的起端换流站昌吉换流站的监理任务。

自湖南电力监理昌吉换流站监理部（简称"监理部"）组建，湖南电力监理人便怀着万丈豪情，投身到这条西部电力大动脉的建设中。

目前，监理项目部人员配备齐全。总监彭剑辉参与过5个特高压工程建设，被誉为国家电网公司"王牌总监"，他手下配备有6名总监代表，以及一批经验丰富的土建、电气等专业监理工程师，加上监理员、信息资料员，共计近40人。

为了世界级工程建设，湖南电力监理举全力投入，配备了"超豪华"监理团队。

"湖南人真是霸得蛮"

"你们湖南人真是霸得蛮。"这是施工项目部负责人对湖南电力监理人员的评价。

工程伊始，总监代表曾月华就向各参建单位提出，为保证昌吉换流站的施工质量以及各参建单位自身对分包商资质的有效管理，必须确保分包商的资质等级和可信性满足国家电网公司有关分包商的规定。

为此，曾月华要求各施工项目部在报审分包商资质时，除严格按程序办理外，必须提交资质等级的原始副本验证。

当时，各施工项目部"打太极""磨嘴皮子"，说"分包企业承建的工程多，不可能将原件交这么多工程验证"。曾月华不为所动，在他的坚持下，经过反复协调，最终不可能攻破的堡垒被各个击破。而且，在这次资质验证过程中，确实逼着个别施工单位更换了分包商，因为他们报审的是资质复印件，一动真格的，马上就露馅了。

方案没有报审，绝对不允许施工项目部擅自开工；就是报审了，没有严格按审批意见修改的，也不能开工。曾月华的坚持避免了实施过程中不必要的返工。

曾月华铁面无私的做法，得到了业主项目部的高度评价，最终也得到了施工项目部的认同。

安全问题上"六亲不认"

"安全问题在湖南电力监理面前没有通融。"这是所有施工单位的共同感受。

2017年10月18日，一家施工单位在进行极1户内直流场屋面彩板施工时，未对放置在屋面待安装的彩板采取有效固定措施，被风吹落屋面。

此事件虽没有造成严重后果，但如果不是吹落屋面，而是从屋面坠落，后果不堪设想。得知此事，彭剑辉当即召集总监代表张邦胜、李英、凡奇、毛成校、朱宁开会讨论。"你们说怎么办？"彭剑辉把问题"抛"给了手下的几员大将。

大家都陷入了沉默之中。到底要不要处理？毕竟湖南电力监理平时与这家施工单位在生活上也多有照应。

"我觉得要处理，毕竟其他施工单位都在看着。"凡奇首先打破沉默。

"我赞同凡总的意见。如果就这样算了，那以后怎能服众？"张邦胜坚定支持。

接着，其他总监代表纷纷发表意见。虽然有些顾虑，但是大家都认为必须按"四不放过"原则，把安全隐患消灭在萌芽状态。很快，监理团队形成了统一意见。

"这张'工程暂停令'非开不可。冬季大风天气会越来越多，此事如不严肃处理，将会让施工单位觉得这是小事。到时真正出了大事，就悔之晚矣！"彭剑辉意味深长地说。

2017年10月19日，在业主项目部支持下，监理项目部开出钢结构施工的第一张"工程暂停令"，要求施工项目部暂停施工，进行安全隐患全面排查，并进行全员安规学习、考试。

"工程安全无小事。一个负责任的监理工程师就是工程安全的'守护者'，安全上任何细微的疏漏都可能酿成不可收拾的恶果，我们监理人应该是业主能够托付终身的'管家'。"彭剑辉和他的团队是这么说的，更是这么做的。

炎炎戈壁"铸丰碑"

昌吉戈壁滩的夏天，天气几近疯狂，气温升高到50摄氏度左右。

茫茫的戈壁滩一点风都没有。监理部好多员工不适应沙漠气候，有的嘴唇干裂，流鼻血；有的皮肤晒伤，起红斑、水泡，继而脱皮。但是，为了昌吉换流站工程的顺利开展，他们挑战着酷热、骄阳，一丝不苟地坚守在施工第一线。

监理部各专业监理师在总监的带领下，每天深入施工现场，认真抓好工程安全和质量，帮助施工单位解决施工中的具体困难，仔细做好施工旁站、安全巡检等各项工作。

即便条件这样艰苦，监理师们并没有中途而止，更没有走马观花、敷衍了事，而是不打折扣地履行自己的职责，现场巡视、安全质量检查，不放过任何一站，不忽视任何一个细节，为本工程的安全质量把好关。截至2017年9月，监理项目部共完成钢筋原材进场报审83份、水泥原材进场报审66份、砂原材进场报审64份、碎石原材进场报审61份、粉煤灰原材进场报审48份、外加剂原材进场报审39份、砖原材进场报审36份、防水卷材进场报审15份、其他进场报审72份。

有血有汗，有花有果。2017年7月1日，国家电网有限公司的基建"反违章"督察组对工程建设给予高度评价，一致认为"工程建设成效显著，现场安全管理到位，工程安全生产基础扎实牢靠，现场安全生产局面和文明施工情况良好"。

2017年8月1日，国家电网有限公司副总经理刘泽洪视察昌吉换流站时表示，昌吉—古泉 ±1100 千伏特高压直流输电工程建设进展良好，工程关键设备研制取得重大进展，现场物资供应满足建设要求。

这样的成绩对大家来说是来之不易的，它是一个又一个的头顶烈日、脚踩烫沙的付出和积累，它更是大家战胜自我、战胜环境的见证。

世界级工程展"湖湘作为"

±1100 千伏昌吉换流站是世界上在建的电压等级最高、变电容量最大、技术最先进的换流站，对于参与首个直流特高压、首个交流特高压的湖南电力监理来说，又一次站在特高压输电工程建设的最前沿。

随着"世界跨度最大户内直流场钢结构""世界电压等级最高的直流输电换流阀"等世界级项目的实施，一些以前从未遇到过的问题，逐步摆在了设计、施工、监理面前。对于湖南电力监理人来说，"世界级"既代表着荣耀，更代表着责任。如何为世界级工程"保驾护航"？如何为体现中国力量的"超级工程"贡献"湖湘力量"？

昌吉换流站工程建设中，共有6家施工单位参与工程建设，既有国网系统内施工单位，也有国网系统外的单位。现场施工中，一些施工人员对国家电网公司安全文明施工不熟悉，有的甚至根本不了解。为此，监理项目部牵头严格按国家电网公司安全文明施工的整体要求对换流站施工进行策划和实施，规范了行为，统一了做法。

监理项目部在狠抓标准化建设的同时，全力抓好工程建设人员的培训工作，陆续开展了"工地夜校"等系列活动。

在培训中，总监代表李英提出示意图的重要性。他指出，"脚手架搭设方案中除荷载计算和文字描述外，必须附详细的搭设示意图"。对那些应付式的补张平面图的施工项目部技术人员，他总是耐心地解释，努力让施工人员领会设计图纸真实意图。而针对工程交叉作业中用电人身伤害事故，总监代表毛成校结合不规范用电造成火灾、人身伤害事故的实例，全面讲解预防触电事故发生的方法和措施，有效增强了施工、监理人员安全用电意识。

监理人员不辞辛劳的付出，赢得施工人员的尊敬。现场安全质量管理工作，更是得到了上级领导的一致好评。

"天空中弥漫滚烫的风，让人不能呼吸，而劳动的号子，没有息停，在广袤的荒野中回荡。"监理人员在工作中写下的诗句，抒发了湖南电力监理人不畏艰难、攀登事业高峰的豪情壮志。

（作者单位：国网湖南建设公司）

"电"亮丝路上的友谊之光

李政廉

昔日丝绸之路，使节商贾往来穿梭，沟通中西。如今，与中国西部接壤的巴基斯坦正成为新丝绸之路的重要枢纽，中国"一带一路"电力建设者正过燕山、越秦岭，跨河西走廊，穿羊肠古道，西出阳关，来到巴基斯坦美丽的海滨城市卡拉奇，建设 ±660 千伏输电线路默蒂亚里换流站。

作为湖南省送变电工程有限公司扎根海外项目的普通一员，毛绍全的经历给我们讲述了中国特高压直流输电技术和设备走出国门、中国"一带一路"电力建设者与当地人民建立深厚友谊的中国新时代故事。

疫 情 下 的 域 外 春 节

"大伙儿，加把劲，我们抓紧把今天的调试任务完成，准备吃年夜饭!"

此刻，中国农历己亥年腊月三十，中华儿女正忙着煮肉包饺子，准备丰盛的年夜饭，热热闹闹迎接庚子年春节的到来。

然而，远在 6000 公里外的巴基斯坦 ±660 千伏输电线路默蒂亚里换流站项目施工现场，却是一派热汗挥洒、干劲冲天的火热景象。

实施巴基斯坦首条直流输电工程——默蒂亚里—拉合尔 ±660 千伏直流输电工程建设，是国家电网有限公司落实国家"一带一路"倡议，推动中巴经济走廊建设，开拓海外市场的重要举措。为确保节日安全生产，在这条遥远的中巴经济走廊上，在异国他乡，中国农历除夕当天，现场调试负责人毛绍全和变电安装负责人仇诗茂、黄雨华一同来到巴基斯坦当地员工生活区，为他们送上新年物资，并致以真切的新春祝福，与巴基斯坦员

438

工共度春节。

"认识你们，意识到你们是在真心帮助我们，但我们从未见过像你们这样的好人。无论你们身在何处，愿上帝保佑你们。"当收到湖南送变电工程公司赠送的口罩和春节慰问物资后，一位巴基斯坦当地员工用手机把自己的感激之情翻译成中文表达出来。

春节是中华民族阖家团圆的时刻，而对正在巴基斯坦默蒂亚里换流站进行春节慰问的毛绍全来说，这是他在国外度过的第一个春节，虽然选择坚守岗位，但心里五味杂陈。以往的今天，坐在餐桌对面的是他的父母、妻儿、兄弟，此刻他们却只能出现在手机屏幕里。看到妻子做的一大桌年夜饭，60多岁的父母和妻儿挤在一起，并通过小小的手机屏幕向他送出新年祝福，他的眼睛又一次湿润了。

"说心里话，过去一年，我的小儿子经常生病，父母也得不到我的陪伴，不管作为儿女还是父母，心里都挺难受的。但是，在祖国需要我的时候，作为一名中共党员，我应该挺身而出。"毛绍全这样说。

人非草木，孰能无情？

"当前，疫情防控工作是重中之重，我们一刻也不能耽搁，一事也不能马虎。我们要对项目上每一个同事的生命安全负责。"他是这样说的，更是这样做的！

新年伊始，国内突发新型冠状病毒肺炎疫情。

为保证施工进度，毛绍全带领调试班组成员主动放弃春节假期，坚守岗位，并采取多项疫情防控措施，全力做好巴基斯坦默蒂亚里换流站工程建设中的疫情防控工作。

"制订应急预案，划定单独隔离区域，建立每日健康监测报送机制和排查隔离制度，实施分餐计划；设置测温岗哨、体温抽检专员，检查通风设施，对办公区、生活区、隔离区进行全面清洁消毒；准备充足体温计、手持式电子测温仪、口罩、消毒液和防护手套……"毛绍全周密安排疫情防控工作。

"口罩每个人都配发了，为什么不戴？专题培训教育宣贯都做了，动员会也开了，为什么不落实……"在施工现场，他追问不戴口罩的员工。

"必须给予严厉处罚，按照疫情防控要求不戴口罩等同于未戴安全帽。"毛绍全厉声说道。

为确保各项疫情防控措施落实到位，毛绍全时刻保持与施工现场的沟通，查缺补漏，每天巡查、碰头会、与上级单位对接沟通，成了他的固定议程。他不仅每天亲自巡查，而且严抓严管，有错必罚，确保各项举措落实到位。

就这样，毛绍全通过采取一系列超前又严密的防疫举措，在异国他乡的工程现场，切实保障了几百名中巴建设者的生命健康安全，稳定了全站的人心，也保障了外接电源系统带电成功等工程重要节点顺利完成。

打好疫情防控阻击战的同时，紧抓生产也是毛绍全始终坚持的方向。在防疫复工两手抓、两手都要硬的目标下，他夜以继日地奋战在施工一线。

为了最大限度实现流水化作业，不耽误工期，他带领调试班组成员采用按小时倒排工期、组织夜间轮班、多个工作面同步展开等措施，合理安排现场的调试工作。

每逢重要的工程节点，作为项目的主心骨，他总是选择和大家在一起。当同事们劝他停下休息时，他笑着答道："血肉之躯，累是肯定的。但作为一名工作负责人，就必须冲在最前面，有困难大家一起面对。"说罢，他又投入到忙碌紧张的工作中。

疫情下的域外春节就这样在毛绍全的忙碌中悄悄过去了。

跨越 6000 公里的"逆行"

"很多国家都撤了，中国人却逆行而来。"2020年上半年，随着新冠肺炎疫情越来越严重，在巴基斯坦流传着这样一句话。

"为什么其他国家的人都从巴基斯坦撤离，而你们中国人却要过来？"一位巴基斯坦海关工作人员一脸疑惑地问道。

"坦白地说，我真的怕，我也怕被感染，我也是普通人啊！可同时，我是一名中国共产党党员！"毛绍全笑着回答。

2020年6月初，巴基斯坦新冠肺炎疫情防控形势仍然十分严峻，确诊已突破10万例，且呈上升趋势。受疫情影响，中国与巴基斯坦已停航近3个月。

为确保巴基斯坦默蒂亚里—拉合尔±660千伏直流输电项目的稳步推进，6月10日凌晨，成都双流机场，毛绍全带领湖南送变电工程公司12名"逆行者"在夜色中乘包机飞往巴基斯坦，支援默蒂亚里—拉合尔±660千伏直流输电项目疫情防控和工程建设。经过12个多小时的飞行，跨越6000公里，当毛绍全一行再次睁开双眼时，飞机已经到达卡拉奇上空。蓝色的海，潮湿的阿拉伯海风，仿佛送来一份蓝色的好心情。

在巴基斯坦军方的护送下，大家从卡拉奇真纳国际机场乘坐专车往默蒂亚里换流站项目现场一路前行。透过车窗，首先映入眼帘的是道路两旁一排排整齐排列的低矮民居，大小迥异的清真寺，虔诚的穆斯林在等待着祈祷。烈日下，尘土漫天飞舞，几棵零星野草倔强地生长，悠闲的牛羊和当地牧民在树荫下纳凉。

来到项目现场已是傍晚时分。紧接着就是为期14天的严格隔离，每天饭菜由巴方工作人员按时送到房间门口。

"绿水青山枉自多，华佗无奈小虫何"。6月的巴基斯坦默蒂亚里换流站，白天，骄阳似火；入夜，小虫肆虐。这些看不清、摸不着、灭不尽的小东西，好像对初来乍到的外乡人情有独钟。每当夜深人静，它们就成群结队钻出来，向正在集中隔离的毛绍全这些外乡人发起一轮又一轮攻击，并且来无影、去无踪，叮咬之后，人的皮肤立即红肿充血，奇痒难忍。

真厉害的家伙！在还没有找到制服它的办法之前，最好的办法就是忍。

如果说，挑战蚊虫靠的是毅力，那么，挑战先进的设备则要靠知识和智慧。

默蒂亚里换流站调试工作十分繁杂。解除14天的集中隔离后，现场调试负责人毛绍全不但要负责制定调试方案和调试节点计划，还要与工程业主方、监理方及设备生产厂家等反复协调，用英语向外国专家详细解释各种技术问题。相比技术上的难题，最难的是让巴方工程师接受中国的技术标准。

"我们巴基斯坦从没做过500千伏站用变局放耐压试验，中国和巴基斯坦的参考标准、装备技术都不一样，你怎么保证不会出现任何差错？把设备弄坏了怎么办？"在办公室里，巴方工程师翻看了毛绍全提交的厚厚一沓资料，一脸疑惑地问道。

"请放心，我会找到相关文件向你们证明！如果不按照中国标准进行试验和考核，以后变电站的安全运行、设备的合理投运就没办法保证。"毛绍全说道。

毛绍全十分清楚，如果短时间内不能让巴方同意试验，工期一旦延误，后果不堪设想。为向对方说服试验的必要性，他连日埋头整理资料，详细比对国际与中国标准，整整一个月，他都在与巴方工程师邮件往来，从设备参数到试验方法、变压器试验合格评判标准，画上详细的示意图，事无巨细地向老外耐心解释。

"MAO，我们决定由你来做试验。届时，我会到现场见证。"面对形象具体的英语解释和科学充分的数据支撑，执拗的巴方工程师选择抛弃成见，给毛绍全发出了准许进行500千伏站用变局放耐压试验的"通行证"。

巴基斯坦的夏季漫长，日最高气温达到40摄氏度的天数全年超过4个月。尽管毛绍全做了很多防护措施，但在他的脸上和手上还是烙上了深深的印迹——晒出了黑白分明的"熊猫手"和被帽带压过的"阴阳脸"。

对生活在海外的毛绍全来说，最艰难的是长期生活在封闭的环境中，夜晚回到宿舍时最难熬，正常生物钟紊乱、失眠、精神不振，是大多数人的通病。尽管他早已习惯这种身体上的疲惫，却抵抗不了无法陪伴在亲人身边的孤独感。

出国前，家人曾经不解地问他为什么选择"逆行"。他回答道："现在，巴基斯坦那边紧缺调试人员。我是调试项目负责人，是项目的主心骨，作为一名共产党员，不应该讨价还价，必须到最需要我的一线去。"

如今，在毛绍全的带领下，默蒂亚里换流站已完成最后一极一次升流及低压加压试验。至此，分系统调试和交流场运行验收工作已全部完成，直流区域验收也进入收尾阶段，默蒂亚里换流站交直流具备受电条件。

在风情万种的阿拉伯海湾，在宏伟壮丽的东非高原，在绵延起伏的北非沙漠……中国点亮了一束束"希望之光"。截至目前，国家电网有限公司已在巴基斯坦、巴西、缅甸、老挝、土耳其、埃及、埃塞俄比亚等国家承建国家骨干电网工程，电工装备出口到103个国家和地区，境外工程及电工装备出口合同额累计超过430亿美元。

"艰难困苦，玉汝于成"。2020年国庆、中秋"双节"期间，在巴基斯坦默蒂亚里换流站项目现场仍有76名像毛绍全一样的"一带一路"电力建设者坚守在施工一线。他们怀揣着赤子之心，强忍着思念之情，用拼搏和奋斗书写着"一带一路"电网建设故事，让电流通过高压输电线路，带着中国人民的友好情谊，源源不断地送往巴基斯坦千家万户，"电"亮丝路上的友谊之光！

（作者单位：湖南送变电工程公司）

塔山点灯人

周　燕

　　湘南山地的春天，对于常宁洋泉这座小镇，总是来得太迟。云岚纠缠中的塔山，耸立得那么挺拔俊秀、古朴而神秘。山上散居着一些瑶民，平日里过着与世隔绝的原生态生活，只在逢墟过节时，用竹篓背上他们自家炒的茶叶、笋干和编制的竹器些个山货翻山越岭下山，去集市换一些日常用品。每年山洪来临，沙积泥叠，泥石流频现，四处塌方。一到冬天，冻雨绵绵，大雪锁山，冰封寂寥。

　　年复一年，四季更替。崇山峻岭里的瑶民们已经习惯了大山深处平静寂寞的生活，毕竟还有一条崎岖的盘山路蚯蚓般伸向外界。难过的是夜晚，整个塔山区都隐入在一片沉默的黑暗中。除了林间山风的呼啸和断断续续的虫吟，还有什么呢？没有电，哪来的光啊？

　　劳乏的洋泉供电所支部书记滕志勇常常在夜色中匆匆归来。春夜的塔山仍然寒冷，大门吱呀一开，刺骨的风便蜂拥而至，冻得人抽筋。堂屋正中木方桌上的油灯鬼魅般忽闪，给不大的房间一点点温暖和光亮。房里的杂物被飘忽的光亮拉得忽长忽短，鬼影子样张牙舞爪。妻子像平常一样，接过滕志勇手中的工具袋，从灶上温着的锅里，端来饭菜，关切地问："今天吗又这么晚？"神情疲惫的滕志勇松懈地倚靠在沙发一角，似乎是祈盼，又似乎像在安慰："按咯种搞法，就快有电哒！"

　　那一年，滕志勇还只是当地的农电员。

　　滕志勇的农电员当得有点小"威风"，附近的村巷、山岭、沟壑……他熟稔得和在自家的院落散步一样。每天翻山越岭，到镇上挨家挨户收电费，有时遇不上人，还自掏腰包帮人垫上。碰到一些孤寡老人没钱的，他还和同事一起捐个款。经常被四婶、八叔公们喊去修水修电、挂灯接电。走村串户时，顺便帮阿公阿婆捎带些日用品。后来，他索性成天背着只抢修工具袋，权当服务箱，一副心满意足的模样。

崇山峻岭，云烟缭绕的塔山，对于土生土长的滕志勇来说并不稀罕。美归美，但要在这样崎岖突兀的悬崖峭壁上来来回回、翻山越岭地凿洞、立杆、架线，就不是轻松事了，何况塔山的平均海拔都在千米以上。有一次，雄心勃勃的滕志勇特意留心了一下要架线通电的那个村子的山头，据携带的仪器测量，海拔不多不少，刚好990米。为什么不是1000米呢？为此，他还莫名其妙地感到有些遗憾。

对面山头白天刚立起来的杆塔，在黑夜中沉默坚忍，如隐入大山的巨人，一言不发。他觉得供电所的同事们和他一起建立的不是什么杆塔，而像是亲手在建筑设计他的理想、他的家园。这种深深的感情和依恋，在他内心是那样不可思议的强悍和亢奋。尽快通电，这个念头已变得分秒难挨。当初，上级电力部门的领导在得知洋泉供电所管辖的塔山还有一些偏远山村没有通电时，多次到现场查勘，亲自跑北京，立项目，筹资金，发誓就算是亏损，也要让这座高寒瑶乡村村通上电，家家亮上灯。这个宏伟计划无疑像高山上敲铜锣——响得远，着实让乡民们沸腾了好一阵子。接着，省里、市里、镇里干部都跑下来查看，市电力公司领导索性都吃住在山里了。传出的消息也是一个比一个令人兴奋。

施工紧锣密鼓地进行着……

每个清晨，滕志勇迎着晨曦的氤氲，踏着草地的露水，从这道山梁转悠到那道山梁，从这丛杉树林走进那片楠竹林。扳手与钢钎碰撞发出别样的音乐。

每个晌午，滕志勇顶着热浪的晕眩，扛着器材和工具，向着道道山峦、条条沟壑迁徙。安全帽下的发丝被无意滴落的汗水粘住，闪耀着一种神圣的光芒。

每个黄昏，滕志勇在暮色中小憩，呆望夕阳翻滚，扣进月色中。空中飞舞的线路印在他眯成细线的眼里，泛着晶亮的眸光，宛如明月的银辉，翩翩起舞。

日月就这样交替进行。一次，临近傍晚才发现，方圆十里并没有人家。又饥又渴的滕志勇们祈盼：若是有个小卖店多好，买瓶水，买个面包或一盒烟；或者有一户人家，能进去歇歇脚，闻闻饭香，讨口热水喝；再或者，有一扇门为你留着，一双等待的眼眸，温柔似水；实在不济，楠竹邀来清风、蝴蝶点缀色彩、枫香淡然如菊……都好。可是，什么也没有。众人看到的只有那山、那路。路邈邈，山暮暮……

在外人眼里，塔山就像一枚诱人的绿宝石，云山寥廓，绿荫蓊郁，杉木和楠竹长得郁郁葱葱。春来时，漫山遍野的杜鹃花汹涌霸气地喧嚣大胆的明艳，子规鸟在天空的投影中一声声呼唤"布谷，咕咕（哥哥）"。云幕处裂开一道口子，泄露某些秘密。果然，山区即刻进入潮湿、阴冷的雨季。

停工。滕志勇心急火燎，嘴巴泛出了血泡。

春雨是一种奇怪的情绪，比丽阳多了些纠缠绵软的回味，像戏曲一样四处游荡。滕志勇走在回家的路上，活脱一匹没逮着猎物的狼。经过盘三哥家时，闻到一股谷烧酒的香味，顿时感到无数条饥饿的虫子爬上来。盘三哥招呼滕志勇进屋，急切地询问工程的进度。

盘三哥本是土生土长的瑶民，祖辈世代居住在山顶。自从政府公告，统一回迁，他便从山顶搬到了山脚。一心想能早点通上电，办个小型的茶叶加工厂。主意拿定了，就立马到外学了加工技术，又到信用社贷了款。一句话，只要电一通，他的茶叶就呼噜呼噜堆成山。想想都兴奋，轰轰烈烈办厂子，发家致富了。

天阴沉着，密密编织着水晶珠帘。已经有几个年轻人躲雨躲得不耐烦了，撒开腿在雨中奔跑。那雨急促地摔打着地面，溅起的水花纷纷扬扬。空气里散发着三月的潮味，闷闷的，令人心慌意乱。所有的人就跟盘三哥一样，被一种紧张、沉重的氛围笼罩。只要阵雨一来，村民就嘀咕：癫子鬼天哟，涨水哒哟。老人们沉默不语地抽旱烟，男人们无精打采地扯纸牌，女人们则心烦地呵斥着顽皮的细伢子。黑鸦飞过时，细伢子挥臂呼喊：雷打死的。

施工在雨季的操纵下断断续续地进行，天空悬在头顶，云经过，一失足跌落的缺口，在惶惶不安中修复。雷声渐行渐远、渐行渐远……

"晴哒，晴哒!"忽一日，滕志勇在窗前惊呼。一枝迎春探进窗来，所有的门窗都一律洞开。天空豁然明媚，山峦安详地裸睡在自然中，茂密的植物以一种诡秘的心思，不断释放它的苦香，云彩把光影投过来又荡过去。滕志勇立马在堂屋里响起哗啦啦工器具的金属音，一群细伢子在禾坪里嬉闹，大呼小叫，女人们仿佛一种默契，不约而同带上农具出门。偶尔也有路人穿过大山的曲折弯路，顷刻静静消失在茂密的树丛中。

明媚，仿佛一道璀璨的光亮，能深深楔入铁黑的夜空，亮闪着梦寐以求的希望。滕志勇所见到的晴空，已经不再是晴空——而是近乎于祈求的希望，还有甜蜜和幸福这些难以言说的东西。这种希望发生了质变，制造出一种力量。他摩挲着一捆拉线，仿佛觉得拉线的愿望是变成一地光亮的萤火虫，绵延不断地给人甜蜜的温暖……

新架的电线杆在山峦间顺势而上，线路像飞翔的蜻蜓在天空纵横，如五线谱上跳跃的音符。云雀在电线上悠闲踱步，或凝神谛听，或啁啁啭啭，或左顾右盼，或展翅欲飞。它忽上忽下，掠过人间烟火，向着远方飞去。

——电网在山峦叠翠中网捞着神话种种:

谁家的电匣子播着一个男人沙哑浑厚的摇滚声。

盘三哥的茶厂机器日夜轰隆着喧哗。

隔壁米厂的碾米机吐出雪白的晶莹。

幼童在灯下咿咿呀呀地诵书。

老人们围坐在一起，看着电视，呱着家常。

穿红衣的女子在想象华灯初上做新娘的喜悦。

……

听滕志勇的妻子说，最后一个村子通电时，滕志勇愣是让自家的灯亮了三晚。坐在灯下，任一地光亮的灿烂漫涌……漫涌千里、万里。进入梦乡。

（作者单位:国网衡阳供电公司）

"315"情怀

程 政

一

2014年8月15日，谌晓琪躺在长沙湘雅附三医院8楼"采干室"病床上。略显疲倦的他，却一直微笑着面对看望的亲友与前来采访的各媒体记者，回答他们的提问。10时30分，中华骨髓库副主任高东英、中华骨髓库湖南分库主任何一平带着鲜花来到病房看望慰问。何一平俯身向谌晓琪，把鲜花摆放在床头，一边亲切、风趣地说，小帅哥，告诉你一个好消息：你是湖南省第315例造血干细胞捐赠者！"315"——这对于远在广州的受赠者来说，无疑是一个幸运吉利的数字！两臂连着粗大采血针头和长长采血管的谌晓琪只能微笑点头：我很幸运！

虽然连续5天注射动员剂后接着采集造血干细胞，又需四五个小时躺着不能动弹，让他觉得腰酸背痛，两手麻木，药物作用使脸也有些发麻，但他还是与护士长轻松地交流："多采集一些吧，我可不想明天还采第二次！"因为，为了有足够的造血干细胞移植入患者体内，一般要视捐助者与患者的体重采集50~200毫升造血细胞悬液。尽管捐助者与患者须执行"双盲"原则，但捐助者可以知道患者的体重，以参与决定自己的捐助量。谌晓琪8月8日去长沙前是担心自己前几天感冒怕服药影响捐赠，大热天把自己捂在棉被里发汗治感冒，现在是担心采集量少而不能彻底帮助病人。虽已明确知道患者比他轻15千克，最终为百分之百可靠，他仍然坚持捐赠了280毫升造血干细胞悬液。

二

帅气面庞上一脸灿烂阳光的谌晓琪，让你认为这不过是个刚从大学毕业的大男孩，殊不知这个27岁青年俊朗恬静的外表下，内心却有大爱的激流奔涌在坚固宽阔的河床里。早在2012年，他第三次献血时就签署了《志愿捐献者同意书》，他抽取的6毫升血样进入了中国造血干细胞捐献者资料库管理中心，随时准备着救助血液病患者。

我国血液肿瘤的发病率，仅白血病约为十万分之三，即每年约有近4万人得白血病。而这些病人中，大多数年龄在30岁以下，其中15岁以下的人群占50%以上，给社会和家庭带来很大的负担和不幸。

2015年1月13日，经检索，谌晓琪的HLA（人类白细胞抗原）分型资料与一白血病患者初配相合。当中国造血干细胞捐献者资料库管理中心通知他，征求他愿不愿意捐赠时，他毫不含糊地回答："愿意！"而面对记者"有没有犹豫和害怕"的提问时，他回答同样朴实："我登记了，就随时准备履行承诺。"造血干细胞配对成功概率就像中大奖一样，对患者而言往往意味着最后的"重生"希望。但据中国造血干细胞捐献者资料库管理中心统计，全国骨髓初配成功后，志愿者往往因家人的坚决反对或害怕影响自己身体而反悔者达20%，屡屡让患者在获得希望后又瞬间陷入绝望境地。中国造血干细胞捐献者资料库管理中心的一组统计数字十分明白地显示了我国目前造血干细胞捐献的尴尬：截至2014年8月31日，中华骨髓库库容为187.0733万人；捐献造血干细胞人数为4411人。

6月，经过HLA高分检测，谌晓琪被告知：他的造血干细胞与患者融合点达到10点，即全融合。而在同胞兄弟姐妹中往往很多都只能达到五六点。非全融合的造血干细胞移植入患者体内，如2个人免疫标记相差太大就会造成过强的排异反应，使得移植失败，患者的白血病仍容易复发，一旦复发就无可救治。而全融合造血干细胞输入患者体内，万一旧病复发也容易救治。所以，非直系亲属捐赠造血干细胞的配型成功率只有十几万、二十万分之一，甚至比率更高。

得知结果，谌晓琪看到确实能帮助一个人挽救生命，挺兴奋，对红十字会工作人员说，我周休就来献血吧！工作人员就笑了起来：那就不是平常献血那么简单呐……"一周差不多吧？我请年休假。"谌晓琪将此事一直瞒着家人和单位。处事沉着低调的他仍想像以往献血一样"单打一"悄悄进行。中华骨髓库湖南分库主任何一平女士从心底喜欢这个纯真的小伙子，告诉他——

造血干细胞是血细胞的始祖，是高度未分化细胞，具有良好的分化增殖能力。它能将造血系统中恶性增生的原始细胞一次性杀灭，因此可以救助如白血病、淋巴瘤和骨髓瘤等血液病患者，且没有化疗在杀灭癌细胞的同时也杀死了正常造血干细胞的副作用。以前捐献骨髓，就是抽取骨髓血中富含的造血干细胞。现在，我国捐献造血干细胞较多采用从外周血中采集造血干细胞方法。它是从捐献者手臂静脉处采集全血，通过血细胞分离机提取造血干细胞，同时将其他血液成分回输捐献者体内。所以，现在称"捐献造血干细胞"，目的也是与以往的采集法相区别，避免造成误导。但在正常生理条件下，外周血的造血干细胞数量少，不能满足移植的需要，因此开始需要将大量存在于骨髓中的造血干细胞动员到外周血中，方法是注射细胞动员剂，可使外周血造血干细胞增加20~30倍。除能增加外周血造血干细胞的数量外，还有辅助心脏功能等作用。

在捐献造血干细胞之前4~6天，每天都要从静脉注射一针动员剂，而这之前几天还要到医院进行体检和休息调养，以保证身体在良好健康状况下采集。捐血后最好在医院休息观察2天，然后再休息几天，身体即可全部复原。前后约需20天时间。整个采集过程是在一个封闭和符合医疗安全要求的环境中进行，因此是极为安全的。在采集完成后，一些轻微疼痛感和不适将会很快消失。虽然据我国多年的采集情况来看，没有发现一例对人体健康损害的情况，国际上的报道也没有发现其对人体健康的危害和副作用，但何一平女士还是建议谌晓琪把这些如实告诉家人和单位，取得更多的关心和支持。

谌晓琪腼腆地笑着解释：暂时不告诉父母与姐妹，是怕他们过分担心，捐献前肯定会告知的；不告诉单位是不想请假，当前工作太忙了，全院都在为几个新建和改造的变电站设计日夜加班赶任务，也不想让这样一件小事搞得沸沸扬扬……何一平心头一热，动情地说："你先回单位吧，我们来沟通，帮你请假。"

火种燃烧的光亮终于穿透了想笼罩它的帷幔。得到消息的国网株洲供电公司、株洲市有关部门、单位反响热烈。时任供电公司总经理的许奇才特意给谌晓琪宽心："员工去服务社会、奉献社会，我们坚决支持！捐血后安心好生休养……"谌晓琪的所在单位电力设计科研院的同事嘱咐："放心，不要有后顾之忧，你的任务我们来完成！"

8月8日，特地赶来为谌晓琪去长沙捐血饯行的株洲市副市长、红十字会会长毛朝晖热情地说："这是传递生命的大善举。你和本市前2位捐献者一起凸显了这座创全国文明城市的博爱精神。感谢国网株洲供电公司培养了这样优秀的员工！希望这种大爱精神能传播到更多人心中，在全社会传播爱的正能量。"

三

8月19日，距谌晓琪成功捐出造血干细胞后三天，国网株洲供电公司设计院有关负责人与该公司新闻中心记者一同陪护谌晓琪回溆浦老家休息，一并看望他父母。因为去的全是单位同事，相熟相知，采访也就在无拘无束、亲切随意交谈的氛围里自然进行。

谌晓琪出生、成长于湖南怀化市溆浦县龙潭镇。这个历史文化名镇不仅仅因它丰厚的历史、文化而钟灵毓秀，它还在1945年4月"雪峰山会战"中，因当地民众英勇配合国民革命军74军51师等部队在此痛歼日军，获得美国政府称赞此役"使战局转危为安"而闻名遐迩。

浓郁的文化积淀，深厚浓烈的善良、忠厚、刚直的人文情怀，哺育了众多的龙潭人。而谌晓琪一家正是这种社会结构的一个活跃细胞。父亲谌鸿春身板结实，一脸憨厚。采访过程中很少说话，只是被追问详情和细节时，他才会做朴实简洁的补充。比如采访者问到谌晓琪只身去湘雅医院捐干细胞前两天才告诉他们情况，他们听后第一反应是什么时，他平静地回答："救人一命胜造七级浮屠。"倒是谌晓琪此时似乎觉得特别得益于父母教诲的恩泽，道出了许多不为外人所知的细节。

"爸爸从我们懂事时起就教导我们：人不能自私自利，损人利己的事决不能做，能帮助别人时就帮上一把。那时候，常有杂技团、马戏团到龙潭来演出，一些小孩就从演出场所扎下的帐篷下沿钻进去逃票看戏。而父亲每次都郑重告诫我们：要想看就到家里拿钱买票看，人家练杂技、马戏都是很辛苦的。他是从小教育我们要尊重别人的劳动。"谌晓琪虽然语气平淡，但还是表达了对父母亲良好的言传身教的感激和自豪。"每隔几年都有去四川龙潭的人坐错车坐到了这里。这样的人多半贫穷而且文化低，到了陌生地方更惊惶无助。见到这样的人，父亲都会帮助他们解决食宿，没有盘缠的还会送上路费。"笔者好奇，怎么会有这么多粗心人？谌晓琪爸爸回答："四川龙潭隔这里不太远。他们在怀化市、溆浦县买车票没说清，只说到龙潭，售票员当然以为是我们这里……"

"四川龙潭"实际上是现今的重庆市酉阳县龙潭镇，因抗日战争时期成为大后方，国民政府金融、纺织、汽车、军工等均搬迁至此，镇上居民猛增到5万多人，当时有"小南京"之美誉。2个龙潭镇都是历史文化古镇，都处在湘、渝、黔三省边，只不过在大多情况下，只为各自当地民众所知晓罢了。旅程目的错乱所带来的困窘被人性的关怀解困，是幸事；而这人性的光辉又能烛照稚嫩的心灵，进而触发那些辉光，这无疑就能升华成更深层面意义的美谈。

母亲向良仙则谈得更多。她接得儿子电话的第一句问话就是："不会影响你的身体吧？"电话那头的儿子为了让父母放心，无意间又透露了一件从未让他们知晓的秘密："不会！我都已献过3次血了！"母亲将信将疑，分别向在长沙与北京的女儿、大舅、小舅咨询。身为高级工程师的大舅与清华大学毕业后却从事写作的作家小舅，都做了让她放心、全力支持的回答。而在长沙的姐姐除了毫不迟疑的赞同，还在百忙中熬好鸡汤送给弟弟滋补身体。

妈妈看儿子的眼光也闪烁着毫不掩饰的自豪。她除告诉我们谌晓琪小学升初中、初中考高中都是以龙潭区第一名的成绩升学外，还给我们拿出尚存的部分谌晓琪从小学到中学获得的溆浦县、怀化市各种学习、竞赛的奖状，欣慰地告诉我们："晓琪的姐姐、妹妹与他相差都不过三四岁，三兄妹从小和乐亲密，几乎记不起他们发生过争吵。日子过得很开心，所以晓琪上小学阶段我还能抽时间辅导他。"儿子受到妈妈情绪影响，由衷地称赞起妹妹来："她比我优秀，会唱歌、跳舞、打球，经常参加各种演出和体育比赛……"父亲被感染，也讲起了小女儿：她在怀化医院上班，很体贴病人。当有住院病人没亲人陪护时，她常常主动为病人打水送饭，端盆倒尿；帮买饭菜还不肯收饭菜钱；每年都有病人把感谢信送到医院……

采访者转向妈妈："您想想，晓琪小时候让你记忆最深的爱心举动是什么？"

向妈妈略一思索，说道："好像是小学五六年级，一个同学家里遭了火灾，损失惨重。学校组织募捐帮助。同学捐1元、2元、3元，晓琪坚持要捐10元。钱捐出后，他为了要坚持是自主捐助的，就去帮人家挑蜂窝煤，单价是1分钱1个。他硬是在星期天挑了1000个煤球，把10元钱归还了我。"叙述是断续的，妈妈眼圈红润，当着外人，极力不让泪水从眼眶里流出来。她为儿子自小就这么通情达理，而且自强自立而激动。

"我觉得，"谌晓琪眼望着妈妈说，"当别人有困难需要帮助的时候，你不知道而没帮那没关系；如果知道了而不帮，那是无法心安的。"

四

电力企业是一个极其注重安全的企业——员工的生命安全，系统的运行安全。长期严格的安全教育和安全行为规范，培养了员工对生命尊重、注重人性关怀的意识，并且将其努力贯彻到工作与日常行为准则中。这种企业文化氛围无疑更坚定了谌晓琪捐献造血干细胞的决心和信心。

国网株洲供电公司不少员工曾经一次次无偿献血。2014年6月12日，为配合6月14日的第11个世界无偿献血日"安全血液挽救母亲生命"活动，该公司领导带头，33名员工从百忙中赶到采血现场，经采样化验，24名男女志愿者走进了采血车，共奉献了7300毫升健康血液。其中好些人已不是头一次献血，最多的一位女员工已是第五次无偿献血了！

当谌晓琪事迹在全社会传播后，电网人更以团队强烈的社会责任感和无私奉献精神为骄傲。8月间，当得知入夏后献血人数减少，株洲血库告急时，市郊农村供电公司曾有献血经历的青年姚松言又果断赶到天元区献血屋捐献了400毫升爱心血液。

人是什么？半是天使，半是野兽。当人性的光辉充满一个人的心灵时，人便有了天使的圣洁和崇高；当内心里那禁锢兽性的枷锁一旦崩溃时，人便可能爆发十恶不赦的野兽恶魔的疯狂。恐怖组织的暴徒、杀人投毒的罪犯，无不是兽性膨胀到极致的变态狂。

如今，当社会上许多人被过多的负面事件困扰，逐渐变得麻木、冷漠时，我们确实太需要那些洞穿心灵阴暗的阳光，让它驱散蒙蔽心灵的阴霾，烧灼那些在心包里已经萌生的卑微猥琐。

一个社会不可能十全十美，总会存在阴暗。不能忍受的阴暗最终总会消除。在消除阴暗的过程中，一个民族绝不能因阴暗的存在而随波逐流甚至同流合污，更不能放弃向善、向美和向上进取的追求。否则，民族将无可救药。

话题再回到造血干细胞。尽管我们社会曾经拥有不少像天津医科大学那样"2011年有4000余人加入中华骨髓库，共有17名志愿者成功捐献造血干细胞，挽救了十余名患者生命，占天津市整体捐献比例的11%"的令人钦敬、令人鼓舞的事迹，但那些竭力阻止子女捐献甚至以死相逼的父母，那些临捐献前害怕损伤自身身体而反悔的志愿者，却达到颇高的比例，反映出的是人性弱点中大爱的贫乏。特别对已经做好移植治疗的患者，那无疑是加速死亡的冷酷。正如湖南一位捐献者对谌晓琪所言："你挽救的不仅是一条生命，而且救活了一个家庭！"

谌晓琪的义举是他们全家乃至整个家族的博爱精神、忠勇诚信、悲悯情怀的结晶，是优良家风的传承，是曾经长期被否定被排斥的充满人伦道德的乡村地缘文化对人性陶冶的再现，所以才瓜熟蒂落、水到渠成地熔铸了"315"情怀。而笔者坚信，我们所有造血干细胞捐献者的身上和身后，都凝聚着这样的"315"情怀。正唯其现今"315"情怀尚难能可贵，我们才感到它是如此急迫地为我们百姓所需要，为全社会所需要。

谌晓琪这个文静持重的年轻人，在我们不断深入的交流中，坦荡地敞开心扉："住在湘雅时，看到对面病房的那个白血病患者以及他父母和所有亲人的焦虑与痛苦，就感到自己的捐献真的很有意义。当他们得到上海捐助者的造血干细胞后，特地代表白血病患者向我表示感谢和慰问，患者父亲紧紧握住我手的时候，我都感动得几乎哭出来……人的生命有时真的脆弱、渺小，人类只有团结友爱，相互帮助，相互支撑，短暂的生命才会有意义。"

"这次接触到社会各个层面的人们，特别是红十字会的工作人员、志愿者们，整个捐赠过程里，他们和以前的许多捐助者，一次次来倾心交流，用他们的经历鼓励我、关怀我。看到他们对他人的关爱、所做的种种善举，让我深感经历了一次灵魂的洗涤！"

一整个下午的访谈结束后，驱车向溆浦县的途中，我的思绪仍深陷访谈的回味里。谌晓琪不是哲学家，也不是诗人，但作为一个自幼至长成均生活在一个良好教育环境中的纯真赤子，一个"电力系统及其自动化"专业毕业的工程技术人员，一个在领导和同事心目中"你把事情交给他后就尽管去放心睡觉"的业务骨干，他的述说，他的感受，无须我做任何加工，已自自然然地流淌出一股浸透人心脾的诗意芬芳。

车过统溪河，陡然变得开阔的河面上飘荡着金红的落霞，让我对主观人生、对客观世界仍夹带些茫然的思索，也绽放出一片亮光……

（作者单位：国网株洲供电公司）

抚慰希望

龙 莹

一

2017年7月3日。长沙。雨后天晴。

"一条大河波浪宽"的湘江在正儿八经地往北奔流。连续一个多月的暴雨，让这条孕育湖湘儿女的母亲河性格突变，一次又一次地刷新历史水位，所经之处洪流肆掠、山洪频发……

昔日山水洲城的长沙，第一次以防汛Ⅰ级响应的面貌走进了人们的视野。众志成城防洪抢险的战场上，解放军、武警、社区工作人员、热心市民们用沙包垒砌防洪墙，等洪峰通过，等江水减退，等家园平安。

一早，湖南星电集团会议室里气氛凝重。

总经理杨旭辉要求所有工作汇报集中在半小时内完成。然后，他通报了因洪灾导致的全市电网受损情况：主网跳闸、配网受损、倒杆断线、地下配电间被洪水淹没、百余台变压器被洪魔推倒……

45公里以外的宁乡电网受损情况尤为严重，上级要求集团迅速调集人力物力财力，定点对口支援国网宁乡市供电公司受灾最严重的流沙河、灰汤、巷子口供电所30条电力线路的抢修复网工作……

此刻。

抢修就是命令！

抢出来的光明是抚慰宁乡人的希望！

有一种跃跃欲试在会议桌上蔓延。

会议当即成立了星电集团支援宁乡抗洪复网工作领导小组，讨论如何调集集团"电雷锋"队伍、如何合理配置资源等问题……然后，都被不知道的现场真实情况困住了手脚。

都坐不住了，各自取了安全帽，上车直奔宁乡县。

穿大河汤汤。

取高速迢迢。

抵达宁乡。

退水后的宁乡电网，裸露出洪水的威力。

城区里，当街的箱式变压器赤裸裸地被推倒，小区的配电箱上糊着没顶的淤泥，小区的配电间整个泡在积水里……

广袤的乡村，大腿粗的水泥电杆被折断，杆上变压器被洪水推上了屋顶，整条整条的线路拉扯着瘫倒在地，曲卷拉断的线路上挂满了杂草……

人们在突然焦灼的阳光下忙碌，清理泥水侵蚀过的家园。

等不起，也不能等了。

星电集团总经理杨旭辉、党总支书记周煜、副总经理张金平、戴兴一行，在国网长沙供电公司副总经理邓铭、刘正谊一行的对面坐下来开了个短会，讨论如何用最快的方式修复电网。会议明确：集团"电雷锋"作为宁乡抢险工作的先锋队，全面接受国网长沙供电公司防汛救灾办公室的调度指挥；所有关键岗位人员取消休假，迅速返岗；集团"电雷锋"共产党员服务队成员迅速到岗，先行进驻宁乡，采用"歼灭"战术，先解决城区内居民集中的17个公用变压器小区复电的问题；做好打持久战的准备，调集技术人员进驻宁乡，核实灾后情况，尽快制定修复方案，帮助重建宁乡电网。

兵贵神速。

风风火火的集团"电雷锋"把会议直接开到了现场。

工程安质部主任周昶领着一行人赶往了白马大道白马桥小区，查看现场3台变压器的受损情况。

与此同时，杨旭辉带着另一队人马来到了位于梅家田的水岸新城小区，视察这里6台进过水的箱式变压器。因为洪水袭击，小区35栋高层里

457

的居民们停水停电停气已经3天，气温一高，叫苦不迭。

盼送电就是一种压力，这里的居民们焦急地盼了3天。

除淤泥、清外观、检查设备是否完好、做检查实验、烘干除湿……星电人顶着宁乡居民盼送电的压力，有条不紊地开展现场工作。

好消息很快就传来了。

20时29分，白马小区试送电成功，20栋居民楼里重燃灯火。

22时17分，水岸新城小区送电成功，重见灯光的居民们一片欢呼："来——电——啦!"

从送电现场撤离的集团"电雷锋"匆匆扒拉了两口饭，又奔出了门。电网受损后的宁乡夜太黑了，为了安全，不宜继续送电，但不影响他们现场查勘。

白天获悉，水退以后初步具备送电条件的小区有6个，今天晚上已经送了2个小区，还有4个小区在黑暗中等待支援。大家估摸着晚上摸个大概情况，就能先行分工，节约明天施工时间。

摸排中，大家发现金满地的3台箱式变压器状况良好，具备了送电的条件。没有半秒犹豫，星电人立即开始了现场施工。

7月4日凌晨1时，金满地3台箱式变压器送电成功。

天，一点一点亮起来。

稍作休整后的星电人马不停蹄又出现在了现场。

水退人进送电忙。

两天时间，星电集团先后从长沙紧急调援了60余名工作人员进驻宁乡，支援复电工作。

很快，当天的第一个施工现场——幸福家园传回了送电成功的消息。

盛世华都小区现场施工顺利。

4台500千伏安被洪水浸泡过的变压器经过现场抢修人员的清理修复，外箱清洗干净、设备顺利烘干、绝缘试验成功，具备送电条件。

中午时分，现场合闸操作后，该小区10栋360户居民终于告别了4天4夜断水断电的黑暗。

下午，抢修人员抵达丽水家园。

丽水家园的地势太低，洪水来袭时，大水没过了高架层的车库，退水又缓慢，箱式变压器因为水中浸泡时间过长，施工人员现场反复烘干，绝缘试验仍然不合格。

周昶与国网长沙供电公司防汛临时指挥部现场讨论，决定临时调用新变压器，先恢复居民用电。吊车很快拉来了变压器，施工有序进行。

3个小时后，夜幕已降临，变压器安装完成，送电到位。

宁乡城里，又一个小区告别了黑暗，迎来了光明。

复电重建工作越深入，工作难度也越来越大。

龙凤花园被淹受损严重，8台变压器不同程度受损。工作人员现场清理修复到了深夜，仍然不能排除故障，只能暂时偃旗息鼓，待天明再战。

截至7月4日24时，星电集团复电抢险工作组共恢复了宁乡县城内21台变压器的供电，点亮了县城内6个小区3520户居民家的灯火。

二

7月5日。

大水退去的第四天，又进宁乡城。

被洪水围困浸泡过的县城经过了三四天的暴晒，跟刚刚退水后的惨烈不同，整个成了另外一副模样。

紧贴地面的是深深的黑。家家户户清理出来被泡坏的家具、床垫、垃圾没地方放，直接堆在半幅拉子的马路上；从房子里冲洗出来的泥泞，被人们的鞋底带得到处都是；满街污水横流，和着堆积发酵的废弃物，散发出沤烂高腐的刺鼻气味；蚊蝇们找到了最适合生存的道场，嘤嘤嗡嗡，叮着水滴滴的垃圾欢唱。

再高一点，是干涸的灰。房屋的墙壁上是高过人头顶的水际线，线以下部分墙体颜色稍深，那是洪水来过的痕迹，线以上是墙体原来的颜色，却也透着没精打采的侥幸；所有的树都有两个颜色，水泡过的底部和树冠全是干灰色，没被水泡过的树梢顶上是油亮的绿色，极不协调地在大街两边立着；各色被浸泡过的汽车都是灰头土脸的，有主子的车已经拉到了车行，车壳子和各种零部件都被拆开，满大街的摊开晒着，没主子的车倒的

459

倒歪的歪，维持着大水肆虐后的无奈；路灯、交通摄像头横七竖八地到处都是，门卫坐的铁皮岗亭和交通路障亲密地依偎在大马路中间，如果不是洪灾，它们应该永远不会有这样的机会。

再高一点，是蒙蒙的雾霾色。墙上、物体上晒干了的泥壳壳落在地上，被车轮碾过，被脚板踩过，慢慢腾在了半空中，跟着那股子恶臭齐刷刷涌在人们的身边，哪哪你都躲不过，哪哪你都觉得有东西在往人皮肤上黏着。

只有天是蓝的，出奇的蓝。它像是做错了事情的孩子，突然就乖巧得可爱了。

坐在车里看见现场的星电集团副总经理张金平长长地叹了口气："非常时期就这样来了。"

非常时期的非常决断

国网宁乡市供电公司15楼调度大厅的隔壁是抗洪复电应急办公室。每天早上，宁乡电网抢修的指令都从这里统一发出；每天晚上，各路抢修工作的完成情况信息又会在这里汇集。

这里，同样是争吵发生得最多的地方。

宁乡电网受灾的地方太多了，有的居民等着小区通电排渍才下得了楼，有的商户等着通电才能重新开业，有的企业等着通电复工，有的农户等着通电抢救水里泡着的烤烟……天气这么热，复电的压力从四面八方涌来，大家于是都跑到应急办来抢抢修队伍，好缓解一下各种焦头烂额。

队伍有限、时间紧张，抢修计划是提前安排的，跟实际压力当然有冲突，大家着急陈述自己要抢修的必要性和迫切性，大热天上火就各种吵吵，指挥部常常热闹得不得了。

战正酣，切忌乱。

何况还有这么多弟兄的安全要保障。

国网长沙供电公司、星电集团、国网宁乡供电公司的应急指挥人员按捺住焦躁，又坐下来讨论，当断则断，制定如下抢修原则：一是每晚上报需要抢修的数据必须翔实，注明是城区还是农村、小区居民户数、是否具备抢修条件；二是按照城区优先、居民区优先、政府有要求的区域优先、经济损失大的地方优先来安排抢修顺序；三是主动对接政府部门，了解复电最前沿要求，争取政府支持，获得协调保障；四是集中力量抢修，严格服从应急办指挥调度，严禁遍地开花，随意调配队伍；五是抢修任务紧张，但必须强制抢修队伍午休，严禁疲劳作战；六是紧急从长沙调集所有后勤物资，水、口罩、防暑药品、消毒设备，确保抢修人员人身安全。

会一散，各路按安排行事，一切恢复有序状态。

非常时期的非常措施

容易复电的小区都已经复电，剩下的都是棘手的案子，重新调三五台变压器到现场已经稀松平常。

然而，按照电力安全规程，变压器的安装要严格选址，里面的受电设备都必须试验合格，才能确保安全。但宁乡电网目前的情况，供上电迫在眉睫，非常时期，只能在先复电的基础上，再兼顾其他了。

支撑箱式变压器的水泥围子砌起来要一两天，先变通使用红砖砌四个支撑脚，确保稳固后再进行施工，一方面能大大节约设备送电时间，另一方面易拆易换，等天气转好后，再安排变压器移位。

有些变压器被水浸泡，但其中的配电元件并没有完全损坏，这些元件一时半会凑不齐，也不具备条件修复，特别是一些起保护作用的开关，可以暂时性不工作就暂时性让它不工作，一切以先送电为前提，故障都一一登记在册，待后期再有序安排更换。

有些地下商场在桥下，地势实在太低，杆上变压器被洪水都不知道冲到哪里去了，临时架设电杆时间太久。居民们的所有家当都泡在了水里，无家可居，无粮可食，苦巴巴地抱着最后一点希望，等着通电看能不能抢救出来一点家财。附近又实在没有可以让箱式变压器落脚的地方，没法子，就先把变压器放在桥面上，用交通围栏做警示。

先送电！先送电！先送电！

每一位黑暗里的宁乡人都在等待光明，星电集团下属星际配网派出的

3支"电雷锋"抢修队伍一刻不停地忙碌，多处理一台变压器，就多为几百户居民解了燃眉之急。

非常时期的非常慰问

气温太高，施工环境恶劣，身处宁乡的集团"电雷锋"的安危，时刻牵动着国网长沙供电公司和星电集团领导们的心。

7月5日下午，星电集团总经理杨旭辉、党总支书记周煜率党总支副书记李接芳、副总经理孙一平、张金平、戴兴携口罩、矿泉水和消毒药品赶往宁乡一线，探望工作在现场的抢修人员。支援设计的人员都分布到了各个供电所，不在县城，孙一平记挂得逢人就问：你们看到设计的兄弟们了吗？

7月6日上午，国网长沙供电公司副总经理寻文革、星电集团总经理杨旭辉再次来到宁乡，探望了在宁乡爱琴湾抢修的集团"电雷锋"。寻文革反复叮嘱现场人员注意安全、注意休息，不要疲劳作业，做好防暑降温的措施。

前来慰问的不仅仅是垂直管理的领导。

当集团"电雷锋"冒着酷暑在宁乡步行街抢修变压器的时候，被一群大妈们拉住，一定要他们停下手里的工作，去旁边的阴凉处歇歇。她们带来了矿泉水和老面馒头，热情地招呼"电雷锋"多吃点。"谢谢你们从长沙赶来帮助我们！这都是干净的，我们自己蒸的馒头，你们吃饱了再做事。"大妈们眼睛里噙着眼泪，把馒头硬塞到抢修人员手里，"我们这里遭了灾，你们都不嫌弃我们，这是真的给我们帮了忙呢！救了命呢！"

步行街火锅店的店员小姑娘绕路跑来给抢修人员送口罩："太臭了，你们把口罩戴上，当心生病了啊！"

骑着电单车路过的老大爷特意停下来，笨拙地拿宁乡话说了一大串的"谢谢你们"！

社区里的工作人员把八宝粥送到抢修现场，居民们围了过来，把送光明的"电雷锋"当成了自己可以救命的稻草，红着眼眶抹着眼泪诉说自己家的遭遇。他们说：谢谢你们这么大热天抢修！灯亮了，有电了，心里总觉得有了安全感了。

尽管安排了定时休息，但现场的集团"电雷锋"还是忍不住吃饭晚一点，出工早一点，晚上熬久一点。能够送电的绝对不拖到下一秒，能够多亮一盏灯绝对不少亮一盏，大家就是抱着这样的信念，马不停蹄，昼夜不断。

非常时期的非常人物

此次出征宁乡，星电集团下属星际配网和星电设计的"电雷锋"都是精英力量。现场一看，非常人物相当多。

非常电雷锋：苏松林

老苏在长沙电力干了一辈子，练就了一身过硬的技术，火眼金睛，到现场一看变压器，就知道哪里有问题、哪里可以暂不处理。技术型的老专家，干活又认真，星电集团舍不得他走，都退休了，依然请他做现场顾问。

老苏跟大伙儿都熟，说话也和气，体力虽然大不如从前，但做事仍然一丝不苟。

跟老苏聊天，问他抢修中有没有困难，憨憨的老苏连忙摇头："没有没有，我挺好，我挺好的。"眼睛却一直盯着旁边抢修人员正跪在地上把干燥的电缆拖进箱式变压器里。位置太低，人拖了两三次，电缆纹丝不动。老苏急了，起身就从围栏底下爬了进去，帮着一起用力拖。

老苏68岁了，是本次抢修队伍中年龄最大的，中共党员。

非常电雷锋：蔡建辉

蔡师傅很瘦，两天的暴晒下来，黑得厉害。

瘦归瘦，蔡师傅在现场的指挥却是把好手。他带着班里11个弟兄，在两天半的时间里，恢复了宁乡步行街老城区共计32台变压器的供电。

这32台变压器，基本上是利用的原来设备。清洗干燥后，蔡师傅用技术手段，把泡水以后有问题的电器元件、开关暂时隔离开，带着负荷慢慢一回一回地送电，实现了步行街全线通电。

星际配网派出"电雷锋"共产党员抢修队时，蔡师傅毫不犹豫地报了名。8月1日，他将要正式退休，而此时出征距离他退休仅剩25天。

非常电雷锋：郭亮

小伙子微微胖，但脾气很好。

领导们慰问现场的时候，他远远看着，弟兄们把他推到前面来，他把自己藏在大口罩的后面，腼腆地笑着。

他住含浦，汀湘十里范围，就是长沙被大水淹了的中心区域。家里断水断电断气已经5天了，小伙子把两岁半的孩子送回了娄底老家，让老婆在宾馆住着，自己扛着背包就到宁乡来抢修了。每天忙得跟老婆打个电话的时间都没有，更别说问问孩子的情况了。

问他自己家受了灾，却跑来帮别人救灾，有没有觉得膈应。他笑笑说："家里受灾，自己还在一线抢险的电力工人多着呢！我至少家里没有被水淹。暂时的困难是可以克服的。"

应急抢修组里的每一个人都是黝黑的、泥糊糊的、汗津津的。他们呼吸着令人发晕的空气，蹲在几乎是垃圾堆的地上作业，吃盒饭和方便面；宁乡断水，两天没法洗澡，洗漱也只能拿着矿泉水糊弄一下，但跟家里永远只说"放心，很好"……

他们自己本身就是一道光，乐观、积极、向上，照亮灰蒙蒙的宁乡。

傍晚离开宁乡的时候，天空有云彩变幻。

这个世界之所以美好，是因为有那么多那么多的人，在经历了黑暗之后，依然愿意付出辛勤汗水，让世界更加明亮。

7月5日23时，星电集团"电雷锋"70人（含8名设计人员）支援宁乡电网复建，恢复了龙凤花园、步行街和爱琴湾共51台变压器的供电，为3897户居民送去了光明。流沙河10千伏老镇线完成立杆9根，新放导线1200米。

三

楚江村一共去了3次。

7月2日14时,第一次遇到楚江村。

满目疮痍。

这是第一眼看到洪水退去后的楚江村时,脑子里唯一霸屏的形容词。

村名刻在一块大石头上,底下一座石桥横跨,一条楚江蜿蜒村边,本是有几分清晰的小村悠然、水清天蓝范儿。

但现在,到处是两天前暴涨的洪水肆虐过的痕迹。悬在村名石块头顶上的喇叭已经瘪了,有气无力地耷拉着;旁边的电杆歪斜着靠近另一根电杆,像是在寻找依靠;顺着田地看去,整排电杆都在田地里倒着,有的电线成为了稻草的晾晒绳,被洪水冲断了的电线则连影子都没见了;烤烟被没顶的洪水糟蹋成了灰头土脸的光杆司令,挂满了洪水带来的垃圾和塑料袋子;稻田还是绿的,只是有气无力地躺在那里,原本应该包浆抽穗的水稻早已经被打落得一干二净,空留了一片绿叶,爬不起来的光景;河对岸的房子,齐着二楼,被洪水带来的不知什么东西砸了个巨大的窟窿,黑漆漆地逆着光……

当时赶时间,下车看了一眼就走了。

第二次见楚江村,是7月3日。流沙河供电所所长戴福军给领着进去的。

从村头那个地标石往里走,车要经过一座摇摇晃晃的石桥。然后,我们就被眼前的景象懵呆了。

拉断的电线在田间路上挂着,遇到房子了,线就悬起来一截;遇到河水了,线就直接荡下去一段。电线横过去,路没法走,人就随便找了个竹竿把线撑高两三米,人可以从下面钻过去,勉强满足通行;泱泱农田的正中间,只有一点高出来的土包包,农家主人就选了这做了房子的基地。一日的洪水淹没了这幢房子的三分之二,水退去以后,留下了一屋子的淤泥;一脸木然的房主人在门前晒了满满一坪的衣物、鞋子、床垫、家具,失神的眼睛看着像还没缓过劲来;屋前的看门狗没精打采地趴着,来人了连"汪"都懒得"汪"。

戴福军看着东倒西歪、一片狼藉的电线电杆直心疼。楚江村这片的通信还没有修复,手机都不能用,电网受损和修复的数据情况只能靠台区管理员拿脚一步步走、一个点一个点看，把数据记录下来再上报。不能及时联系备料、不能时刻有反馈，抢修变得复杂和艰难。

第三次进楚江村，是奔着星电集团下属星际配网的"电雷锋"来的。

支援宁乡电网重建的第三天，人称"剑哥"的刘剑就带着一支"电雷锋"队伍直奔流沙河，挑下了难度最大的10千伏老镇线的全线修复工作。

看到剑哥的时候，他正穿个红马甲跟队伍一起在马路上放线。天太热了，路边村民焚烧着被水淹了以后枯槁的烤烟杆，线路恰恰要从烟堆上头穿过。剑哥一脸子的汗、满鞋子的泥，一个裤脚高、一个裤脚低，正儿八经地从烟熏火燎土堆上经过，还得防着电线绊着过路的车辆，只能高高举着线，艰难拉行。

10千伏老镇线跨越了流沙河和206省道，有8根电杆需要重新立，30多根电杆需要校正，还有4台杆上变压器需要恢复。剑哥说工作量看起来其实也就两天左右可以完成，但没想到实际施工比想象的困难得多。

河滩上的泥土是软的，车没法进，电杆只能靠人力抬放。一脚进去，泥土直接没过了小腿，没脱鞋要先泥中拔鞋，脱了鞋的要淤里拔脚。施工的"电雷锋"有力气也没法使，越用力，反而越陷得深。大家手忙脚乱尝试了好几遍，最后只能另找远路把电杆抬过去，再绕到河边。平时一根电杆抬过去也就半小时，现在抬一根电杆却要花一个半小时。好不容易把电杆重新立上去，放线又遇到了新难题，洪水刚退，流沙河水湍急，少说也有4米多深，电线刚下水就被冲得老远。楚江村周边的通信依然没有恢复，交流基本靠吼，桥头喊到桥尾，河这边吼到河那边，也没能攻克这个放线难题。

三番五次以后，大家开始集思广益想法子。干脆利用那座摇摇晃晃的石桥做阻挡，一点点先把线拉到对岸，再拖到电杆的位置上。河滩上有上游冲下来的各种障碍物，拖线的过程中不断被卡住，只能一次又一次地再放长、拉高、过障碍……"现场情况太复杂了，过河的这档线，我们放了一上午，原来觉得今天可以完工的，看来要到明天才行了。"剑哥看着大汗淋漓的兄弟们，无可奈何地解释道。

正午时分，太阳晒得人眼睛都睁不开，"电雷锋"还在3米高的电杆上扳正横担。铁制的横担烫得能煎鸡蛋，抢修人员直接拿手用力把横担扳到合适的位置上，再用绳子把绝缘瓷瓶吊到电杆上安装。汗流下来已经不是一滴一滴了，因为浑身都是湿的，汗水前赴后继地扑涌着湿下来，然后毫无接应痕迹地又下来一批。一批又一批，脸上于是湿漉漉的；没有一片干的衣服，身上于是黏糊糊的。

"上杆先吊两瓶矿泉水上去，别着急，稳着点。"剑哥的眼睛一直盯着杆上的工人们。几十个人在白花花的太阳底下干活，他更担心他们的安危。

另一队工人们忙着把田地里被水冲得东倒西歪的电杆扶正。他们用绳子套住电杆，结伴往反方向用力，把电杆拉回到直立状态，再填土加固。

忙完这一茬，剑哥招呼大家去吃饭。

路边借着农民家的大厅，"电雷锋"脱掉安全帽、解开衣服、撸起衣袖裤管、直接赤脚席地而坐，红色塑料桶里盛着些黄瓜茄子干豆角，和着白萝卜肉汤，就是简单的午餐。

旁边有防暑用的矿泉水、王老吉、八宝粥和西瓜，全是滚烫滚烫的；迎面扑来的泥土尘灰，和着空气里呛人的烤烟杆味，"电雷锋"们跟什么也没有发觉一样，头上、脖子上冒着豆大的汗，呼哧呼哧地吃着碗里的饭菜。

忍不住跟剑哥、跟现场的抢修人员道辛苦。

剑哥乐呵呵地说："我们不苦，再苦就是苦这一时。想想这里的灾民，他们才是真的苦。我们吃点苦头，早点复电，灾民们还有很多事情要做呢！"

7月7日，刘剑带队的"电雷锋"忙到18时，在楚江村共修复电杆20基，新立水泥电杆8基（其中应力杆1基），恢复变压器4台，新放钢芯铝绞线2700余米。老镇线顺利通电。

19时，刘剑和弟兄们返回了宁乡县城。得知县城还有小区没有复电，刘剑和同事们连夜前往小区查勘，尽可能为第二天抢进度复电节约时间。

抬头望，斜阳晚，阡陌大地复电忙。

7月8日，星电集团安质部主任周昶和星际配网副经理李炳亨一早就依据待修变压器数量，将集团"电雷锋"重新进行了分组分工。各路人马立即前往各工地进行抢修。

此时的宁乡县城秩序正在慢慢恢复正常。路面上的垃圾被拖走了，每天几趟的洒水车洗地，城市也干净多了。

新的问题是，气温太高了，抢修人员工作出现了现场中暑的情况。星电集团紧急调配凉茶送往宁乡，为前方的勇士们送去片刻清凉。

截至7月9日10时，星电集团参与灾后重建的宁乡城区及城郊20个公用变压器居民小区（商业街道）已全面复电。对口支援的流沙河供电所和灰汤供电所，除零星客户外，已全部复电。宁乡35千伏线路仅余2条在进行抢修，其余参建线路全部实现送电。

"电雷锋"圆满完成援建任务。

洪水已经退去，家园正在重建。

在这次百年难遇的洪水面前，"电雷锋"没有迟疑，没有退却，齐心协力，勠力同心，打赢了一场重建复电的保卫战，在宁乡一线写下了属于他们自己的"战地诗行"。

历史不会遗忘。

2017年的这个夏天，星电集团的每一个"电雷锋"，在拓建光明的历程中留下了奋进的足迹，迎来了满天的霞光！

（作者单位：国网长沙供电公司）

报告文学的"文学"问题

（文学评论）

张海燕

一、问题的由来

2015年8月25日，国网湖南电力工会下达我一项任务：作为专家成员，参与推选代表国网湖南电力报送国家电网首届"职工优秀文学作品评选活动"的参评作品。这任务当然光荣。但接到时任公司工会宣教处处长刘琼随即打来的要以我为主推选的电话，读到国家电网工会的红头文件和相关规则后，我立马感到自己这光荣后面的艰巨了。一者，之于文学，我并非科班出身，完全是"瞎学"，自知底子不厚实，功夫不扎实，乃入门级别，敢称专家？敢担此纲？二者，这一次推选包括小说、散文、诗歌、报告文学、影视剧文学共五大类别，设七类奖项（小说按长篇、中篇、短篇分别设奖），其中有的体裁我既没写过又没评过，干脆一门外汉，"滥竽"哪敢充数？三者，在我看来，国家电网工会的文件、规则在类别界定和评奖条件上尚有不够严谨之处，由之，给评审、推选作品增加了难度。刘琼告诉我不要太担心，之前已经组织对所有应征文稿进行了分类筛选和初评，我们的工作是复审，按照国家电网下达的类别与名额优中选优上报作品，不会很复杂。见我还有疑虑，她干脆一句话打发了我，说没时间犹豫了，国家电网后天截稿，我们明天集中搞一天，后天必须按时交卷。

8月26日，在刘琼召集下，我们几个看稿人首先确定了"尽量不遗珠，推出好作品，争取多拿奖"的目标，然后按类别分工看作品。在认真拜读了分到自己名下的散文类、小说类作品，又浏览了其他3个类别的作品之后，我与几位商量：小说部分有李苑、刘绍英二位中国作家协会会员担纲，其作品坐三（三等奖）望二（二等奖）应该问题不大，况且还有几位年轻作者的中、短篇也颇有特色，有望冲奖。所以，小说是获奖胜算最大的类别，只要与重点作者充分沟通，好中选好，按名额上报即可。诗歌部分有祝向东、乔雪苞二位擅长电力题材且在电力系统已经有相当知名度的诗人举旗，其作品坐三望二也应问题不大。散文部分，有"老杆子"程政先生"升帐"，有几位意气风发的青年作者冲锋陷阵，老少齐上，必有斩获。影视剧文学最弱，仅有一部"非文学剧本"作品，别无选择，连国家电网下达的推选名额都完不成。这一块是我们的短板，不是一天两天、一月两月甚至一年两年能补得上的，就不要指望它拿分了。让人纠结的是报告文学，报上来的作品不少，一一读来，大都是通讯报道的写法，题材没得话讲，但体裁却要不得。退回去请作者重写，时间又来不及，如果运气不好，将面临着可能又一个类别拿不到分，有断第二条腿的危险。情急之中，我一拍脑袋，有了，突然想起曾经在柘溪水电厂门户网站上看到过文友李洪的一组连载了3年的长达近20万字的《我们的前方》系列，那不就是现成的好东西吗？经我提醒，刘琼一下子想起来她也曾经读到过《我们的前方》中的部分篇章，说写得好。但那是不是国家电网文件所指的报告文学体裁，她也不太好断定。我二话没讲，一个电话打过去向李洪要稿子。李洪在电话那头问我，这篇东西未必也叫报告文学？只怕归类于散文随笔还好些啵？来不及过细解释了，我不由分说地对他讲了两条：一是，我以为，这部作品虽然貌似散文但绝不是散文，就文体而言，它离报告文学更近；二是，请你务必今天晚上整理好作品，填好我们发给你的相关表格再发过来，明天与其他作品一并上报。李洪仍有犹豫地对我讲，他人没在厂里，稿子没在手里，能不能不参加了。我倚老卖老地激他说，不行，五大类别，影视剧文字我们已经断了一条腿，报告文学这条腿再不能断了，你的作品不来，我们报告文学获奖基本无望。这不仅仅是你个人的事，更是事关我们电力文学"湘军"和国网湖南电力集体荣誉的事。见我如此恳切,李洪连夜赶回厂里完成了作业。

11月10日,刘琼、李洪一干领队和获奖作者代表应邀在北京参加"国家电网公司职工优秀文学作品座谈会"和颁奖仪式时来电报喜,《我们的前方》荣获报告文学二等奖,乔雪苞、祝向东、李苑、刘绍英分别获诗歌、小说二、三等奖,程政、周燕、曹旭东、魏艳获中篇小说、短篇小说、散文和报告文学优秀奖,国网湖南电力团体总分全国第三!在电话里,李洪一再感谢我这个伯乐和我这一双慧眼。我心知肚明自己不是什么伯乐,也没有一双慧眼,完全是李洪们自己的作品"硬扎"。

奖牌丰收固然令人欣喜,但通过这次文学作品推选,不由让人生发出关于作品推选之外,特别是报告文学创作与品评的一些思索:按说,我们国网湖南电力的报告文学是有传统的,高正润、程政等前辈20世纪八九十年代就发表、出版过在电力系统内外具有广泛影响力的好作品,形成了相当气候,为什么时至今日虽有佳作偶见,但却在整体上青黄难接?从新闻与报告文学的"文学"关系角度看,是人心不古急功近利,重新闻报道轻报告文学所致吗?新闻特写与深度报道能替代报告文学吗?二者之间有没有文体区分?从文学与报告文学关系的角度看,报告文学应不应该具有"文学"属性?如有,有多大?文体边界何在?

与罗勇智、祝向东、刘福荫、乔雪苞等一伙搞"新闻"、玩"文字"的朋友聊起这些话题,他们也不无思考和忧虑。

二、报告文学的文体属性与独立品格

中国报告文学的历史不长,充其量才100余年,比一部年轻的中国摄影史还短了几十年。

关于中国报告文学的源起,学术界有3种观点,即"古代说""近代说"和"现代说"。"古代说"的代表是刘白羽。他将中国报告文学的萌芽一直追溯到先秦,认为报告文学"自古以来就在大量发展着,诸如《国语》《战国策》《史记》以及后来的陶渊明、杜牧、苏东坡,更不知写了多少好的'报告''特写'"。持"近代说"观点的人较多,如袁殊、周立波、蒋孔阳、朱子南、张春宇等,代有学者和作家。持"现代说"观点的为部分中、青年学者。"现代说"有两种意见,一种意见认为报告文学诞生于五四时期,一种意见认为诞生于20世纪30年代。大多数报告文学作家、学者认为"近代说"较为准确、合理、符合实际。因为,它抓住了文学发展的内在规律及其与时代政治发展的密切关系,揭示了对象的本质特征,同时也与世界报告文学的发展同步。"近代说"认为1898年梁启超发表《戊戌政变记》和随后发表《南海康先生传》及《新大陆游记》标志着报告文学文体形态的基本形成和早期报告文学3个创作类别的明晰。一是承袭风土游记蜕变而来的旅行考察报告,二是承袭史传性纪实文学蜕变而来的战记、离乱记,三是承袭社会性纪实散文蜕变而来的反映社会事件和社会问题的通讯报告和传记式人物特写。梁启超是中国报告文学的第一位杰出作家。

一部中国报告文学发展史,大致可以分为两个阶段。第一阶段:1898—1976年,约80年,是报告文学萌生、成长与徘徊期。第一阶段的前60年,报告文学主要在"新闻性"和"文学性"的内在冲突中逐步发展为新闻化的"文学"或文学化的"新闻";后20年,报告文学主要在政治与文学的外在冲突和"政治性"与"真实性"的内在冲突中演变成为政治化的"新闻"或新闻化的"政治",这种态势表面上是徘徊不前,实际上是一种萎缩与衰落。第二阶段:1977年至今。报告文学在融突、躁动、蜕变中成熟,进入下一轮新的发展时期。这一阶段的特点是:前半叶,完成了"歌颂"与"揭露""倾向性"与"真实性""文学性"与"哲理性""主旋律"与"多样化"的冲突融合和一次次新变,确定了自我;后半叶,特别是党的十八大和北京文艺座谈会以来,为报告文学的创作与理论探索、构建,拓展出更新的更阔大的空间和前景。

但是,总的说来,目前中国报告文学的创作与研究还处于落后状况。中华人民共和国成立以后,虽然有抗美援朝时期魏巍的《谁是最可爱的人》巴金的《坚强的战士》;有社会主义革命与建设高潮时期穆青、冯健、周原的《县委书记的榜样——焦裕禄》,王石、房树民的《为了六十一个阶级兄弟》；有改革开放时期徐迟的《哥德巴赫猜想》，杨守松、乔迈的《中国农村大写意》，赵瑜的《马家军调查》等一大批在中国报告文学史上具有极其重要地位的作家和非同寻常意义的作品的涌现，也出现过报告文学创作百花齐放空前繁荣的"黄金时期"，但无论是创作还是理论研究，它远不能与同时期的小说、散文、诗歌、戏剧等文学门类和"孔孟"、《史记》《红楼梦》、鲁迅等"显学"相比。影响报告文学创作发展和理论建设的原因是多方面的，但关键原因之一是对报告文学的文体属性与独立品格认识模糊。这一问题不清晰，就无法给报告文学以美学定义和创作定位。

关于文体属性。

文体属性最关键的问题是：报告文学究竟属于"新闻"还是属于"文学"？长期以来，这一问题一直是报告文学作家和学者所争论和困惑的，直到近10余年来，才逐步趋于明晰。报告文学如果属于"文学"，是"狭义"的还是"广义"的或是"折中义"的？一种观点认为，报告文学脱胎于新闻母体，当然属于"新闻"，所以必须"维持报告文学作为一种新闻体裁的纯洁性"，由之有学者和文化官员把人们普遍视为报告文学、有的甚至获得了国家级报告文学大奖的许多作品，如《县委书记的榜样——焦裕禄》《为了周总理的嘱托》等编入《中国优秀通讯选》。这种观点至今仍有一定的市场，特别是在新闻口和媒体人当中。更多的人认为，报告文学是在新闻基础上发展起来的文学家族的新成员，报告文学属于文学。如茅盾先生从20世纪30年代起，就要求报告文学"需要具备小说所有的艺术上的条件"，尤其要重视"人物的刻画"，从而在推动报告文学向"文学"发展、向文体"独立性"发展起到了极大的作用。但是，如果过分强调以"文学性"的强弱和文学成就的高低为主要标准来衡量报告文学是否发展、进步和作品是否优秀、成熟，就必然导致报告文学向"虚构""想象"和艺术"典型化"的方向走，就会与报告文学以"真实性"为生命的"新闻性"发生矛盾和冲突，就会促使概念混乱、非驴非马的所谓"纪实文学"的蔓延和疯长。20世纪90年代以来，随着一批优秀作品的出现和理论研究的深入，对报告文学的文体属性有了新的认识，有学者认为"报告文学就是报告文学，它既非报告也非文学。它是一种独立的拥有特别性的文体（或叙述方式）"报告文学创作只是利用了或有限地利用了文学的某些方式的边缘地带"；它的独立品格是"非虚构性"以及"为保证非虚构性而绝不可或缺的采访环节"，等等。

如果从报告文学的"新闻性"与"文学性"的关系考量，我以为可以从两个层次来理解上述问题：首先，报告文学是一种介于新闻与文学（纯文学）之间的边缘文体，既有新闻的特点，又有文学的特点，但它不是二者之间的简单相加，而是经过冲突、融合之后的全面综合与有机统一，因而它具有其他文体所不具有的"杂交"优势，这种"边缘性"的"杂交"优势就是它的"独立性"。其次，报告文学不是小说、散文、诗歌、戏剧那样的纯文学或"狭义文学"，"非虚构性"是它的根本特点；也不是泛意义的，包括一切口头和书面的政治、哲学、历史、宗教等一般文化形态的"广义文学"，建立在"非虚构性"基础之上的"理性精神"是它另一个根本特点。因此，报告文学是一种"折中义"的文学形态。尽管如此，它仍可以并且应该运用纯文学的形式、方法与技巧，仍可以并且应该具有鲜明的"文学性"和美学风格。尤为重要的是，它可以比纯文学来得更"感人"，更"鲜活"，更"接地气"，更"美"，从而发挥更大的社会影响和更直接的社会作用，增添更多的社会正能量——无论歌颂与批判。

关于独立品格。

改革开放前17年的"报告文学"，严格地说还只是文学性较强的新闻通讯，是"准"报告文学，完全意义上的报告文学是在改革开放新时期才出现的。如果我们对改革开放前报告文学的品格可以用"政治性""新闻性""文学性"来概括和排序，那么改革开放后的报告文学则必须代之以"非虚构性（必须是作者直接地凭扎实采访的硬功夫获得第一手材料）、理性精神（新闻和'纯文学'的'杂交'，它包括作者的社会责任感、历史使命感和独立人格，以及作品所表现出来的思想穿透力、艺术感染力和情感震撼力）和社会现实性"。

这些就是我为什么判别文友李洪的《我们的前方》不是"纯文学"意义的散文随笔和非文学的新闻通讯，而是一部报告文学作品的基点和原因。与李洪同时入围并获奖的程政先生的《"315"情怀》，亦是一篇成熟而优秀的报告文学作品。遗憾的是，目前我们这样的作品太少了，不讲放眼全国，起码与我们国网湖南电力特高压入湘、新能源开发、能源互联网日新月异的推进和发展，与我们千万电网员工的奉献精神、劳动成果和时代风貌是不相称的。

三、报告文学的"文学性"从何而来——启示录

如果从艺术形式着眼，对报告文学分类，可以分为政论型、散文型、杂文型、见闻型；如果从题材着眼，则可分为人物型、事件型、问题型、史志型。纵观60多年来报告文学的发展轨迹，虽然有高潮，有低谷，但报告文学始终在艰难曲折中前行。艰难也好，曲折也罢，高潮也好，低谷也罢，经过老、中、青三代报告文学作家们"接力"式的辛勤耕耘与不懈求索，仍创作出一批批名篇佳作，有的里程碑式的作品甚至影响了几代人，至今仍然闪耀着崇高的理性精神和文学光辉，给我们以恒久而深刻的启示。

启示录之一：火热的诗篇——魏巍和他的《谁是最可爱的人》。

中华人民共和国刚成立，朝鲜战争的爆发和中国人民志愿军入朝参战，使"战记"这种近代萌生的报告文学的表现形态焕发出巨大活力，成为中华人民共和国成立初期文学史上突出的一页。大批作家与记者入朝现场采写，掀起了中华人民共和国成立后的第一个报告文学创作热潮。巴金、靳以、刘白羽、魏巍、杨朔、菡子、陆柱国和黄钢等，都在战场上留下了他们史诗般的篇章。其中，影响最深最广的是魏巍的《谁是最可爱的人》。

魏巍在抗日战争时期以诗著名，是以诗人的面貌出现的，他的作品洋溢着热烈激情。从1950年冬季第一次赴朝鲜前线，一待3个月，到1958年秋，魏巍3次入朝采写，陆续发表了《在风雪里》《火线春节夜》《谁是最可爱的人》《依依惜别的深情》等10多篇有分量的报告

文学作品。这些作品，无一例外地融进了他满饱的诗情，因而被誉为"火热的诗篇""壮丽的诗"。以激越的诗情来表现激烈的战争和激昂的斗志，以显示深邃的思想，使他的作品具有强烈的艺术感染力和鲜明的艺术风格。如在《依依惜别的深情》文尾写朝鲜人民送别志愿军战士：

这时的队伍，已经不分行列，不分军民，不分男女，错错落落，五光十色，互相挽着扶着，边说边哭，边哭边走。这是什么队伍啊！也许这不像队伍吧！可是这的确是世界上最强有力的队伍，这是心连着心、肩并着肩的友谊的巨流！这支巨流，行进着，行进着，越过一道道山、一道道水，他们行进在枫林烧红的山野……

景中有情，情中有景，诗情与叙事浑然一体，生动表现出那激动人心的"依依惜别的深情"。尤其是《谁是最可爱的人》，之所以一经发表，便举国传诵，经久不衰，至今仍是我们这一代人心中的不朽经典，就是因为它选材精当，将写景、抒情、议论融为一体，真实地反映出人物内心世界的同时，在创作方法上，将激越、奔放的情感化为诗一般的语言。该作品代表了这一时期中国报告文学"文学性"的最高水平，对后世创作，尤其是新时期作家黄宗英、柯岩、陈祖芬等人的散文化报告文学乃至我们这一代人的抒情性纪实散文写作影响巨大。

启示录之二："典型性"与"白描手法"——穆青和他的《县委书记的榜样——焦裕禄》(与冯健、周原合作，以下简称《焦裕禄》)。

从1957年至1976年，报告文学主要是在政治与文学、"歌颂"与"暴露"的冲突中演变为政治化的"新闻"和新闻化的"政治"。这一时期，报告文学在夹缝中挣扎、求生的同时，一些作家仍然写出了一些好作品，比如巴金的《一场挽救生命的战斗》、房树民和黄际昌的《向秀丽》、王石和房树民的《为了六十一个阶级兄弟》和穆青的《焦裕禄》等佳作。其中《焦裕禄》是新中国成立后17年报告文学写英雄人物的高峰之作和压卷之作。20世纪90年代初，以该作品为蓝本拍摄的电影故事片《焦裕禄》，时至今日再观，仍然感人至深，使人热泪盈眶。党的十八大以来，党中央进

476

一步倡导和弘扬焦裕禄精神，使全党同志，特别是领导干部再一次受到了灵魂的洗礼、道德的锤炼和信念的拷问。

虽然报告文学《焦裕禄》无法完全摆脱当时神化领袖的局限，但其为何却仍有延绵半个世纪而不衰的如此巨大的精神力量呢？从艺术的角度寻找，原因有二：

原因之一是典型性。穆青认为，"在区别新闻真实和艺术真实的前提下，恩格斯的'真实地再现典型环境中的典型人物'这一现实主义创作原则，同样适用于人物通讯和报告文学"。首先，选取典型人物。作者选取的是不谋私利、深入实际、心中只有广大群众、唯独没有他自己的一个极度贫困县的县委书记焦裕禄。他置自己身患肝癌而不顾，却忍着剧痛，风雪交加之夜访贫问苦，暴雨倾盆洪水泛滥之时顶风冒雨蹚激流探流沙，身先士卒带领干部群众浴血奋战。他一心一意想的是战胜兰考内涝、风沙和盐碱这"三害"，改变灾区贫困、落后面貌，以致累死在战斗岗位上，而临终前的要求也是把自己埋在兰考的沙堆上。这样具有坚定信念和忘我精神的英雄模范人物，其事迹本身就深刻、生动、感人。其次，提炼时代主题。穆青谈到，报告文学不能简单地写成一部"好人好事录"，应高瞻远瞩地挖掘、提炼时代的主题，并且从这一高度来表现英雄人物的革命精神和思想风貌。他认为："十分重要的是要解决一个'针对性'的问题，也就是要有的放矢地进行宣传。要做到这一点，一方面是要考察同当前斗争关系最密切、群众最迫切需要解决的重大课题是什么；另一方面要考察人物本身具有哪些最能体现时代特征的精神。"第三，定焦典型环境。穆青认为"……要再现的典型环境，主要是人物所处的特定时代的重大矛盾冲突"。《焦裕禄》写了焦裕禄在兰考县一年半时间内所经历的3个方面的斗争：同严重的自然灾害——"三害"作斗争；同人——困难面前灰心丧气的干部的错误思想作斗争；同他自己的病痛作斗争。因此，读者在作品中所见就不是虚假的、肤浅的、装模作样的粉饰，而是真实的、严峻的、充满困难和斗争的社会主义初级阶段的社会现状。这样，人们就能从作品中认识到历史的本真，从而得到某种启示。作者这样写是有风险的，是需要勇气和胆略的，因为作品触及了当时的某些禁区。

原因之二是白描手法。穆青善于从中国古典文学中"拿来"，注重细节描写和语言锤炼，运用"质朴的白描手法"，使作品"豪华落尽见真谛，从平凡处见深刻，在沉静中见热烈""自然流畅，不事雕琢"，达到了很高的艺术效果，产生了十分感人的艺术力量。

启示录之三：小说笔法——刘亚洲和他的国际题材。

从1977年到世纪之交，中国报告文学有极其迅猛的发展，真可谓"百花齐放，百家争鸣"，新进作家如雨后春笋，掀起了新中国成立以后报告文学创作的新高潮。张光年先生曾誉之为"由附庸蔚为大观"。这个高潮完全不同于新中国成立初期的第一个高潮。自1978年徐迟的《哥德巴赫猜想》发表起，报告文学以它对社会改革进程的强烈呼号和干预，以它高水平的文学性和敏锐的思想穿透力，唤起了公众的热情关注和强烈共鸣，在文坛上形成了长达20余年的一浪高过一浪的创作热潮。以至于很长一段时间，几乎所有的文学报刊都以能发表报告文学作品为荣；我们这一代当时的"文青"，每每都以读过多少名家作品，写过几篇报告文学为谈资。

这一时期，因为思想的大解放，营造出文学与政治融合的大环境，由之报告文学实现了在属性、品格等多方面的冲突、融合之后的成熟。这种成熟，实际上是解决了报告文学如何为社会主义服务，如何处理歌颂与批判这一报告文学的根本问题。这方面的首功是徐迟和他的《哥德巴赫猜想》，同时有黄宗英等一大批资深作家和他们的一大批不同题材、不同角度和不同风格的作品。

这一时期，艺术风格的多样与文学形式的创新达到了一个前所未有的高峰。青年作家刘亚洲、吴民民、黄济人等人的国际题材、战争与战史题材，及其小说笔法细腻、生动而流畅的表达，为姹紫嫣红的报告文学园地培植出一丛丛灿烂的鲜花。

刘亚洲是我们的同龄人。他写小说，写电影，也擅长着重表现军人和战争，具有强烈的世界意识，"师夷长技"为我所用的参与意识的国际题材的报告文学，是一位视野开阔的、活跃的、具有鲜明的文学个性的报告文学作家。

刘亚洲曾宣称，报告文学应当是"报告第一，文学第一"。他认为，报告文学的"真实当然是不容置疑的，但文学性绝对不可忽视。否则就是通讯与特写，而不能称其为文学"。因此，他的报告文学首先注重逼真的细节描写，并善于将一些本来比较抽象、枯燥的事件写得生动有味，绘声绘色，具有很高的艺术吸引力。如在《这就是马尔维纳斯》中对"马岛之战"的军事分析，双方首脑调兵遣将的情形描绘，以及"飞鱼"导弹击溃价值2亿美元的"谢菲尔德号"军舰的细节刻画，均活灵活现入木三分，令人不禁对现代战争发出悠远的慨叹。其次是对人物性格的描写。如在《恶魔导演的战争》中，以小说的描述性语言，具体、集中、形象地展现了以色列前国际部长沙龙凶狠、残暴的性格和全然不顾国家军队的存亡以及自己个人生死的冒险欲望，使其战争狂、杀人狂的本性一览无遗。再如《这就是马尔维纳斯》的"马岛之战"中，撒切尔夫人和加尔铁里两位政府首脑的性格特点与心理状态，均给人以栩栩如生之感。

四、不是结语：与诗人乔雪苞的一次对话

国网凤滩水电厂有"大坝诗人"之称的乔雪苞，是2015年国家电网首届"职工优秀文学作品评选"与李洪同获二等奖的电力文学"湘军"中的"双子座"之一，他是以诗获奖。其实，雪苞的散文也是很好的，我读过，起点蛮高，至少从民国时期一些文学大家如周树人、林语堂那里吸纳了不少养分，再融入诗情，作品悠扬而睿智。

一个星期五，应诗人祝向东邀请，去国网凤滩水电厂参加了一个企业文化活动。活动结束已近正午。趁着向东办事未回的空闲，我和雪苞在酉水河边一农家院子里煮起一吊锅半个巴掌大一片的五花肉，叫来一大盘油炸豆腐和一篮子青叶子菜，就着暖暖的春阳，一边等人一边海阔天空地聊起了文学。

极自然地就从2015年的评奖开聊了。

我先问雪苞：“这次我们国网湖南电力的团队成绩超过预期，相当好，单兵战绩也不错，但没拿到一个一等奖，总觉得有点美中不足。是不是我们比人家差距有点大？如果提早再发一下狠，有没有可能冲一个一等奖？比如诗歌。”

一副有一点度数的眼镜挡不住雪苞清澈的眼神。他很坦然地对我讲：“其实进入到团体前几名的几个省的水平很接近，竞争太激烈了，绞尽脑汁。有一位国网湖北电力的诗歌一等奖获得者，就采用了诗歌配国画的印装形式，一诗一画，很新颖，抓眼球，值得我们思考。”

“这种搞法表面看是取巧，实际上是不同艺术门类之间的打通、融合，往蜕变的方向走，试图把整个作品对受众的审美愉悦提升到一个新的高度。搞文学艺术创作的人一定要有这种不断创新与开拓的精神，这在中国画叫‘变法’，哪怕一时的不成功。”我说。

“李洪的作品拿到报告文学二等奖，论水平，情理之中；讲体裁，大家觉得好像有一点意外。因为，之前许多人都不以为他这个作品是报告文学，包括他自己，也包括我。您当时怎么会坚持以报告文学的类别挖掘、推荐了这部作品呢？”雪苞问我。

我告诉雪苞：“我与李洪曾经在国网柘溪水电厂检修车间共过几年事，作为师傅辈，我对他还是有一些了解的。虽然他也不是文科科班出身，但是有天分，又很勤奋，从三十几岁开始至今已经出了5个文学集子了，小说、散文、诗歌和属于舞台艺术的音舞诗都有涉猎，我差不多通读了一遍，其中确实有不少可圈可点的篇章。但让我读罢即眼睛为之猛然一亮的却是他没有整理成书的，从2013年年初开始发表的《我们的前方》。他已经写到了第18章，我一字不落地读完之后，感觉到他正自觉或不自觉地为自己打开一条新通道，开辟一片新天地，突破了自己之前写作的条条框框，这才是李洪的真个性、真文字。他这部作品既不是小说，也不是散文，更不是时下流行的那些大都是闭门造车的所谓‘纪实文学’，完全符合当代散文型报告文学的基本特征，写出了清新的旋律感、满满的正能量和老牌大型水电企业的风姿。推荐时我曾放言，此作入围获奖应无大碍，

480

只是几等奖的事。后来回过神来一想，出了半身冷汗，话讲大了，万一没获奖，这个'牛皮'就吹破哒。"

"您有眼力。能不能请您对我们年轻一点的人，特别是我个人的写作提一些批评意见？"他又问。

"我建议跨界，"我说，"你是一位有相当成就的诗人，有才情，有底子，心无旁骛，肯下苦功，在文学创作上完全可以多方面涉猎。徐悲鸿是画西洋画出身的画家，却把一个中国画画坛搅得风生水起，单讲一个徐氏面貌的'马'就无人能及。还有他的书法也不得了，一代大家。画家徐悲鸿之所以能够成为'巨匠'徐悲鸿，一个主要原因就是他有一个敢于、善于'打进去，走出来'的自觉和天禀，他所谓'尽精微，致广大'说的也是这个道理。这样跨界的例子文学界也有不少。我们湖南人周立波写小说是本行，但新闻、报告文学、文学翻译无一不精。中国作家中唯一两获斯大林文学奖的只有他，小说一次，报告文学一次。还有一个湖南人沈从文，一位大文学家，居然写出了一本学术性和权威性都极高的教科书一般的《中国古代服饰研究》。"

"谢谢您的褒奖。除了诗歌，我现在正写一些散文，自己似乎有一点感觉，不知道这条路子对不？"

"一切的文学家没有不写散文、不擅散文的，尤其是诗人。散文既是练笔，又是创作，哪怕没有做散文家的打算，也可以常写不懈。"

"受这一次国家电网文学作品评选和与您这一次交谈的启发，我想试着写一写报告文学体裁的东西，您的意见如何？"他问。

我大喜过望地对他说："报告文学？好啊！我特期待。我们的国家和电网正大踏步前进，我们赶上了一个好时代。为社会增添正能量，无论是歌颂还是批判，报告文学远比小说、散文、诗歌、戏剧等'纯文学'更有优势，是最好的体裁。时代呼唤报告文学。你以诗人的激情去讴歌、去鞭笞，一定会唱出最嘹亮的声音！作为一名电网企业生产一线员工，身边就有取之不尽、用之不竭的素材。这是多么大的一笔财富啊！真让人羡慕。"

"我这就开始构思练笔，出了东西请您批评。"

"批评不敢当，一定认真拜读。还是那句话，我特期待，期待你的好作品，期待国网湖南电力文学'湘军'报告文学的双子座、三子座、N子座……"

（作者单位：国网湖南电力党校）

散文

那一片极旱荒漠

（外四篇）

张富遐

星月当空，我像一位不速之客，跌入你辽远而深邃之夜。

就让风在耳边低语，诉说着隔世的忧伤，就让沙一次次拍打车窗，像一场雨一样，隔断身后的尘土，没有归路。

一条路，需要多久才能抵达想去的地方？一场行走，在灰烬与时光的边缘；一个梦，却只能从黑夜抵达黎明。

像夏天不经意走到秋天一样，不设防，便走进了那一片荒漠。

起初是无边的广阔，仿佛连呼吸都不用身体就拉直了。极目远眺，找不到来时路，眼前的雅丹地貌，看似风、暴雨和洪水三角相恋之后留下的信物，令人浮想联翩而又纯粹路过。

渐行渐远时，偶遇"极旱荒漠"，仅这四个字就将我来自南方的柔软洗劫一空。走进荒漠中心地带，望着那一个个微微隆起的圆顶缓坡，我像误入了一场私密的幽会地，欲进则退。俯下身子，细细打量这些形态各异的砂石，我仿佛看到了一个石头的前生今世。一块石头要经历多少天、多少年被风吹雨打而泪流的经历，才能形成如今的模样？而一块戈壁滩又要经过多少年的风化、淬水才能出现眼前这一片奇迹？我仿佛感受到了生命温度在坚硬处呈现的柔软，看到母性光芒在沙痕间呈现，或许这片曾经饱含乳汁的母亲已流尽血汗，才能以生命的另一种极致出现，让人沉醉，让人看见过则不能忘、抚摸过则不能释然、打动过则不能释怀。

我已忘了此行的目的，在极旱荒漠间流连忘返。一块石头吸引了我的目光，石头上隐隐辐射出一个牛头的形状，让我如获至宝，拥入心怀，它像一个美丽的邂逅留住了我的脚步，遂想起先生的"刘"姓，是否注定与这块牛头石的相遇，将牵定一生的情缘，不会放手。另一块石头上下二色，一色为苍黄大地在下，一色为碧蓝天空在上，正如我与大漠与戈壁的际遇，不见，无法想象，看见便相系一生。我怀揣着这些祁连山石，仿佛拥有了天地间的某次约定，且行且远且珍惜。正如阿多尼斯所说："石头的生命不会终结，因为它死一般的活着。"

依依不舍地上路，往深处慢行，走到一个叫桥湾的地方，忽想起"康熙夜梦桥湾城"，连皇帝都梦见繁华的地方，该是一个何等风水宝地。抬头远望，一边是塔林耸立，在苍茫大地上高大威武，像一个个铁臂将军在把守边关要塞；一边是风车成片，旋转成美妙风景，童话般令人驻足；头顶上蓝天如洗，万里无云万里天，恍若置身于一个新能源基地的电力走廊。而我所处的地方则是甘肃酒泉到湖南湘潭±800千伏特高压送端换流站，初具规模的换流站交流场进入调试阶段，交流场一次设备安装基本完成，二次进入回路检查阶段，一排排整齐的显示柜前，长发高盘的红衣女孩点亮了我的眼，走近细看，个个清秀白净，不像是在戈壁滩上长期生活和工作的人。在忙里偷闲的交谈中，得知有6个女孩都是新分来的大学生，大都才来了3个月，在调试班从事二次回路保护工作，谈及她们到工地的感受，似乎有说不完的话题。

如果每个人都能够预知未来，或许她们愿意重新选择，但命运的神奇正在于它的未知和不可逆转。尽管她们有春天般绽放的年龄，却不得不因为工作到了远离城市喧嚣，来到喊一声"想家了"都会被风吹得很远的地方，她们渴望购物，渴望在旋转餐厅和华灯初上的商场度过闲暇时光。她们初来乍到时也欣赏大漠孤烟的壮美和长河落日的悲壮，但随着时间的流逝，日子的千篇一律和一天到晚的校对与调试，心里就滋生了青春的烦恼，相比同龄人在干净办公楼里干着白领工作，自己每天出去一双干净鞋，回来一双看不到本色的土鞋，心里也有了怨言。渐渐地，戈壁滩上所有的色彩在她们眼里都是一种土黄色，几个月不曾回家，回到家中才发现已错过了花开季节。尽管她们讨厌戈壁滩上的风，从年头刮到年尾，尤其是春季的漫天黄沙，有时会把自己从梦中吵醒，就会渴望家里的宁静；有时会把板房拍打得山响，像魔鬼城一样恐怖，就会向往小城的楼房；有时会把自己吹得很远，不用穿裙子，裤子会被风刮成裙子的模样。遇到沙尘暴，风卷着沙会像一面墙一样推过来，令人不寒而栗。但她们依然不折不扣地做着自己手中的工作，有的甚至在工地找到了自己的白马王子，有的是师傅，有的是同事，有了自己终身的依托。当看到她们在《鏖战戈壁》简报上发表的抒情文章《别样中秋》《戈壁，雨》《乡愁》时，也能感同身受她们的心绪和情怀，她们有才气、有激情、有梦想。望着和自己女儿年龄相仿，如此纯净脸蛋和清澈的眼神，我有些恍惚，如果女儿选择了这样的工作和环境，又会作何感想。唯有祝福。

黄昏时分，沐浴着落日余晖，我走出板房，想寻找戈壁滩上不起眼的植物，她们或许能让我沉重的心情稍微轻松些。在砂石混合的地面上，果然有一丛丛、一簇簇看似不起眼，细看却也动人的植物，有的暗红中夹着黄，有的苍黄中带着绿，有的细碎花瓣中透着阳光，有人说这就是骆驼刺、芨芨草，还有的叫不出名字，但都随意轻松地散落在戈壁滩上，星星点点，煞是可爱，尽管她们看上去如此朴素、如此脆弱，却也绽放着属于自己的花朵，用短暂的花期留住梦想，用独特颜色装点戈壁滩的苍白，用顽强生命抵御风沙侵袭，在火红的霞光里闪烁着温暖光泽。

说起甘肃送变电公司电气A包施工项目部副经理齐家恩时，她们不敢大声造次，说他人性化的管理中透着威严，工作不能马虎，每周还必须要写一篇文章，题材不限。还有项目总工石滨源和担任二次及综合施工队队长兼宣传组组长樊建刚，从他们的身上学会了很多，他们有经验、有魄力、敢担当。如果一项工作干久了也依然有热情的话，那只能用责任来诠释了。望着似曾相识的换流站，在看似荒无人烟的极旱荒漠和戈壁滩上的建设者们，我恍惚回到了曾经去过的酒湖特高压终端湘潭换流站，那里也有这么一群人，干着同样的工作，挥洒着同样的热情，通过一条条特高压线路将其紧紧相连。

荷 塘 记 忆

初秋时分，随国家电网工会"送文化到基层"活动来到了湘潭换流站（建成后改为韶山换流站）。

每次去湘潭，总会不由自主地想起伟人故里、革命圣地韶山，只因那里曾诞生了一代伟人毛泽东。而这次去湘潭，是到湘潭的特高压换流站。说起特高压、换流站，作为水电厂的我仿佛天外来客，完全是一片陌生茫然，或许因为陌生才会有想探访的激情。

经了解，才明白甘肃酒泉到湖南湘潭 ±800 千伏特高压直流输电线路工程是国家电网公司自行设计和建设的第六个特高压直流输电线路工程，同时是目前世界上在建的电压等级最高、送电距离最长、输送容量最大的特高压输电线路工程，也是首条直接为湖南供电的特高压线路。工程起端为甘肃酒泉桥湾换流站，途径甘肃、陕西、重庆、湖北、湖南四省一直辖市，终端为湖南湘潭换流站，将甘肃、湖南两省通过"电力丝绸之路"紧密联系起来，计划2017年4月高端部分受电。工程建成后，可满足湖南省及华中地域日益增长的能源需求，符合国家"中部崛起"战略，在实现清洁能源优化配置，推进能源结构转变发展，以及落实国家大气污染防治行动计划，改善生态环境质量等方面，都具有重要意义。

农历七月初，正是艳阳当空照的时节，一进入施工现场，便被一阵热浪挟持，放眼望去，大门正面上的对联："战雨水斗风霜齐奋发伟人故里添新辉，保安全超质量赶进度芙蓉国里铸丰碑"，反面："重任在肩吃苦耐劳甘于奉献铁军风采再飞扬，全力以赴精心策划勇于担当夺取工程新胜利"，感觉果真走进了伟人故里，令人肃然起敬。一幅幅红底白字的横幅，如"建好湘潭换流站，让湖南早日融入全球能源互联网""打造精品工程、输送清洁能源、服务三湘四水"，让人立刻清凉了许多，在特殊的环境里的确需要企业文化和精神熏陶，慰藉劳作的心灵。

慰问演出当晚，恰逢"七夕"之夜，吸引了无数的参建人员前来欣赏，附近农村的老人、妇女和孩子也像过节一样兴高采烈地来观看晚会。一位82岁的老人，身体硬朗，带着6岁的孙子也在观看，当我问及他感觉这个换流站对他们生活有什么影响时？他则满脸堆笑地说，这么大的工程在他们村建设，感到很荣幸，农村的夜晚一下子就热闹起来了，白天、晚上总能听到机器轰鸣声，看到工地上的长明灯，让农村的生活一下子有了盼头。他的儿媳妇也在工地找到了自己的工作，做了一名清洁工，邻居有的做了保安，有的做了食堂帮厨的，生活一下子亮堂起来。

晚会在人们的欢笑声和依依不舍中结束，我们一行四人来到了附近的射埠镇，似乎还意犹未尽，总感觉一个这么大的重点工程的建设，一定还和地方文化有些神秘的联系。因此，在一家不起眼的小店，与主人寒暄，顺便了解一下地方特色。店主是个热心人，因比较年轻，不大了解小镇的过去历史，便请他父亲刘谷城老人来和我们聊聊，果真听到了许多古老的传说。

现在的换流站所在地就是荷花村，换流站的下方是个荷花塘。传说很久以前，在天上为王母娘娘守护后花园的荷花仙子，忍不住朝人间一望，看到这里荷花盛开得异常美丽，就下凡来玩耍，流连几日，夜晚在荷花间起舞，依依惜别时流下了伤感泪水，使这个荷塘更宽阔更繁茂了，荷花村由此而来。

现在的换流站总用地面积300余亩，有一部分是茶山，附近有一条易俗河（曾叫一宿河），河畔也是湘潭县政府所在地。传说，乾隆皇帝曾微服私访到这里，住在河口的山上，因蚊虫较多，他手拿蒲扇，望着窗外，自言自语道：一扇一千里，二扇两千里。隔壁的乡村老婆婆听到了，就回道：你还有这本事，就保住你自己的房间就不错了。后来，要拆房子时才发现，乾隆皇帝住的房间果真没有蚊子，而其他的房间依然有蚊子。而皇帝住过了那座山岭，被称为快活岭，他休息过的亭子为逍遥亭，穿过的山洞为神仙洞，就连他喝过茶的茶铺子，也有一段鲜为人知的故事。

据刘老说，荷花村邻村是白水村，村头有座蛇山和龟山，中间的一块地有段民谣：

　　白水有块地

　　龟蛇两边转

谁家能得到

世世代代在朝里……

这些虽只是传说,从另一个方面透射出换流站所在的地方一定是块风水宝地。一个重点项目的建设,除了技术可行、经济合算、发展需要外,一定与一个地方的文化有着千丝万缕的联系。

第二天一早,我们赶到了换流站临时办公场地旁,看到了阻燃移动板房前一排外协工在等待分配工作。这时,突然听到对面楼上大喊一声:"不要坐安全帽。"这才意识到,是一个外协工把安全帽当凳子坐了,而大声提醒的正是施工队伍的电力职工。

这时,我心里涌上一阵感动。"安全第一"似乎已经成为电网人的信条。安全帽在我们心中也是十分神圣的,不仅可以充当护身符的角色,关键时刻还可以保住性命。无论在什么地方都可能存在隐患,尤其是在建设工地的施工现场,时时处处都要注意安全,养成一种良好的习惯,才可能防患于未然——安全帽当然不能坐!

走过板房,到了食堂,惊奇地发现,这里的早餐是完全自助的,两个大锅轮流煮水,面条、米粉则要自己动手煮熟,按自己所需配料,或许是为了节约人力,减少浪费,或许是提醒大家从我做起,减少生活中的安全隐患,总之这样的早餐方式让人感觉简单又快乐。

7点整,用完早餐,工友们就在院内集合进行简短的汇报会了,项目经理总结前一天工作,布置新一天的工作任务,并交代安全注意事项。工友们清一色的工作服,红色安全帽光彩夺目,像一道亮丽的风景线,又像是一群英勇的战士,信心百倍地投入一天又一天的换流站建设战。

为我们提供资料的技术员是"90后"女孩陈霖娜,2014年参加工作,2016年3月来到换流站工地,她说:每天都很忙,晚上经常加班到很晚,现金也花不出去,偶尔在网上淘宝,也只能到镇上去取。因为年轻人多,师傅们也耐心带,大家都相处得很融洽,时间久了,就习惯了,也就忘记了刚到工地时,三个女孩抱头痛哭的日子。

家在武汉，来自湖北送变电的"80后"女孩，因在工地上班没有节假日，回去探父母的时间也很少，至今还是单身，说起愧对父母时，声音哽咽了……也想着休假一段时间回家陪父母，再解决个人问题，可人家也不能在家等着你挑啊，因此一再错过，因工作性质一直还没等到属于自己的情缘。

华东送变电公司的"90后"女孩吴亚男，湖南妹子，说起话来轻松活泼，和男朋友是在衡阳廖家湾220千伏智能变电站认识的，两个年轻的单身汉彼此照顾着，相互打趣着就闹在一起了。她说，自己很满足，男朋友曾用一种独特的方式告诉她，工作不能马虎，要认真对待，电力职工的工作不能出一点差错，关系着千家万户的用电。因常在外奔波，又不能和男朋友在一起，她也曾想着考公务员，但每个行业都有其意义，看到的都是表面现象，或许公务员的精神压力会更大，只要自己认真工作，和男朋友相互鼓励，感觉工作也很快乐。虽然业余时间不多，电视要到食堂才有得看，但在闲暇之余，也会把蓝天、白云、高山、铁塔、森林、花草作为背景拍照，让生活多份美好。

还有许多年轻的、新分来的大学生，他们有的刚到工地几天，有的一个多月，有的只是因为父母让选择电力事业就义无反顾地选择了，有的却不敢告诉父母自己在干什么工作，但他们脸上写满了阳光，充满正能量，他们没有眼高手低、没有好高骛远，虚心向老师傅学技术、学经验，不怕苦不怕累，选择了专业没有后悔，磨掉了娇气，热情没磨灭，没有高工资、好待遇，没有节假日，工作不轻松，但他们已经懂得如何去做一颗螺丝钉，看似不起眼却缺一不可的螺丝钉，犹如铁塔上每一颗螺丝。

换流站施工现场有业主、监理、设计、华东送变电、湖北送变电、湖南送变电、浙江二建等7个参建单位，他们各负其责，分工合作，都要尽心尽力，共同把握进度。

华东送变电的项目总工谭周芳，一个工地接一个工地跑，轮流作业，没有休息，5月进场以来一直无法回家，妻子7月临产也无法赶到身边，除了家人的支持、宽容和理解，他本人更多的是歉疚。作为现场的一线关键人，离开现场就可能影响进度，只能靠一份责任支撑着，把工作做好作为对家人的回报。

来自湖南送变电的曹东，一直坚守在工地，孩子中考也只能交给妻子照顾。因工作需要协调很多事情，走来走去，鞋子也走烂了几双。他们的工作时间是早7点到晚7点，白天至少12小时，晚上加班已是一种习惯。虽然离长沙的家不远，但不到万不得已也不会离开工地。

他们只是其中的代表，是一线电力工人的缩影，有的离家很远，一年半载回不了家，幸运的，就在外组了家庭，一人出去，一家三口回来。

在施工现场工作的电力工人，没有双休日和节假日，任务不会因为任何人的节假日而推迟。

在采访湖南电力建设监理咨询公司的刘爱军时，他说，时间紧、任务重，确保安全和质量的同时，要赶时间、进度和工期，每晚的惯例是忙到12点左右，每天的工作日报，重要的事情必须记上去，日报很细致很长，忙到凌晨也是常有的事。他负责大型设备就地公路段运输监理工作，因变压器等设备过高过大，属于超限运输，只能走水路，对周边的路面、桥体必须考虑其安全性，与地方沟通、反复论证10次左右才能定盘，遇到汛期还得及时观察，是硬骨头也必须去啃。和他一起战斗的战友陈智勇，去年7月查出胆结石，今年8月发作，为了不影响工作，上午到镇上打点滴，下午坚持上班，利用工程完工的空隙再去做手术。

工程监理黄敏和湖南送变电负责质检的贾宇，脸上晒得黝黑，只剩安全帽带下两条白色印记显得格外醒目。他们说，天热，也得适应，高温下的线杆上四五十摄氏度左右，不敢触摸，只能戴厚厚的手套。平时他们爬塔、走线，如履平地，遇到时间紧，即使狂风暴雨，也得风雨无阻，有时爬塔到40米高，腿就软了，但必须克服恐惧心理，下来后，身体飘忽，慢慢适应一下就可以了，明天又是一条好汉。

这就是我们的电力工人，舍小家为大家，默默无闻，无怨无悔地奉献着，把青春、激情和对工作的热情毫无保留地贡献给电力事业。而当他们一步一个脚印地走过，在他们身后架起的特高压电网，如一条由钢筋铁骨擎起的"电力高速公路"越沙漠，穿戈壁，飞跨千山万水，落户湖南，让西部高原与潇湘大地从此心手相牵。

第三天下午，正当我们采访完毕，准备离开现场时，突降的一场暴雨，留住了我们的脚步。望着门外一片汪洋泽国，我突然回想起那个美丽的传说，这里曾是一片茂盛的荷塘，若荷塘还在，是否可以"留得残荷听雨声"呢？而传说已久远，现实则呈现出另一种非凡的意义，荷塘之上将开出一朵光芒四射的换流站。

桃 花 江 畔

说起桃江，会不由自主地想起那首家喻户晓的《桃花江是美人窝》："桃花江是美人窝，桃花千朵呀，比不上美人多……"而这次桃江行，是为了实地采访酒湖±800千伏特高压工程跨越220千伏双回线路和洛湛铁路的双跨越施工。

站在山包内的田野里，稻浪迎风摆动，火车一次次从特高压安全网下呼啸而过，外线工站在48米的铁塔上紧张有序地安装着瓷瓶，一片瓷瓶46斤，一串有59片，共有16串，重达22.4吨，难度可想而知，但一切都显得那么和谐美好，我想电网人为特高压建设一定付出了常人所不能想象的艰辛，我更想知道他们背后的故事。

简易住房的楼梯口有一块温馨的照片墙，除了写有"离家不忘家 尽心且尽责"字样外，就是挂满了许多温暖的家庭照，每幅照片下方都写有感人的祝福语，如："家庭有我，工作有你，军功章我们一人一半。""经营好我们的小家，老公，让我们一起努力！""离家在外要保重身体，在工地注意安全，加油！""爸爸，我又长大了。""爸爸，我在上戏等你。""小妹，你认为我还帅吗？"等等，让人感动之余，还能够同时拥有思念之情和工作激情。

他们的假期只有春节，半月左右，正因为大家都很少回家，作为带团队的雷斌，能够感同身受大家工作的辛苦，生活枯燥单调，就努力营造家的感觉，让大家能够感受到温暖，安心工作。有人过生日了，会及时送上一份小礼物和生日祝福，以表关怀。中餐把盒饭送到工地，晚餐一定要一起吃，每晚陆续接人，要晚八点左右才能聚齐，也要等到最后一个到才一起开餐，餐桌上可以交流感情，了解工作进度，安排第二天工作。

尽管有人戏称外线工不是人干的，"嫁人莫嫁外线郎，一年到头守空房""嫁人莫嫁外线工，一天到晚臭烘烘"，但大家齐心协力把工作做好的成就感是无时不在的。湖南雨多，且汛期长，"小雨小干，大雨大干，不下雨玩命干"，这是弟兄们遵循的规律。塔基埋在地下，看不到成绩，只有等塔竖起来了才有了一点成就感。"想着家人在后方默默地支持我们，虽苦犹甜了。"

项目部副经理雷斌为我们放了《送电工》这首歌："我是一名送电工，常年都在深山中……"就这样日复一日，年复一年，工程一个接着一个简直不得清闲，挖好坑坑打好基础爬塔走线，老乡把我们当成了超人神仙……但有些事情总要有人做点付出，各干各的分工要懂得知足。哪个不是为人子女为人父母，屋头那位支撑小家很辛苦，大不了回家当个耙耳朵少说多做，工作性质我也莫法不可能哭诉……

在项目部的十余人里，只有两名女员工，都是"90后"，且待字闺中，她们活泼率真的性格，像两朵热烈绽放的桃花，给这个集体带来了许多欢乐，让大家随时能感受到浓浓的春意。

计经专责杨嘉妮，笑起来很是可爱，说起到工地的感受，她说从水电专业转为造价，有了第一次的跨界后，她把很多的第一次都献给了工地。第一次下工地，就到酒湖特高压建设现场；第一次爬山和第一次巡线是线路调查，找铁塔的定位木桩即铁塔中心，草树深到腰部，当时没经验没穿袜子，蚊虫叮咬，除了安全帽遮住的地方全被蚊子咬了；第一次决算和第一个通宵，是为了基础决算，一个月时间，198基塔，有直线塔和耐张塔，不停地看数字和图纸，心理压力特别大，感觉很辛苦，连续两个夜晚通宵加班算工作量。刚到工地时，工作中有"十万个为什么"要问，时间久了，总算明白了"把女人培养成男人，把男人培养成超人"的玩笑话也不无道理。从读大学到现在很少回家，父母最大的担心就是找不到男朋友，每次打电话就是介绍朋友。"可我觉得自己生活得挺好，趁年轻多学点东西，把第一次变成工作经验，以后就会轻松很多。"

财务专业的黄湘艳，2011年进入单位，到工地后做资料员兼接待员。2013年到特高压工地后，9个月只回去过一次。父亲过五十大寿时还特意请在附近的同事陪父亲喝酒，代自己敬酒。父亲也在工地工作，是青苗员，家里只有母亲一个人操持。自己已有男朋友，在贵州工地工作，是一名运检工，两个月才能回来一次，计划年底结婚，却不能回去准备婚礼，房子装修只能靠母亲帮忙。到了工地相互理解，换位思考，努力学习把工作做好。尽管她说得轻描淡写，偶尔偷偷一笑，但从她那不经意的话语和白净脸上，总能觅到一丝甜蜜和幸福感。

他们用行动诠释着电力人"坚持、坚守、坚韧、坚强"的优秀品质，书写了一个又一个传奇，跋山涉水是他们的工作，点亮万家灯火是他们最朴素的心愿。

工地上那个最帅的小伙蔡伟才，人称"高空王子"，他一米七多的个头，却略显清瘦，走起路来一阵风快，爬起塔来如燕舞。同行的罗老师带了单反，看到如此壮观的施工场面，苦于不敢上塔抓拍到动感画面，听说有个"高空王子"，就毫不犹豫把自己的长枪短炮交付给他，现场培训几分钟，告诉他需要什么样的施工场面，就等待收获照片了。只见"高空王子"背着相机，"蹭、蹭、蹭"就到塔腰了，一眨眼的工夫就到塔顶了，他不慌不忙取下相机，有板有眼地拍起了照片，左右上下，像在平地上一样获取了许多火热的劳动场面。下来后，罗老师看了照片，赞不绝口，"高空王子"名不虚传，关键是悟性高，拍的照片不错啊。

第二天，天气晴朗，铁塔下蓝天白云熠熠生辉，更加惹人眼目，罗老师便再次请"空中王子"高空拍照，我还在心里想，罗老师也有点得寸进尺了吧，到底是为了拍摄到感人的照片，还是为了看"王子"的高空走塔表演呢？好在，结果令人皆大欢喜，"王子"安全着陆，罗老师欣赏照片时的表情令大家垂涎三尺，忍不住一起分享成果。

后来才知道，"高空王子"是质量专责，每天走线爬杆上塔，久而久之就习惯了，练出了爬塔的本领，上下自如，爬塔像踩着乐点一般轻盈起舞。他2011年结婚，当时在贵州工地工作，由于很少回家，妻子不理解，就离异了。对于他们这些常年在外工作的外线工，经常是干完一个工地，妻子就跟别人跑了。幸运的是，他2014年找到了理解自己的伴侣，在一起感觉很温暖，为了使婚姻更牢固，孩子满周岁时才办的婚礼。现在孩子一岁八个月了，他每次回家都有不一样的感觉，孩子长大了、会跑了。每次电话妻子总是说：家里你尽管放心，在外平平安安就好。有了家人的理解，感觉工作就有了不同的意义。

在他的心里，没有"星期"的概念，只有"几月几号"，星期天和星期一一样，都是工作。和同事们同吃一锅饭、同睡一个房，也会找到家的感觉，大家每天早出晚归，披星戴月，也没有后悔过。父亲在部队工作的良好习惯，让他的规矩和责任意识更强，舅舅和叔叔都在同一个单位，干这个工作的最大好处，就是理解了父辈，并自嘲地说："特高压就是在特别高的压力下干好工作。"

常听人说，现在不是个人英雄主义年代，而是倡导团队合作精神，团队大于天，有了团队的精诚协作，就能够无往而不胜。尤其在特高压工地工作的电力人更是如此，正是他们的通力合作，才有了一个又一个的阶段性胜利。

项目部总工蒋炜，学电力自动化专业，自学线路，2002年参加工作，曾担任过施工队的技术员、安全质量专责。220千伏和500千伏线路干过几条，积累了大量的工作经验。他说，在常人眼里的一根杆子三条线并非那么简单，尤其是特高压线路材料大，一个人无法操作，还要精密计算，常常加班加点忙到深夜。外线工大多是晚婚晚育，通过与地方的联谊活动，找护士的也居多。尽管自己家在长沙比较近，也很少回家，好在家属能够充分理解外线工的艰辛。妻子生病了，五岁半的孩子无人带，只能让岳母帮忙，由于没有及时就诊，时间拖久了，免疫系统出了问题，妻子患上了血液类慢性病，要每月复查一次，也没时间陪她到医院。本来计划我们去的当天回家陪妻子看病，却临时又有了工作任务，只能委屈妻子，自己又留在了工地。每年遇到父母过生日，也只能通过电话送上祝福，好在父辈都是这么干过来的，给予理解并叮嘱他在工地：好好干，注意安全！

安全专责刘崇伟，父亲干了40多年的外线工，自己干了11年，结婚和生子同步完成，却在家只待了6天。曾在湖北工作过，自认为外线工是吃百家饭的人，不被人看得起，但不后悔自己是外线工，内心虽然苦，也能够苦中作乐，因为看到了许多的风土人情，能够感受到团队像一个大家庭，工作和生活在一起，相互帮助和理解。发自内心地祝愿：每个工程都平平安安，顺利干完。

外线队队长陆军，27年的外线工，日晒雨淋，风吹雨打，起早贪黑都已习惯。每天5点多起床，6点"站队四交"后，再到工地带着大家一起干。晚上8点到项目部，常常吃不到热饭，10个外线工8个有胃病，但也没有退缩过，既然在岗位上，就要干好工作。

党支部书记肖功权，1979年进厂，40多年看到了企业的成长，夏练三伏，冬练三九，有了现在的特高压。说自己不是个孝顺的儿子，长辈临终时都没有在身边；不是个称职的丈夫和父亲，孩子从小学到大学也没有到学校去过，开家长会都是妻子参加。不是不想回去，是回不去，把工作做好才能养家，只能愧疚地对妻子说：现在不能陪伴你，真正的陪伴是在60岁以后。干这个工作唯一值得欣慰的是对企业负责，像军队一样上了战场就没有退路。

质量监督员何超，话不多，却令人感动。他说，注定了是外线工，就义无反顾，只是感觉对不起父母，他们过生日我从来没有为他们过一次；对不起老婆和孩子，小孩一岁半，有点小毛病，却不能带他就医……说着就哽咽了。

还有一个临近退休的老同志，他不愿意说出自己的名字，他本可以回家休息了，却和年轻人一样继续坚守在工地，问他为何如此执着时，他却只说了两个字"情结"。

此时，我懂了，懂得了电力人之所以无怨无悔付出一切的道理了，除了国网人"忠诚企业、感恩事业、爱岗敬业、勤勉奉献"的责任意识外，也有一份难以割舍的"情结"。

走进桃江县酒湖线建设协调领导小组李向红副组长办公室，首先吸引眼球的是一幅幅电力高空作业的摄影作品，原来他还是一名摄影爱好者，在深入酒湖特高压建设现场的同时，利用手中的相机抓拍了许多感人的镜头，记录下了建设者勇敢无畏的风姿。问及他对电力人的印象时，他说，他就是被电力人吃苦耐劳无私奉献的忘我精神所感动，才一次次到现场拍下他们时而攀爬在雄伟铁塔上，时而在高空中翻腾着优美"舞姿"的动人画面。说着，他讲起了一个感人至深的小故事，一位来自四川电力的小伙，白天在45摄氏度左右的工地工作，晚上还自愿住在工地上的简易工棚守夜，看护现场材料，连续5天没有洗澡，当地村民让他到家里去洗澡，他也不愿意去打扰，电力人的这些行为受到当地村民的交口称赞。他说，我要带女儿到工地感受一天，感受一下电力人的工作状态和工作环境，或许有些不平衡的事和想不通的问题也就迎刃而解了……

外线工就是这么一群长年在野外架设输电线路的电力人，他们常年身处荒山野岭，挖深坑、架高塔，翻山越岭、爬塔走线、穿越无人区，负责电网生产和施工运行，通过输电线将电力输送到千家万户。桃江之行已不再是一次简单的采访，更有了深刻内涵，《桃花江是美人窝》这首歌词，在我心中又赋予了新的意义，走过看过，才知道我们的电力外线工才是现代桃江最美的人。

仰 望 夜 空

我无论如何不曾想到，生活的南北辗转竟与铁塔结下了不解之缘，铁塔竟成了我无法割舍的一种情愫，那是电力系统特有的符号，那是国网人独有的情感。

远望铁塔，总能想起小时候在农村老家时的情形，当我独自一人从自家到外婆家的路上感到有点害怕时，会不由自主地远望对面山头上的铁塔，感觉像个巨人似的高大威武，与我遥遥相对，让我有了安全感。那时的我并不知道那是铁塔，但感觉是那么亲切，总想把心里话对他说，以抵消我在路上的恐惧心理。时间久了，竟也成了一种依托，每次上路总能看到"巨人"与我若即若离，我便对他有了更多的好奇，他到底在离我多远的地方，为什么总在那里，他到底是干什么的？仿佛我一出现他就会在远处等着，这使我在通往外婆家的路上多了一份乐趣，多了一份无法与人分享的喜悦，更使我的童年多了份对村外世界的神往。

而今，有幸走近酒湖特高压建设工程湘2标段施工现场，近距离观看湖南特高压首次跨越高铁，该标段在湘乡市月山镇石头铺村附近。

为保证高铁的安全运行，必须遵循铁路"行车不施工，施工不行车"的规定，只能在凌晨0点到4点施工，在工期紧、施工时间短的情况下，只能白天准备，晚上施行跨越。下午到了施工现场，感受到高铁的速度与快捷，平均5分钟一趟的沪昆高铁在特高压线下的安全网下呼啸而过，使我们想捕捉一个高铁与铁塔完美合影也比较困难，就一次次抢镜头，仿佛与高铁赛跑似的一次次按下快门，总算有一张满意的人、塔与和谐号的绝美组合。夜晚，我们再次到施工现场，只为感受电力人的特殊工作时段和场景。9月26日凌晨0点至4点，是一个没有月亮和星星的深夜，当人们已进入梦乡时，我们的酒湖线特高压建设者们正在紧锣密鼓地工作着，四周静悄悄，连树和草也带着微笑安眠，只有施工的机械声打破夜的宁静。月山镇却不见月，只看见一个个山头远远地注视着忙碌的特高压建设者，石头铺村有很多名副其实的石头，不小心就会被绊一跤，好在我们的施工人员都在高高铁塔上，他们每个人头上亮着一盏灯，夜空下仰望高塔和塔上工作的电网人，仿佛看见了无数的星星，点亮了夜空，而一条条修长的银线带着电力人的美好祝愿和希望之光，将温暖送进千家万户。

或许是因为电力人赋予铁塔特殊的意义，或许是铁塔给人的阳刚之气，我对铁塔有了更多的探寻，通过与电网人交流，并通过不同的方式追问，明白了铁塔竟然也是独具风情，形体不一的。电力铁塔按照形状分16种：上字形、叉骨形、猫头形、鱼叉形、V字形、三角形、羊角形、干字形、桥形、酒杯形、门形、鼓形、田字形、王字形、正伞形、倒伞形；按照用途分8种：直线铁塔、转角铁塔、终端铁塔、跨越铁塔、换位铁塔、耐张铁塔、分歧塔、直线转角塔。

自此，每当我看到我们的特高压建设者们总会不由自主地对应一座铁塔。项目部副总工杨开平，32岁的脸上充满自信，却也隐含着淡淡的压力，

499

自参加工作以来共参与了6个工程的建设，2015年8月到项目部，是负责此次跨越沪昆高铁的总联络人，所有与广州铁路（集团）公司的协调事务均由他负责，对方只认可他的签字，因为工作的特殊性，连续两年，已复习好准备考一级建造师的机会不得不放弃，9月24日、25日两天考试，他申请请假，铁路部门不准更换人，他只能一心一意把跨越工作做好，再等明年的考试机会。

他说，我们已习惯了这样的工作，黎明出发，星夜归来，事情追着人跑，当一个个工作扑面而来时，只能放下无关紧要的事。自到项目部以来，没有一天能在晚上12点前离开办公室的，而在"十一"国庆前跨越高铁，更要白天准备，晚上施工。妻子是同事的堂妹，也是通过网络和电话恋爱的，在深圳从事财务工作，下月分娩，自己也无能为力，今年的见面是7月份，也是因跨越施工方案评审需要到广州审批，才顺路看看妻子。这样的工作性质，以后对孩子的教育也爱莫能助，父爱缺席也是我们电网工程人的通病。父母在湖南耒阳，也很少见面，也是借回公司总部衡阳办事的机会，提前通知父母，父母会赶到中转站衡阳和他见上一面。最遗憾的是不能见到77岁的奶奶，奶奶对自己很好，小时也很依赖她，说着眼圈就红了……

同时，我还无意间看到了放在报刊架上的《酒湖通讯》，上面发表了杨开平的文章《"朝九晚五"是遥不可及的奢望》：万家灯火，属于我们的那一盏却是那样的遥远，"朝九晚五"作息是个遥不可及的奢望。在傍晚时分，夕阳西下的夜幕下，车水马龙拥堵的街道也好，人群拥挤的地铁公交也罢，这份"热闹"不属于我们。而我们是与这个城市的夜晚做伴的常客，除了偶尔不好意思地打破它的寂静之外，就是像守护这座城市一样坚守着我们的工作。虽然，我们是一群奋斗着的不知名的技术员，但我们却闪亮在彼此的青春里。

他在《时间都去哪儿了》里追问：施工单位，由于工作的性质，常年奔波在外，驻守在艰苦的施工一线。无论春夏秋冬，无论酷暑严寒，天天都上班，没有星期天，没有节假日，日复一日，就像一台上了发条的机械，常常让人感觉到累！但当我们真的静下心来，细细品味人生的时候，多少都会让我们发出"时间都去哪儿了"的心灵感叹！

但却也能够在不停的奔波中获得满意的答案：时间都去哪儿了？一千个人有一千个不同的答案。但是，总会有一个共同点，那就是去了工作那里。这不正是我们时间流逝的意义所在吗？现在，仍然会有黑暗的山间小路、点点星火的偏远山村，但我相信时间会去那儿的、光明会去那儿的……

看到这儿，我忽然感知，杨开平代表的一群人不就是一座座耐张铁塔吗？在线路最重要的地点忙碌着，为特高压的工程建设起到了举足轻重的作用。

"90后"女孩曾昭焰，今年2月份到项目部做资料员，瘦小的身躯看起来略显单薄，样子清纯，笑起来很甜美。男友在外地工作，她自己因资历浅，工作很努力，和大家在一起很有感触，和优秀的人在一起可以学到不少知识，对生活有着积极向上的态度。她和杨开平一个办公室，感觉大家几乎没有休息时间，上下班没有明显的界线，只有吃饭和睡觉时属于自己。有次她半夜醒来到办公室拿东西，发现杨总还在加班，他经常是白天上工地，晚上做资料，深深地被感动了。还有一次由于一个技术方案没通过，杨总趴在办公桌上哭起来了，她这才发现，杨总到工地后，32岁的他居然长出了不少白发。她同时也感受到了生活的压力，唯有把压力化为动力，不断提升自己，把资料收集工作做好才不会愧对这个特殊的大家庭。

正如她在《剪一段，时光静好》里写到的那样：谢谢别样的特高压酒湖线，谢谢温暖的酒湖线大家庭，谢谢项目部的家人们，陪着我这个酒湖线新成员一起成长，一起度过这些平凡又难忘的日子。

最感慨的时候是清晨，再忙再累，大家不知疲倦的肩膀肩负的是简单的满足和义不容辞的使命；最享受的时候是傍晚，当食堂吃饭"集结号"吹响的时候，就意味着我们的晚餐时间到了；最温馨的时刻是晚上，别人可以洒脱地相互说晚安的时候，我们项目部依旧灯火通明。闲暇之余，偶尔听到手机里播放着同一首歌《你可以到工地看我吗》："每个应该浪漫的日子，我们相隔千山万水……我们放弃太多的时候，都在书写电力的传奇。"最累的时候，大家忍不住异口同声唱起了那首属于我们自己的歌《送电工》："岗位是那么的平凡，总也不知疲倦，走过多少路，跨过多少水，越过多少山，趟过多少河……"是啊，大家把青春献给了千山万水，用生命之光把黑暗驱散。

最后她在文章中感悟：大家觉得忙碌就是幸福，我们没有时间体味痛苦；劳累就是快乐，可以零距离地解读生活。就让忙碌浸润岁月，艰辛雕琢沧桑，冲锋淬火坚韧，拼搏辉映荣光！

此时此刻，我多么希望再多个蝴蝶型铁塔啊，这个"90后"美女就像一只翩翩飞舞的蝴蝶，赏心悦目之时，也把阳光和进取的一面奉献给山川河流、高山湖泊。

安全专责肖海滨，一看他那饱经风霜、黑褐色的脸庞就能猜到他是干什么工作的，作为驻站联络员，他必须提前一小时到工地现场，最后一个离开，当过三年兵的他养成了眼观六路耳听八方的习惯，发现一点安全上的蛛丝马迹，立刻制止。所有的工作一环套一环，按时间节点进行，每放一段线都要停电，与供电公司对接，他不能缺席。因此，家里的事情只能抛给妻子，儿子初中开学，大包小包的上学，也只能辛苦妻子一人去送。母亲的左手摔断了，也只回去了一天，把母亲送到医院就赶回工地；父亲也是搞线路出身，身体不好，有糖尿病和痛风，他也无法陪伴……突然感觉，安全专责是否就像直线铁塔呢？安全没有捷径可走，就应该横平竖直，时时处处高悬着安全标识，防患于未然，与安全隐患彻底绝缘。

2013年毕业于长沙理工大学的"90后"男生、技术员杨智强，很自豪自己年纪轻轻就参与了特高压建设，尤其是跨越铁路的夜间施工，为了把好现场质量关，保证照明和通信不中断，同时也要保证充沛的精力和良好的精神状态，他只能忙里偷闲，见缝插针地休息一会儿。3月到工地，6个月没有回家，为了照顾那些有更重要事情的同事回家办事，自己就坚守工地了。来之前已有了女朋友，但女方父母对自己的工作性质不理解，坚决反对，也只能分手了。这个帅气的"90后"居然有些无奈地叹道：现在找女朋友好难，没有机会接触，也只能随缘了……

年轻的电力人让我想到了跨越铁塔，他们不仅能够跨越高铁，更可以跨越河流和峡谷，让自己在特高压建设中不断历练，提升自己，实现人生高度的一次又一次跨越。

曾几何时，在美景当前时，讨厌电力线路切割了完美的画面，而今仰望铁塔，我感慨万千，把线路看作和谐的音符弹唱着美妙的旋律，不由自主地哼起了奉献之歌：

迎着风，迎着雨

传递光明和电力

虽有挫折和苦痛，不放弃

永不放弃……

资 江 之 上

水是生命之源，"三湘四水"是湖南的代名词。湘、资、沅、澧四水，是7100万湖湘儿女的母亲河。而悠悠资江却有了新的梦想，酒湖特高压将从上方跨过。

一条江河一定有着不为人知的故事，正如资江，我一听到名字，就希望和自己所处的资兴东江联系起来，希望是一个地名的缩写，更是同饮一江水的姊妹。

那是童子湾，一个不起眼的地名，一个长年漂流在资江河流上的名字。传说有个童子山，山上有童子庙，一些人来过，一些人走了，但必经资江，所以这个地方就称为童子湾。而特高压要跨过资江，就必须在两岸建有张力场和牵引场，童子湾渡口就承担了渡船、渡人和渡车辆、设备的重要任务。

在张力场我看到了两个中年妇女和一位老人，他们就是从这里搬走的，他们祖祖辈辈就住这里，连鹰也不拉屎的地方，居然现在成了火热的建设工地，他们搬走两个月了就想来看看曾经居住的地方。他们说着、笑着，还不停对建设者伸出大拇指，并真诚地说道：刚开始搬走我们还不习惯，但看到工地上的建设者如此辛苦，没日没夜地干活，我们不再纠结了，这是惠民的大事，我们无条件支持。

张力场负责对12根截面积为1250平方毫米导线每2500米处的接头进行压接，压接后升空，跨过735米宽的资江河床送到牵引场。

牵引场在河对岸一片收割后的稻田里，整齐的稻梗和长长的导线形成一个美妙的五线谱，建设者们在做牵引线腾空的工作，壮美的资江再添飞翔者的身影。

那些淳朴的建设者来自贵州，黝黑的脸上始终洋溢着腼腆的笑容，当他们在低处紧固导线或在高空挂取牵引装置时，仿佛不是在干体力活，而是在进行一场精美绝伦的表演，软梯上的建设者仿佛在走着钢丝，导线是他们的道具，天空和大地成了他们的舞台，奏响酒湖±800千伏特高压跨越资江建设之歌。

从一个特高压工地到另一个，同一条线路却不一样的场景，火热的导线升空画面定格在一个动人的瞬间，酒湖±800千伏特高压跨越资江正在如火如荼地进行着，刚与柔的结合，线与面的构图，电与水的合奏，弹唱着建设者的动人乐章。有一种牵挂是身临其境，有一种情怀叫特高压，有一种难忘是奉献者之歌……

我相信，沿着河流的方向能够找到家，而沿着河流上方的特高压线路能够看到电网人精彩绝伦的动人身姿。资江一定不曾想到，会在某天醒来，彩虹挽着朝阳从头顶越过，而明天又将会有怎样的辉煌，留住岁月，留住一江深情。

酒湖特高压越高山，跨河流，过铁路，越过山中山，跨过峡中峡，才能将电能输送到潇湘大地，每到一处，都一样忙碌的身影，火热的劳动场面，我不能一一说出他们的名字，也不能一一记住他们的面孔，但我记住了他们脸上淳朴的笑脸，记住了建设者的匆忙脚步，记住了他们为电网事业默默奉献的无私情怀。

我的脚步无论如何赶不上跋涉2000多公里风的脚步，用特高压将风电输送到伟人故里湖南湘潭，他们不是一个人，而是一群人在默默奉献着，他们在河西走廊的戈壁滩上，在极旱荒漠相连地带，架起一个电网，建起一座宫殿，点亮了千家万户温暖的目光。

（作者单位：国网湖南水电公司）

山那边的人

（八篇）

邹群

寻 找 英 雄

　　武陵大山里有数不清的峰峰峦峦、沟沟岔岔，每架山、每道沟都会有一个好听的名字。比如这架山，就叫巴斗山，绵亘数十里；像棋子一样散落在山脚下的村落，叫五里坪、烂泥田、得堡……如果要刨根问底问起这些名字的由来，祖祖辈辈居住在这里的山民，自然会给你讲一个又一个美丽的传说。这些没有多少文化的佤乡人，个个都是讲故事的好手，说得有鼻子有眼，而且赌咒发誓故事的真实性，好像自己曾经目睹了整个事件的发生，让你不得不相信很多年前，这里确实就发生过这样一件件大事。

　　这些村落如今都归兴隆场镇统一管辖。别看兴隆场镇并不大，曾经却是有过辉煌的历史，据说在清朝时这地方叫四都坪，因为物产丰富成了当地政府的屯粮之地。到了乾隆五十九年，因苗民不满清政府的压迫，湘西、黔东北甚至川东南一带（今渝东南一带）苗民相约揭竿而起，最终却被残酷镇压。为了防止再次发生苗乱，清廷修筑碉卡，将四都坪用石头围筑起来，为方便四周村民交易，设每月的初一、初六为集日，到了集日十里八村的山民们各携了自家的农作物来集市交易。见到堡内一派繁荣兴隆的气象，当时的千总杨涛一高兴就改四都坪为兴隆场，一直沿用至今。

　　我坐最早的班车到兴隆场时，早上的浓雾还没有完全散去。当天农历

505

初六，是兴隆场逢集赶场的日子，所以县汽车站提前加开了一班车。两个多小时的山路颠簸得我头晕目眩，根本没有心情去欣赏能合县道两旁的风景。

我此次是专门到兴隆场供电所采访刘志宏的。

一想到刘志宏，我的脑子里就出现一张年轻、黝黑的面庞。因为工作原因我和他打过几次交道，小伙子工作起来浑身有使不完的劲，可是闲下来聊天时，却半天说不上几句话，若是问得急了，便只会冲着我憨憨地笑，那笑先是从眼睛里流泻出来，然后在整个脸上蔓延，最后在嘴角、眉毛处绽开，脸上布满的细细密密的雀斑，便越发地明显起来。

供电所就在镇中心，之前因为检查工作来过多次，去年七月份还跟营销部的几个同事到这里检查工作住了一个星期，所以我对整个镇的地理位置已经相当熟悉。

供电所的面积不大，甚至可以用狭小来形容，整个办公楼是一幢依山而建的二层半小楼，那半层是临街面的营业厅，湘西人总是有本事把现代的房屋也建出吊脚楼的模样来。沿着右边的小道走过一个小斜坡绕到小楼的背后，才能找见一楼的抢修值班室，二楼是抄收班、会议室和所长办公室。

办公楼很安静，二楼没有看到一个人，值班室里有个工作人员正在接听电话。没有看到我想象中同事们忙碌的身影，我又从那个小斜坡绕出来，走进营业厅。

50平方米的营业厅干净整洁，因为面积太小，一跨进去整个营业厅就都在视线范围内。左边的客户等候区摆放着两排座椅，角落的饮水机旁边放着一个雨伞架，右手边立着一个安全用电的宣传牌，再往里是个书写台。正在书写台上整理资料的邓李平抬头看到我，意外地笑着问："邹姐，今天又来检查工作了？"

我摇摇头，神秘地笑笑："今天呀，我是专门来找一个人的。"

他有些疑惑："找谁呢？今天是抄表例日，天麻麻亮大家都出去抄表了，七月份天气热，有的台区又太远，所以大伙趁着早上凉快出工。"

我有些失望："我是来找刘志宏的，看来他也不在所里了。"

邓李平一拍脑袋，这才醒悟过来："哎，原来是找他的呀。自从上星期他救了小孩后，现在可成了我们兴隆场的名人了。你是来采访他的吧，可惜他今天人不在所里，按抄表计划他今天应该是去锡瓦抄表了，估计要到天黑了才回来。"

"锡瓦，锡瓦……"我嘴里不由得轻轻地反复念叨着这个名字。

"谁要到锡瓦去啊？"一个洪亮的声音从身后传来，那声音原本就大，加上营业厅实在太小，好像是耳边突然有一口大钟在敲似的。我转过身，看到一位瘦削的老者走了进来，头上包着当地老人常见的黑色苗帕。只从声音来判断，问话的主人应该是一位精壮的中年汉子才对，我实在无法将那洪钟般的声音与眼前这个年近七旬的老者联系起来。

邓李平见了来人，笑着招呼："田阿公，今天这么早来赶场了啊？"邓李平是兴隆场本地人，在供电所工作已经有7年了，加上这个镇并不大，所以他认识镇上的每个人。

"我昨天晌午就到场上来了，我亲家留我吃酒，结果吃到了天黑，就歇了一夜。明天是我新屋上梁的好日子，我赶了个早场，称了些肉回去准备明天请客。"老者爽朗地边说边笑，想要让所有的人都分享到他的好心情。

我有些心动了，主动问道："阿公，你家就住在锡瓦么？锡瓦离这里有多远？要走好久才能到？我是从县城的电力公司来的，想去锡瓦找个人。"

阿公笑着打量我说："我住在锡瓦70多年了，你要找的人我都认得，要去的话可以和我搭个伴走，才几脚的路就到了。"

我征求地看着邓李平，他有些不放心："田阿公是我们这一带有名的歌郎，老老少少都很尊敬他呢，你若真想去锡瓦找刘志宏，跟着他一起搭伴走倒是不错，只是，只是……"吞吞吐吐了半天，他才又说："你平时没走惯山路，只怕你走到锡瓦有点恼火，不如就在供电所里等一天，他晚上会回来的。"

我在内心暗暗盘算，今天不见到刘志宏我的任务就不算完成，所以回去的念头是打消了，而坐着等到晚上，像我这么性急的一个人，这一天该有多么漫长啊。便决定："阿公说没几脚路，应该不会太远，我平时也经常运动，走走山路没问题的。"其实心里还有一个打算，我这么年轻，如何走不过一个70岁的阿公呢？

跟着阿公出了供电所，就往锡瓦的方向走去。

离开镇上越远，脚下的路变得越窄，弯弯曲曲活像一条理不直的鸡肠子，路边不时有探出来的草茎和荆棘，走过去时，叶子上的露水便珍珠般洒落在裤脚上，两只小腿和脚背便会觉得凉飕飕的。

阿公背着一个大大的背篓，背篓里有肉有酒有油豆腐，还有几坨圆圆红红的大地红炮仗。我跟在阿公后面，见到什么都觉得新奇，叽叽喳喳像只小麻雀。

阿公，地里种的高高的像树一样的是什么？阿公，前面那个寨子，是不是锡瓦？阿公，你有没有觉得累，我来帮你背背篓吧？

阿公笑着，每次都等我问上几个问题了，再慢慢地一起回答我。那个叫苞谷秆，阿公年轻过苦日子的时候，寨子里的人都是靠吃苞谷和红薯才活过来的，现在我们都不吃这个了，卖到城里去，给你们这些城里人吃；前面那个寨子呀叫坪不亮；阿公背这一点不算什么，倒是你这个小丫头，莫只顾得东张西望的，要好生看脚下的路，若一跤跌到崖坎下去，阿公又要背你又要背东西，就只怕真的背不动了。

我们斜斜穿过一片茂密的杉树林，才踏到半山腰的梯田埂上。只见梯田绕着山体的走向，一亩连着一亩地四处延伸，窄而长的田像是一条条长长的苦瓜或畸形的葫芦，不断地往上生长，像是要长到天上去一样。那田里也不种别的作物，只栽种着一种叶子宽大的植物，整个山坡全都是。

我看得呆住了，问阿公："这是什么菜呢？"阿公笑了笑说："这个呀，是我们佤乡人的金叶子。"金叶子？可是绿油油一片，哪里有一点金色呢？我不解地蹲下去，抚摸着田埂边那宽大叶子的纹理。阿公也停了下来，伸了手把挂在腰间的烟杆取下了，又从怀里摸索着掏出些烟丝续上，慢腾腾点燃抽上一口，说："别看现在是绿的，等成熟后割下来晒干，黄澄澄的一片那才叫好看呢，户户人家的屋檐下就都挂满了这金叶子。"我问："晒干了用来做什么呢？"阿公扬了扬手里的烟杆说："做成烟呀，卖到城里的卷烟厂去可以赚大钱，这讲起来还要感谢你们电力公司呢，自从前些年农网改造后，农村都用上了电烤烟，硬是比以前用土办法烤的方便、划算，用电烤出来的烟味道也要好很多，现在户户都种烤烟，家家都发财了。"

正说着话，不远处烟叶地里传过来一声招呼："田阿公，这么早就赶场回来了？"只见密密的烟叶丛里钻出来一个年轻的后生，光着上身，挽了裤脚，汗水顺着紫铜色的胳膊往下淌着。见我盯着他看，他倒有几分害羞起来，憨笑着露出一口雪白的牙齿。

阿公认了半天，叫道："这不是老杨家的二小子吗，去年我到你们村做客吃酒时，听你爹说你出去打工了，是不是在外头惹事跑回来了？"

"阿公，现在在外头打工也难啊，什么都得花钱，上个茅房都收费。我们寨子里和我一起打工的后生都回来了。"那年轻人从地里走了过来，搓了搓手上的泥，带着几分狡黠继续说："阿公，我算了一笔账，打工每个月赚4000多，刨去各种开销一年下来也就存个两万块，这还得厂里效益好，遇到老板拖欠工资的时候，过年回家的路费都没有，还不如在家里种辣椒种烟叶。"

阿公惊讶道："没想到啊，你那个枞树兜一样老实的爷娘生出了你这么个名堂经多的娃娃。"

年轻人不好意思地支吾起来："这账是刘志宏帮我算的，我俩是小学同班同学，去年我过年回家的时候，遇到他来村里抄电表，他帮我算了算，我们坪不亮农网改造后，抽水、打米、烤烟样样都方便了，我屋里这52亩地，去年就产了167担烟，总收入8万元，刨去各种开支，纯收入就是5万元，坐在家里就能赚到钱，哪个还跑到外面去受那个罪。"

我听到刘志宏的名字，顿时来了兴趣，忙问道："你说的刘志宏，是供电所的刘志宏吗？"

他撇了撇嘴，好像对这种问题表示出不屑："当然是他了，我们寨子里哪家修个灯接个线，都是他。上个星期他还救了我们村杨婆婆家的孙子，现在整个兴隆场镇哪个不晓得他哦。"

这个时候阿公也抽完了一袋烟，将烟锅在脚底叩了塞在腰间，大声对那年轻人说："快去服侍好你屋里的地，你爹还指望这些金叶子给你娶堂客呢，对了，打转身给你爹讲，让他明天晌午到阿公屋里来吃酒，阿公屋里明天上梁。"

走了很远，我还在想着那个年轻人的话，想不到还没找到刘志宏，就已经听到他的故事了，看来我对他的采访已经开始了。

我现在正一步步靠近刘志宏。

通向英雄刘志宏的路却越来越艰难。

山路变得狭窄。我们走在山谷之间，山谷那样深，太阳也照不进来，时不时有奇形的树枝和怪状的石头冷不丁地探出来，要么悬在我的额头上，要么扯着衣服不让我走，曲折的转角让我总是怀疑路在前方某个地方会突然地断了，或者直接把我引到悬崖上去……不过我想到自己这是杞人忧天，锡瓦的村民经常要走这条山路去兴隆场，刘志宏每个月都要走这条路去抄表、收费。

正当我低头走在这条不堪言说的险道上时，阿公突然亮开了嗓子唱：

大家分开居，才好建村落

大家分开住，才好开田土

一支住方先，一支住方尼

一支住者雄，一支住希陇

……

经过千般难，受过万般苦

迁来到西方，创造好生活

……

歌声在山谷里四处回荡，开始只听到一个声音，慢慢的声音越来越多，竟像是有很多人在附和着一起唱。那曲调没有太多起伏，如同一条平静的河流缓缓流过，无始无终。长途迁徙的苦难，劳作生息的艰辛，以及人生短促、老之将至的悲叹，这歌里都交代得清清楚楚。我听得入了神，内心便隐隐觉得愁苦起来，眼睛里有些潮湿。

半个小时后我们穿过了山谷，眼前豁然开朗。

到了此处，山与山之间商量好似的退让开，腾出一小片平地，几十户人家青瓦粉墙错落有致，集结成一个村落，村前有一个水库，给这个村子带一些儿灵气，阿公说这就是坪不亮村。我不由得想起陶渊明的《桃花源记》中"土地平旷，屋舍俨然，有良田美池桑竹之属"的世外桃源，应该就是这样的吧。

隐隐听到一阵狗叫声，那叫声由远及近越来越紧凑，一只大黑狗从草丛里窜出来，尖竖着耳朵，警惕地瞪着我们，带着浓浓的敌意露出它那尖利雪白的牙齿。我躲在阿公身后吓得双腿发软时，只听见有人在后面大声地训斥道："瞎叫什么，莫吓着了过路的客人。"那狗也是奇怪，听了这声呵斥马上变得老实起来，低头摇了几下尾巴转过身就跑远了。

我从阿公身后伸长脖子看去，只见一个阿婆扬了手中的蒲扇招呼："原来是田阿公，这么早赶场回来了？咦，身后还有个小姑娘，这是你屋远房的亲戚吧？"

阿公笑了笑："莫乱讲呢，这是从县城电力公司来的干部，就是刘志宏他们单位上的领导。"

那阿婆听了这话脸色一变，忙走过来拉着我的手，热情地说："小姑娘，你是志宏单位的领导啊，快到我屋去坐坐，阿婆刚酿好了甜酒，快到我屋里吃一碗。"说完就拉着我往她家走去。

她家就在寨头，门前三棵高高的板栗树并排立着，树下有一个7岁左右的男孩子，正在跟刚才那只大黑狗玩。还没进屋，阿婆就冲屋里叫起来："老头子，来贵客了。"一边说着一边走进屋去，出来时，手里端着两大碗甜酒，身后还跟着一个老人，拿了两把椅子，摆放在屋外的板栗树下，冲我们直招呼："快坐，快坐。"

我接过递过来的甜酒问道："阿婆，你也认识我们供电所的刘志宏么？"听了这话，阿婆没有回答，眼睛却红了，一把揽过身边玩耍的小孩，一边低了头用衣襟去擦眼睛。这一幕让我疑惑不解，不敢再问。

好在阿婆马上接着说起来："上一场我们家老头子早早就去镇上赶场去了，留我一个人在屋里带孙，吃过晌午饭我看孙子跟寨子上的大伢儿在玩，就到辣子地里薅草。刚到地里就听有人来报信，讲我屋里孙子掉到水库里去了。当时吓得我脚也软了,眼珠也发黑了,天要塌了一样。现在都不晓得是怎么从地里跑回来的。"说到这里,阿婆依然心有余悸,好像回忆让她又回到了几天前的那一幕:"我儿子媳妇都在外面打工,就生了这么一个独苗,走时千交代万交代要我们俩把伢儿看好,如果我孙子没有了性命,我还有什么脸面见他爹娘啊,干脆我们两个老兜子也跳水库死了算了。"说完,声音哽咽,眼泪止不住流了出来。

阿公见了忙劝道:"你孙子不是让志宏救回来了吗,大难不死必有后福,我看你家娃娃,以后会有大出息咧。"听了这话杨阿婆用衣角抹了眼睛笑着道:"是呢是呢,没有志宏,就没有我这个小孙子的性命,也没有我们老两口的性命。我们祖孙三人的命都是志宏给捡回来的,是你们供电所给的。"

我问:"阿婆,可以带我去看看那口水库吗?""要得要得,就在我屋前头。"阿婆带着孙子,叫上邻居阿金一起领着我来到水库边。

水库离寨子并不远,没走上几分钟就到了。

水库的水以前供寨子里的妇女们洗衣,天旱时是附近田地浇灌的主要来源。因最近几年自来水都通到家里,所以来这里取水的人也变少了,水库逐渐废弃,却成了寨里孩子们夏天最好的去处,虽然长辈偶尔也会叮嘱几句要注意安全,可是终究只是嘴上说说,转过身也就由着他们了。

此时往日安静的水库,却像一个张着大嘴的妖怪,满水库浮着水草,水绿得深不见底。西侧有个台阶,因水库的荒废,那台阶也长满了杂草。我站在水库边,听当天亲眼见证了整个事情过程的阿金给我说起那天发生的事情,基本还原了当天的情景。

五天前的中午,刘志宏巡线从这里路过,就听到水库边有孩子在大声哭叫:"啊,啊,啊……"这惊骇的哭声显得那么异常,刘志宏忙往水库边跑,看到有个5岁多的小孩子正站在水库边,对着水库一边哭着一边喊,而水里有个孩子正在扑腾,只见小脑袋在水面晃了几下就没影了。顾不得多想,刘志宏几步跑到台阶上,衣服也没脱就一头扎进水库里。可是水浑浊得根本看不到孩子,刘志宏只能凭着记忆在孩子刚才挣扎的地方往下摸,总算抓住了孩子的胳膊,而这时孩子惊慌得乱挣扎,把刘志宏也往水底拖了下去。

水库足有7米多深，水底早已经满是淤泥，站是站不稳了，最要命的还是肆意生长的水草，像是一只只伸长的魔爪，缠住了刘志宏的右腿。若是再在水底缠些时间，别说是救不了孩子，只怕他自己也要把命留在这里了。正在这时，工作服上衣口袋里硬邦邦的电工刀让他突然灵光一现，忙腾出右手取了电工刀，割断缠在腿上的水草，然后拼了最后一丝力气，托举着孩子泅到了岸边。

这时，从附近听到了动静的几个村民，也都赶了过来，阿金就是最先赶到的一个。当他从刘志宏手里接过孩子，用手探了探孩子的鼻息，失声叫道："没用了！没用了！"已经精疲力竭半跪在一边的刘志宏听了这话，一把扑过来抱起孩子，将孩子的小身体伏在自己的膝盖上，不停地拍打他的后背，如此反复几次，又翻过孩子的身体平放在地上，用双手按压他的腹部。不一会儿，只见孩子嘴里吐出水，鼻子有了气息，继而哇哇大哭起来。

见到孩子哭了，刘志宏瘫软得一屁股坐在地上笑了。

"好心人啊，好心人啊！"阿婆不停地念叨着："这个娃娃硬是用他自己的命把我孙子从阎王手里抢了回来呢。"我脑子里又出现了那张布满雀斑的黝黑的笑脸。

离开坪不亮和阿婆告别时，阿婆知道我要去锡瓦找刘志宏，便用竹筒装了满满的一筒甜酒，非让我带给刘志宏，还一直叮嘱我，晚上我们从锡瓦返回路过坪不亮时，一定要到她家里来吃晚饭。

"阿公，锡瓦还有多远？"我已经迫不及待地想要见刘志宏了，阿公指着前面说："翻过这个山头，就到了。"

我们继续赶路。已经顾不得山高路远，我知道我离我们的英雄，越来越近了。

两 个 兵

烈日下，铁塔像一尊刚刚罚下天界的巨龙，四爪抓地，喘息甫定，庞大的身躯倒插云端，摆出一种桀骜不驯的姿态。

塔下，一高一矮，站着两个人。

老兵看着很老，个子不高，穿着半旧的工作服，拎着安全帽。两条手臂如悬崖的荆根，宽额宽嘴，头发麦穰般覆在又圆又结实的脑袋上。他仰着头，如炬的两只眼睛透着坚毅，逼视着新兵，豆大的汗珠从他的额头流到下巴，摔在地上。

新兵看着很新，个子不矮，穿着崭新的工作服，戴着安全帽，眉清目秀，红馥馥的国字脸，鬓毛如新出壳的乳鸦，又嫩又湿。他耷拉着脑袋，一副很委屈的样子。汗水已经湿透了他的前胸、后背。

"爬上去!"老兵再一次低声命令。

新兵头也不抬，怯怯地嗫嚅着："太高了……"

他不敢直视老兵，只看着脚下几棵半枯的野草，和草叶上曲起前腿在不断打躬的蚂蚁。

"再沤，就蒸了馒头了。晒在这里舒服？"老兵似乎已经耐不住这种憋闷了，朝新兵走了过来，喝道，"今天你必须爬上去，你是个兵，那里就是战场，就是高地!"

"我已经退伍了，现在不是兵，只是供电公司普通的输电运检工。"新兵只顾低着头涨红了脸嘟哝着，他丝毫没有发觉老兵走近了他。

"不是兵!"这三个字瞬间将老兵的情绪引爆，他怒目圆睁，额头上的青筋暴起，火气就像炸药包一样炸开了。他冲过来一脚踹在了新兵的大腿上，吼道："一日当兵，终身是兵，离开部队，就不是战士了？你敢说你不是兵!"

新兵被这突如其来的一脚踹翻了，脑子里嗡的一声，还没有明白过来偌大的身躯就轰然委地，安全帽歪到了半个脸上。

"起来!看你这个怂样。别以为躺在地上就可以躲过去。今天如果不爬上去，你这一辈子都只能趴在地上过日子!"老兵又疼又气，一边骂骂咧咧，一边往头上系安全帽。

新兵慢吞吞地从地上爬起来，拍了拍身上的尘土。

看着新兵狼狈的样子，老兵嘴角露出一丝怜爱的笑意，他往前迈了一步，新兵警惕地往后退了一步，惊慌地看着老兵。老兵命令道："别动。"伸手把新兵头上的黄色安全帽整了整，又将带子紧了紧，蹲下身去将新兵松开的绝缘鞋带系紧。

新兵不知所措地站着一动不动，看着蹲在他身前的老兵，喉咙动了动，最终什么也没有说出来。

系好了鞋带，老兵站起来，重新对新兵全身上下仔细检查了一遍，从自己的工具包里摸出一条绳子。他把绳子的一头系在自己腰上，另一头系在新兵的腰上。系好后，平静地看着新兵的眼睛，说："来！我陪着你爬。"

新兵的心里涌过一阵热浪，就像颠簸的小舟一下子驶进了安全的港口，他的心不慌了，腿也恢复了力量。

两人开始往铁塔上爬，新兵在前面爬得慢，老兵跟在后头也不急。烈日下的铁塔晒得滚烫，虽然隔着手套，依然能够感觉到火辣辣的温度。

看着爬在前面手脚有些笨拙的新兵，老兵不由得想起了20年前自己第一次爬铁塔的情景。也是这样的一根绳子，只不过，爬在前面的是自己，跟在后面的是自己的师傅。

"陈强，不要怕，来，师傅带着你。"那时老兵刚退伍，还是个稚嫩的新兵，面对高大的铁塔也是手脚发软，他的师傅就是用这样一条绳子，把他从地面带到了塔顶，从一个二十出头的新兵，带成了运行检修的岗位能手、全省劳模，直到10年前老兵接替退休的师傅，成了带电二班的班长。

越往高处，新兵爬得越慢，双腿发软，好几次差点踩空，老兵在后面冷静地提醒着，集中注意力，手抓紧了，脚踩实了，身体别僵硬，气喘匀了，累了就停一会。老兵话不啰唆，句句铿锵有力，敲在新兵的手上、脚上。新兵的心里不再想着铁塔有多高，只记住抓紧了、踏实了，不能有一点虚松，手脚如钉，再高的铁塔也是一步一步上去的，没有半点懈怠和捷径。

爬了快20米，风在耳旁呼呼地吹，鸟从身旁成群地过，公路越来越细，楼房越来越小，一切都错落有致地铺在脚下。与山峦齐腰，仿佛能看到远处山上的藤萝攀岩、古松悬壁。

老兵停下来解开了身上的绳子，爬在前面的新兵似乎有所感觉，惊叫了一声："师傅！"老兵命令道："往上爬10米就是塔顶，师傅陪你爬到这里，剩下的这10米就靠你自己了，师傅会一直在这里看着你的，别怕！"

失去了老兵的陪伴，新兵心里一下子空落落的，半天僵在那里，像是一只粘在壁上的蝙蝠，一动不动。老兵抬头见了，大声喊道："你是战士，立过功！冲锋号一吹，你脚下的悬崖、乱石挡住过你吗？"

那是在新疆某陆军兵团军事演习时，部队来到了半山腰，连长对他们下达命令，十分钟占领眼前的高地。他们奋不顾身，攀藤跳涧，扼住了制高点，出色地完成了任务，荣获了三等功。事后他们观察地形，哪一步不实，都是粉身碎骨，但是，如果不占领高地，更是全军覆没。

不就是10米吗？新兵抬头往上望去，塔顶离自己已经很近了，师傅说得对，前面怎么爬的，后面就怎么爬，手脚如钉，步步生根，好！一步，再一步，再一步……

8米，5米，3米……眼看就要到达塔顶了，新兵内心的恐惧渐渐被另一种感觉取代，那是一种战胜自我后的全新的感觉。其实，爬铁塔比抢占阵地容易得多，爬铁塔不用抢时间，不用躲避，只要步步踩实，就能安全到达，只要战胜了内心的恐惧和慌乱，集中精力，不麻痹大意，爬到云顶又有什么难的呢？

当新兵终于站在塔顶时，他已经听不见老兵的声音了，风温顺凉爽地吹在他脸上，白云近在眼前，似乎伸手可摘。在这天地之间，他和这高大的铁塔融为一体，突然之间就有了铁塔般的灵魂和意志，那一根根通向远方的电线，如同自己伸展出去的翅膀，那整齐的一串串瓷瓶奏响着胜利的乐曲。他的人生在这塔顶，获得了一次重生。新兵深深地呼吸着这离地30米的空气，冲着远方大声地呼喊，四面青山传来久久的回响。

在离新兵10米远的脚下，老兵仰着头往塔顶望去，阳光下新兵像是一只飞翔在云端的鹰。老兵眯着眼笑了。

老谭和他的安全帽

老谭有一顶安全帽。

老谭有一顶和别人不一样的安全帽。

看过老谭安全帽的人，都会当着他的面评价：难看。这顶在众人眼中"近乎丑"的安全帽，褪色得非常厉害，上面还有一些歪歪斜斜的划痕，灰头土脸上不了台面，倒是跟老实巴交的老谭很配。

不管大家如何评价，反正老谭无所谓。在他眼里，全供电所的安全帽都没有他的好看。不对，是全公司的安全帽都没有他的好看。

老谭叫谭永恒，是国网泸溪县供电公司兴隆场供电所的台区经理。平时，不管是同事还是村民，只要喊一声"老谭"，老谭就会随时出现，好像从地缝里钻出来一样。当然，和他同时出现的还有他那顶"难看"的安全帽。

老谭为何如此珍视这顶安全帽？这得从头讲起。

2003年，"老谭"还是"小谭"。

刚刚从乡镇村电工变成供电公司的电力职工，谭永恒像个孩子一样对一切都非常新奇。新的身份、新的工作服、新的工作单位，特别是那顶崭新的安全帽，拿在手上沉甸甸的，太阳底下还黄灿灿地晃眼睛。

50多岁的罗刚生是谭永恒的师傅，除了教他爬杆、巡线，还经常跟他念叨安全帽的重要性。听多了，小谭就开始嫌烦：不就是一顶帽子吗，我做了好几年的村电工，从来没戴过安全帽，不也啥事没有吗？

当然，他也只是心里嘀咕。对师傅的"啰唆"他不敢反驳。

那年春天的雨下得特别大，溪里的水变得浑浊，疯了一样地往上涨。罗师傅坐立不安，天天带着小谭沿溪往上游巡线。

有天雨稍微小了一点，师徒俩一前一后骑着摩托车，去最远的老头冲台区巡视。连续几天的暴雨把山路冲垮了一小半，加上路太滑，罗师傅的摩托车直接冲向田坎下，人也被重重地甩出去，一头撞到了路边的大石上。

骑在后面的小谭吓得从车上跳下来，连滚带爬哭喊着扑到师傅身边。罗师傅从泥泞中坐起来冲小谭乐："莫哭，我还没死呢。"只见路边那块大石头被撞成了两半，而师傅头上的安全帽却一点事也没有。小谭指着石头惊呼："师傅，安全帽比石头还硬咧。"

那以后，小谭去哪里都戴着安全帽。爬电杆戴，抄电表戴，收电费也戴，安全帽成了他的标志，像是跟他的脑袋长在了一起。

"小谭，又来检查线路啦!"

"小谭，中午莫走了，到我屋里吃饭去!"

"小谭，后天寨上过六月六节，热闹得很，到时候来听山歌啊!"

……

小谭就这样戴着他的安全帽，翻过兴隆场的重重山岭，蹚过锡瓦村的长长小溪，穿过巴斗山的层层密林，走进散落在武陵大山里数不清的村落里，也走入了当地佤乡人的心中。

2008年1月底，湘西遭遇了50年一遇的雨雪冰冻灾害侵袭，泸溪县电网配电设备大面积覆冰，高寒山区输电线路长时间冰冻负重导致断线倒杆。一夜之间，交通封锁，水管冻裂，电力、通信等设施遭受重创，居民纷纷抢购蜡烛，囤积粮食……

临危受命，谭永恒拿上安全帽，和供电所的同事们一同冲进了风雪中，奔赴兴隆场镇巴斗山。

"泸溪有座巴斗山，离天只有三尺三。"巴斗山地处泸溪、凤凰和麻阳三县交界处，是此次冰灾最严重的受灾区。由于山高、坡陡、弯多、崖险、路长，加上大雪封山、天寒地冻，人工抬电杆上山这种最原始的方法也不奏效，几十吨的抢修物资只能靠几个人前拉后推，以"厘米"为计数地前进。

连续会战10多天，谭永恒和他的队友们吃住在巴斗山上。从林子里钻过，不时会有大块的冰凌掉落下来，砸在安全帽上咚咚作响。

抢修接近尾声，大家的热情也异常高涨。经过打坪冲时，山路又窄又陡，被大雪压断的树枝突然倒下来，正好砸在谭永恒头上。只见谭永恒脚下一滑，整个人摔倒后溜入山路边树丛中，一下就消失不见了。大伙心头一紧，冲着白茫茫的林子撕心裂肺地喊着谭永恒，声音在山谷里回荡。"来了来了。"没过一会儿，谭永恒从树丛中钻出来，不好意思地拍拍屁股笑道:"树枝砸到了安全帽上，脑壳没事，就是屁股摔疼了。"

2月5日，在春节前所有线路恢复了送电。电视机里春节联欢晚会的欢笑声，准时在千家万户响起。

2019年夏天的太阳，比往年更炽热。

入夏后，老谭一天也没有闲着。他负责全镇近3000户客户的用电，每个客户的用电情况在老谭心里都有一本账。兴隆场是个农业大镇，也是全县辣椒、烟叶的重要种植基地，一炕炕的烤烟正在烤房，一分钟也断不得电；喜农食品公司冻库里1万多吨的玻璃椒是全镇892户贫困户的希望；连日的干旱高温让五里坪的稻田快要"渴死"，需要马上帮助村民灌溉抽水……当然，抄表催费、线损管理、清理树障、故障抢修等等日常工作，一个也都不能落下。

因为长时间在烈日下暴晒，安全帽褪色得相当厉害，安全帽下那张憨实的脸也晒得黢黑。偶尔脱下安全帽，老谭黢黑的脸颊上会出现两条非常明显的白色线条，那是安全帽绳下的两道印。

老谭没日没夜地跑，有个人却看他"不顺眼"。

"老谭，把你这顶安全帽换了。"供电所所长陈仕力瞪着他的帽子命令。

"所长，我这顶帽子是有点不好看，但是安全帽的使用期限是30个月，我这顶安全帽从领用到今天满打满算才25个月零18天，也没有破损，质量好得很。"听说要他换安全帽，老谭急了，抓住他的安全帽紧紧不放。老谭对这顶陪他抄表、抢修，为他挡过破瓦、水泥的安全帽有一种深深的情感。

陈仕力拍拍老谭的肩膀："又不是让你换个堂客，还儿女情长起来。知道你工作认真负责，给你换顶新帽子，更安全更好看。"

新的安全帽发下来了，在太阳底下黄灿灿的晃眼睛。这让老谭想起了他的第一顶安全帽，也想起了他的师傅。时间真快，这16年间，老谭自己也记不清楚用了多少顶安全帽，他只知道爱护他的每一顶安全帽，就像爱护他身边的同事、亲人一样。是它们和他一起上杆、抄表、巡线，是它们见证了他从"小谭"长成了"老谭"，是它们陪着他日晒雨淋，守护着他的安全。

"老伙计，再见了！"老谭低着头轻轻抚摸那顶褪色的安全帽，然后拿过新的安全帽，稳稳地戴在头上。

张 孝 最 脱 贫 记

张 孝 最 命 苦

第一次见到张孝最的时候，他正从屋里冲出来。

他跑得很快，几步就跨过苞谷地，从田坎跳下去，然后消失了。

我还没反应过来，一个肥硕的身影披头散发挥舞柴刀从我眼前呼啸而过，号叫着往张孝最消失的方向追去。

黑黑的门洞里，露出两张小脸，惊恐地往外张望，又赶紧缩了回去，屋内破烂不堪的家具和衣物扔得到处都是，堂屋中间的鼎罐被踢翻，撒了一地的稀饭还冒着热气。

这就是张孝最的家。

张孝最9岁死了爹，娘改嫁后再没回过毛茂田，留下了他和比他更小的弟弟。成年后，因为家里穷，弟弟扛着铺盖去邻村做了上门女婿，直到30多岁张孝最才经人介绍娶了几十里外青草村的女子。那女子有些痴傻，相亲那天流着口水冲他一个劲地乐，张孝最心里不欢喜，脸拉得老长，介绍人暗暗掐他："你这条件，能娶到个堂客就不错了。"

原指望结婚后女人的病能好些，谁知道越发地重了，隔三差五发病，一发病，就砸东西打人，满村到处跑，张孝最只得没日没夜地守着她。女人虽然常发病，生起孩子却没有耽搁，一边是不断地给女人治病，一边是两个孩子的出生，原本困难的生活就更苦了。

这都是来之前，毛茂田村支书给我介绍张孝最的情况。支书边说边摇脑袋，最后用了两个字做总结："造孽！"

一袋烟的工夫，灰头土脸的两人从田坎上回来了。女人低头走在前面，神情呆滞，眼泪鼻涕抹得满脸都是，张孝最耷拉着脑袋跟在后面，手里拎着柴刀，裤管扯开了很大个口子。

"孝最哥，我是来结对帮扶您家的电力公司干部，我姓邹，您叫我小邹就行了。"我主动上前介绍。

听说我是来扶贫的,张孝最蹲在火塘边收拾打翻的鼎罐,长长地叹气:"你刚才也望见了,我这个堂客脑壳有问题,随时会发病,两个伢儿又还小,一屋的嘴巴等着要饭吃。唉,都穷了这么多年,命苦!"

说完,这个中年男人两眼直勾勾盯着火塘中燃烧的枞树兜,再也不出声。

跳　楼　风　波

"张孝最要跳楼了!"接到村里的电话,我马上坐班车直奔毛茂田。

我赶到那里时,张孝最正骑在村部楼的瓦脊上,神情激动,随时要跳下来的样子,支书骑在瓦脊的另一头苦口婆心:"莫冲动,有话好好讲,你这是要做哪样?"

"支书,你莫过来,你过来我就跳了。"张孝最作势要跳,惊得下面看热闹的人一阵唏嘘声。

我心里一紧:"孝最哥,快下来,世上没有过不去的火焰山,莫要吓着你屋伢儿和堂客,你要是摔断了颈根,两个伢儿造孽呢。"

"邹干部,你莫劝我,我想死,我真的活不下去了,你行行好,就让我死了吧。"张孝最说着,眼泪流出来。

我鼻子发酸:"孝最哥,有什么委屈你下来和我讲,我给你做主。"

"我堂客上次发病,是村干部送她到吉首住了半个月院,今天又发病了,村里没把她治好,我要村里赔钱、赔人!"有了我撑腰,张孝最理直气壮地大声喊,像是在宣布主权。

村支书哭笑不得:"孝最,做人要摸到良心讲话。以前你屋里穷得没得一根毛,连给你堂客吃药的钱都没得。现在国家扶贫政策好了,村里送你堂客去治病,给你报销医药费,你还赖上村里了!"

"孝最哥,人若想死,阎王也救不了,不过,你这一头栽下去,你是解脱了,你的伢儿怎么办?多好的一对伢儿,你要让他们没有爹吗?你想想你自己从小没有爹的日子有多苦,你想让他们也跟你一样吗?"我仰着脖子冲他吼。

伢儿是他的软肋，骑在瓦脊上的张孝最耷拉着头半天没出声，像只斗败的猴。

我好言道："快下来，我们赶紧送嫂子到吉首看病去。"

张孝最讪讪地给自己找台阶："这次治不好，我还找村里赔。"下面的人早就搭了长梯子，张孝最慢慢地下到地上。

去医院的车上，我跟他说："我晓得你心里委屈，人生在世哪个没个委屈？有点委屈就想死，那是怂，你让两个伢儿看到你这样当爹的？"

张孝最脑袋低下来，快要扎进裆里去了。

辣 子 红 了

跳楼风波后，我去毛茂田的次数更勤了。

开春下种时，去看张孝最的种子化肥准备好了没，学校开学了，给孩子们送去新书包。见他家的土墙屋破旧不堪，下雨天屋里到处都漏水，我和支书一起跑了几趟镇里，给他家争取危房改造项目。

两个伢儿已经跟我很亲近了，围着我讲学校的同学、老师，讲外婆家的小黑狗，叽叽喳喳的像两只小雀，他女人每次见了我也会友善地咧着嘴笑。

七月的日头跟辣椒一样火辣辣地晒得人生疼，我和村支书找到张孝最时，他正戴着草帽在辣椒地里摘辣椒。我老远冲他招呼："孝最哥，今年辣子收成好得很呢。"听到声音他扭过头，皱着眉一脸的愁容："好是好，不过……"

我笑道："那你还愁什么哦？"

他指着辣椒地："你看，地里的辣子全都要下树了，不摘就要烂在地里，摘了又卖不掉，堆地屋里心焦得很，半夜都困不着觉。"

村支书笑了："你只操心你屋这几亩辣子，我要操心全村200多亩辣子呢，这不，电力公司早替我们考虑到了。"

我连连点头："放心吧，我们全湘西州电力公司职工食堂的辣子，都由你们毛茂田提供，我们还联系了省电力公司，要把你们的辣子送到长沙去呢。以后你们养的鸡、鸭、稻花鱼，都可以通过我们的电力销售平台卖出去。"

"邹干部，你说国家那么大，咋就知道我张孝最？咋就知道我堂客脑壳有病？咋就知道我屋的辣子卖不脱？"张孝最疑惑地摸着后脑壳，抛出一连串问题来。

我认真地回答："你过得好不好，咱们的共产党和国家都知道咧，所以专门针对像你这样的贫困户制定了精准扶贫政策，又派了像我这样的扶贫干部来结队帮扶。党都讲了，只要有志气、有信心，就没有迈不过去的坎。你呀，只管撸起袖子加油干！"

张孝最紧皱的眉头这才舒展，脸上笑得像开了朵南瓜花："攒劲干攒劲干，政策这么好，又有你们这么支持，连党都牵挂我，我是要攒劲干。"笑到一半突然停下来，紧张地问："那党也知道我上次跳楼的事了？"

我乐得差点滚到田坎下去了。

危房改造项目批下来的那天，张孝最接过盖着鲜红公章的批复文件，双手颤抖。他看看我又看看支书，张张嘴，喉咙抽动了几次却没说出话来，扭过头看他那随时会倒的破房子。

日头底下，他眼睛里亮亮的，像是浸了村头的溪水。

打 架 事 件

"打架了，打架了！"刚进村，就见有人一边喊一边往村头跑去，身后跟了一群抱着娃、端着碗的村民，支书火烧火燎地在其中。

"支书，怎么了？"我追上去大声问。

"我也不晓得，听讲是孝最跟孝武打起来了，哎，真是脑壳痛。"支书跑得气喘吁吁。

又是张孝最！我心里一沉，想起他以前跳楼的样子。

等我和支书赶到村头时，两人已经被拉开了，却是彼此都不服气，拳头捏得嘎嘎响，隔着田坎高一声低一声地对骂，你来我往充狠称雄，谁也不服输。

"当了三天水管员，硬是不得了，山里的水又不是你屋的，老子就是要往我屋田里引，关你什么事！"张孝武弯腰捡起块岩头，往田坎对面砸过去，嘴里骂骂咧咧。

"都往你的田里引，别人的田就要干死了!"张孝最脸气得通红，颈根上的青筋鼓得老高，像是被塞满了苞谷的鸭。

"你是被你那癫堂客传染得癫病了，脑壳不正常。"

"你，你，你……"张孝最气得下巴骨直打架，扯起旁边碗口粗的扁担就要扑过去，被众人拉住。

"孝最，莫动手。"支书黑起个脸两边吼："孝武，现在田里都缺水，引来的水要一家家地灌，你就只想到自己，是要让全村的田都干死吗? 丢你屋先人的脸咧!"

张孝武一下就蔫了。

见到我，张孝最有些尴尬地把扁担藏在身后："邹干部，让你笑话了，村里选我当水管员是相信我，我……"

我笑道："你今天维护村里的利益，做得很对。不过下次要注意方式方法，好好跟人家讲道理，莫骂苕话，处理不了的还有支书，还有乡政府，莫再跟人打架了。"

"晓得了。"张孝最咧着嘴不好意思地笑了。

竖 新 屋 了

张孝最新屋落成后，我又去了毛茂田。

两层楼的新房，一楼是堂屋和厨房，二楼住人是卧室。楼梯在厨房外面的过道上，门前的院子里，一群小鸡正低头啄米，旁边圈里的猪吃饱了食，在猪栏门上蹭痒痒。

张孝最没在家，两个孩子也没在，他女人坐在堂屋看电视。几次治疗后，她看起来跟村里的女人们没有什么区别了。

"你这新屋竖得体面，你也瘦了好多，变漂亮了呢。"想想第一次见到她又脏又胖，口水横飞挥舞柴刀的样子，再看看眼前干净利索的女人，实在无法想象是一个人。

听了我的话，她有些羞涩地笑笑。

"孝最哥跟伢儿呢? "我又问。

她一字一句地回答我："孝最出去看水了，伢儿到外婆屋去了。"

正讲话，张孝最推门进来了。

看到我他笑了笑，摘下头上的斗笠，冲女人交代："快去做饭，洗块腊肉，留邹干部吃夜饭。"

女人起身进了厨房，张孝最热情地招呼我："邹干部，快坐。"

"又去看水了？"

"是咧，最近雨水多，快到汛期了，要提前做好防洪、排涝的准备。"说起他的工作，张孝最滔滔不绝。

"现在，不再去村部跳楼了吧？"我故意打趣他。

"不了不了，邹干部，莫再拿以前的荒唐事笑话我了。"他不好意思地连连摇头，"以前吧，看到村里那些人又是竖屋又是打工，我屋里却连条好板凳都没得，我怨天怨命怨政府，也怨自己怂，窝囊呢。"

我笑道："现在呢？"

"现在？现在的好日子是以前想都不敢想的。还以为我张孝最会穷一辈子，是党和政府没有忘记我，让我过上了好日子啊！"他扳起手指头给我算账："你看哈，我这新屋也竖起来了，一年水管员的收入就有6000多块，辣子也不愁销，堂客的病好了，我又养猪、喂牛，有时候去浦市打短工，一天的工钱都有120块，我还打算跟村里的人学养龙虾。两个伢儿都听话，读书也攒劲，讲不定以后还能到省城里去读大学呢。"说到这里，张孝最笑得眉毛都快飞起来了。

厨房里，女人的锅铲声响个不停，满屋都是腊肉香。

都　岐

从湘西泸溪县坐船沿沅江上行，船到浦市大码头时，上岸乘车往西20里，群山绵延横亘处，山与山之间退让开，腾出一片平地，数十户人家青瓦粉墙错落有致，集结成一个村落，都岐就在眼前了。

都岐全村面积12.12平方公里，6个村民小组，西临达岚镇潮地村、兴隆场镇，四周群峰环绕起伏，林木葱茏幽翠，是浦市通往吉首、凤凰县的古驿道必经之地。村中房舍整齐倚溪而建，炊烟袅袅到庭前，1000余村民多为苗族、土家族，家家户户屋后种树院前养花，人家迤逦散开平旷阳气，初春时节，溪边畈上桃红梨白菜花黄，春事烂漫到难收难管。

都岐村人家分三姓：雷、石、向。其中雷为大姓，传说上代太公在朝为官，因莫须有锒铛入狱，被人所救逃至于此，但见溪山回环，便于此处安家，随后又有向、石两家迁移聚拢。至今，村中的雷氏宗祠香火犹存，逢年过节，雷氏族人必集于祠内祭祀祖先。

都岐下去半里是石家寨，寨中有大院，门上挂一匾，上书"文坤"两字。据说石家祖上为诗书人家，太公石朝踏饱学多才，却屡试不中，60岁时白发皓首去赶考，皇帝感其不易遂御赐匾额。见此匾者，文官下轿武官下马，石家以此为家训，勉励后世子孙晴耕雨读，直到如今石家子弟里在外为官、求学者不少。

进能入仕治国平天下，退能蓑衣箬笠忙农事，进退之间，是都岐人洒脱自然的处世哲学。

都岐有山名曰棋盘山，山顶有九尺阔十二尺长的天然巨石，石头平整似棋盘，山因而得名。放牛小儿喜欢此处，常常放牛至此，牛绳一扔坦腹仰面躺在石上睡觉，直至日暮骑牛而归。

山下有溶洞，入口极小，尚容一人侧身可入。20世纪60年代初，浦市镇武装部曾经想把此处作为防空洞，派民兵队长打电筒只身入内，走了一里有余，见洞内空旷幽深，开阔处如千亩良田，狭窄处需俯首方能通过，壁上悬挂无数奇石光怪陆离。此时电筒内电池耗尽，只觉呼吸困难，而耳中有河水翻卷咆哮之声，澎湃汹涌如山崩将至，大骇，速返。至今无人敢入洞一探究竟。

都岐有溪，溪水清澈见底穿村而过，可浆洗，灌溉，傍晚时常有野鸭成群结伴停在水边清洗羽翅。溪上二十四桥，由中国传统二十四节气而来，大雨至，芒种收；烟叶割罢，晚稻登场，都岐人顺应自然生息劳作。从立春到大寒，一座桥是一个农时，从大寒到立春，一座桥是一道风景，立于桥上目光所及处，稻浪翻滚鱼肥果香。

石桥两边有木栏杆，回廊内设有长椅，可供行者歇脚。夏天夜里，桥上皆是摇扇纳凉的人，习习月色下，众人随意坐在廊下吃茶、摆龙门阵，黄狗趴于椅下沉沉睡觉。后半夜，人声寂下去，对面田畈上蛙鸣声热闹起来，露水便一层层地渐渐浓起。

十月小阳春，田稻都割尽了。此时办斋酬神是湘西人的习俗，较小的寨子跳香分糍粑，大一点的村子要搭台做戏文。都岐人自然是闲不住，十余个精壮后生便扮了生旦净丑，从潮地、溪头沿路唱去，一直唱到兴隆场，待到来年二、三月间，油菜花开才尽兴而回。

将身离了自家门，

一心要往浦市行。

三脚并做二步走，

妹在下湾把我等。

……

都岐人擅唱阳戏，远近闻名。有锣鼓钲笛弦索来配，长相清秀俊美的扮旦角，小戏有《小黄牛》《平贵回窑》，也有唱通宵的如《哑女告状》之类的大本戏。大本戏最看功底，唱腔朴质粗犷，唱词却是自由随意诙谐通俗，春耕秋收男欢女爱，想到哪里唱到哪里。每到一处，常引得女眷都来听，堂前庭下挤满了人，主家也得了体面，添茶倒水，夜里会叫厨子做了米粉点心送到后台。遇到阔气的主家，会留戏班连唱五天，日子一久，台上台下不免生情，便有留下不走，给人做了上门女婿的。

如今，村中能唱阳戏者不多，皆为七十以上的老者。年轻一辈忙着创业，学阳戏者寥寥。家家养猪户户喂牛，种稻子的，改良了品种，种天然绿色的佤乡米卖到省城，收入颇丰。村中有外出务工见了世面的子弟，回村开垦山坡荒地，建了紫薇、栾树等花木苗圃基地，又大量种植脆枣、黄柏药材。

近年，政府大力投入基本建设，对进村入户道路、空坪闲地、房前屋后进行硬化；对村庄庭院、公共区域和溪沟两旁进行全面绿化、亮化、美化；新修建了村部楼，安装了体育健身器材，修建了花台、农家书屋等配套设施；安装了太阳能路灯，完善了污水处理设施，对农户厕所进行了改造，又修建了900平方米的村民文化广场。

灯亮了，路宽了，产业发展了，都岐便常有商贾游客出入，钓鱼、赏花、购买花木药材者不断，因此，村里的旅游、餐饮业也红红火火，村民人均年收入达1万元有余。

都岐人稻花香里说丰年，把日子过得闲适富庶。

凤　凰

一

去过很多江南古镇，闭眼就能想见的，是长长的青石板、穿斗式的小木楼、镂花的门窗，还有那坐在门前晒太阳的老人。在这样的小镇里，都会有狭窄的小河穿镇而过，从房屋的楼板底，从雕刻着花木鸟兽的窗棂下，静静地向远处流淌而去。有水，就会有桥，大多是那种长有丈余、宽不过尺雕刻精致的石拱桥，桥上的行人悠闲地行走着，并不急着赶路，而桥下，有乌篷船一撑而过之后留下的深深水痕。那水痕荡漾开来，使得河边浣洗女人手中的衣衫顺水而下，这时，就会听到女人略有些许着急的笑骂声，船夫回过头来，一边笑着搭讪，一边用长长的竹竿将衣衫从水中捞起，轻轻一送，就到了女人手里。

到了这种地方，我往往是舍不得走的，远远地逃离了世俗的喧嚣，心灵悄然归位，一个人静静地走在有些凹凸的石板街上，像是踩着些跳动的音符，从宋朝的某个巡抚的遗宅出发，一直走到民国的总理屋檐底下，历史便在脚下演绎了一番，演绎得那么抽象，那么不真实。

几年前，曾经来过一次凤凰，当时的凤凰给我一种疏离的美，神秘的巫蛊，恐怖的赶尸，美丽的落洞女，都像是沱江上笼罩着的一层瘴雾，疏离得让人惊悸。一直想以文字的形式来写下心中对凤凰的倾慕，可是自己对凤凰的历史了解并不太多，所以惶恐着不敢下笔，而且凤凰的文章做的人实在太多了，其中又有许多写作的好手，我担心自己粗浅的文字形容不出小镇的秀美，所以一直违避着不敢去触碰。

二

今年初冬，我又一次踏上了去凤凰的旅途。

汽车到达古镇，已经是华灯初上的时候了。从吉首到凤凰的一个多小时的行程中，天色一点点地暗下来，车窗外远处山峦连绵起伏，黑色的轮廓让人感觉逼仄，经历过漫长的黑暗之后，眼前开始出现了些星星点点的灯光，直至我们的车开过凤凰桥时，凤凰古城灯火通明的夜色便尽收眼底。

下了车，站在桥上往下看，到处是拥挤的游人，到处是不绝的歌声，满江的河灯顺水而漂，江心的游船小桨轻摇，空中的孔明灯越升越高，灯光把古镇映得通透，从岸上到水里直至空中连成一体。消受在这样的夜里恍如隔世，如同桨声灯影里的秦淮河，却又更多了一些湘西的神秘。

沿大桥往下走，顺着沱江缓缓而行，在临江的吊脚楼寻了处叫边城客栈的地方住下。房间很小，小得只能放下一张床和一张桌子，可是临江的小阳台却给了我意外的惊喜，扔下背包，雀跃到阳台上。脚下是潺潺而过的沱江，对岸一派的喧嚣繁华，到处都是灯，五颜六色地倒映在水里，有游船过时，就见那桨把满江的灯影都搅乱了，于是江面上到处是破碎的颜色在荡漾着，和游人放的河灯相映成趣。

洗漱后，来不及去游览古城，来不及去体会凤凰的夜色，我径直沿着沱江往城外听涛山的方向走去。在那里，安葬着沈从文先生的骨灰，这也是我第三次在夜里，一个人去探望老先生了。据说白天阳气太盛，过世的人只能沉睡在地下，所以来凤凰几次我总是习惯在夜里去探望先生，希望可以在这样一种状态下能够穿越阴阳与先生对话。

走过热闹的老街，越往东越是安静，能听见巷子深处有婴儿低低的哭泣声。灯稀了，游人也少了，偶尔在窗户下闪过的身影，都是穿着对襟睡衣趿拉着布鞋的当地人。所有繁华都抛在身后，或许这也正好让先生可以静静地休息而不受打扰吧。

凤凰这几年的变化已经让我感觉有些陌生了，加上几年前去听涛山拜访老先生也是在夜里，而我又是个极没有方位感的人，所以在这宁谧的夜里，我居然找不着了方向。好在沿路上可以见到打着手电筒捕鱼的当地人，便驻足打听先生的墓地所在，他们都会停下来，冲着我友好地笑笑，指着一个方向说：朝前一直走。那份笑容在这初冬的夜里，在微弱的灯光下，是那样的让我温暖。

半夜的听涛山没有一丝灯光，借着月色拾级而上，一个人在先生的墓前坐了很久。山风吹过时，四周的林子哗哗作响，树叶映在墓前的影子便不停晃动。先生晚年留在博物馆与旧文物相互陪伴，归隐于漆器、服饰的色泽纹理中，研究几千年的丝绸发展，是一种世事洞明后的选择。

用手细细地抚过那块天然的五彩玛瑙石的墓碑，体味着先生在《烛虚》中的一些文字，倍觉感伤和惶恐。先生一生，淡名如水，勤奋、俭朴、谦逊、宽厚、自强不息，14岁就离开了凤凰，开始了他作为一个军人的生涯，我一直无法想象把那样一个温柔清秀的少年，和一身军装满身的野性联系起来。沈家有着从军的习俗，其幼弟官至国军少将，终被"镇反"，所以沈从文走出凤凰的第一个职业是当兵就不奇怪了。况且他家还有一门阔亲戚熊希龄在北京，可见沈氏家族在当地并不一般，即便不富裕，也算望族，这样沈从文以一个"乡下人"而行文行事却多有优雅及优美，其来有自。人说三代出不了一个贵族，那么一个贵族之家即使衰落下去，所拥有的精神气质一时也为磨难所难以消灭。这在沈从文身上得到了明证。有的人无论如何修炼都成不了佛，有的人却生而为佛，沈从文就是这样的人。他出自天性的敏感，在健康、明朗、人性的美上，尤其显出。在阅读了他一系列"湘西世界"的文字之后，我心生怀疑，那个世界极可能只存在于作者的记忆与想象之中，即便与当时的湘西情形也是有相当差距，遑论今日。

先生让世人了解湘西，湘西也成就了先生。黄永玉曾经在先生的墓地题词：一个士兵要不战死沙场，便是回到故乡。我想这无疑是对沈从文最中肯的评价了，先生以一个士兵的身份离开故乡，以一个文学大师的身份回到故乡，永远地安息在这沱江边上。

墓地恬静而简陋，一块大石，几束野菊，还有些从田间采撷来的紫云英和一些野草，散落在墓前，在墓碑上铭刻着这样的字句："照我思索，能理解我；照我思索，能认识'人'。"这让我想起了列夫·托尔斯泰的墓地，一样的平凡和简陋，彻底挣脱了世俗的羁绊，义无反顾地去追寻平凡，普通蕴含着伟大，平凡衬托着高尚，我想，这样的简陋只会让人更觉美丽，更感震撼吧。

回到客栈，已经是午夜了，而沱江两岸依旧灯火如昼。也许每个人来此的目的都不相同吧，他们更多的是离开现实中的压力跟羁绊，尽情地放松着自己，所以才会有那流连忘返的身影，才会有那酒吧里的声嘶力竭，对于凤凰的历史，他们并不想了解多少，就算是那些操着不太地道的普通话的当地人，他们对自己家乡的历史又了解多少呢。

初冬的午夜已经有些寒意了，坐在吊脚楼的阳台上，身披棉被，借着从窗格里流泻出来的灯光，读沈从文写给张兆和的情书，其中写道："三三，我一个人在船上，内心无比的柔软忧伤，三三，但有一个相爱的人，心里就是温暖的。"而我此时就这样一个人坐在凤凰夜里的水边，内心无比的柔软忧伤。很多年前那个多情而温润的男子，居然和我有着相同的情怀心思。

想着一个人，其实跟那人并无关系，只为了温暖自己的内心。

三

第二天一早，我是在江边浣洗女人的捣衣声中醒来的。

也不急着起来，慵懒地斜倚在床上，听着楼下哗哗的流水声、时长时短的捣衣声，还有远处隐隐的公鸡的啼鸣声，心便一下像回到了故乡。或许故乡对我，并不是一个特定的地方，只是内心的一种归属，而这样的小镇，才是故乡最好的诠释吧。

推开窗，已能见到对岸早起的行人了。沱江上笼罩着一层薄雾，江面的跳跳岩上，有挑着箩筐背着背篓的生意人在过江，筐里装满了各色时令蔬菜，远远望去，红红绿绿的煞是好看。

小镇上的一天就这样开始了。

从虹桥下的东门而入，青石板的街道一下就宽了很多，沿街的店铺一间挨着一间，店家并不吆喝，只是敞开了店门，让游人随意出入挑选，琳琅满目的小商品挂得到处都是，做工精致考究，拿在手里，件件也舍不得放下，就算是什么都不买，店主也会报以浅浅的微笑。

走在这样的青石板街上，身边偶有穿着苗服戴着银饰的女子走过，留下一路的环佩叮当，有风过时，街道两边店铺的旗幡便哗哗作响。一切，恍如隔世，仿佛自己的前生，原本就是在这样的街头，跟心爱的男子相遇，相爱，又是在这样的人群中失散了。

不觉中，有泪从脸颊流过，清凉。

沿着城墙顺江而行，走出了商业化的街道，也走近了当地人真实而平常的生活。城墙下，有抽着旱烟晒太阳的老人，意态安详，凑上去问一些当年湘西剿匪的历史，会给我娓娓道来，好像一切都发生在昨天，更甚者会带着我去北门城楼，指着城门上那斑驳的痕迹讲述当年"青帕苗王"龙云飞的故事。国家兴亡匹夫有责，纵然是乱世中打家劫舍杀人如麻的土匪，也会在沈从文的劝导下顿悟到"捍卫国家"和"糜烂地方"什么是有价值，什么是被骂名，从而走上抗日的道路。

我常常想，这样的民族没有过太多的堂皇没有过太多的文化，或者说在历史的长河里，曾经是让人淡忘忽视的一片五溪苗蛮之地，可是这里的苗人却没有因此放下自己的责任。这个从黄河流域一路西迁至此的少数民族，跨过人类历史上难于逾越的苦难，在这里生根繁衍。战争的残酷、生存的艰难、迁徙的动荡，让这个民族背负了太多的磨难跟压力，也使得这个民族有着与生俱来的深明大义和对社会时事洞幽悉微的判断力，真的遇到了历史的紧要关头，他们从来都不会木然，用着手里的犁锄，去捍卫他们的家园。

四

抚着有些残缺的城墙，像是触摸着那些苦难的历史，我就这样听着金戈铁马的厮杀声游走在古镇里，不觉间，到了熊希龄的故居。

小镇历来都有藏龙卧虎的本事，你看就这么些小桥流水间，这么些参差不齐的吊脚楼中，居然潜藏着一位民国时的总理。故居就那样简简单单地立于文星街内的一个小巷里，和那条小巷中的任何一座民宅没有两样，如若不是门上方的牌匾提示，你是根本想象不出那扇普通的木门后面，曾经走出来这么一个名动天下的人物。据记载，这位"湖南神童"15岁中秀才，22岁中举人，25岁中进士，后点翰林，曾任民国第一任总理。后一直置身于救国抗日活动和社会慈善事业。

　　对于他一生的从政生涯，已经有过太多的人做过评价了，而我作为一个晚辈，站在这幽静安谧的四合院中，看到的只是那个66岁脸圆须长的老者，突然间遭遇爱情时的幸福。面对33岁毕业于密歇根大学，任教于暨南大学、复旦大学的社会名媛毛彦文，熊希龄的追求是执着的，是热烈的。从托人提亲的那天起，他就从北平南下上海，每天写情书给毛彦文，这个当年的才子在他的书信中，再一次淋漓尽致地展现了他的才华，信中情意之浓厚，措辞之恳切，既有少年的轻狂和激情，亦有老人的持重和柔情。正如钱钟书先生说过这么一句话：老年人恋爱就像老房子着火，一旦烧起来就没个完。我想用在此时的熊希龄身上，一点也不为过吧。也正是由于这样的一种真情，最终感动了毛彦文，成就了一段佳话。毛彦文曾经在她的《往事》一书写道："（我们）整天厮守在一起，秉要是没有看见我，便要呼唤，非要我在他身旁不可，终日缠绵不腻，彼此有说不完的话，此种浓情蜜意少年夫妻亦不过如此。"

　　离开故居，熊希龄夫妻的浅斟低唱声在身后渐渐地远去了，眼前清晰起来的，是一个单薄瘦弱的身影。一条黄狗，一只渡船，陪着她一直守望在记忆中的边城渡头里。这个人也许永远不回来了，也许"明天"回来！这个问题从民国一直困惑到了今天，与其说是翠翠心中的困惑，不如说是每个心疼着翠翠的人的困惑吧。那个天真善良、温柔清纯的女孩，久久地驻在每个人的心里，并触痛了每个人心底最最柔弱的地方。

　　走出了很久，我还在想，当年的那个翠翠，如果能够知道大山外面的世界里，有一个叫毛彦文的女子，曾经那样的敢爱敢恨，那样追求着自己的理想跟幸福，或许，她的人生，定当是另一副样子了。又或者说，翠翠注定是不会知道外面的世界的，茶峒的青山绿水给了她一双澄澈透明的眸子；碧溪岨的竹篁、白塔又给了她一颗决不世故的赤心；沱江、小船更是承载了多少她那少女的悠悠岁月，她的一切早就注定了与这里的一切无法分割。

也许，是我想得太多了。

浦　市

在浦市，我住在吉家头附近的一家私人小客栈里。

我喜欢这样的小镇。青砖黑瓦的壁檐缝隙间生长出蓬勃的野草，檐下有燕子筑巢，黑色的鸟儿飞出飞进俨然成了老宅的主人，窗边的竹竿晾满了各色的家常衣物。午后的阳光从院墙高处雕花的窗棂射进来，光线中无端升腾起无数细微的颗粒，在空气中不停地翻转，注视久了会唤醒前世的回忆。

每天醒来后，看会书，然后出门在小镇四处闲逛。我的出门大部分是没有目的的，去太平街"范记"茶馆里，要一壶古丈毛尖，看看门外来往的行人，听身边的老者们摆"龙门阵"，摆天气摆收成摆古镇曾经汇集过十三省会馆、二十多座货运码头、四五十条街巷、七十二座寺庙道观、九十多座作坊的过往，可以消磨掉一上午的时光。

如果时间还早，我会穿过整个小镇去下湾的向婆婆店里，看她做鼓儿糍。

从吉家大院进入街口，房屋渐渐多起来，一栋紧挨着一栋，似是长在一起，都是那种木质的旧楼，高高翘起的屋檐上雕刻着花木鸟兽，门前大多挂着红色的织锦灯笼。米粉店挨着杂货店，裁缝铺挤着中药房，还有摆在当街吆喝叫卖的蔬菜担子，红红绿绿在五里长的主街上一路铺开，彼此似是各不相干，却又谁也离不了谁。

路边围墙内有一幢二层的老式洋楼，长长的白色木格子窗户半掩着，斑驳的墙面长满了植物，院子里种着高大笔直的树木。我更喜欢那面白色低矮的围墙，生生把里面与外面的世界分隔开来，却又在目光所及的地方留有些海棠纹的漏窗，足以让里面与外面的人可以相互窥见，似是大有不愿意分隔得太过彻底似的暧昧。想来苏轼当年路过的围墙，应该是没有这种漏窗的，否则如何会"多情却被无情恼"呢。

此刻的墙内没有佳人，更没有笑声，只有一地的萧萧落木。

几个老人围成一圈蹲在路边下打散棋，神情皆是专注认真，有黑色的大狗耷拉脑袋垂着尾巴从远处过来，又走远，然后消失在巷口。

没有人注意过我的存在，就好像没有人能真正走到他们的生活中去，而他们亦是不屑于融入外面的世界来。他们在高温下劳作，在大树下栖息，脸上有简单快乐的丰盛，这条用来灌溉、饮用的沅水河，就是他们的生活，曾经的锣鼓喧天如今都已经山长水远悄无声息了。

也因此，浦市成了避世的最好去处，安静、清爽、简约，含蓄而优雅。青砖小瓦的封火墙错落有致、明朗素雅，窨子屋三进三厅的门楣、楹柱、照壁上龙游凤翔的雕饰精致、细腻、绮丽难言，万荷园波光渺渺、潋滟潋滟，满湖荷花肆意地盛开着，群鸟拍打着翅膀扑勒勒地飞向天空，而天空像被水洗过一般素净纯洁。

不经意间，就到了万寿宫。

午后的万寿宫一个人也没有，隐隐听见隔岸江东寺传来的钟声。风吹过时，院子里的树叶翻转哗哗作响，阳光从细密的叶缝中渗透下来，映在白色墙壁上的影子便不停晃动。母亲年轻时曾经坐船沿沅水而下，随剧团去常德、芷江演出，也正是在浦市万寿宫唱《赶潘》时，遇见了同样年轻的父亲，四目相对下从此天荒地老。

坐在空旷的台阶上，我仿佛看见幕布徐徐拉开，母亲正站在舞台的中间，顾影流盼水袖翻飞，低回婉转的唱腔在万寿宫里久久回荡。

从戏台下穿堂而过，出了万寿宫的大门便是长堤。

每年的盂兰盆会，这堤下是设傩坛放水灯的地方。傩坛设在河岸的空旷处，穿着宽大红色袍子的巫师带领着众多戴着傩面具的降妖弟子，进行净场驱鬼护坛仪式，"呵荷"连天，呐喊助威，响彻沅水两岸，如同出征打仗一般。天煞黑后，便开始招水路亡魂，巫师手执司刀、绺巾，微闭了眼口中大念招魂咒语，家中凡是有溺水而亡的人，亲属皆将水灯中的蜡烛点亮，推水灯至沅江中，声声呼唤逝去的亲人的名字，凄切声此起彼伏，上千上万盏水灯顺着沅江缓缓而下，遥相呼应前后数里。

沿堤而行，行人开始多了起来。大码头吊脚楼的曲廊下有眯眼抱了猫晒太阳的老人，那猫很温驯地趴在老人怀里，眼睛闭上又慢慢张开，妩媚悲悯地看着路人。几个孩子在弄堂里奔跑，尖叫。还有兜售紫云英的女孩，羞涩地怯笑着，也不说话，只是殷切地盯着我看，篮子里做成了花冠的紫云英还带着些许的水珠，那么清香雅致，买来一串戴在头上，心里便有种莫名的欢喜，是那种对生的喜悦。

走到长堤的尽头，就到了下湾。

向婆婆的店开在这里。已经是傍晚时分，有个细长眉毛的女孩子正将店铺的木门板一块块装上去，见我停在那里看，她说："夜了，歇息了。"说这话时，她抱歉地笑了笑，一只手扶在门上，瘦弱的手腕上有一只镂空拙朴的银镯，眼睛很亮，浸着水。

听说我是专门来看向婆婆做鼓儿糍的，她便热情地邀请我进店。狭小的店铺收拾得非常干净，有个标致的后生正在舂米。她倒了杯茶给我，又转身拿出几个刚做的鼓儿糍放在桌上。糍粑温热甜黏，像小镇柔软的时光。

我们聊鼓儿糍也聊家常。她说自己是向婆婆的孙女，原本在深圳打工，久了也就倦了，便回老家帮着婆婆一起开这个小店，虽然清苦却觉得安稳，且与当地的后生恋爱，前些日子刚订了婚，年底就要过门了。说这些时，她不时笑着拿眼睛去看身边那个年轻后生，那后生低头舂米，俊秀的脸上不时泛起笑意。

喝罢茶起身告别，从小店出来，暮色逐渐弥漫而浓厚。走过热闹的老街，越往西越是安静，灯稀了，游人也少了，能听见巷子深处有婴儿低低的哭泣声。

到客栈时，夜已经深了。

536

娘

娘生下你的时候，是春天。

听娘说，那年湘西大山里的春天来得特别早，屋前的桃花艳得像火。娘怀着你的9个月，一天也没闲着，贫瘠的生活像个沉沉的背篓，重重地压弯了乡下人的腰。

那天娘正低头割着草籽，突然觉得整个身子往下坠，娘知道是你要来了。整个山谷里只有娘一个人，而你迫不及待地来临，让初为人母的娘惊慌又欣喜，凭着从同村那些生过孩子的妇人们听来的经验，娘硬是咬断了脐带，把你生在了那片湛蓝的草籽地里。

你的降生给全家带来了喜悦，也给这个原本就穷困潦倒的家增加了一份负担。在你满月的时候，爹狠狠心离开了老家，跟着邻村的人去放排了。放排的收入虽然比种地要高一些，可是危险也更大，而且一年到头，没有几天在家，所以一般不到很窘迫的境地，乡下人都宁可守在家里，过着土里刨食的生活。

爹不在家的日子里，娘夜里哄你睡觉总是唱"打鱼郎子眼睛黄，荆州打到沙州塘"。爹回家的时候，会给娘带回常德的卡其花布，给你带回沅陵的酥麻糖，家里到处都是爹大嗓门的笑声。爹喜欢用胡子扎你的脸，然后把你高高地举过头顶，笑着说："我们的妮又长高长胖了呢。"

你3岁那年的春天，雨下得特别大，河里的水变得浑浊暴桀，疯了一样的往上涨。那一次，爹走了没多久，就回来了，是村里去了很多人，从常德把爹抬回来的。

娘扑上去，抱着爹一直没松开，几次哭晕过去又醒来。

坟地选在河对岸的山头上，是娘选的，娘说，打开门就可以看到爹，爹也可以每天看到妮。

你一天天地长大了，懂事了，会帮着娘操持这个家了。清早的露水还没褪，你已经割了一篮子猪草回来，洗净剁好后才去上学，夜里娘纺线，你在油灯下跟娘说着白天学堂里的事情，帮着娘绕白白的绵团子。娘和村里那些男人们一起去扛木头，去砍竹子，去犁田耙地，你就做好了饭，守在门口看着河对岸，和爹一起等着娘回来。

你每次拿着考试成绩回家给娘看的时候，娘的脸上总会出现难得的笑容。娘的笑好美，你好喜欢看，所以你总是保持着第一名，从乡下的小学到镇里的中学，然后考到了北京那所有名的大学。

大学四年，你从来没有回去过。

你知道娘一定想你想得快疯了，你也经常会在夜里梦见娘，然后哭醒。可是，北京离湘西太远太远，娘要扛一季的木头，才够你往返一次的路费。每个假期，你都打着几份工，累了想想娘，好像娘也正看着你笑，你心里便欢喜得很。

毕业后找到工作做的第一件事，就是回家看娘。

从北京到湘西的20多个小时的火车上，你一直睁大着眼睛，想着娘的样子。下了火车换汽车，站在家门口的时候，已经是傍晚了。娘从屋里走出来，眯着眼看了半天，才撕心裂肺地喊了一声："我的妮啊！"你在娘面前跪下，泪不停地流。

夜里，你睡在娘身边，像小时候一样依在娘的怀里。

娘的腰弯了，娘的身子消瘦了，娘老了。你给娘讲北京的楼很高很高，比你们屋后头的山还高；讲未名湖的水很清很清，就好像村前的那条河；讲学校食堂的菜很多很多，比村长家娶媳妇时办的酒席还丰盛，把妮养得可壮实了，并拉着娘摸你的胳膊。黑暗里，你看到娘笑了，你也笑了。

那一夜，是你四年来睡得最香最踏实的一个晚上。

带着娘去北京的路上，你就发誓永远都不会跟娘分开了。你和娘租住在郊区的一处民房里，那是一幢有些年代的五层老房子，屋子有些破旧，好在价钱便宜，而且跟娘守在一块，简陋的屋子里便充满阳光。你给娘说，等过几年攒些钱咱就在北京买个大房子给娘住。

娘笑得合不上嘴，你知道娘对大房子一点概念也没有，娘眼里只有妮。

因为住得离单位远，每天都得很早就起床去赶车，而娘会比你起得更早，给你做好了早餐。从楼道里走出来，急匆匆跑去公交车站的时候，你知道娘会一直站在五楼的小阳台上看着你离开。每天下班回家，下了公交车，穿过两条马路，转过了街角，远远就能看到娘站在阳台上的身影，你的脚步马上就变得轻快起来，一天的疲惫就全都没有了。可是，好几次因为工作顺利完成提前回家时，都会远远地看见娘站在那个固定的位置。

你心疼得第一次大声地对娘发脾气，告诉她没事时可以看电视，可以睡觉，可以去楼下跟院子里那些老太太们说说话，别总是站在那里等着你。娘像个做错了事的孩子一样每次都怯怯地低头答应着，可是下一次又会站在那里。

遇到周末天气不错的日子，你就带着娘去公园逛。那也是娘最开心的时候，出门前把头发梳得整整齐齐，衣角也捋得直直的，就如同逢到镇上赶集的日子一样。

坐在公园的长椅上晒太阳，听娘唠叨着家乡村里李婶家门前的板栗可以下树了，叔公屋里头的猪这个时候该出栏了……说到最后，总会感叹着，妮她爹一定怪我来城里享福，把他一个人扔在屋里了。你故意逗娘，要在城里头给娘找个老头，娘又气又笑地骂："你个没良心的妮子，千万莫让你爹听到了，你爹听到了还不知道怎么怄气呢。"说完后马上喃喃自语："他爹啊，你莫怪妮子乱讲话呢。"

入冬后，娘开始咳嗽了，一天比一天厉害，甚至半夜里也会咳醒。带着娘去了好几家医院，都没有检查出原因。娘看你着急的样子，笑着说没事，说村里很多上了年纪的妇人，都会犯这种毛病，那是月子里没忌好，着了风寒，只要多捂捂就没事的。你不太相信，不过那以后，夜里再没有听见娘咳嗽了，你也就放下了心。

接下来的日子，娘便每天都念叨着湘西的乡下，念叨着乡下的老屋和爹。你知道娘是想老家了，可是当时正值百年一遇的冰灾，公司的同事都奋战在抗冰保电的最前线，你决定等到这次任务完成了，就请假陪娘回老家。

娘想着老家时，老家居然有人来看你们了。来的是村里的支书，按族里的辈分，你应该管他叫二叔。二叔是来北京陪他堂客看病的，看完了病，打听到了你们的住处，换了好几趟车才到了你这里。

娘让你去楼下给二叔买碗米粉，你买好上楼来的时候，隐约听到娘在跟二叔说着什么，见你进屋，便马上停了下来。等二叔吃完了米粉后，娘便跟你商量，说是想跟着二叔他们一起回老家住上些日子。你舍不得娘走，娘笑着说："傻妮，娘只是回去陪你爹几天，等天气暖和了，就又来北京给妮做饭呢。"二叔也帮着说："妮啊，你就放心吧，现下也农闲了，乡下没有什么事，我让你婶搬去陪你娘住着。"

送娘上火车的时候，娘看着你一遍遍地交代："妮啊，娘不在的时候，你莫要饿着了，莫要冷着了啊，工作上要攒劲，要高高兴兴的，妮笑起来像桐子花一样好看咧，娘最喜欢看妮笑了。"你全都答应了，并对娘保证，等这一段时间忙过了，就马上去老家接她。

火车开走后，你在站台上，心底突然有种被抽空了的疼痛。

一个月后，当你完成了任务，向单位请了假，买了第二天的火车票正准备回去接娘，二叔来了。二叔是一个人来的，没有把娘带来，却带来了个很大的麻袋。你心头一惊，抓住二叔的手，二叔哭着说："妮啊，你娘没了。"

你从胸腔里嚎了一声，眼前一黑，就什么也不知道了。

二叔临走的时候，把那个大大的麻袋交到了你的手里，里面是一根搓得密密紧紧的葛藤。二叔说，娘白天去深山里砍来这葛藤，夜里就坐在桐油灯下，整宿整宿没睡地搓，婶子看不过去，经常劝她休息，娘总说自己的日子不多了，怕来不及了。其实娘早就知道自己得了病，咳出了血时就知道自己剩下的时间不多了，所以让二叔带她回老家，甚至在她生命最后的一点时间里，她还在为你赶着搓那根葛藤。娘说，你住的那幢老房子的楼梯口太偏太窄，如果起了火，很难跑出去，而五楼的阳台上，可以绑着绳子逃命。娘说城里的绳子不如山里的野藤结实耐火。

你紧紧地搂着娘送给你的最后的礼物泣不成声，那是娘留给你活下去的希望和勇气。长长的葛藤连着你跟娘，就好像当年草籽地里的那条脐带，一头是你，一头是娘。

（作者单位：国网湘西供电公司）

资水之上

张海燕

　　洞庭之源有九水，其二曰资江。资江发源于广西境内，全长674公里，入省境后流经城步、宝庆、新化、安化、桃江，经益阳而汇入洞庭湖。其上游顺雪峰山势由南往北，山脉迫近、河道逼仄、谷深滩险、水流湍急，因此有"山河""滩河"之谓。当行到中游的新化、安化之间，江水突然向西切过雪峰山脉，然后又猛地掉过头来，拐出一个180度的大弯，急急匆匆地往东奔去。到了桃江以下，水流平缓、江面开阔、河水清澈，可通航、可灌溉、可捕鱼，更可以游水嬉戏。

　　我们兄弟姊妹的童年和少年时代便是在资江尾闾的益阳城度过的。1976年以前，我们随着世事变幻和父母的工作变动，先是从资江北岸下游的学门口迁徙到上游的将军庙，后又从资江南岸下游的桃花仑迁徙到上游的会龙山。我们在资江河里游泳，在资江河里"扳罾"，在资江河边捡"明钱"，在资江河边用瓦片石片"打水漂"。我们在资江河边那一个风雨飘摇的吊脚楼里围着母亲点一盏煤油灯读书、写字、画画，在资江河边的山岭间捡柴火、拾煤渣、做"小工"，在资江河滩上捞河沙做"战备砖"、挑鹅卵石铺路。资江串通着我们儿时不无辛酸的美好记忆。

　　20岁那年，我从被"下放"的湘鄂边湖南省南县华阁公社华东大队第13生产队"招工"参加工作。父母好意把我留在益阳城里，我却偏偏不"买账"于父母羽翼之下，执拗地要寻"独立"，要闯世界，便径自溯资江而上，来到了雪峰山深处安化以西那个资江"大拐弯"之上的柘溪水电站。

我在柘溪工作生活了7年。同意让刚刚参加工作的我直接从益阳地区供电公司调到柘溪水电站的是甄同顺书记。甄伯伯是经历过解放战争随大军渡江"南下"的高级干部，慈眉善目菩萨模样。他先把我留在政治处工作了三个年头，让我这个初出茅庐乳臭未干之辈跟着学华、康民、华益几位大哥学做新闻宣传和文秘工作，开始明事理、懂规矩。还让我独自操持了一份《红岩》中《挺进报》一般的铁笔蜡纸手刻油印版《柘溪简报》星期刊，每期400份，发至全站，从而走出了人生很关键的一步。我很感激甄伯伯。第一位带我学技术的师傅是检修车间水轮机班班长赵海峰。赵师傅是中国人民解放军打淮海战役时的机枪手，是经过枪林弹雨的老革命。他几乎每天都带着我在发电厂房内外、大坝上下到处转，仔仔细细地对我实地讲解油、水、气整个管道系统的布置，毫无保留地对我传授或许只有他这位建站伊始就来到柘溪的老资格才知道的那些管道预埋的"秘密"。第二位带我学技术的师傅是水轮机班副班长李显能。是赵师傅主动把我"转让"给李师傅的。他说李师傅是1958年的老牌中专毕业生，有理论水平，跟着他，技术上的进步会更快一些。每每回想起来，那是一种怎样亲切的老少之缘、师徒之缘呵！

赵师傅带我如同教子。凡是他给我讲过的东西他总会及时地问，记得了么？每当我回答记得了，还交作业一般当场画出一个图来，他便会露出满意的微笑。李师傅带我极是认真严谨，在水轮机原理和机械检修专业理论上他对我大有拔苗助长之势，时不时给我"出难题"，憋得我面红耳赤。但他又特别润物无声地关心人。记得有一次站里组织青年钳工基本功技术大比武，师傅不声不响地提前好久就帮我到前方工具室找管工具的龙老师傅打招呼，让我可以多取几件工具、多借几个钻头、多领几根焊条，好多做练习。临到比赛，他又不声不响地帮我把錾（读"zàn"）子淬好火，把锯弓上好锯片，把锉刀整理好。锯钢管、锉螺帽、錾钢筋、钻不锈钢板四项比赛下来，我拿得一个单项第一、一个第二、一个第三后，师傅帮我把比赛之前自己用黑布条蒙着眼睛练"盲錾"被2.5磅的铁榔头砸烂的左手大拇指重新包扎一下，不苟言笑地轻轻对我说了一句："海燕，你可以出师了。"那是一种何等值得珍惜的引领和历练呵!

还有许许多多待我如亲人的师长们……

还有我在柘溪寻得的妻子……

想都不敢想,在那个动荡不安、百废待兴的年代,一个20来岁的懵懂青年,不是他们的教诲、关怀和扶持,初入社会,哪能不走一点岔路,能一步一步脚踏实地地走上人生的正道呢?哪能未及而立离别柘溪之后,即能人模人样地带徒弟、教学生,主持一座从欧洲引进的中国第一家世界一流低水头贯流式机组的水电厂的部门工作呢?

是的,我们应该为柘溪是湖南省第一座装机容量超过40万千瓦的大型水电站、是璀璨夺目的"资水明珠""芙蓉国里的红宝石"而骄傲;我们应该为50多年来我们的柘溪毫不吝啬地用滚滚电流造福于三湘大地,其发电量总产值已经足够建设几十个柘溪而自豪。但我以为,我们更应该铭记,我们之所以有柘溪,是在那个激情燃烧的岁月,千千万万英雄前辈用血汗拼出来的,柘溪之所以有今天的辉煌,是几代柘溪人竭尽全力一棒一棒接力跑出来的。柘溪是一座丰碑,柘溪是一所学校,柘溪是一座熔炉,柘溪是一个源泉。于是,我便有了在柘溪投产发电30周年时为她奉上一面"水电之师"匾额那种朝觐般的尊敬,便有了柘溪投产发电40周年时从千里之外快马加鞭赶回家来为她"祝寿"的儿女般的情感,便有了柘溪投产发电50周年时恭恭敬敬捧回一部"家谱"——"柘溪水力发电厂厂志(1957—2010)"——供在案头的虔诚。

孔子说:"子欲立而立人,子欲达而达人。"我仿佛觉得圣人的这句话是对资江说的,对柘溪说的,对我辈说的。半个世纪以来默默奉献而又成果赫赫的柘溪,一如千万年来沉静而又激越的资江,你以虚静的心胸包容万物,你以至宽的性情坚守刚毅,你以无私的品格立人立德。喝着资江水吃着柘溪饭成长的我们,不管走到哪里,都秉承着你不变的根性。

资水之上,我永远的柘溪!

（作者单位：国网湖南电力党校）

笑唱人生

（二篇）

刘　琼

画　扇　窗　户

前不久，著名画家黄永玉的妻子张梅溪和黄永玉永远地分别了，但他们甚至有些传奇色彩的相亲相爱的故事不会随张梅溪而消逝。

有个故事大概许多人都知道，在那些风雨飘摇的岁月里，黄老一家人曾被赶进一间狭小的房子（京新巷"芥末"故居），房子紧挨人家的墙，光线很差。张梅溪的身体本来就弱，加上这一打击就病倒了。黄永玉心急如焚，请医生治了也不见好，他灵机一动，在房子墙上画了一个两米多宽的大窗子，窗外是绚丽的花草，还有明亮的太阳，顿时满屋生辉。据说，张梅溪竟享受着这"窗户"带来的"阳光"，逐渐好转。"画饼充饥"我们知道，画窗能治病怕也只有黄永玉了。他能画窗是因为心中有扇窗，有绚丽的花草和明亮的太阳——但他"也不懂"。直到耄耋之年才总结，艺术应该"又有用又好看"。是啊，他用艺术画了窗户而并非画了金银财宝。这才是真艺术，好看而有用。但关键是黄永玉画了——窗户。

黄永玉说，他没什么爱好。媒体有鼻子有眼地说他爱盖房子、收集烟斗、养狗和开红色跑车，但当他在接受采访时，黄老说，这些都不是真的。他独爱画画。

画画是他的技艺、工作与生活方式。然而，他不知为何爱画，"不干活，好像对不起三餐饭似的"。这该不是理由吧？黄永玉大概没工夫考虑画画的意义，也许想起要考虑时，他已经在画了。何以见得？我当然也只是推测，黄老是潇洒之人，比如为了省事就可以改名，把"裕"改为"玉"，又比如黄老谈起年轻时穷过，采访问："那时候穷，但是快乐吗？"黄老没有进入"规则"的回答，只说："也不懂，人啊，我不懂得意义，我感觉应该这么活，活着才好。"黄老是快乐的，所谓快乐，就是不去想是否快乐，而是及时解决问题，然后再往前看——太阳总还是会从东方升起。曾经被鞭子抽得遍体鳞伤时，妻子在哭，他说："老婆啊，不要哭。""将来不是这样的。"在那动荡的岁月，他就是备受打击也沉重不起来，经别人再三告诫，竟想到装病的"高招"，装"传染性肝炎"，装到"乐不思蜀"。

现在我们常常想什么是快乐，什么又是幸福，还有艺术，艺术或者是饱暖后才思的"欲"，等到琢磨清楚了，"都错过了"，连黄老也说自己是"都错过了"，我倒不认为黄老真错过了。说"错过了"，大概不过是越发知道时间的宝贵和对生命深度与广度的不满足了。他说，没满意过自己的画。但黄老也就嘴上说说，谁不知道人生总有错过和遗憾？就当他返老还童，童言无忌。快乐是当时的，幸福也是正当时的。与其被忧郁房子里的阴暗埋没，不如即刻动手画扇窗户。

96岁的黄永玉给妻子张梅溪手书了讣告，帮他独宠了75年的妻向世界告别。但愿他心里的那扇窗户还依旧敞开着。

笑 唱 人 生

前几日，遇到久未谋面的一位同事。我称呼"某总"时，他热情回应我一个童趣式的夸张的弯腰摆头微笑——虽大大出乎我的意料，却全然没有违和感。我深知其在专业领域和岗位的权威以及他平日的严肃，便有些许得意，或许是我习惯的"童言无忌"和朗朗大笑对他的影响。

我记得我大一时选修一门教育心理学公开课，老师曾给我们举例，一个性格外向的人让一个不苟言笑的人终于习惯和这个每天都充满笑容的人回应微笑。日本医学博士、作家江本胜在《水知道答案》中讲述他的实验结果：听到"爱"与"感谢"，水结晶呈现完整美丽的六角形；被骂作"浑蛋"的水几乎不能形成结晶。世间的万事万物都相信美好。我们坚持微笑，我们面对的人和事便也善对我们。当然，人类就更能从笑容中受益。马克·吐温说，人类确有一件有效武器，那就是笑。卡耐基说，笑是人类的特权。

　　如何去笑？泰戈尔说，当你微笑时，世界爱了他；当他大笑时，世界便怕了他。我以为，用心去笑。用心去笑是相信笑的力量。无心时也笑，哪怕傻笑也是好的。孔子云，夫子莞尔而笑。莞尔是微笑的样子，夫子微笑是内心平和的表现，若微笑，唱人生。前些日子，一位著名的本土相声老师指导学生演讲与朗诵时和我提到，他们把舞台表现都叫"唱"，而唱讲究节奏和气息。我后来加入自己的理解，添了个"情感"，且总结自己的心得——人这一生都讲究"唱"，任何一件事都离不开情感、节奏和气息的把握。所以，人生如歌，微笑去唱。

　　唱人生当中，更重在这口气的把握。俗话说，人活一口气。对于一件事而言，价值取向即情感把握和音律节奏通常都有共识，那么如何去吞吐，去展示个人表达，把气息运用好，莞尔最佳，但并非人人都能做夫子，即便一时做不了夫子，也笑唱人生，微笑甚好，大笑也罢。

（作者单位：国网湖南电力本部）

男人草　女人花

（八篇）

姚雅琼

供电所长刘文子

那一天上班时间，我走进党员刘少文的办公室，只看到桌上那个写着"天行健，君子当自强不息"的党员格言岗位牌，一张黑色的空椅子，电脑屏保那几何线条图案还在不断地翻动，看来人没走远，我坐在那里等他。

桌上有一张纸，是景区云连山旅游客栈老板写的一封留言信，内容是客栈因用电量增加要求扩容事宜的商量和咨询，左下方有一行字是他当天的回复。

一会儿，走廊上响起噔噔噔的脚步声，我见刘所长额头上沁起一层细密的汗珠，江河湖泊般地汇在一起后，洪流一般奔向大海般地淌了下来，他抡起手背顺势甩了一把。坐定下来，他说那天自己正在外面做事，电话里只好叫云连山客栈老板留个条子放在营业厅，等他回来后处理。昨天他已经上门了解情况了，刚刚他是去安排人办这个事去了。看来一大早上班，他已经在所里转了一圈了，我笑着说他办事效率快赶上光速了。刘所长黝黑的脸上一双小眼睛立刻睁大，神情认真地说："哎，这事开不得玩笑的呐，一次性到位服务是我们所对客户的承诺。"

我非但知道刘少文的认真，还知道他作为一个党员所长是出了名的负责。这个只有高中学历的"70后""老"农电工,当年农电体制改革时,是全张家界市打破身份界限,从农电工中竞聘上岗走上供电所所长岗位的。从那时起,10多年来,他一直坚定以"身份低,业绩不能低"的工作准则要求自己和所员。他担任所长的索溪峪供电所地处国家5A级风景名胜武陵源风景区,担负着21个行政村5000多户2万多客户的供电服务工作,所管辖的客户从上亿万资产的景区星级酒店老板,到目不识丁的偏远土家山寨留守老人,这很考验他的工作技巧和能力。问他怎么办?他那黝黑的脸上一双小眼睛又一次睁大,神情认真地说:"我文化不高,没有什么巧办法,只有一个死办法,用心,不厌其烦,把他们的事当家人的事去解决,就没有解决不了的问题。"我恍然大悟,原来这就是他在所里推行的"5A景区5A服务"中的家人情结服务。想想也是,什么事你把它当家里人的事去办,能解决不了?那是竭尽全力的节奏啊!

说话的当儿,刘少文已经在身上的深灰色老人衫外面套上了工装,说要出去一趟,去区里的重点工程拆迁办和所管辖的协合乡村民家里做工程协调工作。我跟上车,问他,这也属于你管?他说不是我们的工作职责,但帮助拆迁部门解决了问题,我们的许多服务问题也就解决了,其实都是关联着的啊。原来,索溪峪供电所2012年就开设了"服务超市",将"产权有界,服务无限"延伸服务理念的触角伸向了客户需求的各个角落,这也算他作为领头雁的供电所履行社会职责的一个侧面吧。

从拆迁办转了一圈出来,刘少文沉默了一会儿,说,唉,又白跑了一趟,人家临时有事出去了。上车,我们开往下一站——协合乡。山路十八弯,遇到路人,他总停下来和别人打招呼或问问用电和公路改造中电杆迁移的情况,乡亲们都乐呵呵地跟他扯上几句,熟络地叫他刘文子。

刘少文年轻时就在这山里当民办教师,后来又在乡村电管站工作,再后来又在这一带当供电所所长,这里到处都是他眼里心里烂熟的乡里乡亲,平时关系处得不错,他们用电上有个什么事也只听信他的。一路与刘所长聊着,发现他自己随身带着所里的抢修电话,我很惊讶,所里不是有专门负责抢修的工作人员吗?他说这样我可以第一时间知道抢修信息,负责人全程管控,优质服务才能得到保障。我不知道这是不是刘所长的神逻辑，但我算见识他的认真负责和亲力亲为了。

　　早上在等他的时候，所里一位同事告诉我，2015年10月的一个深夜，刘少文接到抗金岩村支书报警电话，说高压线断落在路上了。当时天正下着雨，他嘱咐村支书守护，自己马上组织人赶去现场。当晚雨雾太大，能见度不足2米，他只好先进行故障隔离，待天亮处理。回所里的路上，他突然意识到村支书半夜在路上发现高压线断落肯定是有原因的，立即去电话了解情况，原来是村里一户人家正在办丧事。他心里明白，在土家山寨的风俗里，生死嫁娶全是人生大事，这可不能怠慢。不行，不能让这么多人摸黑为逝者送行。他调转车头返回所里，拖来了一台发电机，直到发电机轰隆隆响起，灯光亮起，他才舒展了纠结的心。"不忘初心，是我作为一个共产党员应该做到的。我年轻时就在这块土地上生活、工作，乡亲们信任我，支持我，给了我做好工作的力量和帮助，我满心都是感恩。"与刘所长提到这事时，他说出了自己长期以来朴实的心结。有心有情，用心用情，才能拉近自己与乡亲的感情距离。乡亲们同是供电所的客户，只要是刘文子的话，他们都听，只要是刘文子供电所要做的事，他们打死不辞。

　　说话的当儿，刘所长要协调工作的地点到了。公路边等着两个约好时间地点、穿工装戴安全帽的施工人员。随着他一起走下公路边上的一条小路，看到山谷底下武陵源区重点工程茶分公路正在施工，沿线涉及的电杆迁移工程也在进行。刘所长是来帮助施工队与对移杆布点有异议不肯配合的村民协调来的。原因是这户村民嫌施工队不考虑自己的利益，随便将电杆布点在田中间，他拒绝接受，造成施工进度受阻，施工队都去别处了，这一基电杆一直没有立起来。现场查勘才知道，村民主人家在城里做生意，委托亲戚应付此事，施工队是外地人分包，找不着真正的事主，事情迟迟得不到解决。刘所长在田坎上和几个人转来转去，时而和主人家委托的亲戚大声争辩，时而和两个施工人员商量，还拨通了事主家的女主人电话，在电话里颇费了一番口舌，最后终于敲定了挨在田坎边的一个位置，指着那儿说："就这里了，大家都好。"双方都无意见，不再有争论。刘所长说，他做事的原则是既不影响老百姓的利益，又要符合新架电力线路的走向，这才算是协调，否则就调而不谐了。

事情处理得还算顺利。在车上，刘所长满脸笑容，轻松地跟我聊起他父亲曾在山里当过书记以及自己当民办教师的往事来。中间他接了好几个电话，电话里的声音有点奶声奶气，他的声音陡然多了几分温软，用了蹩脚的普通话："今天所里有工作，就不能送你了，自己打个的去，路上小心点儿，好吗？"我疑惑地笑着："刘所长还有这么小的孩子啊？"他有点不好意思说，土家族嘛，二胎，孩子正学钢琴呢，天天吵着要我接送，我总没时间。他轻叹一声，突然沉默下来。沉默一会儿他又说："我文化不高，起点也低，党给我一碗饭吃，还那么信任我，让我当一个小负责人，我要端稳端好这个饭碗，人要讲良心，我得爱岗敬业，恪尽职守，用努力认真的工作来报答啊。"

黄昏，车在山里转着，太阳给山峦镀了一层金边。公路两旁的树叶闪着绿光，山风轻拨绿叶，发出哗啦哗啦好听的声音，像在弹奏一曲美妙的琴音，让人迷醉。

侧面的李朝恩

李朝恩，2000年退伍进入湖南电力系统益阳电业局，从事高压线路带电检修工作14年，获得过湖南省带电检修职工技能竞赛冠军，是省电力公司在聘内训师，湖南省"五一"劳动奖章获得者，湖南省"技术能手"。这是个拼命三郎式的电力基层班组长。

听说他带着配电运检室的班员正在10千伏接仓线25号杆现场作业，我立即赶往接仓线25号杆所在地。虽然季节已接近9月底了，温度却还高达30摄氏度，此时李班长正在带电作业车高高的臂斗上更换拉线，他的身影与金色的阳光、绿色的树影、长长的黄色臂斗、纵横交错的电线，在蓝天里镶嵌一幅彩色剪影，煞是好看。

从臂斗上下来，刚脱下绝缘装，签完工单，还没来得及脱下手套，我在马路边上就向他开问。李班长一边脱下厚厚的工装手套，一边开朗地笑着回答问题。这一笑，一排洁白的牙齿露将出来，黝黑的脸上倏然升起了一弯皎洁的月亮。我站在李班长的侧面，只能看到他三分之二的脸，我看到汗珠顺着他黄色的安全帽下的鬓角滚下来，一直滚进了他大大浅浅的酒窝，满脸洋溢着美酒一样的朝气和芬芳。这个有着军人般俊朗而挺拔的侧面瞬间打动了我，对，就去了解一下侧面的他吧。

摄影家镜头里最美的侧面是三分之二的比例，因为可以看到另外一只眼睛的传情达意。而一个男人最美的侧面肯定是妻子眼里的形象。李朝恩最大的幸运是有一个同单位的妻子，这样省了很多对电力系统高危职业的误解，可以让他工作中少了许多烦心，多了许多安心和安全保障。

妻子郭静与他同单位，是信息通信部门员工。毕业于湖南大学计算机专业的小郭，是电力子弟，从小在电力大院长大，耳濡目染父辈为电力事业付出的汗水和艰辛，对电力员工从小就多了几分理解，与李朝恩结婚8年来，虽然丈夫因为工作性质，很少顾及家务，她从来没有怨怼过，就因为自己也是电力员工。

小郭说丈夫是一个性格阳光、乐观，生活积极向上，工作能吃苦又加巧干，对家庭有责任感，给自己和孩子带来正能量的男人。他常常对妻子说，我们快乐时要做加法、乘法，把快乐传递给每个同事、亲人和朋友；我们不快乐时要做减法、除法，这样，我们的快乐就加倍了，我们的不快乐可以共同分担。小郭是个喜欢弹钢琴，有点小资的感性女人，丈夫却是个没有打牌、抽烟、喝酒等坏习性，业余时间喜欢户外运动，老琢磨专业上的技术创新问题的理性男人。丈夫有时候在家放他技术革新的PPT给她看，虽然很多专业上的东西她不懂，但她懂得他创新的激情，也支持男人有自己的追求，所以她总是耐心地听他演说。在家她负责家务，他负责儿子的身体锻炼和人格教育，他们有分工有合作。

当初，他们恋爱了，父母却担心他们日后过起日子来难以融洽，影响家庭生活。因为一个大学毕业，一个一般工人，文化程度差异的现实摆在那儿的。生活一天天过下来，到现在已经8年了，他们顺利地度过了"七年之痒"，走到今天，依然走路会手拉手，彼此一点也没有审美疲劳的感觉。她说，其实文化不文化的，不是至关重要的东西，那只能代表一个人的受教育程度，不能代表一个人的上进心、人格和文化修养。起点低一点，可以在日后的工作和生活中迎头赶上，起点高的人日后不努力也会远远落后的。从小龟兔赛跑的寓言故事就告诉了他们这个道理，朝恩一直没有放弃学习，加上自己的努力，才不断有新的成绩出现，不断给她惊喜的。一个在工作上和生活中越来越进步，不断给你惊喜的男人怎么也不会让你失望，这可能是他们结婚8年爱情保鲜的源头吧。

她有点得意地说，也许各人的男人各人爱吧，我是一直骄傲我当初聪明地选择了朝恩这支绩优股，我感觉他越来越好，越来越让我脸上有光彩了。结婚这8年来，我也有跟他闹得很厉害，甚至赌气说出分手的时候。现在想起来很惭愧，还有点后怕呢，万一他当真了，心里有了负担，第二天带电作业时分了心，出点什么事，我这辈子一定不会原谅自己。

2013年农历七月初八是李朝恩岳父六十大寿，也是他即将退休离开几十年熟悉的工作岗位和同事的时候。为了一扫老人家内心的不舍和伤感的阴霾，他们夫妻决定请亲朋好友聚聚，也让老人家高兴高兴，当晚辈的也尽尽孝心。此前一个月，小郭就嘱咐丈夫不能缺席，因为他家姊妹两个，妹妹还没成家，女婿历来是半个儿子，这招呼客人的事自然是朝恩的了。临到那一天，一个紧急带电抢修电话把他招走，中午亲戚宾客欢聚的时候朝恩只打了个电话回来，小郭一个不胜酒力的女人硬是端着酒杯撑到宾客散尽，心里那个委屈啊。一直到晚上天黑丈夫才回家，她忍不住对着丈夫劈头盖脸地发泄起来："你的抢修天天都有，可我的父亲六十大寿这辈子只有一次，你以为这个世界缺了你地球就不转了啊！知道你的工作性质，这么多年我家里的事没打算靠你，这一次你太伤人心，太让人失望了，太让我在亲人朋友面前失面子了。"气头上她就说"我们分手吧"的话了。

一直沉默的朝恩打断了小郭的话，提醒她话别说得太过分了。等她情绪平息下来后，他才找她谈心，他说："地球缺了我当然可以转，工作缺了我自然也有人可以做，但至少现在我在班长这个位置上，班里的工作我就有责任。有我指挥着，工作任务可以完成得快点，停电损失也就少一点。"其实，自己的男人，性情自己明白，那么紧急的抢修任务，他那么爱班如爱家的人，就是不在场，会安心在酒桌上陪人喝酒吗？那次跟他那么无理取闹，到现在小郭心里都愧疚不安，当着那么多人面大闹一场，自己也没面子，觉得自己真是枉为读书人了。

2014年7月，朝恩工作14年来第一次休假，组织了3个家庭自驾去西藏。他领队，自己出线路方案，忙前忙后，一副真汉子架势。快到青藏线唐古拉山口时，所有的人都有了不适的感觉，男人们还出现了剧烈呕吐的现象。时间一分一秒都很难熬，仿佛打个喷嚏都会死掉，另外两家打起了退堂鼓，次日返程了。小郭说我们家那个男人就是天生不服输，觉得都已经进藏了，半途而废太可惜。经过丈夫的鼓励和打气，他们一家坚持下来了。当他们一家手拉手站在雄伟的布达拉宫面前时，她感慨地对丈夫说："老公，经过了这一次磨难，我觉得我们更深爱对方了，幸亏我们没有打退堂鼓。"

小郭说，其实丈夫并不是工作机器，有时候比自己还浪漫。他会记得家里所有人的生日，甚至记得我父母的结婚纪念日。如果没有紧急的工作任务，他总给我一个惊喜。就在上个月的一天下班时间，他打电话告诉我下班去一家西餐厅吃晚餐。坐下来后他问我："老婆，你知道今天是我们认识的第3330天的日子吗？"我当时惊喜得不得了，觉得这是一件非常温馨浪漫的事。尽管不是什么大事，身边有一个如此细致的男人，记得住生活中每一个有纪念意义的日子，本身就是一件非常浪漫的事。

跟小郭聊完，李朝恩的侧面在我心目中不再是过去人们对电力基层班组男人那种"简单的工作机器""拼命三郎"的形象了，是一个有勇气能坚持肯吃苦的男人，也是一个求上进、讲个性、有追求、不缺情趣、性格阳光活泼的新时代优质电力男人的形象。

有了上天不负人的上进心和自尊心，李朝恩的侧面比正面更丰满，更有血有肉，鲜活光彩。

从湘西到巴黎，一辆自行车的距离

周震总是习惯在上班时间尽力把工作任务完成，业余时间却将大部分精力都交给了家里那辆美利达山地车。每天下班后，他骑上自己心爱的美利达驶往县城附近的羊角山，行程4公里，不超过2小时，然后回家吃晚饭。"作为一个国企员工，本职工作是第一位的，业余爱好不能影响本职工作。"这是周震的业余骑行观。每天骑近，周末骑远，假期出省。骑行，是周震多年来除工作之外倾注心力最多的一件事。

最近，周震心里老回荡着一个口号，那是"鏖战法兰西，超越PBP"，性格沉默又倔强的他不好意思说出来。谁都知道他不久前激战中国武汉和西安两赛区胜出，取得了第18届法国不间断骑行终极挑战赛的资格，2015年8月13日将出征法国巴黎。他从来没去过巴黎，对他来说，从湘西到巴黎，就是一辆美利达山地车的距离。

年届五十的周震，是个外表看上去文静沉默的土家汉子，内心却充满了激情，即将走出国门参赛的他，早就有了"为国家争光，为企业争光"的雄心和豪情。

周震出生在湘西北慈利县一个叫杉木桥的小山村里，从小家里人口多，一家之主的父亲负担重，脾气躁。为少惹事少挨打，他养成了沉默的性格。童年和少年，他性格里多了些封闭，长大后逐渐变得倔强而刚毅。

1986年3月，20岁的周震成为了家乡杉木桥水电站的一名工人，农村水电站的工作人员什么都得干。7月的一天，领导把一辆永久牌的自行车往他面前一推，让他去一个线路维护现场施工。之前从来没骑过车的他默默地接受了任务，懵懂地跨上自行车，居然无师自通地骑了好几里山路去了施工现场。从此，他与骑车结下了不解之缘，这一骑就是30年。

作为农电工作人员，每天在工地、线路上跑来跑去，靠的就是一辆自行车。特别是遇到召开农电大会的时候，几十个农电人从这个村浩浩荡荡地骑到那个村，你追我赶地成了一道乡村风景，周震在这一道自行车洪流中从来都不甘落后于人。年轻，精力过剩，那时候的周震感觉骑自行车比唱歌都轻松。

1988年夏天防洪期的一天，距杉木桥6公里的黑龙泉水库需要100条麻袋，要求天黑前全部到位。周震带了5个年轻人骑着车碾过尘土飞扬的乡村土坯路，从杉木桥粮站每人驮着20个麻袋共40公斤开往黑龙潭，一路说玩笑闹，轻松自在。"年轻嘛，有朝气。加上平时户外架线，练就了好体能，40公斤的麻袋算什么？耐张杆上的双横担带金具100多斤，不照样轻而易举啊。我们一阵风就放下去了，一个左转弯，那个漂亮！"回忆骑车的那些事，周震总是眉飞色舞。可是天不作美，下起雨来，且越下越大。麻袋淋湿后重似千斤，土坯路打湿后泥泞难行，这样艰难地一步一挪，只怕是天黑前根本赶不到黑龙泉水库送达抗洪麻袋。而作为农电工的他们，晚上还要为村民发电照明，怎么办？周震果断指挥大家把车背到路边溪沟里洗干净，就近寄放在老百姓家里，麻袋就徒手搬或者背。

他们终于赶在天黑前完成了送麻袋的任务，第二天小伙子们个个累得腰酸腿痛。这件事让周震除了对同事心存内疚外，还吸取了一次深刻的教训，在日后的工作和业余骑行中，他特别注重"抓住时机，掌握主动"的重要性。经验总是一点一点在积累，细心而善于分析总结的周震把时间当成了一个筐，筐里装着的尽是他经历过、日后可借鉴的宝藏。

2001年，电力体制改革后周震调进了机关，骑车的机会逐渐减少，随之而来的应酬和机关"静"生活让他身高没变，体重却日日飙升，颈椎、腰椎比自己的工作成绩还"突出"，按摩、理疗、吃药都解决不了问题。同学聚会时，多年不见的老同学建议他搞户外活动，骑自行车，这让他回味起当年的"动"生活来。特别是2011年县里倡导"科学健身，全民健康"的运动健身活动，掀起一股全民健身潮。为了实现"文明其精神，野蛮其体魄"的梦想，周震买了一辆美利达山地车，真正地开始了他的业余骑行生涯。

通过一段时间的骑行锻炼，周震的体质有了明显的改变，感冒少了，睡眠质量提高了，吃饭胃口好了，人也越来越精神了。本来就有以前工作中的骑车基础，现在又疯狂喜欢上了业余骑行，真是如虎添翼。他加入了拥有近千名骑友的骑行车友会，由于成绩和能力突出，2013年当选为车友会的秘书长。近几年来，周震参加了60多次骑行活动，安全骑行3万多公里。

从第一次骑行感觉腰酸背痛腿抽筋，到西安赛区200公里、300公里、400公里、600公里不间断骑行挑战赛，每一次骑行都让他磨砺筋骨、锻炼意志，印象深刻。印象最深刻的是那次难忘的环慈利320公里挑战赛的

"磨难"。2013年8月17日，家乡举行环慈利自行车320公里挑战赛，凌晨3点，周震和骑友老许带着必备的维修工具、备件和食物，"全副武装"地从家里出发，赶到慈利人民广场和众车友们踏上"征程"。按照过去的骑行经验，他们保持25码左右的车速，大约骑了33公里，已是凌晨4点了，正处于铺撒碎石的路面让车颠簸得厉害，踩起来非常费劲。突然，周震的强光灯不亮了，怎么调试都没反应。没办法，他只好让老许断后，自己借着同伴的光摸着前行，此时车速降至15码，他踩得大汗淋漓，感觉特别艰难。凌晨5点，骑至象市镇，在路边早市摊上吃了东西，补充了点能量，继续前进。接近早上6点，晨曦中隐约地看到毛花界山上盘桓的公路，这是一个大约有8公里长坡的山路，花了近一个钟头才骑上山顶，这时天已大亮。就着山顶路边的泉水洗了把脸，两个人都发现屁股和大腿根部隐隐作痛，手脚也开始发麻，那是8公里长山坡用力骑行所致。坐下来简单地做了腿部自我按摩后，他和老许继续前进。骑行到了上午10点，太阳当头，汗水往下流到身体被磨伤的地方，那个火辣辣的刺疼啊，真是难堪又难忍，他和老许都一声不吭，继续前行。

骑行不光需要体力，也需要耐力，更考验个人意志力。艰难时只要稍微松懈就有可能放弃，好在周震每次都坚持了下来。这次环慈利—江垭—竹叶坪—桑植—张家界—武陵源—高峰—慈利自行车320公里挑战赛，整整15个小时的长途骑行经历，彻底磨炼了周震的意志，他深深地记住了：长途骑行要备齐相关的药品，如人丹、藿香正气水、风油精甚至蜂蜜；要备齐卫生物品，如卫生纸、软膏，及时保护好自己容易疲劳受伤的部位；还要准备足够的食物和水，更要准备好自行车的维护物品，并及时休补和调养身体，确保精力旺盛才能完成骑行里程。

周震说这次环慈利骑行的经验和教训深深地影响了他后来的骑行，以后的每次骑行他都能用上这次的经验，哪怕在最近的2015年7月4日参加的2015年第18届法国PBP挑战赛西安赛区600公里洲际选拔赛，他以32小时52分的成绩顺利完赛，也是借鉴了那次的许多经验。

采访快结束时，周震在电话里告诉我，回忆自己骑行的历程，他想表达三层感谢。感谢母亲给了他一副健壮的身板，让他在后来的工作和生活中具备了最为原始的"本钱基础"。感谢参加工作后长达15年的从事农电外线工作，让他几乎天天和骑行打交道，积累了一定的骑车经验和维修知识，让他在之后的业余骑行中具备了难得的"业务基础"。最该感谢的是来之不易的社会和谐、企业的兴旺发达、稳定的工作环境，奠定了他业余爱好的形成和发展所必需的"物质基础"。作为一名国家电网员工，一旦获得了"为国家争光，为企业争光"的机会，他将付诸实际行动，努力去实现"鏖战法兰西，超越PBP"这一句他一直埋藏在心中的、出征第18届法国不间断骑行终极挑战赛的口号。

从湘西到巴黎，飞扬了30年的光阴，他上演了一场酷炫的骑行秀。

我们期待明天，期待法国巴黎，期待周震。

岩 屋 里 的 岁 月

柱子嘎吱打开岩屋门，一片阳光倏地挤进了门洞，涂满了他那古铜雕像的脸，长长的身影被阳光拖到了屋里的干柴堆上，像一出鸣锣开演的布袋戏，花里胡哨地晃来晃去。

柱子站在山坡上打望，这大山窝里一大片青青的田畴夹着一条乡间小路，四周点缀些农舍，岚溪弯弯地流淌，轻烟缠绕的歪脖子水柳垂下一帘潺潺的碧水，水波上悠闲着一群嘎嘎叫的白鹅，还有林家寨神秘浪漫的情人谷和那古老庄严的刘家祠堂，他此时只觉得这石田就是一位青葱秀美的村姑儿，羞答答无比曼妙地向他展现着美丽和水灵。远处，那天边突兀的辣椒峰、蜡烛峰，却让这秀丽的"江南阴柔"顿生几分雄性挺拔之美，自然神来之笔勾出了一幅绝好的岚山山水田园画，绝然一派桃源仙境。

柱子若是个有文墨的人，他就想，灵秀与挺拔并齐，这大概是这片天地最好的阴阳匹配吧。可惜柱子没有文墨，他在这岩屋里住了大半辈子了，没觉出这一片山水有几多特别。柱子的岩屋外墙已层层剥蚀了，那不同层次或模糊或清晰的各种口号、标语在默默诉说着时代的变迁与人世沧桑。门前的独木桥下，岚溪在轻浅地吟唱，只要他的大脚板一踏上去，桥身就颤起来。这时柱子看到浅浅的溪水里一根水蛇被惊得打着"S"哧溜地钻进了水草里，小鱼小虾倒是闲庭信步，照样悠然自得，柱子少不得腾出时间朝它们会心笑笑。

一床，一帐，一凳，一灶，一电灯，一鸡窝，一屋干柴，一张老木柜；白天一门的阳光，辣椒峰守卫着家门；晚上满窗的月辉，蜡烛峰秉烛相照，这便是柱子清净、和谐的生活图景。从娘肚子里钻出来已经60多年了，柱子从来没有离开过石田村，这么多年的世事变幻像过电影一样从他的岩屋门洞晃过来又晃过去，那门，就成了时代的镜框，精致而浓缩着历史。从7岁离开父母跟着爷爷奶奶住到这岩屋里，他那经过柴烟熏烤的双眼已经见证了近60年的人间风雨。

离岩屋不远的刘家祠堂里，柱子那个曾任两江总督的老祖宗刘坤一离他的生活实在太遥远了，他无法亲近他，只是每次面对着那古老的画像发呆时，心底的敬畏和神秘打着漩漩儿。

柱子时常觉得自己就是刘家祠堂那官帽墙上的一棵迎风的野草，虽然荫及于族堂，却无人管无人问，只管承受这半世的风雨。同辈人中，柱子觉得表妹算一个人物。那个把乒乓球玩到国际上去的邓亚萍，那一年回老家祭祖，特意来岩屋看望他，可惜他出门有事，这一对表兄妹错过了见面的机会。唯有表妹送来的一床让他身心俱暖的棉絮，成了他日后温馨的念想，那床被他包起来挂在岩屋里的棉絮像一个巨大的灯泡，成了他心中最大的亮光。

柱子心里最佩服的人物还是他爷爷，拥有不薄的家产和田土，一辈子娶了4个奶奶，个个标致，远近闻名。柱子他爹是三奶奶生的，而把他养大成人的却是从来没有生育过的四奶奶。饥饿年代柱子父母双双饿死，后来爷爷去世，这个生得纤巧标致、性情温和娴熟、与世无争的四奶奶人缘极好，这帮他们躲过了种种时代灾难。她却在一个春天的早上临终嘱托柱子"宁住小岩屋，不要大豪宅"。这是一个多么聪明的女人！经过了一切人生繁华，看淡一切人生浮华，只是觉得守住人生的清平，把握住内心的平和与安宁，人这一生就永远不会活得失落。那个有着如花美貌、内心清朗如月、性情坚韧如水的四奶奶，用一句平淡而深含哲理的话来洞穿世事，晓理人生。可惜柱子生性懵懂，难知四奶奶苦心。

柱子在送老人上山的那条落英缤纷的小路上，为那10个字曾经长跪不起。在祖孙相伴的20年里，四奶奶就是这黑暗岩屋里的一轮满月，夜夜升起，流泻出母性静美的清辉，沐浴着柱子的身心。柱子青春过，也想过娶妻过常人家的日子。旁人也撮合过，四奶奶也为他奔走过，却都化作了岩屋门前的落花流水，随日子缓缓远去。他这辈子印象中的完美无瑕女人就是四奶奶，那么温柔、美丽、安静。每每站在溪坎上朝岩屋里回望，柱子总想起涨大水时，溪水时常漫进岩屋，四奶奶端着木盆往屋外舀水，而他年少贪玩，放草鞋在水里当船漂……这岩屋有柱子太多的温馨和依赖，他与岩屋早已血肉灵相连到灵魂，守望成了他的本分。

如今有老板来投资开发崀山了，柱子没有见过心中的这个狠人物，却因为在辣椒峰下的一块土地的补偿成为了8000元的"富翁"。柱子并不穷，过着自给自足，不依赖别人的理想生活，任别人的眼光怎么投向他，他那与世无争、放松心灵、充实而满足的心态成就了他物质和精神上的富足。

端午节那天，侄儿来请柱子去家里过节，他拒绝了。他说他还是喜欢自己的红糖拌饭。他神秘地告诉侄儿，昨儿夜里他做了个奇怪的梦，梦见岩屋变成了一条山崖上的石缝，他成了一根老青藤，不断地顺着石缝朝上攀，攀到顶后，他看见了山顶开满白色的野蔷薇，四奶奶在花丛中对他笑啊笑的，笑得脸都成了一朵花儿。

说完，他自顾自地笑了，古铜的脸被门洞里的阳光照得嘣亮嘣亮的。

"不二"的毕兹卡匠人

湘西永顺县有座不二门，不二门边上有个单海鹰，单海鹰有间不二坊。

猴精猴精的湘西土家汉子单海鹰平时在他的不二坊潜心创作民间工艺美术作品，尖心，执着，低调。可逢人来访，他就会放下手里的活计，交流起他的创作来，是个横竖不怕场合的主。他喜欢挥舞他那柴棒一样的双臂：么子大师哦，我就是不二坊匠人。他指着那幅从2004年就开始创作的20米的土家蜡染《溪州司城盛世图》长卷，滔滔不绝地讲起他那些倾注了心血的绘画、石雕、蜡染、织锦宝贝来。那张刮瘦刮瘦的脸上，豆眼聚起的亮光传达的是智慧；八字胡下，一张薄嘴吐出的是典籍。讲到起劲时，他就开始挥手晃脑，用永顺话朗诵起诗歌来，笑得来人身子直往后翻，不得不信服他"心里有词，肚里有货"，是传递湘西民间文化的工艺美术大师。

海鹰的民间工艺作品曾获过很多国际国内的大奖，系列石雕作品在昆明世博会上获过奖，土家织锦《西兰卡普之魂》今年又在上海世博会上亮相，他雄心勃勃，心里有着许多艺术构想，立志要实现"45岁之前打基础，45岁之后出成果"的事业规划。一直在艺术道路上艰辛跋涉，寂寞、清贫，他却把自己的获奖作品变成善款接济山里的贫困学生，他说他还要创作出大幅作品去捐助玉树灾区。上海世博会刚刚开幕5天,6日那天早上，这个为湘西民间艺术殚精竭虑的土家汉子却永远倒下，心脏停止跳动了。54岁的他还有许多宏愿没有实现，身后留下老母、贤妻、一双活泼的儿女和不二坊那些他精神和肉体都生死相依的宝贝，呈现一幅凄惶的"蜡染"。

小时候，海鹰是个痴迷的破烂王，总喜欢把一些有奇怪图案、形状的宝贝捡回家藏起来，一有时间就拿出来仔细琢磨。时代动荡，那些宝贝总是无法好好地保存，高中时学了绘画的他把那些图案画了下来，珍藏在一个木匣子里。多年后，这些东西成了他创作的素材和最初灵感迸发的源处。

穷人家的孩子实在没有多少钱去上学，高中毕业后，单海鹰进了县城一家锁厂当工人，一个月20几块的工资，除了吃饭和补贴家用，很难有空闲的钱去买笔墨、纸张和颜料，他就这样怀着对这些绘画材料的渴望走过了一年又一年。后来他当过厂长、博物馆的馆长、公司的经理，当年的渴望终于不成问题了，他开始潜心于湘西民间工艺的搜索和研究，业余时间不倦地学习美术，还考入高等学校学习美术专业。他像一块干涸的海绵一样，拼命地吸取着更高的专业知识营养，为日后的重新创作打下坚实的专业基础。

那个关于45岁之前和之后的人生规划，就是那时定下的，他已经具备了在民间工艺美术领域里闯出一片天地的雄心，无奈世事羁绊，使得他总不能如愿以偿。为了更好地实现自己的人生目标，单海鹰辞职了，人生苦短，他要集中时间和精力做自己想做的事。周围人的不理解，经济上又拮据，基本生活都难以维持，需靠老父母帮持，他的人生陷入了窘迫的困境。困境中他负重前行，仍然痴心难改初衷。不久，他创办了自己的工艺美术作坊，"不二坊"寄托了他的雄心大志，透着一股毕兹卡汉子不服输的霸气，他要让小作坊走向大世界，他要做一个中国甚至世界不二的土家汉子。

终于可以不顾旁骛沉下心来做自己的事了。单海鹰跋山涉水，走近原生态山民的生活，多层次多角度地吸取生活的养分，潜心研究民间工艺的技巧，不断创新艺术表现手法，所创作的蜡染和织锦得到了社会各界的喜爱和赞誉。要他作品的人越来越多了，他的作品在省里、全国甚至国外获奖了，联合国教科文组织收藏了他的作品，他也获得了"中国织锦工艺大师""湖南省工艺美术大师"的称号，成为了一名州政协委员。黄永玉和他成了忘年交，并欣喜地说："海鹰大师在工艺美术方面，是远远超过我了的，我的这个小朋友慧根慧眼皆不错。"为了表示祝贺，黄老欣然拿起画笔，为他作了一幅极其传神的漫画，他那种对民族艺术执着追求的精神跃然纸上。

面前的大门敞开了，他从门里走出去，走过门前的小溪，流进远处的小河，汇入滔滔的江水。他还想奔腾向泱泱大洋，让湘西通过他的蜡染、织锦等工艺作品走向全世界，让全世界更好地走近湘西，了解湘西。然而，生命的指针戛然而止，停在了54岁的刻度上，这是他未曾料到的事情。

没有人知道，在海鹰激情涌动的胸中，装着多少未酬的壮志？

上天知道。

飞雪中那朵暗香浮动的红梅

她湿润着眼眶对我说，2008年2月5日，是我做电力台区管理抄收工作以来感觉最艰难的一天。

那一年的那一天，中国南方大部分地区一片冰封。45岁的李国荣早上8点准时来到株洲城西供电局台区管理办，她将抄表卡、尖嘴钳、起子装进随身携带的工具包里，走出了办公室。

干这个工作将近半年了，她不想丢掉曾经从事了28年的电气维修技师老本行，抄表时，她常常顺便给客户修修线路、换换开关什么的，这其实给她的抄收工作添了不少便利。2007年9月，她从华源物业公司下岗分流到城西供电局，负责23个台区、3800多户的抄收管理工作。她很珍惜这个岗位，工作努力而勤恳，电费回收率一直保持在100%，成了城西供电局的抄收状元，被评为2007年度株洲电业局的电费回收先进个人、十佳员工。优秀的业绩也直接反映在她的工资收入上，有那么两个月，她的工资比局长都要高。

一大早出门走在上班的路上，她看见冰雪大地中到处都是摇曳的红灯笼，明天就要过春节了，李国荣想，老天就是在落刀子，今天也要把剩下的982块电表抄完，保持100%抄收状元纪录。

下楼，出大门朝北去湘潭的方向，她要到8公里外的月塘去，这还是去年9月以来她第一次去那儿抄表呢。路上没有车声，更见不到人影，看来只有走到月塘去了。"咔"一只脚陷进了雪里，"咔"另一只脚也陷进了雪里。"咔""咔""咔"，一段路下来，李国荣感觉到了脚下刺骨的尖冷，她的鞋子已经浸湿透了。平时走起来那么容易的一段大路，现在怎么显得这么漫长啊。偶尔在路上遇到一两个行人，她赶紧抓救星似的奔过去问月塘安置小区的路。

进入不知深浅的安置区小路，每一脚踩下去都没过膝深，她不知道脚下到底踩的是什么东西，身子总是跟着凌乱的步子东倒西歪。咔咔咔，接近安置区第一栋楼了，狂喜的她正想往楼梯口拔腿，突然眼前划下一道白光——哗啦！一根尖利的冰凌从天而降，插在她面前的雪地里。

好险！惊魂未定的李国荣抬头一看，一排开始融化的冰凌利剑一样倒悬在屋檐下，随时都可能劈将下来，她赶紧拔脚离开这个危险地带。安置区四栋楼房，88块表，李国荣硬是贴着墙，抓着冰冻的水管，扶着楼梯，战战兢兢一路滑溜着，一块一块地抄过去，上午11点多，总算完成了88块电表的抄表任务。

下一个目标，南湖山庄。

往下的路对于李国荣来说更艰难了，她的双膝以下早已湿透。寒从脚起，浸在冰雪里的双脚冻得疼痛欲裂，彻骨的寒冷直往上蹿。她给自己打气，坚持一会儿，再坚持一会儿，到南湖山庄就好了，那里有小饭馆，吃点东西就暖和了。一个多小时后的中午时分，她万分艰难地走到南湖山庄，却发现这里所有的小饭馆居然都关门大吉，人们都回家准备过年去了，这里见不到一丝烟火。肚子空得难受，双脚火烧火辣地钻心疼。毕竟是45岁的人了，寒冷、饥饿、体力不支，让她全身开始发抖，绝望和委屈掀开了女人最敏感的按钮，大滴大滴的泪水止不住地狂奔而出，李国荣一屁股坐在路边冰冷的石头上哭起来。

独自流了一会泪，透过朦胧的泪光，她发现路边居然有个卖鞋的小店没关门，她狂喜地奔过去买了一双球鞋换上，原地跳了好一会儿，这才感觉到一些暖意。揩一把还挂在脸上的泪，她知道哭是哭不出世界的，立即着手南湖山庄的抄表工作。一块，两块，三块……直到下午4点多，513块电表终于被这个号称"耐得烦，霸得蛮"的抄表状元"征服"了。走出南湖山庄，天色向晚，李国荣不敢有丝毫的懈怠，因为在神龙小区，还有381块电表在冰雪中等着她呢。

2008年春节的前一天，李国荣在冰雪中奔走了一天，抄完982块电表，走在回到家的路上时已经是城市万家灯火的晚上7点多了，又冷又饿的她心里掠过一丝欣慰，可以安心过年了。

"咔""咔""咔"，李国荣加紧了脚下的步子，她边走边摘下脖子上的红围巾将头包严实，朝回家的那条路走去。雪花越飘越大，白茫茫的一片风雪中，红头巾越飘越远，像一朵静静怒放的红梅，暗香浮动。

清香茉莉独芬芳

听说李建平老师刚从工作岗位上退下来，最近将习画兴趣转移到孔雀上了，知道她平日专事牡丹的我好奇极了，决定去一趟她家。

于是，在网上约了她，带了相机敲开她家门。三居室的家布置得高雅别致，最让我有兴趣的是她那间书房、电脑间加画室了，墙上挂满了她创作的花鸟画，宽大的画桌上摆满了颜料和画笔，浓浓的书卷气浸润鼻息，让我闻到了醇厚的墨香。

她出生于长沙的一个知识分子家庭，父亲是湖南师大的教师，母亲是长沙一所小学的教师。从小受父母影响，耳濡目染，她尤其受教图画课的母亲的影响很深，喜欢书法美术。20世纪70年代初，知识青年上山下乡，17岁的她到湖南怀化会同县的高椅村参加劳动，接受锻炼。70年代中期，她幸运地考上了黔阳师范，学校开有美术课，中国著名的花鸟大师易图境是她的美术教师。她经常去易老师画室学习、请教、观摩，这个时候的她想续起以前的想法，开始潜心学习花鸟画。

1976年，师范毕业后的她被分配到会同县300电厂的子弟学校教语文兼美术，繁重的教学任务仍然阻止着她墨香梦想的实现。"这一教书就是18年，一个人青春时美丽的梦想有几个18年呢，就这样在零碎的世事当中给蹉跎掉了。"她静静地笑着回忆。

1995年，张家界地区组建电业局，李建平和丈夫来到了这块美丽神奇的土地上，成为了一名管理工作人员，工作相对轻松。她终于觉得时机成熟，可以致力于自己年轻时的梦想了，她开始把业余时间的精力转移到创作上来。她把绘画方向圈定在中国传统意蕴的吉祥、富贵、团圆、繁荣的牡丹上，大部分时间都生活在少数民族侗族地区的她，特别想把侗族的房屋、建筑以及风情溶入作品中去，因此她专画牡丹和山水。到了张家界，她发现张家界的山水风情很有特色，她又很想把二者元素融合在自己的画里，形成自己独特的风格，这期间她的山水画明显偏重土、苗、侗建筑和山水相结合的风格。

张家界景美，尤其是天门山的云雾各具情态，变幻莫测，很难表现出其中精髓。李建平曾一次次地爬上自己居住的大楼痴迷地观察对面的天门山云雾，又一次次地爬上风景区去观察风景，甚至用相机拍下来做资料，回来后细心地逐一揣摩，有时候还把画友请到家里，相互交流，切磋技艺。她没事就研究揣摩名家、画友的画作，取人之长，虚心向技艺高超者学习。在她的书房里，三本清代介绍国画技法的著名宝典《芥子园画传》被她翻看得烂了又补，补了又烂，其倾情山水花鸟国画的心志可以想见。

艺术门类是相通的，也是相辅相成的。为提高自己的创作能力，李建平还临帖练习书法，创作美文，拍摄风景花卉鸟雀图片，她默默地做着这些看似与绘画不相干的事，这一切的努力，都是为了那一张张她泼墨的山水和花鸟，其实工夫尽在画外。

她学绘画没有赶上好时代，大半时间被时光给蹉跎掉了，但一有机会她就抓紧学习，努力钻研。为了完成自己表现侗族精美建筑、田园风光、淳朴民风的三米长卷，她曾几个月待在怀化通道侗族乡村采风、写生，收集素材。在绘画这条漫漫长路上，她就是如此用自己的辛勤汗水，常常换来小小的喜悦，给自己平淡的人生添加了闪耀的色彩。整整10年的绘画生涯，她获过省级甚至国家级奖项，作品还被介绍到韩国首尔展览交流，她说看到自己这些小小的成绩，相比她年轻的时候一直被压抑的绘画志向，她觉得自己老有所求有所乐，内心真是无限欣慰。

如今，她也知道利用起网络这个平台为自己的绘画事业服务，她在中国书画之家书画家展厅湖南展厅开了个人绘画作品专页，与全国各地的画家交流作品，往往作品有人问价，经济上时常小有进项，她把这些收入用来买纸买笔买颜料，用于外出采风费用，以画养画，自得其乐。退休后的李建平更是全身心投入到绘画事业中，把退休生活打造得风生水起，并引得夫君成了摄影发烧友，夫妻俩常常清早起来就背上行头一起进山采风，一个拍一个画，不放过任何创作灵感，相得益彰。

李建平说这一辈子有两个"作品"是她要为之努力的，一个是她那乖巧听话优秀的宝贝女儿，早几年就以优异的成绩去奥地利留学，完全不用她操心了，另一个自然就是她为之付出心血的绘画了。热爱是最好的老师，对于绘画，李建平只有热爱而毫无功利，所以那种爱是自觉的、平常的、超然从容的。2011年的初夏，李建平夫妇去奥地利看望女儿，同时还给遥远的欧洲带去了传统的中国绘画文化，让古老的中华艺术在大洋彼岸闪烁异彩。

那年阳春三月，国家汉办孔子学院奥地利格拉茨分院得知李建平夫妇到奥地利探亲的消息后，特意通过她女儿联系到她，给奥地利格拉茨分院喜欢中国画的学生上一堂关于中国画的课。离开中国前，李建平作了充分的准备，在奥地利格拉茨分院，她的主题为《浅说中国画》的讲座，以展示自己的国画习作入手，详细介绍了中国画的发展历程、中国画的工具和材料、用笔、用墨、用章，并现场演示中国画的画技及步骤，让学生对中国传统文化发生了浓厚的兴趣。听课的外国学生被中国画精湛的画技所吸引，纷纷拿起毛笔一试身手。整堂课计划一个半小时，但实际持续近3个小时才结束。讲座收到意外的效果，李建平在奥地利充当了一把中国传统文化的传播使者。

如今，不管你什么时候遇到李建平，她都是一脸安静自信而不事张扬的笑容。如果把女人比作花朵，李建平就是一朵不媚不俗、素雅清淡的茉莉花，独自绽放，独自芬芳，摇曳在她那个墨香四溢的世界里。

缘 遇 幸 子

1997年的金秋，在第九届北京香山红叶节期间，我与幸子共赴《光明日报》文化周刊举办的笔会，我们相识在香山脚下的仙府饭店。

到京的第一天，不见同屋人影，我这个历来多思多想的南方女子，在北方燥冷的空气里很是落寞了一夜。第二天一早从会务组报到后回房间，卫生间里却有人大叫："拜托帮忙拿一下床上那套内衣给我，姚！"我正迟疑间，那人光着身子飞快跑过来，三下两下穿上了床上那套内衣。这就是幸子，没见人，先发声，行事快得像梭子弹。她戴眼镜，脑后扎着十分"高昂"的马尾，只冲我那么轻轻地一笑，嘴角两边蓦然间跳出一对豆粒大小的酒窝，味道好甜。

幸子说自己昨天一个人到天津云游去了。在天津，她跟劝业场的小贩讨价还价，买了糖果、内衣、花花绿绿的小女孩发卡；去夜市大排档一溜挨摊吃各路风味的小吃；跟蓝眼高鼻的老外一起排队买狗不理包子；溜大街钻小巷找杨柳青年画……她说她喜欢的就是那个感觉。话说得起劲时，高昂的马尾呈驰骋千里状。

那段时间我们总是同出同进像一对姊妹花，那些来自全国各地的文友问起来，幸子就操起一口崩脆的四川话，说，我们一郭辣妹子，一郭麻辣妹子，嘟个四两姊妹呢，不过要说对付起你们那稀山东大鼓、河南坠子、河北梆子、北京片子来，保管你们扎实辣出好些泪蛋蛋来。她那不规范的比喻罗列，果真乐得众文友笑出了泪蛋蛋来。

幸子是攀枝花人，是《攀钢文艺》的编辑，她在北京很有人缘，没两天，手头上存的几个作品就被编辑拿去用了。除了著名作家梁晓声的课，大多数时间幸子都不去听讲座，她拉着我在京城乱逛，或者去会朋友。我们去三环的中国文联大厦会她《人民文学》的编辑朋友，两个人坐着面的在大街上转来转去，筋疲力尽地找到朋友后，她劈头盖脸地将话甩过去：你们北京好不方便，地儿太大，找得我们半死。

一旁的我想，这人直率得够水平。

在笔会上幸子认识了她的四川老乡，来自大凉山的彝族青年阿南。京城流浪文人一族的阿南留着长发，穿着牛仔，一副落拓不羁的模样。几年前读完鲁迅文学院便留在京城当了北漂，靠帮人写文章和当文化中介维持生计。

同乡异地相见，有说不完的家乡话。笔会安排我们去颐和园、香山，游玩的那一天，阿南始终和我们在一起。

幸子那天穿了玫红的套装裙，在人群中就像一只快乐闪飞的彩蝶，一路和阿南说着家乡趣事，两个人时不时笑得山响。到了香山，幸子坚决要坐缆车，说自己累不起。我心里遗憾着徒步爬山一路的好风景，嫌身材比我高大年龄也比我大几岁的幸子太娇气太矫情，碍于情面，只好忍住没吭声。

到了香炉峰，凭山远眺，但见山路上游人如织，眼里万山红遍，金秋十月的香山景色宜人，真是不让盛春。幸子突然来了疯劲，拉着我和阿南直奔红叶区去采摘红叶。下山的路上我坚决要走路，幸子累得气喘吁吁，一路吊着阿南不放。有时她停下来坐在路边石头上休息，还不停地对阿南嚷："真不行了，真不行了，累得要了我的小命了。"有时又差遣阿南去帮她摘红叶和枫叶，或者摘路边的酸枣儿，反正她名堂多，我受不了她，懒得理她，但阿南顺着她做。

在香山公园门口，有制作红叶的摊儿，幸子坚决要把选摘的红叶制成卡片，说回家送给家人，因为她的一路啰唆事多，我们本来就脱离了大部队，天也玩黑了，我烦她了，独自先走回仙府饭店了。

那天，幸子好晚才回来，一进门她就瘫在床上对我嚷嚷："姚，快点，快点帮我按摩按摩，我快散架了哟。"我沉着个脸没理她，她又左求右求的，我只好帮她捏拿起来。我手刚刚下劲，这女子突然哎呀哎呀地叫起来，我忍不住地大声说，你是豆腐脑儿做的呀？按了好一会儿她才回过神来，然后一咕溜坐起来神秘兮兮告诉我："你知道我怎么这么晚才回来吗？我被人绑架了……"于是如此这般，她用文学的语言，描述了一场"惊心动魄"的绑架情节，原来就是阿南老乡的"情劫"。我幸灾乐祸地大笑：该，哪个让你一天到晚吊着人家不放，不出故事才怪呢。幸子大骂我没良心，丢下她不管。

这以后阿南一直没出现过，笔会很快就要结束了，临别头一晚幸子在联欢晚会上载歌载舞大展风采，和《人民文学》的编辑朋友一起疯跳迪斯科，跳得山摇地动，满头大汗。我瞧见角落里有一束关切和幽深的眼神在那里默默闪动，那是阿南。在一首轻慢的舞曲中，那个编辑过来邀请了我，他说幸子是个心无杂质、热情奔放的女子，每个认识她的人都被她感染。我酸酸地想，幸子大概也是一个对异性有吸引力，魅力无限的女人吧。

分别的那天早上，幸子起得很早，她突然告诉我自己要去八一湖，我想你爱去不去，不就是和阿南去幽会吗，搞得那么神秘干吗呀。一个上午的时间过去了，眼看着出发的时间快到了。不见幸子回来，我急得什么似的，说好了一起去火车站的，这人真是重色轻友！房间电话铃响了，是阿南的声音，我劈头就是一句："幸子到八一湖和你约会去了吗？说好一起出发的，却不守信。"电话那头哑了半晌，我急得大声催，你说话呀，你说话呀。然后听到电话那头的阿南声音又小又慢地开腔，那一字一句却重似千斤地打在我心上："幸子得的是癌症，她是个坚强的女子，到八一湖是去见那些京城的抗癌明星去了……"阿南往下的话我已经听不清，我只觉得自己耳朵嗡嗡作响，眼前慢慢模糊，一片模糊了。我无法相信那么生机勃勃的一个浪漫、热情的女子竟是时时与绝症纠缠在一起，与死神抗衡的人。我无法原谅自己这几天对幸子的心理和态度，我觉得上天不公平，为什么对这样美好的女子随意捻动命运的珠子！

听说幸子回攀枝花后也变成了抗癌明星，她用自己的亲身体验写了一本抗癌的书，引导那些身患绝症的人与病魔作斗争。阿南后来离开了京城流浪文人圈子，去了西藏。

多年以后，幸子来我所在的小城旅游，与我匆匆见了一面。她活下来了，仍然是多年前的爽朗与热情，望着她与当年截然不同的臃肿身形，我知道那是一次次化疗放疗的结果，这么多年过去了，幸子经历了什么，完全可以想象。多年以后，阿南从西藏返回京城，在一家杂志社当了编辑，再后来他在京城娶妻生子扎下根来，后来，他成为小有名气的诗人。

现在，我们3个都有微信来往，3个中年人常常忆起我们年轻时那次《光明日报》副刊的香山笔会之行，时光过得那么快，转眼就是半辈子。

缘究竟为何物？千百年来文人雅士煞费苦心地思索过，它的无法界定早已是公知。有种近乎佛道的说法，说缘是冥冥之中的一种定数，正是这种定数让我和幸子结了一段尘缘。幸子当年的坚强，对命运的超然，一直影响着我，成为我丈量人生历程的标杆。

（作者单位：国网张家界供电公司）

山中那座茶亭

（外一篇）

罗建民

山 中 那 座 茶 亭

喝茶是一件雅事。

我于喝茶实属外行，没有冬天"寒夜客来茶当酒"的情趣，只有夏天"牛饮"白开水的福分。

忽一日，走进城里茶楼，看着碧绿澄清、醇和鲜灵的茶叶，闻着清幽悠远的清香，品着入人心菲的玉液，着实令人心旷神怡，浮想联翩。

那一年冬天，我们10多人挤进塞满工具、被服的汽车，沿山道急驶，途经正在建设中的五强溪电站。经过6个多小时的颠簸，来到沅陵山区的柳林叉，从这里到220千伏凤德线35号杆还有2个多小时的山路，山间有一个近百年历史的茶亭。我们将在这里进行撤杆换塔的停电抢修工作。

茶亭是这一片山林中唯一的一户人家，这里又是通往镇上的必经之路。为方便来往的山民，这户人家便在房屋厅堂前用几根大木柱支起一个阁楼，用木板钉成长凳，算是建起了一座茶亭，虽简陋但却历经近百年的风雨。

主人是朴实厚道人家，老两口每天准备好茶水，供途经此地的乡邻喝茶憩息。女儿20来岁，穿着朴素大方，是山里唯一的民办老师，常常要往返几十里山路，给山里的孩子们上课。我们的到来，给她增添了许多的话题。她向往着山外的世界，渴望走出大山，但又放心不下自己的学生。

放下行李、工具，班长喘着粗气安排道："年纪大的睡房里，年轻的一律睡阁楼。"阁楼四面透风，堆着杂物，我们用稻草将楼板铺了个遍。两人一组将所带的被子就地铺好。

清晨从被子里探出头来，只见远处群山叠嶂，云雾缥缈，太阳从很低的地平线上冉冉升腾起来。

停电前，一切准备工作完毕。天气渐变，下起了雨。夜晚，山里面寒风刺骨，大家围坐在火坑旁，漆黑的茶壶被挂在用粗铁打造的吊钩上，从房梁上直挂下来。旁边挂着几大块被熏烤得乌黑发亮的腊肉。木柴在火坑中发出"噼噼""啪啪"的响声。主人准备了茶亭特有的粗叶茶，我们几个年轻人正忙着把包谷和红薯埋在火灰堆里。火光的映照下，大伙一个个面颊通红，精神饱满，相互争论着如何加快速度，完成任务。有人指了指门外说道："唉！停电就没遇到过好天气。"班长在蜡烛旁填写着派工单，抬头说道："外线工历来是麻风细雨是好天，碰到停电落刀子也要上！"

停电抢修工作开始了，已有几年外线经历的我，虽年龄最小却已属主力队员，分配在塔上，我们两人一组负责一个角。上百斤重的塔材，通过滑轮和绞磨被拉了起来。铁塔在大家齐心协力的努力下，一步步地上升。

随着铁塔的升高，天气也越来越冷，竟下起了大雪。早上起来，风把雪花送了进来，头发湿漉漉的，原来我们在雪中睡了一夜。铁塔上结起了冰块，我们戴着早已湿透的手套抓住塔材，系好安全带，向上攀登，衣服上满是雪花，眉毛、胡子上挂着晶莹的冰花，冻得在铁塔上直打哆嗦。但大家鼓足勇气，在铁塔上"翻腾扑跃"，将一块块角铁联结起来。

雪越下越大，竟飘起了鹅毛大雪。塔顶与地面之间的距离变得模糊起来，塔材的输送只能靠相互间的喊叫来传送。班长决定所有人员分为两班轮流上塔。塔下并不轻松，满地的泥浆，大伙浑身都抖动着，一不小心长筒套鞋被粘住了，脚穿着袜子踩进泥浆中。工具材料裹满了稀泥，我们不停地用手搬动着。实在是太冷了，大伙儿找来树枝，在铁塔旁燃起一堆火，稍有空隙便轮流跑过去，暖暖身子。

突然，我看见一个红点从茶亭方向向我们慢慢地移动。到近处一看，原来是主人的女儿——孩子们唯一的老师，提着漆黑茶壶向我们走来，给我们送来了滚烫的姜糖茶。我们一个个泥人似的，回到茶亭，她又主动给我们担负起后勤服务，将我们换下的浑身泥浆的工作服用背篓背到离茶亭很远的山涧溪水边去清洗，然后在火堆旁烤干，将衣服折叠得整整齐齐……

许多年过去了，我始终不能忘记这深山里的茶亭，不能忘记那姜糖茶。

山 味 火 锅

那年，美丽的索溪峪像"杨家有女初长成，养在深闺无人识"，一旦显露峥嵘，五湖四海的游客便摩肩接踵，纷至沓来。遗憾的是，索溪峪只有低功率的小水电发出微弱的电能，仅在乡镇附近才能见到依稀的灯光。

于是，我们就来到了这峥嵘峭峻的万山丛中，架设第一条35千伏输电线路——江垭变电站至索溪峪的江索线。于是，我们就开始过起了和山里人一样简朴、豪爽、辛勤的生活，品尝着山里独具特色的"土火锅"。

山里人一年四季，早、中、晚三餐都是土炉子炖着吃，火锅里放进山里的红尖辣椒，夏能驱湿，冬可御寒。酒是每餐都必不可少的。吃过之后，大汗淋漓，血脉通畅，意气飞扬。

山里人纯朴自然、豁达乐观。山里大嫂在门外敞开胸怀哺乳着自己的孩子，男孩子们则光着腚在晶莹碧透、清澈见底的山溪中嬉戏游玩。盛夏，我们在山里的木板房里，赤着臂膀，打着蒲扇，喝着散装白酒，围着火辣辣的"土火锅"和山民们拉着家常。

在大山中，我遇到几位当年参加革命的红军老战士，他们拿着山里特有的长竹竿精制成的烟斗，慢慢地添加着黄黑色的烟丝，黄铜打造的烟嘴在阳光下熠熠发光，在浓浓的旱烟丝喷出的阵阵辣雾中，述说着当年的故事。听说不久的将来这一片片山林也能用上电，他们的脸上露出了开心的笑容。

紧张的施工大会战开始了。面对那上千斤重的一根根电杆，村长——一位年轻的复员军人对我说道："不慌!你们从老远的城里来帮我们架线送电，造福一方，能不支持嘛？别人村里的电杆能上山越溪，我这里绝不比他们慢！"转头和老支书商议道："一根电杆8个人一边，16个壮实劳力就行了！"

陡峭险峻的山峰转眼便被山里朴实的汉子们征服了。抬完最后一根电杆，村长对我说道："走，今天到我家吃中饭！"我和同事来到了村长的家，村长拿出熏烤得乌黑发亮的腊肉，放上山里的辣椒和花椒用土炉子一炖，摆放在堂屋里，吃了起来。边吃边谈，土火锅从中午吃到晚上，人都醉了。

施工队伍带着行李铺盖也开赴上来，聚集在三官寺这个群山环抱的小乡镇。木结构的旅店有两人挤一张床的，有打地铺的，还有些借住在山民家里。清晨，天还未亮，班长便吆喝起来了："起床了！出工了！"木楼上便响起"咚！咚！咚！"的脚步声和互拍板壁声。大家在晨曦中挤上卡车奔赴工地。我们立杆组一下车，便背上大锤，扛起绞磨，拖着钢绳，往山顶上爬。在班长的指挥下，20多米高的电杆立起来了，做好拉线，便往另一座山上冲。中饭是用铁桶送来的，几口饭一吞，碗一放，便打锤的打锤，放线的放线。吃饭施工两不误。傍晚，到处都是背后挂着钳子、扳手，满身泥土，肩扛工具的外线工从四面八方归来。

一根根电杆被我们磨出老茧的双手立了起来。竣工会餐的场面是我10年外线工作中最蔚为壮观的。时值大热天，五六十个面孔黝黑的外线工，挤在旅社的大厅里，三四个"土火锅"摆满一桌，有端着碗蹲在门口的，有坐在条凳上的，有夹了菜就往外让的，浑身大汗。喝酒的很快便聚集起来了，有桌与桌比酒量的，也有提着酒瓶找人单挑的，有喝不了讨饶的，一直闹到小水电送来的昏暗灯光一闪一闪发出停电信号，点上蜡烛的时候。

此时，小镇周围的群峰，早已隐没在夜幕深处。趁着淡淡的醉意打着手电，我们一个接一个、一片接一片结成了一圈璀璨的大灯环，来到清凉碧透的溪水中洗澡醒酒。

回来后，都看到大厅内桌子上的土炉子还蹿着火苗，有人说道："这才够味呢！"

（作者单位：国网常德供电公司）

我心如月伴凤滩

（外一篇）

杨若洲

我心如月伴凤滩

参加工作那年刚20岁，而今已过不惑之年，一路走来，那些美丽，仿佛就在昨天。

凤滩的路最难忘。当年，我独自一人背着行囊，在沅陵老城河街上一个黧黑的小车站里买了票，山一程，水一程，天黑时到了一个叫黄秧坪的小集镇，酉水河在镇边像风车一般哗哗流淌，这就是凤滩。

从此，凤滩的路就与我结下了不解之缘。黄泥巴路，走过；砂子路，压过；柏油路，高兴过；水泥路，兴奋过。那些年，凤滩的路修了一次又一次，我变换着乘坐过各种各样的交通工具，船、大客、皮卡、五十铃、大货车、面包车、小汽车，我几乎与每一个跑车的司机都熟，存了他们的电话号码，随时联系接送，知道他们每个人的故事，了解他们的性情、爱好。我能熟稔地叫出每一个路过的村镇的地名，一路的四季美景也了若指掌：红树坪的油菜花开得最好，山坡上，稻田里，金灿灿的一片连着一片，视觉冲击力很强；四方溪的雾景最美，酉水在这里拐了个90度的大弯，河面宽阔，平滑如镜，山林倒影，参差如画，或浓或淡的雾，在山林与河面氤氲，引无数"摄友"竞折腰；酉水画廊风光优美，两岸逼仄，青山如黛，河面清澈，白鹭悠悠，石壁如削。凤滩的路，一头牵着大家，一头牵着小家，倾注了我无限的忧烦与喜悦。

凤滩的乐别具一格。一乐山，爬山。春暖花开、莺飞草长的季节，哪里山高，哪里林密，我们就爬向哪里。在山里，我是一个背包客，背着牛羊肉、刀具、啤酒、油盐酱和辣椒粉，走的有点累了，就找一块平地，发动孩子们去采集干枝枯柴，生火做烧烤，等到滋滋滋的响声过后，烤肉的香味飘过几座山，来几听啤酒，神仙一般的享受。在山里，我们总能采到最嫩的春笋、最绿的蕨菜、最鲜的蘑菇、最美味的枞菌，那种抱着发现春天的兴奋出发，在一丛丛密林里，拨开层层野草，像发现新大陆一般一声接一声的惊讶、惊呼、惊喜，返回时脸上满溢的幸福感，是城里的奢华不能比的。二乐水，游泳。我和我的伙伴们下班后常去一个叫三枪岩的地方，那是露天游泳的最佳场所，有码头，有激流，有平水，更重要的是有"天然跳水台"。伙伴们有时排成一个"大"字一起游过河，有时一个接一个从高高低低的"天然跳水台"上跳下，入水的姿势各异，有的是"冰棍式"，有的是"鱼跃式"，有的是"蹀步式"，我们以跳台的高低、空中动作难度大小和入水溅起的水花多少为标准，给每个伙伴的跳水评判"打分"。三乐电影，露天场。我住的老青年楼尽头是一面灰白色的旧墙，墙前一块大坪，那是播放露天电影的银幕和操场，每个月必定有几场电影在这里放映。天还未黑，一些妇女小孩就早早地搬了板凳摆在前排"占位子"，电影还未开幕，操场上已然是人山人海，人声鼎沸，热闹无比。电影开演，一切才安静下来。没有位子的，就站着看，个子高的，站在人群后边，个子矮的，就站在边上看。恋爱中的男女利用电影约会，没有对象的年轻人就趁机寻对象，献殷勤。露天电影，不仅是凤滩人的一次文化大餐，更是一次群众性的露天聚会。

凤滩的美独一无二。大坝壮美，桂花醉美。凤滩大坝是世界第一的重力空腹拱坝，锁酉水、钳楚蜀，高峡平湖，烟波浩浩，雄伟壮观。最震撼的是大坝开闸泄洪，一条条白龙腾空而起，在数十米空中散成无数朵浪花，掉下来，又重叠汇聚在一起，一齐砸向河滩，声震云霄。天晴的时候，会有一道美丽彩虹，横架大坝左右，瑰奇夺目。凤滩生活区，房前屋后遍栽桂花，有金桂，有丹桂，一进8月，满园的桂花就渐次开放起来，先是淡淡的，然后渐浓，最后馥郁到香飘十里，从桂花树下路过，人带一身香，折一枝回家，会满室生香。我还常在冬天傍晚时分，约三五好友在河边的吊脚楼酒家小聚，窗外河面是一层雾，状如猛狮，如奔马，如村庄，游移聚散，变幻莫测，我们一边欣赏雾景一边品尝老板刚炒得嗞嗞响的腊肉、腊豆腐，端起酒杯围炉夜话，感慨人生……

屈指算算，一晃20多年过去了，人生最好的年华留给了凤滩的清风明月，收获了一份宁静和质朴，只是，那些美丽的时光都去哪儿了，当年那些伙伴都去哪儿了，那些欢笑，那些快乐，那些情谊，依然在人生的日历里收藏着，如一朵纯洁的野百合，悠悠地盛开在心底。

画意春风到凤滩

一直以来，画家，尤其是擅画中国画的名家，在我想象中应是一位胸有丘壑、境界高远的雅士，所以我对中国画情有独钟，那看似信手拈来的几笔挥洒，浅浅淡淡的泼墨写意，便形神兼备，意境幽远，韵味无穷，远如黄公望的富春山居、王蒙的秋山草堂、八大山人的奇峰怪石、郑板桥的傲兰瘦竹，近如现当代齐白石的鱼虾虫蟹、张大千的泼墨庐山、李可染的水墨漓江、刘海粟的泼彩黄山，都是我心仪已久的大家神品。

结识当代国画名家邓辉楚老先生，源于一幅连环画。一位热爱连环画收藏的友人，送我一本很稀少的20世纪70年代出版的连环画《雷锋》，说是湘籍画家邓辉楚老先生画的，还请邓辉楚先生亲自题了名、盖了印，很珍贵，值得珍藏。翻开百度，邓辉楚先生的条目赫然在目，他的山水国画《潇湘四季图》《山色秀可餐》《武陵朝露》《山林寻源》《山居远尘嚣》等数十幅作品先后巡展日本、新西兰、新加坡、马来西亚等国家和中国台湾、中国香港，多幅作品被天津艺术博物馆、湖南博物馆收藏，尤其是他的山水画长卷《八百里南岳衡山全图》气势磅礴，博大精妙，是中国当代山水画中难得一见的珍品。

一次机缘巧合，恰与邓辉楚老先生同桌，能得一睹真颜。与邓老先生谈起国画、山水画，邓老先生不端架子，热情随和地与我这个外行人谈起他画画的经历和对当代国画、山水画的领悟，谦谦君子，令人高山仰止。

原始神秘的湘西山水，是艺术家们创作的天堂。这里，奇峰叠翠，林木深邃，山淳人朴。邀请邓辉楚老先生来湘西、沅陵、凤滩，是蓬荜生辉的事情。终于，在一个春意盎然的日子，邓辉楚老先生来了，带着弟子七贤，将一片明媚春色带进了凤滩。

邓老先生的艺术讲座座无虚席，他给我们一群倾慕者和初涉艺术创作者讲授了中国画创作的基本手法，以及自己创作国画40多年的经验和感悟，他说欣赏中国画要"远看取其势、近看取其质"，画中国画则要"心造境界、意在笔先"，要"凝神屏气、心无杂念"，画家们大多长寿，八十、九十甚至百岁都很常见，一个主要原因就是远离红尘纷扰。邓老先生今年72岁了，依然精神矍铄，身体健朗，这肯定与他常年作画有关。邓老先生讲毕，兴致勃勃地站起来，用手铺开宣纸，提笔泼墨，现场作画。

邓老先生作画，十分讲究画面布局，哪里画山，哪里画水，哪里画云，哪里画树，他下笔前早已成竹在胸。邓老先生先是提起他熟用的"矮脚雄锋"兼毫，在画纸下半部的正中央着墨，墨色有几种，或淡、或浓、或深、或浅，邓老先生交错使用不同的手法，左勾右勒，上点下撇，挥洒自如，一会儿一些疏拓有致、粗细交错的线条，便留在画面上了，远看仿佛山谷丘壑，他再添寥寥数笔，就见一叶小舟荡在潺潺流水中，三两栋平屋农舍、七八棵古朴老树，便矗立在山谷之前、丘壑之侧。与真物相较虽不是十分逼真，但却神似，这正是中国画的精髓，泼墨写意重在神似。休息了一会，邓辉楚老先生提起狼毫，开始画山谷后面的峰峦大川，邓老先生此前在湘西写生时曾饱览了武陵胜地的山山水水，来凤滩的两天里细细品味了酉水河畔的秀美风光，尤其是酉水画廊至凤滩一段的奇峰秀水、高林石壁让邓老先生灵感大发，邓老先生今天着墨的峰峦，就是酉水河畔的山峰刻印在邓老先生心底的样子，邓老先生一鼓作气，把心中的凤滩山水泼墨倾倒在纸上，我们见到的，是巍峨、挺拔、奇峻、苍劲、灵秀的神韵，似凤滩的山峰，又似酉水的山峰，更似湘西的山峰。"真像凤滩的山！""真像沅陵的山！""真像湘西的山！"啧啧之声不绝于耳。邓老先生神采奕奕，全副身心都投入到画境中，他不停地调换姿势，时蹲、时站、时正、时斜，给画渲染着色，墨绿、石绿、汁绿，墨青、花青，朱膘、藤黄、赭红，一支大白云笔在他手中飞舞着，盘旋着，交错着，如花开迎风、月入歌扇，如蝶舞朝霞、云投波心，经他寥寥几点，枝干树叶瞬间栩栩如生，杨柳依依流水含情，飞鸟凌空振翅远飞，经他轻轻几撇，丘峦叠嶂间立即泛起一层春色，俊峰嶙石一下子仿佛有了生命、有了活力、有了灵性，青山似黛远山如烟，山谷幽泉白云悠悠，好一幅春意盎然的沅陵山水图，直看得我等目瞪口呆。

中国画讲究诗、书、画的统一，国画题跋必不可少书法和印鉴。邓辉楚老先生一边讲授题跋和用印的诀窍，一边提笔用细小的字体在画卷左上角题写了"春意盎然看沅陵"，取出随身带的印鉴嵌在题跋处，一幅珍贵的山水国画便浑然天成。

看邓辉楚老先生作画，是一种难得的享受，这是一种精神享受，一种文化享受，更是一种心灵的陶冶。邓辉楚老先生的山水画是中国当代国画的品牌，他创作的这幅珍贵的《春意盎然看沅陵》自然成了凤滩的品牌，凤滩山水的品牌，凤滩文化的品牌。

（作者单位：国网湖南水电公司）

那一片春色

彭迅华

凤滩是一个宁静的小镇，位于沅陵边陲，与永顺、古丈交界。因地处武陵山脉区域，山高林密，酉水逶迤，一年四季皆美丽如画，而我最爱这里的春天。

每年春节过后，人们厚重的冬装还未脱掉，只要天气稍稍变得暖和，山上的樱桃花便接连开了。开始是这山一树，那山一树，于两岸绵延的山脉，由萎败的茅草与苍郁的松林涂染的褐绿相间的底色上，并不显眼。几天过后，便如星火燎原，开得漫山遍野，山脊上，深坳里，树与树扎着堆儿，花与花相接层叠，连成了片儿，是那样的雪白，一眼看去，仿佛夜里下了一场香雪。

野樱桃一绽放，人们便知道春天来了。

许是春天的步伐格外匆促，眼前这美景并不长久，只匆匆数天，一场风雨过后，那花真的如雪般消逝无踪了。樱桃花落时，颇为壮观，年少时，在凤滩后山谷中，我就遇上了这样一场花雨。爬山累了，和同事前去山谷小涧喝水，涧旁樱桃花开得正浓。一阵大风掠过，粉白粉白的花瓣顿时从高高的枝上纷纷扬扬飘落，不一会儿，满地上，小溪水面上，统统覆上一层香软的花瓣儿。我们也瞬间变身"白头翁"。来不及相互取笑，我们都被那壮美的场面惊呆了。也许一切都是机缘，虽久居山中，但我再也未见过那样声势浩大且迅疾的花雨，至今仍是我人生记忆中最唯美的画面之一。而飘满花瓣的溪水带着清香，也变得格外甘甜。

这时节，天气最是变幻无常。樱桃谢后，便是一场接一场的风雨，那阵阵春雷仿佛战鼓，催发着万物生长，天气随之一天比一天暖了。空气中开始飘散着春的气息，这世外桃源般的世界开始躁动起来。"草色遥看近却无"，漫山的新绿一点点地冒出来。紧接着，酉水河岸两旁金黄金黄的油菜花，成片的紫云英，村舍边粉白的梨花、李花、粉红艳红的桃花，还有山中不知名的各色野花，依次绽放开了。每当这时节，酉水沿岸的空气中混合着新鲜泥土和花草的芬芳，沁人肺腑，让人心情禁不住地愉悦起来。

凤滩春色最绚丽的一幕，还是那一场接一场花的盛宴。除了涧边兰花、坡上兰草、百合等草本花草，深山里让人难忘的还是乔木花。如初春的樱桃，仲春的红杜鹃、泡桐，暮春的山茶等，一树两树还不觉得如何惊艳，当连成了片，甚至呼啦啦开满整整一面山坡，那种壮观与气势，美得震撼，那种视觉冲击令人终生难忘。

当杜鹃花开时，从凤滩水塔旁上山，沿山路约莫走上半天的路程，转过几道山嘴，眼前豁然开朗，漫山的红杜鹃从山谷直开到峰顶，这杜鹃可不是城市里培植的低矮观赏花，而是一树接连一树，高低错落，火红的花朵如同火焰般，在枝头流淌，沿山势漫延，真真美得让人忘言。而河对岸的明溪，沿林场走上十来里路，有片茶林，养蜂人在这搭了个茅草屋。洁白的山茶花开时，香气远扬，油亮肥厚的绿叶下，藏着无数碗大的雪白茶苞。随便摘上几颗，躺在绿毯似的草地上，吃上几口，满口清香，如若吃多了，不知道是风暖草熏人易醉，还是满林子里的蜜蜂"嗡嗡"声吵得人发昏，头变得晕晕的，看山山带笑，看水水含情，心里变得柔柔的暖暖的，仿佛那馥郁的香那花中的蜜直达心底。如果说，花到山茶已是一朝春尽花事了，那么，这场春的谢幕，是这样的华丽，又令人沉醉。

凤滩的春天，旖旎多姿，风光时时不同。要慢慢欣赏这里的春色，莫过于乘舟漫游。由高滩至凤滩这一段短短的水路，因风光秀美被称为"酉水画廊"。这里山林四季常青，河面平滑如镜，尤其到了春天，水面褪却冬天的暗沉，变得明丽起来，山色云影皆倒映其上，深深浅浅各种色调的绿随光线变化而变幻着，随便登上一艘小船，逆酉水慢慢驶去，恰是"舟行碧波上，人在画中游"。尤其是雨后清晨，酉水河上飘荡起一层乳白的薄雾，群峰云遮雾绕，正所谓"氤氲起深壑，流岚笼翠峰"。隔着晨雾，从高滩库区的码头边极目远望，眼前一河如碧，两岸山脉层叠起伏，往凤滩蜿蜒而去，目光尽头则层峦叠嶂，云雾缭绕，好一幅绝佳山水画。而凤滩坝上的库区，水面开阔，碧绿如镜，最适宜乘坐快艇恣意疾驰，于畅快中欣赏两岸春色。

"酉水画廊"沿岸有烧火岩、胡家寨等老寨子。烧火岩老寨虽小，但一色黑瓦木吊脚楼，极富湘西民居特色，是这段水路的一个风景点，常有摄影爱好者前来采风。村民淳朴好客，不论老少都爱唱几段山歌。有客远来，杀只山鸡，割块喷香的腊肉，用辣子炒上小河鱼，再现采些野菜，做一桌上好的待客菜，伴着山歌，大碗盛了用山泉水酿就的醇香米酒，让人不醉不归。

这时节约上好友爬山踏青，顺便采一把蕨菜、竹笋回来尝鲜，是春天最惬意的事。凤滩四面环山，土质肥沃，素有"山菜之王"美称的蕨菜，喜长在向阳的山坡上，特别是火烧过的坡地上，又密又肥。每逢周末，天气晴好，人们便呼朋唤友，随便爬上哪座山，不到半天工夫，便可以采一麻袋肥美的蕨菜。丰收固然开心，但最高兴的还是朋友相聚的快乐。回去后，将新鲜的蕨菜与腊肉爆炒，既有野菜的清香滑爽又有腊肉的肥厚浓香，那份鲜香那份美味让人回味悠长，是山中春季美食之一。蕨菜有多种吃法，晒干，是馈赠亲友的山珍，还可放入坛里腌制或制成泡菜，均有不同的风味。

今年春天，我走遍城里的菜市场，却发觉难寻蕨菜的身影，询问得知，原来其致癌一说甚嚣尘上，人们为了健康着想，这道美食逐渐远离餐桌，故而卖蕨人也极少见到了。没有蕨菜的春天，忽然觉得少了许多滋味，不禁怀念起曾大快朵颐的日子，便不顾什么专家们的说法，寻遍菜场，买了两把回去，烹饪得香气四溢。可是，品尝之时不知不觉间多了顾虑，下箸间也有了节制。原来快乐就是简单，一掺杂了其他因素，多了重重顾虑，便再也不复当初的心情，也吃不出蕨菜原本的味道。

清明过后，已是满目新绿。山林里，活跃着绿背山雀、土画眉、斑鸠、黑卷尾……上百种鸟类。每日从清晨到黄昏，百鸟争鸣，让这勃发的绿林更加富有生机。由于食物丰足，更深的山里，野猪、麂子、七里狸（白面）、野羊等各类野兽满山觅食。记得20多年前，经不起我软磨硬泡，师傅们带我去"赶肉"即猎野猪。跑了几座山，大家各就各位，我站在外围边喘息边看热闹。突然，前面茅草疯狂抖动，冲出一头野猪，狭路相逢，一人一猪都吓了一跳。我僵直着，屏住呼吸，生怕刺激到眼前这山林杀手。几条土猎狗狂吠奔来。那头百来斤的野猪，撅起獠牙，瞪着小眼，不屑地瞟了眼我这小身板，匆匆从我左前方跑过，留下一股腥臊。不一会儿，那方便接连响起枪声、猪狗激烈搏击声。直到满载而归，师傅笑呵呵召唤回去时，我的腿肚子还抖得几乎迈不开步。多年后回想起来，还禁不住地后怕，那电光火石间的强烈刺激仍清晰如昨。不久后，山林禁猎，自从猎枪上缴，师傅们也从打猎移情养花种盆景钓鱼。前不久，我偶尔听一位熟识的山民说起，禁猎令后野猪猖獗，常拱了山民辛苦一季的作物，更为离奇的是，由于山民离乡打工的多，野猪甚至拖儿带女，大摇大摆住进了空屋。有一天他看到举家外出的侄儿家门户大开，忙过去查看，就亲眼看到几头野猪睡在堂屋里。

前几天，朋友发来短信，说最难忘凤滩的春天。是的，凤滩的春天是这样的美，是百花争相展现风采的舞台，是记忆中那一幕幕绚丽多姿的春的表演。凤滩的春天又是如此富有生机，是飞禽走兽快乐生活的天堂，有着说也说不完的山野故事。凤滩的春天还是朋友相聚的纯净乐土，是无论凤滩人走到哪里，都忘不了的那山那水，以及那份真诚相待的人间善美。

（作者单位：国网湖南水电公司）

山水之间

（二篇）

周 燕

水 过 萱 洲 渡

一条河水从湘西南永州蓝山流出，清澈的河水在供给沿途郁郁葱葱的植被和人畜饱饮之余，繁奥的水路，于路途的变迁中，或急促或缓速，或彷徨或激越，或内敛或跋扈，由羸弱逐渐强壮。经过衡山以南萱洲时，已不动声色变得波澜壮阔。江水在此稍作停留，又一路奔窜而下。从此三分南下，七分北上，浩浩汤汤，涵泽全境。最后的最后，这条江汇集所有的支流一同奔八百里洞庭而去。

这就是"潇湘江头三月春"的湘江，萱洲就在它的腰部。

原来，《诗经》里三百则"温柔敦厚"竟是始于河洲一带。河水在这里拍打着堤岸，向江中延伸的一处用大块青石筑成的码头，竟是有悠久历史的古渡口——萱洲渡口。

"小河潺潺，汇入湘；积沙成洲，萱草花黄"，据史料记载，古渡口自明初洪武年间开埠以来，已有600余年历史。皆因湘江水运发达，而自成商家货物船舶停靠的码头。

萱洲从此靠水而繁荣。

从前，萱洲人只知道他们世代居住的这座小镇在衡阳之北、衡山之南，又在湘水下游之处。偏偏在湘江西岸入口地，千百年来，水浪淘沙，泥石沉积，形成一片大沙洲。洲上生长无垠的萱草，故称"萱洲"。到后来，萱洲人终于明白，萱洲因了渡口的古韵，船舶都有了故事。那些河堤的恬静和千百年来的"依呀——依呀"摇橹声，都是《诗经》的潋滟泽光哩！

沿岸是层层叠叠，依势而筑的明清古民居，屋舍陈旧，穿过逼仄小巷的是一条凹凸不平的青石板路，那些坑坑洼洼和千疮百孔的印记，仿佛记录着千百年来为生活辛劳、颠沛流离的渔民们的点滴，从赤脚下的足迹和汗水亦可寻觅踪迹。顺青石板路拾阶而下，萱洲人在自家门前、窗台、堂屋，摆放一些当地自产的农副产品，像是随意堆放，任凭游人选购。一副漫不经心的散淡。走完这条青石板路即到古渡口，眼前顿时开阔，江风、江水肆意拍打着码头，风一阵，浪一程，将停泊的船只撩过来，搡过去。码头边还残存着当年系绳的木桩及岸堤磨出的烙印，所有的场景都在向后人暗示曾经的繁华和烟火气息。江面不时有沉闷的汽笛声响起，既而有船只静静驶过，沿江水顺势而下，顷刻不见踪影。码头边有妇人"哒哒哒"的杵衣歌、孩童的嬉戏声。

一年四季中，江水会不断变幻着色彩，变幻着……春天开始，首先是黄，然后是绿、是蓝、是画、是梦，到了第二年春季，湘水成了那个季节的"水晶之恋"。虽没有岸芷汀兰，却有春意盎然的倒影，水光将两岸的桃花、梨花、油菜花映入波心，在混合香气的熏蒸下，古渡口到了一年中最美好的季节。两岸的植被被粉红、橙黄、翠绿、浅橙、雪白、淡紫……缤纷零乱的色彩装扮，围绕温润的碧透江水，按照某种章法，一层眩晕撒上一层迷蒙的春光。就像一个陷阱，陷得下一个游人的童年记忆。

那些农家小孩子的童趣都是以大自然为友，他们用竹筛子或者簸箕，在水边捞鱼虾和小蟹，扯几根水草，装在小玻璃瓶里，兴高采烈，羡慕着彼此的宝贝。那些水边长大的小孩子的欢愉满足、悲欢喜怒，不是养昂贵热带鱼的成年人可以想象的。依水而居的人们还有他们生活的伤感印记。

20世纪80年代末，在市一中读书时，记得有一个春雨的下午，江水微澜，江面有一种说不出的苍茫弥漫，难辨是真是幻。一位普通的少女，顶着一把黑布伞，携我雨中同行。她是我的同桌。那段少女的时光离现在已有30年，我们至今未见，不知她现在怎样？但我清晰地记得她的名字。她叫张先幼。一个黝黑皮肤，为人恭谦的女孩。

"我家住在船上……"她告诉我，她家是萱洲的，父母是渔民，在岸上没有房子。每到周末，同学们都兴高采烈地盼着回家，她却每每踌躇徘徊。因为她不知她的"家"其实就是那条船，现在走到何处？她又该往何方？那种小小年纪，因为无处觅家的彷徨不安，又岂是一般人能懂？再美的渡口又能把她渡向何方呢？她想要的只不过是一个可以想回就能回的家，一个不大却能承载温暖的窝。最好的奢望是在岸上有座房子，不需很大，够她家五口人住就行。

那个微雨的周末下午，她有些神秘又有些兴奋地告诉我，她这次要回家，并邀我去她家——那条船上看看。我们从学校出来，竟然打算一直走路去。从学校到东洲岛大约三站路的样子，我们沿着芳草萋萋的江畔，开心地边走边笑。

一路上，她兴奋地告诉我，她父亲托人捎话给她，这周末家里的船会到东洲岛附近帮人挖河沙。这已经是离学校最近的地方啦。

我俩举柄伞，顺着江边走，微雨中的江水呜咽着风物诗。少女急促的气息在我耳畔轻轻起伏，她眼睛四处张望，神情有些局促不安，整个人却突然静默如江底的水草。终于到了东洲岛附近，视线顿时开阔。江面轻舟摇荡，木排如鲫，渔歌缥缈。她一脸灿烂，兴奋地指着成排的船只："看，那是我家的船，我家的……"顺着她指的方向望去，一色的船只，根本不知她说的是哪一艘。但她却一眼就能认出，因为那是她的"家"。

至今，我仍记得当年那个14岁的少女见到船只的神情，有沮丧，有兴奋，有幸福，有伤感……但是，因为年少，我并不太懂。

而几十年后，仍是雨，仍是这样的江面，我却不能不想起经年模糊却益显真切的那个少女，还有渡口的那些倦柳愁荷的往事。至此，任何时候，只要看到有渡口的画面，那便是我眼睛能看到的视界——停泊的船只——奔跑的少女——雨中的黑布伞。江水下漂浮的那棵柔弱水草，它起伏着画面，无法停留。仿佛刻着记忆中的温柔，坚持而执意。

渡口之别后，再无相见。

"江畔何人初见月？江月何年初照人？"谁才是真正的"江畔见月人"呢？事实上，我与码头一直在抒情，湖里还有我的留言，在湖水的背影里，想象与我脑海中的少女不期而遇。

每年的桃花季节去萱洲古渡沐风而立。呆望过往船只。

记得某个虚无的时刻。

头戴油菜花寻临江渔家吃河鲜。

向江对岸尖叫，引得路人惊诧。

古渡是一切过去的钥匙。

每年桃花始开之季，我自然就会想到萱洲，必须得再去看一眼寸寸逼前的江水和驻守的码头，还有那条拾级而上的青石板路。从这个角度看场景富有生趣，没有故事情节，只有怀念无尽漫漶。

有一年夜游秦淮河，看到桃花津渡口，突然想到某本书上记载，晋人王献之曾在春天的桃花津渡口送他所爱的女子桃叶，并作《桃叶歌》。其实，每一处水光潋滟的"桃花渡口"都有一段无法言喻的送别。渡口，曾几何时竟幻为世人最为顾盼的地方。春水盈盈，天涯无尽。打马而过的青衫，谁又是谁的过客？

如今，渡口还是那个渡口，一波又一波的水浪和鱼群与它嬉戏，鹭鸶在水面或码头溜达，它们从不畏惧水，却让江水变得柔软，某片浮藻经过，想必是为了重逢。

涉江采芙蓉，兰泽多芳草。采之欲遗谁？所思在远道。

岐 山 秋 韵

秋季的每个末梢都是凉爽的，细密的树叶如手扇动风，而秋风让人想起来就快乐。被秋色染成墨绿或金黄的树叶们，还有远处山角边的那片白芒，如梦似幻，似乎有某种暗示、按捺不住的喜悦映亮情侣们的眼睛，这是我对衡南县境内岐山的第一感觉。

沿岐山的青石路阶跫跫而行。漫山的野草、枯藤执意地幽绿着，冲到你脚底，又顽皮地勿忙收势。一旁林立茂密的树木，蜿蜒有序地伸向山顶、晨曦和秋色的双层苍凉，仿佛给你一张路单——天的地址。正在对照地址的你，眼前一片迷惘。这满山"住"的客户，还有沿山势蜿蜒向上攀越的电线杆塔，哪一个才是你要去寻访的呢？茫然中，深山老林处漾来一阵寺庙古钟的苍凉，这种凄清寂然的美，你会产生莫名的欢喜。丛林中的空气是洗涤过后的清爽、澄澈，有如牛奶般凝练、熨帖，每个被呵护的细胞，被滋润的皮肤在阳光下，一起唉声叹气——有毛细血管轻微破裂的声音。野菊在画面里是出现在溪涧旁，青石路缝隙中的。那花朵娇小柔弱，一副初醒的萌态，没有牡丹的喜气，却一浪又一浪，时不时给山路嵌上花边。上几级石梯，它又故态复萌一次。

我觉察到开始，山景给我的某种暗示——我们一行与山脉相依相存的暗示。

山的美，往往在于它的巍峨、险要、俊秀。而岐山并不像想象中的高耸，它只是巧妙地将自己变成一个蜿蜒曲折的哑谜。山高之处有庙宇，山腰之处生古树。如果是缺口处呢？就让秋阳晃动阳光的颜色，让山野青草的气息划过芳香的土地。想象在有月的夜晚，月光从黑幽的山丫处，透露些许冷艳。那清幽的冷，淋在山林，熠在草木上的霜，像聊斋里善良的女鬼要出场的场景。

山腰处，我们终于停下来歇息。面对苍苍莽莽的参天大树，屏息凝眸。据同行的一位长者说，树林里那几棵笔直高大、特别瞩目、且上下一般粗的古树很珍贵。要上千年的日月精华才成材，名字叫榉木。国外有商人欲出资1.8万美金购置一株，但遭到当地部门的婉言拒绝。真该为榉树庆祝，当众人为它迷醉成疾时，它竟然独能挺得住，不落万仞情劫。

心情莫名复杂，激动。因为它大大超乎我想象的年龄、庄严、高大，平静时又感叹，是因为觉得它理应如此。它理应如此地拔地擎天，需要人去仰角、去注视。

再往前走，石阶变得陡起来。此刻的秋日竟也是炙人的。山顶处的阳光比山腰处的更热烈，像来到另一个季节。浑身感觉像那种乡下农家自酿的水酒，看似清淡，却内藏波涛汹涌，后劲十足，让人眩晕起来。在我们三三两两走过时，一晃一晃似乎皆融化了。

左眼是树，右眼应是水。可是，现在溪水干涸了，只有它走过的痕迹在。

我们一直往山顶走，那个以星辰和辽阔天空为背景的仁瑞寺终于到了。忽然有个村妇，提一篮香行来，黑红的脸，向我们吆喝她的生意。

"你们来烧香吗？买把香烛吧！"

"我们来看风景……"

"风景？"农妇匆匆赶在我们的前面，丢下一句，"风景？有什么看的，就是一些树。"

她不等我们搭腔，自顾自离去，找别人卖香去了。我们相顾哑然失笑。漫山的秋林野花，还有灵验出名的仁瑞寺，她竟然只说几棵树。对于我们来自嘈杂喧闹城市的一群人，没有办法可以视而不见。自然，终日与山为邻的农妇，早已把风景视作平常，暗自嘲笑城里人的迂腐，她哪里会想到她每天就生活在风景中。

不为山的美景而心醉神迷，视其为自家一物的，应该才是山的主人吧？

我想起少年时，与友游南岳祝融峰。我们从清晨一直向山峰攀爬，直至黄昏才到山顶。站在祝融祠前，看晚霞落日惊心动魄的陨落，风任意擦拭着云朵，草木在余晖中浪荡苦香，那种壮观，惊得我愕然无语，而祠里的老僧却同样不惊。想来，我们真的只是过客，不是归人。

仁瑞寺的钟声敲响了，一个老和尚在佛旁闭目默诵，香炉前燃着香火，袅袅轻烟暗示着神秘，不可知。三两个进香祈福的人，在佛前虔诚地默念着，向佛诵说着大悲大喜。而我只求关于生命中的山盟与水逝。什么样的人，才能与秋水换色，什么样的情，才能百炼钢化成绕指柔。

（作者单位：国网衡阳供电公司）

588

月夜忆凤凰

罗治台

皓月当空。我来到市东湖公园一隅,择一处幽静,选一块临湖峭石,坐下了,微闭着双目,放下身心,静静地听,听湖,听秋。

夜已深了,湖对岸喧嚣的广场舞曲,已然入眠。夜空下的东湖公园静谧了。静谧间,忽然忆起10多年前游览古城凤凰的情景,那情那景,仿佛如昨,一个个细节都争相奔涌而来。

那是一个天高气爽的秋日,我们一帮摄影爱好者去闻名遐迩的凤凰古城采风。较起真来,我们这帮人不仅爱好摄影,而且还好舞文弄墨,结伴去游览凤凰,不单是想瞻仰古城的芳容,还想了却一个心愿,拜谒一下文学大师沈从文先生的故居,想从中沾点大师的灵气,好为自己的秃笔长点儿灵性,写出佳作。

那天是农历九月十二,时令已入深秋,可天色晴和,气候宜人。

上午,我们观瞻了沈先生的故居之后,又步行到沱江畔的听涛山谒拜了先生的墓地,出于虔诚,我们还在路边采摘了许多野菊花,敬献在写有"沈从文先生墓地"的跟前。在那儿,我们看到了一块竖长的石碑,上刻着"一个士兵不是战死沙场,便是回到故乡"的碑文。据说是沈先生的表侄,著名画家黄永玉题写的。可以说这副碑刻,是对沈先生一生的高度概括。沈先生青年时在旧军队里当过差,他的足迹遍布了沅江流域,正因为他有了这么一段刻骨铭心的经历,才使他后来浪迹天涯时,写下了许多有关神秘湘西的不朽篇章,如小说《边城》《丈夫》等,以及诸多湘行散文。

谒拜之后，时间尚早，我们约定了晚餐相聚时间、地点，就各自挎着相机，去寻觅各自心目中的"翠翠"或吊脚楼了。好在，傍河而筑的吊脚楼依然可见，而美丽可爱单纯的苗家小妹翠翠呢？却不知所踪了，自然是踏破皮鞋无觅处。

　　午后，我们慵懒地迈步在古色古香的青石小巷里，虽然随处可闻叫卖芝麻姜糖的市井噪声，但是也改变不了我们踏阶访古的初衷，更影响不了我们寻幽探秘的好心情。透过世俗对古城的浸淫，我们还是能动中取静，美中撷胜地各自斩获了惊喜，譬如：有的抓拍到了戴着银饰的进城苗家少女，有的抓拍到了悠长悠长的恬静小巷，小巷深处某一门框旁或卧一只慵懒的小狗，或小猫，还有的拍到了夕阳斜照的旧时阁楼，阁楼上有一妇人正在晾晒一床印着青花素色的被面。

　　我们下榻的是紧靠沱江边的新开的小旅舍。

　　晚餐后，热情的老板告诉我们说，江边的夜景很美哟，你们大老远地赶来，来一次不容易，不妨去江边瞧瞧，也许能找到你们所想要的风景。其实，不用老板督促，我们也会去逛逛的。不然，真亏了这次出游。再说，如果少了古城的夜景作为陪衬，哪怕你将白昼的古城拍得再美，无疑也是一种残缺的美，也是对这古老城池的大不敬了。

　　出了旅舍，抬头望天，乍圆还扁的月亮早已悄悄地升腾在东山了，悄悄地将那银白白的光辉洒向古城，洒向汩汩而去的沱江……

　　我们这一帮摄影爱好者，拍着拍着就顺着巷道，走出了古城的东门，来到了沱江边，一眼望去，便有了另一番景象。此时，天上的月光星光，江边的灯光火光，交相辉映，将一江沱水，泼染得波光粼粼，宛如一条闪烁的银链。

　　江边，隐隐约约地泊着一排木船。船不大，似鲁迅先生笔下的乌篷船，却无有篾席围成的遮掩，似沈从文先生笔下的花船，却又无高悬的红灯笼。它，简简陋陋地披一袭塑料布顶盖，硬邦邦的固数排塑质靠椅，满载也只能容纳8位游客。月光下，有几位艄公守候在船边，他们的眼线好像被粘连在城门的出口，只要一出现游客他们便蜂拥而上。

　　"坐船不？"

"不坐。"长沙籍领队回道。

"听口音你们是长沙人,来一趟不容易啊,坐吧坐吧。晚上便宜点,好不?"一位不显年轻的艄公向我们靠了过来。

"能便宜多少?"我们有点动心了,有人问道。

"一人10块好不好?白天每人收30哩!"

"贵了贵了,我们不坐。"我们一边回答,一边收拾着器具准备回城。

片刻的沉默,增添了夜的凝重。艄公是不是在想?今夜儿遇上"抠鬼"了。难怪,此次湘西采风,没想到旅行社收费超过了预算,之前,我们去了矮寨,去了德夯,还去了一脚踏三省的边城,凤凰是我们整个旅程的最后一站。由于大伙准备不足,昨晚把回程车费一缴,加上白天又多少购了些土特产和纪念品之类的实物,口袋里的银子也就所剩无几了,那时又没有手机支付。

果然,艄公见我们要走,忙道:"哎,你们几人做一船,出50块好不好。"

"50太贵了,20。"邵阳籍邓女士抢先回道,她可是个砍价的高手,凡购物大伙都愿跟她走。

"40元。"艄公又让了让步。

"30元。"不知是谁还的价,艄公没有吭声。此时,有同道觉得火候已到,便说:"可以了。大哥,你歇也是歇着,就算是为我们做一点贡献吧,你说是不?"

艄公一声叹息:"唉,上船吧。"

我们一共上了7人。

开船时,艄公还是不满地嘟噜了几句。可是当船行走到江心时,他好像想明白了,突然兴致大发,放喉哼起了山歌。开始,他的声音不怎么大,我们也听不清他唱的是什么。然而,在这明媚的月夜,在这古老的边城,凉爽的晚风轻拂着脸颊,悠闲的船儿荡漾在河面,我们一面聆听着咿呀的橹声,一面品赏着粗犷的山歌,感觉比晚餐喝米酒还过瘾,全都醉了,醉了身,醉了心。仿佛间,一天的疲劳尽被洗涤干净,尘世间的不如意也随着一江秋水逐波而去。

咿咿呀呀的橹声渐渐地轻缓了，艄公的歌声渐渐地清晰了，洪亮了，我们也渐渐地听出了门道：

山歌好唱（那个）口难开，口难开；

鳜鱼好呷（那个）网难撒，网难撒……

船至河中，当艄公又一次哼唱起来的时候，我们被感染了，不约而同地齐声为他扳起了腔调。

因了我们的参与，因了我们的即兴发挥，那艄公更加来神了。他将嗓门调到了极致，我们将后缀的"口难开""网难撒"等附和声更是吼得如雷贯耳，喧哗了月夜的沱江，也摇醒了沱江两岸渐渐沉静下来的夜色。

透过月色和沿江马路边的灯光，我隐约地瞧见了，许多路人驻足不前了。他们站在河的两岸，好像在眺望河中的我们，又好像在猜测——这扁舟，这艄公，这群游客，今夜怎么啦？河道中，更有那偶尔与我们擦舷而过的舟中客，也一个个睁着好奇的瞳孔，像窥视，像探问——你们怎么啦？是不是喝高了！不过，应答是来不及了。只那么一闪，人与船便成了随波而逝的背影。

忽地，我猜想，许多许多年前，沈先生是否也是坐着这样的小船，从这儿出发，又顺流而下，出沅江，过洞庭，走出湘西，走出湖南，走向全国各地呢？但我又马上否定了自己的猜想，不会的，他坐的船不会是这样简陋的旅游小舟，而一定是他在《边城》一文中所描述的"大佬"所坐的那种新油船吧。

不知什么时候，船儿早已荡到了约定的地点万名塔下，可艄公意犹未尽，又将我们载了回去，要不是转到虹桥下时有人摄瘾大发，及时提醒着我们一舟游客，喊叫着该上岸啦，恐怕艄公又要将我们载回到东门口原处。

喊叫声也惊醒了稍公，他忙调转船头，将船舶在虹桥下的码头旁，目送我们一个个上了岸，又和我们互祝了"再见"，才摇橹归去。

上得岸来，我们各自选了角度，拍摄了几幅古城的夜景，再抬头仰望时，月儿已划过中天，夜很浓了，城内的灯火也渐渐地淡了，稀了，古城更显得如梦似幻，再放眼望去，唯有江边"流浪者"茶馆的灯光真真切切的，依然在眨着诱人的媚眼……

有人突然发一声吼，我们去那茶馆喝茶呷夜宵去吧！

好嘞，好嘞，呷夜宵去喽……

"咚"的一声，月下，不远处一尾鱼儿忽地跃出湖面，落下一个涟漪，碎了平静的湖，碎了水中的月，碎了夜的静谧，也碎了我的旧忆，将我拉回到现实之中，该回去啰。

月移树影，虫唤花魂。夜深了。我站立起来，往家的方向走去，便有了一种念想，什么时候再重游梦幻般的凤凰呢？

（作者单位：国网株洲供电公司）

纷飞的玉蝴蝶

刘珺瑶

章岱麟作为巴西美丽山水电工程项目建设者中的一员，在巴西已经待了一年时间，从起先的不适应湿热的气候，不适应巴西的饮食，到如今一切都完全习惯。因为工期要求今年暑期必须完工，最近正是工程建设繁忙的时候，每天宿舍、项目部、工地三点一线地工作，难免让人有些乏累。

可是，章岱麟在工作之余发现了一件有趣的事情。

最近，在项目部大门外总会站着一个黑黑瘦瘦的小男生，起先章岱麟以为那个小男孩是好奇站内情况才站在门外的，如同项目刚开工时围观的巴西民众一样，可后来发现好像不是这样。

那个小男孩对这个铁门内的世界没有一点兴趣，他总是站在门外的树下，拿着木棍之类的东西在树后捣鼓着什么，有时候还会带来一个绿色的小水壶，认认真真蹲在树旁好几个小时。

一天下班后，章岱麟走到树后一探究竟，发现在那一眼看不到的角落里，竟然长着一株紫白色的鸢尾花，虽然它还未完全舒展开花瓣，但却丝毫没有因为花苞沉重而压弯细小的花枝，努力地仰起头，在树叶的间隙中汲取阳光的养分，花旁用木棍和薄膜撑起来了一片阴凉，土地四周湿湿的，好像刚刚浇过水。

"鸢尾一般不是盆栽才容易活么？你在树下看到了一株？"陈家乐在吃饭的时候随口说道，"那株鸢尾一定很难存活到开花吧，毕竟养分都让大树给吸收了。"

第二天，章岱麟再发现那个男孩的时候，就决定去看看。

594

还没有走到树边，那个小男孩就发现了章岱麟，本以为他会直接跑走，但是没想到，那个男孩站了起来，好像鸢尾花的守卫一样拦在了章岱麟与鸢尾花之间，神色有些紧张。

"嗨，你好。"看着面前这个站起身挡住自己与鸢尾花的小男孩，章岱麟觉得有些好笑，"这个花是你每天在浇水吗？我昨天看到了，发现它长得挺好的。"

"现在还不能摘的，它还没有开花，而且它生长环境很不好，需要被照顾。"小男孩以为章岱麟想要这朵花，赶忙说道。

章岱麟摇了摇头，示意自己不需要这朵花："你叫什么名字？"

"戈尔，我叫戈尔。"小男孩回答。

"你每天都来照顾它吗？你不用上学吗？"章岱麟继续问道。

戈尔点了点头："我每天都是放学之后过来的，不会耽误我的学习。"

看着瘦瘦小小的戈尔，章岱麟思考了一会："不然这样，我这边有个花盆，你把这个花带回去吧，你总是这样来回跑，家里人会担心的，好不好？"

戈尔眼睛一亮："可以吗？真的吗？"

"当然。"章岱麟回答。昨天陈家乐说过了，这株花没人照顾的话，估计熬不到花期，好不容易项目部附近有这样一个鲜活的生命，于公于私，他都不想让这朵花就这样枯萎。

事不宜迟，章岱麟将之前不幸养死的植物花盆拿了出来，与戈尔一起将鸢尾花移植在了花盆中，眼看时间略晚，章岱麟还主动将戈尔送去了他的学校。

在车上，章岱麟问："戈尔，你长大之后想干什么呢？"

"我长大以后想成为一名园丁，专门养鸢尾花。"说到了自己感兴趣的东西，戈尔便从那个腼腆的小男孩变成了一个滔滔不绝的梦想家，他告诉章岱麟自己在学校帮助园丁养殖鸢尾花，可是还没有到鸢尾花花期，学校的鸢尾花圃迟迟没有开花。

戈尔的学校离项目部驱车20分钟左右，章岱麟送戈尔回来，他小心翼翼捧着花盆，里面的鸢尾柔柔弱弱，却丝毫没有因为车辆的颠簸而倒下。

学校负责人听到了声响，出门来接戈尔，在戈尔前往他的鸢尾花圃移栽鸢尾花的同时，章岱麟参观了戈尔的校园。

说是校园，其实就是一个简单的大厅改成的教室，那里没有电脑没有投影仪，只有电风扇与陈旧的课桌，还有数十个与戈尔年纪相仿的小孩子。大厅旁边就是一个隔间，是老师的办公室。

在与管理学生自习的威廉老师交谈中，章岱麟得知，这个学校是周边社区中唯一的小学。巴西常年气候湿热，但电力供应一直没有达到需求，为了保证城市主要设施功能完善，多数时候他们都会主动关灯断电，将空调等设备的使用送给更加需要的人。

看着已经放学依旧在闷热教室中看书的孩子们，章岱麟的心中有些触动。

将鸢尾花放在不远处的戈尔跑了回来，"谢谢哥哥。"戈尔腾出了手，抱了抱章岱麟。

章岱麟笑着揉了揉他的头："没事，以后不要一个人去危险的地方了，你的梦想很好，要继续坚持下去。"

戈尔重重地点了点头："我会的，我一定会养出世界上最好看的鸢尾花。"

回程后，章岱麟思绪联翩。

"章队，你在想什么呢？怎么？想回家了吗？"吃完晚饭，彭启将安全帽逐一收拾好，看着在一旁发呆的章岱麟，调侃道。

章岱麟问："启哥，你说我们来这里，有意义吗？等工程投运之后，他们的生活能变得更好吗？"

"瞧你说的，我们不就是为了解决这个问题才来的吗？"彭启也听说了章岱麟今天去了当地的小学，听到他竟有些质疑，赶忙打断了他，"之前公司接下这个工作，第一是响应国家'一带一路'工作的号召，你想呀，我们大半辈子做建设，哪里有机会建设国外工程？因为国家强大了，我们能够把我们国家的先进技术推广传播出去，这是我们的荣耀。第二呢，这个工程本质上不就是为了能够真正解决巴西电力供应不足的困难，为巴西人的未来生活提供质量和保障的吗？"

闻言，章岱麟望着窗外。此时夜幕已下，在长沙几乎很少能看到如此纯净的天空，没有灯光的保护，星空闪烁。他想起了最初自己在听说这个工程后，便背起行囊义无反顾地来到了巴西，究其原因，或许自己也不是很清楚，只是一个声音在告诉自己，他要去。

　　现在他看到戈尔才明白了，每一个平凡的人，无论国籍、无论人种都应该有实现梦想的权利，只有生活质量得到了保障，他们才能更好地实现自己的梦想。章岱麟决定为戈尔这个小小的梦想提供些许帮助。

　　再次来到戈尔的学校，这次章岱麟不是一个人。

　　自从章岱麟跟巴西美丽山水电工程项目部的大家说过这个执着的小男孩之后，大家都很感兴趣，决定一起前往他的学校，为这个小男孩的梦想提供帮助。

　　大家合资购买了书本、衣服、投影器材、学习用具等，送到了戈尔所在的学校。即使不通过翻译沟通，从校方负责人黛丝激动的语气中，也能感受到那一份感谢。

　　"嗨，戈尔。"章岱麟发现了从教室跑出来的戈尔，喊住了他，"最近过得怎么样？有好好照顾你的鸢尾花圃吗？"

　　戈尔点了点头，看到这么多人来学校，他有些害羞地往黛丝身后躲了躲。跟着戈尔一同跑出来的孩子们围着书本与衣服叽叽喳喳，脸上洋溢的都是幸福的神色。

　　与校方负责人沟通了片刻后，留守巴西美丽山水电工程项目部的人员就给章岱麟打来了电话，有几个现场关键问题需要他们马上回来处理。章岱麟不忍心打扰到戈尔他们分发书本、衣物，他只与项目部其他人说了几句，便转身准备离开。

　　"哥哥，等一下。"戈尔跑得气喘吁吁，从身后拿出一朵紫白相间的鸢尾花，递给了章岱麟，"你就要走了吗？我还没有带你去看鸢尾花圃，而且我还没有跟你说谢谢。"

　　阳光下，戈尔手中的鸢尾花似乎还留存着些许露水，在微风中展露芬芳。章岱麟接过那朵鸢尾，问："戈尔，你知道鸢尾的花语吗？"

　　"当然知道啦，鸢尾的花语是'好消息的使者'，就和哥哥你一样。"

戈尔笑着露出了洁白的牙齿，挠了挠头："我问了外婆，给一个人最好的祝福是什么，外婆说是'万事胜意'，我想把这几个字送给你。"

章岱麟思考了一下："什么叫'万事胜意'呢？中文里只有'万事如意'。"

戈尔双手合十，做祈祷状："'万事胜意'的意思就是，一切结果都比你当初想象的还要好一点点。"

章岱麟看着眼前认真为自己祷告的小男孩，他的身影又与那时在大树下默默守护鸢尾花的样子渐渐重合，天真而又纯净。而手中这朵鸢尾花，花朵微微绽放，花瓣如同蝴蝶的翅膀，仿佛随时就能迎风起舞。

2019年8月22日，在万众期待中，阀厅最后一次调测完成，巴西美丽山二期水电工程正式投运。送电后的第一个夜晚，灯光如星火，点缀在群山之中，山间平地上聚集在一起的社区群落一点点变亮，发散着光芒。

工程任务结束，章岱麟要赶忙回国进行工作汇报，他提早收拾好行囊，打算与戈尔最后道个别。

来到学校正是白天，章岱麟笑着与黛丝打招呼，在得知现在是他们的上课时间后，他礼貌谢绝了黛丝提出的进入教室的邀请。黛丝说自从巴西美丽山水电工程送电后，整个社区的电力都有了充足的供应，现在能够给这些孩子们提供更好的学习环境，也谢谢章岱麟他们长达数月的帮助。

恰时一阵微风吹来，学校后面不远处那未曾一睹芳颜的鸢尾花圃中，鸢尾花在阳光下纷纷舒展开了叶片，花朵亭亭玉立，形成了一片紫白的海浪波涛，随着微风缓缓起舞。

章岱麟看着鸢尾花圃，也如同之前戈尔教会他的那样，双手合十："希望这些玉蝴蝶能够将好消息传递给所有的人，希望我们的祖国繁荣昌盛，希望亲人朋友能够身体健康，希望戈尔能够实现自己的梦想，希望自己能够万事胜意。"

（作者单位：湖南送变电工程公司）

追光的人

刘　睿

　　每次经过盛和门前的樱花园，目光总会在那里停留少许。

　　7月的樱花园里此起彼伏的金鸡菊在这片并不肥沃的土壤里自由怒放，被阳光亲吻过的花瓣，灿烂而又夺目，那色调正是梵高笔下的最爱，它们笑意盈盈的簇拥着，摩肩接踵地紧挨着朝太阳的方向生长。积极向上的金鸡菊让人不由自主地想起如花语所暗喻不惧怕任何困难、勇往向前的人——柘溪盛和公司工程施工班的副班长刘德武。

　　2014年是刘德武复员回来的第12个年头，在辗转了多个部门后来到了盛和公司的工程施工班，曾经脱产学习半年拿的施工员证和建筑工程师的培训证，在这里终于有了用武之地。

　　那年冬季，刘德武第一次担任工程项目负责人，对厂区周边的危险边坡进行摸底排查。滑道乘船轨道岗家湾段区由于地处资江边，与通往柘溪镇上的路面垂直呈60多度角，站在公路边朝下看去，杂草丛生，乱石嶙峋，要是一个不小心掉下去就会被生吞活剥。这节长50米、高20米的路段的基石长时间被江水溢流冲空，一旦发生坍塌事故，不光会对运输轨道造成船只停摆，还会引发路面交通损毁，影响周边人们的日常生活。

　　在和当地的施工队合作期间，对安全生产有一套自己定义的刘德武，与地方人总有点格格不入。他看不得有些人在工作场地吊儿郎当心不在焉；他看不得有些人随手丢弃可再用材料，不考虑节约成本；他看不得有些人只顾进度的快慢，加速野蛮作业……

　　有一次，自诩为冒险家的亮伢子，一个人偷偷攀爬到一块悬空礁石的最外端，伸展臂膀跃跃欲飞，恰好让巡查的刘德武瞧见，顿时倒吸一口冷气，这要是真掉下去可不是闹着玩的，不是被乱石穿身，就是血溅四方。而此时的项目组和施工队的工作细节一直都处在磨合中，在这节骨眼上可不敢横生枝节。于是，他大声呼喝，一遍喊不下来，两遍喊不下来，三遍四遍还是充耳不闻，待人一直温文尔雅的刘德武真的生气了，他俯身拾起一块石头指着亮伢子说："你是想被我打到，还是好好走下来。"

"难道你还敢打我不成？"亮伢子充满不屑和挑衅地望着刘德武。

刘德武怒目圆睁地呵斥道："你不下来试试，看我敢不敢打！"

亮伢子将一只脚抬上礁石，一边俯下身来一只手指着刘德武笑眯眯地说："你来呀！"

啪的一下，石头落在旁边的杂草堆里，叽里咕噜一溜烟不见了。

一直撺在高空作妖的亮伢子被他的气势镇住了，连滚带爬下到了地面。本想和刘德武好好再较量一番，一旁的工友忙上前劝阻。斜眼看着身强力壮的对手，想着一时半会也讨不到什么便宜，亮伢子只得勉强压下心中那团火焰。

又过了一段时日，刘德武去检查库存材料，发现有人将材料边边角角包裹得十分严实，去边坡浇灌处看看，却被告知机器有点小故障正在修理。回头想询问一下，看管人员赶忙低着头，用脚扒拉着地上的小碎石，佯装没有看到。突然想起前几日关于工地上偷换材料的传言，难道，这并不是空穴来风。一番检测下来，胆大包天的他们竟然将C25偷换成C20混凝土使用，现有混凝土的抗压强度能抵御多久的江水冲刷？

一刻也不能等了，心急如焚的刘德武当场宣布停工整顿，刚熄灭不久的战火再一次点燃。不清退失联的施工人员不复工。这是刘德武对盛和公司一把手卢卫东经理交的底，卢总表示坚决支持他的工作，有什么困难公司一定会想办法解决。

"为什么我不用去上工了？"

"不用说，一定是那个姓刘的在搞鬼。"

亮伢子透过轻飘飘的青烟，眯着眼看了看传话的包工头，猛的一掀牌桌，顺手在堂屋角落里抄起一根烧火棍，撸起袖子就往外冲。

"你小子想干什么去？"

随着一声不轻不重的话，从屋外走进来一个人。

亮伢子悻悻问："有人欺负你弟了，帮不帮我？"

"帮啥子帮，你还有理啦。"

"人家帮咱们修理家门口的危坡，你还偷工减料，脑壳进水了吧。"

"我，我是有原因的。"

男人瞄了一眼耷拉着头的亮伢子，又说道："人家打听到你家经济困难，偷换材料是想给孩子交学费，喏，这是他给你孩子的学费钱。支书可说了，只要你去诚心认错改正，愿意给你一次观察的机会。"

接过学费，亮伢子低下头。

2018年4月30日，柘溪生活区污水收集工程正式开工。这个投资240万的项目，省城设计院出的地面改造图，内行人只要卯上一眼就明白这是个费力不讨好的活，一时间无人敢挑战。

实地反复考察了一段时日后，刘德武找到公司领导，说自己有更加省时省力的方案，一定不会给公司掉链子。

从幼儿园到生活区再到招待所，地上管道2500多米，下水道接管1500米，从25个化粪池开口接入主管，修建2个100立方米的化粪池，就能解决生活区的污水改造问题。为了更好地掌握地下管道进度情况，刘德武每天提前一个小时到达工地，在通道两端安置好抽风机，确保作业时氧气的供应。自己则换好雨衣，套上雨鞋捂着厚厚的口罩带头往污水涵洞里走。五六月的下水道，每天在三四百米的排污管里反复行走，常人无法想象的场景，却成了刘德武的日常工作。

涵洞只容一个人弯腰行走，一到洞口扑面而来的气味，熏得让人差点窒息，恨不得立马失去嗅觉。好不容易调整好气息进入涵洞，湿滑的墙面，黑黑黏黏的液体上漂浮着老鼠、厕所纸、食物残渣等，随着脚步的移动，一波紧跟着一波的荡向小腿。上方洞壁的污水滴答一下落在蓝色安全帽上，又滴答一下垂直坠入五指看不见的地方。闷热潮湿的涵洞，只留下自己的呼吸声，强忍着内心的翻腾，刘德武借着头顶的探照灯摸索着缓缓地朝更黑暗处走去。

每次从洞里艰难地爬出来，刘德武害怕自己的形象恶心到别人，就赶紧跑到山下球场的水龙头下将自己反反复复冲刷无数回，确认身无异味后才赶回家陪妻子吃饭。可一看到色香味俱全的饭菜，本来饥肠辘辘竟然没有丝毫食欲。细心的妻子问他怎么啦，刘德武也只是摇摇头。

　　长此以往，疲惫不堪的神情和难以掩盖的气味，终于让温柔的妻子动怒了："难道你们柘溪水电厂除了你就没有人了吗？非要你天天都泡在臭水沟里。你都是四五十岁的人了，不晓得如此拼命到底是图个啥。"不善言辞的他木木地站在一旁，愧疚地说："我啥也不图，就求个心安，再说这工作谁做不是做。"

　　罗曼·罗兰说过，世界上只有一种真正的英雄主义，那就是在认清生活真相之后依然热爱生活。不遗余力地去成就一件事，永不放弃地去塑造每一个细节，这样的品质，真的令人心生敬畏。有些人，他心中有火，眼里有光。他愿意把根深埋在山区，将喷涌着热血的生命用在追光的路上。他即使只身站在浓浓夜色之中，身上的光芒不经意便能温暖旁人，牵引着自己去到所向往的地方。

（作者单位：国网湖南水电公司）

电力情结

彭靖峰

清流茶庄里挂着父亲的知名版画《通往故乡的路》。

版画创作于20世纪80年代初期，描绘的是湘西矮寨的公路奇观。父亲用超现实主义的表现手法来突出湘西山川的雄浑，画面上有壮美山崖，有流泉飞瀑，有云雾缭绕，有山路弯弯，构图险奇，刀法细腻，意境深远。

画面最顶端右上角的悬崖上赫然立着一座电力铁塔。

《通往故乡的路》在1984年举办的全国第六届美展中荣获佳作奖。因为在国家级画展中获奖，父亲顺理成章地加入中国美术家协会，成为国家级画家。

这样一幅版画挂在我的茶庄，无非就是想提升一下茶庄品位，让这里多一些文化氛围，我从未有其他想法。

然而，谁又能想到这幅画竟然牵扯出一段电力情结。

一天，我的老领导尹华福来茶庄喝茶，他是国网湘西供电公司副总经理，从事电建工作多年。

尹总认真看画，啧啧称道。

也许是建设矮寨电力线路有太多的感触，尹总指着画面上的铁塔豪情万丈。

"这条线路是岩万一线，是我到湘西工作以后指挥修建的最早的110千伏线路。"

我顿觉有些奇怪，版画是创作于20世纪80年代，而我清楚地记得尹总到湘西工作是90年代中期。

"尹总，是不是搞错啦，可能是其他线路呢？"

"矮寨上面只有岩万一线，我自己修的怎么会搞错！"

尹总摆摆手，神情不由分说。

他是湘西电力建设元老，号称湘西电网的"活地图"。

但是，版画的的确确创作于20世纪80年代，我至今还清楚记得当年父亲创作这幅版画时的模样，肩批汗巾，手执刻刀，挥汗如雨，在一块梨木大板上精心雕刻。

"我父亲的版画创作于1983年，是专为参加第二年的全国第六届美展而创作的，并且在这届美展上获得了佳作奖啊！"

我更加不解了。

父亲创作时间没有错，但我也知道尹总是一个工作作风非常严谨细致的人，但凡出自他口，肯定是没有问题的！

那问题究竟出在哪里？

于是，我拨通了父亲的电话，电话那边父亲笑了。

"尹总没错，当年矮寨公路上面的山是没有电塔的，我是为了版画构图的需要才在上面加了电塔元素，目的是让画面更加具有现代感！"

"噢！原来是这么回事。"我释然了。

"看吧！我说得没错吧！"

尹总也很满意自己过去的杰作，很有成就感。

但是，瞬间他又陷入沉思……半晌，他突然发问。

"靖峰！你是什么时候进电力系统的？"

"我是1995年大学毕业就分配进系统了！"

"看吧！从这幅版画可以看出你父亲有电力情结，你进电力系统从很早就已经命中注定了！"

尹总指着画面上的铁塔，笑意吟吟，非常肯定。

面对黑白分明却虚实惟妙的版画我也恍然大悟！

原来，《通往故乡的路》弯弯曲曲连通的不光是一条时光久远的抗战公路。

这条公路堪称中国的公路奇观，有中国第一处公路立交桥和公路建筑史上令人叹为观止的绝妙八字拐设计。

而且，画面还暗藏着一条承前启后穿越时空的电力天路。

"创作手法高明啊！老画家就是不一样！"

尹总由衷叹服。

"快看，远处还有小小1基电塔，公路上还有3辆运载电杆的卡车！"

我似乎也看到了一些端倪。

画面上有6辆汽车，其中就有3辆载着长长的电杆出现在画面的紧要位置。

我突然觉得版画画面灵动起来。

崇山峻岭，山路弯弯；

铁塔巍峨，车轮滚滚……

这是画面上之所见，那么隐藏在画面之后的是怎样的电力天路建设场景？修建电力线路的会战浓缩成了看不见导线的2基电塔和3辆运送电杆的卡车。

"当年我们修这条线路费了好大的劲，峡谷跨距太大了，放线难啊，全靠人工绞磨绞线。"

尹总看着画面，若有所思，喃喃自语。而我也好像看到了久违的电建场景，运杆抬杆、组塔排杆、收线放线、爆破压接、焊花四溅……

人声鼎沸，战旗猎猎。

"老画家不简单啊，那么早就对我们电力系统怀有深厚感情，不仅仅精心刻画电塔，而且还亲手把自己的子女送进了电力系统。"

沉思良久，尹总轻声发出赞叹。

而我也十分清楚地记得自己的人生轨迹，我是保送进的成都科大电力系，直接分配进入电力系统。

没有父亲的代为选择，我不太可能进入这个行业。

也许是当年电力系统的飞速发展让父亲倍感鼓舞；也许是电力服务万家让父亲深有感触；也许是电力系统的稳定收入让父亲感到放心，不管怎样，是父亲的电力情结让我进入电力系统工作了20多年。

这是不争的事实。

从此以后，尹总只要带朋友来清流茶庄，都会情不自禁绘声绘色地介绍起我父亲的电力情结。

不经意间，这也成为他的电力情结。

（作者单位：国网湘西供电公司）

踮起脚尖的岁月

谢丽英

踮起脚尖。

多年后的今天，当我重新做起这个既熟悉又陌生的动作时，一如以往地充满着期待和渴望，内心竟是久违了的温暖。

夜很宁静，路很漫长，我以这个姿态张望起我那踮起脚尖张望的岁月，和老去的影子结伴同行。

一

记得20岁那年，我独自一人，背起行囊远离家乡，开始了我人生的第一段历程。

脑海里那个码头和那艘渡船是我在后来的岁月里怎么也挥之不去的记忆。

学校就坐落在美丽的资江河畔，我入校时，河上还没有桥，那平静得如镜子般的幽深的河水就那么无情地阻隔着回家的路。想家的时候，我们这群孩子就都会来到河边，对着家的方向大声哭喊。

学校每个星期只有半天假。这是我们这群住在县城的孩子最盼望的事情，家在乡镇的孩子半天是赶不到学校的，所以他们从来就不去想。

一到下课铃声响起，我们就以飞快的速度赶到那个码头。

那艘渡船就靠在岸边。木板船，狭小而破旧，没有座位，顶篷就用一块油布随便罩一下，船舷还有几个窟窿。发动机是柴油的，一开动，噪声可以把你的耳朵震聋，船尾还会冒出一股股浓烟，气味特别难闻。

船票是一毛钱一张，秃了顶的船老板就站在靠渡船当头的码头上，面无表情地把手伸出来，接过钱后，又面无表情地撕下一张票根，再把交过钱的同学用力一推，就推进了船舱里。

船一趟只能站20多个人。学校一到放假的时候，常常有成百的孩子涌向码头。一到那个时候，场面就显得特别混乱，秩序连校长都无法维持。为了早一个踏进船舱，几十双握钱的小手就那么齐刷刷地伸向船老板。

我小时很柔弱，加之个子矮小，每到这个时候，常常要使劲地踮起脚尖，眼睛直巴巴地望着船老板，偶尔一次，船老板也会可怜我，接过我的钱，把我从后面拉到前面，再照样使劲地把我推进舱里。

我一踏上甲板，会一面感激地看着船老板，一面得意地看着那些还在拥挤的人群，再静静地找个角落站好，看着河水缓缓流动。船离码头越来越远，离家越来越近。

二

想起那个七月，心里就有种说不出的痛。

那时，对大学的憧憬是无法言语的，所以，一门心思就想把那个"黑色七月"变成"红色七月"，想挤进通往大学的独木桥。

眼看着，日子就这样一天一天地消瘦下去，一圈一圈地告白自己的没落。越到后来，心里越慌，宛如站在天堂和地狱的分界线上一样。

永远都记住了，1992年的那个"七月七"，第四考场的三排二号。

那天天热得出奇，手心里都是密密的汗珠。开考铃声就像警笛一样，刺耳得令人心慌。试卷一发下来，有那么一瞬间，脑海里居然一片空白。抹上一点风油精后，头脑才开始慢慢清醒过来。

第一门考的是语文，也是我最喜欢的科目。许是平日基础好的缘故，等到心情平静以后，答起题来自然十分流畅。

记得最后一门考的是数学。右脑一向都不是很发达的我，平素最不喜欢的就是那些枯燥无味的法则和公式。就连那位时常把眼镜挂在鼻尖上，时不时让那犀利的目光从眼镜上方射出来的数学老师都列在了不喜欢的范围之内。可为了那个七月，每次都不得不硬着头皮把课听完。

那场考试真是难熬，到了最后，甚至还有了一种如坐针毡的感觉。恰好坐在前排的就是个数学成绩不错的男生，于是，总想踮起脚尖偷偷看一眼，可每次又都是有贼心没贼胆。

高考成绩出来后，意料之中，差21分上线，我与大学失之交臂。从此，我的人生轨迹便开始发生了改变。

现在的家就住在我当年就读的学校不远，每天都能看到一些穿着时尚但不失稚气的身影从眼前经过。看到他们，再想到自己现在的处境，心里就有一种钻心的痛。

三

高考落榜后，我倔强地拒绝了走复读的路，开始了我从业的生涯。那时，居然天真地信了"是金子放到哪里都会发光"的话，并且还雄心勃勃地为自己描绘着未来的蓝图。

单位是企业下属的一个实业公司，我做的第一份工作就是描图和晒图。没有专门的描图室，甚至没有专门的描图工具。要描图时，常常把描图板往办公桌上一放，再把原图牢牢地钉在图板上，然后铺上蜡纸。

图纸五花八门，大多是为变电站设计的，有1米多长1米多宽，都有密密的线条和数字。那种老式的办公桌太高，加上图纸太大，我必须踮起脚尖才能把它全部完成。望着那一大堆图纸，我给自己定下任务，每天至少要完成一张。一天下来，腿肚子酸楚得麻木。

原计划要两个月才能出来的图纸，我在不到一个半月后就全部完成了，而且描出来的图，既精致又美观。自此，领导和同事便开始对这个文静但能吃苦的我刮目相看起来。

之后的工作和生活都没有想象中那般顺利，心情也像那杯清咖啡一样，在时间的餐桌上越放越凉。可不管现实怎么游离在梦想之外，我却总喜欢重复着一个动作，那就是，踮起脚尖，向前张望。

（作者单位：国网邵阳供电公司）

青春，就是一场
快马加鞭的遇见与告别

张德鸣

　　从2014年6月10日从事团委工作，到2017年12月26日成为一名共青团的离退休老同志，中间整整过去了1295天。

　　刚当上团委书记那会儿，在株洲开青专会，我看着团内老同志一个个发表退休感言，一个个哭得稀里哗啦，那时候我就在想，等轮到我了，该说些什么呢？

　　想一想，结果发现全是丑事——

　　第一次组织团委活动，我台上台下、忙前忙后直到散场，才发现自己穿了两只不一样的皮鞋。

　　衡阳开发布会，我们的幻灯片又出了问题，看着已经走到了场外的领导，我们急得满头大汗……

　　现在想来，其实最初的那段兵荒马乱里，正是我们最真诚、最用心也成长最快的时候——因为无知，所以真诚；因为热血，所以率性；因为有梦，所以憧憬。我们涉世未深，却内心澄明；我们毛手毛脚，却怀揣初心。因为稚嫩而犯过的错，那些青春里的不知所措，都是成长的必经之路，也是人生的宝贵财富。

　　团委的经历，让我遇见了不足，也遇见了成长。

　　第二个遇见，是在这3年多的时间里，我幸运地遇见了很多有趣的人，遇见了很多感人的事。

　　一直很认可一句话：我们是谁，就会遇见谁。团委的团字，外面是个

610

圈子，里面是个才字，也就是说，只有有才的人，才能进这个圈子。在这个圈子里，你会遇见才华、遇见创意，也会遇见友谊、遇见感动。

还记得34岁生日那天，我独自跑去星沙出差，结果易枫和莫莫突然出现，带着在衡阳买的榴芒蛋糕。我们在12月的寒夜里一起喝酒撸串，感觉特别温暖。

2015年团干培训，周松第一次领唱《团结就是力量》，一开口就把调子带到了黄土高坡，大家全都笑出了眼泪。

晚上集体活动，在灰汤的温泉里办接力赛。活动结束后，大家突然把我抱起来扔进了温泉。虽然毁了一部新手机，但是真的很开心。

那次培训结业发言，我临上台前的几分钟，写了人生的第一首诗，叫《夜夜夜夜夜》——

十二点抢红包的时候你们在　真好

一点群里疯扯的时候你们在　真好

两点喝酒吹牛的时候你们在　真好

三点分享人生的时候你们在　真好

四点朋友圈点赞的时候你们在　真好

生命里的每个温暖相遇　相遇里的每个感动瞬间

有你们在　我们都在　真的很好

2016年4月，我们自发组织，在怀化开展团内交流，煜庭、志敏、张琳，还有江琴那儿的青年，大家欢聚在一起，一起交流、一起学习、一起开展活动。在关爱留守儿童现场，我们一起哭、一起笑，我们说着笑着，以为这就是永远……然后，我们还约了好几站，有湘潭，有岳阳，有东江。但是，铁打的营盘流水的兵，因为大家的职务变动，这次活动成了我们的第一次也是最后一次约定，这些计划也都永远成了计划。

2016年9月，我最后一次参加团委发布，情绪激荡到几度哽咽。国网怀化供电公司的小年轻们跑到了第一排，哭着拿手机在怀电青年群里现场直播。潇雨后来告诉我，她在北京用手机看，看着看着就趴在办公桌上大哭。后来，他们送了我一本相册，里面是这几年我团委工作的点点滴滴，他们还给我写信，在信里叫我"熟记"、叫我"爸爸"，他们说会一直爱我，希望能成为我的骄傲！

这些遇见，让我对团委更加的感恩。因为只有在团委这样一个宽松自由、青春阳光的组织里，大家才会抛去职务身份、抛去事故圆滑，真诚而用心地交往。这些友谊与真心，是我受用终身的财富。

既然有遇见，自然也会有"告别"。

2015年团干培训，我们几个班委建了个群，煜庭给取的群名，叫"而立未立，未来将来"。我们都认为，这是他这辈子干的最文艺的一件事情。

退团的前一天，我把自己关在办公室一整天，从头到尾，把群里的聊天记录全看了一遍。细数时光流逝，内心感慨万千——

那时的煜庭，还没有现在这么胖，从旧照片的模样里竟然还能看出一点清秀。

那时的小敏，还没有现在忙，不用天天加班到深夜，还有时间和我们一起散步聊天、吃饭喝酒。

那时的张琳还没有二胎，不用没出月子就赶着上班、带着老妈和奶娃到处出差。

那时的江琴和我老婆长得挺像，我们还在策划着她们姐妹相认的桥段。

那时的周松还会领唱团结就是力量。

那时的莫莫还在怀着梦想为《电网青年梦》作词。

那时的龚焱还正在锤炼现在从容淡定的气质。

那时的良君还没有怀孕生子。

那时的袁丹还在团委而非女工的岗位上温良贤淑。

那时的易枫和洁文还没当上书记，天天苦逼加班，不时给我打个电话互相鼓励。

那时的我，还没有现在油腻，比现在头发多，还没有人给我微信留言问：我当年那个意气风发的德鸣现在哪儿去了……

唯一不变的，好像就是治宇——他那时候告诉我们明年结婚，现在，仍然跟我们说明年就会结婚。

前几天，张琳给群里每个人寄了两饼茶叶，上面的题字把群名修改了一下，端端正正地写上了8个字：而立正立、未来已来。只是不知道，当下的日子，是不是我们曾经憧憬盼望的未来。只觉得，我们都在时光的裹挟里，被催促、被逼迫着快速奔跑，累，且慌乱。

或许，所谓的青春，就是这样一场快马加鞭的遇见与告别：刚刚嬉笑打闹，忽然又开始离乱失措地告别——于此岸告别，于彼岸遇见；与过去告别，与未来遇见……只有快马加鞭地百转千回，我们才能不断遇见，不断告别，不断哀伤，不断成长……青春终将散场，但会沉淀成长。

感恩遇见，认真告别，山高水长，江湖再见！

（作者单位：国网湖南电力本部）

既然选择了远方
便只顾风雨兼程

／李奕佳

入职四年，离我的第一个"五年计划"只有一年的时间了。

中国人向来是注重"仪式感"的。《小王子》里说，仪式感就是使某一天与其他日子不同，使某一时刻与其他时刻不同。我始终觉得仪式感是为了让生活成为生活，而不是生存。因此，在我人生每一个阶段，我都认为有必要用一种特有的仪式去纪念。我尝试着给自己定计划、下目标，每天、每月、每年都给自己的生活做总结，还写下了我的第一个"五年计划"。

如同古人"吾日三省吾身"一般扪心自问，定下的目标实现了吗？还记得毕业时的理想吗？加入这个企业、成为一名通讯员至今，这份工作给我带来了什么？厚厚的日记本里大多是琐碎的生活片段，再次翻阅，才知道"成长"正在悄悄发生。这份工作，在行进的路上催促着我成长。

"成长是什么？"

"成长大概是当你明白'快乐'和'喜悦'的差异。"这是现阶段的我能给出的答案。

"快乐"是由外及内的，是外在的条件达到人的期望而生出的感受。小时候，因为吃到好吃的冰淇淋而感到快乐，因为老师的一句夸赞而感到快乐，因为一条崭新的裙子而感到快乐，然而一旦那个令人快乐的情境或事物不存在了以后，快乐也随之消失了。所以，总有人唏嘘："越长大越不快乐了。"

快乐极好却难留，唯有继续追求新的外界刺激方可如愿。而"喜悦"不同，它是由内向外的绽放，从你内心深处油然而生的，一旦你拥有了它，外界是夺不走的。

2015年年初的那一场面试，我是哭着出来的。

坦诚地说，选择进入国家电网，是因为父母希望我的工作稳定，离家近。如同当时填报志愿时选择了"新闻"——那是因为在众多文科专业之中，仅有为数不多的几个专业有可能进入国家电网。"女孩子工作稳定就够了。"没有丝毫主见，没有任何抱负，当时的我选择了身边所有人觉得对的生活方式。

还记得大学里的第一堂新闻采编课，《中国青年报》冰点周刊记者赵涵漠关于温州动车事故的特稿《永不抵达的列车》刷新了我对"新闻"二字的认知。那节课，我在自己最喜欢的笔记本扉页上，一笔一画、工工整整地写下了自己的新闻理想——"新闻人，必须是一个理想主义者；你们是最接近这个世界生活本源的人；你们要有公正、求知的精神，并有满满的情怀；要勇于铁肩担道义，因为你们是社会和国家的时代中坚力量。"

19岁，岳麓山上的文艺青年满腔热血地想象着自己能够成为细腻而犀利的特稿记者，用有温度的文字传递正能量，用客观的语言记录这个时代。

当面试官询问"你为什么要加入国家电网"的时候，我竟然一时语塞。忘记是怎样回答完所有问题，怎样走出面试房间的。人生第一次，我开始质疑我自己："这真的是你想要的吗？"

一瞬间的惊觉并没有改变人生轨道，几分惰性和依赖还是让我选择了看起来更加舒适的工作。2015年7月，我加入了国家电网。值得庆幸的是，至少我的手里还有笔，心中还有梦。至少现在我能告诉自己，人生的每一次选择，都是最好的选择。

刚刚踏入社会时，焦虑、忐忑、迷茫、不安——这个时代的通病，在我身上体现得很明显。会因为找不到合适的新闻选题而焦灼，会因为写不出有深度的稿件而自责。遇到没有灵感的时候，想着交稿日期临近，盯着刺眼的电脑屏幕，总觉得浑身的血都在往脑袋顶上涌。第一次加班写稿到凌晨，看着昏黄的路灯，眼泪在眼眶里打转儿，那一刻最大的感受不是累，也不是终于完成工作的成就感，而是深深的自我怀疑。我是不是根本不是这块料？才会做起来如此艰难。

那一刻突然明白，从来就没有哪份工作可以轻松和惬意，从新闻学子到独当一面的新闻工作者，绝不是一朝一夕的功夫。这一次选择，何尝不是实现自我价值的另一条路？

"要跟上节奏，要生存下去!"这样坚定的想法催生着体内撕裂般地快速成长。为了让自己在工作中更从容一点，我开始疯狂地吸收知识。一个好的选题究竟该怎么找？一篇质量过硬的稿件究竟该怎么写？一次成功的采访究竟应该怎么策划？广泛阅读是迈出的第一步，从基层动态到国网要闻，从行业媒体到专业纸媒，从领导讲话到文学创作，只恨时间太少。每一篇稿件，都要仔细对比编辑对稿件进行了哪些修改，每一个字都要反复咀嚼、仔细琢磨，再把心得与感悟记录下来，一行行密密麻麻手写的小字也能算是一直在努力的缩影。

"当你感觉到艰难的时候，一定是在走上坡路。"我的第一个五年时间，用来追着这个企业成长。

得益于国家电网这个平台，让我依然能够在踏入社会后继续感受着新闻工作者这个职业的迷人魅力，感受着这座城市的变化，也感受着电力事业的发展。何其有幸，见过清晨五点的整装待发，也见过凌晨两点的暴雨倾盆；在泥泞的农田里跌倒过，也在冰天雪地里摔过跤；用双脚丈量过长江大堤，也用镜头记录过烈日下湿透的衣衫；采访过各个专业的创新人才，也感受过一线员工的艰辛与淳朴。采访中碰过壁，却也被很多人信任着。这些亦师亦友的采访对象掏心掏肺地和我聊天，他们中的大多数，身上闪耀着令人震惊的能量却不自知。他们倾诉，我倾听，总觉得一种无形的力量，积聚在体内，一种名为喜悦的情绪，悄悄蔓延。

我很庆幸，我选择的这份工作是十分有意义的。采访中会遇到形形色色的人，有人让我看到人性的光辉，有人帮我打开了自己的边界。"新闻工作者"是一个很丰满的词，我除了看见自己的写作能力在提升，稿件在产出，企业在不断发展，更看到了文字对一个普通人的改变和品牌力量对一个企业的升华。因为文字的力量，能够让原本默默无闻的电力员工为人所知，能够让电力事业发光发热，能够让企业焕发出无限生机。

我很庆幸，在我迷茫而浮躁的阶段，曾受到过不少领导、前辈和同事的教诲。"铁肩担道义，妙手著文章""但行好事，莫问前程""功成不必在我，建功必定有我"……每一次谈心，每一声叹息，每一句激励，我都铭记在心。在成长中逐渐意识到，在这个机遇与挑战并存的时代，努力比天赋更重要，态度比能力更重要，我把这些话烙在心里，让每一步都走得踏实一点。

因为未来的不可预见性，才让人们总是满怀遗憾与后悔。"如果当初……"是工作后的这几年听到最多的话。我很庆幸，无论外在的事物和条件如何变化，我的喜悦都可以从内心涌出来，如今我终于坚定地相信自己的选择，相信这一路上都是最美的风景。

遇顺则静静流淌，遭逆则慢慢积蓄，直至渗透，漫过坎坷而终复流。这样的人生，淡然而积极，平和而自信，是给予而无所期，得到而念恩情。

既然选择了远方，便只顾风雨兼程。

（作者单位：国网岳阳供电公司）

617

军之魂——
从大渡河到二郎山
（二篇）

刘福荫

大渡河——军之魂

毛主席诗词多是经典，《七律·长征》尤其是经典中的经典。

在中国工农红军长征胜利80周年的纪念日重温这首经典，更加感到意义深远，不同凡响。

我踏着当年红军长征的足迹，在美丽的川西高原走走停停。透过满眼旖旎的风光，一个个战争遗址、一座座纪念碑塔似乎在一遍遍地提醒我们：曾经有一群人，为了一个共同的革命信念，艰难跋涉在这片当年荒无人烟的土地上，许多人甚至永远长眠在这片孤寂的山林。这些人有着一个共同的名字——中国工农红军。

在这里，我感觉离红军很近很近，我依稀听到了他们的呼吸。

"红军不怕远征难，万水千山只等闲。"此时此刻，吟诵毛主席的《七律·长征》，更有一种画面感和意境美，更加感到这首诗的大气和豪放。

行程二万五千里，历经了各种来自敌人来自恶劣环境的种种艰难险阻，而在毛主席的笔下，却视若"等闲"，不过是很平常很随意的事情。这是需要多么阔大的胸怀和多么大无畏的革命英雄主义气概。

翻开历史，我们在史料中看到的二万五千里长征，又是何等的艰难与悲壮。从人数上看：中央红军出发时是8.6万人，到陕北时剩下不到7000人；红四方面军出发时也是8万人，到终点剩下3万人；红二、红六军团出发时有9.7万人，最后只剩下3.2万人……就足以想见战争的残酷和环境的恶劣。我们最熟悉的爬雪山过草地，应该是红军减员最严重的地方，资料显示，有近万名红军战士长眠在海拔4000多米的雪山，万余名红军战士牺牲在海拔3000米以上的草地……

"五岭逶迤腾细浪，乌蒙磅礴走泥丸。"毛主席用一种革命浪漫主义的笔调刻画了这一次人类历史上举世无双的壮举，然而，我们却从这种轻松中感受到了凝重，从凝重中感受到了力量。

正如毛主席所说："长征是宣言书，长征是宣传队，长征是播种机。"长征，就像一道闪电，划开了中国历史新的篇章，成为人类历史上最具力量的象征。

当我真实地站在泸定桥上，望着脚下湍急的大渡河水，听着那振聋发聩的浑浊河流的咆哮时，感到一阵阵目眩和心悸。这就是毛主席笔下的"金沙水拍云崖暖，大渡桥横铁索寒"的画面吗？我更加感受到了当年"强渡大渡河""飞夺泸定桥"战争的惊心动魄，脑海中浮现出当年红军冒着对岸桥头的密集炮火，拽着森严的铁链，一寸一寸地硬爬过去的情境。那是一场何等惨烈的战斗！

此时此刻，我心里早已是满满的感动。

现在，我脚下的用13根铁索搭接而成的泸定桥早已铺上了厚厚的木板，而且还装有安全保险装置，成了当地居民往返大河两岸的生活通道。

在桥边的"红军飞夺泸定桥纪念馆"里，我久久地伫立在那22根庄严肃穆的方柱旁，这22根方柱代表的是当年飞夺泸定桥的22位勇士。可是，除了一根柱子上标着"刘梓华"的名字和头像、5根柱子上刻着英雄的名字，其他的方柱都没有任何标示。一问，才知道当时因战事吃紧，22位勇士的名字大都没来得及记下来。而在接下来的长征路上，他们中的一些同志又都先后牺牲，以致后来虽经千查万访，最终才落实了其中的5位，另外的17人竟成了永远的历史之谜。

我不禁黯然神伤而又肃然起敬，仿佛又听到了老一辈无产阶级革命家杨成武将军当年那老泪纵横的深情呼唤："我的22名勇士，你们在哪里，在哪里啊？"……

是啊！在长征的路上，多少有名的无名的革命英烈为了中国人民的解放事业，把青春把热血以至于把生命都抛洒在了这片红色的土地上。能够活到今天的，也已是风烛残年，所剩无几。可我知道，他们分明已经化着大渡河畔的巍巍青山，用漫山遍野的杜鹃花装点着这一片川西高原的热土，留给我们的，早已是生命的永恒！

入夜，我信步走到街口的一个不大的广场，广场的屏幕上正在播放《长征》的电影，而且正好是飞夺泸定桥的画面。大渡河水被密集的炮火激起排排巨浪，铁索桥上火光闪闪，枪炮震天……匍匐前进的一个战士被击中，失身掉入桥下几十米高的河水……又一个掉入河中……后面的战士仍然顽强地贴在铁索上，一步一步，艰难前行……终于，河对岸的枪炮声戛然而止，一面已经残缺破损的红旗在硝烟滚滚的桥头高高飘扬。

"啊……"突然爆出的欢呼声和鼓掌声把我从沉思中惊醒，原来是一群中学生模样的青年男女。他们为红军的胜利振臂欢呼。

我问身边的一位女同学："你看过这部电影吗？"

答："没看过，但读过毛主席的《长征》诗。"

问："现在是什么样的感觉？"

答："原来读毛主席的《长征》诗就觉得大气磅礴，今天在长征的路上实地再看这部电影，心情和感受就更加不一样，更加受教育。"

更加受教育！我几近欣赏地望着这些可爱的同学们，心想，也许故事已经离他们很远很远了，可现实的意义不是还很近很近吗？能够在这种情境交融中接受教育，净化心灵，于他们、于我，不都是弥足珍贵的一大幸事吗？！

"更喜岷山千里雪，三军过后尽开颜。"电影唱起了用毛主席诗词谱写的《长征》主题歌，广场上和声一片。此情此景着实令人振奋，令人感受到了经典的力量！歌声中透露的是一种精神一种信念，这种在中国共产党领导下的精神和信念如同地球深处涌动的岩浆，虽历经千万年也活力四溅，并随时为天地人间提供不竭的热能。

毋庸置疑，长征，是代代相传的心之洗礼，是强国强民的中华之魂！

从而，我更加感到毛主席这首《长征》诗的经典所在。短短的几行诗，不仅让我们感受到了长征路上的艰辛，更感受到了中国工农红军一往无前、战无不胜的革命精神。

今天，我们重温毛主席诗词，品味红色经典，这不仅是一种记忆，更是一份责任。

这份责任，使我们目标坚定，遇挫不折。

这份责任，指引我们创造一个又一个奇迹，呈现一幕又一幕精彩！

二郎山——歌之魂

站在那长4176米的二郎山隧道前，看着那具有浓烈藏式建筑风格设计的隧道口，心中涌现的是另一种感动。我似乎更加领悟到习近平主席在2014年就川藏、青藏公路通车60周年时，作出要求进一步弘扬"两路"精神、助推西藏发展的重要批示的意义所在。

我久久地抚摸着洞门口那块镌刻着金色曲谱的巨石，巨石上是当年获得1952年全军文艺创作一等奖的《歌唱二郎山》的歌曲。无声的巨石似乎在提醒着每一个过往路人：一定不要忘记当年修筑川藏公路官兵的艰辛与毅力，"二郎山精神"与山共存。

我哼唱着"二呀么二郎山，高呀么高万丈，古树荒草遍山野，巨石满山冈，羊肠小道难行走，康藏交通被它挡……"，感受着60年前的那一幕幕艰难岁月。

全长4552千米的川藏公路（南线为2140千米，北线为2412千米）是世界上最长、最艰险的一条高原公路，公路的一半都是在峡谷和山脊上穿行。

海拔3437米的二郎山是川藏公路的心房。

"车过二郎山，像进鬼门关，侥幸不翻车，也要冻三天。"这是当年汽车司机朋友对过往二郎山时的一种恐惧心理的描述。全年至少70%的季节为雨雪天气的二郎山，常年冰雪封冻，浓雾弥漫，泥石流成灾。当年的二郎山就像一道天然屏障，把经济发展和社会文明远远地隔在山的外面。

征服二郎山，天堑变通途，一直是当地人最大的心愿和梦想。

20世纪50年代初，山民的梦想终于付诸实现，中国人民解放军第18军的官兵们开进了二郎山。在长达4年多的时间里，他们以人均30～50公斤的负重，夜以继日地辗转在艰险征途，战严寒，抗缺氧，住帐篷，吃野菜，用近5000个年轻而鲜活的生命为代价，终于打通了这个入藏门户，筑就了一条2140千米的"人间彩虹"。

一首由洛水作词、时乐蒙谱曲的《歌唱二郎山》就是在这样的时代背景下诞生的。

歌曲巧妙地将叙事与说唱风格统一在一起，慷慨激昂，朗朗上口，塑造了一大群鲜活的筑路军人形象。在那些困难与危险无处不在的艰难岁月，《歌唱二郎山》唱出了人们对二郎山的敬畏，也唱出了跨过天堑通往山外世界的殷切渴望。当年的筑路大军就是唱着这首歌，踏着这条红军长征的路，一路披荆斩棘、栉风沐雨，千辛万苦地把川藏公路修到了西藏。此后，这首歌就像插上了翅膀，飞过二郎山，越过祖国的山山水水，唱响在新中国每一处热火朝天的建设工地，成为当时最流行的音乐之一。

蜿蜒盘桓的公路犹如铺设在蓝天白云下的五线谱，那树木花草就是一个个跳荡的音符，激扬、铿锵的旋律诉说着一个又一个感人至深的故事，回荡着一曲又一曲荡气回肠的"军人之歌"。

我坐在行进的车上，凝望着这条每向前延伸1000米就意味着有一名军人的英魂长眠于此的"天路"，心情像铅石一样沉重，仿佛有一双双年轻的眼睛在注视着我，在向我倾诉着他们当年筑路的艰辛，在向我传达着大山的问候。

特别是导游告诉我们，在修筑"二郎山隧道"时更是付出了沉痛的代价——时有伤亡事故发生。当听到一次因一个暗湖涌出就导致了126人死亡时，车内一片寂然。我们默默地注视着窗外，点燃一瓣心香，为那些修建隧道的死难者默哀致敬，祈福山神荫庇他们的家人。

哦!那块耸立云天的纪念碑作证，人们没有忘记他们——没有忘记。

他们显然已经化作大山的精灵，时刻在向我们传递着爱的祝福和春的讯息，在安抚着我们旅途的劳顿和紧绷的神经。

望着窗外美丽如画的高原风光，我想象着，在那个长年制约甘孜、雅安两地经济发展的"瓶颈"终于被制服，一个震撼世界的奇迹终于诞生的竣工通车的时刻，这个地方该是一个怎样的令多少人落泪、令多少人欢呼、令多少人"喊山"的激动场景。这一天，对于川西的人民不亚于是他们的第二次解放啊！

川藏公路的通车，特别是"二郎山隧道"的打通，意味着人们不用再担心翻山越岭的危险，5分钟就能穿越川藏线上的第一高山，10多分钟就能跑完原来需要颠簸5个小时才能跑完的盘山公路。这不仅极大地拉动了甘孜州地区的经济，更是向全世界宣示：中华民族是一个勇往直前的民族，中国军队是一支战无不胜的军队！

也许，只有亲身经历才会感受深刻，当我真实地站在这个当时海拔最高、埋藏最深、地应力最大、地质条件最为复杂的特长山岭公路隧道——"二郎山隧道"前时，我真的更加领悟到了《歌唱二郎山》这首歌的经典所在，也切身感受到了这个"川藏公路上的神话"的无穷魅力。

川藏公路，就像一座横着的丰碑，镌刻着中国军队的丰功伟绩。这是长征路上革命英雄主义的延续，是中华儿女光大"长征精神"的又一生动写照。

走在这片英雄的土地上，被感染的我们也像当年的山民一样欢呼着、歌唱着，用手中的相机捕捉着沿途的美景和各自生动的表情。

……

60多年过去了，如今的二郎山，工棚不再，乱石不再，往返车辆在繁茂的山水植被间川流不息，把山间美景烘托得更加生机勃勃。一条公路，一条隧道，让川西的农耕文化与茶马文化更加紧密地交织，为人们打开了一幅厚重的历史画卷。

是啊，随着60多年过去的，是落后，是贫穷，是苦难，是闭塞，可有一样东西却永远不会过去，那就是——"二郎山精神"。

不知是谁起的头，车内又响起了《歌唱二郎山》的歌声："二呀么二郎山，哪怕你高万丈，解放军，铁打的汉，下决心，坚如钢，要把那公路修到西藏。"

我分明读懂了歌词中的内容，也听懂了歌唱者的心声，那充溢其中的，是虔诚，是感动，是激情，是力量，是一种中华民族的气节！

是的，二郎山，早已不仅仅是一座山的名字，《歌唱二郎山》也早已不限于只是一首歌曲的名称，而是已成为一部经典、成为深深植于中华民族沃土的一种精神载体，时刻鼓舞着我们昂扬向前，不懈进取。

这，应该就是经典的力量吧！

我相信，《歌唱二郎山》的旋律将会再唱响60年、600年……世世代代永远唱下去。

二郎山，歌之魂、军之魂！

（作者单位：国网湖南电力本部）

与子书

（二篇）

易　兵

一

亲爱的儿子：

晚上好！

今日处暑，意味着夏天的结束。回想起从立夏以来的那些日子，所遇所见，所思所盼，均不在意料之中，颇有些戏剧性。于我而言，无论怎样的际遇总是好的，新的环境新的思维，总会让人有些新的变化，不至于一潭死水无有意趣。

这段时间，密集性地与多位"90后"年轻人打交道。目前，妈妈工作的大办公室，6人集中办公，除了我，其他5个年轻人全是男生。坐在妈妈对面的一位年轻人叫良才，年纪轻轻，从基层供电所干起，短短几年时间，从最基层的先进到国家级荣誉全都拿到了。为人十分谦虚谨慎，只要办公室来人，总会起身，若是领导安排工作，必然会用笔记录。工作甚为繁忙，却从未有一句抱怨之词，见我打扫办公室卫生，总会起身帮助。最可贵的是，自从提醒工作身体要兼顾后，每天上午10点，他都会起身提醒大家一起做操运动。工作之敬业，行事之周全，让人刮目相看。

8月12日，妈妈与壶瓶山南坪小学联系图书室如何运作之事，得知学校刚换一位"95后"年轻人为校长，姓云名德志。开始比较犹豫，这云校长如此年轻，不知是个铜匠还是个铁匠，不晓得好不好打交道？电话联系后，云校长马上给予了回复，表示欢迎我们来联谊，并联系好学生和场地，包含就餐行程等细节，都一一进行了对接。我们一行到学校后，云校长上前迎接，系统地介绍了麓缘图书室的运作情况，并简单地介绍了自己的情况。在戈邓小朋友家进行联谊时，云校长更是显出其多才多艺、落落大方的一面。活动结束后，我们才知道，因正值暑假期间，家在石门蒙泉的云校长，一大早就驱车开了两三个小时山路，提前到学校等候……

还要介绍的"90后"是个叫子娟的妹子，1991年出生，华北电力大学毕业的高材生。说实话，几年前在一次演讲比赛时看见子娟，第一眼就喜欢上了这个小丫头，台风沉稳大气，模样端正俊俏，颇有大家风范。想不到五六年后，有缘分成为同事。这位小姐姐可不简单，十项全能，能写会说，公司"90后"员工培训，评为优秀学员，辩论赛还拿了个最佳辩手。男朋友在东京工作，是初中和高中的同桌，两人的共同爱好就是听音乐剧。子娟爱收集邮票和文化类的书籍，这一点倒是与我颇为相似。

说实话，看着这些年轻人，打心眼里感到高兴。这个世界需要年轻的生命去建设、去装点，使之更加美好。时间从未止歇地流逝，让我的青春不再，不过这有什么关系呢？看着像你一样"90后"的崛起，欣喜的同时，也会对自己生命有更高的要求。

克服懒惰，追赶少年，超越少年。唯有这样，方能在垂垂老矣之时，让内心保持新鲜的状态。正如《青春》文中所说："无论年届花甲，拟或二八芳龄，心中皆有生命之欢乐，奇迹之诱惑，孩童般天真久盛不衰。人人心中皆有一台天线，只要你从天上人间接受美好、希望、欢乐、勇气和力量的信号，你就青春永驻，风华长存。"

夏天过去了，七点天色已黑。新一轮秋冬来临之时，可做好了准备去迎接？多少人爱着泰戈尔的诗句"生如夏花之绚烂，死如秋叶之静美"，绚烂的花终会枯萎，炎夏终有尽时，一切都会结束的。

生活不是处处都是美的，当真理还正在穿鞋的时候，谎言已走过了半个地球。但人们总会记得，那些美过、热过、鲜活过的日子；总会相信，所有对美好的等待，最后都会不期而遇。

母字

己亥处暑

二

亲爱的儿子：

近好！

从大雪到冬至的日子里，忙并快乐着。

昨天收到系统内一位粉丝来信，信中这样写道："在公司内网太阳树里拜读了你与儿子的家书，很多观点耳目一新，非常有共鸣。很喜欢你的文章，也比较认同你文章中传达的为人处世的做法、想法。向你致敬，愿你成为自己最想成为的人。"

最后一句"愿你成为自己最想成为的人"一下子就打动了我。在这个世界上，活成自己想要的模样真是一件很难的事情，大部分人都活成了别人想要的模样。

大雪回函里，你提到的企业模拟经营比赛，有点意思。你说："只是一个简单的模拟游戏都这样不容易，现实真实情况到底如何复杂苦难？"如此说来，大多数人都在受苦受难了。

虚拟的世界和现实的世界还是不一样，从大多数人参加工作后的状态来看，生活还是美好的，并没有陷入苦难中。就拿妈妈从事的工作来说，幸福感还是很强的，当然个中滋味也是五味杂陈。

我的工作经历比较简单，一辈子在一个单位工作。过程分两阶段，一个是专责阶段，一个是管理阶段。做专责的时候幸福感特别强，这种幸福感来自总是遇到好领导，在充分认可的同时，也不断指出我的问题并善意地提醒，这或许就是古人所说的"栽培"吧；好了，栽培到一定程度，成长了进入管理阶段了，一系列问题来了，在这个阶段特别有挫败感，心塞、郁闷甚至开始怀疑自己的能力。

瞧，这就是管理与专业的区别。单纯做事容易，管人真是一门天大的学问。

三年前，刚调入现在单位的时候，一位主管领导问我，适不适应？我答："以目前的状况看，我或许改变不了任何人，但我也不会被任何人所改变。"当时，这位领导笑着说："要坚定信心，试着去改变他人，营造好的

627

工作环境，越是复杂的环境越是能锻炼自己的心志。"

工作中总会有困难、事多心烦实在推进不下去的时候，也会向身边的朋友吐槽，甚至打退堂鼓。不过你妈我，是不容易被打倒的。事情过后，都会冷静下来进行分析。推进不下去，症结到底在哪里？目标是对的，为什么别人不能接受？

首先，遵章守纪勤奋工作肯定不会有错。其次，在不违反任何规定的情况下，勇敢坚持自己的内心。最后，不断寻求改善的方法，以期达成一致。

经过这三年的磨砺。渐渐明白，提升心志是一件非常难的事情，有的僧人经历长期严格的修行，也未必能够做到。但是工作却隐藏着可以达到这个目的的巨大力量。今天的我，会调整自己处理事情的方式，少一些生硬的说教，对不喜欢接受的人，绝不多说。会柔韧地去坚持推进工作，顺势而为的同时，咬牙把精进与勇猛，放在实现共同的目标上。有国才有家，有企业的好才有个人的好，相信走到最后，一切都会一笑而过。

你在上封信的结语中说："未来已至，再困难，也是能面对了吧。"

惊异于你小小年纪，就会有这样沉重的责任感。我在你这个年纪，典型的"少年不知愁滋味"，好玩得很。前两天，与两位"80后"的年轻人聊天，问最近干吗去了，年轻人回答道："到长沙搬砖去了。""搬砖"应该属于网络新名词吧，意思是放弃目前紧张高强度的工作，去从事一些简单的体力劳动，以调节自己身心，歌手朴树就在建筑工地上搬过砖。那位年轻人还说："正因为有'60后''70后'的打拼奋斗，创造了巨大的财富基础，今天的'80后''90后'才有机会选择一种轻松的方式去生活……"

在现在这个和平富裕的年代，有的人完全可以不工作，也能生活下去。但懒懒散散过日子，又会给人生带来什么？工作的目的绝不仅仅是赚钱，而是提升自己的心志，是感受到人生快乐和时间宝贵的前提。当一个人，全身心投入到当前自己该做的事情中去，聚精会神，精益求精，这份事业心所带来的价值感与成就感，应该是生命中最重要的东西之一了。

奋斗的过程会很难。首先要学会自我肯定，为工作上取得的，哪怕是一点点小小的成果而开心。其次是坚持，坚持为正确的目标，付出持续不断的努力。最后，还要坚信任何困难都是考验，都是来成就你的，没什么好害怕的。只要有"无论如何都要这样做的"的意愿，相信就能活成自己想要的样子。

人无完人，事无绝对。人生在世，总会有点什么没点什么、得点什么失点什么。争取莫执着，珍惜莫不舍，拥有莫占有。学会放下自己的私心，路自然会越走越宽。近段时间听说你学习很紧张，累了就去锻炼，"搬砖"不失为调节身心的好方法。

今日冬至，这一天是一年中寒到极致的一天，也就是在这个时候，阳气开始生发了，大自然的规律就如此。让我们静静的，等待春天的来临吧！

母字

戊戌冬至

（作者单位：国网常德供电公司）

后记

    在迎接中国共产党成立100周年之际,《湖湘烙印——国网湖南电力职工文学作品集（2016—2020）》付梓。

    这是一本电力人自己写、写自己、自己编的书,每一个故事都充满着家国情怀、国企担当,映照着奋斗的艰辛和生活的美好。在编辑的过程中,我们浸润在这些文字里,与文中的人物朝夕相处,每每感动于怀,情不能自禁,他们高洁的灵魂、高尚的人格深刻在我们心里。

    本书分为上、下两卷出版,集中展示了国网湖南电力文学成果,激励广大电力作家和文学爱好者,以习近平总书记关于文艺工作系列重要论述为指导,根植电力沃土,深入生活,创作出更多无愧于伟大新时代的优秀电力题材的精品力作。

    本书的编撰得到了公司领导及国网常德供电公司、国网湖南水电公司的大力支持,得到了广大电力作家、文学爱好者的积极参与,在此表示深深的感谢。

    电力文学的繁荣发展离不开电力作家的书写和创造。时代的号角已吹响,电力作家唯有前进,用扎实的文学创作、独特的艺术思考、生动的文学形式,创作更多有筋骨、有道德、有温度的作品,描绘生机勃发、发展前进的历史画卷和时代风貌。

编　者

2020 年 12 月 1 日